第 7 卷

燕赵悲歌

蒋子龙文集

龙志亚　题

人民文学出版社

前　言

收在这一卷里的中篇小说增强了纪实性,同是工业题材,《冬绮之奇》与《开拓者》的味道大不一样了。人物也比较复杂,有演员、农民、科学家、医生、商人、中国式的美国人等等,五花八门。

一九八四年创作的《燕赵悲歌》受到了当时一些高层领导人的关注和批评。同年秋天在北京参加第二届中美作家会议,胡乔木同志在人民大会堂云南厅接见与会代表,在团长冯牧介绍到我的时候,胡乔木说:"刚读完大作,你们的市委第一书记给我写了七页的长信批判你。"他所说的"大作"就指《燕赵悲歌》。此后不久,这部小说又获得第三届全国优秀中篇小说奖。

这已经是我连续第三次获得全国优秀中篇小说奖了,反使我不安,顿生危机之感。获奖不是文学的唯一标准,更不是作家的永远保证。有多少人为奖所累,获奖之日便是创作生涯开始滑坡乃至结束之时。我没有去参加颁奖大会,悄悄地躲开了热闹,沉下了心,第二年写出了第一部长篇小说。

我不再看中获奖,第一部长篇小说的问世便使我更自信了。

《寻父大流水》的故事比较新奇,为不少人津津乐道。

在这一卷里最寂寞的就是《九大行星的流光》。我原想借武侠小说的样式写一部中国工业历史小说,但由于准备不充分,又不能真的写成武侠小说,实验便有些不伦不类。

蒋子龙

2012 年 4 月 30 日

目　录

前言 ·· 1

长发男儿 ··· 1

燕赵悲歌 ··· 35

阴错阳差 ··· 142

情知不是伴 ······································· 199

退化的男人 ······································· 281

九大行星的流光 ··································· 317

寻父大流水 ······································· 379

冬绮之奇 ··· 440

磁力 ··· 499

后记 ··· 553

1

长发男儿

开场锣鼓

我本河北人，自小酷爱河北梆子和大戏（京剧）。后来多次看裴艳玲的戏。像其他戏迷一样，由对奉英、周瑜、沉香、哪吒、林冲、钟馗这些人物的喜爱，引起对演员本人的好奇心。戏迷们凑在一起，就像邮局门前聚集着的集邮爱好者一样，互通有无，交换情报。以谈戏论人为快事，过过戏瘾。久而久之，我竟自以为知道了不少关于裴艳玲台上台下、幕前幕后的情况，于是就产生了这篇小说。

《天津文学》的编辑要发表这篇小说，我忽然感到紧张，有必要在此郑重声明：此小说纯系一个戏迷眼里的裴艳玲，一个戏迷看戏时的联想；除裴艳玲及其直系亲属是实有其人之外，其余人和事多是我的杜撰。恳请读者诸公不要自动对号，徒惹烦恼。

戏迷者，都是一些着迷的人，各自都有最崇拜的偶像。为了证明自己喜爱的演员才是世界上最伟大的艺术家，不惜跟亲密的朋友吵得面红耳赤，不欢而散。演员大都不知道，也不屑知道戏迷中的矛盾和派系形成的由来，有人如醉如痴地喜欢马派，有人就非喜欢麒派不可……文中倘有疏漏和偏颇，请聪明而又公允的读者以及专家们谅解。

1

一

谁见过林冲？

没有。那么,她——就是林冲。头戴黑色软罗帽,身穿绲着白襟的黑色箭衣,腰系白色英雄带,左胯悬一把龙泉宝剑,顾盼雄飞,英气逼人,活脱脱一个被逼无奈、夜奔梁山的豹子头林冲!

她离大幕还有三尺,一声长啸:"啊哈!"

剧场里爆起一片彩声,掌声欢动。这叫"碰头好",太难得了。如同给演员打了一针兴奋剂,等于告诉她:台下都是你的知音,你的崇拜者。

她抖擞精神,做一连串漂亮的高难度动作,冲上了舞台,且做且唱:

> 数尽更筹,听残银漏,
> 逃秦寇,哎呀,好叫俺有国难投。
> 那搭儿相求救?
> 欲送登高千里目,
> 愁云低锁衡阳路。
> 鱼书不至雁无凭,
> 几番欲作悲秋赋。
> 回首西山日又斜,
> 天涯孤客真难度。
> ……

"男怕《夜奔》",果然不假。何况她还是个坤伶!四十多分钟的戏,就光杆一个人,上得台来可就不能下去了。没有帮衬,没有遮掩,没有一刻消停。唱、念、做、打连在一块儿,一句接一句,一式连一式,没有一点儿偷手,全靠真功夫。一个人满台翻飞,情满剧场,把一出冷戏唱得火爆爆的,观众掌声不绝,夹杂着一阵阵叫好声。嗓子不行演不了此戏,武功不硬也得砸锅,更难的还是要以情感人,演活人物。演英雄的成功不算太难,演好失败的英雄,"急走忙逃,顾不得忠和孝",就难了;演出英雄的豪气和勇武似不太难,演好英雄的悲壮忧愤就更难了;演出英雄的胆大包天、视死如归,似不太难,演好英雄的恐惧、软弱,吓得"魄散魂销","汗津津身上似汤浇,急煎煎心内似火烧",就格外难了!

她精湛的武功已达到举重若轻、出神入化的境界,却偏偏不炫弄技巧,不为博取掌声而刻意造作。全身心地沉入到林冲的躯体里,唱念做打全是林冲,只是林冲。甚至用一系列矫捷精确的武功技巧配以高亢壮美的唱腔,把林冲夜奔的环境和气氛也渲染得逼真而浓烈,使观众如身临其境。荒郊野道,良夜迢迢,忽而明星下照,忽而云迷雾障,虎啸声声震山林,风吹落叶疏剌剌……林冲似"脱韝苍鹰,离笼狡兔,折网腾蛟"。

戏已演完,大幕却拉不上。她谢幕三次,观众仍在鼓掌,而且比先前更为热烈。

人家知道,她就是电影《宝莲灯》中劈山救母的沉香,她就是电影《哪吒》中大闹东海的哪吒,她就是刚轰动北京城的河北梆子《钟馗》里那个打遍阴间阳世各种鬼魅的钟馗……

她只好脱掉软罗帽,露出了女儿长发。大幕这才在观众的一片赞叹声中,徐徐关上。

她——就是裴艳玲。

这是一九八五年秋天,裴艳玲在全国戏曲大奖赛上演出昆曲《林冲夜奔》的情况。她为此获得了表演特等奖。

在公认戏剧不景气的形势下,在一片令人泄气的议论和重重忧虑之中,裴艳玲率领着河北省河北梆子剧团再次轰动首都。国家领导人请她进中南海演出,她这是第几次走进这个国家的心脏重地了? 她每一次走进中南海的面目都不一样,这次是以钟馗、林冲、杨八郎的身份进去的。前事,以后再说。

据说——刘宾雁一连看了七场她的戏。王蒙一连看了三场。吴祖光说她是"超国际水平"。冯牧说她是"才华出众的艺术家"……

至于我呢？好不容易花一元六角钱等到了一张退票，还是北京人民剧场的最后一排，原票价只有八角钱。

我一边看戏，一边想：梅兰芳所以成为世界名人，就因为他塑造了一系列妙不可言的女人形象。比女人更像女人。

裴艳玲则正相反，她是以塑造男人形象闻名于世的。

这可不像观众感觉的那么"好玩儿"，更不是一件轻松愉快的事。我还想起了号称法国谍王的戴戎爵士，时男时女，为法国立下殊勋，却几遭暗杀。最后，许多名士为他的真实性别在报纸上公开打赌……

二

人们很容易把裴艳玲说成是天才。然而，她曾经是一个灰姑娘。

一九四七年，她降生到这个世界上来的仪式是再简单、再普通不过了，没有一个细节是值得回味和纪念的，以至于连自己的父母也记不清她是怎么一下子变成了裴家人。无法跟哪吒和沉香那神圣不凡的、轰轰烈烈的出生相比！那一年，河北肃宁县的傅家佐村，没有闹灾荒，也算不上是风调雨顺；没有人挨饿，可也吃不太饱；总之是一件新鲜事也没发生，实在没有什么可说的。

一个新生命的诞生，比爱情的萌发更加动人。对裴艳玲来说，世界上的一切都是无比新鲜的，她懵懂乍开，记住的第一件事就是父母离婚。爸爸说妈妈不地道，妈妈说爸爸乱搞。她听不懂，但知道不是好事。她将要生活的这个世界太复杂，太混乱了，大人们的事尤其难以理解。父母能凑到一块儿并不是由于爱情，裴家在村里算得上是小康之家，主要靠爷爷做生意。爸爸排行第三，主要兴趣是打架惹祸。只读了三年书就一个人跑到天津，住在一个同乡人的家里，白天帮人家干活，人家家里无活儿可干就到码头上打零工，晚上唱戏，实际是边学边唱。挣了钱自己花，从不管家。

傅家佐村的人从艺的特别多,至今全国各地的剧团里,差不多都有傅家佐村的人。谁也不知道这是什么原因,谁也说不清楚这是从上边哪一辈儿传下来的。村上杂姓,没有统一的祖坟;村上树木不多,只在村东有一片成林的枣树,至于村里那些稀稀拉拉的杨树和榆树,虽然不算矮,但不能成片,更没有可以引凤招凤的参天古树;村上没有金塔、古楼、狮子桥等出名的建筑;风水从哪儿来的呢?其实,唱戏的人多并不说明村子富裕。倒是正相反,如果家家钱多粮广,很可能会待在家里听戏,而不出去唱戏。反正裴园自小耳濡目染,跑出去以后先是跑龙套,然后跟这儿学一出,从那儿偷点儿艺,渐渐还真的唱出了一点儿名堂,成了一个角色。老爹出了四石棒子替他买了个媳妇,这就是裴艳玲的母亲。尽管娘家很穷,本人却识文断字,解放以后当了小学教员。

裴艳玲作为"带犊儿",随娘嫁到另一个陌生而又极穷困的家里。她稚嫩的心灵第一次感受到生命的迷惑,活着是多么不容易。后爹成天黑虎着脸,因受穷而激起的懊恼和各种无名的火气,全往她头上撒。怎么看她,怎么不顺眼,她长得实在也不算很漂亮。即使长得很可爱也没有用。有后爹就不愁没有后娘,吃饭的时候她不能上炕,站在地上侍候别人,脑袋还没有炕桌高,别人吃一碗,她给盛一碗。轮到她吃的时候不管饱,拿上一块黑高粱面的饼子,背上驮着同母异父的弟弟,边哄孩子,边匆匆忙忙地把饼子吞进去。那滋味真香,因为她从未吃饱过。有一天,那个趴在她背上的高贵弟弟,不停地哭闹,她老跌跤,没有力气,实在饿得受不住了,就回家偷吃了一块饼子。小孩子的智慧毕竟是有限的,怎么能瞒得住大人呢?亲娘骂,嫌她不争气,不给自己做脸;后爹打,印在她小脸上那血红的巴掌印,告诉她人穷极了是会发疯的,人间是不平等的,她生来低贱,就该挨饿,挨打,受累,受气!

裴艳玲精彩的一生就是这样不精彩地开始了。她后来的个性像一个谜,恐怕跟她这不精彩的人生开头大有关系。

姑姑来了,傅家佐村要开庙会,接艳玲回去住几天。妈妈狠狠心,答应放她三天假。

一回到自己家里,伯伯疼,姑姑爱,她感到换了人间。爸爸又跟一个女演员结婚了,两口子在庙会上挑班唱戏,一天能够挣一匹白布二斗麦子。家里生活很好,小艳玲像回到了天堂,姑姑替她换上了新衣服。三天,一眨眼就过去了,她当然不愿再回到后爹家里去。第四天一早,妈妈找来了。姑姑理直气壮:"你来得正好,小玲子懂事了,不愿跟着你。俺哥告到乡上去了,小玲子到底归谁要重新断。"

爸爸和妈妈又见面了,双方都免不了骂骂咧咧。爸爸背着裴艳玲走在前面,妈妈跟在后边,二番去过堂。

乡干部潘仁,年轻老成,真是个认真负责的大好人。他把裴艳玲领到一个很亮堂的小屋里,拿出糖人、花生、画片送给她,一边跟她过家家儿,一边套她的话,知道了她在后爹家受的罪。还问她见过没见过爸爸新娶的这个后妈,后妈待她怎么样……潘仁不能不考虑周全,一头是亲娘后爹,一头是亲爹后娘,到底哪头冷、哪头热呢?既然有后爹不愁没有后娘,那么跟着继母,亲爹会不会变成后爹呢?

乡干部再三叮嘱裴艳玲:"小玲子,等一会儿你可别害怕,愿意跟着谁全凭你一句话,潘叔叔就是戏台上的青天大老爷,一定给咱小玲子做主!"

潘仁领着她回到父母身边,乡干部立刻换了副脸色,把心里正在打小鼓的父母好一顿数落:"你们不好好过日子,孩子跟着受洋罪……"

裴艳玲却觉得青天大老爷是在替她出气,只是说妈妈不好,爸爸待她不错,当然用不着听这样的数落。奇怪的是父母都表现得很老实,低头耷拉眼,对乡干部毕恭毕敬。"……你们不配,也没有权利争孩子,跟着谁要让孩子自己挑。"潘仁见把父母的威风打下去了,把女儿的胆子壮大了,就毫不含糊地说出了最关键的话,"小玲子,自己说,愿意跟着你爹,还是愿意跟着你娘?"

"跟着俺爸爸。"裴艳玲话刚出口,她父亲抱起她就跑,冲出乡政府,在乡政府所在地的镇子上七弯八拐,甩掉了在后面哭着喊着的妈妈,藏到一个朋友家里。他早就计划好了。

妈妈没有想到不足四岁的女儿会如此绝情,她从没有做好会失去女儿的打算,一直追到傅家佐村。在裴家门口哭闹了两天,哪里还有小玲子的影子! 她爹一准儿是把她带到天津去了……她万没想到前一次会有这一天,许让她见女儿最后一面、跟女儿说几句话都不行! 她一直哭得昏天黑地,裴家人听了都心酸,谁也不相信,对女儿如此割舍不下的人会虐待自己的亲骨肉。也许正因为她感到以前对不起自己的女儿,眼下才哭得这般伤心。她并不是成心非要苛待自己的亲骨肉不可,只因夫家太穷,说不上媳妇,才肯要她这个活人妻,而且带着个孩子。她心强好胜,不愿让人说闲话,已经离过一次婚,够丢人的了,可不能再有第二次。只好看丈夫的眼色行事,一味迁就,因此对自己的女儿就难免太过分了,才有今天这样的结局! 不管怎么说,小玲子是守着自己的亲娘,吃苦也是甜的。如今跟她爹走了,后娘也是个戏子,今后还会少受罪吗? 她哭自己苦命的女儿……

三

"跟俺爸爸"——裴艳玲这一句话决定了自己一生的道路。

继母烧了一大锅热水,趁晌午太阳正足,关死门替艳玲洗头、洗澡。然后给她换上从天津带来的洋装,湛蓝的料子,雪白的大翻领,肩膀挺直,胸前两排金光闪闪的铜纽扣;蓝裤腿上也镶着笔直的白条条,再配上红色的小皮鞋,活像一个威武的小骑士。继母是那么有耐性,说话慢声细语,艳玲闻到了从继母身上、头发里散发出来的清香的气味。继母的眼睛是那么大,转动得又灵活又好看,脸上又白又细,像葱根儿一样嫩,她从未见过这么俊美的人物,就跟画儿上的王母娘娘一样好看。也许因为继母长得太出众,对她照顾得过分热心和周到了,裴艳玲反而感到生疏,不习惯。她的第一个印象是——继母不是妈妈。

爸爸和继母带她去看戏,走在大街上,无论大人小孩,都要扭过头来看她一阵。她这身神气的新衣服在全肃宁县也找不出第二套,谁见了都夸她长得俊,丑小鸭一下子变成了白天鹅。裴艳玲那孩子的自尊心第一次得到了满足,她挺着胸脯,仰着小脑袋,得意洋洋地走在爸爸和继母中间。

庙会上的算命先生自然不会放过这喜形于色的一家人,拦住他们,先声明不要钱,白给这位小妹妹相一面:"相人先相心,相心莫妙于观眸子,目细而长者,秉性必柔……"

据说这位家乡的相面先生,以后知道裴艳玲成了著名的文武老生,找到她要退还当年相面收的钱,还要当着她的面一头撞死。裴艳玲宽慰他说:"您算得很准,我至今还记着您的话,目细而长者,秉性必柔。不要看我成天演男人,就以为我的秉性也刚烈粗粝,任何成功都有假相……"

她又给了那老先生一笔钱。

一九八三年元旦,北京电影制片厂的大院子里显得冷寂、空荡。大家都回家过年了,只剩下一种辞旧迎新的气氛。

摄影棚里却是一片火热,《哪吒》摄制组的全班人马正为抢救一个新生命大伤脑筋。太乙真人命童子采来七片荷叶,说声"魂兮归来",已把血肉之躯送还给父母的哪吒,便从美丽的荷叶中复生。仍旧头挽发髻胸系红兜肚,从荷花苞中一溜旋子打出来,在一个直径一米多的圆圈里打一百个旋子。镜头摇动,重叠,在飞快的旋子中,荷叶脱落,哪吒由小变大……

扮演小哪吒的是裴艳玲九岁的女儿裴小玲,妈妈要求她打前五十个旋子,然后由裴艳玲接上去。母女同演一个角色,由小到大要连接得严丝合缝。小玲打五十个旋子不成问题,但第五十个跟第一个质量相差很大,到后面就累了,速度减慢,腰腿不合规格。别的人都说差不多了,一个九岁的小孩子能达到这种程度已经很不容易了。裴小玲还在河北戏校上学,过完年要去美国、加拿大等国家演出,趁放假的空儿被拉来给妈妈当替身,还要求她怎么样?

裴艳玲不满意,她知道女儿还可以做得更好。她领着女儿走出摄影棚,到北太平庄逛商店,遛自由市场,给女儿买一堆年货,让女儿忘掉演戏,忘掉哪吒。她想起了家乡的那次庙会,跟女儿讲起了自己的童年,讲起了她的三个母亲。女儿不小了,什么都用不着瞒她,对生活感受太浅的人不会演好戏。

九岁——已经够大了,应该锻炼她养成自己独特的性格。一个没有性格的人,不可能有丰富的感情。没有丰富的感情,技巧练到一定的程度就上不去了。拳无拳,意无意,无拳之中是真意……

四

爸爸跟继母要走了,想把裴艳玲留在家里,再过个一年半载的好上学读书。谁知裴艳玲早就喜欢上爸爸搭班的这个剧团了,她撒了大泼,拧爸爸的脸,捶他的脑袋,非要跟他们一块走。只一个月的工夫,她就被宠成了这个样了,小孩子真是惯嘛有嘛!

继母在旁边直害怕,她知道裴园在家里是个暴君,脾气反复无常,就像戏台种种奇怪的角色一样,说翻脸就翻脸。如果把女儿打一顿,闹得一家人不欢而别,姑姑和婶娘也许还以为是她这个后娘在背后挑唆的,她在丈夫面前又从来不敢多插言……但她万没想到,裴园不仅没发火,反而答应让女儿跟着他们走。以后可有能治他的人了!

剧团的其他演员都坐大马车,裴园和妻子是剧团的主演,他骑辆二枪牌自行车,裴艳玲坐在他的车梁上,继母骑辆凤头车,一家三口并排着走,说说笑笑,十分风光。但是,天并不总是晴的,裴园的脾气没正形,爱喝酒,喝完酒就打老婆,而且打得很凶。奇怪的是他从来不打骂没娘的女儿,只有裴艳玲能治住他。继母有洁癖,丈夫的衬衣从来没有穿过三天,对裴艳玲更是一天收拾几次,什么好给她穿什么,什么好吃让她吃什么。

剧团里成双成对的演员不少,除去裴艳玲还有好几个孩子。裴艳玲真是生活在一个奇特的乐园里。演员们喜欢逗她,给她买了好多毛片、玻璃球等小玩意儿。早晨,演员们练功她也跟着学。戏一开台,她就坐在前边看;大人的戏一散场,她就和那几个孩子跳到台上开演。一天到晚跟"戏"摽命,脑子里尽是这玩意儿!中午躺倒床上,像得了魔怔一样把每一出戏从头到尾数叨一遍,连锣鼓点都能背下来。迁团的时候她一坐上爸爸的车大梁就磨着爸爸给她说戏,爸爸不说就坐到继母的车梁上去。继母心软,尤其乐意艳玲跟她亲热要娇,总是有求必应,走一路讲一路,一个又一个的戏剧故事,有时还连说带唱,母女一块进戏,同哭同笑⋯⋯

裴园把这一切只当做是小孩子闹着玩儿。好在继母一天给艳玲洗换两三次,不管她身上祸害得多脏裴园也看不见,他一直没在意。转眼裴艳玲长到了五岁。剧团在洪县演出,头一天的戏码是《金水桥》和《古城会》,裴园压轴,妻子唱打炮戏。演员们正在化妆,保定专区京剧团的台柱子李崇帅到后台看望裴园,裴园远接高迎,对李崇帅十分敬重,一口一个"大哥"地叫着。让化了一半儿妆的妻子来见过礼,又去喊艳玲。艳玲正在后台的墙角上耗大顶,裴园一阵怒气攻心,猛喝一声:"玲子,你做嘛哪?"

艳玲站起身,洋洋自得:"我在练功!"

裴园一阵眼黑,抢起巴掌死命地抽了女儿一个大脖溜儿。艳玲身子一歪趴在地上,耳朵嗡嗡怪叫,被打得晕头转向,好半天才哭出声来。这是父亲第一次打她,而且打得这样狠!

"裴老板,你这是干什么?"演员们都过来,大惑不解,平时裴园视女儿为掌上明珠,为什么突然下此狠手?

"兄弟,你为嘛打孩子?"李崇帅也大不高兴,这种见面礼不能不让朋友多心。

继母停止化妆,把艳玲搂在怀里,替她擦泪,好言哄劝。

谁能理解裴园突然发疯的缘由?女儿一句"练功"极大地刺伤了他的神经,眼看女儿要走他的路子,也爱上唱戏了!他小的时候全凭脑瓜儿一热干了这一行,干上这一行才知其中的苦和难。但是已经没退路了,自己的女儿决不能再学唱戏了!要供她读书,上大学,改换门庭。他的前妻有一句话,像毒刺儿一样扎在他心上:"让闺女跟着你们一对戏子能有什么出息？将来还不也是一个小戏子！"

这份心思怎好当众说出来？他只能说："这孩子，太没规矩。过来，见过你大爷。"

继母也不声地嘱咐艳玲："大，叫个大爷，给李大爷鞠个躬。"

裴艳玲抬头一看，吓得身上打哆嗦，李大爷一只眼会动，一只眼不会动，满脸杀气，叫人怪害怕的。她赶紧叫声大爷，躲到继母身后去了。

李崇帅答应着，从口袋里摸出一张十元的票子塞到艳玲手里："这是大爷的见面礼，不要给你爸爸妈妈，自己留着买糖吃。"

裴艳玲不敢拒绝，只求李大爷快点松开手。

这时，后台又吵嚷起来。演秦英的演员突然肚子疼，在地上打滚，显然无法上台了。观众已开始进场，换戏来不及了，一时又找不着能够顶替的演员，大家十分着急。裴艳玲来了精神，对团长大声说："我能演秦英！"

演员们一惊："你？这可不是过家家儿，你会戏词儿吗？"

裴艳玲立刻把《金水桥》的戏词儿像背书一样数落了一遍。裴园正想发作，把女儿骂开，李崇帅以大演员的权威口吻对团长说："给她吊吊嗓儿，看能不能跟上弦儿。"

琴师过来一试，还真行。李崇帅怪异地笑了："这小王八蛋还真不赖，叫她上，救场如救火！"

裴园一下子火气也只好憋回去，咬咬牙花子躲开了。

继母把自己的褂子铰掉一块儿，给艳玲装扮起来。打好脸儿，穿上戏装，艳玲特别得意，特别自在，根本没有怯场一说，跟着锣鼓点儿神气活现地上场了。她人太小，有的观众看不到，从座位上站起来。剧场里议论纷纷，连后台也空了，演员们都挤到前边来看她。她更来神儿了，一副天不怕地不怕的神态，胡琴一响，她嫩声嫩气地开始叫板——

> 母亲莫要哭号啕，
>
> 听孩儿把话说根苗；
>
> 我父功劳不算小，

打死卖国贼不犯律条！

剧场闹哄哄的一片叫好声，她一张嘴，一投足，都格外出效果。

继母演银屏公主："儿呀，跪下。"她脖子一扭："儿不跪！"

"奴才！"继母用牙笏一砍，又是满堂彩。

这出戏往常由大人演，本来很平常，放在孩子身上观众就特别满足，出乎意料的热，台下热，台上也热。裴艳玲下台不愿洗脸，不愿卸装，到处照镜子。

演员们也都十分惊奇，一样的孩子，在同一个环境长大，其他那几个孩子就不行。而且谁也没有特意教过裴艳玲，一板一眼，一招一式，还真是那么回事！

李崇帅那张怪脸不再笑了，也不再亲热地骂她是"小王八蛋"，他把艳玲叫到一边，又让她做了几个亮相的动作，然后对裴园说："是块好料子！"

一个人生命的质量在于选择，先发现是干这一行的材料，再培养干这一行，才能找到生命最好的位置。不是这块材料，硬要干这一行，特别是从事艺术性创造，心灵的穴道不通，只会事倍功半，酿就许多可悲的笨伯。

李崇帅的话是有分量的，因为解放前他曾在济南的"小富连城"戏班里教过戏。

散戏之后，裴园阴沉着脸一个人喝闷酒。第一壶酒下肚之后，嫌第二壶酒烫得不热，先是把酒杯摔到妻子脸上，妻子正不声不响替艳玲铺炕，他便骂上了：

"你个不下蛋的鸡，把我唯一的闺女也给带坏了，你成心要毁了我们爷儿俩……"裴园越骂越气，站起身拳脚齐下。妻子不喊不叫不躲闪，脸往被子上一扎任其捶打。艳玲吓得躲到炕角儿去了。夫妻之间，只要骂过一回，往后一生气就骂；只要打过一次，往后一不痛快就想动手。裴园挑不出妻子其他毛病，不会生养是女人最大的缺点。大哥有四个小子，前妻改嫁以后又生了一群，他不能让前妻看笑话，不能容忍别人骂他"绝户"！

他今天的火气却不是对妻子,是对自己,当初不该把女儿接出来！

等爸爸的酒疯撒过去,艳玲扑到继母怀里,大哭起来:"娘,你别哭,你别哭！我以后不学唱戏了,不再叫你挨打了。你没有孩子不要紧,等老了以后我养活你……"

继母第一次听到她这么亲亲近近地喊娘,紧紧地抱住了她:"好玲子,你就是我的亲闺女！"

五

裴艳玲并未信守自己的诺言,只是由明着学戏,改为暗地练功了。在练功之前先向四周看看有没有裴园。演员们爱逗她,有她父亲在场,大家就都规规矩矩了。

裴园还是脸色难看,成天喝闷酒,上台才开腔,卸了装不说话,裴艳玲能躲就躲得远远的。但是,自从她在洪县登台成功,想推辞也不行了。演秦英的演员病好了以后也不上场,仍叫她演,还有一些小丫环的戏也叫她替补。她知道演小子该怎样唱、念、做,演丫环又该怎样说话和动作。父亲仍旧不表态,不阻止,也不支持,好像是一种无可奈何的默认。

裴园憋闷了一个多月,好像想通了,让妻子教了几出正儿八经的旦角戏:《红娘》、《玉堂春》、《锁麟囊》,裴艳玲也能学,但兴趣不大。演武生则不学自会,特别来神,喜欢在台上威风凛凛。裴园决定让女儿学老生。他手提马鞭,叫女儿跪在地上,他问:

"艳玲,你真想学戏?"

"真想。"

"孩子,你可知道,干这一行不经过上刀山下火海的熬炼是学不成的！要准备挨打挨骂,一天脱一层皮,你受得了这份罪吗?"

"受得了。"

"现在你要说不学了还来得及,爸爸送你去上学。真要学上戏了,再想不学可不行啦,就是后悔也晚了!"

"我学戏。"

继母看不下去了,心疼地说:"叫孩子站起来说话,膝盖别跪破了。"

"滚开!"裴园眼珠子一瞪,"这是立规矩,吃苦的事还在后边呢。艳玲,你听着,唱戏这一行养能人不养笨蛋,唱不红,不如回家去种地。你不能跟爸爸妈妈学,我们是小演员,成不了大气候。你要想唱戏,就得唱出个样儿来,你敢起誓吗?"

"敢!"

"不学成,死不休!"

"不学成,死不休!"裴艳玲重复了一遍,她不知道这几个字的分量,也听不懂爸爸那一大套深刻的教诲,但被爸爸那庄严的神色和口吻镇住了,知道学戏不是闹着玩儿,是一件大事。

"爸爸给你请了位老师,他见过大世面,比爸爸妈妈都强。从今天起就把你交给他了,要打要骂由着他。"裴园把女儿从地上拉起,"去北屋看看你师傅醒了没有? 等他醒了就给他行拜师典礼。"

裴艳玲松了一口气,转身跑进北屋。爸爸给他请的老师原来就是李崇帅,他不枕枕头,却枕着一个竹盒子,呼噜打得很响,一眼圆睁,一眼紧闭。小艳玲头皮发瘆,扭头就跑,正撞到从后边跟来的裴园的怀里。

裴园斥责她:"你慌里慌张地跑什么?"

"大爷的眼……"

李崇帅站在门口哈哈大笑:"艳玲,大爷这个丑八怪吓着你了没有?"

裴园开导女儿:"你大爷的左眼是被阎锡山的马弁用鞭子抽瞎的,大爷脖子上挂块大牌子,上面贴着状子,步行去南京告状,一路走一路讨饭。梨园界的同行们都给大爷挑大拇哥,这就叫有骨气!你大爷就凭这只假眼,又在舞台上唱了十来年……"

"兄弟,别提过去那些丢人现眼的事了。"李崇帅打断了裴园的话,问裴艳玲,"小玲子,你愿意跟我学戏吗?"

"愿意。"裴艳玲声音不是很高。

拜师仪式很隆重,剧团的主要演员都来了,李崇帅端坐在大北房的上座。裴艳玲上台演戏不紧张,这时候却有点害怕。一双小手抖抖颤颤地举着三炷香,恭恭敬敬地给师傅磕了三个头。

父亲在一边威严地告诫女儿:"拜师学艺,打死勿论!"

气氛肃穆,这话更让她感到毛骨悚然。

继母手里托着一条亲手用红丝线编织成的腰带,走过来为她系在腰里,能保佑她终生平安,吉祥如意。

师傅那张怕人的怪脸上没有一丝笑纹,大家全部那么严肃认真地绷着脸。这一刻,只有继母才是艳玲最亲近的人,继母的怀里就是她温暖的天堂,她真想躲进去哭一场。可是她不敢……

是的,她很快就知道哭是没有用的,甚至没有时间哭了。

李崇帅是戏篓,他会多少戏,分多少派,谁也不知道,连他自己也说不清楚。难怪裴园那么崇敬他。要知道,能惹得裴园崇敬的人可真是不多。但是,他也厉害得像阎王爷,裴艳玲见了他总有点战战兢兢。

裴艳玲是先唱戏后练功,唱戏很好玩儿,练功苦死人。原来还要会这么多功夫,有把子功、毯子功、唱功、念功、眼功、身架功、鞭子功、靴子功、髯口功、翅子功、器械功……哎呀,数到死也数不完,练到死也练不完,哪儿差一点儿,师傅手里的棍子、马鞭就劈头盖脸地打下来。好像根本不知道她才是个五岁多的孩子。练腿功,单腿一站就是两个小时,动一下就给她一戒尺。站得裴艳玲浑身麻木,连狠心的父亲都心不忍,不敢看,脾气很粗暴的人,感情往往又很脆弱……

三伏天,李崇帅在麦场中央画两个圆圈,一人一小,刚能站下两只脚。用根绳子系在裴艳玲的腰上,他左手提着绳子头,右手拿根粗柳条儿。让裴艳玲打旋子。肩膀头抬得稍高一点,就挨一下子,抬得矮了就打不着。非逼得她飞起来不可,像刮旋风。今天翻四十个,明天翻四十一个,一个一个往上涨,八十、九十……翻六个旋子整一圈儿,那个圆圈儿没有缺口,没完没了,圆的东西可恶又可怕。

15

冬天，继母给她穿上棉裤棉袄，师傅再让加上一件半大衣，这叫厚上加厚，还得要做那些动作，保持原来的速度。那间用土坯砌成的练功房里，从早到晚都传出咚咚的响声，土面被她的双脚砸低了半尺。跌打滚翻、吊毛、扫腿、单腿砍身，残酷的、原始的、无休无止地训练，使她的脚肿了，腿伤了，贴身的衣服湿了用身子烤干，干了再湿……

裴艳玲害怕了，后悔了。她恨唱戏，恨练功房，恨师傅。但是她起过誓，拜过师，她现在刚懂得爸爸当初为什么要那样嘱咐她，已经晚了，没有退路了，她趁师傅上厕所的工夫，把继母送给她保佑"终生平安"的红丝带子挂到房梁上，拴成个套子，她登着窗台，准备把脑袋伸进去……

继母也看见李崇帅离开练功房，急忙抓了一把炒花生直溜进练功房，想给女儿揉腿揉背。一见艳玲满脸泪花想上吊，吓得大叫一声，扔掉花生直扑上去。她的惊叫声引来了裴园，艳玲"哇"的一声大哭起来！

裴园没有发脾气，哽咽着说："不是爸爸心狠，演戏不练功，越演越稀松！"

六

《宝莲灯》使裴艳玲饮誉全国。电影则是在她刚休完产假之后拍摄的，谁能看得出来呢？除去脸上略显清瘦之外，许多人甚至看不出她是一个女演员。

沉香在深山学艺的那一大套武功技巧，新颖别致，令人心旷神怡，美不胜收。"身轻似飞燕，攀援登山巅；采下灵芝草，为母把药煎。"看过这出戏的人，大概不会忘记沉香这个可爱的形象。

裴艳玲演过数百出戏，为什么《宝莲灯》成为她打红的第一出戏？一九六一年中秋节，毛泽东主席和周恩来总理在人民大会堂点名看了这出戏，演出之后有个记者就向裴艳玲提出了上面这个问题。

这个戏是她自己的戏，是她的保留剧目。她演的另外一些戏则是别人的。

也许是生活的巧合。她是那么喜欢沉香……

演戏——可以阐发她生命里无法理解的那一部分内容,武功是她阐释心灵深处的语言。

她挺过来了,跟李崇帅学会了不少老生戏、武生戏、猴子戏。帅那心强命弱的继母却突然病倒了。他们一家三口不能赶场唱戏,砸掉了饭碗,裴园决心要治好妻子的病,就是倾家荡产也在所不惜。他老怀疑妻子的病是被自己气出来的,一个如花似玉的大姑娘,自从嫁给自己以后过得好吗?他常这样扪心自问。

一九五三年的石家庄、肃宁县一带的医疗水平,甚至没有查出继母到底得了什么病,越治病情越重。裴园那点可怜的积蓄以及洋车、毛毯、手表等所有能值点钱的东西全卖了。最后只能回到傅家佐村,变卖裴园弟兄们分家时得到的家产,求助附近的老中医来挽救妻子的生命。幸好李崇帅是个十分讲义气的人,教了裴艳玲那么多戏,不要裴园一分钱。他们开始以苦菜、榆钱儿、苣荬菜等为主要食粮,裴艳玲学的那一身功夫用来爬高树采嫩叶儿颇为得心应手。当裴园要卖掉祖辈留下来的、分到他名下的那三间北房时,跟两位哥哥闹翻了,卖掉祖产是一件痛心的事,是败家的象征。裴园这个走投无路的汉子,已经红眼了,快急疯啦,他不在乎承担不孝的罪名,如果能治好妻子的病,就是把他卖了也不会犹豫的!

穷是老虎,能吓退三亲六故。弟兄、亲戚、邻里跟他的关系全疏远了。他们在村东头租了一间小南房住了下来,独自承受着命运的打击。裴园的妻子临咽气的时候十分安详,没有一句抱怨,也没有往常那种低眉顺眼、逆来顺受的怯懦,清醒而又平静。一只手摸着艳玲的头,一只手拉着丈夫的手,吃力地然而又是用一个真正的妻子和母亲的口吻嘱咐说:"艳玲是个好孩子,将来一准儿比我们强。我死后,你不要再找同行做妻子,娶个贤惠善良的农村女人,就为的是照顾艳玲。你老了得靠她,咱裴家的风水都在她一个人身上了……"

"娘,娘!"在艳玲拼命的叫喊声中,继母似乎是含笑闭上了眼睛。

裴园倾其所有给妻子买了一口好棺材,厚厚地把她发送了。他倾家荡产了,心里也干净了,他欠妻子的账,妻子都带走了……

七七(四十九天)已过,裴园叫女儿开始练功。他东抓一把,西借一把,每天好歹给自己和女儿(主要还是女儿)做点吃的,能胡乱塞个多半饱就行。他们爷儿俩过的实在不是日子,有人劝他再续弦。裴园的回答令人惊奇:"你们去问艳玲,她要说行就行。"

八岁的裴艳玲大模大样地包揽了父亲的婚事,她人小心眼儿挺鬼,想的不是给父亲找个好老婆,而是为自己找个好后娘。

本村居然有两个大姑娘愿意嫁给裴园,媒人叫裴园去相亲,裴园一推六二五,叫媒人去问女儿。怎么能让 个小孩子代父相亲,媒人很为难,艳玲自有主意,她到人家门口去"拿家家儿"玩儿,等人家走出来的时候再相看。有时在人家姑娘门口一坐就是多半天,上午姑娘不出来,下午再去等。她心目中最好的后娘就是刚死去的继母,那是她相亲的最理想的标准,眼睛要水灵,肉皮儿要白嫩,性情要慈善。第一个候选人被她坚决地否定了。第二个候选人是端着一大盆衣服从门里走出来的,人样子还不如第一个好看,跟死去的继母更无法相比,但她手里那一大盆衣服让艳玲感动了。一次能洗这么多衣服,一定爱干净又勤俭,心眼儿好。她的推理是简单幼稚的,决心下得却很快。她选中了这个到坑边儿去洗衣服的姑娘做自己的第二继母,她叫李敬花,比裴园整小十二岁。

消息一传出,李敬花的家里闹翻了天,父母再加上五个哥哥一致反对这门亲事。李敬花是个老实厚道的姑娘,可越是这样的人越有自己的蔫主意,她面对倾盆大雨似的责难,一声不吭,心里早有盘算。

"长短不能嫁个唱戏的!"

她心里说:"唱戏的又怎么了?裴园对他老婆够多好,卖房子卖地也给老婆治病。老婆死了自己披麻戴孝,扶着闺女给后娘打幡抱罐儿,把魂儿都哭散了,这样的男人农村能有几个?为了对得起老婆,不怕跟家里闹翻,不怕听闲话,不怕自己丢人现眼,跟上这样的男人一辈子没亏吃!"

裴园喝酒打老婆的事,村里知道的人很少,因为他妻子嘴严,挨打不声张。李敬花的逻辑是:裴园对前妻好,将来对她也错不了。何况裴园身架匀称,举止洒脱,在农村里简直算得上是一表人才了……

"他穷得叮当响,连个自己的窝都没有,你嫁过去睡在哪儿?再说,他还有个八九岁的孩子……"

对于这种闲话,李敬花更是不以为然。现在已经解放了,反正不会饿死人。唱戏的一张嘴就是钱,还能老这么穷吗?说到那个孩子,李敬花眼前好像老晃动着裴艳玲在村东树林里喊嗓练功的身影,这孩子太可怜了!

感情是说不清楚的,尤其是这种被称做爱情的东西,连当事人自己也不理解。李敬花抱着自己的铺盖,提着一个吃饭的小炕桌,没用吹吹打打,单身走进了裴园的小南屋。

新婚之夜,艳玲钻进了李敬花的被窝里。后娘是她选中的,理所当然应该由她享受后娘的温暖。

七

"练就惊天动地艺,为民除害下高山。"——这是沉香的两句唱词儿。

九岁的裴艳玲要去闯荡一番了。从五岁拜师学艺,已经度过了四个春秋。第一站是灵寿县京剧团,箱主叫罗汉杰,是个能耐人。谁用他的箱要给他钱。以前他花钱买了个女儿,情人教戏,长到十八岁让她登台,又收她当小老婆,给罗汉杰生了五个孩子。现在,罗汉杰是团长,他老婆是主演,五个孩子全都登台,灵寿县京剧团实际就是罗家班。裴园没有自己的行头,只好租用罗汉杰的戏箱,求人家给碗饭吃。

李崇帅的面子大,去跟罗汉杰谈:"我跟裴老弟搭你的班儿,这个孩子只给你唱戏,不拿分儿(即不分钱)。"

罗汉杰打量一眼裴艳玲,年纪跟自己的三女儿差不多,眼睛倒是够精的,亮闪闪透出一股神气儿。看样子是下功夫学过艺的,便点点头:"唱个白天是可以的。"

白天以裴艳玲为主,九岁的孩子一挑台,立刻轰动。《群英会》她前饰鲁肃后演诸葛亮,在《伐东吴》《大报仇》里她前扮黄忠后演关兴、刘备。那十几出猴子戏更为引人,《水帘洞》《十八罗汉斗大鹏》等等。《柴桑关》她扮周瑜,裴园演张飞,父女同台,一高一矮,高潮迭起,效果出奇的好,一传十,十传百,白天的上座率极高,压过晚上。灵寿京剧团每到一地,人家就围上来打听:"那个小孩儿来了没有?"

裴艳玲把罗家班儿给盖住了。罗汉杰虽然多赚了钱,脸面上却挂不住,老在前台、后台骂闲街。李崇帅气不过,去另找门路了。裴园也早就听出罗汉杰的话里气味不对,无奈自己没有行头,前妻去世又欠了一屁股债,只好忍气吞声。不点名道姓地骂出来就装做听不见。罗汉杰是河北四霸之一,凡是各路名角儿路过石家庄,都要拜他,实在不大好惹。

裴艳玲年小气盛,刚喝过成功的甜酒,根本不把罗家班放在眼里,他们不就是仗着趁戏箱欺侮人吗!自己是主演,在台上为他们卖力气,一分钱不拿,反倒受歧视。她心里不平,自然要向父亲抱怨。脾气暴烈的裴园,心里难受,他不愿因自己的无能,使孩子的心灵受委屈,让她觉得自己比别人矮一头。他为了孩子也不应低三下四,乞求别人的施舍,那是要饭花子,他则有理由要求公平,要求应该得到的东西。

有一天罗汉杰赶集回来,路过一条干河沟的时候,在一座小木桥上跟裴园走了个脸对脸,真是冤家路窄,只有一方停下脚步,侧过身子,另一个人才能过去。罗汉杰是箱主、团长,怎会把一个演员放在眼里,当然不会主动让路,而且认定裴园会给他让路的。谁料裴园一脑门官司,比他还横。四只眼睛相对,双方僵持着,估量着。罗汉杰首先火了:

"姓裴的,你要干什么?"

"我要过去,你挡道干什么?"

"别忘了,你们吃谁的饭,吃你罗爷的饭!"

"告诉你,你吃的是裴爷的饭!"

话已至此,如刀出鞘,再无后退的可能。裴园膀子一抖斜撞过去,罗汉杰身上没有功夫,哪是裴园的敌手,身子一晃摔下桥去,"咕咚"一声,他不顾自己的尊严,连声地"哎哟"起来。

裴园站在桥上很出气地说:"姓罗的,摔死你,裴爷给你偿命;摔伤了你,花多少钱我兜底儿,坐大牢也认头了!"

裴园出了一口恶气,得胜似的走了。

罗汉杰因穿着单裤单褂,左腿骨折,皮肉被擦破好几处,送进了灵寿县医院。县长肖刚就这件事做出裁决:县京剧团辞掉罗家班,留下裴园父女。当然,罗汉杰治伤的医疗费要由裴园承担。

官司就算打赢了,心里的怨气也放出来了。裴园却带着女儿离开了灵寿县,他准备让艳玲多走几个地方。路过石家庄的时候,被中国四大须生之一的奚啸伯接到家里,单为裴艳玲说了几天戏。光是鲁肃这一个角色,奚啸伯就讲解了几种派别的几种不同的演法,使裴艳玲领略到艺术的更高一层的境界。奚先生还介绍他父女到束鹿县京剧团搭班,并接受了束鹿京剧团送来的三百元安家费,就算预支给他们爷儿俩的薪金。没想到侠肝义胆的李崇帅,也在这时候追来石家庄,找到他父女——

"快收拾东西,马上跟我走。"

裴园一怔:"去哪儿?"

"山东乐陵京剧团,让咱们孩子去挑班儿!"

"哎呀,我刚答应了束鹿京剧团……"

"不行,"李崇帅打断了裴园的话,"我已经跟人家订了两年合同,艳玲的月薪是八百元,你我都是一百元。"

"啊!"裴园吓了一跳,师傅只拿一百,徒弟倒拿八百,他说,"你告诉人家了吗,咱的孩子才九岁!"

"人家知道,看过艳玲的戏,就愿出这个价儿!"李崇帅十分得意。

"那好,我那一百就不要了,专门照料孩子。"

在赴乐陵的火车上,裴园下决心退出舞台,从今后拿出全副精力

21

专门管理女儿。他给艳玲又订了几条规矩:

"玲子,你现在是个角儿了,但玩意儿还差得远,在师傅面前永远是徒弟,在爸爸面前永远是孩子,要懂规矩,错一点照打不误! 第一,唱完文戏练武功,演完武戏练唱功,心不可懒,艺不可散。第二,除去演戏,不许和任何外人接触,没事儿的时候想打扑克找你妈妈,想下棋找我。第三,下了台不许多说话,话一多不仅费嗓子,还泄漏元气,分散精力,使心思不宁。演员能沉默才能叫得响……"

八

裴艳玲唱红了。

对一个演员来说,获得观众的喜爱似乎还不是最困难的,能取得专家的赞扬,让同行们认可,就更不容易了。京剧界开始知道乐陵京剧团里有个神童裴艳玲。

合同期满了,乐陵不想放人,想把裴家父女长期留住,希望他们把户口迁到乐陵县来,如果嫌八百元的工资太低,还可以往上涨。裴园也是个重义气的人,这两年他跟女儿混出了个人样儿,理应报答乐陵京剧团的知遇之恩。他不提"钱"字,满口答应。但请了半个月的假,一是回河北转户口,二是带着女儿到束鹿县京剧团白演三个月的戏,一分钱不拿,补偿两年前曾答应了人家最后又没有去成的过失。在梨园界混,不讲信义不行!

裴艳玲在束鹿京剧团刚演了一个月的戏,人世间这个广大无边的舞台上有一台更为规模浩大、波澜壮阔的活戏开场了,许多演员离开了自己的小舞台,在这场大戏里扮演了自己所不喜欢的角色。首先——

奚啸伯被打成右派分子。

李万春紧跟着也戴上了右派分子的高帽……

来束鹿自投罗网的裴园,好像还蒙在鼓里。他自我感觉不错:出身中农,本人是穷艺人,属于被依靠的对象。他对政治和国家大事一窍不通,也不甚关心,更无言论,打右派不会找到他头上。他所接触过的共产党干部,如潘仁、肖刚以及乐陵县委的头头们,都很公道,一团和气,他有什么可嘀咕呢?一天到晚,还是照常督促女儿练功习艺……

一个晴朗的早晨,裴园陪着女儿喊嗓回来,发觉大家的眼神都变了,个个如魔鬼侵身,显得躁动不安。束鹿京剧团一夜之间变成了一个巨大的陷阱,在等待着裴园和他的女儿往下跳。

剧团的院子里、食堂里、舞台的天幕上、后台的墙上和化妆室里贴满了大字报。最叫裴园和女儿受不了的是一幅画——

一个农村小姑娘,穿着家做的红红绿绿的裤褂,长得奇形怪状,歪鼻子扭眼,就像一棵疤痢溜秋的干巴树,脑袋上、眼眉上、辫梢上、耳朵上、胳膊上挂满洋钱。一个中年汉子,弯腰撅屁股,龇牙瞪眼地在摇动那棵树,有无数枚洋钱从树上掉下来。树底下站着个农村女人,撩起褂子的大襟在接钱。下面有一行大字:"拿孩子当摇钱树,向党要高价!"

不用写出名字,裴艳玲也知道那棵摇钱树就是自己。继母李敬花格外疼她,完全按照一个农村妇女的审美意识来打扮她,从头到脚,从里到外,完全是李敬花亲手做的,细针密线,新里新面儿,褂子上缀疙瘩襻儿,下身是宽裆的灯笼裤。裴艳玲在台上是主演、名角儿;下了台就变成一个土里土气的农村小丫头。难道她长得就是这么难看吗?千不该万不该,他们不该挖苦爸爸和老实巴交的继母!

只有十一岁的裴艳玲吓傻了,两年来她见过不少世面,可从未经过这种阵势。不要说她,就是裴园也有点蒙了。如果是因同行嫉妒或别的什么私人恩怨,一个对一个地干,他裴园不在乎,不管对方是罗汉杰,还是孙汉杰。可这是运动,众人打一个,他除去低头挨打还能怎么样呢?

他在女儿面前强作镇静,心里却焦急地琢磨对策。他估量这是束鹿京剧团的"老人"借官台唱私戏,嫉妒他的女儿。艳玲一来就把他们镇住了,说得再重一点这叫砸了人家饭碗,当然不会对他们父女善罢甘休。女儿还是孩子,自然要朝他下手,这还算是不幸中的大幸,他本

23

人没有什么好怕的,如果人家把艳玲毁了,那才是真要他的命呢!他们的目的无非是要把艳玲挤走,害怕他和女儿留下来。好心换得驴肝肺,裴园决定离开束鹿。本来自己就是帮忙来的,既然人家不欢迎,一走就完了呗。

他想得太简单了,有人在他们的临时住处等着,通知他们父女吃过早饭立刻到团里开会。艳玲练功一早晨,为了让她多吃点东西,裴园自己做样子勉强吃了一口烧饼,喝了半碗黏粥。将小茶壶里灌满酒,领着女儿走向会场。

批判会由一个叫阴德运的人主持,他是前天才从县委派下来专门抓运动的干部,让裴园坐在台中间,裴艳玲在一旁陪绑。

裴艳玲不能全部听懂人们的发言,可是从人们的语气和眼神当中能感受到阴冷的刻毒和强烈的仇恨。她不明白,大家为什么全把她和爸爸当成了仇人?她来到束鹿才一个多月,怎么会得罪了这么多人?平时大家对她和爸爸是那样客气、尊敬,一夜间都翻了脸,有人的手指快剜上爸爸的眼睛了!平时爸爸的脾气是那样暴躁,犯起性子来八面威风,眼下却一声不敢吭,低头耷脑,只顾一口接一口地喝茶。不,那是酒!

裴艳玲稚嫩的神经,实在承受不了这巨大的精神压力,她太紧张,太害怕了。终于忍不住号啕大哭起来,双手捂着脸,浑身抽搐。这个有着一身功夫的神童,此刻一点神气也没有了,身体像散了架一样,像一个地道的被人抛弃的孩子。

裴园耻悬眉睫,看着女儿那可怜的样子,没有说什么,心口窝却像穿了一根铁条!

阴德运的脸活像一条大冻鱼,透着寒气。他叫人把裴艳玲送出会场,并当场宣布,以后不许她再参加批判会。在会场哭哭号号的会破坏严肃的气氛。听他的口气,好像今天的批判会是裴艳玲自己闯进来的。

李敬花在大门外面急得转磨磨,见艳玲哭着出来,搂着她回宿舍了。裴艳玲蒙着被躺了一天,哭哭啼啼,不吃不喝,晚上还要演出

《四杰村》。戴罪立功,不演不行!开台没多久,下手演员不小心,用涂着铅粉的木刀把裴艳玲的脸划破了,她满脸都是血,咬着牙演完整出戏。

从此,裴艳玲在团里的地位变得十分奇特了,在台上以她为中心,下了台却很自卑,隔着门缝看爸爸怎样挨批判。从一个红得发紫的神童,一下了变成了被众人唾骂的弃儿。屈辱感像毛毛虫一样在心里爬,摧残了她那颗纯洁而又骄傲的心灵,对她的性格的形成产生了巨大的影响。从那以后,凡有运动她就是对立面,就要受到敲打,她本能地疏远所有的领导者,哪怕是个共青团的小组长呢。除去演戏,躲避一切活动。因而,她成了一个"小封建老艺人",明明是长在新社会,她根本没见过封建主义社会为何物,人们却认为她身上藏着许多封建主义的东西……这是后话。

对裴园的暴风雨似的批判延续了一个来月,阴德运跟他摊牌了:他的女儿必须长期留在束鹿京剧团,月工资定为二百五十元;他和女儿留在团里做人质,由他老婆李敬花回老家把三个人的户口迁来。

阴德运城府很深,为人极阴,是生活中的活曹操。论动心眼儿,裴园这个在舞台上演曹操的人哪里是对手!阴德运手持宝剑,先拿裴园开刀,发动了这一场稳操胜券的批判。裴园在束鹿人地两生,上无后台,下无根子,名气又大,不拿他开刀还能斩谁呢?京剧团搞运动的经验震动了全县,阴德运明知裴园是个典型的老艺人,没有反动言语,不可能将裴园打成右派分子,但可以打掉裴家父女的威风和傲气,今后乖乖地听他使唤。还可以给那些嫉妒裴家父女的人出出气,取得人心,可谓一石二鸟。这个下马威干得漂亮,以后留下当团长就顺手了。

但是,他有一点没有算计到,裴园在送他老婆走的时候嘱咐说:"你就待在家里,万不可把户口迁出来,我们爷儿俩自有办法离开这个地方。"

九

裴艳玲倒真的成了束鹿县京剧团的或者说是阴德运的摇钱树,所到之处无不轰动,场场爆满。包括石家庄、天津的一些大剧院里,也能连满几十场。演出不断,批判也从未中止,隔几天总要给她念一次紧箍咒,哩哩啦啦一直持续到一九六〇年。

进步呀,入党入团呀,荣誉呀,心红呀,都跟裴艳玲无缘,她十分知趣,连想也不想这些属于下一辈子的事情。只有一条路是属于她的——就是专!她只有躲进艺术的深宫高堂之中,才能找到自己的乐趣;只有拼命练出绝活,登上别人达不到的绝顶,在观众的掌声里她才能得到一点安慰,尝到一种真正胜利的喜悦。

她先后又拜过几个师傅——

李兰亭的弟子郭景春,在北方颇享盛誉的武生,教戏也与众不同,只收三五个徒弟,一出戏教两年,登台一演果然不同凡响,使人才知"山外有山,天外有天"。李兰亭认为裴艳玲短打上的功夫十分惊人,便集中向她传授李派在"厚底"和"身段"上的绝技。

侯永奎,人称"活林冲",著名的北昆演员。裴艳玲跟侯老先生学了《夜奔》、《钟馗嫁妹》等戏。

李少春,教了她猴戏。裴艳玲从李少春身上得益最多的是表演的凝练、含蓄、精粹、大方、帅而不浮,稳而不滞。不论多么繁难的技巧,经她演来,似乎是轻而易举,使人看着舒服,不必替演员着急或捏一把汗。

在一片白眼的斜视中,裴艳玲的演技却长足前进,逐渐成熟了。阴德运想压她也压不住了,想把她永远扣留在自己的身边也不可能了。酷爱河北梆子的省委领导人林铁、刘子厚,雄心勃勃,想成立一个尖子剧团,能在全国打得响,最好能把河北梆子推向全世界。抓出一台好戏,只要一拍电影或一出国演出,不就让全世界都知道河北省有个美妙的剧种——河北梆子吗?

这个剧团的名称叫"跃进河北梆子剧团"。

两位领导人下令把裴艳玲调来,月工资定为一百七十元,此数目在这个新剧团里已经算是高的了。因为省委领导有指示:"人家原来是挑班的,应该定高点儿!"

好像还是对裴艳玲的照顾。殊不知，她的名气越来越大，工资却越来越低。

裴家父女对降工资当然不会欢欣鼓舞。特别是听说阴德运向省里提了条件：如果非要从束鹿京剧团调走裴艳玲，也必须把他调到省里来。由束鹿县转到省会大城天津市来，由县管干部变成省管干部，这真是一招好棋！省里下大力气调裴艳玲，就不能不答应阴德运的条件，裴园却坚决不同意。他父女受够了阴德运的气，可不愿再看他的鬼脸，在他的鞭子下唱戏。更主要的是裴园瞧不起河北梆子，不愿让女儿改行……

这是省委书记拍的板，裴园不是自找倒霉吗？

开批判会！

裴园的罪名仍然是他的女儿，阴德运说："告诉你，孩子是国家的，不是你的！是党把她培养成现在这个样子，你却把她当成私有财产，带着个小毛孩子满天飞，是不是想置房了置地，当地主恶霸？"

摆开这阵势，裴园就一点本事也没有了。他想摆肉头阵，任你把老天说下来，他反正有一定之规。阴德运当然有办法治他，转脸对裴艳玲说："裴艳玲，你已经挑班好几年了，也懂事了，往后你的事由你自己做主。你是党培养的，由县团到省团，这是省委领导对你的信任，你自己说，来不来？如果不来就天天开你爸爸的批判会，直到他点头为止！"

十二岁的裴艳玲使出吃奶的劲才想明白：她不是爸爸的女儿，而是国家的财产；不是爸爸裴园、奶师李崇帅以及李兰亭、郭景春、侯永奎、李少春等老前辈培养了她，而是阴德运那个党培养了她。反正她答应了，她只能答应。

裴园一气回傅家佐村种地去了。他辛辛苦苦拉扯起来的女儿，才刚满十三岁，把她一个人扔在天津实在不放心！没有办法，前功尽弃，他只好撒手闭眼了……

艳玲怎么哭也不行，事情已经无法挽回了。她怎么能离得开父亲呢？父亲对她管得很严，她虽然已经挑班多年，父亲还是对她说打就打,说骂就骂。早晨她晚起一会儿,扫帚把就打过来了,练功练不好也打。父亲惯了,她也习惯了。其实是打不疼的,如果父亲不打她,那真是要出事了。每逢父亲挨批判的日子,就不管她。在继母不在身边的这几年,她的衣服,包括袜子、内衣都是父亲给洗,而父亲的衣服从来不让她摸……

一九六○年五月一日的晚上,毛泽东主席在天津干部俱乐部的大剧场里观看了裴艳玲的《大闹天宫》。演出后上台接见的时候特意把她拉到自己身边,裴艳玲战战兢兢,她真想偷眼看看阴德运的脸色,不知该不该靠近毛主席。万一说错话会不会又惹麻烦。刚才还是神通广大、胆大妄为的孙猴子,一回到人间立刻变成了过分早熟的孤儿,胆小而又谨慎。

毛主席说:"好一个毛猴子,有真本事!"

她更不知说什么好了。

毛主席问:"你多大了?"

"虚岁十四。"

"唱戏几年了?"

"从五岁开始。"

"还会唱什么戏?"

"……"这怎么回答呢? 她会的戏多了。

不知为什么,那天晚上毛主席兴致格外高,想听听裴艳玲唱两口儿。

裴艳玲清唱了一段京剧《空城计》:"我本是卧龙岗散淡的人……"

她忽然想起自己的父亲,哭了。

一○

裴艳玲长大了。在掌声和孤独、荣誉和毁谤、鲜花和陷阱之中,她长大了。身材挺秀,神采略显忧郁,像一个没有进入原子时代的戏装女性。既坚强又软弱,既优雅又卑微,既是女人又是男人,她的个性简直是个不可思议的奇迹,集纤柔和刚毅于一身。

当她恢复姑娘的本来面目的时候,就喜欢孤单单地和自己的良心待在一起,能闪电般地从热闹场中沉静下来,抽身而退。乍一看四周全是人,细一想没人能跟你说话。她端庄自重,婉约顺从,不声不响地随大流。谁能想象,这样一个胆小怕事的姑娘,怎么能在舞台上扮演男子汉大丈夫呢?

然而,她也可以转眼间从沉静中一变而为欢跃。那是听到锣鼓的召唤,她变成另一个人的时候,眼睛射出精悍的光辉,举止充满旺盛的精力,身体仿佛是美和力量的结晶,涨潮般地充满了凛然气概。林冲也好,钟馗也好,孙悟空、沉香也好,她在舞台上常常感到角色的痛苦和她自己的痛苦融为一体。她赖以生存的世界是舞台,她的全部欢乐都藏在艺术里。她每逢扮好了装,忘掉了自己,立刻就感到自由了,心里一片阳光,充满自信和欢乐,生活多么美好! 她感受到自由是内在的,自由在自己心里,而不在身体以外……

有谁理解她这种奇特的得天独厚的心地和气质呢?

连她的朋友们都不理解她。

首长要请漂亮而有名气的女演员到家里吃饭、唱戏、跳舞;高级干部的子弟想学戏,愿意跟女明星交朋友,请她们到家里去进行单兵教练;总之,一个出了名的女演员,为她的名气和美貌要忙的事情可多了。

凡有这种好事,人家都争着去,她总是悄悄地躲开了。有人责怪她,不认识自己的价值,不会享受生活的欢乐。有人可怜她,知道她是因为自己政治条件不好,不敢靠前。有人则说她孤臭架子……

她的朋友林玉善则骂她"反动"。玉善比艳玲大几岁,是同团的旦角演员、团支部书记、党组织发展对象。从小学选拔到省戏校,戏校毕业进了省团,嗓子好,扮相好,台上一朵花,台下也是一朵花。风采娟美,凝娇绽翠,且天真未泯,耽于幻想,纯洁可爱得像个小娃娃。老是埋怨艳玲不追求进步,不积极争取获得一条政治生命。连艳玲都看出她周围的苗头不对,她却全无觉察,以至于被团长奸污,保卫科长送她到乡下打胎,再插一腿。最后被撤销预备党员的资格,下放到农村去了。临走前,团长的老婆找到团里来,骂她,撕她的脸,闲话像铲子一样,把林玉善的名誉彻底铲光了……

另一个女演员则说艳玲太傻了。这个演员条件一般,却有一副好相貌。抛弃了她一直爱着的跟她配戏的男演员,嫁给了一个有实权的人物,权力和艺术相结合,不愁不会飞黄腾达。

还有的成了领导人的高级家童,一种不清不白的招之即来、挥之即去的娱乐工具。

团里一个最有才气的唱青衣的女演员,因被排挤而不能登台,拼命抽烟,想毁掉自己的嗓子,很快就得肺癌而死!

……

裴艳玲这个"小封建老艺人"却因祸得福了。在政治上她不会成为任何人的障碍和竞争对手,姥姥不疼,舅舅不爱,被人遗忘了,反倒安全了。在业务上她是女扮男,谁也无法跟她比,团里那些得宠的演员跟她不是一个行当,有时为了抬高自己还得拉上艳玲配戏。因此不把她当做主要排挤和打击的对象。

但是,当"文化大革命"的普遍打击降临到戏剧界的时候,她也在劫难逃了。

一一

人人情绪高昂,全身心地投入了一场伟大的荒唐之中。带着神圣的心理,崇高的职责,去冒险,去破坏,去杀人,现实变成梦幻,光明的黑暗,昼出的精灵,恶的盛筵,真是受用无穷!

世界疯狂了,神经错乱便成了健康现象。

女人演男人——这一中国戏曲史上的正常现象,变得不正常,甚至是大逆不道了。裴艳玲没有离开舞台,所扮演的角色变了,再不是叱咤风云的英雄豪杰,而是千夫所指、万人唾骂的牛鬼蛇神!

天下汹汹,众口纷纷能铄骨。

同团的那些尖子演员,有的寻死觅活;有的吃不下饭,睡不着觉;有的故意穿破衣服,成天吃窝头咸菜,急于表示自己的忠诚和认罪态度好……

裴艳玲从十一岁就挨批判的经验,这时候用上了。她一下批判台就把自己收拾得干干净净,吃得饱,睡得香,而且有好的不吃差的。食堂饭菜不好,回宿舍就砸核桃吃,她床下的皮包里老存有核桃。别人拿你不当人,自己再糟蹋自己,还活个什么劲儿呢!反正头上的帽子够多了,再加上一顶"资产阶级生活作风"的帽子也沉不到哪儿去,没有这顶帽子也好不了多少。她是老"资产阶级"了!

夜里被造反派轰起来贴大字报或受审,完事躺倒床上二十分钟就能睡着。铰头发,打脸儿,还不是跟唱戏一样,无非是从小舞台到大舞台。

继母偷偷地来看她,带来一个惊人的消息。有一天夜里,李崇帅敲开裴园的门,借走了二十斤粮票。几天后他在镇上偷着卖羊,想卖点钱买粮食吃,被民兵发现,押着他游街示众。他受辱不过,当天晚上自己上吊死了!

裴艳玲哭不出来,直想撞头。李崇帅给了她多少东西,恩同再造,却什么也不收她的,临死前只要了二十斤粮票,还是借的……可见他已经陷入了绝境,不然像他这样的人不会张口求人的。解放前他还可以举着状纸到南京去告状,现在想喊冤告状也找不到门口……

李崇帅那粗大而顽强的生命力,在社会强暴面前竟是如此脆弱!

关于同行们的不幸消息一个接一个传来,像瘟疫一样传播着,不幸的人们只好借助探听别人的不幸来排遣自己的苦恼和忧虑。

相比之下,裴艳玲的生命还是安全的。由于不能演戏,真正属于她的那个世界正在消逝,她的心坠入一个无边无际的黑暗。在黑暗中,寂寞像风暴一般不断地袭击她,这是那种思潮汹涌的寂寞,缠绵的无尽无休的孤独。她渴望能找一个人说说话,但父母不在身边,世界尽管拥挤,大家都是孤单的,各自单独地寻找活着的意义,单独地走向死亡。她盼望能坐长途火车,最好坐上去就不要下来,火车也永远不停。她听着火车轱辘那单调的响声,让苦涩的回忆把自己吞没,把现实忘掉,让活跃的想象力尽情发泄。她愿意一天到晚都埋在胡思乱想里,有时像个疯子一样自言自语,连手脚跟着一块比画。她还喜欢晚上一个人对着月亮愣神儿,瞎想:

它亮了一夜,消失了,
人活了几十年,死了。
人死了不会再活,
它却一次次地复活、发光。
哎,这个让人嫉妒的鬼怪,
　　这个偷光的贼,
　　这只冷冰冰的眼睛。
当人死去时它就活了,
人醒来时,它又死了。
哎,这个夜出的精灵,
　　这个扮演太阳的演员,
　　这个窃走人一半年华的美丽的骗子!

这是一个叫滕运的大学生写的唱词儿,多么绕口。她却很容易就配上曲子,随意哼唱,一次一个样儿。因情绪不同,唱出来味道也不一样。

演员们在"削价处理",女演员们嫁个军人为最好,嫁个工宣队员次之,实在没办法才找同行。朋友们也为裴艳玲介绍了一个,他叫丁宝金,一九六六年毕业于天津音乐学院,在剧团里弹琵琶。裴艳玲的条件很简单,只有两条:

"一、能理解我,理解我的老人。二、能够替我孝敬父母。"

她对丁宝金的"考验"就更省事。她在台子上挨斗的时候,盯着台下的丁宝金,看他的表情有没有嫌弃的意思,批斗会一散,她对丁宝金说:"我要洗脸,你给我买块肥皂来。"

丁宝金如果怕受牵连,躲开她,他们的关系也就吹了。

丁宝金买了肥皂送来了。他们的关系就算定了,裴艳玲为他织了一条毛裤。

他们结婚了。没有鲜花,没有浓香,淡淡的,温暖而宁静。

裴艳玲似乎找到了自己的归宿,至少是有了一个可供自己避风和喘息的港口。然而,那些缠绕着的梦魇却不肯离去,家庭的温暖并不能代替一切。她不满意一天到晚只当个女人,时时有一种按捺不住的激情在身上膨胀、扩展,她觉得自己要发疯,脾气反常……

四个男红卫兵追打一个对立面的女学生,她忘记自己的身份,竟把那四个半大小子全打翻在地。她私自跑到乡下去,跟脖子上挂着破鞋游街的林玉善抱头大哭……

她早嫁给了舞台,真正的丈夫是戏剧。如今她生命的河流被阻塞,渴望流向艺术的海洋,否则就四处漫溢。

造反派们忙着互相攻击、夺权、联合掌印等等,把牛鬼蛇神们扔在了一边。裴艳玲说服了看门的老大爷,每天躲到仓库里去练功。身上积压甚久的力量突然爆发了,一点点重新拾起神功绝技,拳脚翻飞,疾风卷地。她心里有一股气要发泄,她不甘心长时间的失败,强烈的斗志使她全身震颤。出一身透汗真舒服呀!她又找回了那个自己心醉的世界……

一二

去年,得知裴艳玲和老编剧肖方(《哪吒》的剧作者)编演《钟馗》,我心里喜忧。

喜的是裴、肖二人有眼力,有胆气,"钟馗"实在是个好题材,《钟馗斩鬼传》被古代文人列为"第九才子书"。在中国,钟馗几乎是个家喻户晓的人物,老百姓特别喜欢这尊丑神!编排得好能成一出妙戏。忧的是对有关钟馗的戏时禁时放,他们如果新编一台大戏,命运会如何呢?裴艳玲这样一个神俊的人物,扮演一个丑八怪,会不会有损她的形象,破坏她的表演风格?

《钟馗》一演,震动艺坛,令人耳目一新。痛哉,快哉!钟馗奇丑又奇美!

我看完这出戏,就忘记裴艳玲本人是什么样子了。眼前老浮动着一个豹头环眼、铁面虬髯的凶神,手提宝剑,背插笏板,悠悠荡荡,所到之处惨惨阴风溃退,漫漫黑雾败散。那些真鬼、假鬼、恶鬼、色鬼、黑心鬼、诈骗鬼、霸道鬼、龌龊鬼……被他一剑一个!

口中唱道:

> 世事浇漓奈若何,
> 千般变态出心窝。
> 只知阴府多魂魄,
> 莫道人间鬼魅多。

一出《钟馗》还引来了裴艳玲的生身母亲……

一三

裴艳玲在京演出近一个月,换了好几个剧场。几乎每天都有个小伙子早早地来到剧场门口排队买票,总是买三张最前排的票。

到晚上,小伙子和一个年轻妇女搀扶着一位老太太提早坐到座位上等候开戏。每场必到,坐下去就不再动弹,仰脸盯着台上。

裴艳玲一出场,老太太的眼泪就随之簌簌而下……

尽管场场爆满、一再加演,也终有结束的时候。裴艳玲演完最后一场正在后台卸装,那位年轻妇女找到了她,鼓足勇气喊了她一声:"姐姐!"

"你?"裴艳玲怔住了。

这确是跟她一母所生的妹妹。她的父亲死了。母亲想念裴艳玲,却又不敢来见她,每天在家里喊着艳玲的名字,念念有词。

钟馗的豪气顿失,裴艳玲泪水涟涟,冲掉了她脸上的油彩。

1983年冬改毕

燕赵悲歌

引　子

　　癸亥年早春的一个上午,我精神亢奋,创作正处在那种所谓"已经进去了"的状态,突然有客来访。

　　来者是位相识多年的朋友,同时也是编辑兼作家,不必客套,进门第一句招呼就是:"正玩儿命哪?"

　　我赶紧诉苦:"半年多没写东西了,我有一种莫名其妙的紧迫感……"

　　"可你还得把手头的长篇先放下。"他说,"人家点名叫你哪!——想不到黄河以北最富的村子,也许在全国也是首屈一指的(注意,我不是说最富的个人,而是最富的农村),竟出在河北的老东乡,历史上的盐碱窝里!"

　　"这跟我有什么关系呢?"

　　"他们没有向严到户,已经是十万元富翁了!也不叫大队,而是农工商联合公司。公司经理是个当代怪杰,他叫我带信给你,原话是:'五年前我们看了《乔厂长上任记》,当时的副大队长看了四遍。我佩服蒋子龙。但是,乔厂长不如我胆大,乔厂长不如我!'"

　　我不觉堆出一脸苦笑,心里涌起万千滋味。自从乔光朴这个冤家来到世界上,给我惹了多大的麻烦!乔厂长五岁,我四年未得清静,心想,今后也许不会再有这样的风波了。怎么又冒出一个胆子更大的

35

"乔厂长",而且又是点名叫号地和我挂上钩!

朋友简洁地讲了几件那位经理的故事,我心一震。这个送上门的人物一下子把我从已动笔的小说中拉了出来。在千百万群众创造生活的劳动中,有些看似偶然爆发的事件,却代表了一种历史的必然,社会的必然,往往比作家费心机加工提炼出来的情节更可信、更集中、更概括。许多生活中的平常人或不平常的平常人,往往比作家呕心沥血塑造出来的人物更真实、更感人、更典型!

我问:"你为什么不写他?"

朋友摇摇头:"更深一层的东西他不讲。他说:'跟你们说没有用。要想知道内里边五花三层的斗争,叫蒋子龙来!'"

这简直是一种挑战,一种召唤。是生活对文学的挑战,对作家的召唤!我毅然放下写了一半的长篇小说,跑下去了。

这部中篇小说就是这样产生的。但不想在此发一个此地无银三百两的声明:"纯系虚构,请勿自动对号,云云。"我想,读者诸君心里都明白,裁判文学的最高法官是时间和群众,与其对反映生活的文学发怒,不如去改造生活!

第 一 章

男子汉之间真正的友谊和感情,是建立在相互征服的基础上,每被对方征服一次,这友谊和感情就加深一层,更加巩固。这是思想的征服,人格和力量的征服。

我,还有他们——七位本市和外省的编辑、作家,都被眼前这个农民征服了。老实说,文人们喜欢挑刺儿,不容易真正从心里佩服一个人。今天先是震惊,继而敬服,最后简直快成为他的崇拜者了。

其实,他讲了总共还不到一小时。而且他没有讲任何故事,没有讲他们的发家史,没有讲他们赚了多少钱,只给我们出了几个"题儿"。全是一条条带有泥土味儿而又闪烁思想光芒的哲理,是一句句从生活中总结出来的大实话,而又含有深刻的经验、无穷的意味、农民特有的智慧和幽默,出口都是警句格言式的!

莫非我们碰上了一个天才?他无疑是个会创造思想、制定法则的人,在本质上同那些生活在城里的思想家、经济学家、哲人、教授是一个等级的。同他谈话真是一种享受,一种"精神会餐",他的思想总是闪闪发光。

然而他对自己的介绍简单得不能再简单了,叫人不无失望,不可思议。他是道地的农民,只上过"冬仨月,春仨月"加起来不足六个月的学,刚够"人之初"的水平。

那么是他的长相奇伟不凡,透露出有宏谋在方寸吗?也许是吧,但我得拼命在他身上寻找这些东西。个头似乎比我还高,也就是说至少在一米八以上,可是长得精瘦,像个大衣裳架挑着一身蓝色毛料中山服。以前我在农村看到穿这种衣服的人,都是公社和县的干部。现在到农村去,谁要是凭衣帽断定人家的身份,非上当不可。他的气质还是农民,留着过时的小平头,脸上布满没有规则的、错综复杂的皱纹,也许他那深邃的思想、奇特的智慧就藏在那里边?他不是大眼睛,也不那么炯炯有神,脸色发黄。

但是,他一开口,立刻就把你对他的第一印象、表面印象一扫而光。他仿佛是用第三只眼睛——思想在看着世界,看着你。

他本身就是一个谜,这是怎样的一种农民呢?

一

夜,静得瘆人。深秋的夜风,像剃头刀儿一样扫荡着这黑沉沉、死寂寂的白洋淀。月亮像半张死人的脸,冷光熹微,根本刺不透沉沉夜幕。更何况还有那飘浮游动的黑云,像老天爷抖开的蒙尸布,时时将那半张死人脸遮住,使大地陷入一种伸手不见五指的漆黑深渊。更甭提那些数不清的吃大锅饭的星星,见有一个半死不活的月亮在支撑局面,就都闭上了眼睛,有的干脆躲到云彩后面睡大觉去了。空气阴冷,夜色凄迷,一个白乎乎细长的鬼魂又走出来了……

团泊洼像一口巨大的破锅,被历史废弃不用了,扔到了华北的东部平原上。坐落在锅底的这个稀稀拉拉的大村落,正是大赵庄。这几天庄上闹鬼了,天一黑,已经没有心思穷乐呵的农民们就不再出门,关在低矮的土坯房里,缩在炕头上;甚至早早就钻进被窝,省得点灯熬油。因此,夜不深,人已静。每逢这时候就有个人从庄子里走出来,上身穿一件光板羊皮袄,毛朝里,光皮朝外,白花花、脏兮兮。身影瘦长,弓着腰,两腿像灌了铅,脚步踉跄,晃晃悠悠,离纵飘忽。身后跟着一条牛犊子般的大狗。这不活活是个幽灵吗?他这样整整转了三宿啦!

他就是大赵庄的当家人,大队党支部书记武耕新。

他像在梦中一样走着,透过黑暗,他的眼睛里闪着愤恨的、绝望的光。愤怒和耻辱感啃噬着他的心灵,正在摧毁着他的理智。群众大会开了三天了,给他提了三百条意见,社员们一人一把箭,都拿他的胸口窝当了靶心!

"我这是何苦呢?全庄三千多口子人,为嘛就数我倒霉?"他身陷缧绁,满腔孤愤幽怨,真想大叫三声,撕破这铁板一样的夜幕,出出心里的这口怨气、闷气。

没有平整好的旧坟地里,突然飞起几团鬼火,忠心耿耿的大狗猛地扑了过去。武耕新不为所动,现在没有能叫他害怕或动心的事情了!一九五八年在公社工业科当会计,干得好好的,硬逼他回来当了大队主管会计。如其不然,现在是个正牌吃皇粮的国家干部,就是天塌地陷又怕他娘的何来!主管会计当了不到半年,就为给食堂提了五条意见,硬说他给食堂列了五条罪状,被赶回小队撸锄杆子。以后食堂解散,又说他是正确的了。一九六三年底提到大队当了九个月的支部副书记,挨了六个月的整,就为的跟"四清"工作队长尿不到一个壶里。一撸到底,回小队当了个普通的"向阳花"。要不是公社摁住没盖印,连党籍都被开除了!"大跃进"、"小四清"、"文化大革命"、学大寨先治坡后治窝、学小靳庄唱二黄,一桩桩、一件件,都没能治了大赵庄一个"穷"字,倒把社员折腾得肚里怨气越聚越大!前几年在这儿蹲点的县革委副主任孙成志,回到县上又当了县委副书记。亲自带着他去小靳庄取经的农委主任王辉,又高升一级当了副省长。"四人帮"押在北京的大牢里。该走的走了,该升的升了,该死的死了,该关的关了,社员跟他们有远仇没有近恨,把一盆脏水全扣到他武耕新的头上,把满肚子怨气全撒到他身上。

去年,"四人帮"刚垮台的那会儿,大伙儿笑得发疯,乐得发狂,以为这回天可真的变了,地也真的变了,往后没有愁事了。一年多过去了,天上没有往下掉馅饼,地上也没有往外长金子,大赵庄还是穷得滴溜甩挂,破破烂烂。社员们醒了,又蔫了,脑袋又耷拉下来了,路在哪儿?上个月又来了个蹲点的县委副书记,慢条斯理,文声弱气,连名字都那么不顺耳——熊丙岚,男人起个女人名,岂不是要给大赵庄招来晦气!果然不错,这是个摇鹅毛扇的家伙,大前天点了一把火,大赵庄在这场冲天大火里,变不成凤凰还变不成瞎家雀嘛!

三天来,群众怨恨的火焰达到了白热化程度,那一句句溜尖带刺的怨言,像炽热的烙铁在他脑海里留下印记!他那好使的大脑,像录音机一样记下了社员大会上的每一句话,此刻又一句句地重新播放。几十年的事情,如烟如雾地在眼前飘浮聚合,幻影云涌,联想蜂聚,搅成一堆,缩成一团,无法排遣。三天来他几乎是靠抽烟和喝水活着,白天开会,坐在台上装做没事人一样,晚上说嘛也闭不上眼,与其躺在土炕上烙大饼、瞪着眼珠子数房梁,还不如到大洼里溜达。人家都说白昼和理智是属于男人的,而他这个五尺汉子却只有在无边的黑暗中才能找到一点安静和慰藉。

"祖辈缺了什么大德,到我这一辈儿当了支书?政治就是命运,当支书就是赌命,以前怎么就没想到这一层?本来是个找路的,却被当成带路的,自己瞎操合眼真的成了全村的引路侯……"武耕新肚里没食,头昏脑涨,东倒西歪,跌跌撞撞。气话可以说,大话也可以喊,真要叫他撂挑子不干,还不甘心。如果这次再被一撸到底,他还不认输,咽不下这口窝囊气!就是强咽下去,肚里也会憋出个大瘤子。可要想继续干下去,又怎么个干法呢?对往后的日子他缺乏高瞻远瞩的想象力,既无信心,又无规划,莫非真的山穷水尽,束手无策了吗?

已经到了下半夜,月亮早已隐去,周围是寂寥无边的黑暗。团泊洼难道死了吗？没有狗叫，没有鸡鸣，长虫、蛤蟆早早地钻进土里，连小虫子的唧唧声也听不到。武耕新感到这样的孤单，这样的悲哀，真想大哭一场，反正也没人看见。

后半夜的风更冷了，他下身只穿着两条和这夜幕一个颜色的青布单裤，实际只等于一条。里边那条膝盖和屁股处磨出了两个大窟窿。外面这一条两个裤腿脚飞花了，两条套在一块才勉强遮住了他的下半身。这样的裤子怎么能抵挡彻骨的寒风，他的双腿有点发抖，脚步更加沉重，身子一溜歪斜。跟他寸步不离的大狗，似乎觉察出了主人的艰难，突然往前一蹿，横在武耕新的脚前。那意思是叫他回去，别再往前走了，他腿一软扑在了狗的身上。狗以为主人出了事，恐惧地大叫起来，向村里呼唤。

武耕新拍拍它的头："大黄，别叫，别叫。"

狗安静下来。他抱紧狗的身子，自己也觉得暖和了。干涩的眼眶里火辣辣的，似乎有一串眼泪滴落下来。大黄吃惊地仰起脸，一双在黑暗中熠熠闪光的眼睛望着主人。

二

林元秀像是睡着了，其实她是处在半睡半醒的状态中，那高度警觉的神经不知受了外边一点什么声音的触动，猛地睁开眼，像撒呓挣一样，一骨碌坐起来。伸手摸摸右边的炕头，依旧空着，丈夫又没回来。她心里埋怨自己，想着不睡不睡，怎么又眯瞪着了。再摸摸左边的炕，也是空的，深更半夜的，大闺女明英又跑到哪儿去了？只有老闺女明琴，背靠窗台坐着，不光没睡，嘴里还叨叨咕咕，隔三岔五地打亮手电筒，照照课本，然后再关上手电接着背书。

她问："你姐哪？"

明琴："叫对象拉走了。"

"从哪儿又跑出来个对象？"

"还是那个马胜锐。"

"他不是不情愿吗？"

"那是过去,爸当支部书记,他不愿意被招驸马,怕人家说他攀高枝,将来受我姐的气。现在我爸不是倒霉了吗？他的腰杆反倒硬了,又主动来找我姐。"

"呸！一个个都没安好心眼儿,恨人不死卜荣嵩！"

"娘,你别管,我看小马这一点就够个男子汉。"

"得了,小姑奶奶,那也不能黑灯瞎火跟着野小子往外跑,一个个都是脸皮八丈厚。不看看这是什么时候？你爸快愁死了,你们都各顾各的,谁也不搭把手。去,叫你哥去找找,他有三天三夜没眨眼皮啦！"

武明琴下炕,来到外间屋,拍拍东屋的门,高声说:"哥,咱娘叫你去找找咱爸。"

"知道了。"老大武明理迷迷糊糊地答应了一声,明琴回到炕上重新背她的政治书。

但是等了半天,东屋那两口子还不见动静。林元秀自己下了地,以为儿子贪睡,翻个身又着了呢,想亲自招呼他。走出西屋就听见东屋的两口子正说话,当婆婆的可不能听儿子媳妇的墙根。但儿媳妇燕淑珍的嗓门儿很大,分明是成心让她听见——

"……你不掰开手指头算算,俺们北燕庄才七百口子人,每年都有个十户八户的办喜事。你们大赵庄将近四千口子人,光是老中青光棍儿加一块就毛三百口子,六年里才娶了仨媳妇。人家那两户一个是花了两千多块钱,另一户在公社当干部,也不冤屈何守静。俺要你家嘛啦？你又有什么舍人的？怪不得方圆百十里都传着你们村的歌儿:宁吃三年糠,有女不嫁大赵庄……"

明理那闷声闷气的声音:"你别扯着嗓子喊行不行？"

林元秀气得双腿打颤,膝盖一软顺势坐在锅台上,心口窝里像塞进了一把乱草。自打儿媳妇过门这半年多来,她就没有舒坦过。如今的年轻人没皮没脸没良心,俺花得少点也够上了一千块这个整数啦！你看不见你公公吗,当着一村之主,冬天说话就到了,还没有个囫囵的棉袄棉裤,这不都因为娶你拉了一屁股债！俺不就是没盖上三间新房,让你另起炉灶去当家做主？可这三间老房你们占了一半儿,把俺那俩小子挤得没处睡,无冬立夏躲到外边去寻宿,你还要俺怎么着?千不怪万不怪,都怪俺穷村的小子不该找个富村的闺女当媳妇儿。

淑珍那盛气凌人的尖嗓门儿还在响着:"……原指望你爸是大队头头,门路广,还能让你一辈子刨土坷垃。谁曾想这回弄不好又要一撸到底,咱一家子就都得跟盐碱坷垃玩摞了!"

"合着你进这个门不是冲着我,而是冲着咱爸的官衔儿?"武明理的声音也高起来,要犯牛性,"实话告诉你,咱爸要不当那个大队书记,咱家的日子就有救了!"

"明理,你就少说两句吧,快去找找你爸。"林元秀赶紧搭话,她知道自己养的孩子都跟他爸一个样,表面上脾气秉性不一样,骨子里都是真正的男人,惹急了是什么事都会干出来的!

没想到婆婆一搭腔,儿媳妇突然哭起来了。女人的眼泪有时是对付男人的最好的武器,有时则是往火上浇的汽油,只有绝顶聪明的女人才会掌握好使用这种武器的火候。

武明理一下子炸了:"谁怎么你了?深更半夜你号什么丧!"

林元秀也生气了:"明理,你给我出来!"

她可不是乡村里那种说不出道不出、黏黏糊糊的女人。她的父亲是大赵庄解放前唯一的教书先生,从小识文断字,老实说,武耕新认识的那点字有一半是她教的。不然,他只上了六个月的学,怎么能到大队、公社当会计?自从进了武家门,她拾得起,放得下,说得出,做得到,人一份,嘴一份,人前人后都没给武耕新丢过脸。表面上,男人的事她不管,家里的事也不用男人操心。实际上,男人的事她也可以在枕头边上吹吹风,家里的事只要他拿定了死主意,她也得依从。但是,不论日子过得紧也好,松也好,她能管好家,也能管住五个孩子。自从第一个儿媳妇娶进门,虽没有出什么大事,一家人的脸皮都还没有撕破,可是心里老是不那么顺当。该着他们这一辈人倒霉,苦挣苦熬,好不容易顶门立户自己当了婆婆,婆婆的福一天没享,婆婆的架子一天没摆,媳妇一进门在精神上就是婆婆,自己又成了小媳妇。莫非命里注定这一辈子只能当儿媳妇了?真是福不双至,祸不单行,家里外边一块闹起来了!

武明理一边系着衣裳扣,气哼哼地冲出了东屋。

林元秀用手指点着儿子:"明理,你呀你! 外边攻你爸,家里就别再起内乱了。看看你爸的模样儿,还像个人样吗? 整三天了米粒没搭牙,脑袋没沾枕头边,我怕出什么事呀! 快去找找他,无论如何把他拉回家里来。"

"我去,可有一条,你老劝劝我爸。这回被抹掉大队书记更好,不抹掉咱也不干了,不操这份儿心,不挨这份儿闲骂。我爸是庄上第一大能人,下边有我仨大小伙子,男的女的加起来六七个整劳力,干点什么不能捞钱? 现在谁不是搂着自己的心口过日子!"

林元秀气得用手拍着锅盖:"先别说这个,快把你爸找回来!"

"你老放心,我马上就去,先把话透给你老,等他回来咱们一块劝,光我们不敢把话说得这么白。"看来明理这三天脑子也没闲着,拿好自己的主意了。不愧是他爸的儿子,有自己的心路,自己的道道了。

林元秀不再搭理他,声音发颤地冲西屋喊:"明琴,你给我下炕,去找你爸!"

"人家明天一早还要到县里去考试!"

"好啊,把你们养大了,七条肠子八条肝花,一人一个心眼儿,都想拆这个家。我自己去!"林元秀并不老,只有四十七岁,身上气得打颤,仍然迈步出了堂屋。

武明理要去拉住老娘,身后的东屋门"哐当"一声被摔开了。燕淑珍穿戴整齐,手里还提着包袱,一阵风似的冲到院子里,打开娘家陪送的自行车,把包袱夹在后衣架上,推着就朝门外走。

"淑珍,你这是干什么?"林元秀没想到儿媳妇会有这一手,从这儿到北燕庄有四五十里地,深更半夜的,又是年轻媳妇,出点事怎么办! 她赶紧叫儿子去拉住媳妇。

一见媳妇真的翻了脸,要半夜回娘家,武明理也软了,拉住自行车:"谁说你什么了,至于这样吗?"

一见婆婆和男人服了软,燕淑珍更来劲了,一巴掌打开明理的手:

"你要有志气就别拉我,俺用不着你管!"

"你,这是值当的吗?"

"省得我一个人拆散你们这个宝贝家!"燕淑珍再一次推开男人的手,向院门走去。

就在这时候院门被推开了,一前一后进来两个人,堵住了大门口。黑乎乎看不清脸面,也不知是谁,前边这个个儿矮,后边那个个儿大。前边这个人开口了,一嘴好听的普通话,甭问,是新来蹲点的县委副书记熊丙岚:"好热闹呀。淑珍同志,不管生多大的气,也不能够做出日后无法挽救的事情啊。"

"简直是胡闹!"一听声音就知道是大队长武耕田,"明理,还不把自行车接过去,领你媳妇回屋。"

燕淑珍突然哭着跑回自己的房里去了。

熊丙岚走近林元秀:"大嫂子,好好休息,我们去找老武。放心吧,什么事也不会出的!"

"那就让你老多费心啦。"林元秀心乱如麻,语气里没有多少热情,倒是充满忧虑。

三

土地散发着清新的潮漉漉的气味,这是生命的气味,是大赵庄生命的热在散发。武耕新贪婪地吸吮着这新甜的气息,他那弯曲的背突然挺直了,眼神空洞的双目一下子变成了鸥鹢的眼睛,穿透这重重夜幕,看清了眼前这四千八百亩一马平川的大块条田。他急走几步,扑上去抱住一棵两搂粗的大榆树,他摇晃,他捶打,他甚至想跟它撞头。

老榆树铁骨青板,安稳如铸,像一根擎天巨柱支撑着这黑沉沉的夜空。

老榆树,你可以为我武耕新作证,解放前大赵庄只有三棵树,除你之外还有两棵歪柳树。土地倒是不少,但像一片乱坟场,这儿高那儿低,东一疙瘩西一块,南一条沟北一道岗,流碱冒盐。这就是命运那个老混蛋留给俺们大赵庄的基业,一家一户对付不了碱虎盐狼,只好挖土垫地,地长多高,碱追多高。只能种点高粱玉米,每亩地打个一二百斤!

自从我做主大队上的事,发死誓要治地。没黑没白,领着社员整整干了五年。白天跟社员一块抬大筐,晚上盘算队里的家业、操办几千口人的吃穿。那是什么日子,不光学大累,头上还得顶着儿把尖刀,现在你们说我学大寨学错了,那阵你们骂我假学大寨,挂羊头卖狗肉。大寨是修梯田,修台田,说台田能治碱,我是平台出改成条田,每块地四五十亩、横平竖直的长方形。上有浇水渠,下有排碱沟,修了七条比京津公路还宽还直的大道,还有几百条能走大车、拖拉机的小道。四千多亩土地就像一张画一样,规则有致,像八卦图,拖拉机耕种的时候就像在足球场上一样痛快!粮食亩产提高到五六百斤,我武耕新落下了什么?还不是一身病!一个从前能摔倒一头牛的五尺半高的壮汉子,现在油熬尽了,皮榨干了,刚到四十八岁就只剩下一把骨头渣了!我武耕新对得起这块土地,对得起大赵庄的乡亲父老,我没做亏心事。老天爷瞎了眼,有些人瞎了心,老榆树,你还没有死,你可都看见了!

不,不,大赵庄的人这几年都不清闲。俺们这儿生这儿长,地是俺们的根本,累死也值得。可我对不起的是那些知青,他们被一阵风刮下来,跟大赵庄无亲无厚,我对他们也像对普通社员一样往死里使,有的扭坏了腰,有的砸断了腿,脊椎变形的,腰椎间盘突出的,关节劳损的,来的时候好好的,走的时候有一小半人变成了半残废。团支书王丽萍干活爱冒尖儿,摔伤过腰,被土筐砸断过腿,至今走路还有点踮脚!他们又图个什么呢?

武耕新突然浑身一激灵,个儿个过是怎么啦?七股八岔越捉越离题儿。莫非我真的老了?真该下台了?撒手闭眼光等着死了?其实人死是一件很简单的事情,就像这秋天的榆树叶一样,西北风一吹,飘飘摇摇地落下来,一切烦恼都没有了。

哈,他可不想死。而且在心里还弄明白了一件事,他用不着再欺骗自己,也犯不着跟自己赌气,他不想下台,还想继续当这个大队书记,他的事还没有干完。

他想把七条赵庄大道都铺上柏油,将来给每条大道都起个好名字,可是没有钱!他想把几十条浇水渠修成水泥的防渗渠,浇地又快,而且省水省电,就是没有钱!他想开上几百亩果树园,种上瓜果梨桃,还是没有钱!他想继续改造还剩下的那五千亩盐碱荒地,但现在人心已散,不能像前些年那样用"阶级斗争为纲"的鞭子去赶着大伙儿走"以粮为纲"的路。如果雇请机械队改造,他仍然没有钱!他想开上两个大养鱼池,办个养鸡场、养猪场,这一切都得用钱。钱!钱!钱!他缺少的正是钱。粮食亩产翻了一番多,社员们花点零钱还得靠抠鸡屁股眼子,大队照旧穷得叮当响。

他回身看看黑乎乎的大赵庄,一种不可名状的羞愧感烧灼着他的灵魂。这叫什么村落?这是人住的地方吗?一个个用胶泥垛成的小土屋,像过去的烂台田一样,没规没矩,没街没道,三五户一堆。每家屋后是只能钻进一个人的茅坑,因为粪就是金,谁也舍不得扔给别人,一家一个茅坑。房前是苇坑,到夏天臭气烘烘,蚊子织成网。在大赵庄用砖头砍死人,到法庭会判无罪,当场释放。因为在大赵庄绝对找不出一块砖头,所以可以证明原告是说瞎话。全村几千口子人,春夏秋冬就跟牲口鸡鸭一同喝这大坑里的水。夏天坑里贮满雨水,水是甜的。到冬春,坑里的水少了,就又苦又咸又涩。怎么能怪赵树魁在大会上念丧歌:

> 大赵庄,穷光光,
> 盐碱地,土坯房。
> 苦水灌大肚,
> 糠菜半年粮。

这就是大赵庄的村歌,解放前唱。解放后只有在忆苦思甜会上才有人敢提起它。昨天,二百五赵树魁竟敢当着县委副书记的面,在群众大会上有眼有板地唱起来了,居然还有人应和。这回可没有"思甜",光是"忆苦"。解放快三十年了,我这个共产党的支部书记真应该当场一头撞死,要不就把脑袋扎进自己的裤裆里!我没那个囊气,也不服气,社员骂娘,我还想骂祖奶奶呢! 盖新房,没钱;打机井,没钱……又是钱! 钱! 钱!

说一千道一万,没有财富大赵庄变不了样儿。要想发富光靠修理地球,土里刨食是不行的! 这些年来,俺们就像黄昏时候的蝙蝠一样,闭着眼睛瞎撞。生活真是一坑烂泥,实际上大赵庄人过的不是生活,仅仅是活凑合! 几十年来老东乡的农民走了一条漫长而坎坷的下坡路,始终没治了一个"穷"字。

大赵庄的人天生就是受穷的脑袋吗? 就活该世世代代喝咸水? 你说下大天来,我也不信这个理儿! 唐僧不念紧箍咒,孙悟空就一个跟头十万八千里;唐僧一念紧箍咒,孙大圣再有能耐也只是一堆废肉。政府松一点,老百姓就富一点。

"唉,想这些有什么用? 我不想下台,往后该怎么干?"

好啊,武耕新,你的怨气来得也快,消得也快,没人给你顺气,你自己就顺了。别忘了,当个干部最容易被群众记住的是他的弱点,运动一来大伙儿把他的好处全忘了,只记得他的缺点。领导别人不一定比别人更聪明,也不比别人更快乐,常常是傻小子背鼓上戏台——找挨打!

他就这样一圈又一圈地围着村子转,挨家挨户地思量着他治理下的臣民们。转到谁家房前,就想想这户社员的家世,为人,有什么特殊的本事。老实巴交的人很多,你干好了他跟着沾光,你干坏了他跟着吃苦,这都是基本群众,靠他们冲锋陷阵打天下不行。能人也不少,五行八门,有手艺的,会做头卖的;还有会"鬼八卦"的,论阴阳、看风水、批八字,这些人只要政策一松绑,都能大把捞钱。但致富不昧心,不义之财不能取……

当深刻的痛苦代替了绝望,就能使人变得更加聪悟。思索——武耕新用自己的全部力量进行思索,现在求助谁也不管用,只有靠自己去思考,去推断,战胜自己的恐惧、懦弱和仿徨。现在对他来说,才智比肉体更加重要。

当他走到从前的地主赵国松房后的时候,心里有点泄气,看来要彻底改变大赵庄的穷相太难了。这个过去在全庄数第二位的地主,拥有二百多顷地,过的又是什么日子呢?每到吃饺子的时候,除去老地主赵国松的父亲吃白面饺子,从地主婆以下全是吃高粱面儿掺上榆树皮面儿的饺子。老实说还不如中农想得开,吃得好呢。一到晚上,老地主亲自发给每个儿媳妇三个大麻籽,叫她们用席篾子穿起来当灯点,多一个不给。其实那三个大麻籽的亮光,只够扫炕铺被用的,干其他活儿都得摸黑。一方面是老地主财迷,但说到底还是地主钱少,他如果有大把大把的钱票子,可以对别人死抠,决不会那样苦熬自己。想到这儿,武耕新心里一动,快走几步来到大赵庄小学的门前。

这里原是大赵庄头号地主赵国璞的旧宅,他的气派跟赵国松就不一样了,家里有几百顷地,在天津、北京、上海还开着几家买卖铺子。农村闹灾,粮食歉收,还有城里的买卖赚钱;买卖赔了钱,还有家里几百顷地接着。互相依靠,互相支持。赵国璞常年住在城里,子女都上大学、出国留洋,一个个都成气候……对,要想富,得是地主兼资本家!得农牧业扎根,经商保家,工业发财……

历史简直是用开玩笑的方式,把一个叱咤风云的新农民介绍到这个世界上来。曲折使他升华了,灾难洗净了他的灵魂,使他对人对事有了一种新的尖锐的判断力,他将脱颖而出,成为老东乡一带几乎无与匹敌的新型农村的领导人。

四

当武耕新围着庄子一圈圈转磨的时候,大赵庄的人并没有全睡觉。大队部的屋子里成了一座烧烟叶的大炉膛,烟雾凝结,遮住了本来就十分微弱的灯光,看不清屋里有多少人。有的盘腿捏脚坐在炕上,有几个坐在炕沿儿上,有的挤坐在板凳上、桌子上,还有的站在地上、蹲在墙角。这些人有的是大队干部,有的是小队干部,也有的什么干部都不是,只是关心庄子命运的普通社员。没有人召集他们到这儿来,更不是开什么会。连着开了三天群众大会,大赵庄都乱套了,再提开会大家都脑浆子疼!那么他们跑到这儿来干什么?

　　是他们自动来的。第一天群众大会结束之后，大队的几个干部觉得势头不对，吃过晚饭自动来到队部，以为支部书记一定会跟他们商量一些事情。谁知等到十一点多，不见书记的影儿，只好各自回家。昨天晚上有几个小队的干部也沉不住气，自动找来了。武耕新又是没照面儿，下午一散会就没影儿啦。干部们都慌神儿了，看来书记是铁心想撂挑子不干了！今天晚上来的人更多了，等到十点钟还不见书记的面儿，都稳不住神儿了。虽然心里不情愿，还是叫大队长武耕田去找在这儿蹲点的县委副书记。解铃还须系铃人，乱子是他惹起的，还得由他去探探武耕新的虚实。

　　这一屋子人里，有拥护武耕新的，也有反对他的，有服他的，也有恨他的，还有怕他的，更有对他不服、不爱、不恨也不怕的。但是，不管谁怀着一种什么样的心思，脑子里都有一个共同的问号：耕新要是不干了，谁来干？

　　要是连武耕新也玩儿不转的事，别人上来更操蛋。不管你心里服气也好，不服气也好，他还能管得了大赵庄，能镇唬住一批人。他当支委的时候，实际上就是支书；他当副支书，实际上还是支书。"文化大革命"中，造反派说他是"狗头军师"，倒也不假，狗头也好，羊头也好，虎头也好，诸葛亮的头也好，反正是军师。他一出娘胎就不是个安分的人，脑子里点子多，肚子里道道多，支委会只要有他参加，就得听他的，最后还得按他的主意办。没办法，他就是比别人棋高一着，并不是靠耍蛮横。矮子里拔将军，谁叫咱大赵庄没能人呢。多少年大赵庄就是这么过来的，干部们都习惯了他的眼神、语气和手势。不知县委是什么意思，真想拿掉他？看熊丙岚好像有这种打算。那么他下来叫谁上呢？

　　武耕田？大好人一个，忠厚实诚，像鸭子一样温良。但资质鲁钝。以前又不是没当过支书，不过是武耕新手里的一台拖拉机。

　　李汉忠？现在的副支书，嗯，这倒是块材料，有文化，也有膀子力气，说话办事就像一挺装上电脑的机关枪。但他这挺机关枪只能叫武耕新使，再说还有点毛嫩，刚三十来岁，谁服他？

刘心远？这个乡村的美男子,伶牙俐齿,能把死人说活。虽然也是支部副书记,总有点不大牢靠。

孙达？像个电冰箱,太阴!

……

每个人都口问心,心问口,翻肠倒肚,在脑子里好一通折腾。把每个干部,也包括自己,都在心里过了遍筛子。但谁也不说话,一人举着一个烟喇叭,狠劲地吸,拼命地吐,一副副不解气的样子。好像借着喷烟,把各自心里的闷气、怨气、忧虑、愤怒也一块吐出来了。

熊丙岚和武耕田回来了,一见没有请来武耕新,李汉忠先沉不住气了:"他不来?"

熊丙岚被烟雾呛得一时不敢喘大气,用手扇扇眼前的雾团,才说:"老武不在家里。"

"呀?他能去哪儿?"

熊丙岚笑了。这种时候他居然还有心思笑,多亏房子里灯光暗,烟气大,人们看不清他的笑脸。他慢条斯理地说:"天黑的时候我看他向大洼里走,可能还在大洼里转哪!"

李汉忠从炕上站起来,跳下地:"我去看看。"

熊丙岚拦住了他:"汉忠同志,你别去打扰他。"

李汉忠的怒气像烟雾一样喷到熊丙岚的身上,语调却是冷冰冰的:"熊书记,你来蹲点到底打的什么主意?"

"我打的就是这个主意,让耕新同志把大赵庄的历史,前前后后的曲折和灾难想透,叫他出一身透汗,扒几层皮下来。这些年我们的思想上都起了茧子!"熊丙岚并不躲闪,虽然没有着急,可是话也够硬的,"李汉忠同志,你要是关心大赵庄今后的前途,现在就不要去打扰老武,倒应该彻底翻开自己的思想和大赵庄的现实对比一下,一场在精神上战胜自己的大战,就是一剂发家致富的仙丹。"

县委副书记说完转身走了。许多人却没听懂他的话。屋里静了一会儿,然后又炸锅了,七言八语,瞎饧饧一阵,谁也说不透是字是谜。有的回家了,有的则趴在窗台上,隔着玻璃,捅破窗纸,向外凝眸谛视。外面一片漆黑,什么也看不见。

此刻,谁也说不清在大赵庄的黑暗中,究竟有多少双这种感情复杂的目光在探测、在寻找、在跟踪那个游荡在野外的幽灵。

而且在今天晚上怄气的也不止武耕新一家。

马胜锐捂着热乎乎、麻辣辣的左脸回到家里,劈头又挨了他爸一顿臭骂。

马文升差一点把桌上的茶壶拽到儿子的脸上:"你个吃里爬外的混账东西,咱老马家祖祖辈辈,忠厚传家,从不办缺德的事。你今儿个为什么要跟二百五赵树魁、鬼八卦张万昆那一伙儿站到一块儿,当人对众地寒碜耕新?"

马胜锐并未听清老子说了些什么,他左手摸着发烫的脸颊,心里还处在一种极度兴奋和惶惑之中。他喜欢武明英,尽管村里有人给她起了个很难听的外号——"大傻青",说实话,他心里喜欢的正是她的这股"大傻青"的冲劲儿。他们从小同学,考到县中还是同学,她不喜欢跟女同学玩儿,倒常跟男同学一块踢足球、打篮球。去年毕业后回到村里,不管干什么活也是横踢竖打。跟这样的女人在一块过日子才有味道,生活有激情,感情丰富多彩。他不喜欢那种慢声细语、扭捏作态的封闭型姑娘。被动是作假,主动才有真诚,才会有烈火般的热恋。他相信她也喜欢他。谁承想刚才就尝到了她那"烈火般"的滋味。他把她邀出来,还没容他把话说完,她就指着他的鼻子骂上了:"马胜锐,我知道你那个小心眼儿,你是嫉妒,是忘恩负义。告诉你,我爸去坐牢,我跟他一块去。我爸当了普通社员也比你爸强上一倍。我就是嫁个讨饭的,也不找你这个一脑袋大男子主义的小男人!"他当时说了些什么已经记不准了,反正都是话赶话,张嘴没好气,说了一些激火的气话。说什么她是势利眼啦,把父亲的官衔儿看得比爱情还重要,明明是个农村土干部的闺女,却学了一副城里高干子女的派头啦,等等。明英的肺管子都被冲炸了,抡起胳膊就是一巴掌。他没有提防,左脸被打个正着,"大傻青"的手又重,半边脸麻嗖嗖的还真有点痛。他被打愣了,明英也傻了,后退一步,两人面对面站着。怔了一会儿,明英又凑上去，猛地抱住他的头，用手轻轻地抚摸他的左脸，在他耳边柔声款语地问："还疼吗？还疼吗？你也打我一下吧……"她拿他的手去打自己的脸，他却趁势搂住了她的腰。他不觉脸疼，只觉得周身奔涌着一种从未体验过的令他窒息的冲动，明英那丰腴圆润的身躯在他怀里战栗，他感到是这样新奇，使他心旌摇荡。明英在他被打疼的左脸上亲了一口，猛地推开他跑了。他抚摸着被姑娘亲过的左脸，站在那个草垛前怔了半天，这算什么呢？是恨，还是爱？是继续好下去，还是一刀两断？连句明白话也没说。不过这一巴掌挨得太值了，使他知道了生命本身还有这般永远不会忘记的快乐……

"我说的话你听见没有？"父亲的吼叫把马胜锐从佳境中唤了出来，"武耕新有什么地方对不住咱！知恩不报是小人，忘恩负义是畜生？你忘了那年发大水……"

"我没忘，大赵庄的人谁不知道这件事，那是武书记的光荣历史。"马胜锐嘴里没好气，但他心里对武耕新这一手是佩服的。

一九五九年春，武耕新刚从大队被撸回十一队当了普通社员，正赶上第十一生产队选队长。那个年头一年要换四五个队长，老实巴交的不愿干，心路不正的社员不让干，选了两天硬没选出来。武耕新憋不住了，不顾自己身上还背着黑锅，毛遂自荐当了队长，这一杆子就当了六年，以后要不是升到大队当副支书，恐怕他就是十一队的终身队长了。

一九六三年发大水，中央下令保天津市，保津浦铁路，在老东乡分洪，淹掉团泊洼。令一传下，限两个小时全村撤离，晚一步洪峰就到。没见过那阵势的，要命也想象不出那是什么场面。那洪峰像倾倒的大山，房屋、大树一荡而平，离着几十里地就听见哞哞怪叫！要不老东乡的人一听说发大水就头皮发麻，那真是爹死娘嫁人——各人顾各人！大赵庄乱营了，有亲的投亲，有友的靠友，大人喊孩子叫，鬼哭狼嚎！什么大队呀，小队呀，干部呀，群众呀，谁也顾不了谁啦，各自奔逃。唯有十一队，没散没乱，武耕新对他的社员说："大伙儿要信得过我，我领着大伙儿一块走，只要我有一口气在，就不会丢了大家，不叫大伙儿受罪。"

他说着眼圈发红,社员们在下边哇哇大哭,哭自己的命苦,哭"值万贯"的穷家一时三刻就要喂鱼,哭这个坑人的老东乡。社员们哭着表态要跟武耕新走,他叫每户带上去大洼打草用的小推车、一根扁担和一把镰刀。他领着十一队来到天津东郊区,找个地方扎下营寨。国家对灾民每人每天救济八两大米面,今天领件半新不旧的袄子,明天领条旧裤子,张着嘴等着人家喂,真不是滋味。男女老少一天到晚就是蹲墙根儿,哪儿暖和到哪儿去待着,混吃等天黑,往帐篷里一钻。少活动,让那"八大两"在肚子里多待会儿。武耕新则一扒眼皮就不闲着,除去照顾社员,还到处找门路,东撞一头西撞一头。到底叫他找到了一条活路,带领十一队的社员用小推车把东郊区的稻草送到造纸厂,每个人一天可以赚两块多。以后其他队的人得到消息,也来投奔,还有不少外村的灾民也想加入这个运输队,武耕新是来者不拒,有一个收一个。他又当指挥,又当会计,兼管后勤。到过春节的时候,十一队的每个劳动力分了整整四百元,社员们都要给他烧香。

马文升乐昏了头,竟把自己那四百元弄丢了。老婆哭天抢地要跟他拼命,他又心疼又懊恼,两眼发直。武耕新一咬牙,从自己那一份钱里抽出一半——整整二百元,塞到妻子林元秀的手里。林元秀到底是知书达理,在那种时候让出二百块钱就是让出半条命,她虽然也心疼得肉颤,但理解丈夫的心思,二话没说,大大方方地把钱送到马家。

轻财足以聚人。谁说当干部的说了不算,算的不说?武耕新可是跟社员动真格的,讲情义,重信义,这件事一下子在大赵庄传开了。其实从那时候起,他就是大赵庄真正的领导人了。

转过年来,洪水退了,他们又从四面八方回到大赵庄这块土地上。人们有的打土坯垒个窝,有的干脆用泥垛个窝。当人们还没有从惊吓和悲凉中醒过来的时候,武耕新又有了新主意,他对十一队的社员们说:"我去大洼深处的芦苇区看了,洪水把苇根都沤烂了,那都是没主儿的地,咱们拾地去,开出来准有好收成。"

没人信他的,说他羊群出骆驼,又绕花花肠子。只有张万全和马文升,抹不开脸面,捧他的场,三个人两张耙子一张耧,每天五更起半夜回,到二十里以外的大洼深处去耕地,天天一累一个翻白儿!本队社员说闲话,外队社员说笑话,有人断言这是糟蹋粮食种,到大队告状。武耕新最后立下字据,扔了粮种自己赔,硬是顶着流言种了三百亩高粱。到了秋天,嘿,别提高粱长得有多好,沟坡上是野青麻,沟底是能榨油的黄须菜,长得有半人高。十一队多打了六万斤粮食,多弄了好几万块钱,分值比其他队高一半。到年终分红的时候,武耕新挨个问社员们:"是我对,还是你对?"社员们不认错他不分给钱!

如果说前一仗使别人敬他,这一回则让人们服他了。

既然如此,在这三天的群众大会上为什么数十一队的人攻他攻得最厉害呢?莫非真是任何人倒台都先从窝里反?人面随高低,得势捧着说,倒台踩着说?

马胜锐跟他爸透了一点底:"咱们队的人都商量好了,趁这个机会一定要把武耕新的大队书记抹下来,拉他回十一队,现在可是发富的好机会。"

马文升一惊:"俺怎不知道?"

"怕你去透信儿。"

"这是你出的主意吧?除去你别人没有这蔫坏损的鬼八卦!这太缺德了,你看这些天把耕新折腾成什么样了?"马文升摸黑走出自己家门,"我去找万全,不能这样捉弄人……"

五

武耕新今后的命运,甚至可以说是大赵庄的命运,今天就要揭锅了!

三天帽戏已经唱完,就看压轴戏怎么唱了。不知怎么搞的,这台大戏好像没有几个观众,不论干部、社员都觉着自己也是这台戏里的一个角色。在大赵庄这个舞台上不论演什么戏,怎么能跟大赵庄的人没有关系呢?往常开大会都是干部先到,群众后到。今天早晨的天气预报是"多云转阴",因此开会的气氛也反常,干部未到,群众已到,在大队部前面的大场院里已严严实实地坐满了人。

武耕新来了,呀！最先见到他的人吓了一跳,一夜之间他变得就像刚从棺材里爬出来的一样,脸色发暗,堆满皱纹,半寸长的短发像秋天的芦草一样又干又硬,没有一点油性。更可怕的是嘴唇四周鼓起一圈葡萄珠儿般的火水泡,使他的嘴好像成心撅着一样突出老高。

人心都是肉长的,人群里有一阵轻微的骚动。

熊丙岚和武耕田、李汉忠、刘心远等大队干部,从后面紧走几步赶上来。李汉忠脱下自己身上的薄棉袄,红头涨脸地一定要武耕新脱下那件光板老羊皮袄:"春捂秋冻,你早早地架上大皮袄干吗？还怕不上火？"

李汉忠的嗓门就像吵架,武耕新不想当众现眼,可又拗不过他,只好脱下羊皮袄。他里面只穿着一件破背心,等于是光身套上个皮筒子。他的躯干像岩石一样清瘦干硬,仿佛把身上的水分都蒸发干了,只剩下筋骨——而这正是他力量和理智的结晶。从他那发红的、严重缺乏睡眠却依然闪着火星的眼睛里可以看出来,他身上还怀着一种悲剧性的热诚和执拗！

李汉忠比他的个子矮,但肩宽体厚。因此他穿上李汉忠的薄袄,显得又肥又短,样子十分可笑。场院里却没有人笑,倒有一个女人终于忍不住,用手捂着脸,抽泣着跑出场院。她就是武耕新的妻子林元秀,她一方面心疼丈夫,害怕他把身体熬坏了;另一方面感到羞愧难当,丈夫当众出丑,穿得像个叫花子,是当女人的罪过,是她的耻辱！真是现世报,当着全村人把她这个当妻子的脸全丢尽了……

武耕田宣布开会。他有一张窄厚的大脸,上面有几颗浅浅的白麻了。人家都说他自小不会生气。因为很少有人看到他生气。他即使碰到不顺心的事,一个人暗憋赌气的时候,如果有人来找他,他也会不自觉地咧嘴笑笑。身子骨壮得像头牛,年纪正是四十郎当岁,有膀子好力气,干活从不偷奸耍滑。谁能对这样一个老实人有意见呢？他当大队长的时间又不长,村上人都知道他是看武耕新的眼色行事。所以三天来群众提了那么多意见,没有几条是针对他的。但他并不感到得意,相反倒很不好意思,很伤心,觉得对不起耕新。因此,连他那张磨盘脸今儿个也绷得紧绷绷：

"现在开会，大家接着给大队的干部提意见，上批下挂。不过我得找补一句，大队干部有俺们好几个，大伙儿别光对着一个人来，你们眼里还有没有我这个大队长？"

他说的是气话，有人却笑了。武耕田好不容易才绷紧的脸又松开了："提吧，接着提。"

没人笑了，也没人出声，场院里静得出奇。社员们都看着前面，眼睛盯着大赵庄的这几个当家人。

武耕新像在看大家，又像什么也没看见。在他身上有一种令人敬畏的自制，他在沉默中仍然保持着严峻的威仪。

空气清新的场院里，却让人感到窒息。这是一种折磨人的、使人难堪的沉默。

李汉忠话里带刺开腔了："昨天不是有人说再讲七天七夜也讲不完吗，今儿个怎么哑巴了？机会难得，趁着熊副书记在，当面锣，对面鼓，把话都倒出来。省得闷在肚里生蛆。"

他苦披着武耕新的老羊皮袄，样子古怪。那张血气方刚的脸黑虎头一般，眉骨突出，铜铃大眼，嘴唇饱满，下颚滚圆。瞧这副尊容，这位大爷能把大赵庄一口吞下去！

跟他相比，刘心远就更像个白面小生。虽然他比李汉忠少上三年学，只有初中毕业，说话却软里带骨头，更有辣味儿："还是十一队的人带个头吧，你们队意见最多，耕新在你们队当了六年队长，得罪人最多。什么闹大水逃荒呀，到大洼里拾地呀。提意见嘛，要毫无保留！"

还是没人说话。这阵势摆得很明白了，武耕新要下台，这几个人也不打算干了，看样子是豁出去了。武耕田一个人支不起裤裆，李、刘二人是武耕新的哼哈二将……

武耕新慢腾腾从板凳上站起来，身子微微发颤，嗓子也有点嘶哑，但还是那副毫不拖泥带水的声调："别提了，再提上一千条、一万条，不就是一个穷吗？这不关他们的事，大队部里是一人一把号，都吹我的调儿,不吹我的调儿一个也不要。这些年大伙儿跟着我,汗没少出,累没少受,可干来干去,把大赵庄弄成这副熊样子,年年忆苦年年苦,天天思甜没有甜……"

他的声音突然哽咽了,大家的心一下子也抽紧了!这个从骨子里到外面都响当当的男子汉,怎么眼泪说来就来?十四年前,他向十一队社员报告发大水的凶信时流过泪。今天,当着全村男男女女、老老少少几千口子人,有领导也有群众,有长辈也有晚辈,怎么又哭上了?他这一流泪不要紧,把大伙儿的心也剜得又苦又痛,发软发酸。他没抹眼泪,为了使说话时不抽搭,略沉了一会儿,才接着往下说:

"我不怨天,不怨地,不怨上,不怨下,就怨我没有真主意,明白得太晚了!如果大家信得过,我还想再干三年,大赵庄要是不变样儿,你们可以用唾沫把我淹死,可以把我送进县大牢,可以掘我家祖坟。如果大家信不过,我今天就下台。"

场院里静了两三秒钟,突然像灶膛里烧着了一挂鞭:"信得过!""耕新,你不干还不行哪!""对,就得你干!"

"行,我干!"武耕新摆摆手叫大家静下来,"明英,回家叫你娘收拾个坐大牢用的铺盖卷儿,放在门洞里预备着。等会儿散了会,各小队先暂时安排自己的活儿,支委留下开支部会。现在请县委熊副书记表个态吧。"

大家没有鼓掌,心里都很紧张,真不知道这个熊副书记对今天这种会议结果能表个什么态。他神情平静优雅,年纪和武耕新差不多,看上去却年轻十来岁,皮肤滋润,闪着亮光。他一开口,声调像电影演员一样洪亮而好听:

"我很乐意在这样的场合表态,但不能代表县委,因为县委还没讨论,只能代表我个人。第一,我先得发表个声明,我叫熊丙岚,不是兰花的兰,是山上吹下来的风,上边一个'山'字,底下一个'风'字,可不是男人取了个女人名,像扫帚星一样给大赵庄带来不顺气。"社员们"轰"的一声笑了。

"第二,你们这三天半大会,将来在大赵庄的历史上是不会被人忘记的,我非常满意。我赞成武耕新同志继续担任大队党支部书记。第三,以前也有人拿大赵庄当点儿,把你们给蹲穷了,我可不愿当这种大损鸟!我到这儿来是看中了你们村三个优势:村大地多、底子特穷、干部过硬。"

在掌声中武耕田刚宣布散会,武耕新突然从板凳上摔倒在地,一动不动,像昏死过去一样。干部们吓坏了,弯他大腿,掐他的人中,李汉忠要张罗套车,急送县医院。熊丙岚不知真懂假懂,蹲在武耕新身边,摸摸脉,翻翻眼皮,听听呼吸,笑了。很有把握地说:"他是睡着了,把他抬到屋里去。"

第 二 章

当人们告诉我这儿的工厂办得如何如何好,我其实是不以为然的。心想,既然叫"农工商联合公司",当然就得办个工厂以壮门面喽。你要说他们的养猪场、养鸡场办得如何好,那我信。办工厂?岂不是舍己所长,用己之短!他们哪儿来的技术人才、管理人才?哪儿来的先进设备?我见过不少城市里国营大厂调整几年尚且打不开局面,难以生存,有的甚至靠借贷过日子。当前农业比工业活跃得多,他们倒要办工厂,不是自投罗网、找着往火坑跳吗?

我连干带不干在工厂待了二十五年,也见过各种各样的工厂,大的、小的、土的、洋的、国营的和集体的,自信对工厂并不陌生,岂能瞒我?当我仔细考察了这个公司所属十三家工厂中的六家之后,感到惊奇,困惑不解。

不要以为干工业赚钱容易来钱快,没有的事!在当今激烈竞争的工业社会,一个工厂能站稳脚跟活下去,就相当不容易了。我熟悉的一个六七千人的重工业大厂,一年要能赚出二三百万元的纯利润就得累吐血。而且为了发工资、发奖金,有些利润纯粹是计算机算出来的,在账面上有这笔钱,实际上这笔钱是不存在的。这叫小懒赚二懒,二懒赚大懒,大懒干瞪眼。他们这里历史最长的是冷轧带钢厂,干了五年了，二百多名工人，每年上缴公司实实在在的纯收入二百万元。历史最短的电器开关厂只开工两年，一百四十个工人，每年纯利润一百二十万元。劳动生产率最高的是高频制管厂，每个工人每年创造的财富是四万元。这个数字不仅在国内不算低的，恐怕到最发达的工业国家里也不能小看吧？

高频制管厂厂长告诉我："俺们可干不起赔本的买卖，不赚钱的工厂不干。而且十三个厂都是用滚雪球的办法，看准，搞稳，逐渐扩大。当年建厂，当年投产收回投资。第一年小赚，第二年大赚，第三年稳赚。以后能赚再赚，不能赚就根据市场预测转产。船小好掉头，我说了就算。搞工业跟搞农业一样，不知哪时下雨，真赚大钱是件难事。首先'天气预报'要准，还得有能踢能打的十八罗汉，俺们这些人谁的身上没蜕了几层皮……"

这些出口不凡的人物，大都二十多岁，有的高中毕业，有的只是初中毕业，五年前还是不知道工厂为何物的牤牛犊子。他们凭什么打败了城里办厂老手？

"事实比虚构更离奇"——当我捧起一本本他们自己摸索总结出来的管理制度，为其严密性、科学性和实用性叫绝！从厂长到每一个工人，都有明确的权力、责任和定额，这一切又和经济利益连在一起。什么"层层包，层层联，业业专"，什么"管理科学化，劳动责任化，生产现代化，承包专业化"，什么"统一经营，累进计奖"……

这里开始有高人指点。是的，他们花重金从各地招聘了一批用得着的专门人才和能工巧匠，仅是从天津聘请的法律顾问、经济顾问、科技顾问等，每月到公司来几天，出点主意，就可拿到一百五十元的报酬。他们很大方地说："这些人为我们出上一个好主意，就把钱赚回来了。这叫请来外边的大财神，重用本地的土财神，培养第二代、第三代的小财神。"

"农民兄弟"搞工业，居然搞出了花儿，向"工人老大哥"提出了挑战，包围城市，打进了城市，这难道仅仅是个钱的问题吗？

六

林元秀做好了晌午饭,又盘腿上了炕。她翻出一个从前的棉门帘,想拆了给丈夫改做一件棉袄,左比画右估量,总还差一点。抄起剪子刚拆了几针,儿女们陆续回来吃饭了,她赶紧放下剪子,把棉帘子推到一边,放上炕桌。

其实没有人上炕,有的坐在炕沿儿上,有的站在地上,老二明华不进屋,蹲在灶坑旁边以锅台当桌。饭也很简单,锅帮上贴了一圈玉米面和高粱面两掺和的饼子,锅底熬的棒子糁粥,秫秸秆做的箅子上蒸了一小碗虾酱,里面打了一个鸡蛋,这是专为武耕新做的小灶。其他人的下饭菜是那一大碟咸菜和一海碗素熬白菜,里面有几根黑粉条。就是这碗差不多等于是白水煮的白菜,也不是所有人都有资格吃,林元秀和还没有挣工分的二女儿明琴、老小子明伟就不能动筷子。可是这两人又是穷人家的娇女、娇子,尤其是老儿子明伟,心眼儿又多又混账,偷着摸着把好吃的往自己碗里敛。所以真正吃咸菜的只有林元秀自己。武耕新从来吃饭没钟点,不知什么时候回来,也许还不回来,养成习惯家里吃饭不等他。今儿个晌午倒是老大明理回来得晚了一点,一进门就黑虎着脸,没有奔锅台,也没有奔炕桌,却疯魔颠倒地抄起那个棉门帘子,连同他老子那件光板羊皮袄,喊里喀喳卷成一个捆儿,用麻绳一勒,抱起就走,一家人都怔住了,当娘的慌忙追出来:"明理,你怎么啦?"

"给我爸预备的,他这回真的离大牢不远了!"明理气呼呼地吼叫着,有棱有角的四方脸涨得通红。他真的把那个铺盖卷儿立在大门口,并喊过大黄狗,"大黄,看好了,谁也不许动!"

"你疯了,还是傻了?那是你爸说的气话。"林元秀心里咚咚跳,惊恐地望着儿子的眼睛。人家都说明理的眼睛随她,小时候这双挺招人爱的大眼睛里闪着聪慧和秀气,现在却透着粗野和蛮横,像雷雨前的天空一样怕人。都怪闹大水以后就让他停学了,要是上完中学也许不会是这样子。

明理没有搭理老娘，噔噔噔蹿到屋里，弯腰从锅里抄起个大饼子。他可倒好，发火不影响吃饭，而且抬腿上了炕，理所当然地坐在了平时只有武耕新才能坐的位置。

"明理，到底出了什么事？"当娘的赔着小心问。她对丈夫从来也没这样过，可明理是长子，而且那天晚上吵架之后，第二天一早媳妇就跑回娘家去了，半个多月了，人不回来，连个信儿也没有。她总觉得对不起儿子，欠了儿子一笔账。

明理还是不吭声，只顾大口嚼饼子，大筷子夹菜。

老小子明伟可看不下眼儿去了。他平时没事还找事、没话还找话哩，怎看得下老大这副样子。一仰那溜精猴瘦的尖下巴颏："哥，娘跟你说话呢，你怎不吭声？哑巴了？"

明理抬起眼珠子，瞪了兄弟一眼："没你的事，饼子还塞不住你的嘴！"

明伟像个私塾先生一样晃着那周正的脑袋、漂亮的小分头，一本正经地学着领导干部的官腔："武明理同志，你怎么能这样呢？我们理解你的心情，媳妇抛弃了你，你心里难过，但不应该把火气撒到老娘头上，撒到兄弟姐妹身上……"

明理腾地从炕上站起来："你……"

明伟根本不怕他，拿他当小菜儿："我怎么样？我不过说出了大家的心声。嫂子拍拍屁股走了，害得我们全家都倒了大霉。看看你这模样儿，好像我们都欠了你八百吊钱！尤其是劳苦功高的慈爱善良的母亲，每天都提心吊胆、看你的脸色过日子了。男子汉大丈夫，怎么可以娶了媳妇忘了娘，跑了媳妇气死娘呢！"

明理恼羞成怒，下炕就要打兄弟："明伟，你有种就别跑！"

明英和明琴狠命拉住他，又把他推回炕上。

明伟是个机灵鬼，把话说透了，见好就收："毛主席教导我们说，要文斗不要武斗，君子动口不动手。"

他的两个姐姐"噗"一下把嘴里的黏粥喷了一地："死小伟，滚到外面去！"

他端着碗出来了,见娘坐在锅台上抹眼泪,小儿子刚才把真话当笑话说,触动了她的伤心处。明伟赶紧放下自己的碗,替娘盛了一碗粥递到她手里,又掰了一块饼子,舀了一勺子蒸虾酱抹上,送到娘的嘴边。这正是他叫父母喜欢的地方,心眼儿灵巧,会来事儿,有了他家里就多了一台戏,少了他就特别冷清。老二明华就在锅台边吃饭,却没看见老娘掉泪,更不会想到要为老娘盛饭,他只顾闷头吃自己的饭,不论家里事、外边事一概不掺和。难怪明伟说他有心无嘴,一天说的话还不如放的屁多。可是队长喜欢他,干活实在,而且不惹是非。

没吃两口老实饭,明伟又忍不住了,说:"娘,我明年高中毕业后考一个不用花家里钱的大学,大学毕业后先把您接出去,而且立下保证,一辈子不结婚,现在的闺女没好的!"

"小伟,你就不怕烂嘴!"明英在里屋搭了腔。

明伟冲娘吐吐舌头:"当然不包括我这两个亲爱的姐姐。一个考上了县师范学校,美得一天把那个破眼镜擦十遍,三年后就是文静端庄的武老师。一个是大赵庄高干子女养鸡场的场长,叱咤风云的养鸡女神。你们是咱娘的骄傲,全家的光荣。"

同样也是嘴不饶人的明英,意外地没有还嘴,反而低下了头,连饭也没有心思吃了。是啊,自从她当了大队养鸡场场长,村上的闲言碎语可多了。这个"高干子女养鸡场"的外号说不定还是马胜锐给起的。她连着找他两次了,他都不搭理她,甚至不愿看见她。本来嘛,他的自尊心被伤得太重了。她的父亲不仅还是大队书记,自己又当了场长。他呢?这次大队把大锅大灶改为小锅小灶,解散生产队,成立了五十二个专业承包组,自由结合,每个组长都愿意要明华这样的正号庄稼人。一下子甩出五百多个劳动力,这些人等于失业了。只听说世界上有失业工人、待业青年,哪听说有失业农民、待业农民!可气的是马胜锐也在这个"甩货"的行列里,他能不生气吗?能不怨恨武耕新和他高升的女儿吗?被甩掉的人中有干活溜尖滑蹭的;有身体不好的;有坏小子、嘎杂子琉璃球;也有能能梗、心里道道多不好领导的。明英猜想,马胜锐可能属于这后一类。

刚才被老兄弟弄得十分狼狈的明理,似乎找到了一个话题,可以替自己解脱窘境,找回刚才丢失的面子。说:"明英,你的鸡场里有什么重活可以叫我干。反正我也是无业游民,往后没事干了!"

"那不真成了'高干子女养鸡场'啦!"明英突然又觉得大哥的后半截话不对味,"你怎么说是无业游民?你不是没有被裁下来吗?"

明理的肝火一下子又蹿上来了:"裁下来啦!咋天组长还抢我,今天又说不能要我。我问他为嘛,他叫我回家问咱爸。我算吃他的挂落儿了,当了他的替罪羊。你竖起耳朵听听,四乡五县哪有这么干的?外面骂什么街的都有,五百多口子失业,这不是砸人家饭碗吗,叫人家去喝西北风?村里人心惶惶,都闹翻江了!你说,咱爸这不是在跟监狱摆手吗?"

"真有这事?"林元秀来到屋里叮问儿子。丈夫和儿女不论受多大累担多大险,心思是专一的,她的心却是七裂八碎的,既为丈夫担惊,又为儿女操心。丈夫豁得出去自个儿和这个家,就不想想这个家豁得出去他吗?明理要是成了"待业农民",那个心强好胜的媳妇就永世不会回来了!真要落到那一步,外边不反,窝里也会反起来。

细心的明琴向大哥使眼色,叫他不要再说了。明理却把这眼色当成对他的鼓励,嗓门儿更大了:"还有更邪乎的呢,我爸要办工厂,你猜找谁跑业务?张万昆!他是什么玩意儿,大赵庄的人谁不清楚?不错,他是在天津卫当过工人,当过副科长,搞破鞋,贪污公款,被开除厂籍,劳动教养两年。回到村里也没老实过,偷摸捎拐,拈花惹草。前些日子开群众大会时,他人前背后对我爸恨得咬牙切齿。重用这号的,一是得罪了人社员,二是必定被他坑害,即便工厂赚了钱也不够他一个人捞的!"

林元秀变颜变色地问大女儿:"明英,这是真的?"

明英点点头:"张万昆的事先不说,解散生产队,改专业组承包,我认为爸做得对,不打破大锅饭、铁锅饭、砂锅饭,大赵庄就变不了……"

明伟站在明英一边,和明理一个炕上一个炕下地争论起来。明英是她爸的忠实信徒,铁杆保皇派;明伟是现代派,凡是反传统的、打破常规的事,他弄不懂也拥护。明理是爸爸事业的直接受害者,在思想上当然和他的妹妹、弟弟水火不容了。

林元秀没有心思再把手里那块饼子吞下去了,她坐在二女儿身边愣神。耕新是瞎了眼,还是瞎了心?怎么起用这样一个神,他闯过三山六码头,鬼花活儿又多,靠得住吗?说起这个张万昆,也是大赵庄的一个人物,每当几个老娘儿们没事干,凑到一块儿说闲话的时候,就拿他磨牙。听说他自己也跟别人吹过牛,不论多有身份、多漂亮的女人,只要他用一只手摁到她的肩膀,就会浑身酥软,瘫在他面前。别是他的身上放电吧?老娘儿们哈哈一笑,这个一段儿,那个一段儿,越是这样糟蹋他,女人们越是对他产生好奇心……"文化大革命"中,张万昆哪一派也不参加,人家也不要他,成天什么活儿也不干,家里不缺吃不少穿,穿得干干净净,逍遥自在,村里人就怀疑他手脚不干净。那一阵家家户户都嚷着丢东西,地里的庄稼,场院的柴火,鸡鸭猪狗,没一样不丢的,连门口夹的篱笆,一眼看不到就被别人拔走当柴烧了。有几个愣头青找到张万昆,想收拾他。他有前科,如果解释自己没偷不会有人相信,灵机一动,突然来个假传圣旨:"伟大领袖教导我们说,十个社员九个贼,你不去偷你怨谁?你们应该去看看大前天的报纸。"趁那些人怔神儿的工夫,他一溜烟儿跑了。一走就是两三年,据说在天津打临时工。他有技术。每到过年过节回来,穿戴得周武郑王,提着大包小包。他走了以后,村上照样丢东西,就证明小偷不光他一个。本应治他的政治罪,可自那以后人们一遇到急事都爱顺嘴编段"最高指示",当箭射别人,或者当盾牌挡别人射来的箭,对他的事当笑话一说就过去了。这个人有道行,鬼难拿,谁也捉摸不透。

可是,想起用他的人更难捉摸。林元秀的心像一只水桶掉在深井里,日子过得颤颤悠悠,够不着底。她跟武耕新搭了半辈子伙计,越老越摸不透他的心思了。男人的心就像一眼深井……

七

天气突然转暖,正像当地人所说的——"秋老虎"死前还要扑三扑。到晌午头,太阳越发威风,连墙根儿下的土地都被晒得热烘烘的。

赵树魁就迎着太阳坐在这墙根儿下,背靠着热乎乎的墙,屁股下是热乎乎的土,伸直两条腿,敞开破棉袄的衣襟,让太阳直接晒到胸口上,拉下帽檐儿盖住眼睛。嗯,身上暖洋洋、麻酥酥的,比躺在大沙发上还舒服。优哉游哉,他还真的晕了一觉儿。可这算哪一出呢?挺大的个子,没病没灾,大白天坐墙根儿睡懒觉。而且就在大队部对面机耕组的墙根儿下,从队部的窗户里就能看到这条懒虫,这很有点静坐示威的味道。当然还称不上他是"罢农",倒有点"农罢他"。他理所当然是专业承包中的甩货,谁愿意跟这样一个二百五搭伙计。不过,今天他这番举动可不像他那缺个心眼儿的脑袋瓜里自己想出来的,也许后边还有什么高人?

赵树魁不是没有力气,也不算太懒,你要给他几句好话,会使他,就可以把他累死。本地话就叫做"二乎",说话办事二二乎乎,大大乎乎。再加上找不到媳妇,过年就四十四了,他也是人嘛。谁要说给他找个媳妇,他甘愿白为人家脱三天大坯!

人到四十守空房,
抱着枕头数房梁。
眼看就到五十岁,
还是一个老光棍儿!
光棍儿好,光棍儿妙,
躺在墙根儿睡大觉!

赵树魁撩起帽檐儿睁开眼,阳光太强,刺得他两眼眯缝了好一会儿才看清跟前站着几个承包组的人,他们刚从地里干完活儿回来,个个心满意足,嘻嘻哈哈地正拿他寻开心——

"树魁,你可真会养!别人都忙得两脚朝天,你倒有闲心躲在太阳地里拿虱子、晒肚子。"这才叫得便宜卖乖,气死人不偿命!说话的是承包组长张万全,外号叫"万能能"。是小炉匠出身,补锅锔碗焊铁壶,修车打铁磨菜刀,好像无一不晓,无一不会,为人又极精明会算计。这两天数他最志得意满,如果按武耕新这一套办法治理大赵庄,他张万全无疑将受益最大。他把损人的话藏在一本正经的官腔里,摆出一副优越的领导兼长辈的派头,鬼知道他怎么会成了赵树魁的领导和长辈?

"万能能,你别美得不知怎么好受,拿穷哥们儿找乐子。"赵树魁又用帽子盖上眼睛。

张万全又摘掉他的帽子,成心逗他:"你穷?穷还大白天溜墙根?"

"哎,对了。这叫骑马坐轿修来的福,你们是扛锄下地命该着!"

"哟,闹了半天命大的在这儿了!"大家一阵哄笑。

赵树魁坐直身子:"傻老爷们儿,你们先别得意得太早了,咱们大伙儿都叫武耕新给耍了。我问过有学问的人了,南边也有承包的,人家那叫分田到户,像土改一样,贫下中农摸摸头囟儿有一份儿。我是血贫农,穷得出血,为什么不分给我地,也不派给我活儿,这不是逼人上吊吗?再说,凡是承包的村子都是群众乐意,干部、党员不乐意,一包下去他们就不吃香了。咱们这儿正相反,干部玩儿命要包,群众说嘛也不干……"

"谁不乐意?不就是你吗?你算哪门子群众?"

"我是血贫农!再说还有五百多户哪。"这个平时吃凉不管酸的大爷,这两天还真动脑子了,他举起一根手指头十分神秘地说,"傻老爷们儿,你们就卖臭力气干吧,到秋后还是大锅饭。不信你们看,除去武耕田,那些大队干部谁参加了承包组,还不照样吃香的喝辣的。我也是'大队父',着什么急呀!哈哈哈,有他武耕新吃的就有我吃的!"

几个上了年纪的人还真叫他给说蒙了,赵树魁肚子里想不出这番话,背后一定有明白人点拨他。那么这个明白人是不是发现了大队这样干的背后真有什么鬼?武耕新耍了什么花活?

张万全的儿子,高中毕业生张兴接过了话茬儿:"狗剩叔(赵树魁小名叫狗剩),我知道你是听马胜锐讲的,昨天晚上我俩辩论了半宿,最后他认输了。咱们这不叫包产到户。也不是'二土改'。要是那样,牲口怎么办？难道又一户一条驴腿，一户分一个拖拉机零件，把几千亩大条田再改成一疙瘩一块的小台田？岂不又是一种倒退！铁饭碗盛大锅饭不能要，但大集体的优越性不能扔，像机械耕种、收割、浇水、施药灭虫等等。所以武书记他们才想出这个高招儿，叫'专业承包，联产到劳'。我们光负责管理，每个劳力承包二十亩，单产四百斤就算完成定额，超额越多得的越多！"

"树魁，你听明白了吗？"问这话的是早已摘了地主帽子的赵国松。

"我不明白！"赵树魁瞪了他一眼，心想，"你也敢插嘴。"

"他要明白就不往炕上尿了！"

"都像你这样，怎么搞'四化'？"

"咳，你还跟他这个榆木脑袋谈'四化'！这叫人过四十不成家，哪有心思搞'四化'。"

"树魁，我给你介绍一个怎么样？北燕庄的，人样子是没挑了，就是嘴有点大。"

"嘴大吃八方嘛！"

"是不是耳朵也有点长？"

大家逗一阵，哈哈笑一阵。赵树魁脸上挂不住了，"嗖"地从地上站起来，脖子上的青筋鼓起老高。他对别人不敢怎么样，一眼看见赵国松也站在人群里咧嘴笑，就冲着这个在他看来比自己矮一头的人去了："赵国松，你这个臭地主，也敢拿老子耍！"

赵国松一怔："俺怎么你了？你朝俺来干吗？"

赵国松的儿子赵玉良，一直站在远处看热闹，听见赵树魁说出这种话，"刷"地脸变色了，一步蹿过来，说："赵树魁，你回家漱漱嘴再说话，谁是地主？"

赵树魁那种二乎劲又上来了，脸红脖子粗地一边往赵玉良跟前凑，一边骂："你老子就是臭地主，你就是地主的狗崽子！你参加了承包组就敢骑在老子头上拉屎？"

看他又要耍二百五，张万全赶紧站到中间拉架："树魁，你这就不对了，大伙儿不是跟你逗着玩儿吗，这么大个人，来不来就翻脸多没劲!"

谁知越有人劝,赵树魁的穷性就越大。特别是对张万全,他装着一腔子火药哪:你宁要地主也不要我赵树魁,事情是你引起来的,这时候又出来当好人,拉偏手,向着地主! 他一较劲把张万全推到了一边。

张万全一个趔趄,差点没摔倒:"赵树魁,你怎么不懂好歹!"

赵玉良用仇恨的目光盯着赵树魁:"你还想来'文化大革命'那一套,成天骂便宜人、打便宜人! 你不就是沾你的成分香吗? 现在还能靠你那个香成分吃饭吗?"

这话可揭了赵树魁的老底,他眼睛都红了。赵国松怕儿子惹事,赶紧把他拉到自己身后边,强压住火气说:"树魁,大队早就给我摘帽了,俺现在跟你一样都是社员。别看五十出头了,身板骨还不错,庄稼地里的活儿咱一样也不怵头,再加上万全兄弟收留……"

"我叫你臭美!"赵树魁猛然抡起右手——啪! 啪! 两巴掌都打在赵国松的耳台子上,他一声没吭,身子晃了两晃就栽下去了。赵玉良赶紧从后面一把抱住他:"爸,爸!"

赵国松已经没气了,嘴角只流出一点白沫。

赵玉良跳起来想跟赵树魁拼命,被几个人按住。张兴在他耳边说:"玉良,要冷静!"

几个人大呼小叫,仍然叫不醒赵国松。赵树魁心里也发毛了,他的右手掌又麻又疼,自己也觉出刚才的确用劲儿太大了。但仍然装出七个不含糊八个不在乎的样子。大家都忙乎赵国松,有的去找大队干部,有的去找本庄土医生,没有人再搭理他。他重新坐回南墙根儿下,气哼哼地嘟囔着,不知是说给别人听,还是强给自己鼓气:"你有本事就用不着装死,老子就是革你地主的命,怎么样?"

李汉忠从大队部跑出来,小伙子还真有点大将气派,一点不慌不乱。这是人命关天的大乱子,群众越围越多,说什么的都有,他却处理得有板有眼。先叫张万全赶紧套车送赵国松去公社卫生院,让本村的二把刀医生陪着赵玉良一块去护理赵国松。临走的时候对赵玉良说:"玉良,别着急,别生气,大队一定严肃处理这件事。现在救人要紧,公社卫生院不行立刻送县医院,别疼钱,花多少钱也要把人救过来! 我等会儿就去想办法抓钱,下午派人给你送去,并告诉你支部对赵树魁的处理决定。"

然后他来到赵树魁跟前,看热闹的群众呼啦一下子也都围过来。李汉忠很平静地说:"赵树魁,你为什么打人?"

有几个好事的社员也帮着喊:"说,你这个二百五为什么打死人?"

赵树魁突然抱着脸呜呜哭起来了。这个四十多岁的汉子,真不知是出于一种什么心理,是害怕? 是懊悔? 是耍赖?

看热闹的人先是一惊,随后有的吐唾沫,有的捏鼻子,有的撇嘴笑:

"呸,现世报! 眼泪可倒来得快,刚才你那能耐呢?"

"发昏挡不住死,别装这份屄包蛋!"

李汉忠加重语气吆喝了一声:"起来! 瞧你这身作料,哭也好,耍赖也好,都没用,快说吧。"

赵树魁从地上爬起来:"我对你们搞承包有意见,地主有活儿干有饭吃,我倒成了没人要的甩货。我肚子里有气,辛辛苦苦三十年,一觉儿回到了解放前!"

四周的人哄的一下全笑了。

"你有意见向支部提,或者打我,打武书记。你打赵国松干什么? 他是大赵庄社员,公民。听着,这回你惹恼了法律,谁也救不了你。赵国松有个三长两短,你偿命。如果他残废了,今后不能劳动,下半辈子由你养着。还有,从现在起,他的医疗费、住院费、吃饭钱、工分以及看护他的人的全部工分,都由你负担。"李汉忠神情严厉,把道理一摆,赵树魁真被吓蔫了:

"我养他半辈子? 这么多钱叫我往哪儿弄去?"

"这还不算完,眼下不知道赵国松到底会怎么样,你打了人不能白打,是认罚还是认打?"

"罚又怎样?"

"打一个巴掌一百块钱,交给赵国松。"

有人插了一句:"把他卖了也不值二百块钱!"

李汉忠:"跑了和尚跑不了庙,记下账。"

赵树魁又问:"打又怎样呢?"

"把你送到公社派出所拘留起来,等赵国松的伤势有了结果再说。"

"管饭吗?"

"不管饭,由家里人送饭。"

"啊!"尽管赵树魁身上有很多毛病,但对老娘很孝顺,他不能再连累一只眼的老娘每天跑十几里地给他送饭。赵大娘年轻守寡,有一年割苇子不小心跌了一跤,叫苇茬子扎瞎了一只眼。闹日本鬼子的时候,老百姓天天东奔西逃,在那兵荒马乱的年月常有人家丢儿弃女,各村的疯狗尽吃死人肉把眼睛都吃红了。有一天赵大娘跟着村里人躲鬼子兵,路过乱葬岗子,听见有小孩儿哭,当时赵树魁生下来还不到一百天,竟没被疯狗吃了。几个上年岁的人说他命大,劝赵大娘抱养了他,取名"狗剩"。剩来剩去,一直剩到他长大,成了这副样子。他清楚自己的身世,所以对老娘还是很孝敬的,至于他本人因不成器把老娘气死好几回,那是另一回事。

赵树魁在心里琢磨了半天,最后说:"我还是认罚吧。现在我失业,以后有了钱再还。"

"我给你找个赚钱的活儿,下午到大队部来。"李汉忠说完就走了。

大家感到奇怪:"嘿,他倒因祸得福,找着活儿干了!"

八

熊丙岚看一眼手表,叫苦不迭:"哎呀,都一点多了,怎么办?是你跟我去?还是我跟你去?"

武耕新说:"你跟我回家去吃吧。"

熊丙岚很随便:"也好。我跟房东有约在先,中午十二点半,晚上六点半,我不回去就别等了。前一段时间吃饭老不准时,害得人家全家吃不好。"

武耕新却突然感到为难了,刚才他顺嘴一说,事先没跟家里打招呼,老熊毕竟是县委领导,倘若家里没有什么吃的东西,岂不太难堪了。

熊丙岚看出了武耕新心里的这点意思,很正经地说:"你要变卦?说请我吃饭又后悔了?"

"熊书记,饼子、黏粥我保证有,其他还有没有我实在拿不准。"武耕新十分不好意思。这老兄的脸上难得露出这般真诚的难为情的神色,逗得熊丙岚非常开心,拍着武耕新肩膀说:

"走吧,别来这一套,我知道你天天在家吃小灶,大米干饭炖肉。我今天可是捞上了!"熊丙岚在工作之后,常喜欢开玩笑,说挖苦人的话,借以赶快调节气氛,放松神经。而且他越是喜欢谁,就越是向谁发动攻击,对人家的取笑也最厉害。他机智幽默,很会讲故事,有满肚子的趣闻轶事,不过有许多是冒犯当官之道的。像他这个级别的人说话还如此随便,实在不多见。

两个人一边说一边走。

"熊书记,我从来没见过你这样的领导,一点架子没有。"

"你说错了,我架子大得很,不过是用来对付我不喜欢、不尊敬的人,对付那些不学无术而又爱摆架子的官老爷!"

"你的学问很大,是大学毕业当的干部吧?"

熊丙岚开心地笑了:"你呀你呀,你怎么老上当? 这就是你的可爱之处。我没有真才实学,一肚子杂学,只上过六年私塾,十六岁参加工作,十八岁入党,当过文书、干事、教员,地委办公室主任、地委副书记,被打过右倾,甄别后当县长……我不过看的书多,中国有二十四史,我看了二十五史,把清朝的野史、演义也看了。我懂得医道,也知道一点武道,等你有了闲工夫我教给你点儿气功和养生的办法。"

武耕新来到自家门前,一眼看见戳在门口的那个用棉门帘捆成的铺盖卷儿,脸色陡地沉下来。别看他在全村人面前吹过大话,真看到家里人照他的话办了,做好了送他进监狱的准备,他又感到恼怒、伤心、丧气,还有几分窝囊!

熊丙岚笑着摇摇头,阴阳怪气:"看来府上不光不欢迎我,也不太欢迎你,这顿饭不大好吃。可我既然来了,手榴弹也炸不走我,非吃不可。"

他倒抢先一步迈进了武家门洞。大黄狗向武耕新耍贱,用嘴和前腿纠缠他,使他反而落在了后面。

林元秀慌忙从屋里迎出来。熊丙岚反客为主先搭腔:"武大嫂,别看你把老武的铺盖卷儿扔出去,吓不住我,我还是不请自到。"

林元秀红着脸半天答不上话来:"那……是孩子干的。明伟,快把它拿进来。"

"我哥放的,凭嘛叫我拿。"明伟嘟囔着往外走,他一点亏也不吃,不能让父亲认为那是他干的,光明正大地就把大哥给卖了。

武耕新喝住了老儿子:"我看谁敢动它?就放在那儿!"

明伟吐吐舌头,家里的气氛很紧张,熊丙岚马上给解围:"先放在那儿好,辟邪。等会儿我把它拿走,晚上搭脚正合适。"

无忧无虑的老儿子和老闺女咯咯地笑了,武家的气氛一下子和缓了。别看武耕新不在家的时候,明理多么蛮横,明伟多么捣蛋,当爹的一回来一个个都老实了,噼里扑噜赶紧下炕让位。武耕新黑沉沉地阴着脸自己先上了炕,然后又招呼熊丙岚。

林元秀可急坏了:"熊书记,你还没吃饭吧?"

"没有哇,这不专来吃你的大米干饭炖肉嘛。"

"哎哟,我到哪儿去偷大米呀!"林元秀求救似的看着丈夫,"你怎么也不叫人提前送个信来,家里什么也没准备,给熊书记吃什么?"

熊丙岚赶紧收住玩笑话:"嫂子,我说笑话,你别当真。大米干饭炖肉会有的,不过得等一两年,到那时我管保你一听说炖肉就脑浆子疼。"

两个女儿为他们盛上棒子糁粥,端出饼子、虾酱、熬白菜。熊丙岚香甜地咬了一口大饼子,夹了一点虾酱,吃得有滋有味儿:"嘿,真棒!说实话,这比干饭炖肉对我的胃口。今天我真饿坏了,你家老武用起人来不顾人家死活,他自己没有手表,也不看太阳,要不是我提醒,今天得跟他一块熬到没太阳。"

林元秀松了一口气，平时老听孩子们讲熊书记，今儿个一见，果然随和可近，跟以前到大赵庄来过的领导不一样。

熊丙岚一踏进武家门口就感到武耕新的后院不稳。这老兄很可能在家里推行"一长制"，自己说一不二。也许在外边遇到困难，还会到家里撒气泄闷，这个家庭缺乏应有的和谐、亲密，看来这顿饭不能白吃。他几乎是让人毫无觉察地打量了这个家庭的主妇和她的儿女们。林元秀的穿着打扮完全是北方普通农家妇女的样子，不过略显整洁。自己做的青布裤褂虽然旧了，也打上了补丁，但干净合体。相貌平常，脸上带着操劳过度的倦容，只有眉目间时而还露出昔日的娟秀之气，谈吐中有时也显得比一般农家妇女多一点知识。城市妇女到她这个年纪正是好时候，儿女已长大成人，自己也正当中年，可以享受所谓的第二青春期。而农村妇女一过四十五岁就好像进入老年了。什么时候能改变一下这个规律，中国农民的生活就算真有点进步了。

他问："武大嫂，听说你年轻的时候是大赵庄的一位才女！"

"熊书记又说笑话，吃苦受累的命，守锅台看孩子，有什么才不才的。"林元秀心里还有点慌乱，不明白这个县委副书记为什么老跟她搭话？以往也有领导到家里来，除去刚见面打个招呼，剩下的就只跟丈夫说话，好像只有需要盛饭的时候才想起还有她这个人。

"你念过《论语》?"

林元秀点点头："瞎对付吧。"

"'五经'、'四书'也念了?"

"念了一点，早就跟着饭一块吃下去了。"

"别害怕，我又不是批儒评法战斗队的队长。"熊丙岚口气一转变得严肃而真诚了，"不容易呀，在咱们'燕赵之地'上，像你这个年纪的农村妇女念过这么多书的不多，老武好福气，俗话说在每个成功的男人后面必定有一个女人，你就是老武的贤内助、坚强后盾。"

头脑灵活的明伟立刻把话接过来："村里人都说您是我爸的后台。"

"'后台'俩字前边没加个'黑'字吧?"熊丙岚笑了，"不过我这个后台代替不了你们这个家庭后台的作用。"

林元秀觉得跟这位熊书记讲话好像自己的心眼儿不够用的,在脑子里弃置多年不用的知识正吃力地被唤醒、被调动起来了,仿佛早已干枯的智慧又开始复苏。这是个有趣味的人,他能钻透人的心思。相比之下,武耕新回到家里几乎没有什么话好说。关于庄上出了什么情况、发生了什么新鲜事,林元秀只能从孩子们嘴里和左邻右舍的老娘儿们嘴里得到。丈夫回到家里就是吃饭睡觉,除非家里有什么事非他做主不可,才会听到那么几句金口玉言。而且有好长时间了,一进家门总是嘟噜着脸子,孩子们一见他回来都躲得远远的,只有明伟和大女儿明英还敢插几句嘴。林元秀心里翻起一股莫名其妙的怨气,有一股难言的委屈,又决不能让外人看出来,她借着收拾孩子们用过的碗筷,躲到外间屋去了。老大早就回到自己屋里去了,老二碗里还有一点粥没喝完,明琴也来到外间屋,西房里只剩下好奇的明伟和明英。明英似乎有什么话想跟父亲讲,因为县里领导在场不好开口。熊丙岚看出了她的心思,就问:

"明英,养鸡场的场长不好当吧?看你累得又黑又瘦,有什么难处吗?"

这一问不要紧,明英的眼泪噗嗒噗嗒掉下来了,冲着自己的父亲说:"爸,你把我免了吧!"

武耕新一惊:"死鸡了?"

明英摇摇头。

"出了什么事?"武耕新有点着急,他是颇为看重自己的大女儿的。

"人家说闲话,太难听了!"明英擦擦眼泪。

"咳,我当是有嘛大不了的事呢,听蝲蝲蛄叫就不耩麦子了?"武耕新耐着性子说,"明英,现在咱们太穷,经不起赔本的买卖。我知道你一定能干好。科学养鸡,扩大鸡场,不用你这个高中生用谁?把辛苦撂在那儿,把鸡养好,自然就会堵住那些人的嘴。"

"这叫长存君子道,日久见人心。"熊丙岚也帮腔,"你父亲的计划是靠鸡场、猪场先抓点钱做资本,再派多余劳动力出去承揽别的任务赚一些活钱,用来办工业。等工业赚了大钱回过头来再来扶持农副业。你可是头一炮,只能响不能哑。至于那些闲话,我也听到过,'高干子女'并不是一句坏话嘛,肯去养鸡的高干子女本身就很了不起!"

"谁是高干子女?他们挖苦人!"

"国家没有大的变故,你爸爸的雄心得以实现,大赵庄的社员会过上比'高干'还高级的生活。到那个时候群众对你爸爸和他的当鸡场场长的女儿的尊重,恐怕就不是'高干子女'四个字所能包含的了。"

"熊书记可真会说话……"

老二明华慌里慌张地跑进来,半天才把话说明白,门外围了一大群人,要找熊书记。

明伟对国际新闻有兴趣,立刻怪腔怪调地说:"还真的打上门来了,是静坐?是绝食?还是游行示威?"

"你少废话!"武耕新吼了一声,"你们谁也不许给我出去!"

一家人都拥到西屋,焦急地望着县委副书记。

熊丙岚还是笑模悠悠,一点不着急,连手里那块饼子都舍不得放下,且又夹了一筷子咸菜,这才下炕。走到门口还回过头不忘嘲笑一下武耕新:"他们所以不敢进来,就是叫你门口那个铺盖卷儿给镇住了。我这哪儿是来蹲点,分明成了你的私人律师,也许还是替死鬼!哈……"

这哪儿像个县委副书记说的话?然而他又是个真正可以信赖的县委领导。从他那半真半假、半讥半讽的笑话中透出一种贴心的真诚, 种仿佛和武耕新穿一条连裆裤般的支持,他的幽默冲淡了这个家庭的紧张气氛,抵消了武耕新脸上的那种严峻神色,让人感到安全可靠。

熊丙岚举着那半块饼子,不紧不慢地来到大门外边。武家门前果然围着一大群人,他们喊喊嚓嚓,嘀嘀咕咕。背后提起武耕新恨得牙根痒痒,脑 热真找到县委书记要告状了,谁也不愿出头,都想往后捎。熊丙岚还能看不出这种阵势吗?他突然变得威严、冷峻,不动声色地站在门口,用锋利的目光扫视着大家:

"你们找我有什么事吗？"

没人吱声，前边的人开始往后挪。

"你们吃饭没有？"他举起手里那半块饼子，"你们武书记的爱人贴饼子真棒，咸菜腌得也很好，你们要是还没吃饭就请进来，咱们给他来个抄家！"

他脸上一点笑容没有，谁也不知道他是真想请大伙儿吃贴饼子，还是挖苦大伙儿。人群后边有个小伙子搭了腔："熊书记，我们暂时还都有口饭吃，反正社会主义是不会饿死人的。今天找您来是想问一问，大队的几个干部都没有参加承包组，他们将来吃什么？我们很替书记们担心将来挨饿。"

有人一带头，别人也开始帮腔了：

"对，土地承包就是刘少奇炝锅，'三自一包'的荤味儿又出来了！"

"县里领导同意我们庄这样干吗？"

……

鸡一嘴鸭一嘴，熊丙岚乐得听他们把肚子里牢骚都泄尽，就一言不发，大大方方地又啃开了他的大饼子。

还是那个小伙子又大声喊了一句："大家问题提得不少了，请熊书记回答吧。"

熊丙岚看看他，脸面不算漂亮，却颇有吸引力，理想家的大脑门儿，沉思默想的眼睛，阔大的嘴角富有意志力，这显然是个头脑灵活、性格刚毅的年轻人。他笑了："要是我没猜错，你就是大赵庄小有名气的马胜锐了？"

"对，他就是马胜锐，这么壮的小伙子成了待业农民，白上到高中毕业，不能上大学也不能种地，这叫什么事？"

"我现在明白为什么没人要你了，用你们本地话说就是嫌你是个'能能梗'。谁也没有你能耐大，谁也没有你嘴能说，谁也没有你心眼儿多。你想想，哪个老实巴交的社员愿意自己组里有个鹰嘴鸭子爪——能吃不能拿的婆婆？"

有人笑了。熊丙岚的这番话太损了，他是有意杀杀这个年轻人的傲气,刺他一下。他接着说:"但是,有个人看中了你的机灵劲儿,用好了也许是个人才。叫我写了两封信,明天派你和另外两个人到县工业局,了解一下全县的社办工业、队办工业有什么特点,有多少种类。然后到好的队办企业参观一下,再到天津摸一摸行情、信息,拿出你们的方案,大赵庄应该办什么工业?怎样办?小马,这回看你是真'能能梗',还是假'能能梗'。"

马胜锐一下子听傻了,红头涨脸一句话也说不出来。有人妒忌地说:"原来胜锐是另有重任,那我们干什么?"

"好吧,我就多说几句。我们党支部本来决定今天晚上向社员群众交底,"熊丙岚突然变得态度庄严,说话像掰棒子一样严厉而干脆,"你们这些待业农民明天就得出发,一批人去团泊洼水库割苇子,一批人去海边挖对虾养殖坑,包的都是国家的任务,收入百分之七十归大队,百分之三十归个人。据李汉忠计算,每个人每天可挣到十五块多钱,能干的可达到二十多块。这活儿就是他和刘心远揽来的……"

待业农民们一下子炸窝了,有人眉开眼笑,有人半信半疑。

熊丙岚一开口大家又静下来,仿佛他的话就是钱:"明天我和你们武书记也出发,到天津大学、南开大学去拜老师,请教经济专家,聘请技术顾问。这是创业阶段,将来的分工是:种田能手承包土地;头脑清楚、有心路的明白人搞工业、管理企业;会做买卖的搞商业;能工巧匠当工人;能耐人跑业务;瓦、木工进建筑队盖新村。小材小用,大材大用,八仙过海,各显其能。往后不要愁没活儿干,就看你有没有真本事。"

有人嚷:"这可真够新鲜的!"

"我要声明一句,这个规划是你们党支部制定出来的,不是我的主意。我不过提前泄露点儿情报,以晚上老武同志的话为准。如果你们没有其他意见,我要进屋喝粥去了,这顿晌午饭吃得时间太长了。"

大家哈哈笑着散开了。

熊丙岚回到屋里,林元秀已经重新把黏粥加热了,盛在碗里热气腾腾。他还没有喝上一口,又进来一个人,一手提着黑书包,一手提着武耕新准备进监狱的铺盖卷儿。武耕新一见来人,慌忙下地:"万昆,你这就走?"

"我待不住了,现在就想走!"张万昆过去见了干部就溜,从不愿意跟干部对眼色,今天一反常态,用一种异样的眼光直盯着武耕新,"武书记,你心里对我真的那么放心,一点也不怀疑?"

"你这是嘛话? 我既用你就不怀疑,怀疑就不用!"

"好吧,我也是人生父母养的,这回要搞不好这个'业务',就是大伙儿揍的!"张万昆解开武耕新的铺盖卷儿,抽出麻绳放到自己书包里,"如果我办了对不起大赵庄的事,就用这根绳子捆上自己来见你! 熊书记,您作证,记住我张万昆今天红口白牙说出的话!"

九

当人们对自己的职位和境遇感到心满意足时,我爱说——"给我个县长也不换!"

可见在中国当个"县太爷"、几十万人口的"父母官",是何等的自在惬意。这是什么心理? 这又算什么标准呢? 做官之道,奥妙无穷,官当大了不好,当小官也不好。当个什么官正好不大不小:使权力这种烈性酒精转化为醇香的美酒;让政治这只老虎吃不掉你,反而被你剥其皮做沙发垫,食其肉强壮筋骨,用其骨泡酒祛病养生呢? 以中国人的心理,按中国式的标准,得出一个聪明的结论——当县长! 天高皇帝远,又是一方之主。

然而,"县太爷"本人却不一定也这样想。

不信请看县委书记李峰的神色(自"文化大革命"取消了县长一衔儿,县委书记就是理所当然的党政第一把手),他躺在松软舒适的单人病床上,吸着简装的恒大牌香烟,胖胖的圆脸像一团刚从冰箱里掏出的奶油,上面挂着一层寒霜。空寂的眼神望着窗外,表面上的沉静和冷漠正是他内心烦躁的曲线反映。这位"县太爷"还有什么不称心的呢?

医院的规格在天津市是属于甲级,这间高干病房本应住两个病人,自从李峰住进来以后另一个床位老是空着,平时堆放杂物,当老婆、孩子来看望他时还可以住上几天,享受一下高干病人家属的特殊待遇。其实李峰只有十四级,按老习惯距离高干的最低级限还差一级,不仅住上了高干病房,而且一个人独占两个高干的空间。不要把这件事想象得多么复杂,也许很简单,就是他那刚当上副省长的老上级说了一句话,或者根本不走上线,直接捅开了医院的某个环节,买通了个关键性人物。能把极其复杂的事情用很简单的办法解决了,他就是这个社会里真正的"高干"!

低干办高干的事,比高干更"高"。况且,老习惯未必合理。"县太爷"在旧社会都是有品位的,人类又进步了几百年,每个县的人口都增加了好几倍,县委书记怎么可以不是高干呢?

不,使李峰不痛快的不是这些。他所管辖的县里居然有半个月没人来看望他,这对于一个生了病的领导干部是无法忍受的。由于长期做领导工作,就像"鱼儿离不开水,瓜儿离不开秧"一样,他一天也离不开人群和部下。如果有那么一两天没人来看望他,也没有人来求他写条子办什么事情,他就感到被冷落,心里发闷、发虚。他必须让全县的人,至少也是县委机关的人时时刻刻不忘记他的存在,而且视这种存在如同权力的存在一样,实实在在,须臾不可或缺。可是,这两个星期来,他几乎被人遗忘了。他本想端着架子静候,看看熊丙岚、孙成志到底打的什么主意。到昨天晚上实在熬不住了,气冲冲给县里挂了个电话,叫孙成志今天上午来一趟。这个小子在玩儿什么花活儿? 以前每个星期他至少也要往这间高干病房里跑两趟,县委后院莫非不稳当?

这儿方圆一二百里是李峰的老窝,老上级、老同事、老关系都在这一带,一九六五年底被自己的下级排挤走,以支援内地的名义到内蒙古干了几年。事实证明谁培养接班人谁是愚蠢的,接班人羽毛一长全就会迫不及待地向"老前辈"夺权。前年他动用所有"关系户",又调了回来,但上任后的第二个月就住院了,至今已快两年了。病是不轻,糖尿病、脉管炎、高血压,说起来吓死人,好像一时二刻就要玩儿完。实际上他心里有底,再活个十年八年的还不够本。有些病是连医生也断不准的,医生应付病人,病人糊弄医生。如果病人的身份是"高干",再有点特殊关系,那医生就只好听病人的了!

认真查起来,谁的身上都有点病,更何况是过了五十岁的人。但李峰可不是小病大养,更不是没病装病,顶多是思想上想捞捞本。被赶到内蒙古受了那么多罪,"文革"中差点没被打死。甚至连吃奶干、喝马奶也没有什么好处,去时是瘦子,回来成了大胖子,去时身体好好的,回来落了一身病。还不该好好养一养,对这种不公平的命运报复一下?

但更重要的是:他躺在医院里仍然是一县之主。

原来的县委第一书记、革委会主任是造反头头,一棍子打下去了。县委副书记、革委会副主任孙成志,也是造反派,但不是个大头目,也没有打砸抢罪行,民愤不大。就是运气好,原是"文革"中退伍的大兵,在"活学活用毛泽东思想"的运动中成了积极分子,趁"三结合"的浪潮当了政治部的头头,以后被选为接班人的苗子,先到公社当主任,不久提到了县委,顺风承志,好运气老是和他同在。这样的人可以赶下去,也可以留住。李峰把他留下了,老谋深算的李峰有自己的想法,脑袋上戴着紧箍咒的人好使唤,以前是"地富反坏右"好使,"红五类"和党团员骨干难摅。现在是老干部难摅,造反派、新干部好使。县委班子里只有他一个人是正牌老干部,自己说一不二,孙成志不小心侍候,随时都可以叫他擦擦鼻子玩儿去!

李峰虽然住在医院里,县里大事小情都得他说了算。权力使用得越具体,他的兴趣就越大,比如谁能坐什么车,谁不该坐什么车;出差报销的签字;县委大院里冬天分白菜、夏天分西瓜的方案等等,他从不放弃自己的决定权。他也曾当过乡长,当过县委宣传部长和组织部长,不管当多大的官,他永远还是个"行政科长",凡沾一点行政事务上的实权都决不放弃。他成了这个县的"大拿",那些老关系、亲戚朋友、上下左右用得着的人,都找到这间高干病房。有的拿着别人的条子,有的提着高级补品,有的拿来土特产,高级烟、酒、茶、鲜鱼、活王八。他想到的人家送来了,他没想到的人家也送来了。他成天批条子,写私人介绍信,解决调人问题,解决购买木料、砖、瓦、灰、沙、石的问题。自己县里能办的更好,自己解决不了的再介绍给道行更深的朋友。孙成志既是县委副书记,又是李峰的大秘书,坐着吉普车穿梭于县委书记的办公室和高干病房之间。这样的住院生活多么丰富多彩,这样当县委书记多么惬意,权力的含义真是难以表述!

谁料想,几个月前省委又派来一个熊丙岚,分管县农村工作部的工作。而且省委组织部还有一句话:"在李峰同志住院期间,由熊丙岚同志主持全面工作。"为此李峰多次在心里埋怨现在的副省长、过去是自己的老上司王辉,没有在上边为他把好关。

有人敲门,医生护士进病房是不敲门的,这个时间赶来的只能是孙成志。李峰掐灭手里的香烟,闭上眼睛,故意让孙成志在门外站上一会儿。谁知来人轻轻敲了两下门,见屋里没有动静,就推门进来了。

来者不是孙成志,而是熊丙岚,见屋里烟气腾腾,烟碟里还有半截没有完全掐灭的香烟在冒着余烟,病人怎么可能是睡着了呢? 就叫了一声:"老李,你怎么样?"

李峰闻声一惊,猛然睁开眼:"哦,是你……"

熊丙岚也松了一口气:"哎呀,你这个玩笑开得真不小,刚才吓了我一大跳!"

李峰本来想问:"孙成志为什么不来?"话到嘴边却换成,"老熊,你就别老往这儿跑啦。县里怎么样?"

"你只管好好养病,家里的事情我们能做主的就办,做不了主的再来请示你。"熊丙岚问起了李峰的病情,那种探视病人的千篇一律的问候话一说完,似乎就没词儿了。别看是熊丙岚来探望李峰,李峰不觉太感动,甚至感到很别扭,他心里也说不清是为什么。多亏熊丙岚是个在任何场合都不会没有词的人,他说:"老李,我劝你少给自己惹麻烦,少批条子,少管闲事。"

李峰也真情实意地抱怨说:"谁还有瘾管闲事呀,都是老朋友,找上门来无法拒绝。"

"你现在好拒绝,住院治病,不在其位嘛!"

他说得很真诚,很随便。但李峰心里却咯噔一下……

一〇

初冬,二百里大洼进入一年一度的收获季节。

所谓团泊洼水库,不过是自然形成的一块洼地,并无拦水坝之类的设施,全靠夏天积存雨水。自一九六三年发过大水之后,龙王爷似乎也被淹死了,雨水渐少,"水库"名存实亡,已无水可蓄。这片一望无边的洼地,任何庄稼都无法生长,但自生自长的芦苇却极其茂盛,齐刷刷,密匝匝,每根都像小树一样。现在,芦苇已经发黄变干,苇叶飒飒,芦穗飘摇。

从四县八乡拥来割苇子的农民,像攻城的部队一样,在水库四周扎下营盘。他们的窝棚都是就地取材,用丈余高的苇捆搭成,暖和舒适。他们就像一个不高明的理发师,从一个大脑袋的四周下推子,一圈儿一圈儿往上理,有的进度快,有的进度慢,使团泊洼这个大脑袋就像狼咬狗啃,参差不齐。谁都抢着割水库边上的芦苇,边上的苇子长得矮,好割,地也比较干,踩上去不会下陷,越往里越难割,苇子长得粗壮,脚下一陷老深,有时还要蹚水,踩着冰碴儿。去年留下的苇子茬儿有的没有烂掉,直挺挺像利箭一样躲在新苇子后面,稍不留神,大腿就会被划开一条口子。割下的苇子还要自己把它抱到岸边……

这活儿简直就不是人干的,累死人不偿命! 再加上不得吃,不得喝,不得睡,天一放亮就带上干粮下洼,不到看不清苇子秆的时候不收工。难怪老东乡的人把它当做人生"三大累"中的第一累——割苇子、脱坯、抱孩子看戏!

但是,只有李汉忠率领的大赵庄割苇队是这般拼命,其他村庄的农民并不这样干。太阳老高才下洼,晌午回窝棚吃饭,歇上一会儿,下午太阳还有一竿子高哩就收工。人家是铁饭碗,每人每天稳拿十分工,另外还有几角钱伙食补贴。就是这样,许多大队还干不长,只把水库边上的苇子割一割,赚的苇子够本村盖房用的就撤兵。富裕的大队很少派人来水库割苇子。大赵庄的人就不同了,他们没有工分,眼下割苇子就是饭碗，多割一斤就多得一分钱。一开始像李汉忠、武明理这样的壮劳力，每天可以割两千五百斤，最普通的社员也可以割到两千斤，除去缴水库、给大队的，自己还可以净赚十八元。

一个月干下来，天气冷了，活儿越来越不好干了，人也累了，开始想家了。更泄气的是谁也没见到钱，嘴上说你赚了五百，他得了四百，最少的也挣得二三百。可钱在哪儿呢？农民是很实际的，不见到真正的钱票子，光靠空头支票是不会老给你卖命的。再加上周围的大队撤的撤了，没撤的也是歇着的时候比干活的时候长，大赵庄的人并不是铁打的，心有点散了，劲儿有点泄了。

这两天西北风也来凑热闹，在苇梢上呜呜怪叫，刮得苇子东摇西摆，抓起来费劲，割起来吃力。像刀片一样锋利的苇叶，上下翻飞，不知什么时候就削到脸上、耳朵上、脖子上。钻进苇丛一身汗，走出苇丛透心凉，这滋味真叫人恼火！连武明理也受不了啦，太阳刚一偏西他就直起了腰，想招呼李汉忠收工，不能为了多挣几块钱把命搭上。他回过身刚喊了一声——“汉忠”，立刻把后面的话又咽回去了，像一捆芦苇一样怔在了那儿。原是李汉忠的位置上却换成了他的父亲武耕新，抡着弯镰割得正起劲儿，老羊皮袄扔在后面的苇捆上，身上穿的蓝布褂子已经被汗水湿透，在大龙虾一样弯曲的后背上仿佛印出了一幅老东乡的地图。

武明理赶紧埋下脑袋，手里的镰刀似乎也轻快了，一弓腰冲出去老远，身后倒下一大片芦苇。

武耕新什么时候来到了割苇队的行列？李汉忠又是什么时候走的？谁也不知道。割苇子可不同割麦子，人一钻进苇林就像落进了八卦阵，只见芦苇动，只听见咔咔的镰刀响，却难见人影。落在后边的人一个传俩，俩传仨，到傍黑儿的时候差不多都知道党支部书记来了。大家对对眼色，谁也不说话，更不会提收工的事，都在闷头割自己的苇子。好像跟书记摽上了，他不说收工，谁也不会停镰，他割到半夜，大伙儿也陪到三更。

武耕新直起腰，回头看看太阳：“哟，天快黑了。明理，招呼大伙儿停镰,把割下的苇子运出去。"

人们这才直起腰,把镰刀斜插在后背的裤腰带上。捆的捆,扛的扛,挑的挑,像蚂蚁搬家一样把自己割下的苇子再倒腾出去。

李汉忠和割苇队的临时统计员正坐在窝棚里数钱票子,数好一份就用根细苇子捆好,写上名字,放在他那铺开的大棉袄上。农民们一见要分钱,眼睛都亮了。这群"失业农民"第一次领到工资,心里能不翻几个花吗!大家不用招呼,码好苇子垛都自动凑到了李汉忠的窝棚前。

武耕新问:"汉忠,最多的能挣多少?"

李汉忠:"割得最多的是明理,净赚二百七十六块!"

"嚯,真不少!"

"这还叫多?你不看咱受的什么累!明理才挣这么一猴眼子,咱们就更甭提了,除去吃喝花销,剩不了几个钱!"

"可也是呀,这个月的钱就是前几天割水库边上苇子挣的,割到里边就挣不着多少钱了。"

"别不知足啦,挣个百八十块的够零花用就得了,回家暖暖和和过一冬……"

农民们有的知足,有的觉着不够本,七言八语甩着闲腔。

武耕新又问:"最少的挣多少?"

李汉忠:"一百六。"

"谁?"

"我。"李汉忠有点不好意思,"我有力气,但干活儿不多,尽东跑西颠了。"

武明理搭腔了:"这不公平,你跑前跑后是为了大伙儿,我匀出七十六块给你!"

"是啊,汉忠要不是为大伙儿办事耽误了工夫,挣得不会比明理少。"

"是啊……"

有人帮腔,没人帮钱。

武明理火了:"你们别狗掀门帘——光拿嘴对付。大家都捐点钱,不能让汉忠吃亏!"

"明理,老老实实地闭着你的嘴吧!"李汉忠急鼻子快脸地骂上了,"你当我是要饭的了?我是领头儿的,跑前跑后应该应分。苇子割得少,钱就挣得少,这叫按劳分配。大伙儿挣点钱不容易,割下的苇子上缴水库百分之七十,从剩下的百分之三十里再扣除一个百分之七十给大队,再要给我上点儿税,大伙儿手里还能落下什么玩意儿?"

李汉忠这几句话得人心,也给了这些低头不见抬头见的老乡亲一个台阶下。

武耕新打刚才就拿个苇子棍在地上画来算去,不知心里在琢磨什么。听完李汉忠的话他又问大伙儿:"你们领完钱有多少人想洗手不干了?有多少人想留下继续干?"

大家你看看我,我看看你,半天没人吭声。

武耕新脱了鞋,光着脚在湿漉漉、凉津津的泥地上绕着窝棚转了两圈儿。农民们感到自己的当家人八成又来了心眼儿,要作什么重要的决定,眼睛全都盯着他。

"我明白了,你们不说话就等于告诉我谁也不想再留下来了。"武耕新谁也不看,好像是自言自语,"没有活儿你们要活儿干,有了活儿你们又不愿干,挣个一二百块钱,够零花的就知足了。可能是咱大赵庄祖祖辈辈穷惯了,见点钱就满足。我还瞎操心,想让你们赚大钱,将来叫你们做梦也想不到自己能挣多少钱!可眼下咱们家底太薄,急需资金,水库里剩下的这一百多亩苇子就是摇钱树,年年都有 多半割不上来,烂在洼里。今年我们要是把它包下来,就能挣个二四十万。是呀,这活儿太累人了……"

他突然抬起眼睛,目光像镰刀口一样扫视着大家,口气也变得嘎巴脆:"以前的报酬不合理,愿意留下干的,从明天起百分之七十归私人,百分之三十缴大队。"

大家心头一震,谁还跟钱有仇?各人在心里计算着按这个新的分配比例,自己一天能赚多少。

武耕新继续问:"即使到水库中间割苇子太费劲,一个人一天也割得了一千斤吧?"

"一千斤玩儿着就干啦!"李汉忠应了一声。

"好,就以一千斤计算,"武耕新继续算账,"缴给水库七百斤,还剩三百斤,每斤苇子官价一角,可卖三十元。个人得百分之七十,三七二十一元。拿出三块钱买蛋糕补充营养,还净落十八元,一个月就是五百四十块。你们要是不干,我回庄另召集人马!"

"干! 这种有良心的活儿不干,还干什么去?"一人搭腔,百人应诺。

武耕新只好提高嗓门:"天快黑了,今儿个晚上大伙儿回家看看,顺便把钱捎回去。明儿个歇一天,后天回来大干。"

一批想老婆想得心痒难耐的人,高高兴兴收拾东西,准备摸黑往家赶。还有一些人不想丢掉明天那二十多块钱,把刚发的工资托人捎回去,回窝棚吃饭。

李汉忠和武耕新来到一大垛苇子后面,找了个背风的地方坐下。

李汉忠心里有点嘀咕,说:"集体得大头,个人得小头,你这样一倒个,个人是不是得的太多了?"

武耕新:"舍不得孩子打不着狼,不这样干大队连小头也得不到。是一分捞不着合算,还是得个百分之三十合算,你想想是不是这个理儿? 再说这也是肉烂在锅里,给大队给社员九九归一还不是一码事,社员富大队才会富。"

李汉忠:"这样一来种地的会不会不安心,挖对虾坑的报酬也得改……"

武耕新:"是啊,这倒是件头疼的事,光找平均就迈不了步,不搞点平衡也会闹事。要干事就会出现不平衡,往后就得在不平衡的基础上找到新的平衡,在新的平衡中鼓励出现更新的不平衡。再想几十年不变,安安稳稳地吃平均饭是办不到了。"

武明理来到他们跟前,把那一沓十元一张的人民币递到武耕新眼前:"爸,你老把钱交给我娘,我就不回去了。"

武耕新没有接钱,他看看儿子,语气中似有一种做父亲的愧疚和不安:"这钱你自己放起来,明天到北燕庄去看看淑珍。"

"我不去。"明理嘴上还挺硬,心里早就草鸡了。

李汉忠把钱接过来塞给武耕新:"你先拿这钱做个棉袄,买身衣服,成天走南闯北,不能叫人家太笑话咱人赵庄。明天我陪明理去北燕庄。"

武明理走了。李汉忠似乎有许多事情要跟武耕新商量,就说:"听说冷轧带钢厂快开工了?"

"还要等两天,准备得差不多了。我想先开个支委会,把这一大摊子事全盘儿讨论一下。"

"你叫张万全当厂长,他兄弟跑业务,他儿子张兴当会计,这不成张家店了! 他们要是联合起来跟我们捣鬼怎么办?"

武耕新摇摇头:"用不好他们只能怪咱没能耐。买鱼看鳃,用人量才,他如果缺德我另有办法治。用人只能用一个大能能梗,由他去挑一帮小能能梗组班子。张万全向支部打了包票,上阵父子兵,一个心气一股劲,我们就等好吧!"

天色完全黑下来了,李汉忠看不清支部书记的神色,却从口气中感受到一种武耕新独有的自信和力量。他对支部书记这样用人,却并不完全放心。

"着火了!"远处突然有人喊叫起来。

武耕新和李汉忠站起身,只见水库的东南方腾起一团团烈焰,把半个天都照红了。这不知是哪个大队遭了殃!

武耕新倒抽一口冷气,嘱咐李汉忠:"要派专人值班,千万不能大意。要是火烧连营,就前功尽弃!"

李汉忠叫武明理带几个棒小伙子去帮助救火,自己看守大营。他还有许多话要跟武耕新谈。

第 三 章

"贫穷"这个词的含义在这里已经成为遥远的回忆,仿佛是个古老而可怕的神话。

确切地说这里更像个大镇，而不是大村。有两条东西走向的柏油大马路，宽阔整洁，笔挺溜直，正南正北的大街有十几条。住宅区是清一色的红砖大瓦房，横平竖直，每户门前都立着一个颜色相同、高度相等的三角形电视天线。院子一样大，门楼一般高，只是门楼上的花纹图案根据各自的喜好有所不同。这建设格局简直比古老的北京城还要更讲究对称和有规则。

然而让我感到美中不足的恰恰是这种"清一色"。忍不住对这儿的经理说："你们这样有钱，在房屋建筑上何必搞这种统一规格？一律就显得单调，如果随心所欲，花样翻新，千姿百态，岂不更好！"

经理笑了，仿佛笑我向他提了一个愚蠢的问题。他对我说："这是理工学院建筑系统一为我们设计的。在农民的心理上，大家统一就形成一股势力，是一种自卫的力量。万一运动来了，天又变了，大家一样，法不责众。出头的椽子先烂，不是我们想不出新花样，而是不敢冒尖招风，农民的审美观要受政治神经的约束。你不要以为发富、享受是人人都愿意干的事，老东乡的农民喜欢偷着富，把钱藏在瓦罐里，挖个坑埋起来，每天还要数一数才放心。要逼着他富，逼着他学会享受。过两年你再来吧，这儿也许会变样，我们想搞个老东乡中心城……"

我提出想看一看他的"王国"，他打电话叫来一辆面包车，那条老围他身边转的大黄狗也想登车，农工商联合公司的经理瞪了它一眼，黄狗缩回前腿，车门关上了。面包车驶出村子，心胸顿觉开阔，十分舒畅。眼前是一马平川的麦地，像棋盘一样整齐，赏心悦目，麦苗刚有一拃高，青油油壮得要冒烟。每片地之间沟渠相连，大路相通，坐着面包车看地，在我还是头一回，十分新鲜。村北有两个占地三百亩的养鱼池，池水清澈见底，一二尺长的大鱼成群结队地在池边游来荡去，不知为什么忽然使我想起了核潜艇。

从养鱼池再往北是黑龙港水库的大闸，有两条人工河绕村而过，一名"滚龙河"，一名"青年渠"。村西是工业区、变电站，机声可闻，白烟袅袅,与周围的环境不甚协调。村南是三百亩果园,梨花白桃花红,浓郁的香气好像扑进了车窗。

我还想看看农民的家庭。经理说:"我也不知道你想看什么样的人家,干脆咱们来个晔撞。你在前,我在后,你想进哪个门都可以。"

我选了一广大门上贴着两个"福"字的人家闯了进去。人家正在吃早饭,棒子楂儿加小芋熬的粥,桌上放着一堆海螃蟹,这叫什么饭?主人六十多岁,儿子、媳妇、孙女,一家四口。我脑子里关于农村住房的概念,在这里全对不上号。这里没有"一明两暗"或"一明一暗",只有卧室、客厅、工作间和带淋浴喷头及浴盆的卫生间。水磨石地板、葵花吊灯,好几对单人和三人的沙发,反正有的是屋子。还有彩色电视机和电冰箱,叫我尤为惊讶的是那台"东芝"牌半自动洗衣机。想不到他们用的都是高档货,还有那台新式空调机……宽敞的当院里种着花草,南房两间是厨房和仓库。我突然觉得自己变得土气了,而农民是很洋气的。

我问:"您一家几个劳力?"

"一个半。"

"在农场还是在工厂?"

"在农场,承包一百三十七亩地。"

"去年收入多少?"

"为公司产粮九万七千斤,全年得奖金一万五千元,加上基本工资一千元,共收入一万六千元。"

"一万六?"我心里一惊,转身问经理,"你的年收入是多少?"

"九十。"

这是纯收入,而且还是铁饭碗。难怪哩,挣这么多钱,叫老东乡的农民怎么花呀?走到这一步满打满算才不过五年的时间。人还是这些人,地还是这块地,以前那几十年的时间都干什么去了呢?照此速度,十年、二十年之后老东乡又当如何呢?准会吓住或气坏了相当多的人。有人怕穷,有人怕富。我们都该扪心自问:你怕什么呢?

一一

每隔两天,大赵庄的首脑们就要开一次碰头会。这种会都是非常干脆的,利用早饭前的那点时间,最长不超过一小时,有时二三十分钟就解决问题。自从三年多以前全村人连着开了那三天大会之后,大赵庄再也没有开过长于两小时的会。干部们开会就更短,有事说事,没事散会。人一忙,该干的事情很多,就没有闲心老开会。但这个碰头会例外,不用通知,不用招呼,谁也忘不了,保准提前到场。这实际是个大调度会、首脑们的信息交流会。

这些首脑人物是:农场场长、副业队队长、五个工厂的厂长和大队干部。他们一个个神情自若,气度从容。从前他们是地道的农民,现在在某些人眼里他们仍然是农民,可是在他们身上已经发生了剧烈的变化。这变化倒不单指他们穿戴得整洁了,手上的过滤嘴的名牌香烟代替了自卷的小喇叭和旱烟袋。而且是坐在这样漂亮的会议室里,坐在自己的木器厂生产的大沙发上面。最重要的变化是在骨子里,他们的自我感觉已经同历代农民的意识大不相同了。他们身居要职,掌管着几十人乃至几百人的生活,手里握有几十万乃至几百万的资财,是做大事、赚大钱的人。他们盘算的不光是自己一家一户,他们要动脑筋为自己的命运和自己单位的命运拿主意,他们不再是只有两只眼的农民,现在睁开了第三只眼睛——智慧!

会议主持人武耕新还没有到,大家扯闲篇儿。

电器厂厂长马胜锐老爱出怪点子,嘴巴像他的脑子一样闲不住,今天不知又有什么新发现,大早晨一扒开眼皮就有点眉飞色舞。他对李汉忠说:"你看过《松下的秘密》这本书吗?松下幸之助这个老小子喜欢用三种类型的人,一是有头脑的文人型,二是豪放磊落、富有进取精神的武士型,三是运动员型。你是武士型,心远是文人型,耕田叔是运动员型。我说的对不对?"

刘心远也是嘴上不吃亏的人,说:"胜锐,别看你老是这么能耐那么能耐,我出个问题考考你——金钱能买什么?"

马胜锐眨眨眼："凡是金钱能买到的东西都不值钱。"

刘心远抽抽嘴角："故作清高，你成天就是坐着钱边抠钱眼儿，还专门培养了一个'武铁嘴'到订户家去讨账。"

"这是两码事。"马胜锐突然又变得一本正经了，"心远，你这个负责基建的副大队长能不能保证，在六月底之前把扩建的厂房全部收尾，交给我使用？"

刘心远仰起脸，在心里计算着。

马胜锐又逼了一步："如果你六月底能把新厂房交给我，下半年我保证再增加二十万元的利润！"

刘心远："好吧，六月十五日你用不上新厂房，我就自动下台。"

李汉忠也对张万全说："你外甥要的木头我已经办好了，他今天来车拉。"

张万全一激灵："什么木头？"

"哎？不是你外甥找你来，希望你给解决十根好檩条吗？"

张万全脸红了，他现在也是大赵庄的名人，人们不再叫他"万能能"而叫他"张厂长"，是大赵庄最大的一家工厂的厂长。他家里不愁没钱花，在全村算不上首富也够前五名。他更关心自己的名声，说话办事不能失掉自己的身份，急忙站起来向李汉忠辩解："我怎么能办那种事？昨天我给他二百块钱，把他打发走了。他怎么又去找你呀？"

"是耕新叫我办的。"

"书记也知道了？"张万全有点紧张。

武耕新恰巧这时走进来接上话茬儿："人家都知道咱大赵庄富了，你又当着厂长，亲戚找来弄几根檩条都不管，太不近人情了。不过，你们的事自己别管，由我来办。你们管自己的事就是以权谋私，由我管就是官的。"

"耕新，你怎么知道的？"张万全心里发热，他算服了，武耕新对部下可真是一百一！

别的人并未注意张万全的神色，都用诧异的眼光盯住武耕新。这位"首脑团"里的灵魂式人物，今天从头到脚全部换成新式装备：崭新的黑色牛皮鞋,而且是新式样,大大方方;一身藏青色中山装,质地考究,裤线笔挺;脸上刮得精光,只有那半寸长的短平头还显得有点"土气"。别人发富以后气色都有明显的好转,发富本应带来发福,怎么可能设想家里炕席底下压着一厚沓人民币的人,还会这样面黄肌瘦?只有两道重眉又黑又长,充分显露了他的身份和威严。

他站在宽敞的会议室中间,好像有意展览一下自己的服装,让部下们看个仔细。挺直瘦长的身架,还真有一副豪壮气派——

"各单位有什么问题?讲吧。"

全是非说不可的老实话,去掉了一切装饰和打扮,只剩下事实和数字。三下五除二,最后听武耕新作总结:

"这几年咱们为什么发展得这么快?城市工业正在调整,他们船大不好掉头,管理办法笨得要命,让我们钻了空子,一下子打进去,现在站稳了脚跟。也许三五年,也许十来年,等城市里调整好,人、财、物上都会比我们占优势。所以从今天起你们要改变观念,由靠勤劳致富、卖大力气赚钱,改为靠科学致富,抓技术,抓质量,抓新产品。昨天支部开了个会,决定把经济权再下放,责、权、利一块往下交。"

马胜锐插嘴:"得了书记,我的权力越大,压力越大。你放一次权,我就掉几斤肉!"

武耕新看看这个混账小子,他心里喜欢这个敢跟他捣蛋又十分能干的小厂长,脸上却毫无表情。继续往下说:

"一切权力都给你,把工厂搞上去是你的本事,把工厂搞垮了也是你的本事,没胆子搞不垮。搞上去供着你,搞垮了养着你。从今年起,大队设万元奖,冷轧带钢厂、高频制管厂等重工业厂,每一百人创造纯利润一百万元,奖给正厂长万元。电器厂、木器厂、印刷厂等轻工业厂,每百人创造纯利润七十万元,奖给正厂长万元。农场每个劳力均收两万斤粮,奖给正场长万元。副业队承包创造收入十万元,奖给正队长万元。以下事项由你们自己做主:一、聘请各种人才并决定其工资与奖金;二、与外单位搞多种形式的联合经营及决定投资和分成比例;三、对所属干部的任免;四、对优秀职工的奖励和对犯错误职工的处理,直至开除或停工……"

他不看本子,也不假思索,全凭脑子一条一条地讲来,条理分明。可见这些事在他脑子里不知翻过多少个儿了,早已烂熟于心。艰苦的尝试,可怕的打击,在这一系列的搏击之中,他的身体像榨干了的林秸秆,思想却变得极其敏锐和灵活,他需不断琢磨出新鲜思想,输送给他的部下。

他的部下们埋头往小本子上记,包括最不驯服的马胜锐,这时候在他面前也是个心悦诚服的小学生。这固然是由于他肚量宽而得人心,但更重要的是经验已经使他变成了一个农村经济学专家,似乎还是个哲人。他的思想闪闪发亮,说得干部们动容,低首心折。

"……以上十条你们可先斩后奏,有的还可以只斩不奏。那么要我干什么用呢? 当你们的领导,当你们的仆人。抓大事抓小事不抓具体事,其实大事小事是一码事;把关口,看方向,识才用人。你们有什么意见?"

"没有。"大家只觉得脑子开窍,身上有劲。但需要回去仔细再嚼嚼武耕新话里的滋味儿。

"你们没有意见我现在就抓几件小事,"武耕新把目光转向武耕田,"从今天起,所有干部开会、会客、外出,一律穿顺眼的好衣服和皮鞋。谁要说买不起我给他买,以上三种场合再有人穿带补丁的衣服就罚他!"

"好,我赞成!"李汉忠第一响应,"电影里、电视上、小说、画报,都把农民弄成土里土气,蔫头蔫脑,穿家做的衣服,说话拙嘴笨舌,迟钝,呆板。反正是怎么不像样子就怎么捉摸农民,我们要改改这个章程!"

"这叫改变农民形象。"刘心远文绉绉地加了一句。

"耕田,你哪?"武耕新问。

"行啊,那皮鞋穿脚上舒服吗?"武耕田无可奈何。他心里本想说,"我看你们是有点钱烧的!"

武耕新接着说:"我的房子盖好了,你们叫群众大参观,以后谁盖房子也不许低于我的标准,谁低了就罚谁。图纸是现成的,砖瓦灰沙石和木料、四孔板,大队敞开供应。"

武耕田不能再含含糊糊当老好人了,他觉得武耕新脑子里那些花花点点就像孕妇的食欲一样,叫人不可捉摸。可他的嘴又不利索,带麻点的大脸憋得像个紫铜脸盆:"耕新,你别没病找病。外边对咱村已经有闲话了,房子盖好就住呗,参观个什么劲儿呢?"

别人也没有马上响应武耕新的主意,这可不是闹着玩儿的!他是大队书记,按照惯例应该"身居长工屋,胸怀全天下",先住干打垒、土坯房,等群众都住上了好房自己再搬家。他不仅先自盖起了在农村可以说是称得起豪华的住宅,还要发动群众去参观,去效仿,这会不会带来非议呢?

老话说,人一到五十岁就没有胆子了。这个变化莫测、海阔天空的男子,到了五十胆子更大。他不可能对任何事情总有把握,只能凭勇气和力量做自己认为是应该做的事。他拼上性命领着大家发财,可不是为了让每家每户拿钱捆当枕头。他的雄心是改变千百年来的农民意识,打开农村这个消费市场,打开农民的精神世界,消灭城里人和乡下人之间的差别。

武耕新下了决心的事,是任何人也拦不住的。他说:"好吧,你们不同意我自己去号召,跟着习惯势力走就是连续死亡。我们光明正大,光天化日之下盘算自己的日子,怕什么?"

马胜锐也动了感情:"书记,我的新房不比您的差,让大家参观我的,以我的为标准。"

"你的脖梗还太嫩,群众不相信万一天塌了你能撑得住?再说今儿晚上我闺女就嫁到你家去了,胜锐,往后你还择择得清吗?"

大伙儿一听这话都跳了起来:"怎么,你今天办喜事?你不说等到国庆节吗?"

武耕新摆手止住了大家:"我的闺女出门子,想送礼的人少不了。我再宣布一条,老传统是下级巴结上级,咱们就来个特殊,逢年过节,红白喜事,只许上级请下级,给下级送礼,不许下级请上级。人家辛辛苦苦听你指挥,你还不该请请人家。"

"我赞成!"马胜锐一拱手,"按书记指示,今天晚上我和明英就不请你们这些领导同志去喝喜酒了!"

一二

这算过的什么日子哟?林元秀早晨饭没有吃好,晌午饭也没有吃好,人来人往,像捯花花线一样。她忙着斟茶、送烟、手脚不拾闲,嘴也不拾闲,一次又一次重复已经说过多少遍的话。这个不知道洗衣机怎么用,她要给表演一下,那个不相信冰箱里真能冻成冰,她要打开结冰室让人家看看……

刘心远托着个大本子坐在会客厅中间的长沙发上,负责解答有关盖房的全部问题,参观完"书记官邸"的农民纷纷到他这儿来登记盖房。他面前有一个很讲究的菱形大茶几,大理石台面,四条腿下安着万向轴。一张新的大赵庄平面图摊在上边,各人可在大队统一规划好的居民区范围内,选择自己的房基地,提出自己对房子规格的要求,由刘心远统一安排。

"这不跟皇上的金銮殿一样嘛!"历尽苦难的老东乡农民,大开眼界,突然发现世界上还有这么多享受在等待着他们。

"金銮殿哪有这么舒服。"

"这得花多少钱?"

"别提钱,谁要提钱就没良心!"刘心远真是人精,他一边给别人登记,同人家讨论着具体事项。两只耳朵却支棱着,听到有不对口味儿的话立刻插进一杠子,"耕新能盖得起,咱们庄人大部分人就都能盖得起。他家这点钱全庄人心里都有数,谁也瞒不住。有少数人家,老头巴交,因缺少劳力盖不起新房,大队给贷款,一年还一点儿,拖个十年二十年没关系,大队决不会登门要债。谁要还想住土坯房,对不起,离我们新村远点儿。谁要想离开大赵庄,你今天写申请,我们明天就批准。耕新把什么都给大伙儿想好了,有人就是跟受穷有缘分,攥着钱票子恨不得让它下小崽!"

"心远,你就别寒碜人了,人心都是肉长的,大伙儿心里有数,现在你拿棍子赶,也没人离开大赵庄,外庄的大姑娘还削尖脑袋想找个咱庄的小伙子。"

……

电器厂有个业务员也在这儿坐镇,谁要买家用电器,他给统一购买,介绍各种产品的性能。木器厂的业务员更鬼,干脆把订货本都端来了,武耕新家的全套家具都是本大队木器厂生产的,确有几种式样新颖的高档产品。哪个人要买当场订货,如果谁能拿出更好的设计图样,还可以专为他加工定做。对本村人采取优惠价格,比市场价格低一大截。

武家成了博览会、交易会,水磨石的地板踩得稀脏,到处是烟灰,你去他来,人声嘈杂,熙熙攘攘。成了一个公共场所,这还算个什么家呢?莫怪林元秀强作笑脸,硬着头皮应付,她完全是为了顾全大体。武耕新穷的时候跟着他受罪,他遭到雷攻火闪地批判的时候又为他担惊受怕,现在富了就好受吗?送走女儿之后,她抓个闲空躲进自己屋里养养精神。

村上有多少妇女羡慕她呀,眼馋她这个家,说她命好,有后福!丈夫不用说了,是大赵庄独一无二最受人尊崇的人,而且这种尊崇并不是因为他有权势。大女儿是鸡场场长,也算为大赵庄立过功,找了个女婿是电器厂厂长,将来说不定是个小武耕新。大儿子分家单过去了,去年给她生了个孙子,够多可心!二女儿在县城上师范学校,小儿子在张贵庄上大学,二儿子种地。这样一大家子人够多美满,多顺心!但林元秀感到幸福和知足吗?

现在她没有什么可抱怨的,没有什么特别使她不满意的。当大赵庄这个属于她的世界突然变了样子,许多她从未想过、从未见过的东西一下子都推到她面前,属于她所有了。她感到惊恐、慌乱、兴奋和得意,原来世界上还有这么多好东西,人还可以是这样活着!她需刮目看待自己的男人。当她看到村上的人一谈起自己的男人,脸上就现出折服和无比敬重的神情,当她看到周围干部对自己男人强烈的忠诚心和归属意识,作为一个女人她感到心满意足,感到脸上有光。嫁给这样一个轰轰烈烈的男子汉,也算不白跟他遭罪受难! 越是不断从男人身上发现新的品质,觉得跟自己在一个炕上睡了多半辈子的男人突然变得陌生了,好像不认识他了,他就越有一种新的吸引力,使她更加依恋他。可他偏偏不再属于自己了,不再属于这个家了。他经常外出,有时一走就十天半月。他走到哪里都有人围着,有人抬着供着。村上的大闺女、小媳妇见了他都觍着笑脸没话找话地搭讪几句,学校的女老师、公社和县上的女干部,有事没事的都跟他说个没完。社会不会放过一个出头露脸的人,女人们更不会放过一个能干的男子汉⋯⋯

　　林元秀突然觉得身子底下的沙发床像一个无底的陷阱,把她的身子漏了进去。她翻个身,仍然不舒服,这才叫花钱找病哪! 她睡惯了土炕,躺上去感到实在、舒坦,冬暖夏凉。刚一盖房的时候她就提出,在老两口子这间卧室里垒个土炕,全家人都反对,说那是不伦不类,半土半洋。武耕新则对她说:"你别有福不会享! 你跟我受了那么多年穷,现在缓过劲儿来了,凡是人间有的,我们又搞得到、买得起的,都弄来叫你尝试一下。"为了照顾她上半辈子养成的"土毛病",在这一拉溜九间正房的最东头,专门留出一间算做她的"第二卧室"。里边盘了个火炕,她结婚时娘家陪送的梳头匣子,过了半辈子日子的唯一一件像样的家具——联二桌子,都放进这第二卧室。那间房成了她们家的博物馆,"忆苦思甜"展览室。她要想舒舒服服去睡自己的土炕,就得离开男人,就得忍受孤单,好像被这个热热闹闹的、现代化的家庭给抛弃了!

　　"老不要脸的,你胡思乱想些嘛?"林元秀把发烫的脸埋进松软的枕头里,她想用责怪自己来排遣心里的烦闷,"你也不看看你那个瘦猴男人,长得像个刀螂,除去你喜欢他,别人谁还看得上他那副模样! 活了五十岁不知道什么是吃醋,临老了醋劲儿倒上来了。莫非女人到了更年期就是这么神神经经的?"

　　"复苏大赵庄,洗刷老东乡的龌龊,开创一个从没有过的大事业"——这成了男人生活中压倒一切的第一需要。自己理解他,可他理解自己吗? 以为把那些现代化的玩意儿推给我,我就该满意了,高兴了。我能成天搂着电视机过日子、跟那个妖怪似的大音箱说话吗？这一大片房子每天光是擦洗一遍不就得把活人累死！这两年日子一富裕，白吃饭的人一群一伙地来，电力局、水利局、农委、科委、报社、电台，来了就往家领，连吃带拿，我成了饭馆的炊事员兼服务员。为了他的脸面，为了他的事业能顺顺当当的，我吃苦受累都不怕，可不能把我只当成个老伙计使，我是他的老婆，他的孩子娘……

日头偏西了，他从洼里打草快回来了，她照例跑到村外那棵孤零零的老榆树底下等他。他挑着两捆牛腰粗的稗草准时回到榆树下，他干活儿像大人一样拼命。浑身上下像刚从水里捞出来的一样。她没用手绢给他擦汗，只是看着他，不知为什么直想哭，看他累成这样，心里觉得那个劲儿的！他撩起白布小褂的衣襟擦擦脑门儿上的汗，催促她："你发嘛傻？快往下教我。"

"昨儿夜个教你的会了吗？"

"都背下来了，不信你考我。"他把《买卖杂字》里"干菜类"背诵了一遍。

"会写吗？"

"会！"他拿根草棍儿在道边铁板一样的碱地上一笔一画地写起来：猴头燕窝鲨鱼翅，海参鲍鱼味最香，竹笋海带龙须菜，香姜蘑菇不寻常……

"你真灵，俺爸说你要好好上学将来一准儿有大出息。"

"俺家穷，俺得打草卖钱……"

突然，头顶上传来老鸹一声接一声的怪叫，还有嗡嗡的让人头皮发麻的声音。两个孩子抬头往树上一看，吓了一跳。老榆树上有个大马蜂窝，老鸹吃了马蜂崽，马蜂可不饶了，成群地冲上去，像一片黑云般缠住了老鸹。蜇它的脸，蜇它的眼，老鸹也像疯了一样拼命扇动翅膀抽打马蜂。被老鸹翅膀打死的马蜂像雨点一样从天上落下来。十一岁的元秀害怕地用双手抱住脑袋，耕新脱下湿乎乎的褂子罩到元秀的头上，挑起草捆，用一只手拉着元秀的手，赶紧离开了老榆树。两个孩子手牵着手这样走了很长一段路,元秀很愿意闻耕新白褂子上的那种汗腥味儿。

他忽然说:"人家娶媳妇就是这样领着,脑袋上蒙的可是红盖头。"

元秀更不愿意把褂子拉下来了……

"娘,你老睡着了?"林元秀猛地睁开眼,儿媳妇燕淑珍抱着孩子站在床前。她不喜欢儿媳妇,却喜欢孙子,伸手把孩子接过来。

"娘,道喜的人都来了,晚上开几桌?"

"你爸回来了吗?"

"在客厅里陪人说话哪。"

"你不是陪明英到马家去了吗,那边怎么样?"

"嗬,别提有多热闹了,全是他们电器厂的人,不像办喜事,倒像开生产会议。供销系统一桌,生产车间一桌,技术股、检验股、设备股一桌。在酒席上谁要斟酒,谁要想叫新郎新娘出节目,就得说一句和工作有关的话,或出一个主意,或提一条意见,或找一条差距……"淑珍感到新鲜,说得很起劲儿。

婆婆却听得心里起腻,当初就该同意女儿去旅行结婚。又不是没有钱,小两口痛痛快快到外边散散心,这算怎么一回事!她打断儿媳妇的话:"你不在那边陪明英,回来干吗?"

"大妹叫我回来的,帮你老做饭。"燕淑珍看看婆婆的脸色,赔着小心说,"娘,我跟你老商量一件事,我有个堂妹叫燕淑云,今儿个赶巧来看我,我把她领过来叫你老看看。人样子长得好,脾气又好,给二兄弟明华当对象行吗?"

林元秀一愣,心想:我武家一个燕淑珍就够受的了,再来个燕淑云,姐俩摽到一块儿,不是要我老命来的?北燕庄的姑娘都这么势利,看见大赵庄一富,就主动送上门来了。她慢腾腾地下了床,没有抬眼皮,说:"你去跟明华说吧,他的事我不管。"

她抱起孙子刚要出门,老儿子明伟哼哼唧唧地闯进来,肩上还扛着个铺盖卷儿:"娘,我姐走了?"

"不走还等着你回来?"林元秀一见小儿子那风风火火的嘎样,心里松快多了,"你把铺盖又捎回来干什么?"

"我退学了。"

"什么?"林元秀把孙子交给儿媳妇,"你闯了什么祸?"

明伟又娇又坏地笑了:"娘,我在班里不是大尖子,也是前三名,不是被开除,也不是勒令退学,而是主动退学。今天上午政委还跟我谈话,想留住我,谁知我睡着了,他才认为我已不可救药,就开了通行证。"

"你为什么要退学?"

"我学飞机导航有什么意思? 回来也用不上。"

"你再有一年多就毕业了,咱家就你这一个大学生。"

"我要是毕了业就得服从分配,想回大赵庄可没有门儿了!"

"你以前不是说要离开大赵庄,把我也接出去吗?"

"那不是老皇历吗! 现在的大赵庄把我的腮帮子都钩住了,我回来一次看见它变一次样,到哪儿也不如在这儿好。"

"你爸爸知道吗?"

"我上次回来就跟他谈好了,我那远见卓识的爸爸非常支持我的革命行动!"

林元秀一阵伤心:"好啊,这么大的事都不跟我商量,我在这个家里成外人啦!"

明伟没有仔细看母亲的脸色,反正今天是个大喜的日子,有点小别扭也不碍事。他一边往外跑,一边说了声:"我去姐家喝喜酒!"

林元秀什么兴致也没有了,转身又坐回床上。

一三

县委值班室小黑板上的两行粉笔大字,把李峰和熊丙岚的矛盾公开化了。其实不公开也保不住密,不论多大机关、哪一级单位,头头之间一发生摩擦,上上下下很快就心领神会。知道的只会比真实情况更有传奇色彩,更富有戏剧性,决不会出现经过渲染反而比事情的本来面目更简单的现象。然后根据各自的经验和需要,站自己的队,排自己的号。我们这个民族,有春秋战国的悠久传统,有魏蜀吴三足鼎立的历史经验,更有造反有理、派性林立地进行几亿人灵魂大战的先进办法。所以干部之间的关系非常微妙,群众对头头间的矛盾又非常敏感。

　　明早给我派车,去地委告李峰的状!

熊丙岚

　　足见这位一向优雅诙谐的县委副书记已经被逼无奈,怒不可遏了。虽然县委上上下下对一、二把手之间的由来已久的矛盾知道得清清楚楚,但人们习惯于心照不宣。像熊丙岚这样点名叫号地干,实属罕见,在县委大院里颇引起了一场小地震。

　　熊丙岚这一招可不够高明,在这一点上他远远比不上李峰。人家尽管对他心怀敌意,可多会儿见了面总是用最亲近的口气称呼他为"丙岚"。他在工作上打开局面倒有一套,调整内部关系却是个笨蛋。用老百姓的话说:"外战内行,内战外行。"咬人的狗不叫,你告状就去告呗,发声明干什么? 挺聪明的人办了件糊涂事,犯了兵家大忌:向对方泄露了自己的意图,暴露了自己的弱点。

　　他在这儿又是个外来户,县委上下左右尽是李峰、孙成志的人,他在黑板上撒气不到十分钟,人家就得到信了。孙成志和组织部部长一夜没睡,搞出了一个对熊丙岚极为不利的材料。早晨六点钟来敲县委书记李峰的家门。

　　李峰醒了,但还没有起来:"谁呀?"

　　"李书记,是我。"孙成志一脸倦容,面色发灰,还不到四十岁,却好像一副心力交瘁的样子,目光犹疑不定,让人感到这副诚实的外表下也许掩藏着一堆缺点。

　　等了好半天李峰才起来打开门,他睡眼惺忪,劈头就问:"材料写好了?"

101

"写好了。"孙成志低眉顺眼地把材料递过去。

李峰让孙成志进屋。这里是县委小院的第一排房,李峰要了这一排的全部五间房。他一个人占了两间,里面是卧室,外面是工作间兼会客室,当然他在县委办公楼里还有一间办公室。李峰让孙成志在椅子上坐下,他也坐进自己的大号藤椅里,将材料翻了两下又递给孙成志:

"你把主要观点念一念。"

孙成志将材料里穿鞋戴帽的那一部分省略,专门挑出几块"骨头"读给李峰听:"在熊丙岚同志的支持和纵容下,大赵庄走上了一条危险的道路,事实如下。1. 破坏国家关于劳动力统一分配的规定,全村近四千人,只有五十多个劳动力从事农业生产,农民不种地,百分之九十五的劳力不务正业。2. 抓钱不抓粮,名义是办工厂,实际是挖国家的墙脚,通过各种不正当的途径捞钱……"

"等等!"李峰打断了孙成志慷慨动情的朗诵,他心里仿佛有一团邪火从眼睛里冒了出来,在过分严肃的表情下掩藏着内里的浅薄空虚和智短才疏。"现在还提不提以粮为纲?"

"不大提了。"孙成志紧张地望着李峰,他装做撩头发掐掐自己的太阳穴,让沉重的脑袋灵活起来。他必须摸准一把手的思路,好按照对方的口径改变自己的思想、口气和脸上的全部表情。这很苦,也很累,但没有别的办法。他在李峰面前装孙子若能保住眼前的位子,就得烧高香,在别人面前还是县委副书记,是人上人。为这付出什么代价都值得!如果被赶下去,他丢掉的不只是这顶官帽子。指天发誓,他不是官迷,并不特别稀罕头上这顶纱帽翅。但现在要是被一撸到底,就意味着他是什么他妈的"三种人",一落千丈,掉进十八层地狱了。

李峰点着一支烟:"成志,你在想什么?"

"现在一般的提法还是'农林牧副渔全面发展'。"

"对,这个'全面发展'里并不包括'工'和'商',中国农村要都像大赵庄这样搞不就乱套了吗?"

在这一点上孙成志不必改变自己去适应李峰,他们两人的思想是一致的,是真诚的。出于自己的良心,出于县委领导人的责任感,出于共产党员的党性,都认为武耕新那样做是错误的,是危险的。这种出以公心的分歧毕竟还是单纯的。但人是复杂的,县委书记也是人,他的感情也是可以支配的。真诚的和虚伪的、公的和私的、国家利益和人事关系搅在一起,这就使人间的事情复杂透了!

孙成志看出一把手对自己花了一夜心血写成的这个材料不太满意,但李峰心里到底希望他在材料里写些什么,他一时又琢磨不透。沟通人与人之间感情的桥梁可以靠吃的、用的、顺耳的好话、美色等等,而他靠的是顺从地承认李峰是全县至高无上的权威,帮助李峰护住平庸无能的短儿,挤垮熊丙岚,巩固住李峰的权力。他每说一句话都不得不掂斤称两,此刻他又对操着自己生杀大权的上司,努力露出了自己的种种笑容中最柔顺温良的一种,说:"李书记,我再返工重写一下,翻翻中央的文件和报纸,拿出最充足的论据……"

"来不及了,我马上就要到省里去。"

"您马上就走?"

"他到地委告我,我到省委告他。地委还不得听省委的!"李峰的瞳仁里闪烁着当权者的得意和阴鸷,因省委有自己的铁关系而有恃无恐,话里充满着挑战的意味,"你那两条缺乏有力的证据,这种材料得有事实。"

"有啊,有啊,"孙成志心里一块石头落地了,他翻过几页纸,"您听:据群众反映,大赵庄之所以这么快就发了横财,手段是很卑鄙的。一九七七、一九七八两年给团泊洼水库割苇子,贿赂水库管理人员,抢走一百多万斤苇子,为了掩盖罪行,放了一把大火,烧掉苇子几十万斤。在承包国家建工总局挖对虾坑的工程时,虚报土方量,多领承包费。他们行贿的手段是半夜登门送电视机,把手表放在火柴盒里,把十元一张的人民币搓成香烟一般大的小卷儿,装满烟盒,当做香烟送给对方。真是不择手段达到了无以复加的地步!周围群众议论纷纷,影响极坏。而熊丙岚同志却主张在全县推广大赵庄的经验,还把武耕新选为好党员和劳动模范……"

"好,好,这些事都是真的?"李峰的眼珠都亮了。

孙成志也来了精神:"大赵庄周围的村子都这么反映,无风不起浪,武耕新从小不是本分人,他手下有一帮能能梗,什么事都会干得出来。"

"熊丙岚跟他们就会那么干净?"李峰摆动着肥胖的身躯,臃肿而又敏感,极端狡诈。他眼睛里还射出一种恼怒、妒忌、贪婪的光,他相信熊丙岚从大赵庄没少捞东西。武耕新这个土匪,用人朝前,不用人朝后,用着谁就给谁烧香,用不着的人就扔到脖后头。等着瞧,总有一天叫你知道谁是真佛!

"武耕新请熊丙岚吃过饭,倒没听说给他送过礼。他端着知识分子架子,自命清高,估计不敢。"

"什么知识分子,冒牌的!"李峰站起身,"你去把值班室那个小黑板拿来,不要碰掉上面的字,叫汽车半个小时以后来。"

"是。"孙成志把材料放到桌上,转身要走,李峰又喊住了他:

"熊丙岚这回在咱们县待不住了,我把这份报告,还有这个小黑板都交给省委领导看。你想想,副书记跟书记公开捣乱,不把他抠走我还怎么干?省委领导就是为了调整关系也得把他弄走!"李峰那严厉冷漠的大脸,突然表现出当权者少有的激情。他娴于幕前和幕后的争权夺利,似乎可以把别人的命运玩弄于股掌之上。

孙成志既为能撵走熊丙岚而庆幸,又觉得自己的脊背一阵阵发凉。如果才气纵横的熊丙岚尚且不是他的对手,他若整起自己来还不如同掐死个小鸡!可他在抓全县的工作上,在开会讲话的时候,丝毫也看不出有高人一筹的智慧,这才叫各有所长,包子有肉不在褶上。用老百姓的话说——"内战内行,外战外行"!

"成志,你现在就准备接手熊丙岚的工作。我年纪也大了,很快就退居二线,这个县的工作就靠你来主持了。赶走熊丙岚其实是为你扫清障碍。"

孙成志一脸受宠若惊的样子,诚惶诚恐。这个时候不能说话,说任何话都会显得作假,他借口去叫司机退了出来。李峰也洗脸漱口,准备吃早点上路。

这是真的吗？堂堂的县委机关、县委领导，就根据谣言写成的材料上告，在官场上进行一番覆手为雨、翻手为云的较量？我们的领导、我们的上级机关难道会这样轻信和轻率？可悲之处正在这里，所以我们的事情才不那么好办，许多庙里都有屈死鬼，站着看的整拼命干的。喜欢听信流言飞语的人比喜欢听真话的人多。欣赏谎言是一种乐趣，如果他是个领导干部那就可怕了。他的办公室就成了谣言的集中地，他根据谣言决策、筹划、下指示、发号令，能不毁人误事！每条谣言后面都拖着一个巨大的黑影，把攻击的目标团团围住，四处冒烟，不见火源。"群众反映"，一两年查不清，七八年还有影，来如猛虎，去如抽丝……

当李峰上车的时候，熊丙岚也正好去司机班。这回两个人谁也不看谁，谁也不跟谁说话。县委只有两部吉普车，一前一后驶出了县委大门，载着两个书记去分头告状。

一四

"喂，你是熊书记吗？哎呀，找到你真不容易，好几个月你不露面儿，我很想你，有些事要跟你商量。你把大赵庄扶上鞍不能撒手不管了……"

"我的事一有眉目就去看你。"

"你出了什么事？"

"我可能要调走。"

"调走？是高升吗？"

"不升不降，是被排挤走！"

"为嘛？是由于我们大赵庄吗？"

"不……跟你们没关系，以后见面再细谈。不过，你也要留点神，光有能力和胆量是不行的，还要有点保身术做后盾。大凡事业上的强者，在自我保护方面往往是弱者，峣峣者易折，你的精力、才智和时间，几乎都用在事业上，自身的防御能力必然大大减弱。老武，别忘了有造福者，就有造谣者。蛇无足而行，蝉无嘴而鸣，谣言无翅像蝗虫。任何一条谣言都会给你投下一团黑影,行如风,利如刀,使你一落千丈,百口莫辩,也许还被置于死地!我就是犯了书生气,以为政治清明,可以不必横着站了……"

武耕新放下电话,独自愣神,熊丙岚说他的调走与大赵庄没有关系,实际是准有关系!他武耕新又不是傻子,还觉不出来?前两年熊丙岚主持全县的工作,大赵庄的事样样顺当,县里各部门的头头三天两头往这里跑。武耕新也不拿他们当外人,让到家里好吃好喝好待承,吃一份还捎着一份。这一年多李峰出院回到县上,大赵庄跟县里的联系处处感到别扭。武耕新就知道一个槽上不能拴俩叫驴,他用人就从不把两个大能能梗放在一个单位,两股很强的力量相互抵消,一加负一等于零。所谓集体领导是维持不住的,不论单位大小,早晚总会通过各种办法将主要大权集中到一个人手里。明白人不抓住这个权干明白事,糊涂人就会利用它干糊涂事,混账王八蛋就会用它整好人。不过县里应该走的是李峰,而不是熊丙岚,李峰年纪大,身体又不好,好像本事也不大,谁知道呢?熊丙岚谈一大通谣言干什么?那些污言秽语武耕新听到的也不少,都是吃铁丝拉笊篱——肚里编的。一点不贴谱儿,谁信那个!他根本没往心里去,莫非熊丙岚又听到什么闲话了……

武耕新自管胡思乱想,愣没看见赵树魁和大队妇女委员何守静,扶着瞎眼赵大娘是什么时候来到了自己跟前。何守静那响亮脆生的语调吓了他一跳:"忙,你像老和尚打坐一样干吗哪?"

"耕新,"赵大娘颤巍巍又朝前挪了一步,冲着武耕新伸出手。那仅有的一只眼受坏眼的牵累,视力早就减退,再加上被泪水糊住,什么也看不清,嘴唇抖动,"你帮俺办了件大事,是俺赵家的大恩人,大娘谢谢你!"

赵大娘说着忽然双腿一软跪了下去。

武耕新慌了,赶忙也双膝跪下:"大娘这是干什么?您老这是折我的寿啊!"

何守静和赵树魁先扶起赵大娘,武耕新才敢站起来。他恼怒地瞪着赵树魁,有大娘在场他的口气却不敢太硬:"树魁,你这演的是哪一出啊?"

赵树魁今儿个不二乎了,咧咧嘴很不好意思地说:"耕新,要不是你领着大赵庄发了大富,凭我赵树魁还能说上媳妇!"

"还有哪,"何守静快嘴快舌地接过话茬儿,"书记亲自到县上开的四级证明,把你媳妇的户口从四川办到咱大赵庄。昨儿个又叫我坐着大队的吉普车到天津东站把她给你接到家来,这够多排场!"

"是啊,人家看上的不是俺这个傻儿子,更不是俺这个瞎老婆子。人家图的是大赵庄,是树魁这一年好几千块钱的工资。"赵大娘还是喜泪不止。

"大娘,可别这么说。树魁是个好劳力,只要不犯傻病,往后您就光等着享福吧!"武耕新扶着大娘走出大队办公室,"天快黑了,树魁,快扶老娘回去。"

"树魁,还不快把糖和烟交给耕新。"赵大娘忽然想起还忘了送礼,急忙指使儿子从兜子里掏出一铁盒没开封的巧克力糖和一整条中华牌香烟,往武耕新手里塞。

"不行。大娘,我定的规矩,不论红白喜事、盖房唱戏,过年过节,干部不许收一分钱的礼!自己怎么能破坏?您老还叫我当不当这个大队书记?"武耕新急忙向何守静使眼色。

何守静不愧是精明能干的妇女委员,巧妙地给书记解了围。她打开糖盒拿出八块糖,又打开一包烟抽出四根儿,笑着说:"喜糖必须吃,喜烟必须抽,这不叫受礼,这是老令儿!四根烟,八块糖,四平八稳,人吉大利。"

她让赵树魁搀着老娘回去了,自己跟在武耕新后面又回到了办公室。

"耕新,"何守静在人前喜欢称他"书记",在没有别人的时候却喜欢像男人们一样用这种亲昵的称呼,"我得向你汇报,我那一大摊子可玩儿不转了。求你高抬贵手,就把我这个妇女委员给抹了吧!"

"有事说事,别尽想着撂挑子。"武耕新看着她,发现她嘴里在诉苦,一对明亮的眼睛里却分明含着笑意,忽闪忽闪的十分有神地盯着自己。何守静是大赵庄数得着的漂亮媳妇,俊眉俏眼,站在那里亭亭玉立,风姿袅娜。而且热情洋溢,性格开朗,前两年跟燕淑珍脚前脚后嫁到大赵庄来的,很快就成了妇女界出头露脸的人物。

她笑着说:"你们大赵庄历史上遗留下来的二百五十几个大光棍儿,大部分已经结了婚,或者已经找好了对象。还甩下几个老大难我实在没办法了,我不说你也知道是谁。除去脑袋上没头发的,要不就是脸长得不顺溜,疤瘌流星,也有的像个大漏勺。还有一个脚步不利索,走道身子朝一边倒,另一个是喘气不匀乎,老气管炎……"

武耕新叫她说笑了:"你好像在拍卖我们大赵庄的男人。"

"这几位本来就是处理品,我把大赵庄爱管闲事的人几乎都动员起来了,四处打听,到处保媒拉纤儿,人家一看那份长相就堵心了。"

"小何,你已经为大赵庄立了一功,年底会好好奖励你的。"武耕新跟她谈话感到轻松愉快,"农民一生三部曲:盖房、打家具、娶媳妇。你千万再努努力,就当行善积德。对方提出什么条件咱都可以商量。"

"要是买西红柿搭茄子,娶一个饶三个,你答应吗?"

"娶媳妇还有饶的?"

"不是再饶个媳妇,是饶孩子和老人,拉家带口全得搬到大赵庄来。你只要敢答应这一条,我保证大赵庄的光棍儿一个剩不下。"何守静自己也忍不住扑哧一声笑了。

"这不是小事,我得想想,在支部会上讨论一下。你可以先找着。"

"耕新,说真格的,我真正担心的倒是大赵庄的姑娘们。她们不愿意嫁到外村去,说白了就是舍不得大赵庄的高工资和现代化的生活,老姑娘越来越多,她们很仇视跟本村小伙子搞对象的外村姑娘。"

"噢,我还真没想那么远!"武耕新不觉对这位妇女委员肃然起敬。

"先沉住气,更叫你犯愁的还在后边哩,闹不好你这个大队书记就当不成了。"何守静的神色一下子变得严肃而又诚恳,"耕新,我不说你也知道,我现在是村上的穷户。就因为我那个男的在公社当那个倒霉的副主任,名义上是吃皇粮,铁饭碗,其实每月才挣一口醋钱,还不如我挣的零头多。家里就靠我,我干不好这个妇女委员的活儿,到年终你把我的奖金工资都扣了,叫我怎么办?"

"你不是干得挺好吗?干吗拿这种话吓唬人。"

"我的大书记,你成天光是生产、生产,还蒙在鼓里哪。别忘了计划生育!完不成这项任务,不光处分我,书记也得撤职,这是死任务。"

"咱们村怎么样?"

"不怎么样!刚结婚的那么多,要生。已经生了一个的,还想生。我成天跑细了腿,磨烂了嘴,就是说不通。"

"生了就罚呀!"

"那就晚了!再说现在谁怕罚?别说罚五百,就是罚五千人家也不在乎,多个劳动力将来一年就赚回来了。谁叫你把大赵庄搞得这么富!"

"哎呀,穷了不好受,想不到富了也有富的难处。"武耕新以前还真没把这些老娘儿们的事放在心上,"别的村好点吗?"

"穷村用罚的办法就管用。北燕庄的书记,就因为计划生育和争房基地的事被打伤住进了医院。"

武耕新站起来,露出了平时向男人们交代工作时的决断神色:"你去通知那些计划生育的钉子户,吃过晚饭都到大队部来,我跟她们只讲一刻钟的话,再做不通就没你的责任!"

"有好几百户哪!"

"有好几千户也不要紧,都叫来。在院子里,反正天还不算太冷。"

何守静那大胆而美丽的眼光定定地望着武耕新,好像不是把他的话,而是把他这股刚武之气吞吃进去。武耕新说完却不再看她,径自走出大队办公室,去办别的事情了。

武耕新先到小学校处理了校长在学生试卷上营私舞弊,借以多拿奖金的事情。然后到顾问招待所和华北理工学院的代表正式敲定,在大赵庄办个分校。在回家的路上又碰见了已经回城的知识青年王丽萍。她在大赵庄生活了将近十年,有时还回来看看,对这里的人和土地有感情,这次却是要求回到大赵庄来的。她本来已经顶替父亲在一家造纸厂上了班,此番辞了工作,退了户口,要带着已经退休的父母重回大赵庄,二次落户。看来决心已下,今天尽碰上奇女。武耕新只好把丽萍领回家,先安顿下来,明天再细商量。他刚端起饭碗喝了两口面汤,家里电话铃响(大赵庄每个干部家里都装有电话,队部有交换台),是何守静从大队部打来的,妇女们已到齐,等他训话。他只好放下饭碗,赶到大队部。

妇女们像蛤蟆吵坑,他一去立刻都安静下来。他叫人把屋子里和院子里的所有电灯都打开,让妇女们能看得见他,他也好看得清妇女们的神色。

他一张嘴就开门见山地问:"叫你们只生一个孩子,你们想得通吗?"

"想……不通。"一开始只有少数几个胆大的妇女小声回答,渐渐变成集体的呼声,"想不通!"

"不光你们想不通,我也想不通。老话说,一个眼不算眼,一个儿不算儿嘛!"

妇女们反而愣住了,院子里鸦雀无声。沉了一会儿,大家才哗哗地鼓掌,为他叫好:"这才是大好人,好书记!"

"别忙!"武耕新摆摆手,"我想不通也没有用,在计划生育上我说话不算数,县里有指标卡我。你们要想多生孩子,那我明天就下台,谁愿意生多少就敞开生!"

"不行,你下了台大赵庄怎么办?"

"不行!那可不行!"妇女们真有点急了。

"你们想生孩子还管大赵庄干吗?"

"你不当书记大赵庄非乱套不可。"

"不行怎么办?"

"我们听你的。"

"真听我的?"武耕新黑虎着脸,斩钉截铁,"一户一个,不论男女,多一个也不行!同意就散会,谁不同意就留下来当大赵庄的主事人!"

"同意!"傻娘儿们一个个都乖乖地走了。

武耕新转身想回家继续喝那碗热面汤去,胳膊被何守静拉住了:"你可真绝呀! 还有这样做思想工作的?"

一五

刚一进腊月,大赵庄的鞭炮就开始响,呷呷啦啦时续时断。到了腊月二十三,鞭炮声开始滚成一个蛋,噼噼啪啪,从早到晚就接上溜儿了。

鞭炮是中国老百姓的喉舌、中枢神经。鞭炮声响了几千年,是一支永不衰老的歌,没有一个中国人会对它产生厌倦。老百姓高兴时放,痛苦时放,神经正常的时候放,疯狂的时候也放,前几年扩而大之,报纸发表社论、电台公布重要新闻、中央发布最高指示、地方发生重大事件,一律燃放鞭炮——噼噼啪啪、噔——嘎! 有了喜事用它表示庆贺、象征吉祥,碰上倒霉的事用它驱赶晦气,心虚发毛时用它壮胆。

大赵庄人在一九八二年的春节之前,放这么多鞭炮意味着什么呢?

绝大多数群众是因为狂喜。前两年存的不说,只去年这一年干下来,大部分人家就都"腰缠万贯"了,假如一块钱就相当于一贯的话!最穷的几户也闹个两三千。足,家里足,口袋里足,肚子里足,心满意足。而且这钱赚得多踏实、多牢靠。周围别的村也有发大财的万元户、专业户,他们心里就没有这么稳当,已经装到自己口袋里的钱,也总觉得不保险。同村人因嫉妒而变成了一种仇恨,在这些新财主的周围满是发红的眼睛,像烈火一样围着他们,随时都有可能把他们吞没。特别是近来从上边传出一股风,要打击经济犯罪,他们的手脚就那么干净? 钱有干净的吗? 即使你的钱特别干净,单家独户,势孤力薄,运动一来你浑身都是嘴也说不清。他们身上有钱,心却提到嗓子眼儿,给小学校捐点钱,给五保户送点钱,给干部、邻居送点礼,做点好事买买人心,免得来了运动被抢大户,被抄家。在大赵庄就不用操这份咸心,别看钱多,还是官的、铁的! 天塌了有大个顶着,放! 敞开放! 买上它一百斤鞭炮才值多少钱……

心眼儿多的人拼命放鞭,是为了驱邪!大赵庄在全县的地位,就像一个穷村子上出了个单打独一的万元户。年关临近,农民们赶集上街、走亲串户,张家长李家短,东村好西村孬,就像说书唱戏一样编派大赵庄,把武耕新简直就说成了"东霸天"!老东乡又要发大水,四乡八村的唾沫星子想把大赵庄淹没!就连县上的水利局、电力局、农委、科委等等关系户,以前把大赵庄的门槛都踢破了,跟武耕新亲热得了不得,这一两个月嘎噔一步不来了。全是白眼狼!远的先别说,就说离大赵庄最近的北燕庄,以前笑大赵庄穷,现在又气大赵庄富。武明理的内弟娶媳妇,请他们两口子去喝喜酒,他带去八百块钱礼金,也是有点财大气粗,想洗刷以前因穷而造成的耻辱。酒席筵上,北燕庄的男人们喝得一个个都像个醉兔子,话里话外表示自己穷得清白,穷得干净,对武明理连损带挖苦。这头牦牛哪儿受得了那种闲气,当场掀翻了桌子,抱起孩子,拉着老婆,深更半夜回到了大赵庄。多放点炮,把那些闲言恶语挡在庄外边。大年下,别让外人冲搅了大赵庄的喜庆气氛。

孩子们放,大人放,有时干部也来凑个热闹。放上一挂大雷子,点上几个二踢脚,一崩一炸,放放胸中的火气、闷气!

但是,嘴上的话少了,干部们似乎都心照不宣,谁也不提那些让人不痛快的事,尤其是在武耕新面前。铆着劲儿干正事,又上马了两个工厂,这是打尖端、打技术的,跟华北理工学院合办,由他们出设计,提供技术力量,大赵庄负责经营管理。请来了天津市和省城里最好的梆子剧团和京剧团,准备唱半个月的大戏,年前唱五天,年后唱十天。戏台搭在村南的大麦场上。好在今年是个暖冬,农民也习惯于露天看戏。因为露天搭台有年味儿,气氛不一样,锣鼓一敲,胡琴一响,全村都听得到,来去自由。尽管如此,开戏头一天刘心远还是站在戏台上立了保证,明年这时候让大家在礼堂里看戏。每天演两场,下午两点开戏,晚上七点半开戏。除去按规定付给每个剧团一笔丰厚的报酬之外,刘心远还向剧团负责人提出了另一项建议:每个剧团演出结束之后,在离开大赵庄的时候,他要向每个演员赠送一个红纸包,大的是三百元、二百元、一百元不等,最小的是五十元,每人都有一份。条件是不能由剧团领导分配,而是根据每个演员出力大小由大赵庄来确定。剧团领导拒绝了这份好意,他们不敢要这种钱。刘心远表示遗憾,这是大赵庄群众的心意,人家居然不领情;演员们很辛苦,赚钱又不多,怎么有人光明正大地给钱还不要。一年后开展清除精神污染运动,他才佩服城里人的聪明。这是后话,现在不提。

大赵庄年前最具有爆炸性的事件,是全庄群众给大队几个干部评工资,他们的工资根据全村的纯收入一年一评。有人主张给武耕新年薪五十万元,比美国总统的薪金还高。话说回来,中国农民的工资为什么不能高于美国总统呢?这说起来有点类似天方夜谭,连武耕新自己也被吓住了,打死他也不敢拿这个数儿。最少的主张给他年薪五万元,把各种意见平均一下是十五万元。武耕新毕竟是在中国这块土地上培养起来的农民干部,不是发达世界的冒险家,最后在党支部会上决定,他和另外三位大队干部一律拿九千元。

年前最忙的这些日子,武耕新突然不露面儿了,没有重要的事情他连大队办公室也不去。除去农场的工人早已放假看戏,副业队所属各养殖场,还有各个工厂,都没有放假。各单位的干部反而更紧张了,开订货会议,研究明年的生产形势。党支部书记倒先放了自己的假……

他从那间现代化的住房里搬出来,住到最东头那间垒有火炕的老东乡"博物馆"里。林元秀把炕头烧得暖暖和和,他靠着被垛抽烟、喝茶、听录音机。他听的磁带大半是河北梆子,还有几段京戏,边听边哼,有时还摇头晃脑,甚是逍遥,自得其乐。每顿饭喝上一两酒,林元秀给他炒上两个菜。一个孩子不要,让他们到那半个现代化的天下里随意去疯。只有夫妻两个,有时武耕新还非叫林元秀陪他喝两杯不可,夫妻对酌,相敬如宾。武耕新对妻子表现得异常亲近和体贴,晚上陪着她去看戏,不惊动任何人,悄悄地站在后边,看累了就扶她回家睡觉。

林元秀做梦都想过这样的日子。可是当武耕新真的变成一个非常恋家、体贴入微的好丈夫,她却感到非常害怕,每天提心吊胆,不知什么时候会有祸事临头。她知道丈夫心里有事,可无论她怎么问,他都嘻嘻哈哈尽说好听的话。一会儿说等过了年带她到南方旅游一圈儿,一会儿又说要过几天省心的日子,即使从此守老摊,后半辈子也不会再受穷挨饿了。

直到腊月二十八,吃过早饭,林元秀刚收拾利索,熊丙岚就一步迈了进来。怀里抱着个黄瓷大骆驼,右手里还提着个纸包:"嫂子,给你拜个早年!"

"熊书记,你可有日子没来了。"林元秀真心欢迎他,给丈夫解忧除病的人来了。

熊丙岚进屋以后把骆驼摆在客厅正面的梧桐柜上,自己端详了一会儿,颇感满意,说:"给你们送礼很难哪,因为你们什么都不缺。想来想去,觉得你这屋里还缺少点工艺品,就买了个唐三彩骆驼,老武就像个大骆驼。"说着又把手里的纸包递给林元秀,"这是银耳,朋友从福建带来的。"

林元秀很不好意思,丈夫又不在场,拒也不好,收也不好,诺诺地说:"熊书记,你干吗还带这么多东西来?"

"收下,我是你们的县委副书记,对当官的东西不要白不要。"

"哪有县委书记给俺们送礼的!"

"我倒霉就倒在只会给下边送礼,不会给上边送礼。"熊丙岚自嘲地笑着,"老武哪?"

"在东头老屋里,我去叫他。"

熊丙岚忙追出来说:"不用了,我到那屋去看他。"

武耕新一见熊丙岚,连鞋也没穿就从炕上跳下来,使劲儿握住对方的手,心里滚热。在这种时候敢来看咱,这才是朋友,这才是汉子!

"熊书记,你还走吗?"

"已经定了,过完年到龙和县上任。所以赶在年前来看看你。"

"这是为什么呢? 事实证明,这几年你走的几步棋都对了!"

"老兄,要想官场得意,就得学会平庸,心甘情愿在头头的翅膀底下待着，不能站出来。越是碌碌与世沉浮越能高升。"熊丙岚坐到炕沿儿上，他也一肚子气，不跟武耕新这样人放出来，心里也不痛快。"有人问我，大赵庄为什么有这么多大大小小的人才，我的回答是因为有你这个将才，能发现人才，敢用人才，而且降得住人才。庸才发现不了天才！在庸才面前你只好装得傻一点，笨一点，才能苟安。你想，对一个傻子他完全可以放心，不必嫉妒，而对一个精明能干的人，怎能不存着点戒心呢？领导者从来不喜欢比他聪明能干、名气大的下属，这甚至是许多头头共有的性格特征。"

"只有不得意的人才有嫉妒心，那是窝囊废！可是，"武耕新充满忧虑，"你一走，我往后的日子就更难办了！"

"不对！"熊丙岚猛然意识到自己的责任，不论两人多么投脾气，他也没有权利破坏武耕新的事业，影响这个雄心勃勃的男人的意志。"你跟我不一样，我不过是水上的浮萍，随流而漂。土话就叫：我是一块砖，领导随便搬。反正是铁饭碗，到哪儿都能端。可悲也就在这儿，有你的饭碗，没你的事业，因为你没有根基，拿掉你你毫无办法。所谓干事业的没有好下场，多是指这种吃皇粮的人，容易演悲剧。我把《资治通鉴》都翻烂了，仍然保不了自己的驾，就是这个道理。而你就不一样了！大赵庄万把亩地，四千口人，有帅有将，有钱有粮，你说了算数。这就是你的根基，你的事业，你的身家性命跟这块土地连在一起，上几辈在此，下几辈还在此。你没有退路，箭上弦就得发，马上套就得拉。人生最得意的就是干成一件真正的大事业，最伟大的就是为民造福得人心。记住一句老话——盛得丁民常不灭！"

熊丙岚真是个鼓动家，没有一句官话套话，说得武耕新心服口服，胸襟洞开，说："我正要跟你商量一件大事，现在大赵庄的工作就像一个十八岁的小伙子仍然穿着十岁时的小袄。大队的架子已名存实亡，对外联系有好多不方便，限制了我们的发展。我想把大队改成——农工商联合公司……"

"好主意呀！"

"可这种时候，县里能批准吗？我也不知道外地有没有这么干的?"

熊丙岚笑了:"你当初搞承包是谁批准的? 你办这么多工厂是谁批准的?"

"那阵有你在。"

"好话! 我现在也还活着,至少今天还是你的县委副书记!"熊丙岚冲他撇撇嘴,摇摇头,"老百姓不是爱说有权不用,过期作废吗?"

武耕新一拍炕沿儿:"嘿,我这个大活人差点叫尿憋死!"

他说完拉起熊丙岚就走。上午召开了党支部扩大会,在会上武耕新讲了这几天来,自己设想的关于成立公司的方案,讨论通过了公司的几项基本章程,选举武耕新为大赵庄农工商联合公司的经理。下午一点钟,全村人集合在打麦场上,就着大戏台,召开公司成立大会。副经理李汉忠主持大会,念了公司领导干部的名单,征求群众意见,让大家通过。然后由公司经理武耕新讲话:

"同志们,乡亲们,咱们大赵庄干到今天这一步,多亏你们心齐,摽成一个膀子,出了大力,受了大累! 感激你们,我在这里给各位乡亲父老鞠上一躬。"

他对着台下深深一躬,挤站着几千口人的麦场上静得好像掉根针都能听得到。

"咱们一辈子也忘不了为大赵庄致富立过功的功臣,他们是李汉忠、武耕田、刘心远、张万全、张万昆、马胜锐、武明英等,还有积德行善的妇女委员何守静和以前为大赵庄出过力流过汗、现在又放弃大城市生活、重回咱大赵庄安家落户的王丽萍,我也向他们鞠上一躬!"

武耕新又是深深一躬。

"致富难,真富了更难,人怕出名猪怕壮。抬头看,头上有太阳形势大好,低头看地上有蚂蚁,平着看还有绿豆蝇嗡嗡乱飞。咱大赵庄能有今天,能在老东乡头一个戳起农工商联合公司,多亏县委熊副书记的领导和支持。我代表全庄乡亲父老向咱们的好领导熊副书记,鞠一躬!"

他转身向坐在台角的熊丙岚深深一躬。熊丙岚慌忙站起来还了一礼。

熊丙岚今天来得太是时候了,使大赵庄在年根儿底下开这样一个欢欣鼓舞的大会,一扫这两个月来的晦气,人民可以痛痛快快地过个好年了! 所以当李汉忠宣布请他讲话的时候,群众使劲儿拍了好半天巴掌。

熊丙岚首先祝贺大赵庄成立农工商联合公司,又掰着手指头逐条肯定了大赵庄这几年的工作。最后以他特有的风趣口吻说:"……你们不用感谢我,我有两件事要求你们,希望不要拒绝。一、我很快就要到龙和县去当县长,我准备在龙和好好推广你们的经验,不论是派人来还是请你们去,请都不要保守。二、我退休以后想到你们这儿来养老,恳求收留我。王丽萍同志不是正着手抓文化馆、图书馆、文明道德顾问团吗,我可以当资料员或文化顾问。请放心,我可不是来'补差',图你们钱多,丑话说在明处,我退休是拿全工资,不要你们一分钱,就图大赵庄这块风水宝地……"

熊丙岚讲话时,刘心远从幕后走上台,凑近武耕新小声说:"刚才县里来电话,李书记叫你明天到县里去一趟。""什么事?""他没说。"

明天是腊月二十九,今年"小进",实际明天就是大年三十。准没好事,这是找不顺气,不想让人过年——武耕新吩咐刘心远:"这件事不许告诉任何人。通知司机,今天吃过晚饭送熊书记回县城,我跟他一块走,去见见李书记。"

庆祝大会结束以后,扬眉吐气的大赵庄群众,放了足足有半小时的鞭炮,然后鸣锣开戏——《打金枝》。

武耕新在自己家里请熊丙岚吃了饭,两个人坐吉普车一块来到县城。临分手时熊丙岚一再叮嘱他:"记住,你跟我不一样,我是光棍一条,来去无牵挂。你身后有个巨大的事业,大赵庄需要你。要冷静,一手拿剑,一手拿盾牌。这几年的事情都往我身上推! 李峰要难为你,你叫他找我算账。"告别熊丙岚,武耕新直接来到县委值班室,值班员说李书记看电影去了。"几点回来?"武耕新问。"九点半散场。"

武耕新看看表,还有一个多小时,既然来了不能连个面也不见就回去,索性等吧！电影院大概不会停电或者延长电影放映时间,估计时间差不多了,他请值班员再去看看。

值班员回来说:"李书记回来了,他说讲好了叫你明天来,今天不见。""你请示一下,少说两句。"

值班员回来告诉他:"李书记讲,少说两句也不行!"

"你再请示一下,只说两句。"

值班员是个极老实的小伙子,可能他也知道武耕新不好惹,又跑了一趟。回来说:"李书记讲,只说两句也不行。"

"你再请示一下,只说一句。"

值班员回来说:"一句也不行。"

"你再请示一下,不说话只见见面。"

值班员一次比一次声音大:"李书记说光见面也不行!"

武耕新倒始终很平静,最后甚至还带着点笑容冲值班员点点头,坐上吉普车走了。

第二天上午十点多钟,武耕新正和公司的几个大将商量两个新建厂的事,李峰打来了电话。

"你是武耕新吗?""是我。你是谁?""我是李峰,你今天上午为什么不来?""我病了。""你昨天晚上不是还好好的吗?""昨天是好好的,叫你给气病了!""你好大的气性!""不敢。你好大的架子!"对方啪的一声把电话摔断了。

第 四 章

傍晚,突然刮起了小东风,柳絮像棉花毛一样满天乱飞。通过这些天的采访考察,我大开眼界,感到新鲜,受到震动。但也有许多问题解不开,甚至还隐隐有一种莫名其妙的忧虑。需要再跟这儿的经理谈一次,至少应该把我的担心告诉他,也许能提醒他提前思考一些问题。

到处都找不到他,我只好站在这离他家门口不远的十字街口静等,这样一定能堵住他。

"心诚则灵",他来了。像大骆驼一样迈着长步子。我迎上去——

"蒋同志,听说你找我。"

"哎呀,有个问题使我为你们担心,"我单刀直入,对他用不着客套,"等城市的生产搞上去,国营企业调整好了,你们这些小厂了不是要被挤垮了吗?"

"你是个好人,还真为我们的事业动脑子了。"他没有笑,说得很诚恳,"我乐不得有这一天,那就说明咱们国家上去了,至少要比眼下我们这里的条件好。那我还有什么急着?抱着孙子享清福。我欢迎你们用经济手段把我挤垮、打垮,我磕头认输。但不能用政治手段整我……目前能够把我竞争垮的城市还不是很多,在华北一个也没有。你看他们——"

大街上走来几个翩翩少年,穿着同样颜色的西装革履,系着领带。他们是本村子弟、理工学院设在这个公司的分校里的学生。这是公司为他们做的校服,每个学生每月还由公司发给一百元的工资(否则他们宁愿做工也不上学),学习成绩不及格要扣除,学习成绩优异,根据分数的高低还有数额惊人的奖金。

"他们就是我们自己培养的第二代财神。他们大学毕业以后难道只会吃干饭?还有,现在有包括中国科技大学在内的四所大学,跟我们有合作协议,有联营关系。我们有一天会落后,这些名牌大学也都落后?"

我不得不承认他确实有远见,嘴上却说:"你也不要过分乐观。现在国营企业正要求松绑,一旦他们身上的绑绳松开,在技术、设备、人力、财力和物力上都占绝对压倒你们的优势。"

"'松绑'这个词儿用得太妙了!请问谁绑的你?帝国主义?修正主义?国民党反动派?"

这家伙,我有点招架不住:"这不是我发明的词儿,《人民日报》也这么提。"

他哈哈笑了:"瞧把你吓的,亏你还写'乔厂长'!我问你是谁绑的谁?"

"当然是我们自己绑自己。"

"好话,自己能给自己松绑吗?我把你的手脚捆上你给我解开看看!"

"呀?"我真有点见傻。

"除非你像燕子李三一样会缩骨法。"

我抓住了反击的机会:"这么说你是会缩骨法了。"

"我会壮骨法。人长得高是靠骨头,不是靠肉。骨头强壮奇大,可以挣断绑绳!"

这是个危险的人物,我的笔跟他搅在一起,将来说不定会有麻烦。况且我既不会"缩骨法",也不懂"壮骨法"……

一六

像蒸包子不揭锅一样,县委对大赵庄又焖了两个月。对大赵庄人来说,这两个月的滋味可不好受,县里没有来一个人,也没有再打电话找武耕新。越是这样猜谜儿,压力就越大,这很有点像麻秆打狼——两头儿害怕。但是风声越来越紧,大赵庄在本县的关系户都不敢跟他们来往了,盖房用的沙石料都得到天津和外县去采购。农民凭着对天气的特殊敏感,感到大赵庄的上空越阴越沉,正在集聚着一场雷暴!

四千口子人就是四千个信息接收站和转播站。又一阵风吹来:县委要派清查组到大赵庄来。风是雨的头,武耕新很快就接到县委办公室的电话,叫他立刻到县上去。两个多月的"哑斗"宣告结束,以后会怎么样呢?

其实在这场猜谜战中,害怕的只是"一头儿",县委那一头儿始终抱着不哭的孩子。县政府对一个集体单位、县委机关对一个基层党支部、领导对下属,不论从哪个方面说这场交锋都不是势均力敌的,是不公平的,是一边倒的。主动权在上边,什么时候想牵那一头儿都行。

武耕新草草吃了点晌午饭就准备上路,他早就盼着"揭锅",希望有这样一个机会向县委领导讲清事实。几句话就能说清的问题,何必要兴师动众派清查组呢?说老实话他心里真烦恶这个清查组,害怕大赵庄进驻这种玩意儿。不管真有问题,假有问题,清查组一来就形成一种声势,假的也变真的。谁还愿意再跟大赵庄打交道?而且会涣散本村的人心。

没想到公司的其他领导干部和几位厂长都没有吃饭,在门外等着送他,非决定让李汉忠和刘心远陪他一块走。

"操他亲娘祖奶奶,要坐牢咱一块坐!"李汉忠开骂了,这几天他的嘴特别脏,开口闭口老骂街。

武耕新理解属下的心情,但他拒绝带两个保镖:"人家点名叫我去,你们跟去干什么?这又不是去打狼!去这么多人反而容易造成误解,以为咱们心虚,胆怯。"

武耕田这个实诚汉子最放心不下:"他们两个年轻,嘴茬子硬,心眼儿活,对你也好有个照应。"

这一耽搁不要紧,听到信儿来送行的人越聚越多,这种事本来就瞒不住。武耕新火了,小声对他身边的几个头头说:"尿包蛋!事还没到那儿你们先慌了神儿,这又不是送葬。我走以后该干什么还去干什么,谁的脸上也不许挂相儿,天天说相信群众相信党,最重要的还是相信自己!"

他回身拉开吉普车门,刚要抬腿,忽然又变了主意。他想强迫自己挤出点笑容,结果那张皱纹过多的瘦长脸上,堆出的却是一种冷笑。转身对送行的群众说:"你们放心,今儿个晚上我无论如何要赶回来,关我的监狱还没盖起来哪!过日子不可能老是骑马走大道,有上坡路就会有下坡路,没什么可抱怨的。"

他说完钻进吉普车,命令司机:"快走!"

吉普车缓缓离开人群。一上大道,司机给油加挡,从车尾喷出一股青烟,如箭离弦般地向前冲去。武耕新从车窗口看一眼给他送行的乡亲,看一眼大赵庄,心口窝突然像塞进了一团猪鬃,又扎又堵,还有一股腥味儿。四年前他叫老婆准备了一个蹲监狱的铺盖卷儿,当时是为了饿火,激起大伙儿的劲头,想不到还真的要轮上这一天了!县委既然想派清查组,还找他干什么呢?莫非派清查组是虚张声势,拍打桌子吓唬猫？李峰到底扭住了哪根筋？为什么对大赵庄的仇这么大呢？大赵庄并没有亏待他，前两年孙成志拿着一把把他批的条子到大赵庄来要东西，水泥、化肥、木材、水管，县里解决不了的大赵庄全给解决了。难道说孙成志从中做了手脚，没告诉他实情？可拿走的那些稻米、水果、活鱼总不会进了狗肚子吧？他们要抓我哪一条呢？我有什么刀把儿落在他们手里……

武耕新来到县委，值班员就把他直接领到二楼李峰的办公室。正副书记正在恭候，可屋里那气氛更像是下好了夹子在等他。孙成志不用说了，有李峰在场，他的脸就像哈哈镜，动个位置、换个角度，就变个样子。对武耕新是鼻孔朝天、半阴半阳，好像不认识他。转过脸对李峰说话的时候就低眉顺眼、唯唯诺诺，恨不得凑上去把李峰脸上的褶子舔平。李峰则是派头十足，脸上的神色傲慢而又冷漠，像刚从冷库里搬出来的大冻鱼。旁边还有一个武耕新不认识的人，一副莫测高深、喜怒不形于色的样子。

呀？这是要三堂会审！武耕新什么都怕，就是不怕恶的。更何况这几年财大气粗，就觉着肚里有股气直撞天灵盖。他在心里嘱咐自己：沉住气，今天可不能图痛快、放闷气，他们既是县官又是现管，好汉不吃眼前亏，为的是来说清问题。

想不到正戏是由孙成志开场："武耕新，今天找你来，是想跟你了解几个问题。你也知道，从中央到地方正在深入持久地开展一场打击经济犯罪的斗争……"

他的词儿是一套套的，十分现成。武耕新对他的腔调特别熟悉，倒退五年他把大赵庄当做自己的点蹲过好长时间，当然他对武耕新的家底也知道得很清楚，因此说话的口气就相当不客气："你先说一说，县委的这些人，有谁在大赵庄吃过饭、拿过东西？"

武耕新笑了，心里骂道："夙包蛋！你的人拿了我的东西，不去问你的部下倒来问我。"他本想一句把他顶回去：拿得最多的就是你和李峰！那样一来开场就会闹翻。还是不捋老虎胡子的好，听听他往下还有什么词儿……

"武耕新同志，你怎么不说话？"孙成志追问了一句，而且在武耕新的名字后面加了"同志"两个字，显得格外庄严隆重。

"你不去审拿东西的人，倒来问被拿的人，这还有说理的地方吗？"武耕新不把孙成志放在眼里，有点耍他。

"情况我们都掌握，就是找你再核对一下事实。"

"你非要叫我说？"

"对啦！"

"你把组织部长老陈找来。"

"不用找他，有话你就说吧。"

"不找他来我不说，问案要三头对面。"

孙成志没办法，看看李峰。李峰自顾抽烟，眯着眼看着武耕新。他只好拨电话叫来陈部长。陈部长一进门，武耕新劈脸就问：

"陈部长，去年四月，你从我的窑厂拉走四千块砖，每块售价三分钱，你按一分五厘给的钱。是我叫你少给的，还是你主动少给的？"

他的声音不高，可是挺有震慑力。陈部长晕头转向，脑子还分不开流，只好承认事实："是我少给了，是我少给了。"

"你再把县委办公室主任老郭找来。"

老陈出去，老郭进来。

"郭主任，去年九月你去大赵庄看我，给我捎去一瓶洋河大曲，一条凤凰烟。我招待你在我家吃的饭，你临走的时候我让你捎走一条人参烟，一袋大米，大概四十斤左右，一篮子苹果，大概有二十斤。这可先生是私人之交，你没有求过我什么事，我也没求过你。我说的对不对？"

郭主任无处可逃，只好点头认账："有这回事。"

……

他又点了几个人，把人家一个个都弄得心惊惊而来，灰溜溜而去。但他不是乱点，真正为大赵庄办过事的、还称得上是朋友的人一个没点。他点的都是李峰、孙成志周围的亲信。而且他有确实情报证明，县委这次调整各级领导班子是以大赵庄画线。凡是反大赵庄、反熊丙岚的人，都是升；凡是支持大赵庄、同情熊丙岚的人该降的降，该调的调，一个也不安排。大赵庄牵连了熊丙岚，熊丙岚牵连了大赵庄。武耕新不过是想寒碜寒碜县委。

孙成志心里乱了阵脚，这不是县委审问武耕新，倒像是武耕新提审县委的各级干部。再这样追问下去，最后非得把自己和李峰也给端出来不可。他不愿意让李峰看见自己是个"大废物"，连个大队党支部书记都治不住，可李峰在场又确实限制了他的才智，不敢说过头话，所以也就压不住武耕新。但他最大的失算是错估了武耕新，他所了解的武耕新还是五六年前那个大赵庄的党支部书记，听说听道，他怎么拨拉就怎么转。岂知时代一变，同一个人却判若两人，大赵庄的起飞也使它的当家人得到了升华，就像鸟蛋变成了鸟。这几年孙成志也没断了往大赵庄去，每次去了武耕新总是笑脸相迎，好吃好喝，有求必应，他显然是受了武耕新的迷惑。武耕新何苦要得罪他呢？大赵庄还在乎那点东西吗？他万没想到今天却被这个大队书记给耍了。他不再按武耕新的要求打电话叫人，对武耕新说："你有多少话就说吧，别这么一个个叫了！"

"要使劲拍打拍打，谁的身上也会掉尘土！"武耕新这话是说给李峰听的，那意思是说惹急我，你们谁也跑不了。其实他肚里的气不知什么时候已经泄走了不少，现在反而不着急了。说，"你不如问我，县委大院里谁没有去大赵庄吃过饭，也许还好说点。"

他的力量就是事实，在这间屋子里没有人能比他掌握着更多的事实。李峰感到自己再不出头，孙成志就可能收不了场。他说："推得这么干净，你就没有一点责任吗？"

"我是下级，你们是上级，上级的责任比下级大。"

"这是不正之风，你承认不承认？"

"老天爷很少刮正南风、正北风、正东风、正西风，不是东南风、东北风，就是西南风、西北风，都是不正之风。你县委刮西北风，大赵庄能刮东南风吗？"

李峰都差点被他说笑了。他妈的，这个土包子就是问不倒。他很难对付,思维敏捷,反应极快,话里带骨头。李峰换了口气,摆出一副居高临下的亲热劲:"耕新哪,你请客送礼的那些东西是哪儿来的?"

"我自己花钱买的,去年我用在吃饭送礼上的钱是一千四百七十元,都有账可查。朋友间交往不犯法吧?"

"你一年挣多少钱?"

"每天包括睡觉在内一小时挣一块多钱。"

"你自己说这合理吗?我参加革命快四十年,每天还挣不了五块钱!"

"农民一天挣二十五块也是一种革命。你拿的是人民的工资,我们的钱是自己挣的。参加革命年头长就应该比农民工资高?党章上有这一条吗?"

武耕新刚才看见李峰态度和缓,心里很高兴,以为能交交心,解除隔阂,自己也不白跑这一趟。可是李峰早有自己的成见,有自己的思路,根本听不进他的话,甚至不想听,只想吓唬他。那种装腔作势的客套和虚伪的自尊心,严重妨碍他们做倾心的交谈。于是武耕新话里的刺儿也就越来越多。

"听说你还给自己盖了个金銮殿?"

"你那样叫也行,金銮殿也是人住的。"

"你这个共产党员不是在搞特殊化吗?"

"特殊?搞现代化就是搞特殊,改革也是搞特殊。特殊到一般,一般到特殊,特殊再到一般,一般再到特殊,这就叫不断提高,不断前进。"

"行了,其他问题先不说,你身为一个基层干部,别太狂妄,太骄傲了!"

"毛主席说骄傲使人落后,我大赵庄四年翻了五番,这怎么叫骄傲?如果这就是骄傲,我认为骄傲得还不够,再骄傲十年,你们就气死了!"武耕新一看没好了,索性说个痛快吧,"过去老东乡的农民逃荒要饭,见人就喊大爷大奶奶,那就叫谦虚吗?"

孙成志意识到必须为一把手解围,他站起来恶狠狠地说:"武耕新,我明确地告诉你,大赵庄有问题,你的问题更严重,不要再胡搅蛮缠了!"

"孙书记,我是现在就进监狱,还是等你到大赵庄去抓我?"

"你回去等着吧,县委要派清查组!"

武耕新起身往外走,李峰又叫住了他:"耕新同志,你不要以为大赵庄就是铁板一块。你们庄上也有人给我们写来了揭发信。"

武耕新脑子一炸,这一打击是他要命也没想到的。自己内部怎么会出叛徒?他是谁?是真的,还是唬我?多亏在这紧急关头他的思想仍然有闪光,回转身一字一句地说:

"李书记,铁板碎了还是铁,金子砸碎了还卖金子的价!"

一七

在通向大赵庄的公路上,跑着一个车队,打头的是一辆崭新的小轿车,其次是外形华丽的面包车,风驰电掣。这是大赵庄农工商联合公司刚买来的新车,平稳而轻快,神气活现。后面是两辆大卡车,上面装的全是电视机、冰箱、洗衣机、电扇等家用电器。坐在最后一辆车上压队的是李汉忠,在他旁边把着方向盘的是公司运输队的司机武明伟。小伙子蓄着长发,戴着宽大的墨镜,一派十足城里时髦青年的打扮。一边熟练地驾驶着汽车,一边跟李汉忠说着闲话:

"副经理,在你的管辖范围内有个漏洞,我给你出个主意,保险能为公司增加一笔收入。"

"什么主意?"

"现在家家户户都是靠电过日子,你怎么不收电费?"

"我早就想收,你爸不同意。"

"为什么?"

"你爸说农民脑子里那个财迷心窍的老根还没拔净,愿意占小便宜,信实不信虚,只顾眼眉前,你一收电费他就不买冰箱、洗衣机这类玩意儿了。"李汉忠毫不掩饰自己是一点一点跟着武耕新学玩意儿,"中国将来最大的市场不在城市,而在农村,农村实现现代化,就会把工业促上去。中国的工业产品目前在国际市场上很难同发达国家竞争,要能喂饱自己的农村,占住自己的农村市场,就会气死发达国家,咱这是为国家两肋插刀,替国务院出主意。"

"这么说是咱公司宁愿吃亏,也要替国家打开农村这个大市场喽! 可国家给咱什么? 清查队就要下来了!"武明伟是吃凉不管酸的一代,"嘿,我爸人脑里的沟回,就像他脸上的褶儿一样深一样多!"

"傻小子,别阴阳怪气的,你爸肚里那点玩意儿都够我学半辈子的,更别提你了……"李汉忠忽然发现前边有个骑自行车的人很像孙成志,心里咯噔一下,这就是说,在他离家的这几天清查队已经进庄了。他对明伟说:"减速! 那人是孙成志。"

"是他?"武明伟咬咬牙帮骨,汽车慢下来,紧贴着道边行驶。前边几辆车已经把孙成志挤得紧靠道边,再向外一步就是道沟,"他为什么不坐汽车?"

"这叫艰苦朴素。"

"这不把时间都浪费在道上了? 我们坐汽车还嫌慢哪!"

"没有别的能耐,只好靠这种马前三刀的小玩意儿哗众取宠,捞点政治资本,艰苦为荣嘛!"

"好吧,今天叫他多捞点!"武明伟突然按响喇叭,加大油门,顺着道边冲过去。孙成志心里发慌,向外一拐把,连人带车滚到沟里去了。

"用机械化跟他开个小玩笑。"武明伟一打方向盘,卡车回到公路中央,急驰而去,"既然越苦越光荣,还干革命干吗? 不翻身不解放不是更苦更光荣吗?"

"你这小子净惹祸!"李汉忠心里充满疑虑,清查队一来,庄上不知乱成什么样子?

大赵庄没乱,清查组倒乱了! 首先是没地方住,大赵庄有个颇为讲究的招待所,既然不承认大赵庄的路线,怎么能享受它的成果呢? 住在高级招待所里,还清查个什么劲儿呀! 想住在农民家里,可是没人要他们。而且大赵庄没有住上"金銮殿"的就还剩下三五户了!

127

武耕田连哄带求还有点吓唬,总算把清查组的七个人给安排下了。没想到房东"冷得发热",本来天气早就放暖了,还拼命烧炕,把炕烧得像爆锅,人躺上去如同煎鱼。清查组的同志只好拿个板凳在当院里坐了三宿。再有就是吃不上饭,不是没有饭,他们自己起伙,想吃什么就可以做什么。但没有工夫吃饭,大赵庄的群众采取了车轮战法,仨一拨儿,俩一伙儿!这个走,那个来,从早晨一扒眼皮到夜里一两点钟,不断线!有人想得很简单:"大赵庄刚有口饱饭吃,你们就来砸俺的饭碗,你们还想吃饭?咱都甭吃!"清查组的人不敢上街,一出门就被围住,实际就是围攻,说什么话的都有,骂什么街的都有。就差往脸上吐唾沫,往头上砍臭鸡蛋了!

组员们都感到亏本了,尽管领导答应给双份儿的补贴,每周还可以回家三次,但在这儿得把做人的自尊心藏在鞋壳儿里,县里正号干部反而比农民低了一大格。组长徐克荣心里十分恼火,却像哑巴叫狗玩儿了——有苦说不出来。李峰派他来是经过反复掂量的,如果这一仗干得好,就有可能被提升为副书记。要知道"文化大革命"中他还是个普通社员,头天入党,第二天就当支部书记,一九七○年"斗批改"时才作为"贫下中农宣传队"的成员进驻到县委机关,为人很阴,说话很少,以后就留在农村工作部。在"李熊之战"时,他从熊丙岚的后院点火,为李峰提供情报,取得县委一把手的好感。现在是农村工作部部长,而且他是县委中层干部中唯一没有在大赵庄拿过东西的人,真正是两袖清风。他曾参加过对武耕新的"三堂会审",虽一言未发,却对大赵庄进行了火力侦察。为了麻痹武耕新,不让他有准备,"三堂会审"之后有意拖了一个多月,让他懈怠了,以为县委不会再派清查组来了。徐克荣就在这时候,事先一声招呼不打,突然下到了大赵庄。但仍然惹起了群众自发的愤怒。他已给县委打了电话,请求孙成志来一下,帮助打开局面。

现在的农民怎么回事?解放前给八路军送小米鸡蛋,自不必说。解放后对"土改"工作队、"三五反"打虎队、"四清"工作队、各种毛泽东思想宣传队,不也都是远接高迎吗?以前有个脑袋就能指挥农民,如今的农民脑袋却是这样难剃。仅仅因为口袋里有钱腰杆就硬呢,还是农村人的质量发生了变化,中国社会正由农村开始向新的质量跃进?

别绕那么多弯子,说实在的,忠厚善良的老东乡农民,对那些为他们的好日子做出牺牲的人,总是怀着深沉的敬意和爱戴。这些年,大赵庄享福的是四千口人,现在倒霉的就是武耕新一个,难道人的良心都叫狗吃了!

也正是群众的这种情绪,使武耕新摸到了农民的根。退一万步讲,有一天他真的蹲了大牢,他的儿子、孙子在大赵庄也会被人高看一眼,就是抬大筐,人家也会让他们一个肩膀。他做人的品格已经在一个接一个的曲折中沉凝下来,变得更强硬了。既然人家已经下了绝情辣手,自己也不能含糊。发昏挡不了死,跪着死不如站着死。清查组进庄的当天,他开始受礼,他的大客厅里堆满了群众送来的各种食品。门前车水马龙,亲戚朋友都来看他,整个老东乡都传说武耕新喝敌敌畏了,也有人活灵活现地说他是卧轨死的。他的小女儿从县师范学校给家里打电话,一听到爸爸的声音就放声大哭起来……

白天,武耕新一分钟也不在家里待着,满庄飞,看上去不着急不上火,但他的平静中包藏着令人可怕的刚强劲!只有他自己才最清楚,内心深处忍受了多么巨大的痛苦和恐惧。他对自己有底,可是对李峰,对清查组,对历次运动中整人的这套办法,一点底也没有。以前那些挨整的,甚至被整死的,都有罪吗?上边喊着不再搞运动了,整人非得搞运动不可吗?何况还有不叫运动的真运动!无论他是一条多么刚强的汉子,历史这个颠三倒四的老浑蛋已经消磨了他的意志,生活给他身上一次又一次造成的创伤还在化脓,现在不用拿刀了捅他,只要用手指戳他一下也会出血。真是"十誉不足,一毁有余"。他完全是靠理智、靠精神在支撑着自己。还有那个写诬告信的败类,像个特务一样埋伏在大赵庄,和县委保持单线联系。武耕新已经知道了这个人是谁,但他跟任何人都没有提过这件事,怕群众知道了会把他打死。不治治他吧,又出不来心中这口恶气!

天快黑了,徐兑荣还没等到孙成志,只好自己硬着头皮去找武耕新。

他在武家门楼外面转了三圈儿,实在不想进这个门。他不愿意让武耕新知道他的难处,看他的笑话。但又没办法,这儿是武耕新的地盘儿……他抬腿刚要进门,从门后突然蹿出一条大黄狗朝他扑来,他慌忙又逃出来。后面有人哈哈大笑:"大黄,你咬坏了清查组长,是你去蹲监狱,还是叫你的主人去替死!"

徐克荣心想,再不快点进去就要在这儿被围住出洋相了。他壮着胆子闯进去,大黄狗没有再理他。武耕新的客厅里高朋满座,大家停住说笑,都用一种敌视的目光盯着他。他只好用随随便便的亲热态度来掩盖自己的窘态:"耕新同志,我三天没吃顿好饭了,今天是赶着饭口来的。"

武耕新坐着没动:"好酒好菜我都有,但不能给你吃,因为你是红的,我是黑的。"

徐克荣干笑笑:"你说哪儿去了,心里没病,半夜不怕鬼叫门。"

武耕新:"你老叫门影响我睡觉,长了就会得失眠症。"

李汉忠打开一瓶橘子罐头递给武耕新:"吃点水果败败火,犯不着生气!"

武明伟走近徐克荣说:"大组长,我们庄上有这样一句顺口溜——干的干,看的看,看的给干的提意见,提了意见还不算,千方百计搞诬陷。你说改革家为什么都没有好下场?"

武耕新喝住儿子:"谁说改革家都没有好下场?那都是窝囊废!马恩列斯毛都是改革家,我看下场也不错。"他转身问徐克荣:"你有什么事?"

徐克荣:"找我们的人太多,使我们睡不了觉,吃不上饭。"

武耕新开心地笑了:"哪有怕群众的共产党?如果群众都不找你们,你向谁去搞调查?"

这才叫强龙压不过地头蛇。徐克荣只好耐着性子求他帮忙:"我们根本无法开展工作,支部是不是协助一下。"

"好吧,"武耕新坐在写字台前,拔出尼龙毛笔在一张纸上写了几个字,"把这纸条贴到你房东的门上,再不会有那么多人去找你们了。"

徐克荣接过纸条一看,是两句诗——

本周神安快去干正事,

光明正大任他查个够!

武耕新

别看横七竖八,棍子榔头,这家伙的毛笔字写得还挺带劲儿,词儿也来得真快。但徐克荣心里却被刺得很难受,这算什么玩意儿? 清查组倒求着被清查对象赐一纸护身符。嘴上却说:"这张纸管事吗?"

武耕新显得有点不耐烦了:"保证管事,不管事我把脑袋输给你!"

一八

林元秀整整哭了一夜,武耕新怎么解劝也不听。武耕新索性不说话了,自己没有想好对策,光是空口说白话顶个屁用? 这才真是后院起火,内外夹攻。想起来这是何苦哟,要是不当这个支书,自己领着三男二女,每年赚个七八万元跟闹着玩儿似的。而且当劳模挂奖状,什么麻烦也没有。人真的变成了两条腿的动物,好像支配他们的不是良心、感情和相互的信任,而是怀疑、忧虑和罪孽!

天快亮的时候,武耕新有了主意。他到外面拿来一把菜刀,咣当一声扔在桌了上,弯腰抓住妻子的两只膀子,把她从床上拉起来。林元秀看见丈夫眼睛里的凶光,吓得浑身打颤:"你,你要干什么,真想杀了我去娶那个小娘儿们?"

武耕新嘴角咧出一丝苦笑:"你想到哪儿去了,我就是杀了自己也不会动你一根毫毛! 我本不想死,特别是不想现在死,一死就什么也说不清楚,黑锅全得我背,你们娘儿几个也好受不了。可眼下没有办法,家里外边一块逼我,这种日子我实在是活腻了。我现在只问你一句话,别人说我跟何守静的那些脏话,你信还是不信? 你要不信就打起精神,咱们还是好夫妻。越是这时候越要恩恩爱爱、高高兴兴,让他们瞧瞧。你要信那话,这儿有刀,你把我砍了。你卜个去手就走开,我自己抹脖子。别的我不怕,就是要在你面前洗个清白,叫你后悔下半辈子! 你说吧。"

林元秀知道自己的男人,你要真逼急他,什么事都敢做得出。她的心早就慌了,话也软了:"我不信又有什么用? 人家私下里乱串串,叫我还有什么脸见人!"

"你那个心眼儿不是口袋,不能人家给你装什么就要什么。"

"话是这么说,咱俩要倒个个儿,你怎么办?"

"我决不像你那么傻!"武耕新的口气变得沉重、和缓,充满感情,"任何运动整人都是三斧子,头一斧子砍你政治问题,砍不死还有第二斧子——经济问题。这两斧子我都搪过去了,他们现在砍第三斧子——生活作风、男女关系。在农村,这一斧子最容易把人砍死。清查组我不怕,身正不怕影子歪,凭猜疑和几句谣言上不了法庭,定不了罪。我怕的是给群众心里堵上一团疑云,怕的是你跟小何受不了。小何是个好人,为大赵庄出了不少力,不要冤枉人家。"

"都这步田地了,你还为那个臭娘儿们说话!"

男人永远打不开女人心里的那把锁,不知道她们心里装着多少奇奇怪怪的念头。她不仇恨散布谣言的人,反而把全部怒气都撒在丈夫和何守静身上。武耕新只好耐着性子,低三下四地解释:"如果我从此不再搭理何守静,人家就会说是做贼心虚。如果为了赌气,你越戗火,我越去跟她好,这办不到。一个男人,没有事业,倒也罢了,在中国既想干大事,就决不能在男女私情上出问题,太不值得了! 再说,你又不是不知道,我那点精神儿全用来对付这帮王八蛋还不够用,怎么能干那种事……"

林元秀渐渐平静下来,她哭的是自己命不好,一辈子就没有好受的时候。武耕新见老婆静下心来就有了勇气。把一双瘦长有劲的大手按在妻子的肩膀上,诚恳地说:"如果你还是那个教我认字的小秀妹妹;如果你还是那个吃苦操劳、深明事理的小伟娘;如果你还是跟我患难与共、那个武家门里的贤妻良母,就帮我渡过这一关。"

林元秀十分懂得自己男人的心,她心里认可了男人的话,可眼泪哗哗地流下来了。

何守静在新村的"金銮殿"还没盖好,仍旧住在旧房子里,没有院墙,和清香组住的房子紧挨着。由于她丈夫在公社当干部,以前是村上的富户,现在反而成了较穷的户。中午不到十一点钟她就回到家里,使出一个能干的女人的全部本领,做了四个热菜:鸡、鸭、鱼、肉。这叫老东乡的"全席"。中间一个大冷盘,是何守静在娘家学会的拿手菜,名叫"青龙卧雪"。两条顶花带刺、青翠欲滴的黄瓜,切碎摆好,再佐以粉皮和其他配菜,宛如两条青龙盘卧于皑皑白雪之中,昂首翘尾,煞是吊人胃口。饭桌摆在屋门外,春天的太阳暖融融的,还有一丝轻风,把饭菜的香味儿吹得满街巷子飘溢。鸡汤也熬好了,大米干饭也焖好了,一切准备停当,何守静的心情也越来越紧张。她感到害怕,又觉得兴奋,跳进一种险境,闯进一个陌生的新天地总是叫人激动不安的。何况她还是这样一个年轻缺少经验的女人。

武耕新来了,从老远就抽鼻子:"嗬,好香,我今儿个算来着了。"

不知为什么,武耕新一来何守静倒觉得心里踏实了,好像有了靠山。也成心大声说:"今儿个就是要好好犒劳犒劳你。"

其实,两个人笑得都不自然,脸上的肌肉僵硬。

"喝点酒吗?"

"不喝,我下午还有好多事哪。"

"已经烫好了,少喝点儿。"

"好,只喝两盅。"

何守静给他斟酒,为他夹菜。他好像一个星期没吃饭了,狼吞虎咽,吃相粗野,还不断地啧啧称赞酒香菜好。何守静虽然也端着饭碗,那不过是装样子,嚼半天才强咽下一口。一双清晰妩媚的眼睛不停地望着武耕新。

"耕新,你今天这一手太绝了。你是条真正的男子汉!"

"小何,对不起你,你好心好意为庄上办事,是我连累了你!"

"别说这话,是我牵连了你。今儿个你这样大张旗鼓来吃我的饭,把什么都补过来了,我感激你!"她回到屋里为自己也拿来个酒盅,斟满酒一口喝了下去。夹了块黄瓜放进嘴里,又给自己斟上酒,"耕新,碰杯,今儿个我要跟你连干三杯。"她一仰脖又把盅里的酒喝光了。

武耕新看看她:"你怎么了?"

她那俏丽的长脸凝朱绽翠,眼睛里闪烁着烈火般的热情和怨艾。武耕新心慌意乱,眼睛赶紧躲开了她那钩子似的目光。

"那些谣言要是真的就好了。武大嫂真有福气,找了你这么个男人,我要是跟她倒个,和你一块蹲监狱也乐意!"

"别胡说八道,我的岁数跟你爸爸差不多。"

"你跟我爷爷差不多也没关系,我要的是你这个人,又不是你的岁数。"

"我这个人有什么好?长得像个丑八怪,谁跟着我,一辈子不得安生。你的男人有多好,人老实,长得又俊,也年轻,你还不知足!"

"不错,他是个好人,对我也好。也许他太好了,反而不像个男子汉。"

"你喝醉了?"

"我要醉了就好了,躺倒在你怀里,看你怎么办? 你是个真男人,敢在我这儿吃饭,为什么不敢亲我一下? 让他们都看看,气死他们!"她说着又端起了酒盅。

"你要再喝,我立刻就走!"武耕新的声音很低,听了却让人毛骨悚然。何守静的酒盅停在圆润的唇边,他命令道,"把酒盅都撤走,吃饭。"

何守静听话地拿走酒盅,给他盛上干饭。

"原来你也是个胆小鬼。"

"你说的那种真正的男子汉在中国还没出生哪! 记住,眼下大赵庄有一半人在看着我们俩吃饭,这是地球,不是月球。我们是在打仗,不是谈情说爱。"

"你放心,我不会给你添麻烦的。"何守静目光黯淡,神情凄恻。

武耕新心中不忍,他又不是瞎子,对这样一个柔媚痴情的女子怎会不动情,不生怜悯之心? 但大赵庄的事业、他的一家和何守静的一家,岂能当儿戏! 在男女私情上出问题最不值得。他完全恢复了正常,口气冷静得可怕:"你男人回来要是跟你闹事,叫他去找我。我要动过你一指头,宁愿挨他一刀!"

"你用不着逞这种英雄,我的家里什么事也不会出,他听我的。"她用一种挖苦的口吻说,但神态让人可怜,"嫂子待你好吗?"

"很好,她跟你一样也是好人,我们是患难夫妻,几十年来只有我对不起她的地方,她没有对不起我的地方。"

她的心像被铲子挖了一下:"这就好。你今后可能瞧不起我了……"

"不,守静,以前我只是喜欢你的大胆、泼辣和漂亮。从今天起我才开始敬重你,佩服你。你比我强,比我好!原谅我,我已经把自己卖给了政治,而且快成糟老头子了,理应比你想得多,不能毁了像你这样一个好女人!今儿个在你面前,我突然感到自己原来是这样虚伪、胆小、软弱……"武耕新动了真情,赤裸裸露出了做人的尾巴。他把最后一口汤倒进嘴里,站起身,"谢谢你,守静。"

何守静没有动,也没有出声,望着武耕新走去的背影,任凭眼泪无声地倾泻下来。

一九

天下事不了似了不了了之
世外人法无定法无法即法

这副出家人写的对联何尝不适用于"世间人"。县委清查组在大赵庄待了一年多,先是七个人,后来变成了五个、三个,最后几个月只剩下一个,而且三天打鱼两天晒网。他一不再露面,清查组就开撤了。没打招呼,没有说法,没有结论,随谣言而来,随谣言而去,这算什么事呢?

不过这一年多,清查组可真帮了大赵庄的大忙。没有参观的,没有采访的,四千口人,人人肚里闷着一腔烟,低着脑袋玩儿命干,一九八二年总收入又翻了一番。到了一九八三年秋天,合该他们露脸。老东乡闹虫灾,可苦了单干户,张家一块地种的玉米,李家一块地种的棉花,王家一块地种的高粱。庄稼不一样,虫子也不一样,国家派飞机撒药都没办法。治棉铃的药,对玉米的钻心虫不仅不起作用,反而影响玉米、高粱的生长。自己撒药吧,心又不齐,张家撒了李家不撒,虫子吃完李家的庄稼决不会看着张家的庄稼挨饿。最后的结果是都不撒,豁出这一年的收成不要了,去想别的外快,"堤内损失堤外补"。大赵庄可就不一样了,四千八百亩稻田连成一片,自己买了架小飞机,从运输队里挑了两个身高体壮,有力气有文化的汽车司机当了飞行员,从北京航空学院请来两个教员,头一个星期就能上天,一个月下来就能放单飞。虫子被治住了,稻子一点没减产。"蜜蜂"牌的小飞机,真像蜜蜂一样在老东乡上空飞来飞去,这也算是一件新鲜事。谁能想到这件新鲜事倒给了县委书记李峰一个台阶,他到大赵庄来了。而且大大方方,谈笑自若,一副亲近而又随和的样子,好像从前什么事情也没有发生过。这一手连武耕新也服气了,这才叫领导哪!有时人玩儿权,有时权玩儿人,根据需要可以采取各种纯粹虚伪的态度。在他的身上淋漓尽致地体现了这个时代的本质。

"耕新,干得不错。带我去看看你的小飞机,到各处转转。"

连武耕新都觉着有点不大自然:"你是想坐着飞机看,还是坐着汽车看,还是走着看?"

"溜达溜达。"李峰怕坐飞机不安全,坐汽车又让武耕新太摆谱儿,就选择了步行。他用极关切的口吻说,"耕新,你的气色怎这么难看?"

"白天干活儿,晚上生气,气色能好得了吗!"

"耕新,过去的事儿咱们就前勾后抹,完了,谁也不许再提啦。"

"不完我有什么办法。"

"认识上有分歧,这是很自然的嘛。"他说话就像搔痒痒一样轻松。

"到底是认识问题,还是存心不良,反正谁也不能钻到谁肚里去看。"

李峰亲切地拍着武耕新的肩膀。他现在不愿意跟大赵庄把关系搞坏,用硬的一套没有治住武耕新,他就试着想用另一种办法。在武耕新的带领下他视察大赵庄的各项建设,心里不能不佩服武耕新精明过人,胆识过人。

看完工厂,李峰倒很真诚地说:"耕新,说心里话,我至今对你这样大办工业总感到不对劲儿。"

武耕新觉得今天也许可以向李峰掏心窝子谈谈自己的想法,他大概能听进去了。说:"李书记,不搞工业,哪来的工业文明?发展大农业处处用钱,光刨土坷垃哪来的了钱?大伙儿喜欢现代化,为什么不喜欢工业?我们不能像过去那样等着城市喂一口,吃一口,等着他们把用旧的破机床、破洗衣机甩给农民!农民要跟城市一样,甚至要先用好的。"

"你们这么多地,只有五十个人种,是不是太少了?"

"美国的农业人口占百分之二,我这里占百分之十二,我还嫌多呢,明年还想从农场抽人。"

"你还挖农业的墙根儿?"

"别忘了大赵庄不是包产到户,是农工商联合公司。连资本主义都知道光搞单干不行,还成立欧洲共同市场、北约等等,苏联搞社会主义大家庭——华约。我们为什么非得一盘散沙干革命?"他居然引经据典,从东半球说到西半球。腹有经纶气自雄,从一个农民嘴里说出这番议论,使身为县委书记的李峰也无法答对。李峰很清楚,讲这方面的事情,自己说不过武耕新,生活造就了他的雄辩之才,挫折反而使他成了一个哲人。他的谈吐能征服人,常年蹲机关的干部不是他的对手。

李峰不愿让武耕新看出自己的无知,借口太累了,不再往前走。他提出要到武耕新家里看看,并以一种惯熟的口气要求在武耕新家里吃午饭。武耕新很痛快地嘱咐林元秀赶快去忙饭,知道她心里很不情愿做这顿饭,就打电话叫女儿明英和儿媳燕淑珍过来帮忙。

李峰舒舒服服地坐在沙发里,喝着热茶,很自然地把话题转到自己感兴趣的问题上:"你以后不要光听别人的,你听我的没有亏吃。北燕庄就听我的话养狗、养工八和泥鳅。现在人民生活提高了,都想吃点补品。"

武耕新笑了,心里说,他们要不听你的还倒个了霉呢!那个泥鳅用网抓不上来,非淘干水用锨挖不可,那不自找罪受?死赔! 至于李峰话里的"别人"当然是指熊丙岚了!

"你笑什么? 是不是对我还有看法?"

"谁整我,我就对谁有看法。"对方嘻嘻哈哈,把真话藏在玩笑话里,武耕新只好也嘻嘻哈哈打软中有硬的太极拳,"要说对你李书记,没有大看法,只有一点小看法,就是你用了一帮造反派。"

"哈哈,耕新,你也学会了给人戴帽子。"

"孙成志、徐克荣不是造反派?"

"噢,你是说他们俩呀! 在那种特定的历史时期,谁没犯过错误?你不也去过小靳庄吗? 即便他们以前参加过造反派,现在很老实,很听话,对上对下都不错。你武耕新从前不是造反派,现在倒成了浑身长刺的造反派。哈哈哈……"

"那你就等到下一次揭、批、查运动的时候再整我,现在可正是改革派吃香的时候,你想整我恐怕得费点事。"

"你这家伙可真厉害,大赵庄有你一帮人。"

"干革命没有一帮人还行? 曹操有一帮,刘备有一帮,孙权也有一帮。连希特勒都知道要弄一群死党,共产党为什么非要单枪匹马?孙、徐二人不也是你的哼哈二将?"

"好了,不开玩笑,我想调你到县里去工作,你去不去?"

"不去!"武耕新脸一沉,口气硬得能咬断钢钉!

酒菜摆好,李峰借机转话:"你考虑考虑。"

这顿饭李峰吃得很满意,饭后一支烟的时候,他借着酒意发了句牢骚:"耕新,我是县委书记,老抽'恒大',你是大队党支部书记,老抽'中华'。这到哪儿去说理!"

武耕新二话没说,打开酒柜拿出两条"中华"牌高级香烟,递给李峰:"这烟里有毒,敢抽吗?"

"毒死我你偿命,吃你的大户是应该的。"

武耕新又叫儿子到公司副食店买了两条四五斤重的活鲤鱼,用口袋装了几十斤新稻米。在送李峰回去的时候都给他放在了车上,李峰打着哈哈说:"你耕新私人送的东西,我是不要白不要,那就不客气了。"

李峰一走,武耕新的儿女们可对他不饶了:"你多贱哪! 他那么整你,你还巴结人家。"

"有那些东西还喂狗哩!"

武耕新哈哈笑了,他笑得十分开心,一年多没听见他这样笑过了。他停住笑说:"你们哪,光看见那点东西了,对咱来说不过是九牛一毛。可对他呢? 今儿个就算彻底栽了个大跟头! 刚清查完人家,就又吃人家饭,又收人家礼,这说明他在人格上一贫如洗,在思想上一贫如洗,在经济上更是一贫如洗。他尿了!"

金钱的含义是无穷的,自古男人们就在花钱上见性格、斗智谋。

尾　声

像谢德这样名副其实的高级干部,在本地的政治思想领域又握有重权,理应独占一间病房。可他制止秘书向医院提出这样的要求。他德高望重,看不惯当今社会上种种歪风陋习,在生活小事上从不出格儿。谁知生活偏偏要跟他开玩笑,这天下午院长领着四个人闯进了他的病房,其中一个年纪大些的人在发烧,占据了另一张病床,另外二男一女是护卫。这间宁静整洁的高干病房,一下子变成了大车店。院长亲自询问病情,医生护士忙得团团转。这是个什么人物呢? 如此显赫,自己住院时也没有受到这样的礼遇!

他们的衣着倒是颇为讲究,像城里人。但他们的气色、气质、谈吐却是地道的乡下人,文化教养、智力商数毕竟跟毛料衣服不是一码事。他一眼就看出来了,这是一些农村的暴发户,就像曲艺节目中说的"土财主"进城一样。给病人打了针,吃了药,输上液,院长又嘱咐了几句便领着医护人员撤走了。居然把他给忘得一干二净,出来进去一声招呼也不打。病房里稍微安静了一点,可那两个男陪伴又抽起了香烟。虽然是很高级的香烟,但谢德不吸烟,而且患的是哮喘病,时值深秋,他不敢开窗户。不一会儿,烟雾就把病房污染得一塌糊涂。谢德对气温和烟雾偏又特别敏感,止不住连连咳嗽。那女的还算知趣,让两个男的到外面去抽烟,她敞开门放放烟气。

谢德一贯涵养很深,温和儒雅,现在也觉得不可忍受了。他问那年轻妇女:"你们是哪儿的?"

"大赵庄的。"

"怎么跑到这儿来看病?"

"这里的院长常到我们庄去钓鱼,所以就认识了。"

谢德明白了,这就叫"关系户"!院长吃了人家的鱼,说不定还有别的东西,今天就围着这个土财神爷拼命献殷勤,还把他塞进了高干病房!他仿佛从病人那张灰黄多褶的瘦脸上,看到了一个纵横交错的关系网,一道道可鄙的阴影。他又问:"病人是谁?"

"我们书记,叫武耕新!"年轻女人的声音清脆悦耳,似乎还很为这个半死的男人感到自豪。

"你是他什么人?"

"我是他手下的人。"

无疑这是女秘书了!全了,一个地地道道农村土皇上的形象一点不缺什么了。谢德心中大为不悦,而且深感忧虑,经过三十多年的教育,群众的政治质量为什么还是这样低劣?他不反对农村包产到户,可是农民一有钱就是如此地耀武扬威,腐蚀城市,污染社会,将来如何得了!

当夜,谢德连十分钟的觉也没睡。他本来睡觉就轻,且有轻微的失眠症,那三个人像伺候小月孩儿一样,出来进去,一会儿让病人喝水吃药,一会儿喊医生检查输液管,谢德动用全部修养才克制住了自己。第二天,病人不再发烧,精神头儿大见好转,想吃东西。那两个男人从附近饭馆里点了几个热菜和一小盆鸡蛋挂面汤,那女人不知从哪儿弄来几个黄里透红的大河螃蟹,热气腾腾,又鲜又香。而且不让她的书记自己动手,由她把肉挖出来放到病人的小碟里。

"老同志,一块吃点吧。"病人这一让,反而使谢德忍无可忍了,决定教训一下这个农村的支部书记。他说:"你可真像个土皇上!"

武耕新一怔,这是怎么回事?好心倒换来驴肝肺,张口答道:"去了'上'字就是'皇上',要不还叫当家做主吗?"

"那你也不能到医院来摆阔,吃螃蟹,抽好烟。"

"宪法哪有这一条,规定农民不许抽好烟、吃螃蟹!"武耕新火了,"是人不是人的都以为农民好欺侮,以为农民人土、心傻、嘴笨、没见过世面。花钱住院还得受气?"看样子你是个领导干部,共产党闹革命就是让老百姓过好日子。可老百姓刚过上好日子,你们当头儿的就看不顺眼,生气、眼红。皇上只能你们当,高干病房只能你们住,山珍海味只能你们吃,老百姓喝苦水住土房,你就舒服了?"

"你怎么这样说话?"多少年来谢德还从没碰见敢这样顶撞他的人,他不愿失掉自己的身份,就严肃地开导说,"我是提醒你过上好日子也不要忘了过去,要向前看,不要向钱看,走上邪路。"

"抬头向前看,低头向钱看,只有向钱看,才能向前看。不向钱看怎么搞现代化?"

"我们说的讲究经济效益跟你的向钱看是两码事!"

"经济效益就是钱,钱就是经济效益!"

"跟你说不通!"谢德感到这个土财主不好惹,他多年搞理论抓宣传,手里那件所向披靡的武器如今在新的经济潮流面前,显得是这样软弱无力,连一个农民也说服不了。

"汉忠,去办手续,咱们回家!"武耕新人不发烧了,肝火倒旺了。

几天后,在发给各单位的文件里,有一份特别醒目的"内参"——《以"土皇上"自居向钱看》。

"内参"总是格外引人注意,这种东西在中国有特殊的威慑力,这也许又是一场思想大爆破的导火索,而当事人武耕新还蒙在鼓里。他的确因钱多而有点烧得慌,不顾影响,连一点保护色也不涂,得罪了许多人……

生活——哪有个尾声啊!

1984年5月29日于天津北园里

阴错阳差

　　《华人》杂志披露了一个不幸的事实：在美国的华人很多，且不乏出类拔萃的人物，但不能形成强大的势力，到国家权力的高处就很少能听到华人的声音。原因就在于不抱团儿，相互拆台，比不过日本人和犹太人，甚至也比不过人数不多的南朝鲜移民，连他们也懂得在纽约的蔬菜市场上相互扶持。而华人，竟可以勾结黑人抢自己同胞的银行或商店……呜呼！难怪美国人认为：对付一个中国人比对付一个日本人要困难得多，不论搞科学还是经商，中国人的才智和毅力都是第一流的。但是，对付一群中国人却要比对付一群日本人容易得多了，因为中国人自己就会打得焦头烂额，你只要在旁边坐收渔利就行！

　　　　　　　　　　　　　　　　——引自报告文学《钢铁公司》

一

　　机场播音员再次催促乘客登机，马弟元还在跟送行的朋友侃侃而谈。他的夫人布天隽，早就想打断他的话，告诉他该跟朋友告别了。她几次话到嘴边，还是忍住了。因为这是在美国，不是在国内，更不是在她的七二七研究所。在研究所里马弟元是她的下级，在家里丈夫是她的助手，在二十多年的夫妻生活中，她习惯于主宰的地位。她这次应波尔公司之邀，来美二十天，与波尔公司的同行合作完成了一个研究课题。同时还充分利用波尔公司的先进实验设备，为自己在国内的研究项目取证了大量数据。她是有准备的,是带着大量需要验证的题目和设想来的,这也是她答应同美国人合作的一个先决条件。就像一头饿牛闯进了一块肥美的草地,来一次不容易,不吃个人饱怎肯罢休!二十天来她只记得自己获得了哪些成果,不记得睡过几天觉。波尔实验大楼的钥匙装在她口袋里,大楼里昼夜灯光通明。美国同行似乎没有看见她出过实验室,但她的脸上没有倦容,身体也没有熬垮。这个工作起来像龙卷风一样的女人,身上是不是藏有什么秘密武器?合作的课题完成了,自己带来的任务也完成了,而且有不少意外的收获,布天隽怀着轻松愉快的心情来到旧金山,同丈夫一起回国。马弟元作为中国科技交流总局特聘高级顾问,在美国已经待了三年啦。正巧赶上他的任期已满,便陪着夫人在旧金山游玩儿了两天,今天一同搭乘泛美航空公司的班机途经日本回国,回七二七所继续当他的高级工程师并兼任第三研究室主任。他甚至比布天隽更高兴,更得意,一副功德圆满、问心无愧、胜利凯旋的神态。几十年来,凡有她在的场合,他都自动做配角,何曾有过这样的神态?这般自信,这般矜持自重,男人的威严和风度十足。布天隽真的成了他的家属,有时连话也插不上。那些美国朋友恭维他,跟他开亲热的玩笑。马弟元的英语讲得十分地道,他们不时地爆出开心的笑声。而且他还像一个好丈夫那样,经常照应和关心一下自己的夫人,不让她感到冷落。他的变化让布天隽觉得惊奇、新鲜。这个白面长身、丰仪威重的男人,真是她所熟悉的那个敦厚、善良、温顺的丈夫吗?她年轻的时候曾幻想找一个奇伟的丈夫,后来碰上这样一个温柔的男人也很满意。不知道现在的他有什么可值得骄傲呢?不错,他为国家科技交流总局节省了大量的外汇,却买回了不少当前世界上最先进的技术和第一流的设备,他也获得了许多技术信息。这有什么奇怪呢,他不是外行,也不是"二把刀",是地地道道的高级工程师,不然国家为什么把他从研究所里借调出来,派到美国当"科技大使"!不,马弟元不是这种浅薄的人,不会有一点成绩就沾沾自喜。再说三年来他放弃了自己的研究,就他个人来说也许是失大于得……那么是什么原因使他的性情发生了如此之大的变化呢?

　　布天隽对丈夫的变化说不清是喜还是忧,也许有喜也有不安。他们分别三年,在异国他乡欢聚的这几个日日夜夜,他激情如火,比年轻的时候更加勇壮,恩爱强烈,似乎要把三年的损失全捞回来,使布天隽感到一种新的刺激和满足。枕席之上哪有女人会喜欢胆小鬼和假男人? 她很高兴地把这种现象理解成是"久别胜新婚"。即使在社交场合,一个气派不俗的伟男人,总比一个畏畏缩缩的小丈夫更能满足女人心理上的虚荣心。这也许就是心理学家所称谓的"女性臣服思想"。遗憾的是任何理论都有其局限性,世间万物总有意外,尽管布天隽也是女性,甚至可以说是位优秀的女性,从外表看更具有不容忽视的女性魅力——清灵秀逸的面容,好像是与生俱来,血统里就有的高贵气质,娴雅大方的举止。可是她对男性却没有那种"臣服思想",从不认为自己是丈夫的附庸,相反的倒习惯于站在主导的位置上。不知是由于她的染色体和遗传基因不同一般呢,还是因为她事业上的成功造就了这种特殊的个性? 她从小到大,似乎从未当过老百姓,上学当班主席,刚参加工作时当课题组长,以后当研究室主任、总工程师。她之所以对丈夫身上的变化感到不自在,并不单单是因为自己有着这样一番经历,身份和地位都高于男人,还有纯粹是夫妻感情上很微妙又难以说出口的原因……

　　看吧,马弟元终于意识到该上飞机了,他开始跟美国人告别。同男人们只是握握手,顶多是握得用力一些,告别的套话说得更诚恳更生动一些。跟那两个漂亮的白女人倒是又拥抱,又贴面……在这一瞬间,布天隽明白自己心里不痛快的原因了。丈夫在跟美国人交谈时的眼神和语气过分热烈和随便,使她不舒服,送行的人中如果没有女人,她也许不会有这种感觉。但丈夫在跟外国女人拥抱时,是那样自然、洒脱,可见他是经常跟女人行这种亲热的大礼。布天隽感到心里有虫子在爬,这难道就是嫉妒吗? 她怎能信不过自己老实巴交的丈夫,生出这种俗念? 一个五十岁的老太婆,一位经常出国、在同行中享有很高声誉的学者,怎会如此守旧、心胸狭窄? 这跟她的性格不相符,她同丈夫之间,从未产生过这样的感情误会,她感到脸红心跳。为了掩饰自己的窘态,主动上前跟美国朋友握手告别。美国这块水土真是奇怪,在这儿生活一段时间,人就变了,不知是变得不像自己了,还是变得更像自己了。

旧金山机场的主楼酷像个巨大的螃蟹,中央大厅是蟹壳,五花三层,色彩纷呈,分别是商场、餐厅、书店、报刊亭、咖啡馆等等。而每一只蟹爪就是一个候机室,伸向停机坪,通过引桥与机舱相连。马弟元夫妇可算是最后一个登机的了,他们站在机舱门口不觉又回头望了一眼候机大楼,那几位美国朋友还站在玻璃窗前朝他们挥手。马弟元也挥动着他的长臂,频频致意:再见了,朋友!再见了,美国!

他们怀着愉快的,然而也是复杂的心情,走进机舱,去寻找自己的座位。

二

所有现代科学技术都是无情的。因为任何发明创造,总是智慧的产物,而不是人类感情的伸延。看似庞然大物的波音747客机,脱离跑道以后如同一颗弹丸,在空间画了个大问号,眨眼间就钻进了太平洋的天空,简直来不及再看一眼美国的土地,来不及跟旧金山告别。坐飞机就是这样,不管经过怎样热烈的、缠绵的、长时间的、淋漓尽致的告别,坐进机舱,系上安全带,被弹射到高空以后,仍旧觉得像没有告别。虽然理智上认为不可能出事,但心里总有一种不安全感,要是万一有个一呢!听天由命的、莫名其妙的紧张感驱散了其他的情绪,沿着没落的心里想不起哭,也想不起笑,木呆呆的就腾云驾雾了。

布天隽的脸还是对着舷窗,其实窗外什么也看不到,只有一团团一块块的白云,像棉花糖一样,在机翼下黏黏糊糊地纠缠不休。最能猜度妻子心思的马弟元,今天却像俗话说的——掉进了万里云雾之中,摸不着头绪!其实他们两个心里都有点紧张,但谁也不想说破。分开来说,不论丈夫或妻子都是经常坐飞机的,并不特别害怕会出现什么意外的事情。因为夫妻中有一个人是在地面上,脚踏实地的绝对安全。如今夫妻双双升空,那情况就不一样了,万一发生什么事故就是人毁家破,只丢下一个孩子。按理说一对爱人双双遇难,不是比死一个留一个更符合恋人的心愿吗?使伉俪之情更具浪漫色彩吗?我们中国人爱得深沉,也比较实际。不出事故是再好不过,如果真的是大劫难逃,最好也不要那么干净利索,还是留下一个为好。虽然难受,却可以维持家庭,照顾孩子,延续生命和事业……这些念头也像机翼下的云团,从播音员讲解应急措施和系安全带开始,就在马弟元和布天隽的脑子里纠缠,忽而飘走,忽而闪回。有这种想法是很不吉祥的,因此谁也不愿说出来,只好闷在肚里。若是一对农民碰到这种情况,就可以用土办法化凶为吉,把不吉祥的念头说破,不吉祥就不存在了,心头的阴影自然会消散。可他们是一对学者,高级工程师,是从来不迷信的。一旦被迷信的念头缠上就更苦,越闷着疑心越重,想象就越活跃。

"对女人只能去爱、照顾和崇拜,千万不要打算去理解她们,那是办不到的。"——这是谁的话?马弟元想不起来了,暗自苦笑,他把妻子的闷闷不乐想到别处去了。刚到旧金山的时候她高兴得像个孩子,两个人简直像在海外度蜜月,今天却无缘无故又犯怪脾气了,她难道会妒忌自己丈夫在美国取得的成就?一点面子不给他留,要求他像在国内一样,老是以她的助手的面目出现在人前?这是他办不到的,至少在美国是这样。三年来他的工作成就赢得了美国人的尊敬,证明他离开夫人仍然是个优秀的工程师,照样能够打出一个属于自己的天下。他的作为男人的自尊心得到了巨大的满足。在美国朋友面前,他也为有布天隽这样的妻子感到骄傲。她为什么就不以他而自豪,老是以自我为中心呢?这真是没气找气生,放着快乐不享,自找不痛快。马弟元很欣赏美国人的性格,自尊自信,尊重每个人的"隐私权"。人与人的关系是松散的,省去了许多麻烦。即使是夫妻间,也有相对的独立性,鼓励竞争。何必老是"在天愿做比翼鸟,在地愿做连理枝"呢?一荣俱荣,一损俱损,又有什么好处?他应该有自己的名字,不能总是满足于"布天隽的丈夫"这个称号!

　　黑人侍者推着饮料车过来了,马弟元扭过脸去,悄声问夫人:"你喝点什么?"

　　谢天谢地,夫人把脸转过来了:"啤酒。"

　　她平时都不喝酒,怎么在飞机上倒想起喝酒来了?马弟元不敢招惹她,掏出美元为她买了一听啤酒,自己要了一杯橘子水。泛美航空公司的饮食不如中国民航,酒类要另外花钱。布天隽甚至都没有让让丈夫,自己一口一口,不紧不慢地把一听啤酒喝光了。然后将头靠在椅背上,轻轻合上眼睛。马弟元赶紧揿动开关,帮她把座位的靠背放低,又从机舱上部的盒子里拿出毛毯搭在她的身上。他做这一切是那样轻巧熟练,温柔体贴。让后面的外国女人看得直眼馋,难怪有些美国姑娘,拼命想嫁一个中国丈夫。马弟元知道夫人喜爱音乐,而音乐又能滋补和抚慰精神,调整肝心脾胃,就花钱租来两副立体声耳机,先递给布天隽一副。

　　"听着音乐休息一会儿,等吃过饭再睡。"

　　"我有点累,头也发沉。"布天隽戴上耳机。

　　"谁叫你喝酒的,而且像赌气一样大口往下灌!"这只是马弟元心里的声音,并未说出口。他帮着夫人把耳机的插头捅进扶手底下的插座里。立刻有一股轻柔的风,从布天隽的两耳吹进。一直刮到她的心田。舒缓典雅的节奏,优美纤细的旋律,这般清新,这般辉煌,似风如水柔抚着她的大脑、她的全身。她周围好像有一层层轻纱般的白雾,把她托了起来,她的身子在薄雾中飘游……

　　这是谁的曲子?这样熟悉却又叫不出它的名字。甜美中带着淡淡的哀伤,清妙秀远的境界里藏着一颗深寓慨叹的灵魂——是死怨?是离愁?是对生命的眷恋?是感慨永远也猜不透的生命之谜?羊羔引颈呼唤黎明,阳光赶走了暴风雨,印第安人跳着神秘的舞蹈,东方人高诵"沉思前事,似梦里,泪暗滴",旧金山疯狂的灯火,爱因斯坦蓬乱的卷发,苦和甜来自外界,坚强则来自内心……白雾越来越浓,在天地间漫溢开来,包裹了飞机,充塞着机舱。而乐声则越来越轻,像一叶小舟,载着她的意识融入浓雾之中。

147

三

这是什么地方？没有绿色，没有水。远处是烟尘滚滚的沙漠，近处是一座座光秃秃的大山，巉岩巨石，峥嵘险恶，山头山腰、石尖石棱上都挤满了人。大家都抢着通过一条羊肠小道，但没有人争吵，人们都挺和气，脸上笑嘻嘻的。谁要不小心滑下去，就不是粉身碎骨的问题了，而是坠入无限的空间，逐渐化为尘埃，变成气体。奇怪的是没有一个人感到害怕，大家都有说有笑，似乎在欢庆什么节日。

布天隽突然发现了自己的父亲，这位在四十八年前就已经去世的杨紫江炼铁厂总工程师，比她还要年轻。她不感到惊奇，也不觉得特别兴奋，父女间好像有一种说不出来的淡漠。她走过去打招呼："爸爸，你不是死了吗？我怎么还会在这儿看到你？"

"傻丫头，生是短促的，有限的，只有死才是无限的，永恒的。我们就应该在这儿相会，有什么奇怪的？"

"我还记得你死的那天的情景。妈妈领着我到医院跟你见最后一面，你躺在病床上已经不能动了。其实肺结核根本算不上是什么大病，在当时却是不能治的绝症。我的个头正好跟病房的小桌一般高，看见妈妈坐在你身边掉泪，不知为什么我的牙就痒了，抬起脚跟用牙狠劲咬桌子边，在桌面上留下一串小牙印，我也许想把那台小桌子撕烂了。你冲我摇头，其实头没有动，但我心里明白了。你的嘴唇也在动，一点声音也发不出来，可我也知道你要说什么话了，你是说那桌子太脏，叫我不要啃它。"

"你们兄弟姐妹十一个，就数你鬼聪明。要不妈妈怎么会一直跟着你！"

"你死后可把妈妈苦坏了，拉着我到处求人，给工厂的老板送礼。不是向人家赔笑脸，而是哭哭啼啼哀告，请求不要解雇她。以后多亏你的几位老同学捐赠了点钱，供哥哥上学，我十一岁小学毕业，妈妈没钱供我上中学，却叫我到一所女子职业学校里去烧茶炉……"

父女两个边说边挤上羊肠小道。布天隽又接二连三地看见许多她熟识的人,大家见面只是点点头,并不打问对方是为了什么事情才来到这个陌生的世界。好像人人心里都藏着秘密,彼此心照不宣。又像人类本身无任何秘密可藏,大家都是来去匆匆的过客,彼此跟随,彼此模仿,相互间没有兴趣,也引不起好奇心。

这不是沈瑶吗? 她的顶头上司——七二七研究所的所长兼党委书记,那张白皙的娃娃脸,堆着谦虚诚恳的笑纹。不知为什么,布天隽就是不喜欢这个人,尤其讨厌他的笑,太贱,太阴。布天隽扭过脸去,装作没有看见他。倒霉,这下和另一个她不愿见到的人的目光相遇了,想躲也躲不开,只好硬着头皮上前打招呼:

"李校长,您好!"

李校长是个凶狠霸道的黄脸婆:"布天隽,茶炉怎么冰凉? 你又躲起来去做算术题了?"

布天隽挨打已经习惯了,乖乖地把双手伸出来,她心里却一点也不紧张:"打吧,累死你个黄脸婆也打不疼我!"她在手掌上涂了糖胶,然后粘上一层沙子,再用煤灰把手掌弄脏。烧茶炉的小工,手还会干净得了吗? 校长看不出她的计谋,板子再打到手上就不疼了。

李校长的脸忽然变成了长沙教会女子中学的李老师的脸,她是布天隽最崇敬、终生感激的老师:"布天隽,不要害怕。我看你用滑石猴在地上做的算术很有意思,你喜欢算术吗?"

"我喜欢,我还会做麦芽糖、多彩镜等好多试验。"

"你跟我去上学吧,我教给你更深奥、更有趣的数学。"

"妈妈没有钱供我上中学。"

"没关系,你只要能在班里考上前三名,就享受助学金,免交学费。"

"我上小学的时候总是考第一的。"

"数学最容易训练人的头脑。我每上一堂数学课总是留出十分钟,让学生们做一百道算术题,能全部做完的就是天才,即使做不完也是一种通向天才的训练。"李老师从口袋里掏出一支铅笔和一张八开纸的大卷子,"这上面就有一百道题,是最容易的。我指着表,你用十分钟能做完一半,录取你。"

布天隽接过卷子,用眼大概扫了一遍,蹲在地上,就着茶房的小板凳演算起来。直到李老师宣布时间到,她还没有停笔,又过了三分钟,她终于把一百道题都做完了。

当初要是没有李老师,哪有现在的布天隽! 她迎着老师紧跑几步,要痛痛快快地说一番思念的话和感激的话。不料她身子发飘,双腿却像被石头绊住一样。她一着急,身体失重,险些被摔下羊肠小道。多亏左边有妈妈拉住了她的胳膊,右边有女儿珊珊挡住了她的身子。"咦,她们是什么时候来到自己身边的? 老马哪? 怎么都看见了,唯独不见他?"他老是慢腾腾地跟不上趟。她问女儿:"你爸爸哪?"

"他在下边没上来。"珊珊用手一指前面,两山之间架着一座桥,从桥上垂下一个滑梯。滑梯看不到尽头,几百米以下被云雾遮住了。只有人站在桥上张望,却没有人敢坐滑梯,这比万丈深渊更让人恐怖!

"他是我丈夫,我应该下去找找他。下面是个不可知的世界,即使是地狱,也应该见识一下。大家都挤在这山上,虽然没有忧愁,没有矛盾,但也没有真正的快乐。死人和活人在一块儿,好人和坏人都堆着一模一样的笑脸,大家都没有事干,你挤我,我挤你……"布天隽心里想着,身子就不由自主地登上了大桥,顺着滑梯往下看,强烈的晕眩使她倒抽一口凉气。她心里害怕,却也没有再犹豫,仿佛有一种神奇的力量在后面猛地一推,她头朝下跌进了滑梯。她不是滑,而是像球一样翻腾滚动。剧烈的撞击,流星般的坠落,她感到自己脑浆迸裂,但后悔已来不及,呼喊也来不及,连感受痛苦都来不及了。

四

"天隽,醒醒,吃饭了。"

布天隽猛然睁开眼,却不知身在何处,是生是死? 她浑身透湿,明明自己都能听得见心跳声,脉搏却好像已经停止,憋得喘不上气来。大脑还被噩梦纠缠着。

机舱里已经黑下来了，银幕上放映着英语电影。

马弟元替她把耳机摘下来，又帮她把座位的靠背扶正。眼前的小桌上放着一盘花色不少，也称得上是颇为精美的晚餐，布天隽先喝了口咖啡，镇定一下精神。虽然没有食欲，也强迫自己往下吞，肚里有食就可以稳住情绪，抵挡恐惧的袭击。平时当她遇到特别高兴或特别烦恼的事情，乐极而悲、心情郁闷、百思不得其解的时候，就极想和父母以及像李惠澜老师这些自己钦敬的人谈谈心，而他们都很难来入梦。如今在万米以上的高空，人类的各种欲念和界限都打乱了，淡化了，甚至暂时放弃了。大家挤在一个高速飞行的金属壳子里，"同机共济"，远离嘈杂的尘世，超脱了时间和空间，怎么倒做起可怕的怪梦来了？

"啊，上帝！"——女人的尖叫声刺激布天隽抬起头来，沟壑里躺着一具男人的尸体。

她在飞机上从没看过真正有味道的好电影，多是热热闹闹的科幻片、武打片，要不就是故弄玄虚的侦探、凶杀。她对此兴趣不大，任务压力大或心情平静时，宁肯借着看书、做笔记、听音乐和思考自己感兴趣的科研题目，来打发漫长的飞行时间。今天情绪反常，正好借电影转移自己的思想。马弟元正看得入神，她问："什么片子？"

"《The Draughtsman's Contract》①，很有意思，不同于一般的侦探片。开玩笑，谈情说爱，耍阴谋诡计，提供视觉刺激，又是智力享受。尤其是人物对白，十分精彩，充满机智幽默，奇想幻觉和双关语。"他竭力想引起夫人的兴趣，让她开开心。一般的旅游，在回家的时候都是最愉快的，何况他们是夫妻同行，一个久居国外二年，一个满载而归，为什么不高高兴兴享受归途上的欢乐呢？

布天隽放下刀叉，丈夫赶紧把盘子送走，并为她捎回一杯热咖啡，提提神，化食消气。马弟元见夫人果真对电影有了点兴趣，就主动为她介绍前面的剧情——

"刚才死的那个男人叫赫伯特，他是英国的一个财主，家境殷富，

---

① 《画师的合同》。

土地很多。这大概是英国王政复辟时期的故事。快看,这个纳维尔就是男主人公,他是画家,头脑冷静,技艺精湛,却又是浪荡鬼。这个半老徐娘是赫伯特的夫人,她跟画家订了个荒唐的合同:在赫伯特外出期间,画十二幅反映他们庄园美丽风景的画,作为报酬,赫伯特夫人不仅免费供给纳维尔膳宿,而且还可以跟他同床共枕……"

"他们真编得出来!这个年轻女人是谁?"

"她叫莎利,是赫伯特夫妇的独生女儿,也是唯一的财产继承人,但是至今还没有生下一男半女。身后的男人是她丈夫,名叫塔尔曼,早就想把岳父的庄园搞到手,正为自己没有孩子而苦恼。倘若画家再使岳母生下一个孩子,那就麻烦了。因此他仇恨画家……看,又出来一个阴险的家伙,此人名叫诺伊斯,是赫伯特庄园的总管家,以前还是赫伯特夫人的未婚夫,是赫伯特的密友,现在则盼着赫伯特快死!这一秘密又被纳维尔发现了,因此在这位骄横自信的画家周围布满了阴谋。莎利曾提醒过他,在他画的每一幅画上,都有一件已经外出的赫伯特身上的衣物,她提出可以保护画家,但要和他达成一项类似她母亲的交易。因为她丈夫不能使她怀孕……看出头绪了吧?"

布天隽已经被吸引住了。她喜欢高智力的活动,而这部影片整个是一场精心设计的难题谜语,对话中特有的潜台词充满隐语暗示。微妙的细节,错综复杂的阴谋设想,简直是一场智力测验。金灿灿的阳光透出威胁的力量,一幢幢阴影活像是阴险的神秘黑火,再加上一幅幅优美的风景画。这样的影片会引起各种观众的兴趣,不论是搞科学的、爱好艺术的、研究历史的和喜欢神秘与探险的。

影片进入高潮,诺伊斯害怕自己被指控是杀害赫伯特的凶手,使用那份能证实通奸罪的合同威胁赫伯特夫人,想拿合同换取她的保护和出售十二幅画所得到的金钱。十二幅画终于卖给了塔尔曼,于是总管又去挑唆塔尔曼,说这些画能说明他妻子同画家的不正当的关系。莎利也不示弱,指出这些画同样证明她丈夫对赫伯特家庄园有企图,并告诉塔尔曼,纳维尔对赫伯特的死因是知道的。秋天,纳维尔又回到庄园,想画第十三幅画——发现赫伯特死尸的地方。赫伯特夫人和她的女儿都向他承认,她们并不爱他,只是想利用他获得一个能继承财产的后裔。当晚,塔尔曼等人把画家的眼睛刺瞎,最后还是把他杀死了!

惊世惊俗,这无疑是把噩梦变成了真实的画面。布天隽不仅没有摆脱旧的梦魇,心里又罩上新的阴影;产生这场悲剧的原因并不单是为了金钱,那画家图的是什么呢? 他是那样高傲自大,跳来蹦去,以自我为中心,却又是文质彬彬,异常天真,最后卷进别人的阴谋之中,送掉了性命。他的功劳就在于赤裸裸地撕开了生活华丽的外表,发现了隐藏在后面的残酷事实:贪婪、毒辣、欺骗和杀气腾腾。人世间彬彬有礼的外表之所以必不可少,正由于它能掩盖人们的自私和丑恶……

机舱里安静下来,大部分乘客已经入睡。飞机十分平稳,只能听到一点极轻微的沙沙声,像利剪在裁铰云彩,像夜神亲吻机头,像清风在推动这钢铁的摇篮,为会享受的文明人唱着催眠曲儿。这多像神话中的世界,多像科幻电影中航行在宇宙太空的一艘飞船。

布天隽不敢再合眼,合上眼恐怕也睡不着。无论丈夫怎样想跟她说话,想逗她开心,她却一点谈兴也没有。起身打开头顶上的电灯,翻开随身带着的一本英文书,她只有靠现代科学知识,才能恢复自己的理智和自信。

马弟元悄悄地劝她:"早点儿睡吧,明天一回到家事情就多了。"

"你先睡,我再看一会儿书。"

"什么书?"

"Cellular Radio[①],我已经答应了天津市电话局,帮他们搞可视电话。"

"工作! 工作! 谁要找了一个事业心太强的女人做老婆,谁这一辈子的生活就算被葬送了。"马弟元一时肝火上升,却还不敢说出声。只有自己先闭上眼睛,不多久就发出轻轻的鼾声。似乎是用鼾声来向

---

① 蜂窝式无线电。

夫人发泄自己的不满和反抗。

五

太阳和地球跟大型超音速客机开了个小小玩笑,它六日从旧金山起飞,明明只飞行了十几个小时,到了东京却已是八日了。这就是游客们所说的"去时赚一天,回来赔一天"。不论多么现代化的交通工具,也像孙猴子翻不出如来佛的掌心一样,冲不破宇宙的格局。

飞机乘客担心的往往是一起一落。当飞机安全起飞后,在高空只要能保持机身平稳,乘客就会感到安全可靠。马弟元夫妇在东京成田机场转机,飞机安全腾空以后他们长出了一口气,就连布天隽心里的种种不祥的疑团也一扫而光。黄海、渤海,一进入祖国的领空,仿佛连飞机的安全系数也加大了,心里那种没着没落的感觉不复存在。机窗外阳光呆呆,偶尔有一两朵浮云,像白蝴蝶一样围着飞机飘来闪去。

布天隽已不能再集中精神看书。她叫丈夫把随身带的东西整理好。两个人虽然都不是第一次出国,可每次回来总比出去的时候更激动、更兴奋。恋家是人的本性!何况很快就要过春节了,今年是个大团圆年,大喜之年——他们的独生女儿马珊,几个月前大学毕业考上了研究生,导师就是她的母亲。女承母业,又是好事,又是巧事,又是喜事!她脱口问丈夫:"珊珊知道咱们班机到达的具体时间吗?"

老成持重的马弟元也有点喜形于色了:"知道,我订好机票就给她和所里分别写了信,临来的前一天又拍了电报。即使珊珊没有收到电报,所里也会通知她,我给所长打了电话,万无一失。"这符合他的性格,干什么事情都是有板有眼,滴水不漏。"今年春节我们都好好休息一下,特别是你。大大方方地享受天伦之乐,会会朋友,我带回不少小玩意儿,足够分发的。"

心情已经变好的布天隽,不想再搅散丈夫的好兴致。其实她心里很清楚,明天回所一上班立刻就会被一大堆事情缠住:鉴定新的成果,审查各研究室的课题报告,新的研究项目带来的新困难,生产中各式各样的问题……今天的电子技术发展之快令人眼花缭乱,几乎每天都有新的信息,一个离所近一个月的总工程师,该有多少工作等她回来处理!然而,一个科学家的真正乐趣,就是这种快节奏的技术进军。日本的科学家不无自豪地抱怨没有时间享乐;美国硅谷的同行们,为了追求事业的成功,有的牺牲了家庭和个人的感情生活。世界的价值等于人类所付出的代价,代价就是生命。原来在布天隽的兴奋中还有对工作的渴望,对实验室和计算机的思恋,算一算,她告别波尔公司的实验室已经六天了,休息的时间太长了,难怪会疑神疑鬼,自寻烦恼。现在想起那些光怪陆离的幻想和可怕的念头连自己都觉得可笑。她的生活规律是拼命干六天,星期天睡个懒觉就足够了,休息的时间太多反而会生出许多不愉快。明天,投入新的工作,就没有时间想入非非、自寻烦恼了。马弟元也在想着自己的第三研究室,三年来有什么变化?这几年刚分配来的年轻技术员,是否能够独当一面?他曾立下制度:凡三室的技术人员,走进办公室以后必须说英语。现在三室的同事们还在坚持这条规矩吗?在美国的成功鼓舞了他,他掌握了许多新的信息,对改进三室的工作又有一些新想法,他还真有点想念自己的研究室,想念七二七所的同事……

播音员热情洋溢地介绍完北京的概况,机舱里的气氛活跃起来,大家都把眼睛扭向窗口。有的乘客是第一次来北京,有的已经来过多次,还有一些乘客就生活在北京,这时候都想从空中鸟瞰一下北京城。然而只能看到北京的半张平面图,城市是扁的,没有立体感,高楼不高,平房不矮,山地、湖泊、房屋呈现为不同颜色的几何图形,飞机兜了个圈子,急速下降,像个疯狂的摄影师,从对大地的远距离拍摄一下子跳成特写,摇得人眼晕。人们还没有看清北京机场的轮廓,飞机已经喘着粗气停住了。

乘客们情不自禁地鼓起掌来。这莫名其妙的掌声不知是对安全到达北京的庆祝,还是对机组人员的感激?或许是见到北京人冲动了……

马弟元夫妇随着人流来到大楼的前厅,许多乘客都去认领自己的行李,他们却只顾向门外张望。看见了,女儿马珊在向他们招手,呼叫:"妈,爸爸!"

这是世界上最甜蜜的声音了。要知道马弟元已经有三年没见到自己的女儿了,他盼望这个时刻可能比布天隽更强烈。以前他负责打油买菜、做饭、洗衣服、料理女儿的生活兼管检查作业等全部琐碎的家务活儿,他身上有母亲的素质:耐心、细心,温和慈爱。他顾不得办手续,隔着栏杆真想拥抱女儿,结果只是把手里的小提包递了过去,说了句毫无味道的话:"珊珊,怎么连大衣也不穿,不冷吗?"

"爸,现在都快七九了,七九河开,八九雁来。这几天暖和极了,大概是为了迎接你们,叫你们一下飞机就感到祖国的温暖。"

女儿已经是大姑娘了,身材苗条,风姿绰约,水波似的长发顶着一个俏丽的白绒帽,滑雪衫牛仔裤,脚蹬一双红色长筒马靴,一身现代气息,却不造作,自然大方,轻盈舒适。马弟元想不到女儿的变化竟如此之大,她这身打扮就是走到东京或纽约的街头,也会感到和谐。漆黑的眸子,闪烁着自信和成熟,还带着点任性和高傲。日子快得让人都难以适应,总是看见孩子长大,感觉不到自己变老。珊珊生在困难时期,出世的时候只有三斤三两,遂取名叫"三三"。到了上学的年龄她不喜欢"三三"这两个字,便把大号改为马珊。这一切就好像是昨天发生的事情。马弟元出国的时候,女儿还是个大学二年级学生,完全是个大孩子,眼看却又该操心她的婚事了。但愿她的性格别太像母亲……

"珊珊,你是怎么来的?"

"从这儿到咱家少说也有六十公里,我还能怎么来? 跑步呗!"马珊突然咯咯笑了,"爸,您还是这么婆婆妈妈的,快去拿行李办手续吧。"

"对,我去取行李。"行李传送带旁边就只剩下他们的四件行李了,两个箱子,两个提包。

女儿不能进来,布天隽只好帮着丈夫搬上行李车,推到检查口,女儿在外面接应。布天隽没有看见所里人,感到奇怪:"珊珊,就你自己来的?"

"您不就生了一个女儿吗? 没关系,女儿出马一个顶仨!"

"所里没有来人?"

"我没有通知他们,我们能行,不就是这四大件吗?你们别管,我自己就能搬。我们家人团聚,还是不要外人为好。"马珊说得很俏皮,表情仍像是很开心的样子,其实她是在遮掩什么,马弟元心里很清楚,他亲自跟所长通的电话,根本用不着女儿去通知他们,所里一定是出了什么事情!

他们在国外从不操心自己的行李,也不用自己搬一下。从出旅馆到上飞机,一切都有人给安排好了,他们抬脚动步都有专车接送,外国朋友想得很周到。怎么回到自己的家倒玩儿不转了! 难道要他们提着这么多行李去挤公共汽车?而且至少要转三次车,这于情于理都说不过去。他在国外工作三年,表面上是国家科技交流总局的高级顾问,实际是行使领事的权力,有时代表国家跟外国人谈判、签订合同。不要说他还为国家和本所办了不少事情,就是按照中国的习惯,他也是高级工程师、研究所的中层领导干部,出于礼貌还不应该到机场来接一下吗?何况布天隽是总工程师,名正言顺是所里的领导,按规定外出也应该有车接送。今天是疏忽了,还是有意刁难?为了什么?

马珊说嘴很能耐,那两个很重的箱子还得靠马弟元搬。布天隽只负责看管行李,一家人好不容易才把行李运到大门外面。马珊对父母说:"我去雇出租汽车,恐怕得要两辆吧?"

马弟元摇摇头:"出租车好找吗? 即便找到了也只能送我们到市里,还得转乘去郊区的公共汽车。"

女儿很有把握:"这事包在我身上,找点窍门儿,再加上金钱的力量,保证让出租车送我们到家门口,不过要花二百块钱车费。"

布天隽吃了一惊:"这么贵,不行!"

"妈妈,听口气您好像是天外来客,现在货币贬值,从这儿拉到火车站就要四十块。反正车票可以报销的,即便所里不给报销,我们自己也花得起。"

"不行,"布天隽的口气没有商量的余地,她心里的暗火在运行,脸也蒙上一层冰罩,看不见一根柔和的线条,"老马,你去给所里打个电话。"

女儿一看母亲的脸色就不敢再吭声了,马弟元乖乖去打电话。

布天隽站在行李堆前等了一会儿，觉得不牢靠，亲自跟了过去。

马弟元已经拨通了电话："七二七所办公室吗，您贵姓？哦，孙主任，您好！我是马弟元，刚下飞机，所里能不能派车来接我们一下？什么……喂，还有布总呢！喂喂……"他无可奈何地放下电话，这个老实人脸色都变了。

布天隽问："孙敬久说什么？"

马弟元："他说请示了所领导，经过研究不能派车来接我。"

"为什么？"

"我是中层干部，按规定没有资格坐车，而且已经退居二线了……"

"什么，叫你退到二线？这是谁定的？"布天隽自己拿起电话，她拨通了一个号码，"你是司机班吗？贵姓？唐师傅，我是布天隽，刚下飞机，请你立刻派车到北京机场来接我。好，我等着。"

马弟元感觉到事情的严重程度了，根本不是派不派汽车的问题。研究所里发生了重大变化，一股令人担忧的势力控制了权力，这股势力首先要打击的就是布天隽，他却被头一个拿来祭刀。这个打击太突然、太沉重了，他几乎被打蒙了！"退居二线"——五十一岁，正当盛年就叫他退休……马弟元老实得有点叫人可怜，受了委屈也说不出道不出，藏锋不露，脾气随和。他不会得罪任何人，造成这场变故的原因不用打听他已猜到八九不离十了：他沾了夫人的光！三年来他不在夫人身边，没人照料她，提醒她，为她善后，所里的人一定叫她得罪遍了。而她自己还蒙在鼓里，不然就不会一点风也不跟她透。也许她有点觉察，从登上回国的飞机情绪就不对头。眼下她正在火头上，马弟元不想多问，免得在公共场合夫妻搞得不愉快。

两个人谁也不说话，默默地回到行李堆旁。

女儿问："所里给派车吗？"

"派！"母亲盯着女儿的眼睛，"珊珊，所里到底出了什么事？"

马珊原想能瞒多久就瞒多久，家人团聚先高兴几天，最好等过了年再去对付那些不痛快的事情。现在看他们的脸色，被气得够戗，想瞒也瞒不住了，莫如实话实说，让他们早有个思想准备。

马弟元又叮了一句："珊珊，你要跟我们说实话！"

女儿先满不在乎地努努嘴："瞧你们这个老实样儿，成年在全世界飞来飞去，为什么老改变不了五十年代的观念，现代人的观念就是不小气，竞争，气死对方！妈妈走后，所里搞了一次政变，名义叫调整领导班子，把妈妈欣赏的那几个研究室主任全撤下来了，都换上了沈瑶的人。就是这么回事。"

"沈瑶有什么理由随便撤掉人家职务？"

"我天真的妈妈，在中国要想整人还愁找不到理由吗？我是您的研究生，是一条理由。爸爸五十一岁，也是一条理由——据说上级有文件，县团级干部的年龄限制在五十岁以下，研究室不是县团级吗？爸爸正赶上这一刀！还有，人家抓住了你们一个最大的把柄，就是一个耍笔杆的帮了你们的倒忙——"马珊从自己的小挎包里掏出一本杂志递给布天隽，"现在七二七所的人，大概没有没看过这本《大世面》的了！"

布天隽翻开头一页，在目录下面的头一行，用粗体字标出一个题目：

"钢铁公司"的由来(报告文学)……魏求我
——布天隽和她的丈夫

"是小魏写的，他怎么事先也不给我看看？"

"可人家都说是您授意他写的。"

……

六

"钢铁公司"的由来

读者乍一见到这个题目，也许以为我这篇报告文学写的是某钢铁企业里一对夫妻改革家的故事。至于布天隽两口子的头脑里是否有改革的意识,是否对狭义的改革、广义的改革、微观改革、宏观改革有独到的见解,我不得而知。我能够肯定的是——他们不在钢铁企业工作,周围没有人把他们视为改革家,他们更不敢以改革者自许。他们是一对科学家,按中国老百姓的理解,"科学家"是个空洞的、笼统的称号,分房子,长工资,定职称没有这一项。因此布天隽两口子的职称是高级工程师,大概相当于教授或高级研究员吧。

布天隽的外号很多:"女霸天"、"布娃娃",等等。"女霸天"的含义很清楚,说明她性格泼辣凶狠、霹雳闪电、专横霸道。一个女人得这么个外号,真是够吓人的!那么"布娃娃"是什么意思呢?要知道她是近五十岁的人了,对社会行情、人情世故的了解,处理个人生活的能力却只相当于一个娃娃的水平。家里就剩她一个人的时候,只会煮方便面条吃。其实还不如个娃娃,三岁的娃娃也知道看大人脸色,她却看不出别人的眉眼高低。我行我素,哪管别人喜怒哀乐!"钢铁公司"——是布天隽五花八门的外号中最雅的一个,也是唯一获得她自己认可的一个。那是在一次群众批判大会上:

"布天隽,你再硬下去只有死路一条!"

"我不硬下去又有什么活路!"

"你呀,真是不见棺材不落泪!"

"那你们就把棺材抬出来吧。"

"嘿,铁板一块,不可救药。"

台下又站起一个批判家:"岂止是块铁板,简直就是钢铁公司,又臭又硬。打倒布天隽的钢铁公司!"

我取这四个字为题,不是想翻老账,而是别有所指。我认识布天隽和她的丈夫马弟元已经多年了,他们的夫妻感情是那样奇特而又牢靠,令我惊讶不解。他们不是中国传统的家庭:"夫唱妇随"、"男耕女织"。恰恰相反,他们的关系倒有点是"妇唱夫随"、

"女耕男织"的味道。但是他们的爱情生活也跟现代科学家的尖端生活方式大相径庭。被世界瞩目的美国科学城硅谷,那里的科学家们的感情生活,同他们在事业上取得的成就一样受到人们的重视,离婚率超过结婚率,成功的女性屈指可数,离了婚或过独身生活的人比比皆是。即使能找到一些传统家庭,也已濒临瓦解,未婚同居倒成了普遍现象。他们有自己的理由:既然双方都献身于工作,何苦用婚姻、家庭这一类责任把自己拴起来呢?在硅谷爱情排不上号,有相当多的电脑迷们,压根儿就没有爱情这一程序。这些在终端显示器前一口气能编十个小时程序的人,早就同电脑结合了……

所以,我总觉得有一种类似钢铁般的东西,连接着布天隽和马弟元这一对奇妙的夫妻,他们的感情,越锤打越硬,越磨砺越亮。一打就碎的东西不是钢,没有钢一样牢固的感情就不叫爱。我今天就是想探索一下布氏"钢铁公司"的秘密……

那是在全国科学大会开过之后,布天隽得了大奖,国外捧她,我们的报纸也吹她,正是春风得意。我猜想这时候找她也许更容易交谈,访问这种有怪脾气的科学家,就得趁她高兴的时候。我选了个星期六的晚上闯进她的家,仍然失算,没有堵上布天隽,倒碰上她丈夫挡驾。

他们住着一大一小两间房,小房子的门紧关着,我看不到里面的布局。大屋子里可是挤得满满当当,一张大写字台,左边放着外文打字机,右边堆放着一摞外文资料,中间还有块地方可以趴上写东西。这是马弟元的领地,台灯亮着,我进门之前他显然正在打字。屋里还摆着两个书架,一张单人床。和马弟元的写字台相对称的是一张老式长条桌,桌子一头放着书包、课本、铅笔盒等学生用具,这显然是他女儿的势力范围。桌子的右一半儿放着收录机、电唱机,有位姑娘半躺在长条桌前的皮椅子里,头上戴着一对大耳机,手里捧着一本书。大概是一边听着音乐,一边看小说。甭问这就是他们的宝贝女儿!宠得够呛了,连起码的礼貌都没有,我进门的时候她似乎只扭过身来看了我一眼,身子稍微坐直了一点,然后就再也不回头了,自管听她的音乐,看她的小说。为我斟茶、搬凳子,忙来忙去的都是他父亲。

看来科学家的工作习惯比我们拿笔杆儿的人厉害,看这屋里摆得插不下脚,他们想必一坐下去就不动了。而我不论住多小的屋子,宁肯什么都不摆,也要留出一块空地,供冥思苦想或文思卡壳时转磨磨。我自报家门,并掏出中国作家协会的会员证给他看:

"布总(总工程师的简称)不在家?"

"她在工作。"马弟元轻声细语。

"我不能打搅她一下吗?只要半个小时就行。"我也只好压低嗓门儿,活见鬼,真像"窃窃私语",不知是怕影响里面的布天隽的工作,还是怕妨碍他女儿听音乐?马弟元只是笑笑,不说行,也不说不行,看来他打算自己跟我周旋。这证实了外界的传言:他不敢进去通报,此乃夫人规定的铁的纪律!但我不能白跑一趟,先跟这个"老黄牛"谈谈,观察一下他们的家庭,不也很有意思吗!

"你们的房子太少太小了,摆设简单而又拥挤,与你们的地位和对社会的贡献大不相称。"

"哪里,这样蛮好,房子多了,摆设多了也是个负担,我们没有时间打扫卫生。家具成了房子的主人,真正的主人就会被生活所累。每人只要保证有张桌子就行,舒舒服服一过就是一年。"马弟元原来还很健谈,而且有一种知识分子的幽默感。

"周末的晚上布总还不休息?"

"越是周末她的劲头越大,可以干到夜里两三点钟,然后一觉睡到第二天上午十点钟,把一周的疲劳全恢复过来了。平时我一般都督促她在十二点之前睡觉,有时我太累先睡着了,等我睡醒一觉她还在工作。"

"布总这样忙,那家务事就得全靠您做了?"

"星期天我们一起洗洗衣服,做顿好饭。平时很简单,有音乐和方便面就行。方便面能填饱肚子,如果胃出了毛病,音乐还能治胃病。老布酷爱音乐,她每次出国回来就带两样东西,科技资料和音乐磁带及唱片。"

我笑了,他居然管妻子叫"老布",足见其忠挚和厚殷。我这一笑使他有点毛咕:"你要不要听点音乐?你喜欢谁的:巴赫、贝多芬、海顿、莫扎特、格卢克……"

"不,我今天是来拜访您和布总,不是拜访巴赫和贝多芬。"我谢绝了他的好意,"您有什么业余爱好?"

"以前我喜欢下棋和打桥牌,老布不喜欢我引来牌友打个没完没了,所以就不打了。现在,每天早晨六点钟就起床,到楼下活动一下,买好早点,七点半钟喊醒老布,催她洗漱、吃饭用一刻钟,路上走五分钟,八点之前准时到所上班。下班后我把晚饭做好,有时要重热三次老布才能回来,在等她回来和饭后的这段时间里,我的主要兴趣就是打字。"马弟元的语调里散发出温暖,有自嘲,也有自得,对妻子像牛一样忠诚,让人不能不动容。

"据说您精通英、俄、德、日等好几种外国语,布总在国外发表的那几十篇论著,都是经您的手打字打出来的。也就是说您的外语水平比布总还要高了?"

"马马虎虎。她为了表达准确和节省时间,写作时用中文。根据在哪一个国家发表,需要哪一种文字,我就连翻译带打字,一次成活。"

他的劳动藏在夫人的成绩里。我不知不觉对他产生了深刻的好感,我们谈得很随便,关系似乎也亲近了,不觉脱口而出:"您不仅是布总的好丈夫、好助手、好保姆,还是个好门卫。"

他有点脸红了:"在家里我是户主,一家之长,她是属员,理应由我陪客。"

"您要进去通报一声,布总还能把您吃了?"

"哪能呢!来,喝茶。"

上茶就是送客。马弟元没有这个意思,但提醒了我,看看表

163

已经快十一点了,赶紧起身告辞。当我走到门口的时候,身后传来一声清脆的命令句:"等一等!"马弟元的女儿摘下耳机,从皮椅子上站起来,走到我跟前。我还以为她早就睡着了呢,奇怪地望着她。

"你是记者?"她一副居高临下的神态。

"就算是吧。"

"你对我父母的印象如何?"

"很好,我非常敬重他们。"

她长而秀丽的眼睛里,闪出狡黠、放肆、咄咄逼人的火花。我这个采访者倒被她问得摸不着头脑了。

"既然如此,请你不要写他们。把你的才华用到别处去。"

她的话使我狼狈,她的态度让我愤怒。没大没小,在家里对待父母的客人这样傲慢,实际是不把她的爸爸放在眼里。这种狂妄的大学生我见得多了,便反唇相讥:"依你这么说被我们写过的人都不是好人喽?"

"你们眼里的好人跟真正的好人标准不一样。写到纸面上的东西不可能是绝对真实的,越有才华的人想象的成分越多,离事实越远。"她扬起手里的两盘磁带,"我把你们的谈话录了音,如果你写出的文章与事实不符,我会跟你打官司!"

马弟元不仅不管教自己的女儿,反而随声附和:"对,老魏,不要写我们。"

我赶忙解释:"叫我小魏好了。我虽然是个记者,但更喜欢写小说。也许会以您的女儿为原型写个短篇小说。"这不是玩笑话,他的女儿真的触动了我的某根神经,有一种想表现这种年轻人的欲望,不觉又看了她一眼。

她头一次对我露出了一点笑容,还带着讥讽的味道:"我相信真正能刻画我们这一代人的笔,还没有生产出来哪!"

我感到好笑:"好大的口气,你们是哪一代?吃助学金的一代,还是靠父母养活的一代?"

"爸爸他们那一代,热衷于革命,想用科学救国,却又依附于政治。你们这一代开始热衷了造反,然后上山下乡,现在回到城里,拼命想成名成家,报复社会,为自己的人生多捞点东西。我们这一代是抛弃一切你们认为最宝贵的东西,扁干,重新创造。"她的语调是那样自信,脸上却分明又透出一种天真、调皮的稚气,"记者同志,你有勇气承认我的话是对的吗?"

我感到惊奇,一是她的理论,二是她居然知道我的经历……

七

布天隽到底是布天隽,从美国回来的第二天就上班了。尽管她听到了许多对自己不利的闲言碎语。心里也非常愤怒,但不影响她急于要投入工作的热情。一个科学家不能跟自己的使命怄气和抗争,尤其是干微电子这一行,不能不攻尖端,不断要有新的突破,否则就无法生存。只要不剥夺她搞科学研究的权利,有实验室,有课题,有成果,其他事情都无足轻重。

她一迈进研究所的大门,就感到自己处在了一种被孤立的难堪局面之中,人们失去了以往对她的热情和尊重,有的跟她打个招呼,有的一点头或一低头就过去了。即使是以前跟她关系不错的人,也表现得冷淡拘谨,虚饰应付。她看望了各个研究室的技术人员,把自己跟波尔公司合作的成果、从国外得到的科学信息,简要地告诉他们。询问他们这一个多月来的工作情况,有什么问题,检查每个课题组的课题报告。她还想去看看七二七所的主要实验室和车间……

她得到的回答是笼统的、应付式的:这个问题是沈所长决定的,那个问题是焦副所长处理的,课题报告已经请夏副总工程师看过了,上面有他满意的批示,等等。从上到下显然有一种默契,疏远她,冷淡她,对抗她,是领导的授意,还是某些人主动对所里当权者的迎合?布天隽每到一处,都感到身后有奇怪的眼光,小声的议论,甚至指指戳戳。她感到说不出的恼怒和伤心,她想不通,自己怎么一下子得罪了

165

这么多人？

她只承认自己脾气不好，嘴也有点尖刻，从不饶人。对技术人员又要求过严，她不能忍受无能的工程师，一旦发现课题报告潦草，数据不准确，就忍不住发火，挖苦几句。常常使不如她的人下不了台，而且不管对方是自己的下属，还是自己的上级。她看人又很片面，完全凭成果取人，被她看中的人在业务上就提拔重用，给尖端课题，给出国机会，评定职称也容易。被她瞧不起的人可就倒了大霉，不给重点研究课题，不让出国，连得个职称也不容易。因为布天隽是七二七所职称评定小组组长，只这一个头衔就得罪了多少人！知识分子最怕被人瞧不起，她贬了谁，谁就跟她作对。再说中国的科技人员已经够可怜的了，几十年不评一次职称，没有职称将来分房子、调工资就没有份儿，谁都是吃人间烟火的肉体凡胎，她砸了人家的饭碗，人家能不跟她拼命？甚至都想挖她的祖坟！世界上毕竟天才少，平庸的人多，布天隽为了所里的几个尖子得罪了大多数群众，能有她的好果子吃吗？七二七所又不是她私人的，她手里有权的时候人家怵她几分。现在她大势已去，连以前被她重用过、沾过她的光的人，为了能继续得到新的当权者的重用，只好躲着她。甚至有些曾拍过她马屁的人，现在也欺侮她。

即便她是个天才又能怎样？对于在同一个研究所工作的人来说，承认别人的天才并不是一件愉快的事情。天才只会激起别人心里的敌意，妒忌之心是人最原始的、本能的冲动。在竞争激烈的当代社会，超群的能力是同代人最不愿饶恕的罪恶。也许只有当个傻瓜，生活才会自由自在。何况布天隽是双重天才：超人的智力和生活的坦诚。搞她的专业，脑力卓越，思想开阔，灵感像水银一样机智活泼。但对待生活则显得极端、呆板、急躁，勇猛地反对社会习俗和传统观念。她明明知道自己办了件蠢事，真诚地来看望他们，把国外的信息告诉他们，却遭到他们的取笑，无异于是自己来游街示众。但她没有中途返回自己的办公室，反而又走错了一步——对检查出来的工作中的错误、漏洞及一切她不满意的现象进行了无情的抨击，就像加速器里的电子轰击原子一样。她本人就像一个带电的离子，强行射入别人的权力范围，改变原来的物质结构和性能。不论是所长拍板的,还是副所长同意的,只要她认为不对就全部推翻。

她发现了一个计算机程序编排上的错误,对那个倒霉的工程师就像对小学生一样不客气:"八十年代的科技人员,不懂微波处理机和计算机就是文盲!科技现代化的基础是计算机,计算机的基础是半导体和集成线路。你们只知道反对别人态度生硬,却不知道只有懂行才能硬。"

她甚至跟一个衣衫不整、操作漫不经心的年轻实验员也发脾气:"半导体器件是高纯,落进一点杂质,整个性质就变。你是自由市场上的个体摊贩,还是研究所的实验员?"

当她检查出自己十几年前的研究成果——PNP硅平面低噪声晶体管,居然在今天这群工程师手中又出了质量问题,她感到是很大的耻辱,对她的下属表现出一种明显的蔑视:"世界电子技术突飞猛进,我们却前进一步退回半步,怎么能不落后!我不反对你们争名夺利,作为电子工程师不能用嘴、用不科学的手段去争,要拿出自己的成果……"她差点说出更难听的话——这个研究所至少有一半人不适合做研究工作!我们所以有国际水平的成果却培养不出国际水平的人才,就因为官儿多,层次多,矛盾多,人多,课题大家干。集体不奋斗,个人奋斗行不通,就像一麻袋螃蟹,你咬着他的大腿,他叼着你的前爪,谁也动弹不了,很强的力量相互抵消。国外是一人一个课题,相互保密,不出成果就倒台!

布天隽身上那种优秀知识分子的神气太重了,高阔的前额带着经常过高智力生活的人才会有的光彩,离子注入式的眼神,一激动就格外明显的鼻子尖上的小瘊子,构成她脸部表情的主要特征——傲慢。

她不管不顾地放了一顿炮,伤害了一些无辜的甚至是支持她的人。人家当面不跟她顶撞,她前脚一出门,后面就骂开了:

"所里分工只叫她带研究生,总工的位子形同虚设,她还有什么资格指手画脚,狐假虎威?"

"我们在她的雌威之下,永无出头之日,工作是大伙儿干的,功劳却记在她一个人身上,到处出风头,好事全叫她占了:全国人大代表、十二届党代会代表、全国妇代会代表,名利双收。"

"不错,连作家都捧她的臭脚。一个国家女人掌权会出乱子,一个民族阴盛阳衰要颓败,一个单位女人称霸也会遭殃,历史上不乏这种教训,吕后、武后、西太后、江青女皇……"

大家哈哈一笑,把心里那股怨气放出去了。

在这个"信息爆炸"的时代,布天隽这样做无疑是火上浇油。七二七所的信息传递比她的脚步还快,她本人还没有回到办公室,关于她"回国第二天就视察各研究室,把科技人员骂得狗血淋头"的爆炸性新闻,已经在全所传开了。但她没有别的办公室,既然事情早晚总会爆发,何必要躲? 她控制住情绪,决心像每次从国外回来一样履行总工程师的职责,看她该看的,问她想问的,并且命令她的下属非作出明确的回答不可! 她也收起了热情,表现出一种令人敬畏的自制:脸上挂着不屑为伍的神态,气度卓然。就凭这一点她也是个罕见的人物,拒不接受流言飞语的制约,拒不接受别人的操纵。一个女人居然有这般大将风度,实属难得!

但是,布天隽毕竟是个女人,而且是科学家。搞科学的老实人多,搞政治的老实就等于愚蠢,她还没有看明白,自己面临的处境比所想到的更复杂、更麻烦。她自恃有"过五关斩六将"的经历,尤其是最后一关——"文化大革命"中挨整的经验,还怕什么? 还会有什么灾难会大过那场史无前例的大革命? 那时骂她,打她,真是九死一生,可一九七二年她一解放还是当总工程师。因为她有成果,有本事就是有本事! 打倒她别人可以干,但干跟干不一样,她一出手就比别人强。这就是布天隽的特点,在科研上她似乎从未遇到过超不过去的对手,但在专业以外却处处有对手,而且每个对手都能轻易地把她打败。她从某些人的敌对情绪中已经感觉到,今天这种暗算不比"文化大革命"中的公开挨斗好受,"工人阶级"整知识分子是明的,就是那两下子:"批倒批臭,再踏上一只脚,叫你永世不得翻身"! 他们一去抽烟喝酒打扑克,脚就撤走了,你可以做试验,看文献,时候一到想翻身也很容易。现在是知识分子整知识分子,知道你的弱点,你哪儿痛他偏往你哪儿踢!趁她不在的时候,人家调整了各级干部班子,就等于挖了她的墙根儿,抠了她的基础,她再说话没人听,指挥不灵。何况所里领导重新做了分工,不让她再抓科研、管生产、搞管理。实际是把她架空了,不接触课题,脱离研究,科学家就废了!专业丢掉一年,三年也赶不上,布天隽难道还不明白这一点吗?她其实有点心慌,对付这种政治手腕她缺乏经验,也没有思想准备。感到孤立无援,没有依靠,也没有人可以商量一下。马弟元保护不了她,到关键时刻还得需要她的保护。也正因为她心里没有底,表面上才那么凶,脾气暴躁。现在谁还怕她?只等着看她的笑话……

八

突然,七二七所"文化大革命"的遗留物——高音喇叭响了:"布天隽总工程师,立刻到会议室参加党委会。"

她正走在去离子注入车间的路上,被强大的音响吓了一跳。这也许是一种条件反射,她的名字一从这个大喇叭里喊出来就准没有好事,不是去参加批判会,就是被强制劳动。"文化大革命"中从高音喇叭里经常传出刺耳的叫骂声、点名声、语录歌声。七二七所被军管以后,一切行动都要军队化,每天上班、下班、吃饭、做工间操,都要听从喇叭里传出的军号声的指挥。"文化大革命"结束以后,布天隽几次提出要拆掉高音喇叭,它猛然一叫,必然分散研究人员的精力,甚至吓人一跳,使全所瘫痪几分钟。但她的建议遭到后勤和行政部门的反对,他们认为高音喇叭是现代通讯工具,通知开会、找人、食堂分白菜、工会发电影票,又方便又及时。于是大喇叭完好无损地保留着,又是十几年过去了,布天隽仍然不习惯。喇叭乍响,头几秒钟总有点心惊肉跳。

七二七所党委共有五个委员,有四个委员早已在座,党委会也开完一大半儿了。党委书记沈瑶当然知道布天隽已经从美国回来了,而且也想到以她好出风头的性格和习惯今天就会来所上班:照例会对各单位巡视一番,显示其总工程师的权威,也好借机夸夸其谈一阵国外见闻,卖弄一通自己在国际电子学界有多大影响等等。但沈瑶佯装不知,因此党委开会没有通知布天隽也就顺理成章了。这也是一种蔑视,不拿她当盘菜,成心气她!刚才第七研究室主任给党委打来电话,抗议布天隽在检查工作时对技术人员有带侮辱性的言辞。既然大家都已经知道她上班了,沈瑶才不得不下令用大喇叭把她喊回来参加党委会。

办公室主任孙敬久直鼻权腮,相貌雄健,愤愤地说:"太不像话了,她回所以后不先向党委汇报,也不跟所长、副所长通通情况,直接到下边去训人,把许多你们已经拍板定案的事情又推翻,水大也不能漫过桥去!"

"那也不一定,要看是什么水。水漫金山的时候,不要说桥,就是山上的和尚庙都差点被淹掉!"沈瑶哈哈一笑,他有意刺激这位孙伙计。

孙敬久大学毕业以后,就没有真正干过几天半导体研究工作,干政工、搞宣传、写材料,当过两天生产处副处长,很快就被布天隽给鼓捣掉了。布天隽死看不上他,认为他只能搞行政不能搞科研,评定职称的时候也卡他。多亏沈瑶使了好大劲儿,才勉强捞了个工程师的头衔,否则就无法在研究所混下去。因此他对布天隽成见最深,见沈瑶年富力强,炙手可热,眼看要一统七二七所的大权,便攀附他。孙敬久知道沈瑶对党委书记的职务兴趣不大,只把它当做一个过渡,先把握住全所的人事安排大权。然后转向业务大权,分派研究项目,掌握技术关键,这才是一个科研单位最重要的东西。把尖端的、重大的项目把在自己手里,逐渐取布天隽而代之。孙敬久奋斗的目标正是将来沈瑶要放弃的东西——党委书记的位置。他们的联盟就建立在这种默契上。

孙敬久说:"还有一件事,昨天妇联寄来一份通知书,布天隽被选为科技界的女状元,三月初要参加全国女劳模表彰大会。我们同意还是不同意?"

沈瑶说："不行,她得到的够多了。"又忽然口气一转,拿孙敬久开起玩笑来:"孙主任,你也应该找几个记者、作家交朋友,在报刊上吹捧你一下,什么好事都会找到你头上来。"

孙敬久嘿嘿一笑:"可惜我老婆没有那么大的本事,我也不会给老婆当保姆、当警卫……"

就在这时候布天隽推门进来了,孙敬久把后半截话咽了回去。大家都觉得很尴尬,仿佛是布天隽从室外带进一股冷空气,使会议室的温度下降了许多。她先跟坐在门口的生产处长任达点了点头,任达站起来跟她握握手:"您回来了。"

副所长焦新也站起身对布天隽说了句客气话:"布总,辛苦了!"

布天隽就在焦新身边的空沙发上坐下来。

七二七所党委会的五员上将,摆开了阵势:焦新的色彩最淡,背影几乎是一片空白,他精于保养,顾影自怜。他做人的信条是:"不干排斥异己、投井下石的坏事,也不干与己无关的好事,免遭他人猜忌,甚或受到构陷。他是委员中年纪最大的一位,喜欢超然和享受。任达是自成一派,二十年一贯制的生产处长,造反派掌权也得用他抓生产,老干部重新当政还得请他当处长。他不想往上爬,谁要想染指生产处,他也不是好惹的,一双小眼睛不停地眨巴,据说是神经痉挛。这是个惹不起的角色,老谋深算,门路很多,手段圆滑。布天隽有叫他佩服的地方,沈瑶也有叫他赞赏的地方,年轻敢干,才华闪烁,上任以来抓管理,抓经济效益,颇得人心。另外的三位则阵垒分明,连一般的问候话都省去了,书记宣布继续开会:

"老布,本想让你在家多休息两天,才没有通知你来开会。再加上你上班后连个照面儿也没打就跑到下边去了,我们也无法通知你。今天的会讨论两项议程,一是研究春节前后的几项具体工作,二是讨论通过一九八五年的工作安排。大家的意见已经说得差不多了,你有什么不清楚的地方可以先看看记录,其他委员还有什么补充?"

孙敬久把党委会的记录本递到布天隽面前,布天隽掏出眼镜戴上,漫不经心地翻着。从这个不知用了多少年的旧蓝条本里能看出什么来呢？一切都是形式，都是虚假的！在她离所的这一个多月里，党委会竟开了五次之多，每次都是"一致通过"某项决议。一致通过……嗯！她忍不住打破沉默：

"既然大家都不说话，我提个问题，全所的中层干部做这样大的撤换，把一些业务尖子从重要研究项目上调开，这么大规模的人事变动就不能事先跟我打个招呼，或等我回来再研究决定吗？"

沈瑶说："现在的生活节奏这么快，怎么能够等呢？你想让全所的工作因你一个人外出而停顿下来吗？你又要出国攻尖端，又要把着家里的人事权，还要党委和我们这些人干什么呢？即便你一个人不同意，按党的组织原则还有个少数服从多数嘛！再说你眼里的尖子也不一定真尖，我们的依据是中央精神——干部要年轻化、专业化。"

是啊，年轻是他最大的优势。他才四十多岁，天时、地利、人和全叫他占了，有恃无恐。不要说六十多岁的人，就是像布天隽这些五十来岁的人，想斗恐怕也斗不过他，想熬更熬不过他。就是焦新和任达，一听到"年轻化"三个字也十分反感，他们的年龄也快过杠了，顶多再干一两年。最后这一两年也就是玩儿玩儿、乐乐，解决点儿自己的事情，能混就混。已经看到了自己"革命"的终点，谁还愿意玩儿命干？焦新早就想开了，每周二、五的下午，都钻到友谊俱乐部去跳舞，工作时间躲到那儿去跳舞的，多是升迁无望的中年干部，有的是县团级，有的是区局级……

布天隽可不像党政干部那么豁达，她没有一点及时行乐的心思。却硬是抑制着自己的不满情绪，又向党委书记兼所长的沈瑶提出一个新的建议："我们一九八五年的工作重点，应该放在怎样把研究成果尽快转化为生产力上。我们的研究成果并不落后于世界先进水平，但把科研成果转化为生产力却落后一大截，应该把七二七所变成研究和生产一体制的单位，在微电子技术的应用和发展上同欧美日一决雌雄！"

任何会议上只要有她在，就少不了高谈阔论，别人好像就是草包、白痴。她在任何地方都要冒尖，喧宾夺主，以自我为中心。这让沈瑶十分反感，他在国内外电子学界的声望也许不及布天隽，但他缺少的不是才气,而是机会,在国内众多的电子工程师中也不失为佼佼者。布天隽夺走了许多别人可以成功的机会,她的影子挡住了一些年轻的比她更有才华的工程师。沈瑶想到这儿,他那张光滑俊逸的圆脸,竟急速地改变线条,给人一种粗粝、威严的感觉。他冷冷地说:

"今天不讨论你这些空道理!"

"为什么?"

"没有时间。"

"今天来不及讨论,以后可以另开会讨论。我作为党委委员,有提出建议的权利,你身为书记就应该重视委员的提案。"

"要讨论你来主持会。"

"你是书记,为什么不主持会?"

"要我主持就散会!"沈瑶真的从沙发上站起来,一边向门口走一边说,"今天不讨论,以后永远不讨论你的方案,大家散会!"

"你……哪有你这么不民主的书记!"布天隽摘下眼镜啪地往茶几上一摔,也站了起来。

沈瑶已走到门口了又转回身来:"你向谁摔眼镜?"

"你已经宣布散会了,我的眼镜与党委会无关。"

"放肆,你好大胆!"

"你为什么出言不逊?……"后面的话还没有说出来,布天隽突然感到脑子一片空白,知觉随之丧失,身子向前扑去!

九

成果和人

马珊的话给我刺激很深,我没有再去打搅她的父母。但是一直注意他们的情况,想把他们写进自己小说的念头一直没有打消。一九八四年的春天,听说七二七所改组领导班子,上级党委根据民意测验的结果,想让布天隽出任所长。一时找不到合适的总工程师人选,她还可以兼任此职。谁知她坚决不干,最后只好破格提拔一个年轻的研究室主任沈瑶,当了所长兼党委书记。原来只想提拔他当专职党委书记,他也不情愿,不愿丢掉专业去干党务工作,如果兼任所长,那自当别论了。

我猜不透布天隽是怎么想的,觉得她的行动和理论不一致。我在《科技导报》上读过她写的一篇文章,里面有段话对我触动很大——

"……谈到电子工业的改革,我愿先举个例子,美国的苹果电脑公司,最早只是两三个工程师搭班子干起来的。第一年的营业额就达到二百五十万美元,第二年增加到一千五百万美元,大概比我们一个万人机械厂的利润还高得多。五年后苹果公司的年利润跃增到六亿美元,几十倍、几百倍地往上翻!美国和日本之所以那么富,就是靠电子技术发了很多财。因为他们能够把微处理机这个奇迹用最快速度应用于生产,大幅度提高生产力。这就是欧、美、日等先进国家八十年代的体制——从科研到生产,是一个行政领导,一个经济体系,转化快,周期短。我们还是五十年代的旧体制,科研院、所与生产工厂分离。横的层次很多,纵的线条很乱,传统习惯不网络化,新的生产力就很难发展。"

谁说她不懂政治?谁说她是"布娃娃"?她看得透彻,论述精到。既然她懂管理,又看出了中国体制的弊端,为什么拒绝当所长呢?所长这个职务不是可以集行政、科研和生产等指挥权力于一身吗?

我决定到办公室去找她,想来在工作时间她大概不会再拒我于门外。不出所料,布天隽办公室的门半开着,我不用敲门就进去了,有几个人正向她请示工作,我一声不响地站在后面"旁听"。我发现这间办公室有两点是很特别的:一、房子不算小,但只有一把椅子,是总工程师办公用的,有人来找她只好站着,她自己也不坐,这就使所有到她办公室来的人必须长话短说,有事快说,没事告辞。减少干扰,提高效率,大家都知道她的脾气,时间一长也就见怪不怪了。二、墙上挂着一块黑板,她边讲边在上面画图,列出公式或把对方不容易听清楚的产品名称、外国人的名字、专业用语写出来。

她给我的第一印象十分强烈,完全不是我根据材料和传说所想象出来的那种样子:不修边幅、呆头呆脑,一副若有所思、神不守舍的神态,说出的话有的极高深,有的又很幼稚,等等。真实的布天隽,看上去还相当年轻,一身整洁合体的银灰色西装,质地精良。她也许算不上很漂亮,但优雅、脱俗,脸上有一种特殊的光彩,看上去既坚定又纤柔。带着南方口音的普通话,优美温和:"您是谁?您有什么事情?"

我发觉办公室里只剩下她和我,相对而站。她冲我微笑着,鼻尖上有颗不显眼的小痦子,既俏皮又高贵。我赶紧作自我介绍:"魏求我,您叫我小魏好了。"

"我猜出来了,我的女儿把您的小说都搜集起来,非逼着我拜读,有一本杂志上还登出您的照片。"我的双腿有点累,只好开门见山,"听说您拒绝当所长?"

她点点头。

"为什么?"

"我这种脾气适宜搞科研,不适宜当官,更不能升官。"

"我不理解,您不是书呆子型的科学家,懂人间、了解社会,因此应该当个懂行的好官!"我好像忘记了自己的身份和目的,冒昧而急切地给采访对象出起主意来了。

"哪有不懂人间的科学家,科学是人间的产物,是为了促进人类的生存和发展。书呆子不呆,白痴当不了书呆子!"她有意岔开了话题,神情也庄重起来,显然不想跟我这个小记者讨论她当不当所长的问题。我也得知趣点儿,再说老这么站着两条腿也受不了,就提出想参观一下她的研究成果。她爽快地答应了,立刻拨电话找来一个老工程师,让他给我做讲解员。我只好告别布总,跟着老工程师来到七二七所成果展览室,他如数家珍,讲得很详细。尽管我的本职工作是个记者,却对各种各样的数字和发明创造的动人事迹缺乏特殊的热情。今天不知为什么,我一下子听进去了,而且被吸引住了!也许是由于研究所的气氛、科学宫般的环境对我的熏染,也许是由于老工程师带着感情色彩的深入浅出的介绍,我从心里感到不能不对布天隽和她的同事们肃然起敬!我不再为没有机会表现布天隽和马弟元的感情生活、夫妻关系而遗憾,在布天隽一大堆重要的科研成果面前,她本人已经变得不那么重要了。她的生命,她的全部价值,都通过卓绝脑力转化成电子产品,人们更感兴趣的是科学的蟠桃,而不是献出蟠桃的人。我很高兴像个真正的记者一样,怀着特殊的热情,报道一下布天隽是怎样证明自己是天才的。

一九五七年夏天,毛泽东主席和刘少奇、周恩来等几位中央领导人在北戴河开会。有一天下午,会议桌上突然出现了一台精巧的收音机——这是中国第一台半导体收音机,它诞生在布天隽的手上。因为她在一年前就研制成功了中国第一只晶体管。

从此,飞机自身的重量减轻了,仪表仓里甩掉了沉重的电子管,换上了体积小、分量轻、安全可靠的微型通讯设备。

布天隽紧接着又装配了我国第一个微型军用电台,大大减轻了战士背上的负担。

计算机的体积也越来越小。一代电子产品、二代电子产品、三代电子产品,电子技术的发展就像变魔术一样,令人眼花缭乱。卫星、导弹,不论是上天还是入地,都少不了七二七所的器件。

第一块集成电路的研制,第一个超高速ECL集成电路系列的研制,中国第一台DTS-061-1型微型计算机的设计……都凝聚着她的智慧。人一生能有一个"第一"就很不错了,她却有这么多"第一"。好像连她自己也无法抑制创造的思想,总能捕捉住通向成功的灵感!天才必定要表现出来,如同播下种子一定会发芽一样合情合理。

她的生活多像一篇童话！

但有一个问题梗在我心头，非问出来不可："布总的研究成果在国内是第一流的，这毫无疑问，它在国际上的价值又如何呢？"

老工程师矜持地说："总的来说，我们的电子工业，尤其是尖端电子产品的生长，同世界先进水平相比有相当大的差距。但就某些研究成果，像布总这样一些尖子人物，在国际上决不是二流的。在六十年代初，她的一些理论已经引起了世界的注意。美国电子工程师学会，每年都要在全世界范围内推选出同行中的一个优秀人物，作主要讲课人，一九七九年他们聘请的是布总。如果你有兴趣，可以看看录像，是英国物理学会送给我们的。"

干我这一行还能对这种事没有兴趣？老工程师领我来到一间大屋子，前面放着两台巨型电视机，他从一个柜子里挑出录像带，电视机屏幕上出现了伦敦街景，布天隽身着浅蓝色中国旗袍，好漂亮呀，庄重而大方。老工程师在旁边给我当翻译，大意是这样的——

一九七八年，国际微波器件会议在伦敦召开。英国著名的雷赛公司高级科学顾问朗费罗博士，多次读过布天隽的论文，很推崇这位中国女物理学家，并竭力向大会推荐，邀请她去作学术报告。在布天隽作报告之前，有半天休息时间，朗费罗破例邀请她参观雷赛公司。这家公司接受北大西洋公约组织的军事投资，英国政府甚至还有美、法、西德等国的军事机构，也大量采用雷赛公司的平台、技术和产品。服务于此的科研人员都晓得，朗费罗一方面相信他们的技术属于全世界，属于全人类，但更重要的还是希望能从布天隽身上得到对他们公司有价值的建议，或者请她合作搞一些研究项目。当然，布天隽对世界闻名的雷赛公司也不是没有兴趣，因而在公司里逗留的时间过长，直到开会的时间临近，她已来不及再回旅馆取讲稿，只好驱车直接赶到会场。她准时地、两手空空地走上了讲台。好在几个主要公式已经制成了幻灯片，但从哪儿开头呢？

她站在讲台上长身玉立(布天隽的身材在中国女性中并不算是很高的,这就是中国旗袍的好处,显得修长,格外突出女性的曲线美),先沉默了几分钟,想稍微定一下神儿。会议大厅里极其安静,来自各个国家的物理学家们,有一半多不知道布天隽的名字,他们只知道中国刚进行完一场十年"文化大革命"。按西方电子科学家的信条,六个星期不上班就会落伍,中国与世界隔绝了十年,她能讲出些什么来呢?

这时候放映室也说没有布天隽的幻灯片,举座哗然。布天隽的紧张感反而一下子跑得无影无踪了,她笑了,轻轻地说:"想不到这儿的工作这样马虎。"(在录像带中的所有场合,她全部说英语)

大会主席,世界著名物理学教授登拉里,站起来向她表示歉意,并立刻派人到放映室帮助查找。在整个大会期间,所有登过讲台的人中,布天隽是唯一的一位女科学家,又是来自中国。台下议论纷纷,交头接耳。布天隽反而镇定下来,显得秀逸娴静、孤高端丽,在沉默中有一种保持自己尊严的威势。

很快她的幻灯片就找到了,却打到了天花板上。她含蓄地说:"诸位先生如果喜欢仰着头看我的公式,那我就开讲了。"

登拉里大怒,叫放映室调整好镜头。

布天隽的报告就这样开始了,当她讲到正题,立刻把会场镇住了。她修正了著名的普莱奥理论,在国际上首先创造了平面结构GaAs FET。几百个数据、复杂的演算程序和公式,像在钢琴上弹出的音符一样,从布天隽的嘴里倾泻而出。她在离子注入理论和晶体管噪声理论方面都提出了新的见解,并推导出自己的新公式。她已经研制成功肖特基势垒场效应器件和一系列30MHz–400MHz砷化镓单栅及双栅场效应晶体管……

更令人惊异的是她手里连一张纸片也没有,完全凭强大的记忆。到会者被她刚健的学识、深沉固执的性格以及娴雅大方的神态和灼灼眼光征服了。报告会结束以后,登拉里、朗费罗和一大群物理学家纷纷向她祝贺，向她敬酒。甚至恭维她的英语讲得像伦敦人一样纯熟。

一位丹麦物理学家对她说："学物理太难了，我们的物理学家很少，女物理学家更是凤毛麟角。你们到底有多少女物理学家？"

布天隽不无得意地说："我们的女物理学家车载船装。"

……

录像放完了。老工程师加了一段结束语："那次会议使布总在微电子技术界获得了世界声誉。一封封邀请信、合同书从许多发达国家飞到我们所，请她去主持某项研究工作，要求跟她合作或者邀她去讲学。"

我感谢老工程师，他也决非等闲之辈，布天隽在第一研究室当主任时，他是副主任。现在是一室主任，名叫陶斋。

我慢慢地踏着单车，呼吸着郊外的新鲜空气，草木返青，菜地葱绿，我的思想却还留在七二七所里。我没有接触过超人，也不相信世界上会有超人。这回无疑是碰上了一个用我的语言所不能形容的人，她至少是个罕见的人物。什么成就也不能满足她对知识的焦渴，毫不吝啬地经常高度地调动自己超人的智力，把别人只是想想，甚至连想也不敢想的事办成了。用科学的力量拖着时代前进的人，为什么不能称她是超人？她显然具有伟大人物的性格和天赋。这也许是我第一次用"伟大"这个词来形容我的采访对象。

一〇

马弟元也火了，这真是要逼得哑巴说话！把没有脾气的人逼得发了脾气，就更难办。他把一包包从美国带回来的文献资料，全部丢进阳台上一个装煤球和劈柴的烂筐里。这是一些花钱都买不到、对七二七所很有价值的技术情报和电子产品信息，他已经分门别类整理好，准备交给所里，现在看来用不着了。他还写了一个很长的汇报提纲,准备当面向研究所领导详细介绍他三年来的工作情况、所见所闻、收获和感想以及对七二七所今后工作的建议,他动了脑子,花费了很多心血。他是真诚地想把七二七所搞得更好,而且相当自信,认为自己的介绍一定会对所里领导有所启发。他甚至还想给全所科技人员讲一次,也一定会对大家有帮助。当然,他也很想让大家知道自己并不是白白在美国待了三年,并不是只为了开洋荤、买洋货、旅游观光去的……现在看来这些也用不着了,他把提纲撕个粉碎,扔进厨房里的土簸箕。他承认自己的老婆有缺点,闹到今天这一步她自己要负很大责任,有许多事情是她自找苦吃,自作自受。现在她躺在医院里,还能再跟她发脾气、火上浇油吗?不管怎样,沈瑶他们以权势压人,做得太过分了!

但是,他例行公事还必须到所里去一趟,向组织报到,证明自己回来了。把组织关系介绍信交上去,否则又会被人家抓住把柄!他是个思虑周全、遇事先想后做的人,虽然生着很大的闷气,仍然没有丧失理智。

他走到十分熟悉的、自己在这儿工作了几十年的研究所大门口,不仅没有高兴和激动的感觉,反而心里发怵,他真不情愿走进这个分别三年并且经常想念的地方。他犹豫了一下,还是硬着头皮迈进去。以前他是个脾气随和的人,见到熟人都主动打招呼。今天却感到浑身不自在,人家不说话他决不先搭腔。七二七所的气氛又恰恰跟他的心境形成强烈的反差:快到春节了,大家都没有心思干正事了,打扫卫生,分奖金领东西,洗澡洗衣服,仨一群俩一伙说说笑笑,商量怎样买年货,怎样安排春节的假日。研究所大院里和各研究室里,热热闹闹,喜气洋洋。这深深地刺激了马弟元,让他更难受!他宁愿像他妻子一样,到处都碰到冰冷的接待、冰冷的环境、冰冷的脸色、冰冷的心肠和冰冷的语言。原来总工程师在党委会上被气死过去的事,在七二七所并未引起任何波澜,没有人关心她的死活和他们一家人的心情。大家都在高高兴兴地准备过年,甚至都没有人留意他的脸色:

"老马,嘿,今天算叫你赶上了!后勤处分牛肉,每人五斤。快去,到后边怕没有好的了。"

不错,他看见工程师们一人拿着一个小纸包,有的用报纸包着,有的用旧图纸包着,兴冲冲地往家里送。从他们的神色上可以看出对领导的感激和满意之情。马弟元以为是什么宝贝玩意儿,原来是牛肉,真是好东西:高蛋白、高脂肪、高热量。中国的知识分子多么好,多么善良,又多么容易满足!

马弟元决定先去报到。科室的干部们有的去洗澡,有的去领牛肉,许多办公室里都没有人,他只好把介绍信交给在楼道里碰上的组织处的一个年轻姑娘。还必须再去跟党委书记照个面,尽管他心里极不愿意见到这个人,但沈瑶代表组织,代表权力。马弟元一个人在家的时候,怒火中烧,越想越气,一旦要见到沈瑶了,既说不出,又骂不出,反而感到紧张,替自己难堪。他在心里也十分瞧不起自己这种老知识分子的软弱性和奴性。沈瑶算什么东西,你怕他何来? 你当研究室主任的时候他不过是个一般技术员,论才力、论学识、论经验,他都无法与你相比。你为什么不能像个男人一样替妻子出出气,替自己出出气? 人格是不受政治和权力所左右的! 如果你是因为自己身存君子古风,不想和他斗嘴以致失了自己的尊严,那就不要来见他,等着他找你,你何必这么低三下四,循规蹈矩? 你已经被撤下来了,怕什么? 他还能把你怎样?

想归想,做归做,马弟元还是敲响了党委书记办公室的门。

"请进。"屋里响起沈瑶的声音。

他推开门,两个男人的目光相遇了:一个是戒备的、居高临下的;一个是敦厚的、和解的。

马弟元先开口:"老沈同志,我回来了,向你报个到。"

"哦,欢迎!"沈瑶松了一口气,主动伸出右手。

"对我今后的工作,所里领导有什么安排?"

"随你的便。愿意继续留在三室做研究工作也行,愿意到所里来当调研员也行,愿意上班也行,不愿上班待在家里也行。"

"那好吧,我回三室看看,你忙吧。"马弟元退出来了。在心里自语,还应再加上两个愿意:愿意走也行,愿意死也行!

在国外的马弟元跟回国后的马弟元判若两人,在外国人面前他一表人才,挥洒自如,有头衔,有权力,自尊,自信。在同胞面前却唯唯诺诺,委曲求全。到底哪一个他才是真正的他呢? 连沈瑶都感到惊讶不解,他怎么只说了两句话就走了? 竟没有提一句关于布天隽气昏过去的事,他来干什么呢? 是为的来报到? 全所的人都知道他回来了,他一下飞机就给所里打过电话了,何需再报到! 沈瑶感到有一股歉意,应该对这个老实人更热情一些,甚至可以说一些道歉的话。

马弟元来到第三研究室,只有几个年轻的技术员围着一张桌子在讲笑话,他们笑得很开心,看了马弟元一眼,没有在意。马弟元也不认识他们,想必是这两三年内刚分配来的。他们围着的正是他的办公桌,里面还有他的东西,他想清理一下拿走,说不定新主任要用这张桌子。他过去正想说明来意,从这帮小伙子身后站起一个姑娘,惊喜地叫了一声:"马主任!"

"小李,你好!"马弟元很愿意在自己的研究室里碰到一个熟人,过去这里是他的天下,现在这里的新主人居然不认识他了。

小李对技术员们介绍说:"你们不认识吧,这就是咱们三室的老主任,马弟元高级工程师。"

"是您哪? 刚从美国回来? 真棒!"不知是说他这个人棒,还是说美国棒。

"您从美国带回点什么好东西?"

"布总也到美国去了,见到了吧? 夫妻同游自由世界,海玩儿一通,多美呀!"

"马工,美国到底怎么样? 真像咱们人吹的那么好吗?"

……

现在的年轻人脸皮厚,见面熟,搞得马弟元恼不得、笑不得。他客客气气地说:"对不起,这个桌子里还有一些我的东西,我想清理一下。"

"哎呀。"一个长发蓬松的小伙子站起来,很不好意思地说,"新来的刘主任叫我用您的桌子,我把里面的东西捆好放在外面的柜子里。怎么办,我去给您拿,您还用自己的桌子,我再找后勤处去要。"

"不,不,你用,你用。"马弟元拦住了小伙子。这里已没有他的位置,他简直被扫地出门了,还回来干什么呢?

"您怎么办?"

"我好说,不一定再回二室了。打搅,打搅。"马弟元退了出来。

小李也跟出来:"您的东西怎么办?我给您送到家里去吧。"

"不用,没什么好东西,就是几本书。你有空的时候翻一翻,你认为有用的就自己留下,没用的扔掉,我什么也不要了!"马弟元隐约感到自己应该下狠心了,至于狠心干什么,目前连他自己也说不清楚。他感觉清楚的是——生活正在改变他已经习惯了的命运之路,突然把他抛弃了。也许生活没有变,是他变了,以前有许多比这更严重的打击,他都能忍过去。现在他感到厌恶了,厌恶自己的懦弱,厌恶命运涂在自己身上的颜色,他应该洗掉它,重新打扮自己,开始另一种生活。平心而论他并不懦弱,从小就不懦弱,他不是妻子的附庸,那个魏求我是为了制造戏剧效果才那样编故事的。他在家里给妻子当助手,但在所里他是个出色的工程师,他领导的三室一直是个优秀的集体,他离开三室赴美时,小李就哭过两次。那时她刚从清华大学毕业分配到三室不久,从自己的室主任身上学到不少东西,认为他水平高,要求严,把他离开三室视为是对自己的打击,是自己的损失。当然,他的性格有缺陷,这决定他有十分才气只能发挥出五分来。而自己的妻子,有十分才气就能发挥出十分,所以她有辉煌的科研成果,而自己没有。但他也有自己的所长……

"马主任,布总好一点了吗?"

马弟元吓了一跳,原来小李一直在跟着他,他很感激地说:"谢谢,她在医院里,由女儿陪着她。没关系,这是前些年做高频溅射实验,她连续两个星期没有出实验室,留下的病根,过度劳累或生气,就会昏死过去。休息几天就会好的。"

"您等一等,我去把您和布总的牛肉领出来,您顺便带走。"

"不,我不要。"

小李一怔:"为什么?"

马弟元沉了一会儿才说:"我本来不知道今天所里分牛肉,是为别的正经事而来。倘若去领牛肉,人家就会误解我是专为分牛肉而来。"

小李笑了:"您太老实了,没有人会这样想,牛肉人人有份儿,大大方方地往家拿。即便有人这样想,又有什么关系?您在这儿等着,我去给您领。"

"不,谢谢你,还是我自己去领吧。"他不愿牵连无辜的小李,倘若沈瑶他们知道小李为布天隽和马弟元领牛肉,会对她有好处吗?

后勤处的牛肉摊儿设在汽车库,从车间里找来十几个年轻的工人帮忙。有人拿着花名册喊名字,有人负责拿肉,有人在后面分肉,五斤一块。掌管花名册的是后勤处的人,一见马弟元就高声叫道:"马工,您给布总领肉来了,是吧?"他翻着花名册,"布天隽,总工程师办公室,给肉一份儿! 下一个……"

在这种场合,马弟元越怕说话越得说话:"怎么就一份儿? 我那份儿还没领哪。"

"头头讲了,您刚从国外回来,没有您的份儿。"

马弟元的脑袋嗡的一下,太阳穴突突直跳,满脸通红。他没想到沈瑶或者是孙敬久会有这一手,他若在这儿讲几句理吧,人家会以为他是在争那五斤牛肉。一言不发就当吃个哑巴亏吧,这口气又实在难以下咽!

他终于横了心,把手里的那五斤肉扔回桌子上,说:"牛肉要不要无所谓,把布总的这一份儿也还给你们。但请你转告你们头头,我出国是国家派出去的,不是私自跑出去的。国家有规定,给出国人员发双工资,一切福利待遇都照发。我不回来都应该有我的一份儿,我回来了反倒没有了,你们讲得出道理吗?"说完转身就走。

分管发肉的小伙子拿了两份儿牛肉追上来,硬塞到他的手里:"马工,拿着,这儿我说了算! 初五上班的时候,您带两盒美国烟来,给哥儿几个分一分就行。"

马弟元提着这十斤牛肉,感到自己就像做贼一样。年轻工人的豪爽仗义他感激,但他怎能不清不白地拿这种牛肉？很快全所的人就都会知道他为了分牛肉跟后勤处吵架……关系已经够复杂,局面已经够糟糕了,他怎能再往自己头上扣屎盆子！他又恼、又恨、又悔,手里的一摞牛肉仿佛变成了一摞狗屎,他觉得弄脏了自己的手,弄脏了自己的人格。

当他经过办公大楼跟前的时候,把那两份儿牛肉往台阶上一摔,扬长而去。他觉得自己从来还没有办过这么痛快的事。出了研究所大门直奔农贸市场,自己花钱买了二十斤精瘦的一级牛肉,气冲冲地回到家里,有个声音似乎在他耳边嘟囔:"你真是发疯了,三口人怎么吃得了二十斤牛肉！"

他心里也有个声音在抗议:"吃不了让它烂掉、扔掉！他们想让我过不好年,我偏要痛痛快快地过个年！"

——

马珊把双肘拄在病床上,眼睛一动不动地盯着熟睡中的妈妈。她在这间单人病房里已经守候了两天两夜,白天隽大部分时间在昏睡,医生为她做了脑电图和心电图,证明心脏和大脑没有太大的毛病。只是血压偏低,血色素少得惊人,好像是受了电磁波的辐射,或是因身体的某个部位受伤而失血过多。马珊只能证明妈妈最近没有受过伤,更没有大出血。前不久在美国波尔公司的实验大楼里倒是拼过一十大命,至于是不是受到了电磁波辐射,她也说不清楚。医生只好作出这样的诊断:因疲劳过度、精神紧张造成晕厥,先观察两天再说。

马珊可不愿意得罪医生,就接受了他们的诊断。再说医生的解释也是万无一失的,她的妈妈长年累月开夜车,把出成果当做生命,把生命看做是实现高效率的工具。认为开夜车是争取科学时间的最有效的方法,每天工作时间增加六小时,就等于增加了四分之三的生命,也可以说是延长了自己的寿命……多笨哪！这就是他们那一代人的悲哀,只懂得工作,不懂得生活,甚至过着一种反自然的生活,不论在恋爱上,在家庭关系上,都过分注重理性。

然而,她的妈妈是在七二七所的会议室里,当着全体党委委员被气昏的! 马珊希望能拿到一张"被气休克"的医学结论,她好去打官司告状,替妈妈出这口冤气!

刚强无宁日——马珊以前非常崇拜妈妈,现在则可怜妈妈。这种转变是怎样发生的呢? 这难道就是她开始成熟的标志吗? 她说不清楚,自己的心里也是矛盾的。她一方面钦佩妈妈的成就,叱咤风云,硕果累累,既然来人间走了一趟,就应该在历史的沙滩上留下足迹。一个人能在本单位那个小小的天地里做出点突出成就,已属不易,而妈妈向全国、向世界证明了自己的价值,把自己发射到人生的最高峰。她有特殊的勇气,永远只做自己想做的事,只要她想干的就一定能干成。饱尝了成功的欢乐,痛饮了荣誉的琼浆,领略过大半个世界的风光,真是充实而又辉煌的一生! 她难道不是幸运的和幸福的吗? 不然为什么会有那么多人羡慕她和嫉妒她呢?

另一方面,马珊对这一切又产生了怀疑,妈妈活得幸福吗? 她用酷爱物理学的感情支配生活,为自己建造一个严肃而复杂的秘密宇宙,她只发挥生命的使命,很少享受生命的欢乐。人类不是为科学而存在,科学应该为人类而存在。她不可能又是好科学家,又是好妻子、好母亲! 况且科学的门和地狱的门是在同一个单元里,很容易走错。她掌握了成功的钥匙就必然会遭到别人的忌恨。她又生性不驯服,只服从科学,人家只能跟她有工作关系,不能发展私人联系,这在当代社会怎么能够生存? 在中国,无论是政治家、科学家,还是平民百姓,没有政治和权力不可以左右的人格! 生活对于她来说太沉重了……马珊从小小年纪就立志想当一个妈妈那样的人,所以大学毕业后考上了妈妈读的研究生。现在虽然还没到打退堂鼓的地步,可是对继承妈妈的事业已经没有太多的热情了,她想过一种科学的、宁静的和轻松愉快的生活。有时人的才智并不比牛肉、电冰箱之类的东西更值钱。

看,妈妈在昏睡中都不得安宁,皱眉,摇头,有时还会浑身抽搐。

她多么痛苦,多么软弱,让人生怜。她在清醒的时候老是工作、工作,像个机器。只有当她睡着了以后,人的真情实感才不受她的理智和信念的控制,这样活着多难受!

马珊的眼泪顺着面颊慢慢往下流,不管怎么说,她爱自己的妈妈。今后也许不再崇拜她、模仿她了,但会更爱她。就像已经过来的这二十多年一样,每当妈妈遇到灾难,就想起女儿,需要女儿,变得像个真正的妈妈,女儿可以亲近她,得到她……她顶着个"梅花头"(造反派把反动技术权威的头发铰成一疙瘩一块,形同狼撕狗咬,为了与权威的身份相称,故起个雅名——梅花头)回来了,抱起女儿大哭,把眼泪都倾泻到珊珊的头上、后背上。最后还得靠不到五岁的珊珊帮着妈妈把那堆乱七八糟的头发剪掉,戴上一顶爸爸的蓝布帽,盖住那难看的、光秃秃的脑袋。那也许是她第一次看到妈妈哭得那么凶,她没有哭,只顾给妈妈擦眼泪,她真愿意妈妈多哭几次,妈妈在哭的时候总是那样紧紧抱着她不松手。爸爸关在牛棚里不许回家,正因为有她这个女儿,造反派才允许妈妈可以回家。可是每天晚上等她睡着了以后,妈妈就走了,有时到天亮还不回来。有一天她假装睡着,等妈妈出门后她偷偷在后面跟着。妈妈又回到研究所,从窗户跳进实验室,又看又写又做实验。她上不去窗户,只好在外面等,等着等着就睡着了,天亮以后妈妈从窗户里爬出来发现了她,以后她就跟着妈妈睡在实验室里。有一次,妈妈抱着她从窗台上跳下来的时候摔倒了,当时就没气了! 多亏她又哭又叫才被人发现,把妈妈送到医院。医生说不是摔死的,是劳累过度累死的。当时妈妈白天在庄稼地里劳动改造,跟别人干一样重的体力活儿,还要捎带着打五百个苍蝇,晚上偷偷去实验室搞研究。无论造反派怎样批判她,斗争她,都不能把她管住,只有珊珊才能把她管住。她的法宝就是生病,她一生病妈妈就老实多了。当时别的技术人员都给自己种菜、养鸡喂鸭。七二七所在远郊区,自己还有 个"农场",以后改名为"干校",中央又提倡"亦工亦农",为自己搞点小副业很方便。搞得最好的是孙敬久,有力气,肯下辛苦,成天抓蛤蟆逮蚂蚱,喂鸭喂鸡养羊,人称"三军司令"。从来不花钱买鸡蛋,自己的鸡下的蛋就吃不了,他还会腌咸鸭蛋,烧松花蛋,日子过得轻松自在。唯独她的妈妈,专跟自己过不去,一边干活儿,嘴里一边嘟嘟囔囔背外文单词,"天天读"的时候把毛主席语录翻译成英文,宣传毛泽东思想谁敢反对! 其实她是不愿把外文丢掉。衣服被汗水浸出盐花来,像一块半导体电路板,五个扣子不全掉光了没有工夫缝。不仅如此,她还跟别人过不去,看见哪个工程师为自己搞农牧副业,她就跟人家没完没了,死说硬磨,非逼人家把鸡鸭杀掉不可! 还骂人家没出息,不务正业。逼着人家看文献,一天看一篇,一年就是三百六十篇。还说不看文献的工程师是没有出息的,很快就会跟不上时代。叫人家不要丢了外文,要直接看外文资料,如果等别人翻译成中文你再看,至少晚了一年……人家都拿她当疯子对待,跟不上时代,不理解时代的恰恰是她,而不是别人。她自己破罐破摔,怎么能要求别人也跟她一样? 再说当时除去造反哪还有别的正业? 在一个发了狂的世界里,创造性的思想还有什么地位! 知识分子靠自尊心,自强自励。没有成果、不成才的知识分子是很痛苦的,"文革"解除了大家的痛苦,大家彼此彼此。她却偏要触痛人家的伤疤,所以不但造反派骂她,就连技术人员也骂她,妒忌她。她的地位是牛鬼蛇神,人家都不愿意跟她说话,她却理直气壮地跟人家指手画脚,这不是疯子是什么? 至少是精神受了刺激,有点神经质。珊珊是她的小尾巴,她走到哪儿,珊珊跟到哪儿。谁说她妈妈是疯子,她就跟人家不依不饶,人家背后说她是个"小女霸天"。对妈妈来说是灾难的岁月,她却可以跟妈妈形影不离,了解了成人的世界,自己好像也长大了,留下了带有传奇色彩的记忆。她帮了妈妈多少忙啊,就说打苍蝇吧,妈妈其实打不了几个,都是她给打的,最多一天能打一百个。晚上交给造反派,造反派也不说话,偶尔问上一句:"够数吗?"妈妈不愿当着她说瞎话,就回答说:"你自己数吧!"造反派才不会一个一个地数死苍蝇呢,多脏啊! 总是不耐烦地说一句:"行了,拿走扔掉!"顶傻的就是爸爸,打一个数一个,一天不闲着光打,规定五百个不敢少打一个,有时打了四百五十个,就跟造反派实话实说,还挨一顿骂,甚至挨罚。所以珊珊从小就崇拜妈妈,不崇拜爸爸。

到她上学以后,功课上遇到难题,听爸爸讲一遍还不放心,总要再去问妈妈,验证一下。

……

护士长走进来说:"马珊,来了两个人要看望你妈妈。"

马珊头也不抬:"叫他们滚开!"

护士长说:"看上去好像是两个领导……"

马珊嚷:"不管是领导还是老百姓,不管是好心眼儿的还是不怀好意的,不管是骂人的还是吹捧人的,一概不许进来!"

护士长说:"马珊,你可真厉害。"

"我妈妈醒着的时候被他们活活气死,现在睡着了,就叫她安静一会儿吧。"马珊站起身,从书包里拿出两样东西,"这是美国的削皮刀,削土豆皮、冬瓜皮特别好使;这是一双日本的裤袜。都是不值钱的小玩意儿,给您做个纪念。"她说完就把两件东西塞到护士长手里。护士长很高兴,但有点不好意思。

"护士长,请您多关照,不论是人是鬼,一个也别放进来!"

一二

正当布天隽在医院里睡不醒的时候,马弟元在家里却睡不着。一连几天,白天迷迷糊糊,一到晚上精神头儿就特别大,书看不下去,音乐听不进去,更没有心思干活儿。对他来说这是很反常的,他像鸭子一样温厚,能忍自安,生活一向很有规律,难得失眠。为了强迫自己睡觉,他每天早晨不再打太极拳,而是延长跑步时间。慢跑一万米,出一身透汗,回来用温水擦擦身子,再吃早饭。他虽年过半百,从未生过大病,身体素质很好,经得住这样折腾。折腾过后就有一种疲劳感,想躺一会儿。但是不能躺,更不能睡,要继续熬着,一直熬到晚上十点多钟,躺下就睡着。却只睡一觉,这一觉有时睡两三个小时,有时只睡半小时,醒来后头脑极其清醒,仿佛五十多年来他经过的大事小事,都清清楚楚地在脑子里闪现出来,思想活跃、敏感、自省,再也睡不着了,一直到天亮!

临近年关，天气突然转冷，阴历腊月二十七的夜里下了一场大雪。别看马弟元躺着的时候头脑很清醒，一起床就感到昏昏沉沉。他装束停当，推开房门一看，眼前突然一亮，宇宙只剩下两种颜色，天是黑的，地是白的。没有道路，没有菜地，没有沟渠，一张雪毯铺天盖地，包裹了世间万物。不分青红皂白，美的丑的，脏的净的，全被纯洁的雪花遮掩起来，连空气也被过滤得清新洁净，带着一股香甜的味道。马弟元猛吸了两口冷飕飕的空气，精神一振，起动两条长腿向野外跑去。路上没有车辆，行人也很少，平常喜欢早起练功的人，今天也没有出来。"万径人踪灭"，更使他感到自由、舒畅，轻巧暖和的登山鞋踏在松软的积雪上，发出有节奏的沙沙声。

他越跑越远，把七二七所连同它周围居民区里发出的喧闹声，甩在了后边。他向茫茫旷野前进，身上渐渐暖和起来。他真喜欢这只有雪，没有人，没有噪音的世界！他想叫，大声叫："噢噢——"他庄严地喊："一、二、三、四！"他还想唱，但是气不够用，出气多进气少，唱不成调儿。只好作罢，默默地往前跑，沙沙沙，沙沙沙……

他的思想也像这辽阔的雪野一样，漫无边际，忽而冒出这样一个念头，忽而又流出那样一段回忆——

"生男如狼，犹恐其尫；生女如鼠，犹恐其虎。"这是哪本旧书里的话？阴阳殊性，男女不同，阳以刚为德，阴以柔为佳；男以强为贵，女以弱为美。男性应该象征着阳刚、强壮、运动、理性、创造力、保护力，自己的家庭里为何阴错阳差？他欣赏老婆的才华，敬佩她的成就，那么作为一个女人，他爱她吗？

当小李知道他要离开七二七所好几年，跟他哭哭啼啼，觉得失去了依靠，失去了他的保护和指导。他抚着她的肩膀，紧握着她那柔软的小手，他感到自己是个男人，冲动得周身战栗。他真想把那个女孩子拥进怀里，亲吻她，安抚她……当那些爽快透彻的美国女人，恭维他是美男子，向他送媚眼的时候，他也感到一种满足。他为什么从自己的老婆身上很少能得到这样的体验？但是，这一切都不能怪天隽，只能怪他自己，当初是他追求她，结婚后他又甘愿当她的奴隶，为她牺牲……

　　他的遗传基因和本人的心智应该说都是一流的,小时候常看哥哥在花盆里做实验,他便也爱上了化学。从小学到大学毕业,包括三次跳级在内,年年在班上考前三名,因此说他也是尖子人物。但是,一九六五年在北京一个外语集训班上,他遇见了布天隽,一切都改变了。布天隽小他两岁,却是他的班主席,从她身上散发出一种巨大的、使他无法抗拒的魅力。与其说他是倾倒于她那清丽的容貌,玉洁冰清的气质,不如说他折服于她那超人的精力,特有的心智和勇气。布天隽直欲压倒须眉的性格,喜欢各种各样的攀登,一工作起来仿佛世界都不存在了,勇敢的目光,热烈而固执的神气,一下子把他的所有信念全摧垮了! 其实是一个优秀分子对另一个出类拔萃人物的真诚钦佩,构成了他们最初的感情基础。

　　他在追求她的策略上犯了错误,他应该发挥自己的优势,他的优势很多。在业务上他是班里公认的"外语天才",现任职务又是国家一个保密机关的研究员。而且身材高大,仪表堂堂,隆起的鼻子,丰厚的嘴唇,充满善良的大眼睛,仿佛集中了男性美的本质。再加上脾气随和,办事准确,重然诺,存古风,审慎而深沉的内在气质,这对姑娘都是很有吸引力的,因为像他这样的人能让姑娘们感到诚实牢靠。可是,他舍弃自己的优势,采取了另外的办法。布天隽跟母亲生活在一起,她难得有闲工夫陪着母亲逛大街、游公园,马弟元便乘虚而入,不声不响地进入了这个两口之家,自动代替布天隽承担起对老人的全部照顾工作和应该是男人干的重体力家务活儿。他不会说讨好的话,甚至不苟言笑,需要他时他准在,不需要他时悄悄离开。在这种默默的劳动中他感到一种幸福和满足,而且先取得了老丈母娘的同意。结婚后妻子的成就令他惊讶、耀眼,他感到自愧不如。国外许多有成就的科学家身边都有许多助手,中国没有这种助手的制度,科学家也得从刷试管开始。他自信能够帮助妻子了,而妻子也会需要他,他提醒自己,应该用智力观点看待生活,组织生活……

　　马弟元看看手表,已经跑了四十分钟。他停下脚步,在　块洁白、平整的雪地上躺了下来,他感到浑身舒畅,就这样静静地躺了一会儿,贪婪地吸吮着清新的空气。然后他坐起来,看看四周无人,便脱掉外衣,只穿着一件短裤,先在雪上打个滚儿,随后捧起雪往身上猛搓。先搓脸,后搓胸,再搓腿。开始他冻得浑身筛糠,渐渐周身都热乎起来,他坚信这种办法不仅能治失眠症,而且锻炼人的意志。他正在雪地上自得其乐,马珊骑着自行车来到他身边,一见他这个样子吓了一大跳:"爸爸,你怎么啦?"

女儿扔掉自行车扑上来,马弟元翻身趴在雪地上,命令女儿:"珊珊,快拿雪帮我搓后背。"

马珊急得要哭:"这要被冻坏的,你会生病的……"

"叫你搓你就搓,快点儿,别啰唆!"他扭过脸瞪了女儿一眼。马珊真的打了个哆嗦,她还从来没见过爸爸有这样的眼光,更没有听到过他用这样的语气跟她说话。她没敢再做声,帮着他搓舒服了,起来擦干身子穿上衣服,马弟元才问女儿:"你怎么知道我在这儿?"

女儿一直注意观察他的神色,看他的精神是不是出了毛病:"我顺着脚印找来的。"

"你妈怎么样?"

"她没事了,就是不放心你,叫我回来看看,谁知你真的出了毛病!"

马弟元又瞪起眼珠子:"放肆,我出了什么毛病?"

马珊不敢再说话了,她直想哭,听说话爸爸跟往常不大一样,看他的行动和这副古怪反常的样儿,显然是被妈妈说中了!他受了气不言不语,更不会反抗,老闷在心里,怎会不得病?精神上一定是出了问题!

马弟元缓了口气:"珊珊,你骑车先回家,今天上午把屋子打扫干净,收拾得漂漂亮亮的。上午接你妈出院,开始准备过年的饭菜,缺什么再去买,要大大方方的。今年春节要大庆,三喜临门,欢欢喜喜地过个痛快年!"

马珊只顾呆呆地看着爸爸,一句话也说不出来,觉得他越说越离题。

"珊珊,你干什么老这样看着我?"

女儿小心地说:"我们哪来的喜?"

马弟元在雪野里放声大笑,然后像故意说给好多人听似的提高了嗓门:"第一,分别三年,全家团聚,岂不是一喜?第二,你考上了研究生,确定了人生的进攻目标,难道不是二喜?第三,你妈妈在波尔公司取得了新成果,你爸爸终于找回了自己的人格和价值,决定此处不留爷自有留爷处,能说不是二喜吗!有此三喜,怎能不大庆一番!"

"爸爸,我的好爸爸!"马珊扑上来,抱住爸爸的脖子。马弟元也搂紧了女儿。分别三年,他早就想这样拥抱自己的女儿,可是从一下飞机就生气,况且女儿大了有诸多不便……他的两行热泪滴到女儿的红色防寒服上……

一三

春节过后第一天上班,魏求我接到《大世面》编辑部寄来的一个大信封,里面有十来封复印的读者来信,还有编辑的一封短信。

求我同志:

新春快乐!我不知该怎样向你说?是我逼你为我刊写了报告文学《钢铁公司》,你牺牲了一部中篇小说的材料为我两肋插刀!想不到此文发表后会惹起这样大的一场风波,七二七所屡屡写信告状,状告到中央纪律检查委员会、中央宣传部、人大常委会、各大报刊编辑部等等,据闻布天隽夫妇为此被搞得处境十分狼狈。我深感到对不起你,对不起布天隽和马弟元同志,我们也正在调查,尽量帮布总澄清事实。

复印了几封告状信,请你一阅。

祝

撰安

吴玉成
2月18日

这对魏求我来说真像当头一棒!《钢铁公司》发表之后有些朋友还来信称赞它,有的报刊也转载了此文,他心里颇有点小小的得意。想不到背后还有这么大的麻烦,他自己挨批挨骂都无所谓,牵连了布天隽和马弟元,他于心何忍? 人家不让他写,他硬是给人家帮了倒忙,这算怎么一回事呢! 他翻看那些读者的告状信,都是来自七二七所,有的署名是"部分革命群众",有的签字是"刘、王、超、果"等十几个单字。措辞最厉害的一封是从全国人大常委会那儿转给编辑部的,批评他的《钢铁公司》:"严重歪曲事实,与真实情况出入极大,不择手段地吹捧和抬高布天隽,很像是受了布天隽的收买,要不就是为了赚稿费!"还给他的报告文学列出十条错误:

1.所谓布天隽的"成果",大多是张冠李戴,别人干实事,她出名。利用总工程师的职权,攫取别人的劳动成果。

2.她是"出国狂"、"政治交易工程师"! 一心想放洋,捞外汇,买洋货,争名夺利,当了三大代表还不满足。

3.她出身于反动家庭,大哥流亡台湾,根本没有资格出国!

4.她女儿在大学的成绩很差,布天隽善走后门,把女儿招为自己的研究生。

5.魏求我为了美化布天隽,不惜丑化别人,贬低群众,挑拨离间,造谣生事,在国内外造成很恶劣的影响。应该公开批判报告文学《钢铁公司》,教育作者,挽回影响。

6.向魏求我提供情况的人都是布天隽的朋友和亲信,那个姓陶的工程师专会巴结她,为她家买煤球,砌炉子。

……

魏求我的脑袋都大了,发蒙、发涨,嗡嗡直响。他感到震惊、愤怒、慌乱、内疚,像吃错了药、拔错了牙、五脏六腑颠倒了位置一样难受。他把东西收拾好,没有向组长请假就回家去了。

下午,他来到布天隽的家,只有她一个人在,魏求我说明来意,表示了自己深深的歉意。出乎他的意料,布天隽不仅没有责怪他,甚至没有埋怨他,显然很高兴他能来看她。主动向他讲起了那些人怎样利用这篇报告文学造她的谣,整她,免了老马的职,把自己气昏过去……

魏求我越听越感到惶愧不安。但最让他吃惊和担心的却是布天隽的变化,这位昔日的"女霸天",如今变得这样软弱、寂寞。过去不屑意见客人,没有时间说一句没用的话,现在却是这样唠唠叨叨说个没完,唯恐客人不愿听她说。以前她身上散发出冷峻,如今她身上却散发出温暖。她脸上有了皱纹,不知是经常高度调用智力的结果,还是他的报告文学给她加上去的?

魏求我站起来又深深一鞠躬:"太对不起您了,给您惹了这么大的祸!"

"你不要这么说,你的文章不过是导火线,没有你的文章他们照样会整我。"

"这到底为什么,像你们这样的人可是国家的宝贝啊!"

"宝贝不一定就是财富,宝贝不用就变不成财富,从有人类的那一天起就有竞争,不过竞争跟竞争不一样,西方人的竞争导致科学技术突飞猛进的发展,我们的竞争是相互拆台,导致科技退步。"

魏求我知道问了一个愚蠢的问题,这会勾起布天隽的心事,让她激动。这些事情还用问吗?他自己体验的还少吗!她肯定有缺点,而且是明显的缺点,被人家抓住了。不然七二七所的"部分革命群众"无论怎样"革命",也不敢向中央写那样的信,眼下毕竟不是"文化大革命"那一阵子了!但是,布天隽无疑也是个天才,而且有才能的人总会受到外在世界的压迫,庸才扼杀天才是命运的一种规律,是社会安排下的陷阱。他惋惜地说:

"看来不论想干成什么事情,都得要掌握相当的权力,否则就无法实现自己的抱负。过去中国的知识分子只能坐到张良、诸葛亮那样的位置,当不了刘邦、刘备。当初您要不推不让地当上所长,掌握住全所的大权,还会有今天这种麻烦吗?"

布天隽苦笑着摇摇头:"那惹出的麻烦也许更大,我是学物理的,喜欢找出事物的本质和规律。物质结构无非就是原子和电子的排列,离子注入就是打击物质,改变物理特性,结构演变又会生出一种新的物质。比如,你说沙发很舒服,准确的说法应该是沙发有弹性,这就是物理特性。如果我当行政领导干部,老是用搞科学的办法喜欢指出政治的本质、权力的本质、社会的本质,那肯定会自讨苦吃,四面碰壁。"

她的科学头脑里并不缺少政治细胞,可魏求我对这一点已经不感兴趣了,他赶紧岔开话题:"马工呢?"

布天隽脸上现出一种欣慰和自豪:"他到外地去了。好多地方都想要我们去工作,科技交流总局希望他继续去当高级顾问,有的省市想调他去当经委主任或科委主任。他先去看看,考察一下那里的工作条件,比较之后再作决定。"

看来这场灾难倒唤醒了他们夫妇间一种新的感情。他没话找话,想磨蹭到马珊回来,又问:"您是学物理的,马工是学化学的,从事业到家庭怎么会合作得这么好呢?"

布天隽笑了:"物理和化学发展到最高阶段就难以分开……"

这时候马珊提着菜篮回来了,吊下脸说:"魏求我同志,你又来干什么?缺'名'了,还是又缺'利'了?"

"对不起,实在对不起,我今天是来赔罪的!"

"我能相信一个说话不守信的人会有诚意来赔罪吗?你摇唇鼓舌像摇动笔杆一样容易,可你知道我的父母为你的文章付出了什么代价吗?"

布天隽斥责女儿:"珊珊,不许这样说话。小魏也是出于好意……"

马珊仍不依不饶:"最叫人难受的就是好心的出卖,通向地狱的路都是由善良的心铺成的!"

魏求我抬起头:"马珊,谢谢你的话又给了我新的勇气,我今天就是想来埋葬自己,请你作证,并监督我。我信得过你,你是我最理想的法官。"

马珊冷酷地撇撇嘴:"哼,你威胁我?"

"不,是请求你,一会儿参加我的葬礼。"

"葬礼?你开什么玩笑!"

"你别误会,我不是想自杀。但也不是开玩笑,摇笔杆的那个魏求我,从今天起就死了。"他从口袋里掏出一盘磁带,递给马珊,"你不是存着一盘我跟马工的谈话录音吗,再给你一盘,这是我的自白,也可以说是死前的哀乐,你先放出来听听。"

马珊疑疑惑惑地把磁带放进收录机,里面果然传出魏求我的声音:

> 我叫魏求我,除去当一个不高明的记者之外,还写一些小说、散文和报告文学。这些东西究竟对社会有什么用处,不得而知,反正我自己没有看到。我看到的是这些东西给我所敬重的人、被我采访过的人带来许多祸害,有的成了谣言攻击的中心,有的被撤职,还有的险些被死神召去。我无异于一个图财害命的恶棍!而对于我所厌恶的人,毫发无损。我又多么像个可笑的小丑!鉴于我太天真、太浅薄、太善良、太愚蠢、太容易轻信别人,还有那毫不值钱的正义感,因此无法了解这个复杂的社会,更不能够透彻地理解自己的同类,不配当记者或当作家!今天,我把自己的全部作品付之一炬,把自己从文的念头也烧个干干净净,向受我牵连的人赎罪。今后倘再舞文弄墨,不复为人!
>
> 1985年2月25日

布天隽惊慌地说:"魏求我同志,你不能这么干!"

马珊也怔怔地望着他:"原谅我刚才那些话,你是很有才华的。"

魏求我向布天隽告别:"布总,实在对不起,今后我不会再给您添麻烦了。"

他转身又对马珊说:"我想你能够理解我,请你帮助我。"

他又向布天隽鞠了一躬,告辞出去。马珊默默地跟在他身后,两个人来到存放垃圾的地方。魏求我从书包里掏出自己的全部"成果",有的印成了字,有的还是草稿,已经发表的作品至少存了两份,全部扔进火堆。

马珊望着火苗,始终一声不吭。

魏求我的著作远远不到等身的地步,没有多一会儿就全部烧光了。他站起身对姑娘说:"再见,谢谢你。"

"等等,那你今后打算怎么办呢?"

"干什么也不会饿死人,就是捡破烂儿,也比写作更干净,更心安理得。"

"我今后可以找你吗?"

"不行,我不会给任何人带来帮助或快乐。我还没有看透的时候,是个有用的人;当我看透了一切,就变成了多余的人。"他骑上自行车头也不回地走了。

马珊望着他的背影,两滴眼泪像两颗珍珠一样从眼睛里滚落下来。

1985年3月31日于天津芥园里

情知不是伴

找上门来的主人公

灵感把我抛弃了,思维也像一汪凝固的死水。我的大脑仓库里本来塞满了乌七八糟的故事,各式各样的人物、千奇百怪的思想,此刻却突然变得黑洞洞空无一物,没有印象,没有想象,真的没有了,连虚假的幻觉也不复存在。世界离我而去,生活离我而去,语言也离我而去,文学这个杂种算是把我出卖了!

我上辈子缺了什么大德,罚我这辈子当写匠?

房子像一座坟墓一样令我窒息,我却不愿走出房门一步。我爱这坟墓,我害怕连坟墓也背叛我。往常我一走动思维就会复活,现在我却宁愿久久地站在窗前,死死地盯着阳台石沿儿上的牡丹花。花苞上爬满红蜘蛛,像婴儿的小嘴一样开始绽放的花蕾,从花把儿上一颗颗地脱落下来。是生命就都想开花,好不容易长出这么大的花骨朵儿,眼看就要开花,为什么它要自动放弃这美好的生命、这最光彩的时刻、这最出风头的机会?像尘埃一样微不足道的红蜘蛛真的能把这样一株茂盛的牡丹缠死、磨死吗?可怜这生就一副富贵命的花王,跟着我也受了穷、遭了罪!

"头鸡蛋喽!"

"拐棍儿糖,连玩儿带吃,一毛一根!"

"线手套、布手套换篮子!"

"小磨香油,保准儿香你一溜跟头!"

"换稻米!"

"买活鱼!"

"有旧挂历的卖!"

"有酒瓶、罐头瓶、橘子汁瓶的卖!"

"冰棍败火,败败心火!"

"要煤吗? 谁家要煤?"

"打被套!"

"修理钢精锅!"

"谁买香菇?"

我看看表,每隔四十五秒钟窗下就传来一种不同的叫卖声。我的房子地处郊区,所有进城做买卖的小贩全从我楼下开始亮开喉咙,从早晨五点到晚上八点,吆喝之声不绝于耳。这也是一种享受,我房子以外的世界多么丰富多彩,多么生气勃勃,多么诱人,多么烦人。

我非常熟悉的街道代表的声音又从楼角的电线杆子上的高音喇叭里传出来,震耳欲聋,使我汗毛倒竖,以为又回到了"文化大革命"的年代。这声音我听了五年了,不知为什么老不习惯,憋了一肚子意见也不敢向街道代表提出来。代表是不能惹的,我不怕机关的党委书记却怕街道代表,看见她那用翘起的手指夹着香烟的姿势,听见她那故意咋咋呼呼的说话声,我总觉自己有多少理也说不清楚,感到一种时刻都会被批斗的威胁。

街道代表的所有指示都要借助高音喇叭来下达。据说这几个大喇叭是从附近工厂里要来的,工厂要它没有用,街道不用白不用。老大娘们在话筒面前是什么话都敢说的:

"吴姐、刘大娘、王大爷,快到居委会来。没吃完快吃……该死的,别把瓜子都嗑了,给我留点儿。居民同志们,要注意防盗。别忘了计划生育。别随地吐痰。别让自己的孩子随地拉屎尿尿。别往楼上贴煤饼子,把新楼搞成了个包公脸。别从楼上往下扔脏东西,违者罚款……别逗,等我广播完了跟你算账……少则一元,多则十元,谁捡到一串钥匙，请送到居委会来……"

从前面那座楼群里传来鞭炮声，不知是迎娶新娘，还是为死者送殡。

有人敲门。太好了，今天我最欢迎来客人。倘若是老熟人就更妙了，灌上两杯啤酒，海阔天空地心不在焉地说上一车过后就忘的废话，暂时忘却了一身的文债，乐哉，壮哉，优哉！

来人是我刚结识不久的一家舞厅的老板陈松奇，他身后还跟着一位年轻的妇女，有礼貌地向我露出微笑。她很会笑，笑得很得体，很有身份，也很美。

陈老板替我作了介绍：

"这位是大洋海味店的经理颜芳同志。"

我为他们沏上茶，心里猜测着这两位老板的来意……

陈松奇以一种不拿自己当外人的口吻说：

"蒋兄，我又给你带来一部中篇。"

噢，原来这位女老板也喜欢舞文弄墨，是来叫我给她看稿子的。

"我是不是太冒昧了？"

颜芳不知是自问还是问我，神色却没有丝毫的拘束和不自然。她穿一身款式新颖的乳白色套装，系着鲜红的领带，举止落落大方，气度雍容自然。双眸明澈，透着机敏且又富于表情，从一进屋就不回避我的目光。

陈老板的神色颇为得意，好像他把颜芳领到这儿来是做了一件功德。

"颜经理是个女强人，她的故事足够你写一部中篇小说。"

"哦，原来是这么回事。"

她本身是一部中篇小说，而不是她写了一部中篇小说请我看。她一定遇到了麻烦，或是在工作上，或是在个人生活上，也许两者搅在了一起，要向我倾诉一番。这样的事情我遇到的太多了，如果我愿意天天都有得听。中国有这么多善良的受了委屈又起诉无门的老百姓，往往把作家当成了法官、当成了他们的代言人。这位女士是希望我把她的故事写成小说呢，还是请我帮她打官司呢？也许只是要我做个热心而又有耐性的听众，听她把肚里的委屈全都倒出来，我不用说太多的话她心里也会感到好受一些。

颜芳要讲出一个哪一类的故事呢?

我做完了主人应该干的事情,坐在他们对面的藤椅上,可以仔细地打量这位年轻的女老板。她的脸型、眉眼并不是有多么惊人的美丽,但长得富态,皮肤白得如同葱根儿一般,一白遮百丑。从整体看来她就显得十分漂亮、优雅、丰满,还有一种高贵的气质。嘴角始终带着一种充满自信和对别人无限信赖的微笑。

有着这样一副神情的笑面女郎,会有什么过不去的事情呢?

陈松奇催促她:

"讲吧。"

"从哪儿说好呢?"

"当然是从头说,好让他听得明白。"

"那话可就长了,"她把目光又转向我,"我没有打搅您的写作吗?"

"没关系,我今天是只坐不写。"

叫我说什么好呢? 我知道她会讲出一个什么样的故事? 乏味的,生动的,陈旧的,新鲜的?

陈松奇见颜芳要书归正传,起身告辞:

"我把你领来就算完成任务了,你慢慢谈,我还有事就不陪了。"

我把他送到门口,颜芳礼貌周到地又说了一句客气话:

"谢谢你,陈经理。"

重新落座之后她略微沉吟了一下:

"好吧,我就从头讲起……"

一瞬间她突然变得端庄、深沉,眼里似乎还有晶莹的泪光。我立刻觉得跟她的生疏感消失了,愿意为她做些事情。但她的泪水始终没有流出来,闪烁着光芒的眼睛也一直望着我。

哭的学问

一想到父亲的死可能给我带来好运,我哭得就更凶了。别人哭的时候我跟着哭,别人不哭了我一个人还哭,别人假哭我真哭。哥哥嫂子就有一套哭丧的技巧,吊孝的人一来他们倒地就号,声音很大,听起来很感动人,其实是干号,一滴眼泪也没有。身子趴得头挨地,眼睛却滴溜溜乱转,吊孝的人一起身他们的哭声立刻止住,该干什么还去干什么,接来送往,应酬各路亲朋,东张罗西忙活。他们把哭当做一种形式,好像演戏一样是哭给别人听的,是为了凑热闹和制造悲哀气氛用的,把给父亲办丧事当成一种工作来完成,不动感情,忙忙乱乱。我一看到他们这副样子就哭得更伤心了。我是替父亲难过,尸体还在床板上躺着,亲人们就开始糊弄他,不把他当做是这个世界上的人了。真让人寒心,好像他的死是不可避免的,是理所当然的。为什么就不觉得他是不该死的。他一辈子没享过福,死得太窝囊了!他刚死,做儿女的就这么容易、这么狠心地接受了这个现实吗?我总觉得父亲还没有真死,做儿女的只要心诚是能够把他哭活过来的。

三天来我眼睛哭肿了,嗓子哭哑了,唯独眼泪永不枯竭,老哭老流,老流老有。我自己也想不到身上的水分能够通过眼睛都流出来。听说泪流干了就流血,我感到身体渐渐枯萎了,水分似乎快要流尽了。我咽不下东西,吃饭的时候只能喝碗汤。由于跪得时间太长,磕头太多,膝盖酸疼难忍,就像骨头里刺进了玻璃碴儿。只有趴在父亲身上大哭的时候才能忘记这种疼痛。但是一碰到父亲死后第一次见面的人,不论老幼我一律扑上去磕头,孝子(女)头遍地流。老人说儿女磕头是替死去的父亲赎罪,我却总觉得是为自己赎罪。父亲一死我就可以从内蒙古调回来顶替他上班,好像父亲是被我催死的!

在外人眼里我们是一家子,其实一家人之中也有亲有疏,有偏有向。哥哥处处想着嫂子,妈妈最疼大姐,不知为什么我跟爸爸最好,然而数我受爸爸的牵累最多。他在市建筑工程处给头头开小车,有一天得到消息造反派要去掏头头的老窝,他偷着开车去送信,把主任拉到郊区躲起来。世上没有不透风的墙,躲过初一躲不过十五,头头很快就被造反派抓了回来。父亲可倒了大霉,比他拼命为之效忠的当权派挨的打更惨,挨的斗更多,挨的骂更狠,因为他是工人阶级的叛徒,是走资派的走狗,既是政治问题又是品质问题,被人瞧不起,单位里不再拿他当人看,我在学校里则成了地地道道的"狗崽子"!

我宁愿当个真正走资派的女儿。走资派毕竟掌过权、得过势、吃过香,人们可以批判他、憎恨他,却不敢轻视他、鄙薄他。有人甚至明里批判他,暗里巴结他,想到当权派终归是当权派,将来也许还会掌权的。当那种人物的儿女暂时受点委屈也值得。我的父亲演的这算哪一出呢?丢人现眼,他活得太老实、太憋气了!

为了洗刷父亲带给我的耻辱,我用了多少心机付出了多大的代价。要想入团就得先博得老师的喜欢,要讨好老师就得有点惊人的举动引起她注意,学校号召捡废钢铁,我就脱下头一天上身的新褂子兜废铁,同学们吓一跳,老师被感动,表扬我是全心全意地一点不掺假地学雷锋。捡的那点破铁不值五角钱,跟我那件新褂子的价值根本无法相比,但我不心疼不后悔。谁知我越是积极,同学们越恨我,越瞧不起我,他们往我书包里倒墨水,在放学回家的路上从后面往我身上砍石子。我成天孤零零的,不敢到人多的地方去,有几个同学一见了我就起哄:"汪汪,狗,狗!"

我的活路只能是离开这个学校,离开这个城市,离开自己的家,宁肯死了也不能再像爸爸那样活一辈子!所以学校刚一开始动员上山下乡,我没有跟任何人商量就报了名……

火葬车来了,它像个会走动的骨灰匣一样让人发瘆。全家人突然像大合唱一样一块儿号啕起来,他们平时哭得不卖劲儿,原来是留着力气在送爸爸走的时候大哭一场。我却是只有哭的感觉,再也发不出哭的声音。帮忙的人在门外点着了鞭炮,屋里的人七手八脚,闹闹嚷嚷,把父亲抬起来送上火葬车。妈妈和姐姐哭喊着扑向火葬车,帮忙的人把她们拉住了。我始终抓着父亲的手,随着担架不顾一切地跳上了火葬车。我跪在父亲身边,用两只手紧紧握住父亲的右手。

"小芳,下来吧,咱们坐后面的车。"

好像是嫂子的声音,我没有心思搭理她。我不能离开爸爸,不能让他一个人躺在这黑乎乎、阴森森的火葬车里。

"别管她,她是犟眼子!"

哥哥把花圈也想放进火葬车,我使出全部力气才勉强喊出一点声音:

"别碰着咱爸爸!"

一个来帮忙料理丧事的老大爷把花圈拿走了,对另一个帮忙的人说:

"颜师傅的这个老闺女还真孝顺,成天不吃不喝,哭得死去活来。轮到我死的时候能有人这样哭我就知足啦!"

看来真哭还是假哭是瞒不过别人的,儿女的哭声不仅能慰藉爸爸的亡灵,也能慰藉活着的人的心。我感激那位老大爷看出了我的孝心,我把爸爸的手攥得更紧了,如果他有知觉一定会喊疼的。

"哐当"一声,火葬车的后门关上了,车厢里一片漆黑,我看不见父亲的脸,双手抓得更紧了,父亲的手又粗又硬。

火化场在远郊,汽车要走一个多小时,进了火化场父亲就真正的走了,我愿意就这样握着父亲的手永远走不到火化场。火葬车里密不透风,一股又腥又霉的恶臭噎得人喘不上气来,车厢不停地晃动,父亲的尸体也在担架上轻轻地摆,就像又活过来一样。我一点也不害怕。由我来陪着父亲走完这通向死亡的最后一站,我感到满足,感到心里的悲痛似乎也减轻一些了。

四周格外安静,只听见了车轮滚动的声音。没有人管我,也不会再有人劝我,我可以尽情地哭,有泪尽情地流,没有多长时间好哭了。人活得这么艰难不哭是不行的,可是难得有这样的机会能够痛痛快快地大哭、敢哭,把心里的忧患悲哀痛苦委屈酸咸苦辣全都哭出来……

(她想跟我说什么?泪光闪烁,黯然神伤,脸上的线条无比柔和,惹人爱怜,我真受不了女人的眼泪。几乎可以断定,这位颜经理一定是来向我叙述她感情生活上的不幸,开头先谈她父亲的死,借以打开自己感情的闸门。

前天,我中学时期的一位同学突然来访,费了好大劲儿我才认出

205

眼前这位地道的"城市胖大嫂"就是昔日我们学校的风云人物侯玉屏。当时她是学校女子篮球队的队长,每逢她们赛球或练球的时候,球场四周就围起好几层人墙,几千只眼睛与其说是看那只飞来蹦去的篮球,不如说是为了尽情地光明正大地盯着侯玉屏,苗条的身材欢跃奔跑,有力在扩张,美在流动。姣好的脸蛋红扑扑,充溢着生命的朝气。飞扬的短发像黑色的闪电,放射出一股强大的电波,吸住了所有观众的心,无一例外地都为她叫好,为她的队加油。许多男同学以能跟她说上几句话或被她看上一眼为荣。想不到岁月的斧凿竟把她砍削成这副模样!我仔细观察才能找到她身上残存的那一点年轻时候的神韵。几句客套话一说完,我问她找我来有什么事情?侯玉屏突然哭了起来,咧着大嘴,完全不管美观不美观,不管我心里会怎样想,她哭得自然而又真诚。我发现女人的眼泪是与人交往的最好黏合剂,有了这种东西立刻就把人与人之间的关系拉近了。

她的精神眼看就要崩溃,谁知道呢?也许永远不会崩溃。但我感到惊慌失措,请她快点说,到底出了什么问题,需要我帮什么忙?我一定两肋插刀!千万别这样真枪实弹地大哭。

侯玉屏的丈夫比她大十三岁,年轻的时候说不清得过一场什么大病,左边的肺和四根肋条被摘除了。身子变歪,右肩高左肩低,胸脯扁而瘪,不论走到哪里,"半导体"的外号始终像影子一样跟随着他。导者,倒的谐音。再加上秃顶,丝瓜脸,这副尊容真够十五个人瞧半月的了!这都不是主要的,主要的是他的内心世界比他的外表更难令侯玉屏容忍。他们有三个孩子,二闺女今年要考大学,回到家就复习功课,"半导体"一进家门则必须打开电视机。如果他回来得晚一点,就边喝酒边看电视,酒菜倒不甚讲究,只要有一盘炒鸡蛋、二两花生豆就行。如果侯玉屏再给他加上两个菜,他就会美得摇头晃脑,喷儿哑儿地把酒喝出响声来。喝到兴高采烈时,他就敢当着孩子们拍拍侯玉屏的肩膀,得意地夸上几句老婆:"咱这小娘儿们,没比了!"倘若他回来得早,酒足饭饱之后沏上一壶热茶,往电视机跟前一坐,不看到播完了第二天的节目预报不挪窝。只要是电视剧他就百看不厌,没有电视剧有广告也能看得津津有味儿。光眼看还不行,嘴里也不闲着,他的评论自然都是独特的顺口的有时也不失幽默感的一串串粗话,激动起来还要千舞足蹈,拍桌子打板凳。如果有武打片或者足球赛,那更是如同过年一般,"半导体"从早晨就念叨,就盼着天快点黑。想想看,有个这样的"一家之主",家里会有多热闹!

二闺女、三小子不得不用棉花把耳朵堵上。趴在墙角的台灯下准备功课。大闺女已经参加工作,就越发看不惯她爸爸身上的俗相劣骨,更受不了他像个大烟鬼似的,香烟一根接一根。他越激动越高兴就抽烟越多,把屋里熏得老是乌烟瘴气。为了三个孩子的健康,侯玉屏也只得给他买好烟抽。他的气质本来就是劣等的,如果再抽劣等烟卷儿,通过他的单肺臭嘴过滤后吐出来,那气味还好闻得了吗?三个孩子嘴上叫他爸爸,这是从小养成的习惯,但并不认为"爸爸"是个好名词儿,全不尊敬他,惹急了一块向他进攻。只要有一个孩子先对"半导体"发难,其余的两个人就会在旁边策应,一唱一和。

二闺女忍无可忍:"妈妈,瞧你给我们找的这个倒霉爸爸。你怎么找了这么个人?到马路上随便捡一个也比他强!"

大闺女的思想已经比较解放:"要叫我呀,一天也跟他过不下去!"

看过电影《雷雨》的小儿子也接上一句:"还不如鲁贵。"

"半导体"的优点是不管儿女们骂出多难听的话,他也不会寻死觅活,吃不下饭,睡不着觉,甚至不影响看电视。因为他比儿女们更会骂街:"你们这仁王八蛋要造反哪?"

二闺女:"你搅和得我看不了书,考不上大学怎么办?"

"别你妈的拉不出屁屁赖茅房!"

大闺女:"那个臭电视有什么好看的,连幼儿园水平都不到,就你一个人看得那么上劲!"

"你管得着吗?老子为你们挣了大半辈子命,不就是有这点享受嘛。"

小儿子最坏,知道他爸爸怕谁,就说:"妈妈,明儿个你到厂子找他的头儿去,就欠叫他的头儿治他!"

"小王八蛋!"

一只茶碗飞过来,"半导体"被捅了疮疤,勃然大怒。

可惜孩子们并不怕他,挨几下打也不怕他。

"我们是小王八蛋你就是大王八!"

"他本来就是第三者插足,咱妈根本不爱他,是他涎皮赖脸地硬把妈给磨过来了。"

"这就叫本事。我不把你妈夺过来,能有你们这群小王八蛋吗?"

"半导体"反而笑了。他知道自己不是王八,所以对儿女们照骂不误。

侯玉屏在旁边坐着,一声不吭,她要说说孩子,孩子是会听的。但她不想说,这能怨孩子们吗?她想说丈夫。丈夫是不会听她劝的,只有她离家出走或提出离婚,"半导体"才会真的害怕。孩子们都这么大了,怎么可以老演那一出?除此她实在不愿意跟丈夫说话,有什么可说的?有时十天半月想不出一句可以跟丈夫说的话。

然而"半导体"并不需要她的语言,也不管她的灵魂呀什么的,只要能给他炒菜做饭,能给他烫酒买烟,能给他管家,夜里能给他个身体,就足够了。他形容侯玉屏的身体也有自己独特的语言:

"摸着像凉粉儿,上去像个小轮船儿,真美,我这辈子算不白来!"

因为他的躯干瘦小枯干。

侯玉屏真想哭。但是只要有丈夫在跟前,她就一滴眼泪也没有,她感到自己像个木头人一样活了这么多年。只要离开丈夫,她就感到自己像个活人,对谁都可以大哭一场。

她找我来就是为了痛痛快快地哭给我听?她应该去找心理学医生。据说在发达国家心理学医生很赚钱。中国有多少像她这种貌合神离、同床异梦的家庭?特别是中年人的感情生活,许多人都碰上了一点危机。可惜我对心理学著作读得太少了,否则一定会比当写匠有出息。

侯玉屏怎么会嫁了这样一个人物呢?)

有几个日子是我到死也不会忘记的。一九六八年六月二十三日，下午两点三十分，车厢里站满人，站台上挤满人，车上车下一片怪声怪气的哭叫声。那不是正儿八经地哭，丫头谁也不敢哭，万一落下个破坏上山下乡运动的罪名那就够你哭一辈子的了！一种被压抑的哭泣，一种被憋得变了腔调的哭声，从几千张嘴里一块发出来，变成一片号叫，一片怪叫，惨不忍睹，悲不堪闻！

去内蒙古落户是我自己拿的主意，我一肚子火气，一肚子仇恨，能够控制着自己不哭出声。当看见要跟我一块走的红卫兵大队长也抱着家里人哭天抹泪，我才敢流泪。我的上半截身子探出车窗，妈妈和大姐一人拉住我的一只手，她们早就哭成了泪人，不比现在哭父亲的去世流的泪少。当时她们认为我去内蒙古就是发配，就是有去无回，跟死了差不多。人们哭小的总要比哭老的流泪多，从这一点看我是幸运的，小小年纪就赚了亲人许多眼泪。

我没有听见火车鸣笛，也不知道火车是什么时候开动的，只觉得拉着妈妈和姐姐的手越来越紧，渐渐拉不住了，一股巨大的力量把我们拉着的手分开，我眼看着妈妈昏倒在站台上。

我全身都湿透了，分不清是汗是泪，妈妈怎么办？姐姐一个人能把她救活吗？站台上那么多人会帮忙的，大家都是同病相怜，怎么见死不救？这能怪我吗？我不主动报名也得走，与其被打着走不如自己走，还落个爽快，落个积极。既然早晚都得走，晚走不如早走，早走也许会去个好地方，上级好拿我们做样板动员后边的人。如果我们去的地方又苦又穷，后边的人谁还愿意再学我们的样了上山下乡呢？以后才知道我这些小心眼儿、小聪明全都不灵。

妈妈和姐姐被人群挡住了，我看不到她们了。这时车厢的喇叭里传出一道命令：

"全体起立！"

我们都在自己的位子上站好。

"让我们共同敬祝伟大领袖毛主席万寿无疆！"

我们重复着，但声音沉闷，混乱。

"让我们放声高唱《大海航行靠舵手》。'大海航行靠舵手',预备
——唱!"

"大海航行靠舵手……"

大家唱出的是哭音,声音尖细而又微弱。唱到第三句的时候车厢
里变成一片哭泣声……

自我记事以来这是第一次难忘的大哭。

第二次大哭就是三个月以后了。

内蒙古迎接我们的是夹生的高粱米饭和爬着白蛆的黑酱。一间
屋里住着我们八个女同学,一切都不习惯不适应,连饿带累熬得大家
邪火特别大。火气一大是非就多,为了一点小事也会吵架,一吵架就
哭,一个人哭别的人就跟着一块哭。大家好像千方百计地寻找一切机
会痛哭,发泄心里的委屈和痛苦,她们都是"红五类",有这个权利放开
嗓子大哭大闹。唯独我不能哭,我是地地道道的"狗崽子",低人一等,
不敢哭。因此一有人吵架我就急急忙忙地站在中间劝架,我怕她们
哭,看着她们哭而自己不能哭是最难受的事。

慢慢地我学会了笑,难受的时候笑,愤怒的时候笑,受了委屈笑,
挨了饿笑。但我心里实在憋得难受,真想找个机会大哭一场!

有一天下小雨,我刚接到家里的来信,想家的情绪实在难以遏制
了,就骑上马跑到二十里以外的大草甸子上,在这儿不论怎么哭怎么
叫也不会有人听见! 我先是像演员练嗓子一样坐在马背上大叫:

"啊——啊!"

这喊声逐渐地变成了哭声。我撒了大泼,像个野人,像个疯子。
我拼命地哭号,荒漠的大草原立刻就把我的声音全部吞没了。我尽情
地放逐眼泪,但泪水很快就被雨水冲掉了。我哭够了,哭累了,从头到
脚都被雨水浇透了,心里舒坦多了,骑着马慢慢回村子。

汽车停住了,骨灰匣式的车厢打开了,哥哥跳上车来。

"小芳,快起来,帮我把爸爸抬下去。"

我想站起来,可是腿不听话,伸不直。我的双手还紧紧攥着父亲

的右手,也松不开了。不知是我舍不得离开父亲还是父亲舍不得丢下我,他的手指弯曲,骨节像铁钩一样死硬死硬,跟我的手指绞在一起。

哥哥害怕了,吓得脸都变了颜色:

"小芳,你怎么啦?"

他这一喊叫,姐姐、嫂子们都围到车门口,不哭爸爸倒大呼小叫地哭起我来,"小芳"、"小妹"地喊个不停!

还是火化场的工人胆大有经验,跳上车用力把我的手指掰开了,哥哥把我扶下车。他们抬走父亲,我紧追两步,哭喊着要往父亲身上扑,眼前一黑却倒在姐姐的怀里。我并没有死过去,心里还挺明白:

"爸爸就要被他们烧了……"

故事像生活本身一样无聊

(颜芳望着我阳台上的那盆牡丹花,眼睛超然于有情和无情之上,睿智白皙的额头凝聚着静谧和充实感。我眼睛望着她,耳朵听着她有滋有味的讲述,不知为什么脑子老开小差儿,又想起了我的同学侯玉屏。颜芳同侯玉屏毫无共同之处,我为什么老把她们两人的命运搅在一起?

侯玉屏是著名的侯家码头大掌柜的千金,她家趁十几条轮船。从前连日本人也让侯家三分,她记得每年她父亲过生日都要摆下一百桌酒席。侯玉屏却偏偏从小就爱上了一个穷邻居的儿子鲁振元。鲁振元的父母以捡破烂儿为生,他父亲到市内走街串巷地去收破烂儿,他母亲就在侯家码头上捡捡拾拾,最为侯家的人所瞧不起。家里弄得脏糊糊。房前屋后摊晒一堆堆乌七八糟的破烂东西。然而鲁振元却长得一表人才,高高的个子,英俊的大脑袋,很帅的小平头,大耳、高鼻、闪着光芒的眼睛。热乎乎的一双大手,处处透着憨厚、真诚、英气的力度。他还是全市中学篮球联赛的冠军队——十八中校队的主力队员。

鲁振元比侯玉屏高三个年级,侯玉屏有做不出的功课就去问他,做得出的也去问他。她喜欢胳膊肘顶在桌子上,双手托着下巴颏,眼睛一眨不眨地望着鲁振元，她就愿意听他说话。只要听到他的声音就行，至于他讲些什么无关紧要。两人谁有了一点好东西都要偷偷地送给对方，一支钢笔，一个铅笔盒，一种好吃的东西……

渐渐地两人都感到有些话当面说不出口，于是写情书。替他们传递情书的是鲁家窗台上那盆死不了花。谁写好了情书就压在花盆底下，把对方的信取走。侯玉屏说：

"振元的脚爱出汗，他的球鞋和袜子很臭，可是我不嫌。反而喜欢偷偷地闻它、亲它，有一种男人特殊的气味令我激动得浑身战栗。我对老邢就从来没有过这样的感情。"

老邢就是"半导体"，全名叫邢起福。他又干又丑，毫无性感。

解放以后鲁振元的父母都有了正式工作，日子越过越好。而侯家却是江河日下，一天不如一天。到一九五六年公私合营的时候，侯家的主要人物死的死，坐监狱的坐监狱，侯家码头彻底归了国家。这些变迁不仅没有影响侯玉屏和鲁振元的关系，反而使他们的关系更亲近了。鲁振元决心打一辈子篮球，高中毕业后考进了湖南体育学院。母亲为他做了个红裤衩，穿上它可以保佑他在球场上平安无事，临行时他却把这件宝物偷偷地送给了侯玉屏。侯玉屏送给鲁振元一块手绢，咬破中指用自己的鲜血在上面写了四个字："生恋亡爱"！

那个年月时兴写血书。）

我昏昏沉沉地在床上躺了一个星期。这七天里，哥哥拿着我从内蒙古带回来的县、公社、大队的三级证明信，到建筑工程处为我办好了顶替父亲回城上班的全部手续，姐姐到派出所替我报上了户口。一切都很顺利，因为父亲死了，一个萝卜顶一个坑，城里终于有了我立脚的位置。

已经官复原职的工程处党委书记吴国基还挺不错，没有忘记我父亲为他开了十几年汽车，没有忘记我父亲为了救他而受的那些折磨，他给我写了一张纸条——

曾孟达同志：

  顾荞同志分到你队工作，她在农村插队期间表现很好，请你多加培养，对她的能力给予足够的重视。

吴国基即日

哥哥向我夸耀他费了许多周折才见到吴国基，幸好吴书记不是那种"人在人情在，人死人情断"的人，没等他多费话就大笔一挥写了这张条子。别小瞧这张纸，它比任何盖着公章的证明信都更管用。曾孟达是工程处下属的一个修缮队的党支部书记兼队长，是吴国基提拔上来的。吴国基叫他对我"多加培养"就等于告诉他要对我"多加照顾"，叫他重视我的"能力"就是说要给我分派一个轻松的工作。这跟黑话一样难懂。我问哥哥，这位吴书记既然想帮忙，为什么不把话写得明白点儿呢？哥哥说，当头儿的都是大滑头，这张纸条万一落到别人手里也找不出毛病，不至于给他招来什么麻烦。

我有工作了，我也要赚钱了，从今后再不吃闲饭，不用家里为我操心了。我把吴国基的纸条小心翼翼地放进钱包里，恨不得立刻就去上班。妈妈不让，死活又把我关在屋里休息了两天。她说我只要一去报到，再想歇着也不行了。我躺在爸爸曾经睡过的床上老有一种犯罪感，我的职业、我的城市户口都是用爸爸的命换来的。活人沾死人的光总叫我心里感到不自在。家里还笼罩着一股沉闷悲凉的气氛，亲戚朋友都走了，连哥哥姐姐也都回去各自照看自己的小家庭，屋里显得空落落、死寂寂。我不愿让妈妈着急，就老老实实地留在家里。吃不下强吃，睡不着硬睡，无话可说就找事做，把里里外外、墙角旮旯，彻底清扫一遍，凡是爸爸用过的东西该拆的拆，该洗的洗，该扔的扔，该烧的烧。

我把屋子翻了个个儿，换了个样儿，好像把死气、晦气全赶跑了，屋里儿空了，干净了。

我怀着一种新鲜的感觉去上班，走进修缮一队的大院了却吓了一跳，心情立刻紧张起来。院子里横七竖八地堆放着建筑材料和脏糊糊的工具,这儿扔着几个灰斗,那儿丢着几把坏铁锹,小推车轱辘朝天,砖头瓦块如星罗棋布。比这些东西更脏更乱的是院子里的这些人,有人赤裸着上身躺在墙根儿下的草袋子上,枕着砖头,露着黑森森的胸毛,让我想起凶猛的野兽。有的手握大饼油条正往嘴里塞,有人高声说着粗话,他们正常说话就像骂街。阴凉处还有人在下棋、打扑克,我感到惊奇,这也算是个国营单位吗? 工人就是这个样子?懒散、粗野、肮脏。我游游移移地走进院子,感到自己的气质和穿着打扮跟这里的环境气氛极端不协调。早晨出来的时候我还特意挑选了一身最朴素的衣服,黑纱的短袖衬衫、黑裤子、白凉鞋,因为我正在穿孝。话说回来,不论什么衣服一穿到我身上就格外抬色,我长得很白,当时留着运动员式样的短发型,被一身黑衣服一衬,一定很精神。我知道自己长得不算多漂亮,可从小到大没有人说过我长得丑。平时被人夸奖长得漂亮是一件很得意的事,但是一个漂亮姑娘走进这样的修缮队可就不大妙了。工人们全都扭过脸来看我,我突然感到全身一阵哆嗦,似乎浑身的衣服被他们的眼光剥得精光,连灵魂也裸露无遗了。我低下头不敢看他们,却又不知道该进哪个门。

有人咂嘴:

"嘿,要想靓一身青!"

有一个身材高大、相貌丑陋的人迎着我问:

"你找谁?"

"我找曾书记。"

"他不在。"

"那……"我不知该怎么办,是回去呢,还是打听一下能不能找别的人报到?

"孙队长在。"那个人主动把我领到院子最里面的一间办公室,门口的墙上钉着个牌子——党支部办公室。他很积极地高叫一声:"孙队长,有人找!"

孙队长倒是一副很斯文的样子,眼睛抬起来,手里的钢笔也停住了,白净脸,整齐的分头,雪白的衬衫领口没有一点灰垢,想不到在修

缮队还有这般干净秀气的人物。他望着我,眼镜片后面一双敏锐的眼睛闪闪发光:

"你找谁?"

"我是来报到的。"

我糊里糊涂地把吴国某写的那张纸条递过去,孙队长仔细端详着那张纸,好像在辨认是不是吴国某的笔迹,我紧张地在等待着他对我的命运做出安排。孙队长终于把那张宝贝纸锁进了抽屉,站起身来,向我伸出手:

"欢迎你,颜芳同志。"

他的手挺软,可是很用力。我碰了一下他的手就赶紧松开了。

"我叫孙可展,是这儿的副队长,我知道你的事情,请坐。"

我在他办公桌旁边的椅子上坐下来。

"吴书记在信里叫我们多照顾你,给你分配一个轻闲一点的工作。"我心里一动,他们当头头的都看得懂这些黑话。吴书记的纸条是写给曾孟达的,他为什么一口一个"我们",看来他与曾孟达商量过我的事情了。

"吴书记耍了个大滑头,他本可以把你留在上面,工程处是个大机关,哪个部门都缺人,再说你父亲,生前就是在处里开汽车。"

孙队长讲得诚恳而又直率,竟然当着我这个新工人的面说他的领导的坏话,一副替我抱不平的热心肠。我知道自己只能当工人,因为我是顶替父亲来上班的,父亲是工人,我怎么可以留在处里当干部呢?我担心是他不愿意要我,不知该说什么好。

孙队长似乎看出了我的心思,实实在在地说:

"既然处里把你分配到我们队里来,我们当然非常欢迎。就是工作紧一点,要登梯爬高,修房拆房,搬砖送灰,你干得了吗?"

他尽管讲得很客气,我却没有挑选的权利,我不知道这里还有什么工作,我应该干什么工作。我急于上班,怎能一见面就挑肥拣瘦给领导一个坏印象呢?我很干脆地点点头:

"我能干。"

"那好,你先干着,有了合适的机会我一定给你调换。"

他站了起来,我也跟着站起来。

他走到门口,冲着院子喊了一声:"宝和,来一下。"

院子里的工人跟着他的声音起哄:

"宝和,头头找你有美事!"

应声走进办公室的就是刚才为我带路的那个大个子,孙队长介绍说:

"他叫王宝和,过去在部队上打篮球,现在是咱们队三组的大组长。"他转一下脸又向王宝和介绍我,"这位是颜芳同志,分在你的组。你带她去把工作服、毛巾、肥皂之类的东西领出来。"

(怎么,又是一个打篮球的! 我今天被困在篮球场上了。)

王宝和显然没有想到我是来当泥瓦匠的,而且还分在他的手下当兵,他那张骨多肉少的脸掩饰不住心里的惊讶,似乎还有几分高兴或者得意。冲我咧嘴一笑,露出两颗戴着钢套的大门牙:

"走吧。"

我跟在王宝和后面走出办公室。有人——大概也是组长一类的人物,在招呼工人们去干活儿,躺着的开始坐起来,坐着的准备站起来,站着的懒洋洋地去收拾工具,院子里乱哄哄的。工人们一见王宝和那一本正经的神气劲儿,后面又跟着我这样一个穿着一身青的姑娘,可找到了取乐儿的话题:

"大老王,孙头儿找你什么事?"

王宝和脚不停头不回,扬起右手,用大拇指朝跟在他身后的我一点:

"给我们组分来个新工人。"

"嘿,我说你美得哈喇子都流出来了!"

"宝和,孙头儿爱你,尽挑圆脐的给你……"

他们的嘴里好像吐不出有人味儿的干净话。我今后就要跟这些人在一块干活儿吗? 看来工人不如农民,农民比较老实,讲点情面,当着我们外地来的姑娘是不说脏话的。

半个月下来我就适应了修缮队的工作。听起来姑娘修房了似乎是个很吃力的活计，其实每天最多干五个小时的活儿，其余的时间就是喝水、聊天、打盹儿，跟我在农村受的累旧比差远了。我们插队落户的地方是半农半牧，不要说干开山挖河修台出这些重活儿，就说割豆子吧，内蒙古的地垄几里地长，从这头望不见那头，我干活儿好强，割到地头腰就像断了一样，好半天直不起来，左手被豆荚扎得血糊糊的。我割到头不敢直腰，因为腰伸直了就不想再弯下了，我还要回头接应长毛，长毛至少被落下了一里多地。她是我的同班同学，长得美极了，她才真正是太阳的女儿，是大自然的娇闺女，太阳晒不黑她，风吹雨打也改变不了她那滑润的细皮嫩肉。尤其是那一对眼睫毛，又长又好看，连我都爱看，我俩特别要好。每逢我帮她割到了地头，她就累得坐在地上哭一场。对我这个吃过苦中苦的老知青来说，修缮队的活计简直不算一回事，使我想不到的倒是在智力上受了一次打击。修缮队是个三百多人的单位，有不少适合女人的工作，何况我哥哥又走了吴国基这样一个大后门，我本来是可以不必下组当泥瓦匠的，事后我才知道是自己把事情办坏了。

曾孟达跟孙可展两人关系紧张，我愚蠢地把该给曾孟达的条子交到了他的对立面手中，事情还能不砸锅吗！孙可展一是吃醋，党委书记在写条子的时候只想到曾孟达是一队的头头，眼里根本没有他。他就用琢磨我来证明自己在修缮一队里的权威。孙可展二是多心，他怀疑我会成为曾孟达的人。他如果给我分个好工作，我也只会感谢吴国基和曾孟达。他当然不会办这样的傻事。他把我整治一下，实际是表明对曾孟达的蔑视，等于告诉我，在这里只有他说了算，走别人的关系行不通。他做得无懈可击，又蔫又坏又损，曾孟达上班后知道了这件事也无计可施。

哥哥为这件事对我埋怨个没完没了，我仍然怀疑孙可展是不是真有那么坏。以后他见了我总是主动找话说，问长问短，非常关心我的工作情况。即使他真是曾孟达所说的那种笑面虎，也装得太像了，太好了，令我佩服。我不后悔也不怨恨，怨恨别人是无能之辈走投无路的表现。我从来不承认自己走投无路,我不会当一辈子工人,更不会老干这个泥瓦匠……我为什么会有这种信心?自己也说不出多少道理,眼前似乎也缺少根据,但我有一种感觉,有一种决心。人不是靠道理活着,而是凭感觉活着。我的感觉特别准确,我很相信自己的感觉。五年前我下乡的时候嘴里说的是要在农村扎根一辈子,心里想的也是扎根。但理智之外老有一种感觉冒出来:我不会在农村待一辈子。只要知道眼前的工作是临时的,我就什么苦都能吃,什么罪都能受,什么累都能扛得住。现在还不都是应验了! 在一块下乡的同学当中我是第一个回城的。爸爸死的那天晚上我正住在姐姐家,刚睡着就做了一个梦,我从马上摔下来,脸正好摔在石头上,两颗门牙全磕掉了。硬是把我疼醒了,掉当门死亲人! 我感到不好,爬起来就往家跑,回到家爸爸正挣气儿,他不看见我是不会咽气的! 我抓着他的手,不住声地喊爸爸,他安安稳稳地闭上了眼睛。对,我的感觉和决心就来自爸爸,我决不当个像他那样窝窝囊囊活一辈子的工人!

我开始学科技英语,当同组的工人喝茶抽烟聊大天的时候,我就掏出小本子背单词。至于学好英语是不是准有用、能不能改行去搞翻译先不去想它。长毛的父母都是理工学院的老师,他们住的地方离我们家很近,老先生愿意教我,我愿意学,这就行了,总比把时间白白地浪费掉好得多。我对科技英语兴趣很大,我相信只要自己学好了就一定会有用处。各个技术部门和大企业都有科技资料室,我可以翻译英文科技资料,顶不济还可以当资料员,只要能跳出修缮队就行。

但是在干活儿上我不让别人说出闲话,该我干的我决不少干。在心里我并不把自己看成是跟王宝和一样的泥瓦匠,我可以跟他们坐在一起说说笑笑,心里总感觉这是暂时的,就像作家体验生活。在穿戴上我不赶时髦,那时候的时髦就是丑,女的男性化、大众化、工人阶级化。我总是把自己收拾得干干净净、漂漂亮亮,一下班就换上自己喜欢的好衣服,即便是上班穿的工作服我也把它拆开重新改做了,穿在我身上就像迎宾服一样合体、板正。我不是夸打扮,我喜欢长毛身上那种从高级知识分子家庭里熏陶出来的气质,我羡慕长毛母亲那种有知识教养的妇女所具备的风度。王宝和说我老像个客（qiě）似的——北方土语，措娇贵的客人。修缮队那些邋邋遢遢故意把自己打扮成十足泥瓦匠的女人，背后没少戳我的脊梁骨。说我妖里妖气，尽穿奇装异服，一身资产阶级的臭味。我听到这些闲话不仅不生气，反而高兴，我就是要把自己改造得不像个工人，当个资产阶级也比当个资产阶级的走狗强！资产阶级好赖还是主人，"狗"——这个字给我的刺激太深了。她们忌妒我的衣服漂亮，当着别人面骂我，暗地里又偷偷照我的样子裁衣服。她们还忌妒修缮队里那些最粗鲁的男人也不敢跟我甩脏话，愿意跟我搭讪，在我面前都装得人模狗样、规规矩矩的。

家里开始为我张罗着找对象，问我有什么条件，我说什么条件也没有。可自己心里有主意，不找工人，颜家到了我这一辈儿一定要改变门风！

一年以后才碰上一个合适的，他叫谢雨田，是冶金研究所的技术员，他父亲在一家工厂里当会计，头上还戴着一顶资本家的帽子。谢家祖辈经商，开着一座绸缎庄，轮到谢雨田的父亲当掌柜的时候赶上公私合营。我果真找了个资产阶级。谢雨田迷上了我，他的父母却不大赞成，具体意见说不出来，就感到我太精，过分讲究穿戴，一定很会花钱，担心他们唯一的宝贝儿子会跟着我受气、受穷。谢雨田对我的感情倒很铁，宁肯跟家里闹翻也不愿跟我分手。我们相识八个月之后，雨田拿出一百二十元钱在饭馆包了三桌筵席，我们就算结婚了。

（看起来侯玉屏的命比颜芳好，她一进工厂就分配学电工，又轻闲，又有技术，令多少学徒工眼红眼气。而且还碰上了一个好师傅，脾气好，嘴也能说，给她讲技术，讲玩儿，领她逛商店。就是长相有点拿不出去，身体像一把干柴火。夏天，工人们下班前喜欢脱光了膀子在变电室里大洗一痛，并不回避女工。侯玉屏有幸看到了师傅身上那条一尺八寸长的大刀口，像肚子上安了个大拉锁，着实把她吓了一大跳。好在邢起福是做她的师傅而不是做她的对象。当师傅长得丑有什么关系！

侯玉屏的父亲在监狱里得了气鼓症,保外就医没有几天就死了。她的母亲不知是基于一种什么样的心理,就是不同意她跟鲁振元谈恋爱,没完没了地跟她吵闹。什么小人得势啦,什么癞蛤蟆想吃天鹅肉啦,老太太好像把家破人亡的怨恨全发泄到鲁家人头上了。因为鲁振元的父亲刚好在码头上当了个工会小组长。老太太不愧是侯家码头的大奶奶,家道破败了仍然说一不二,威风还在。侯玉屏表面上看娇生惯养,活泼好动,内里却又十分懦弱,没有主见,凡事都要依赖家里。她虽然给鲁振元写过"生恋亡爱"的血书,现在却感到跟鲁的关系成了她心里一个沉重的负担。家里不同意,师傅劝她散伙,朋友们有的劝她散,有的劝她坚持下去。到家里受围攻,到厂里被议论。她真感到受不了了,这个大包袱实在背不动了,她真想甩掉这个麻烦,快点了结算啦!

师傅邢起福替她做主,托人以她的名义给鲁振元写了绝交信,把那个红裤衩也退回去了。

每天下了班都是邢起福送她回家。在汽车上邢起福偷偷攥着她的手,她不敢动,也不敢叫喊。邢起福摸准了她的性子,在班上趁着没有别人的时候也敢搂她、亲她。她没有一点快感,但也不敢反抗,怕师傅伤心,怕一喊叫让别人看见更不好。稀里糊涂的厂子里就有了风声,大家都知道侯玉屏跟她的师傅好上了,这舆论正是邢起福求之不得的。可她心里只有鲁振元,根本容不下别的男人,至于嫁给师傅"半导体",她连想都不敢想。但事情闹到了这步田地,她已经跟鲁振元散了,如果再吹掉邢起福,人家会怎么说她呢?还不把她看得更坏了!

侯玉屏在心里开始可怜邢起福,缺肋少肺的,快四十岁了还找不上个对象,难道真的就没人要他了吗?

她想,跟谁不是过一辈子。

现在才明白,这一辈子原来这么长,这么难熬!

奇怪的是侯老太太竟接受了邢起福这个女婿,只要女儿不找鲁家的儿子,找谁都行。何况找个年纪大的丈夫知道疼人。

他们结婚的时候全是侯玉屏娘家拿的钱。邢起福是一个穷光蛋,他挣的那点钱不够他抽、喝、玩儿的,根本没存下什么钱。连邢起福身上穿的单、棉、皮、夹、纱,也都是捡老丈人的衣服改做的,全是讲究的外国货。

邢起福婚后十分得意地对他的哥们儿说:

"没想到一鸡巴捅钱柜上了!")

初试锋芒

我婆婆是家庭妇女,她有一种很奇怪的心理,希望她儿子跟我打架,最好能每天把我打一顿或骂一顿,她心里就舒服了。她成天走出走进地甩闲腔:

"打倒的媳妇揉倒的面!"

"不叫媳妇知道锅是铁打的还行?"

她儿子偏偏不争气,只要一回到家里就寸步不离地跟在我身后转,我洗衣服他替我倒水,我做饭他替我洗菜。婆婆当然又有了骂我的话题:"瞧这个小媳妇,多会支使人!"她心疼儿子,就好像我不心疼自己的丈夫,殊不知这正是做丈夫的一种享受,不论婆婆怎么说,雨田的眼睛一刻也不愿意离开我,舌头尖上老有跟我说不完的话。我理解他的感情,我们是新婚夫妻嘛! 看到丈夫这副黏糊糊的傻劲儿我心里也是甜滋滋的,我似乎从结婚以后才知道自己还是有点魅力的。女人嘛,就是要学会利用"女人"这两个字,从吃喝到穿戴我把雨田侍候得无比周到,一个星期之内我不做重样的菜,每天晚上这顿饭都吃得他满嘴流油,肚子撑得鼓鼓的。做完家务我总是躲到房子里把自己打扮得水水灵灵的,在外边不能穿的衣服在家里都能穿,衣服最好也像菜谱一样要不断调换,让男人感到惊奇,有新鲜感才有吸引力。我最不赞成姑娘一结婚就什么都不在乎了,待到生了孩子就更成为一个邋遢婆娘,那样的家庭不会有长久的幸福。我结婚以后比当姑娘时更注意自己的打扮,雨田说我们的"蜜月"变成了"蜜年",他恨不得不上班、不出差,成天在家守着我。他有一副低眉顺眼的好脾气,还有点上进心,但没有什么很大的事业心,决不想干一番什么大事情。这正是我理想的丈夫,我要的是属于我的丈夫,而不是什么政治家、事业家,丈夫一成名成家就属于别人、属于社会了。我们俩从未红过脸,好像老也好不够,一向把独生儿子当做私有宝贝的婆婆能看得惯吗?尽管我包揽了全部家务活儿,仍然看不到公婆的好脸色,听不到他们一句热乎话。越是这样我就越好办了,表面上看我受公婆的气,在人情大道理上我却占了上风,我不欠他们的,他们只欠我的,他们做的越过分,欠我的越多,我就越主动。他们是可怜的,这样做说明他们心里虚弱,不近情理地害怕我夺走他们的儿子,哪有婆婆跟儿媳妇争醋吃的!我哪是受气的人,他们闹得越凶,反倒显得我是强有力的,心里不虚不愧。既然他们老拿我当外人,我也只需把他们看做是上了年纪的糊涂客人就行了,恭恭敬敬、客客气气,这一套我全会。

"不就是个泥瓦匠吗,一天三开箱,美不够!"婆婆对着门口骂。

我不接茬儿,送给她粲然一笑,等于告诉她,她儿子爱的就是我这个美劲儿。

"在家里干活儿用得着穿那么好的衣服吗?给谁看呀?"婆婆对着镜子说。

她连这个都不懂,当然是给她儿子看。

婆婆的火气越大我越想笑。在学校,在农村,在修缮队,什么气没受过,何况她是我丈夫的妈妈。饭菜做好了我去请:

"爸、妈,吃饭吧。"

夏天我几乎天天下班都要洗衣服,这也是我的一条罪状。我每次洗衣服都要过去问一声:

"妈,您把衣服脱下来我给您洗洗吧。"

"我没有那么臭美,衣服用不着天天洗。"

晚上雨田回来她会用另一套词儿告我的状:

"雨田,今天你媳妇说了要给我洗衣服,我还走得动爬得动。"

好像她的衣服从来没有让我洗过。

雨田只好堆出一脸苦笑:

"妈,她要给您洗衣服不是好事吗!"

"有好事没好心……"

婆婆又开始数落起来了,只要她一拉开架势骂街,我就捧一杯茶递过去:

"妈,看您说得怪累的,喝点茶润润嗓子。"

她就更是不依不饶了:

"好啊,你这个笑面虎,就想把我气死!"

我也成了笑面虎,就跟孙可展一样。

每逢这种时候,雨田就夹在我和婆婆中间受洋罪。批评妈妈吧不像话,老太太一句"娶了媳妇忘了娘"或者"被狐狸精迷住了心窍",就会把他堵回来。批评我吧,我又没有错。这种场合总是我给他解围,把他拉到我们的屋子里,打开收音机,最好有音乐节目,让他听音乐能消气。我帮他脱衣服,给他打洗脸水。这时候他就要冒酸气,扳着我的肩头没完没了地追问:

"你嫁给我真的不后悔,真的不记仇,真的不生气?"

"哪有那么多真的假的,你看我的脸色像个生气的样儿吗?要是不信你生着气给我笑个看看。"

我对自己的神情充满自信,甚至明显地感到自己脸上的微笑有多么温暖、多么多情,雨田就会情不自禁地向我要贱……

"我娶了你简直是个奇迹,你的性格就像一个谜,我能够感觉到这性格的巨大魅力,但说不清楚这魅力的成分。"

我喜欢他这种颠三倒四、酸吧拉叽的情话,喜欢他一见到我就能爆发出不可抑制的贪恋,喜欢他像个大孩子一样缠着我要贱。我们俩在自己的房间里亲亲热热,就像什么事情也没有发生。婆婆则更为恼怒,好像我们是成心气她,越是挨了她的骂两口子就越亲近。

雨田总觉得对不起我,让我受了委屈。我反而安慰他:

"是我对不起你,我不能趁你父母的心意,而且把你从你妈妈手里夺了过来,老太太能不恨我吗?只是让你受了夹板罪。"

我知道雨田一辈子也不会忘记他的父母在我身上欠的债,他还能

223

再对我不好吗？我为此也该感谢这对公婆。其实我什么也没有损失，连邻居都向着我，因为婆婆挑不出我的毛病。

（一般女人的心都藏在眼睛里。颜芳的心一个藏在眼睛里，一个藏在舌头上，还有一个藏在她向四周散发的微笑之中。我明显地感觉到她性格上的优越感……

这样的儿媳妇为什么不能讨得公婆的欢心呢？

有些事情她可能没有讲。越是这种看上去非常坦率的人，越善于隐瞒，而且隐瞒得无比巧妙。颜芳是那种气死人不偿命的主儿，婆婆肯定不是她的对手！

没有令人信服的理由我无法理解她讲的故事，她对婆婆那样好，婆婆为什么不知好歹，以怨报德呢？要知道这是七十年代！除非她的婆婆对自己的儿子有一种变态的感情。

我听到过这样一件事，一对母子过着非常优裕安定的生活，后来儿子娶了一个十分漂亮的媳妇。邻居们从未听到这家人吵过架，没有人不羡慕这个和美的家庭。但是没过多久，新媳妇跳楼自杀了。于是传出闲话，母亲要求儿子每个星期中只能有两个夜晚可以跟自己的妻子睡在一起，其余的时间要陪伴老娘。谁知道呢，也许老娘不老，是个小娘……

坏了，我怎么又走神儿啦？听着别人讲话思想开小差儿很不礼貌。没办法，这是职业病，我赶紧低下头假装做记录，鬼知道在本子上画了些什么。）

我整整干了三年泥瓦匠。曾孟达要调到建筑工程处去当副主任，他的高升也给我的命运带来了转机。东楼派出所找修缮队借个人去帮忙，曾孟达趁着手里有权，而且即将高升，不再把孙可展的存在当做一回事，就把我从王宝和手里调出来借给了派出所。这的确是个很正当的理由，我堂堂正正地离开了修缮队，谁也说不出什么。

没想到我在派出所又见识了新的世面。本来我对去派出所帮忙就感到奇怪,修缮队不是街道办事处,派出所怎么可以随便向一个国营单位要人呢？我认为他们要搞什么运动向各个单位借调了一批人,帮助他们内查外调、整材料、小案子。实话实说我对政治运动伤透了心,也不认为派出所是个好地方。只是由于自己已经怀孕,而大地需以后修缮队的活儿又特别多,就没有拂逆曾孟达的好意。跟派出所的所长谈完话我才知道,他们只借调了我一个人,而且是叫我给他们做买卖。所长谈得很实在,不像平常那样摆架子打官腔,他说派出所没有点自己可以自由支配的活钱不行,许多事情干不成,对警察也不好管理。别看警察表面上耀武扬威、吆三喝四,实际上他们很苦,工资最低,没有奖金,工作时间又长,不论白天黑夜有事就得来顶着。所里不给他们解决困难,他们就会利用自己身上的警服去想别的门路。于是所长就想请我这个不穿警服的老百姓为他们经商赚点钱……

我真是不大不小地吃了一惊。社会是一所最好的大学,我刚从房屋修建系毕了业又来读政法系的商业科。我虽然对做买卖一窍不通,却很想试一试,心里冒出一股奇怪的以前不曾想过甚至很厌恶的想赚钱的兴趣。也许我的个性不甘于长时间默默无闻,不喜欢死气沉沉,我总在寻找机会,愿意自己的生活有些变化。

警察里有不少坏小子,他们已经想了一些赚钱的主意,不断地给我打气:派出所做买卖保证不会赔钱。我一想也对,谁敢不给派出所方便？我做的是官商,有公安局做后盾,何怕之有！

警察带着我做的第一笔"生意"就是收取包月车费。东楼派出所的管界很大,是本市的城中之城,属于一级地段,管界里有名的商店多,高级住宅多,可谓寸土寸金。许多单位都在门口的便道上存放职工的自行车,而便道的"所有权"归派出所。警察说这儿能够放车,你就可以放;警察说这儿放车影响城市治安,你就不能放。我建立了第一本账——所有想占用便道的单位一律向派出所提出申请,得到批准后每月需向派出所交纳一管地皮税,小则几百元,多则上千元,凑在一起就是一笔相当可观的数目。这不叫做买卖,说它是敲诈勒索还差不多。

紧接着我又建立了第二本账——东楼派出所下属的各个街道办

事处组织老头儿、老婆儿、待业青年成立了无数个治安联防组,对在不该存车的地方存车者,对随地吐痰者,对骑车驮人者,总之对一切违犯城市治安处罚条例的人都处以罚款。所罚之款一律缴到派出所来,谁缴来的罚款最多自然会得到应有的奖赏。在我看来这也不叫做买卖,顶多算是一种交易。

在警察的眼里能赚钱的就是好买卖,做交易跟做买卖差不多,在概念上是一样的。

有了上面这两项旱涝保收的生财之道就有了本钱,我在东楼大街上开了一家百货商店,派出所不愁没房子,不愁没地皮,不愁没有好货源,大商店里没有的紧俏货我们这里全有。也不愁没有人从街道上招来一些待业青年当售货员和搬运工,我掌管大账,负责联系业务。我们没有经商执照,但税务局对我们睁一只眼闭一只眼。我给它取名叫"四海百货店",买卖兴隆通四海嘛!

这个百货店才真正成了东楼派出所光明正大的摇钱树。

我结识了许多工商业界的人物,开了眼界,长了本事,鬼使神差真的爱上了商业,就像赌徒一样上瘾了。经商是一种高智力的活动,头脑要精细,行动要敏捷。记得以前我第一次看见爸爸手里拿着一百元钱就感到十分震惊,哎呀,一百块,多么厚的一沓!从我记事的时候起我们家就很穷,别人家老吃白面大饼,我们家一年到头总是玉米面饽饽。我看到同学手里拿着油条真是馋得要命,只能用舌头舔舔嘴唇装出一副刚吃过油条的样子。那时爸爸借来一百块钱要解决多大的问题!现在成千上万元的钱在我手上过,我眼皮都不动一下。在外行人看来做买卖就是为赚钱,对于有大志气的商人来说,并不把钱看得有多么重,钱是王八蛋,花了再赚。经商不过是玩儿钱,钱来得快去得也快,用钱生钱。工人是靠劳动赚钱,雨田是靠自己那点技术知识赚钱,虽然牢靠但不可能赚大钱。只有用钱去赚钱,才是发财之道。我还没有愚蠢到自己想发什么财,只是对做买卖发生了兴趣,觉得自己很适合干这一行。我不再学习科技英语,已经学得相当不错了,现在想起来还有点后悔,当时确实把主要精力都放在办好百货店上了。人活着几乎无时不存在诱惑,没有诱惑人生也就没有意思了,只有无能的人才抵却人生的诱惑。

(真是耳目一新。我以为公安局开商店是为了当眼线哩。)

我掌管着派出所的三本大账,但赚的钱我一分不沾。我刚学着做买卖,要掌得住自己的舵,行得正才能立得稳,利用派出所的便利条件打通各种关节,磨炼自己,多长本事。派出所是个整人的地方,一定要给警察们一个堂堂正正的好印象。我当然也得到了报酬,最大的报酬就是自由自在,比在修缮队可随便多了。我只要把自己那一摊事情干好,没人管我。修缮队把我看成派出所的人,派出所认为我还是修缮队的人。而且指示修缮队凡是其他工人能够享受的福利待遇、奖金和劳动保护用品,也必须有我一份。修缮队也是不敢得罪派出所的。

我们有了自己的房子,体面地跟公公婆婆分开了。但我炒了好菜,买到了新鲜水果都要给公婆送过去,而我要想买什么好东西是不困难的,一般市面上见不到的东西我都能搞到。作为谢家门里的儿媳妇我要叫他谢家人无可挑剔,说不出一个"不"字!别看我是工人家的女儿,我不拿钱当钱,我要的是面子。也许正因为我是穷工人的女儿才更不能让他们瞧不起,宁丢钱不丢人。

我有了一个宝贝女儿,非常招人喜爱。女人只有当了母亲,才能尝到做女人的甜蜜、幸福、骄傲和伟大。多亏我在派出所帮忙,有足够的时间料理家务和照看孩子。孩子越长越水灵,这时候我感到自己身上的韵味也不一样了。我做的剖腹产,对大人孩子都有好处,身体复原后不仅没有变形,反而比以前更苗条了,人也比当姑娘的时候成熟多了。自己觉得性格都变得宽厚随和一些了。

丈夫忠诚老实,随着政治风云的变化,他那个大学毕业生的牌牌突然又吃香起来,在曲子上好看,我的虚荣心得到一种新的满足。

女儿漂亮喜人,我的工作轻松自由,至于钱嘛,我和雨川虽然挣得不多,但足够花的。因为我不存钱,我相信将来是不会缺钱花的。您看我还有什么可犯愁、可值得着急上火的事情呢？社会开放了，人们的思想开化了，穿漂亮的奇装异服成了时髦，没有人再对我的穿戴指指戳戳、闲话连篇了。我打扮女儿也打扮自己，女儿陪衬我，我也陪衬女儿，我抱着女儿不论走到哪里都不会没有人向我们母女俩行注目礼。派出所里几位年轻的警察更是愿意跟我纠缠，没事就坐到我的办公桌旁边东扯葫芦西扯瓢。这个偷着送给我一张购买凤凰牌自行车的车票，那个塞给我一块不花钱弄来的电子表，今天送个这，明天送个那，套近乎，拉感情。他们还互相瞒着，都各自以为对我最好。我知道他们心里想的是什么主意，修缮队的工人比他们做得更露骨、更粗俗，我那时还是姑娘也都应付过来了，还在乎这几个穿警服的坏小子吗？他们头上的大壳帽就是他们的紧箍咒。他们给东西我如果拒绝接受，就会伤他们的自尊，得罪他们。我外表比较招风，对我好的人很多，不管他们出于什么目的，我如果把这些人都得罪了那还能干什么事情！但是，女人贪小便宜也是了不得的，男人见你接受了他的便宜就会有恃无恐、得寸进尺，会在别的方面要你加倍偿还。怎么办呢？我有我的办法，他们不论给什么东西我都照收不误，回到家一五一十全告诉雨田。然后用价值相当或高于他们给我的东西的价值回赠他们，大大方方，高高兴兴，跟他们保持一种良好的朋友关系。当个女人必须拿得住自己才能拿得住别人，叫他们尊重你，对你另眼看待，却又不敢越过不该越过的界限……

（她绝对能够控制自己和她周围的人，许多男人在这样的女人面前往往会变成傻瓜的。

我相信颜芳身上能散发出一种力量，使男人们不由自主地想去讨好她，想为她卖命，想保护她，愿意对她俯首帖耳。

而那个又多情又软弱的侯玉屏，却当爱不爱，当断不断……

大地震之后，活着的人总感到是白捡了一条命，因此也最关心自己最亲近的人的安全。侯玉屏死里逃生以后有许多她应该惦记的人，但她心里真正惦记的，是鲁振元一家人的死活。近二十年来，她无时无刻不想着这一家人,却没有脸面去看他们,大地震给了她一个正大光明的借口,给了她勇气。

那是一个晦暗的下午,她步行了将近两个小时,远远看见那两间熟悉的平房并未倒塌,心里松了一口气,两条几乎快提不动的腿又有了力量。她轻轻地进了小院儿,一个男人正弓着腰锯木头,脊背宽厚,大红背心上印着一个白色的"8"字。她一阵眩晕,双腿发软,身子不由自主地瘫倒下去。积攒了二十年的泪水突然从眼睛里、鼻孔里、嘴里、脑门儿上、脸颊上一块流了出来,像一阵暴雨袭来,不过是无声的。

鲁振元正在拉锯,不可能听到身后那胆怯的、气馁的、轻得无法再轻的脚步声。一定是他的心感觉到了,他忽然停下锯子,慢慢转过身来:

"你?"

他没有反应,没有任何表情,麻怔怔,木呆呆。眼神是那样陌生,表情是那样疏远。他不认识她了,把她忘了,彻底地把她忘了。她的心乱了,被鲁振元手里的锯子给锯碎了,一阵胸闷,仿佛呼吸也要停止了。她多么希望他把她抱起来,他不像邢起福,他是有这个力量的。他至少应该把她扶起来,看她瘫在地上他就不心痛、不动情?然而鲁振元一动不动,像个疯子一样痴痴地盯着她。

侯玉屏只好自己挣扎着站起来:

"你,什么时候回来的?"

"昨天。"

鲁振元的母亲从屋里走出来。

"你找谁呀?"

"大娘,您不认识我了吗?"

"啊,"鲁母惊叫一声扑过来,"是玉屏啊!"

"地震后我不放心,来看看您老人家。您没有事这太好了!"侯玉屏的眼泪又流了下来,她自己也不知道为了什么哭。

"难为你还惦记着大娘,快到屋里坐。"

侯玉屏进屋后坐在靠近门口的凳子上。鲁振元低头又锯起木头

229

来。鲁母招呼儿子：

"振元,别锯了,进屋来陪着玉屏说会儿话。"

鲁振元似乎没有听见,也许他急着要给老娘搭个抗震棚。

他的身体还是那么棒,比以前更魁梧,更有弹性,更成熟了。侯玉屏多想碰一碰、靠一靠这坚实有力的躯体。她只接触过一次他的身体,那是他高中毕业的那个暑假。他是穷人家的孩子,从小就知道顾家。明白父母供给他上学不容易,到大学里花钱就更多,他利用假期到造纸厂做临时工,想把自己的学费和买球衣、球鞋的钱都挣出来。有一天下班后,他脱下背心偷偷地叫她看后背,她摸到了他那光滑发亮的身躯,脊背上被芦草划破了几条血印。她轻轻地抚摸着他的身体,像触电一样,心疼地哭了。他也像吓着一样不敢动了,好半天才慢慢转过身来,替她擦去了眼泪。他眼睛放出一种异样的强光,脸上露出从未有过的神态,说:"我这一辈子不能离开两样最宝贵的东西,一个是篮球,再一个就是你。"姑娘都是小心眼儿,侯玉屏哭得更凶了,他把她看得跟球一样。其实她还不如球,球是第一,她排在第二。

现在看来球是忠实的,始终没有离开他。她却背叛了他……

鲁母陪着侯玉屏说话,话题老是离不开她的儿子:

"你把振元蹬了以后,他大病一场,在家里躺了八个月,喝了一百多服汤药。回到湖南就跟不上班了,只好退学。在家里又恢复了多半年才出去打球,打过西安队、山西队、湖北队、海员俱乐部队,现在打广西队。"

侯玉屏无地自容,不知该说什么好。

"大娘,我对不起他……"

"闺女,别这样说,我知道这事不怪你。是你娘瞧不上我们振元是个打球踢蛋儿的,再说你师傅也不是好人。振元讲,一开始你给他写信老提师傅如何如何好,振元还嘱咐你要好好跟师傅学手艺,将来你们俩一个打球,一个有技术,不论天下发生什么事情都有饭吃。谁想你叫师傅给拐跑了……"

侯玉屏想岔开这个审判她的话题。

"鲁伯伯呢?"

"三年前就故去了。你娘好吗?"

"她也死了。"

"哟,那谁发送的她?"

"我……"侯玉屏的眼泪又流出来了。侯老太太从病倒在床上不能动弹到死,整整拖了快一年的时间,正值"文化大革命"的高潮,黑白就是侯玉屏守着。邢起福不仅一次不来看望,还骂他的丈母娘是资本家的臭妖婆,骂自己的老婆是剥削阶级家庭出身。他是地地道道的工人阶级,不能沾丈母娘的黑包,直到侯老太太进火化场他也没有露面。而他这个女婿正是侯老太太亲自选中的,真是报应!

"振元接到你的绝交信认出那不是你的笔迹,就请假回来找你。已经晚了……"

"振元嫂子是干什么的?"

"是部队上的体操运动员,叫田慧蓉。有一次振元他们队跟西藏队赛球打赢了,西藏人要打他,慧蓉得到信儿就叫解放军田径队的人把他保护起来了。振元为了感激慧蓉,就把我给他做的红裤衩送给了她,两人一来二去的就结婚了。慧蓉对他挺好的,两个孩子也不小了,就是两人老不在一块儿,吵吵几次要离婚……"

鲁振元走了进来,生硬地打断了母亲的话:

"妈,你哪来这么多废话!"

"跟玉屏多少年没见了,一说起来话就没完。"

看得出来,鲁母仍然喜欢侯玉屏,一未要留她吃晚饭。自己出去淘米,屋里只剩下鲁振元和侯玉屏,他们像两个陌生人一样谁都无话可说。

但是,侯玉屏自从看见了鲁振元,知道他还活着——其实他是不会死的,她心里充实多了,身上好像正在长出一种新东西。所有的器官都活了,重新有了欲望,自己感到年轻了。她本来就不老。

她有许多话要跟他说,三天三夜也说不完。现在突然见了面,却一句也说不出。自从她跟邢起福结了婚,没有一天不想鲁振元,她曾试图让那个粗俗的老头子代替他,但办不到。春天有春天的怀念,秋天有秋天的思恋。白天还好过,到晚上睡不着觉就什么都想起来了,记忆太可怕了。只有在梦中是自由的,她什么都敢想,什么都敢做,跟鲁振元接吻、拥抱、结婚,可恨的是没有一次是成功的,不是隔山就是隔海,每到两人一接近就被外界的力量分开。她每次醒来都好恨呀!

眼下他们仍旧还停留在旧日的感情和过去的回忆里。

侯玉屏用低得只有自己才听得到的声音问:

"你恨我吗?"

鲁振元摇摇头,感情上的原因用简单的恨或爱的字眼是概括不了的。他确实恨过,因为她毁了他一生的生活。但她也毁了自己的一生,见了面他就恨不起来了。

"我只是有点不理解,邢起福有什么出众的地方? 你如果找个像样的男人我愿高高兴兴地为你祝福。你为什么那样怕你妈妈? 这不是解放前,侯家码头大势已去,你受的是新社会的教育,当过篮球队长,在学校敢说敢道,为什么在家里要逆来顺受?"

侯玉屏又哭了:"你不知道,我不是侯家的亲生女儿,侯家没有女儿才捡了我养着。如果我不顺着妈妈,就会落个没良心,忘恩负义……"

"噢,还有这么回事!"

鲁振元站起身,第一次现出激动的样子。

理解,世界上真有理解这回事吗?)

吃回头草

当我女儿长到两岁的时候修缮队又来了一位新的党支部书记苏锐,我立刻感到又有好戏可看了。自从曾孟达走了以后,孙可展独揽修缮队的大权,名义上却还是个副队长,他很想顶替曾孟达当个书记兼队长,据说曾孟达在上边卡着不给他。这两个正职的头衔还由曾孟达兼着,如今让出一个给了苏锐,等苏锐站稳脚跟以后会不会把队长也兼起来呢？孙可展能容得下这个"外来户"吗？曾、孙的争斗必然会在苏、孙身上重演，我很庆幸自己离开了修缮队……

谁知道我所预料的苏、孙之间的"好戏"却首先在我身上开场了。新书记上任的第二个月亲自打电话来召我回去一趟，正好当月的奖金我还没有领，便登上自行车回队。走到半路上迎头碰见了孙可展，他跳下自行车向我打招呼，我也只好停下来。

"孙队长，干什么去？"

"下片儿去看看。"

"片儿"就是各个修缮组劳动的地方。

"还是那么辛苦。怎么就您一个人？"

"咳，咱们队新来了一个书记，下车伊始咋咋呼呼，我怕自己待在上边碍他的事，不如躲出去图个心静。"对台戏这就算唱上了！

事后我猜测，孙可展知道苏锐叫我回队，他料到我和苏锐之间将会爆发一场争吵。他如在场向着哪个都不好。不如躲出去，让我们俩闹得越凶越好，借我这张嘴煞煞苏锐的威风！他可能是故意在我必经之路上等着我，给我煽点风……

"小颜，你这是干什么去？"

"苏书记叫我回去一趟，您不知道吗？"

"他是新官上任三把火，刚来乍到屁股还没坐稳就指手画脚、颐指气使，做事从不跟我商量。"

我很奇怪，孙可展是个能够控制自己的人，用曾孟达的话说"太阳"。今天怎么有点反常？一谈起苏锐他老是横着生气，在我面前他很少表现这么无所顾忌。他跟曾孟达斗了好几年，也没见他在工人面前说过走板儿的话。苏锐刚来了两个月，难道他们的关系就恶化到这般明枪明箭的地步了吗？也许苏锐是带着"观点儿"来的，他是曾孟达派来的嘛。不过，第一修缮队是孙可展的天下，苏锐跟他闹翻了自己也将寸步难行！

我不愿听孙可展讲述他们领导人之间的矛盾，准备上车走人。孙可展却不动弹，他似乎还有一些话要说。我只好把自行车搬到便道边儿上,他也推着车子跟过来。

"小颜,你真的不知道苏锐叫你回去是为了什么事吗?"

我感到事情有点不对头:

"孙队长,您有什么话就直说吧。"

"小颜,我知道你对我有误会……"

我截住他的话:

"孙队长,您这是从何说起?"

"当初我叫你下组当泥瓦匠,有人说是我成心琢磨你。其实那是老曾事先跟我商量好了的。当时处里和队里的干部对你父亲有些看法,老曾屈于压力不敢给你分派个好工作,又碍于吴书记的面子,他不愿得罪人,就称病不上班,让我当那个挨骂的。"

他的眼睛始终迎着我的目光,讲得合情合理,叫我无法不相信他。如果他说的是实情,那么曾孟达就是一个老奸巨猾的家伙!依我看老曾也不像。世界上的事情太复杂了!

"孙队长,你讲这些过去了的事情干什么?"

"我老早就想跟你聊一聊,一直找不到机会。"

他语调诚恳,态度平等,使我为以前确曾往坏里想过他而感到内疚。他激动地点着一支烟,看来真的要深谈一番了:

"你下组以后我很快就发现屈才了。但吴书记把安排你的权利交给了老曾,我不能动你。直到派出所看中了你,找我来了解情况,我向冯所长拍了胸脯,说你绝对是个人才。但是人情要由老曾送,谁叫他是书记呢!他升迁之后,在你调动这个问题上的压力可就全落到我一个人身上了。"

我甚不以为然:

"是你们当领导的把我临时借出去的,我还是修缮队的人,这算什么问题?对您又有什么压力呢?"

"你难道就没有听到过闲话?"孙可展反问我,"几乎有人天天向我嘟囔,说你逍遥自在,两边都吃着,成天不干活儿,好处不少得……"

他突然停住话头,观察我神色的变化。他太精了,真猜不着他哪句话是真的,哪句话是假的。

我笑了,笑得很坦荡:

"你们可以到派出所去调查。"

"不用调查我也知道,你给派出所创下了一片家业,他们可肥了!冯所长对你非常满意。但咱们队的情况你也不是不知道,人杂心杂嘴杂,怀着什么动机的人都有,出于妒忌,出于派性,出于人的狭隘和自私,唯恐天下不乱,气人有、笑人无,等等。我担心的是这些人把闲话又灌到苏锐的耳朵里去……"

"噢!"

我脑子里亮起警觉的信号。

(孙可展这个人有味道,我应该去访访他。愈是生活的失意者,终日惶惶不安的人,愈要在人前买好逞强、说长道短,以掩盖自己的失意。)

苏锐看上去不过三十多岁,身板挺直,眼光刺人,倒有一股英武的男人气概。给我的第一印象还不坏。一张嘴却声音生硬,完全是宣战的语气:

"你就是大名鼎鼎的颜芳?"

"您想必就是大名鼎鼎的苏书记了!"我回敬了他一句。

"你用不着挖苦人,除去修缮队里的人谁也不知道我苏锐。你颜芳同志就不一样了,不光在队里名气最大,就是在工程处上上下下、在东楼这一带提起你这位女能人的大名,谁人不知,谁人不晓!"

看来他还是个生瓜蛋子。我不能客气了,脸上堆出充满自信的微笑,用同情的目光望着他的眼睛:

"苏书记,你召我回来就是要告诉我我的名气有多大吗?"

"不,我正式通知你,从这个月起队里发奖金不再有你的份儿了!"

"为什么?"

"奖金是发给修房子的,你已经出系统了。"

"有你的奖金没有？"

"我当然有。"

"你也不修房子，为什么有你的没有我的？"

"嗯……我是领导！"

"我是领导派出去的！"

我相信自己这时候是最有魅力的，笑得也最甜。苏锐被堵到墙角，急得找不着有劲儿的话，只好降低水平扔出实话：

"我把钱都分下去了。"

"把你那份拿出来咱俩分开。"

这简直是拿他当小孩子要了。我本不在乎这几个钱，就是要气气他，叫他知道我不是那么好欺侮的！

他的脸上掠过一阵痉挛，仿佛有团火在他面颊燃烧。一个过分自信的人，又处在像他这样的领导地位，不得不在一个年轻的女人面前承认自己的理屈词穷，这有多么尴尬！他心里的火气憋得打旋儿，突然间神经质似的爆发出来，动用了他手里的权力：

"颜芳，你说我没有权力停发你的奖金，但我有权力调你回来。你在外边游逛的时间够长了，必须马上回队里上班！"

"好吧，书记同志，我很愿意服从你的命令。但是你得给我十天时间把派出所的工作交接清楚。"

我回到派出所立刻向所长传达了苏锐的指示，并叫他赶快派人来接手我的工作。我要求离开派出所的时候手上完、脚下清！

所长不叫我走，他想亲自去找苏锐交涉。实在不行还可以去找工程处党委，我的工资、奖金、一切福利待遇都可以由派出所支付。我拦住所长，谢绝了他的好意。告诉他我不愿意跟队里闹得太僵，因为我早晚还要回到修缮队去。我在派出所不论干得多好，终究不是长久之计，能管我的地方不喜欢我，喜欢我的地方又管不了我，我岂不白卖了许多力气！

我的孩子已经两岁了，往托儿所一放什么事都不耽误，当泥瓦匠还能吓住我吗！我要叫苏锐见识一下颜芳是怎样一个人。回到修缮队直接就去三组上班了,我走得正大,回来得光明。我不论做什么事都遵从理智和智慧,总是这样坦坦荡荡。组里变化很大,来了不少新人,王宝和也调来了,队里成立了一个劳动服务公司,也是想进点外财,给职工们多谋点福利。谁知道呢?职工也许得不到什么好处,头头们倒是捞足了。孙可展让王宝和当了经理。我感到惊奇,王宝和也能做头头?

(我笑了。颜芳问我笑什么?我想起了中国那段经商成风、买卖兴隆的时期,部队的首长指挥着汽车、军舰运私货,党政机关纷纷开公司、办商店。市委大楼里的每个办公室的窗台上晒着一级大白菜,社会科学院里卖大米,报社倒卖电视机赚了不少钱,文联服务公司倒卖瓷器也赚了数千元。我们作家协会的文人们也眼红了,左讨论,右商议,卖什么东西能赚钱呢?开个什么公司保险不会赔钱呢?文人的想象力丰富,干实事的能力差,拿起笔来胆大,放下笔胆小,说起来天花乱坠,真正能赚钱的主意一个也想不出来,议而不决。我为了寻开心,把一个明知行不通的办法一本正经地说出来:"我有好主意,保你们能赚大钱——倒卖钢材!只要你们能拿来市政府的证明信,货源和买主我负责联系,一转手几万元就到手了。"有人真的动了心,有人则害怕了,色大胆小——文人们就是这副德性。讨论了好几个月,最后还是决定办个书刊门市部,卖书卖杂志总是保险一些。没有本钱,有人放出风要作家们捐赠,搞得那些存了一点稿费的人紧张了好长时间。等到作家协会的服务公司正式成立的时候,中央颁发了文件,党政机关不准许经商。文人们哈哈一笑,非常聪明地说:"我早就知道这不是正路,中央早晚要管的!")

开市大吃

我在小组只干了两个星期,苏锐又想把我调出来。现在的社会有点像八仙过海、各显其能的阵势,有本事的吃块肉,没有本事的喝口汤。只要你有真本事,就不怕找不到施展的地方。王宝和的劳动服务公司基本上没有经营方向,没有经营思想,全凭脑袋一热、心血来潮,听见风就是雨。听见别人说卖花生赚大钱,他就去倒卖花生;有人说贩卖瓷器可以赚钱,他又去卖瓷器。人家干的时候也许真的赚了钱,轮到他干的时候就赔钱。苏锐就想叫我去帮助王宝和搞好服务公司。我当然不能再像以前那么好说话,倒要拿他一把,否则真的跟球一样叫他们当头儿的踢来踢去。再说王宝和是个大草包,又浑又横,而且是孙可展的红人,用一句球场上的术语:跟他怎么打配合?我在他手下当泥瓦匠还可以,干粗活儿不用动脑子,不管他说错说对,睁眼闭眼地糊弄过去就行了。真要跟他搭班子干事业,成天光是跟他生气也生不过来,岂不眼睁睁自己去找罪受!

苏锐跟我谈了两次我都拒绝了。叫他们看看,我干泥瓦匠也干得呱呱叫,而且很像爱上了这一行。

苏锐倒有一副男子汉的胸怀,两次三番地被我顶撞,一点不记仇,常常在办公室当着许多人批评那些给我打小报告的人:

"你们都说姓颜的不地道,我看她挺能干,放在哪儿都是一把好手。"

后来我知道,他也是刚从部队上转业回来的干部,身上洋溢着想干一番事业的热情,爱激动,爱演说,爱下命令。工人们背后给他起了个外号:"白话蛋!"

不知为什么我开始同情他。工人们不习惯他的工作方式,听说他在部队上是个教导员,大概发号施令惯了,来到地方上怎么能吃得开呢!何况还有个孙可展到处说他的坏话……

隔了几天,苏锐又到片儿上来找我。

"颜芳同志,我这可是三请诸葛了,你拿架子要拿到什么时候?"

"苏书记,您坐在办公室里喝足了茶水,看腻了报纸,然后走下来挖苦一个工人找乐儿,似乎算不得是什么英雄壮举。"

尽管我对他已无恶感,可我们两个凑在一起一说话,总是唇枪舌剑,话里带刺儿。

"行了，我算服了，你这张嘴太厉害了。"他身上那股凶劲儿不见了，嘻嘻哈哈，不着急不上火，好像很愿意听我几句带刺儿的话，"你要是个好工人就该老老实实地听从上级调动，我要真把你当成了一般的工人，也用不着费这么多口舌，早就下命令了。"

"又是命令，您要以为下命令就能做好工作，就能让服务公司赚大钱，那就错了！"

"我知道下命令是最简单、最无能的办法。尤其在这个修缮队，我的命令一钱不值……"

看来他对群众私下里给他的评价并不是全无觉察。但转眼间他那喜欢挑战的脾气又上来了，眼睛里充溢着复杂的感情，有激动，也有迷惘：

"我实话实说，你如果执意不肯出来，我就要不顾一切地关闭劳动服务公司，不管得罪多少人，不管冒多大风险，也不能允许他们这样干下去！"

我吃了一惊，这是办不到的。首先孙可展就不会同意，许多人靠着服务公司捞好处，苏锐真要这么干，会得罪一大片人。我说：

"服务公司不是干得挺好吗？"

"对个别人很有好处，对国家、对修缮队只有害处。就拿你们刚领到的挂历来说，服务公司到外面用平价买进，我们队再出高价从服务公司里买来发给大家。实际就是多倒两次账，把国家的钱变成集体的，再把集体的钱变成私人的。服务公司的钱都是这么赚的，实际是明目张胆地挖国库，你没听见工人把顺口溜都编出来了：'要想富，挖国库；工农兵学商，一块坑中央。'这也使我们队的生产成本一再提高。长此下去，有什么运动一来岂不要犯大错误！"

苏锐犀利的目光渗透出固有的气质。他何必这么激动？这些事如同猫盖屎，谁不知道！大家都心照不宣，见怪不怪，有钱不捞白不捞。只有他才会这么慷慨激昂地直捅出来。也恰恰是这一点让我感动了：

"苏书记，我出来可以，但有个条件。"

"你说吧。"

"我自己干,不能跟王宝和那一伙儿人搅在一起。"

"你来当服务公司的经理,我叫王宝和回组劳动。我看他也是一副不学无术的样子。"

"不,那样做就坏事了,闹不好连你也待不长了。我什么事也干不成了。"

"你说怎么办?"

"让王宝和还当他的经理,我也可以归他领导。但要允许我单独干一摊儿。"

"你想干什么?"

"开个海味店。"

"海味?"

他好像被吓了一跳,修缮队跟海味店离得太远了。我却胸有成竹,向他讲述了我的道理:

"这么大的城市没有一家专门经营海味的商店,我这个主意是冷门。随着人们生活水平的不断提高,海鲜、海味将是抢不上的热门货,何况全市还有几百家宾馆、旅店,他们办筵席怎么能离得了海味?我动了好长时间的脑子,感到开个海味店大有前途……"

苏锐被我说得激动起来,但他毕竟是修缮队的党支部书记,叫我先不要声张,等他请示过工程处领导以后再说。我则必须马上到服务公司去上班,以协助王宝和工作为名,也好为开办海味店做些准备工作。

(这个人太精明,太敏捷。她愿意服从不如她的人,是因为她知道能很好地领导别人。)

这段时间我的家里也够热闹的,谢雨田被群众推举当了他们冶金研究所的所长。不仅我没有想到,就是雨田自己做梦也没有想到他还会当官。

这件事情本身就非常微妙,完全是碰巧了。研究所里有比他能力强的,也有业务水平不如他的,能力太强的人容易受到别人的妒忌,强者之间也互存戒心,谁也不投谁的票。雨田沾光在老实上了,他身上没有是非,谁都知道他不想当所长,他实在也不是当所长的材料,谁也不把他当做竞争对手,选举结束偏偏他的得票最多。这不真叫老好人当选啦!

雨田明明知道自己是怎么被选上来的,可还是把所长这顶乌纱帽真的当回事了。他每天走的早回来的晚,渐渐连说话的神态和语气也都变了,张口就是他的科技规划,他的雄心大志,什么课题承包啦,什么跟基层挂钩、为生产服务啦。我感到有点儿不妙,说老实话,还不如叫我替他当所长呢。他的脾性我还不知道吗!他也在算计钱,没有钱不好调动科技人员的积极性。知识分子也是凡人,也是社会动物,没有钱在这个商品社会里也是寸步难行。现在知识、技术都可以卖钱,他们研究所要想赚钱倒也不难,为工厂解决一个技术难题就可以捞到一笔钱,为基层提供技术咨询也可以赚钱。赚钱的门路很多,雨田犯愁的是赚了钱并不能自己支配,财务部门有数不清的条条框框卡着他,只能搞大锅饭,搞平均主义……

我们结婚这么多年,真还没有看出他骨子里还藏着这么强烈的事业心,一副雄心勃勃的样子。我突然不认识他了,他好像要找回自己,原来的他并不是真正的他。大概男人是最容易被名誉、地位和权势所诱惑的,像雨田这样一个原本是家庭观念很重的人,一下子就变得首先是冶金研究所所长,其次才是丈夫和父亲。我表面上很高兴,全力以赴地支持他,家里的大事小事全由我包了,一概不用他操心。由他操心的只是带好家里的那把钥匙,我下班后要先去托儿所接孩子,有时他比我早到家,可以自己开门先进屋休息。他本是个细心人,当了所长以后老像脑子不够用似的,常常把钥匙丢在家里或忘在办公桌的抽屉里。偏偏又是官大脾气涨,不愿坐在门口等我回来开门。所长的时间宝贵,他更不会去修缮队找我要钥匙或者再回到自己的办公室去拿钥匙。剩下的只有一条道,就是把门上的玻璃捣碎,伸进手去拔开门上的暗锁。

你自己这样砸,别人也可以砸,小偷也可以砸。他砸了玻璃还有理,满脸不高兴,说话没好气儿,连孩子都不愿意靠近他。每逢这种时候,我不说一句埋怨的话,给他沏上热茶,叫他慢慢地自己消气,再拿出玩具叫女儿自己在床上玩儿。我则高高兴兴地骑上自行车去买玻璃。为什么还高兴呢？我要再不高兴不就得打架吗！我在心里安慰自己，你以为当个所长的夫人就那么简单吗？既然你那女人的虚荣心得到一定程度的满足，其他方面就得多吃点苦。我按照门上玻璃的尺寸一次就买了五块，雨田傻吧拉叽地还觍着脸问哪：

"你买这么多干什么？"

"留着叫你砸呀，"我真的毫无责怪的意思，脸上也许还挂着讨好的笑容，"下次你再忘了带钥匙，我也省得跑腿了。"

他还能怎么样呢？只能嘿嘿一笑把这事就遮过去了。我们结婚四五年，一直好里儿好面儿，从未红过脸。

他送她回家。这是母亲的意思。

城市一片漆黑，黑得不祥，黑得瘆人。临时搭起的抗震棚是没有窗户的，偶尔泄露出星星点点的蜡烛光、电石灯的光亮，还不如天上那几颗时隐时现的星星之光。街道已不像街道，一堆堆瓦砾，一垛垛水泥板，一处处断壁残墙，黑沉沉，阴森森，他们需不断地绕路而行。

他们谁也不说话。她在前边走，他在后面跟着，像她的保镖。她几次放慢脚步想跟他并肩而行，一看见路边有乘凉的人或旁边有行人经过，他就主动跟她又拉开了距离。她感到像周围的黑暗一样无边无际的悲哀和自卑。她已经不是他从前喜欢的黄花闺女了，她身上一定沾染了邢起福身上那种烟酒混杂的臭味，她的躯体已经被人彻底糟蹋了。他嫌她脏，嫌她丑，厌恶她，不愿靠近她。尽管如此，她仍然愿意永远跟着他这样走下去，天永远这样黑，路永远没有尽头。

"你什么时候走？"她低低地问。

"打算待五天。"声音朦胧，听不出他的心境。

"为什么不调回北方来？"

他没有回答。她也许问了一句傻话，北方还有他的什么呢？他憎恶北方，这里只有他痛苦的回忆，有他失败的记录，而且他是被那样一个相貌猥琐的家伙打败的！

他们又无话可说了。

有一天傍晚，她到体育场看他跟全市的教工队赛球。有她站在场子外面看球，他就跳得格外高，抢得格外凶，跑得格外快，投得格外准。球赛结束以后他们两个没有走，他要教她投篮，她跟他正相反，有他在旁边看，她就心发慌，腿发软，连球也拿不住。在回家的路上两个人也是这样默默地走着，不过那是因为心里装满了太多的欢乐，幸福用不着说话。她突然指着满天星斗想考考他："天上有多少星星？""不知道。""什么星星最亮？""不知道。""笨样儿，牛郎星和织女星最亮最好！""嗯，你就知道牛郎织女，怎不说还有北斗星？"她哭了，他是个粗鲁的大笨蛋，不理解她的意思……

其实她完全误会了他。

从家里出来一走进黑暗，他就感到自由了，胆壮了，身上突然膨胀着火烧火燎的激情。眼睛像一束透射线，穿过黑暗始终没有离开过侯玉屏的身体，为她的成熟的肉体的魅力所倾倒。二十年来她的变化没有吓退他，反而对他产生了更强烈的吸引力。他看得出她依然爱着他，她虽然不再是从前那个贞洁的小姑娘，但这对他来说更方便，无论在心理上还是生理上再没有任何障碍可以妨碍他重新得到她。

他听说地震以后每天晚上都有民兵在大街上巡逻，防止坏人趁火打劫。他的胆子并不像他的外表那么漂亮，如果他是个真正的男子汉，二十年前就会把那个姓邢的揍扁，抢回自己的恋人。他甚至盯着那家伙拥着侯玉屏走进商场，都不敢近前搭话，自己倒气得差点没病死。他不说不笑，像个莫测高深的正人君子跟在侯玉屏的身边。他的不动声色愈发使侯玉屏感到紧张，以为他不肯原谅她，就愈想靠近他，心里的爱恋之情如决堤的洪水，几乎不能自持。

他们走上了老护城河的大堤，这里没有灯光，没有乘凉的人。天上的星星不见了，远处偶尔有闪电划过。风也刮起来了，带着潮乎乎的雨腥。大堤上码着一座座黑森森的砖垛，侯玉屏有些害怕，慢慢地向鲁振元靠过去。

鲁振元在砖垛的背面站住了。从侯玉屏身上飘过来阵阵女性的气息烧热了他的血液,心里涌起一阵狂暴的浪潮。她明白了,不顾一切地扑到他的怀里。他身上发出一阵阵热的战栗传到她的身上,她被熔化了,嘴被一块燃烧的火炭封住了,她喘不过气来。她要死过去了,拼命抱住他那粗重的腰身,拥抱了二十年的思恋,拥抱了二十年的痛苦……

她的后背酸软地靠在砖垛上,心里积压甚久的歉疚感、负罪感,刹那间化作狂恋,化作白热的火焰。苦和乐,爱和恨纠缠在一起,载她登上天堂。她的身体柔软了,变形了,发生了质的变化。她心里轻松了,她终于得到了自己盼望了二十年的爱。邢起福从未给过她这样的欢乐,她一碰到鲁振元的身体就激动不已……

砖垛前面似乎有一点什么响声,鲁振元猛地把她推开了。她突然从天堂跃进地狱,眼看要摔进河里,他弯腰又把她抓住了。

她刚才什么声音也没听到,不知道发生了什么事情,不明白鲁振元为什么突然从狂热中又变成了一块冰冷的石头。他仍旧不说话,默默地往前走去,她在后边紧紧跟着……

一分钟的接触,也许连一分钟还不到。躲在砖垛后面,偷偷摸摸的像做贼,像一对动物,不如动物。然而她确实尝到了二十年来不曾尝到过的欢愉,震颤中连灵魂都被他拉出来了,带走了,终于偿还了所欠他的东西。现在她只剩下了一个没有感觉的空壳。

他不说一句话,甚至不想为自己刚才那胆怯的绝情的举动解释一句,好像把她忘记了,得到的容易扔得也快。她感到孤单,一种更深刻的骇人的孤单。寂寞像暴风雨一样又开始袭击她……

人的灵魂多么曲折而又黑暗。他变得深不可测,高不可攀,对她冷淡而又疏远,她对他反而更加贪恋了。

……

(颜芳有过真正的爱吗?她似乎太理智了,难以想象她会有发疯的时候。)

我为了保谢雨田这个重点,只好放弃自己想开海味店的计划,在王宝和手下干了点省心省力的工作,轻车熟路地为他们开了个百货服务部,建立了一个服装加工站等等,让服务公司名符其实地赚了点干净钱。我只图个清闲,腾出时间干家里活儿。每天早晨准时到服务公司上班,九点多钟就离开公司到该去的地方转一圈儿,顺便到自由市场买蔬菜、鱼肉,然后回家做饭。

雨田当所长不到两年,就像他上台一样出人意外地又突然被免职了。表面原因是他违犯了财经纪律,指使研究所的会计私设"小金库",给科技人员滥发奖金。所里有人告状,在财务大检查中结结实实地当了箭靶子。真正的原因就很复杂了,当初选他当所长的人大概也没有想到他会真干,他这一真干就触发了各种矛盾,必然要得罪人。知识分子之间的钩心斗角才是促使他倒台的真正原因。

雨田在家里躺了两个月,想不通,气不过,要求上级领导给他说清楚,中国的事谁能说得清楚?

我总感觉这不一定是件坏事,他的气质不适合当官,既然已经过了两年官瘾也该知足而退了。我每天给他做好吃的,希望他恢复原来的样子。有机会一定让他看看我是怎样当头儿的。别看我现在乐于服从别人,哪怕我的领导是个十足的大笨蛋呢!因为我看得出来他们不如我,我能够领导他们……

(因为我们穷,钱对人的诱惑力和破坏力也就愈大。它本身就是一个陷阱,贪心的坏人容易为它所害。它同时又是某些人整治好人的工具和帮凶!)

我有个朋友承包了一家快倒闭的印刷厂,承包合同书上写得清清楚楚,只要他完成了合同上规定的各项指标,就可以得到一千元奖金。一年后他不仅完成了合同,产值、利税等主要指标还超额了百分之三十五。傻小子高高兴兴地领走了自己应该得到的那一千元奖金。紧跟着告状的、骂街的、打黑报告的、写匿名信的,上级派来这个组那个组,没完没了地查证、落实,一次又一次地跟他谈话。为了调查他这一千元拿的是否合法,国家至少又花费了一万元。谁敢说我们穷呢?

他被折腾得胡说八道,家里人埋怨,厂里人不信任,朋友们骂他无能,几乎被撤掉厂长的职务。不被撤掉也无法干了。他像一只狼,碰巧抢到了一块羊骨头,还没有来得及啃忽然发现四周又围上来几百只饿红了眼的野狼,他如果不丢弃那块羊骨头,自己就会被同类吃掉。他狠狠地朝那一千元纸票子唾了几口唾沫,然后把钱送还给公司,痛哭流涕地说:

"我是个党员,怎么能跟共产党订合同呢?怎么能真的按合同办事呢?怎么能为了一千元钱丢这么大的人、现这么大的眼呢?而且还给国家造成这么大的政治和经济损失!我从今后要再拿我们党的一分钱奖金,就不是人生父母养的!"

(一千元,值得吗?够买一个男人的那一大把眼泪和鼻涕的吗?)

好机会来了,市政府在新市区建造了一座食品中心城,不论国营买卖、集体买卖还是个体买卖,都可以申请到食品城去占据一块地盘儿。我立刻打报告,要求到食品城去开办海味店,我给它取名为"大洋海味店"。我跟苏锐实实在在地讲了自己的想法,如果领导同意再好不过,我可以停薪留职,承包大洋海味店,赚了归国家,赔了算我的。倘若领导不同意,我宁愿辞职,也要去干海味店。

我认为人活着最重要的就是选择,一旦做出了抉择就不回头。我喜欢生活里出现重大事件,身上老觉得有一种积极的东西推着我非往前走不可。苏锐相信我不会赔钱,积极到工程处党委去游说,获得了吴国基和曾孟达的首肯,他心里也就有了底气。我则办理各种开业的手续,看房子,内部装修,招兵买马,指挥着千头万绪的开业前的准备工作。每天骑着自行车东奔西跑,我这个很讲究吃喝的人有时忘了吃饭或忙得错过了吃饭的时间。苏锐看我太辛苦了,把女干事刚给他斟好的水端给我喝,这真把那些女干事气死了。我有时到了吃饭的时间还没回去，他就替我从食堂把饭菜买出来。还爱把上级发给他的戏票、纪念品等也慰劳给我。我有许多事情都得需要直接找他，我确实感受到他身上那种洋溢着男子汉气概的友好情感，他的心坚实可靠，不会出卖我或暗算我，也不会把我扶上墙头撤梯子。

于是，关于我们两个人的闲话很快就传开了。女人总是会成为闲话的中心。好在大洋海味店很快就要开张，我一搬进新市区就算跟修缮队脱钩了。为了保全苏锐，我也应该早点离开。

跟修缮队还剩下最后一项牵扯，找王宝和由服务公司拨给我五万元开办费。我完全可以不要他的钱，只从银行贷款，我估计大洋海味店开业有二十万元就差不多了。但是，名义上我的大洋海味店归修缮队的服务公司领导。他理应给我拨款，如果我不找他，他会得便宜卖乖，说我瞧不起他。我还知道王宝和不会痛痛快快地给钱，我本来可以找苏锐，由他给王宝和下命令，会省我许多口舌。在这种谣传纷纷的情况下，我不想再给苏锐惹麻烦，便自己去找王宝和。他给，我就接，不给，拉倒。我不会求他。

王宝和有一个能消化乱七八糟食物的好胃口，使他这几年在经理的位子上发福了，身躯愈发臃肿肥大。但最难以令人忍受的，是他身上那种浅薄男人的骄傲劲儿，眼光也带着粗野的自信。

"哟，颜大经理，恭喜发财，你的海味店开张得请客呀！"

"你不给钱我怎么开张？"

"你还找我要钱？"他仰起脑袋嘿嘿一笑，"你那是苏头儿亲自抓的大买卖，我这儿是小打小闹儿，你找我要钱不是妯娌打架——考哥们儿吗！"

得意忘形使他那张脸越发显得齐嵩卑俗。我真不想再要他的钱了，尽管那钱有许多是我给他赚的。向这样一个人物开口要钱我日后会后悔的，会看不起自己。我也用讥讽的口吻说：

"我找你要钱不是考哥们儿，而是抬举你。大洋海味店不是归你的劳动服务公司领导吗？"

"哼，我看谁敢不尿我这壶！"

他脸色一变,露出一副桀骜不驯的神态,连抽烟的姿势也格外粗率放肆。

"你要承认对大洋海味店的领导关系,就得支付我的开业费。我知道你拿不出十万元,所以只叫你拨五万元,两年内还清,今后大洋海味店赚的钱也上缴到服务公司一部分。你如果不愿意拨钱,我二话不说,扭头就走,咱们俩犯不上多费话,今后井水不犯河水。"

他愣了一下,忽然又露出原来那副嬉皮笑脸的痞子样儿:

"钱,我有的是。要给你得有个条件。"

"什么条件?"

"咱们俩喝一次酒,你要赢了我立刻给你拨款,酒钱也算我的,你要输了那可就不能怪我了。"

这算什么条件? 一个十足的大流氓,我本可以扭头就走。但他就是这么一块料,如果我转身走了,他就会以为自己胜了,治住了我,不仅不给我款,背后还不知会说我什么坏话。我恼不得笑不得,为了不把事情闹大,快点解决问题,只好豁出去用他的办法来制服他。我从口袋里掏出二十元钱往他的办公桌上一摔:

"你去叫人买酒买菜,还要找个证人来,咱现在就喝!"

王宝和见我主动掏出酒钱,先是一喜:

"现在是工作时间,等会儿下了班咱们找个地方慢慢比画。"

"不行,我们这也是工作。我明天就要用钱,在这儿比画也好有见证人,说出的话拉出的屎,你可不能自己再噘进去!"

我还不知道他那一肚子脏心烂肺打的是什么主意嘛,怎能跟他单独到外边去喝酒! 用话激他,他只好叫人去买酒买菜。他的抽屉里有现成的酒杯,我又用开水烫了一遍。

我平时滴酒不沾,跟我在一起吃过饭的人都知道我不会喝酒。王宝和活这么大还没看见过会喝酒的女人,他相信绝不会败给我。一心想看我失态,让我求饶,他说不定还能乘着酒兴捞点什么便宜。酒已斟好,下酒菜是一盘花生豆,一盘罐头鱼,一根火腿肠,二斤水果。

我对自己的酒量确实没有把握。但我对自己的自制力,对自己的神经还信得过。

我成心叫板：

"怎么个喝法？"

"一口一杯！"

我对站在旁边的两个证人说：

"你们可看好了，谁也不许捣鬼。"

"小颜，别逞能了，你现在求饶还不晚，叫我一声好听的，我就放了你。"

王宝和咧嘴一笑露出了大钢牙。

"少说废话，快喝吧！"

我喝头两杯感到很辣，喝到后面就无所谓了。王宝和说这一杯能盛七钱五，喝到第十一杯的时候，王宝和说话有点不利索了：

"小颜，你长得真漂亮，而且还会喝酒，我要是找了你这么个老婆，每天晚上对饮两杯，有多美……"

我使劲一摔筷子：

"王宝和，你已经醉了，闭住你的臭嘴认输吧！"

"我没醉！"

"你要没醉咱就撤掉杯子换碗。告诉你，女人要不就不喝酒，敢喝酒的就是对酒精没反应，我在农村的时候，在蒙古包里拿酒当水喝！"

王宝和有点发傻。

我嘴角露出蔑视他的微笑，冷眼已经看穿了他的内心：

"谁说一句丰板的话就证明他醉了，算输，王宝和，你是个五尺多高的男子汉，喝酒喝不过一个女人，要再耍赖不认账，传出去你的脸还要不要？"

王宝和立刻叫会计给我拨款。

说起来真跟闹着玩儿一样。

（她一只寿千上戴着铁手套，一巴掌能把人打死；另一只小手上则戴着天鹅绒的手套，无相未状，所有的人都丁丁听从她的指伸，这就是颜芳的处世艺术。）

不怕别人笑话,我确做过这样的梦:

我在经营着一座豪华的大饭店。

我成了一家超级商场的主人,买卖发达……

但我当上了大洋海味店的经理却不是做梦。尽管这买卖不是我私人的,赚了钱也不进我自己的腰包,可这里的一切要由我主宰,我可以按自己的意志经营它,不再听从那些傻瓜、笨蛋的指挥。只这一点就让我心里感到多么痛快!

我的海味店门脸儿很小,占地不足二百五十平方米,但我可以把买卖做大做活。

实际上,在大洋海味店正式开业之前,我已经做了一笔买卖。从舟山买了二百吨海鲜,有快鱼、平子鱼、螃蟹、杂鱼等等,冻成冰盘,装冷藏船运到海港。从港口到市里还有百十来里地完全用军队的汽车把货运到市内,我再批发给副食品商店和各大机关、企业的食堂。光这一笔买卖就获纯利三万元,我图的是这个吉利劲儿。赚了钱心里就有根了,可以大大方方地应付门面上的开销。

您可能要问,我一上马怎么就有这么多门路?有这么大道行?敢从几千里以外的舟山买货呢?

替我在舟山买货的人叫侯文举,是青年实业公司的业务员,是通过朋友介绍认识的,我请他做大洋海味店的兼职采购员,试用期为三个月。部队的汽车为我拉货是分文不收的,我在卖给他们鱼的时候会适当地压低价格。

总之是取长补短,互通有无,进行公平合理的交换。

我拿出了一个三十岁女人的全部热情,动用了这些年联络下的各种关系。人的头脑是无所不能的,就看你用不用。只要你日夜想着自己的买卖,心就会通向全世界,我感到自己做买卖就像燕子造窝一样内行。当然,女人干事业最容易被闲话包围着。可是,只要你自己拿得住,女人身边也最容易有热心人和勇士……

大洋海味店开张的头一个月,单是请客吃饭就花了我三千多元,心疼也没有办法,钱该花的就得花,人们像红了眼似的扑上来吃我!

这批抹着嘴刚走,另一批又来了,有的是我请来的,有的是不请自来的。有的是给过我帮助、今后我也用得着的人,有的是对我没有用处但得罪了就会有害处的人,有的是我瞧不起但又不能不管饭的人,有的是职业食客,吃吃吃,吃得昏天黑地,吃得我心不疼肉也疼!该堵上嘴的堵了,该抹抹嘴头子的抹了,各路神君全请到了,拜到了,破财兔灾,值得,值得——我只能这样来安慰自己。

不要以为光是吃我就行了,还得拿!有的人明拿,有的人暗拿,有的人不拿我就送,谁叫我身上有这种虫子!比如吴国基老头儿,想起来就到我店里微服私访,不带秘书,不坐小汽车,老头儿一个人骑着自行车就来了。什么海参呀,海蜇呀,鲍鱼呀,赶上店里有什么新鲜东西就给他装上一兜子。只要老头儿一露面儿,准是想吃海味了。这老头儿,好像我们颜家祖祖辈辈欠了他还不清的债。别看我给他东西,不是巴结他,而是可怜他,就像打发一个高级要饭的。他每逢到我店里来,书记的架子就放下了,跟坐在办公室里大不一样,多少露出了一点真面目。我虽然损失了一些东西,但知道了他的弱点,也值得。否则我真不知道他是怎样一个人,老是一副不冷不热,不真不假,不偏不倚的样子,谁也猜不透他心里在想些什么,谁也不知道他成天干些什么,然而他确确实实是我们的党委书记。孙可展有一帮哥们儿,曾孟达、苏锐也有一群相好不错的朋友,我看吴国基有一天退了休,没有人会去家里看望他。

曾孟达就比较有气魄,也拿得佯。他是我最想送礼的人,可偏偏他老不露面儿。我的海味店所以能够开张,多亏他公开撑腰。光靠苏锐不行,他毕竟资历浅,说话办事太直露,也未必斗得过孙可展。他不来,我就只好送货上门,幸好他这个当官的还不打送礼的。我请他吃一次饭,他还要回请我一顿。如果他真的需要什么东西,也很痛快地写个条子来,我包好了派人送去。

最难伺候的就是孙可展,他老端着架子,请他吃饭他不来,等人家吃完走了,他那份饭钱我也给搭进去了,他晃晃悠悠地又来了。我只好另开一桌,单独请他,他从来不张嘴要东西,但是我要不给还不行,我非得假装死气白赖地硬塞给他,他才会高高兴兴地拿着,还要假模假式地丢下几块钱,证明他是买的不是白拿的。太损了,他给的那点钱连对虾的皮都买不下来,我还落个卖,而不是送。此人阴森莫测,无风他也能起浪。又是我的顶头上司,真是得罪不起呀!

脸皮最厚的就是王宝和那一伙儿,你给什么,他要什么,你不给,他也要。你今天刚把他打发走,明天他又来了,就像一群危险的雄性肉食动物,他的肚子是填不满的,你不让他吃海鲜,他就要吃你。他属于那种我瞧不起、惹不起、躲不开的一类人,如果他真的不登你的门了,就说明要出什么事情了。

(这使我想起了吃吃看餐馆的悲剧。一个待业青年开了个餐馆叫"吃吃看",开张以后果然有不少人来餐馆里"吃吃看",当然是白吃。其中以警察最多,有个叫曹志庵的人,干脆家里不开伙了,叫老婆去吃食堂,他就以吃吃看餐馆为家,一天三顿,还要求两顿主餐需有酒和肉,高兴了还要求炒点好菜给老婆带回去。一个仅有十二平方米的小餐馆,经常去白吃白喝的各类执法人员多达二十一人,没消三个月,吃吃看餐馆被彻底吃黄了!

吃他的人并不是因为穷,也不是比被吃的人赚钱少,而是得了一种疯狂的吃症,不吃白不吃,越吃越饿!)

海味店开张以后我就难得见到苏锐了,我们都在躲避着闲话。他还是那副清官的样子,给他送礼闹不好就会被他认为是一种对他的侮辱,可我又忘不了他的好处,找了个星期天,我买了点东西跟谢雨田一块到家里去看他,当着他夫人的面把我们俩的关系及有关闲话说了个清清楚楚。他夫人是个医生,非常大方,她说:"今天把话说明了很好,就是你们不来我也会找个机会去找你,因为你跟苏锐今后还要共事的。关于苏锐我就不多说了,他是我的丈夫,我对他多少还算有点了解吧。根据我从旁边对你的观察,你不是一般的女同志,你外表的确是很招风,你当然也深知自己的魅力。我同时也相信你决不过分使用自己的魅力,到一定的程度就打住了。你的小脸儿一绷立刻就露出一股俨然难犯的矜持劲儿,一般的男子是不敢对你这种人轻薄的。即使碰上轻薄鬼你也有办法对付。男女出问题关键在女人,你不是那种把握不住自己的人。我说的对吧?"

她简直把我给说傻了。她也许真的是心理学医生……

苏锐也在旁边凑趣:"算了,小颜,别解释了,这种无聊的事情愈描愈黑。你们也看到了,我的夫人要学问有学问,医学院毕业,要样子有样子,虽不敢说十全十美,至少也够得上是一个句号。你哪,是一个大惊叹号!"

我们都被他说笑了。他的话耐人琢磨。从那儿以后,我们两个家庭真的成了好朋友。谢雨田理解我,他对苏锐的看法跟我一样。苏锐的夫人也理解他,对我的看法也跟苏锐一个样,这就好办了。

水深浪急船掉头

真是大意失荆州。

做买卖讲究第一炮,我的头一炮打响了,各方的关系也逐渐打开了,我过分相信了曾给过我甜头儿吃的侯文举。春节前叫他在舟山买了五十吨一级带鱼。他没有搞到冷藏船,只好在火车上运,车到宁波的时候正赶上下小雨,带鱼化冻。等我见到货的时候,冰盘已经焖汤,原本是白色的带鱼开始变黄。我仔细一验货,表面是一级鱼,底下全是小的。被骗啦!货主在冻冰盘的时候就做了假。像侯文举那么精明的人在买鱼的时候怎么可能不验货呢?那么就是他得了货主的好处,串通好一块来坑害我!我的脑袋立刻就大了,决定把侯文举叫回来,跟货主打官司。人在不冷静的时候做决定最快。

当我走进邮局准备给侯文举打长途电话的时候,脑子里突然蹦出了一串问号,侯文举要不回来怎么办?将在外君命有所不受,何况他又是我的兼职采购员!他心里有鬼完全有可能不接电话。如果是他跟货主联手坑害我,买鱼的时候就不可能订立协议书,没有协议书就

253

没有凭据,我怎么跟他们打官司?官司打不赢,再等几天鱼全烂了,那真得吃不了兜着走啦!

我跑回店里,派人立刻把带鱼全部送进冷库,再冻它一下会好看点。指挥其余的人分头去联系买主,我决定大甩价批发,一元三角钱一斤买来的按一元钱一斤往外卖,先把鱼处理完了再说,能捞回多少是多少。

如今做买卖说不清有多少婆婆,工程处、修缮队这些亲婆婆不算,还有公安局、工商局、税务局、银行、新闻单位、新市区管理委员会等无数个干婆婆,哪一头儿得罪了我也过不去。这五十吨带鱼能不能卖出去,关键就要看我的一个婆婆——卫生防疫检查站开不开恩了。没有他们签发的许可证,任何入嘴的东西都是不能出售的。自己的货新鲜可以不怕,这种发黄的带鱼就很危险了。幸好防疫站的医生我认识,开业的时候也抹过他们的嘴头子。他们什么时候想吃海鲜,我自然也是无偿提供方便。他们取样化验的时候那学问可大啦,如果专挑最烂的地方取样,那什么细菌化验不出来呀!我的五十吨带鱼只好倒进大海。我不心疼带鱼还心疼那十六万元钱哪!这么多鱼不可能一个成色,总会有好一点的,谢天谢地,防疫站的医生专门从一条又白又大的带鱼身上取了一块肉化验,结论是完全合乎出售的标准。我算体会到了,吃小亏占大便宜是买卖人必须信奉的真理!平时多烧香,有了危难真佛才会帮忙。

我用三天时间甩出去三十八吨带鱼。最后十二吨有点卖不动,一位记者朋友在晚报上发了一条消息:"国营大洋海味店带鱼大减价,购者从速。"反倒把我吹了一通,说我怎样为了解决城市居民吃鱼难的问题,从舟山买来冰冻鲜带鱼……

国家办的报纸,国营商店,谁能不信,第二天就把十二吨带鱼一抢而光。我还没有花费一分钱的广告费。因为他们发表的是消息而不是广告。

西城副食品商店买去三吨,想赚一笔钱,每斤定价一元四角,又不认真进行宣传推销。几天后还剩下一吨多没有卖出去,带鱼已经霉烂变质,被防疫站勒令停止出售。他们把我告了,我拿出防疫站的许可证,他们只能承认是自己把鱼放烂的,反而被防疫站罚款五百元!

一个老大爷给机关食堂买了七百斤,回去受了埋怨,一定要退货,我反复讲解,海鲜品是一手交钱一手交货。出门概不退换。老大爷最后没办法,扑通一声给我跪下了。我知道自己缺了大德,也许要折寿的,但处在那种阵势下不能心软,否则自己就得去上吊。话是拦路虎,我把老大爷扶起来,实情相告,这次卖鱼赔了五万元,是商店关门还是我蹲监狱尚难预料。叫老大爷回去放心大胆地吃鱼,如果吃出毛病来由我偿命……

(她睿智而诡谲。这真是个不可思议的女人,胆略超群,有智谋,她承受压力的风度令人震惊和羡慕。)

做买卖比我想象的要难得多了,看来我得学会在阴谋诡计中打滚。我检讨自己,为什么会栽这么大的跟头呢?

我对自己一开始的成功估计过高了,在我成功的感觉里包含着许多错觉和假象,现在才认识到刚迈出了一小步随即又陷入了巨大的困境。我表面上还能稳住阵脚,内心却在默默地高傲地忍受着恐惧和忧虑的折磨。不要以为这是女人的软弱,我倒觉得自己幸好是个女人。您信不信,当灾难临头需要勇敢时,有些妇女可比男人更可信赖?我的副经理和会计都是女的,也都是我的贴心朋友。噢,刚才忘记说了,会计就是我的好朋友长毛。她回城后分配在一个街道办的工厂里当订本工,家里不满意,她自己也不满意。我就把她拉到大洋海味店一块干,她是我的患难之交自然没有说的。就是其他那些小青年,尤其是我信赖的几个骨干人物,没有慌神儿,没有三心二意,该干什么还干什么。每天早晨照样把我的办公室打扫得干干净净,给我沏上一杯热茶。我鞋后跟儿坏了,顾不得修理就扔在一边儿,不知道她们什么时候拿出去就给我修好了。这当然都是些小事,可我重视这些小事,一个集体在小事上心不齐,在大事上心就更齐不了。谁有刘备那样的大德,谁就不愁在现实生活中找不到像诸葛亮、关公、张飞那样忠于他的人。我不是自比古人,我讲的是道理,现代的青年人跟我们那时不一样,他们再也不愿意浩浩荡荡地去做一些无聊的小事或所谓惊天动地的壮举而获得一个官封的好称号,他们甚至以此为耻。他们不是懒得出奇,而是闷得发慌,烦得要死。要领导他们须得让他们佩服你,觉得你棋高一招儿,的确有绝活儿。要让他们服你就得要有个魅力,有人格的力量。

当然也有偷懒耍滑,成事不足败事有余的,我毫不留情面——开除!有的人赖着不走,找了各种关系,托出各样的门头子找我,向我提出许多极有诱惑力的条件,以换取我收回对某人开除的命令。我不干,说出去的话泼出去的水,在用人上我决不含糊,不看关系,不看资历,必须保证我店里的一汪活水。我是小店小买卖,养不起懒人、馋人、坏人、是非之人、三只手的人,一个萝卜顶一个坑,有时要求一个人顶两三个人使。我对职工有教育的责任,但海味店毕竟不是教育机构,他们到这儿来主要也不是为了受教育,而是为了赚钱……

哎呀,我又走题儿了。刚才说到哪儿了?对,女人抗应变的能力。而我周围的那几条男子汉,包括我的丈夫,此时都有点紧张,为我捏着一把汗。他们的担心不是没有道理的,私人承包的小本买卖怎经得住这样大赔!再加上被成群结队的人吃的、拿的,欠下这么大个窟窿可怎么堵?大家都着急,可谁也没有好主意。

只要买卖继续干下去,我相信自己能一点点地把亏空赚回来。眼下的问题是资金挪腾不开。银行还信任我吗?这些事情不能跟修缮队讲,王宝和、孙可展他们只会看笑话。只有银行才是我的后盾,我必须争取他们的谅解和支持。

我到银行去了,他们冲着我左打量右端详:"颜经理,你一点不带样儿,还是这么漂漂亮亮的!"

"你们以为我会自杀吗?"

我也开了一句玩笑。看来他们听到了一些风声,我用不着隐瞒什么,一五一十地讲了钱是怎样赔的,今后打算怎么往回赚。银行里专门负责审批贷款的老方最后咂咂嘴：

"你能应付这个局面就是奇才！我们已经商量过了，再贷给你二十万元，希望你好自为之。"

有了钱就有了机会，我的买卖又活了。我从银行要了封介绍信，决定亲自去舟山，我第一个目的是找侯文举和他的同谋算账。第二个目的是办货。我再也不敢轻易地相信别人了。

我按照侯文举给我的地址，找到舟山红方旅馆205房间，为我开门的是个花枝招展的当地姑娘。我以为侯文举给了我一个假地址，顺口问了一句：

"侯文举不住在这儿吗？"

"侯经理跟我妈妈出去了。"

"侯经理？哪个侯经理？"

"大洋海味店的吧。"

噢，招摇撞骗。不知他还干了一些什么事？

"你是他什么人？"

姑娘虽俗却十分大方，咧嘴一笑：

"我是侯经理雇的保姆。"

"保姆？"

我怀疑这是不是社会主义的中国？旅馆里脏吧拉叽，外地的业务员可以明目张胆地开房间，轧姘头……

我找到台湾同胞联络站办的一家较为高级的旅馆住下来，冒着小雨先去银行查账。侯文举很狡猾，从账面上看他没有明目张胆地贪污我叫他用做买鱼的钱。但是他三次把我的鱼款提出，几天后又原数存进来。这就是说他用我的钱买了鱼，转手用更高的价格又卖给别人，赚的部分进了他的私囊，把我的原款再存入银行。他是个大号的二道贩子，在给我买的那五十吨带鱼里肯定也做了手脚。他在当地混得比较熟，因此就利用这个关系倒买倒卖，动动嘴，拉拉皮条，歪财就到手了。不然怎么应付他成天狎娼宿妓的花销！

我先跟侯文举谈了半天，他一开始铁嘴钢牙，什么也不认账。可

心里到底有鬼,经不住我三问就毛咕起来,一个劲儿说好话。他硬的时候我笑,他软了我则强硬起来:

"你险些把我的买卖搞垮,现在光说好话也不顶用。你在舟山的所做所为是犯法的,你以为这儿就不是中国吗?你以为我们那里的法院对你就没有办法吗?"

我就是要把他镇唬住,然后去找带鱼的卖主——普陀冷冻厂厂长。这是个长着一嘴黑牙的小个子,带着一股南方人的精明和傲慢。据说本地人瞧不起说北方话的,用北方话问路他们不愿告诉,用北方话买东西他们会抬高价格。我偏偏把普通话说得更标准了,先问他是不是卖给了大洋海味店五十吨带鱼,他承认了。再问他冻鱼的时候是不是做了假,按一级的价格卖的是三四级的鱼,他有些支吾。我把自己的会计也带去了,长毛依然很水灵甚至比以前显得更稳重,更加端庄秀丽,落落大方,不多说多道,很像我的女秘书。她从小皮包里掏出几张照片摊在黑牙厂长的面前,这是我叫人在卸鱼、卖鱼的时候拍的,冰盘的包装袋子上有"普陀冷冻厂"的字样,有火车的车厢号,有鱼的模样。他打个怔神儿,似乎没有想到我会有这一手,只好承认他们在冷冻的时候像其他单位一样做了点手脚,但不认为这是什么了不起的事情。我又把鱼的质量怎么差,群众的意见多么大,我是怎样推销的以及影响多么恶劣等等,叙述了一遍,主要目的是感动他。我又问他把坏鱼当好鱼卖,给了侯文举多少好处?他回答是两千元。我问他这算不算贿赂?他说在舟山大家都是这么干的,他心里有数,反正买鱼的时候既无合同书又无协议书,一手交钱一手交货,海产品出门不管换。他对付我的话也是我对付那个老大爷的话,这真是一报还一报。

但我不是那个老大爷。他承认了前边那三个问题就等于进了我的圈套。我示意长毛,她从那精美的小皮包里又掏出一个漂亮的微型收录机,磁带还在转着,证明黑牙厂长刚才说的话再也赖不掉了。

我看得出他的心里开始发虚,尽管他表面上还装得十分镇定自若,不过是用浅薄的傲慢来掩饰内心的紧张和不安。我决不想使用恐吓战术,逼急了,像他们这样的地头蛇是什么都不在乎的。我说的话都合情合理,但决不软弱可欺。必要时吓唬他一下,要掌握火候,适可而止。

"厂长,你说的'好处费',在法律上就叫做行贿受贿。你用行贿受贿的办法在卖给我鱼的时候以次充好,造成的严重后果你也知道了,你说怎么办?"

他瞅一眼录音机,皮笑肉不笑地咧咧嘴:

"我也没有办法,在舟山就是这样做买卖。"

"舟山也是中国,在中国,法律只有一个,共产党只有一个,道义也只有一个。何况我有可能要把官司打出舟山。"

他一怔,那种满不在乎的冷笑也收住了。他看看我的派头,听着我这一板一眼的谈吐,再看看旁边不露声色却美貌绝伦的女秘书,大概有点猜不透我的来头儿,知道我不好打发。他沉了一会儿才问:

"你打算怎么办?"

"公平合理,我赔了五万元,咱们两家分担,一家一半。"

"你叫我赔你两万五?那我们太亏了,不行!"

就在这时候有人叫他出去了。我以为这是个花招,黑牙厂长想借机溜之乎也,不会再回来见我了。跑了和尚跑不了庙,我盘算着怎样找他们的上级机关,他们的上级再不解决问题就得起诉了。在舟山起诉好呢,还是到省里起诉?应该请我那些记者朋友帮忙,在报纸上捅他一下子……

过了好半天,黑牙厂长跟侯文举一块进来了,态度也变了。厂长递给我一张一万一千元的支票:

"那批鱼我们总共就赚了一万多块钱,全部退给你们,再多了实在拿不出。"

侯文举也拿出两千元现金交给我,退赔他所得的"好处费"。还说了许多请我原谅,千万不要起诉的废话。

黑牙厂长这么痛快地就退赔了一万一千元,大概跟侯文举在幕后做工作有关系。侯文举最怕我告他,等我回到家的时候,他老婆抱着孩子到家里哀求我,叫我看在她母女的分儿上不要把侯文举送进法院。那样一来即使判不了刑,也会丢人现眼,砸了饭碗。真够可怜的,她也是老三届毕业生,也下过乡。侯文举在外面干的那些事她知道吗?这是后话。

还是接着刚才的话头儿说,我能追回一万三千元的赔款也算不错了,捞回一点是一点,总算是没有白来舟山跑一趟。我叫长毛分别给他们写了收条,这场带鱼官司就算画了个句号。

(她在讲述这一切的时候眼睛里的怒气像两股黑色的火焰在燃烧,全身如涨潮般充满了斗志,难怪那个黑牙厂长要输给她。女性的魅力加上威慑力,没有见过大世面的男人怎么受得住。"只有具备生存能力的人,才有生存的权力。"她心曲深沉,虑事周全缜密,谁能斗得过她呢?)

第二天我们去逛舟山的海产品市场,我进去就不想出来了。这里的海货太丰富了,真馋人。我不是想吃,而是想买。凡是我能叫得出名字的海货,就一样一样地记住它们的价格,凡是我不认识的东西就仔细地打听它们的特点,询问它们的食用价值,长了很多知识。我不渴不饿,在自由市场里整整转了五个小时。

突然,脑子里像电光石火一样闪出一个新主意:改变大洋海味店的经营方向!卖鲜品虽然来钱快,如果干得好也确实能赚大钱。但风险太大,路途遥远,运输不便,哪个环节出点问题都够我受的!如果以经营干品为主,岂不要保险得多?

在舟山,鱼翅才二十多元钱一斤,我运回去至少可以卖到一百二十元一斤,因为全市没有一个做鱼翅买卖的,我经营它就是蝎子屙屎——独(毒)一份儿。鱿鱼干在舟山十五元一斤,运回去每斤至少可以净赚三元。还有鱼肚、干贝、海参等等。

在家的时候我到自由市场上给自己买菜、买肉,从不问价,拣好的买,人家要多少钱就给多少钱。一到给店里进货,我就小气得要命,左算计右算计,一个劲儿地讨价还价,能省一分一厘也是好的。但风度不能小气,要派头十足,大大方方,计卖主感到你既懂行又精细。我根据不同的卖主会提出不同的条件诱惑他们压低价格。如果卖主的摊了比较大,我就会说:

"你的价格如果让我满意我就可以多买,而且能够建立长期的供货关系。我们的买卖大,北京、天津的市场无比广阔……"

他们一看我的穿戴和风度确实也像个做大买卖的样子。所以我要求我们店里的姑娘小伙子们打扮不能俗气,高雅华贵一点倒没关系,一定要端庄大方,摆得出去。

我买了五百斤鱼翅,一千斤鱼肚,一千斤鱿鱼。我亲自验货,亲眼看着打包、装车,再也不能受骗了。先用汽车把货送到南京,然后再换火车,我到家货也到家。

从此,我的买卖走上正轨,而且稳实牢靠多了,再也没有出现大宗赔钱的事情。最让我得意的是,到店里来白拿白要的人少了。以前卖鲜鱼活虾,谁看见谁馋,这个要两条,那个要三斤,我赔得起嘛!现在他们还要什么?鱼翅——不会吃,哈什蚂——吓他一跳。都是高档的东西,几十元、上百元一斤,谁好意思张口白拿,然而,我真正的业务关系却越来越多,路子越来越广,大洋海味店的规格也上去了。各种规格、各种成色的燕窝、鱼翅、猴头、哈什蚂等珍贵的海味品我店里全有。各大宾馆招待贵客要做高级宴席,都来跟我商量,一千元一桌的该上什么菜,两千元、三千元一桌的菜谱该怎样搭配?我给他们出主意,也给他们提供原料。在别处绝对买不到的高档货,我的店里保证供应。他们有时急得没有办法了就来找我,即便此时我的店里缺货我也会给外地的关系户打电话,叫他们派人送来。我为本市的几家高级宾馆解决过不少难题,每逢过年过节,这些宾馆的厨师总要把我请去,单为我做一桌好菜表示感谢。他们是我的买主,按理说我应该请他们吃饭。

就这样我的大洋海味店的信誉也逐渐树立起来了,我在长岛、青岛、大连都有朋友。我说的是朋友,而不是一般的业务关系户。比如长岛海货加工厂,可以向我提供最优惠的条件:卖完货再结账。他们有了困难我也会帮忙的,有时他们加工出来的海味品积压太多,存放时间过长就会发霉或生虫子。他们把货发给我,我给推销。青岛的那位朋友道行更大,他父亲从国外带回一笔巨款,足够他花天酒地过一辈子。可他不想躺着吃老子,想靠自己的能力干出点名气来。他借助手里的钱在青岛真的闹腾了一片事业,开办了四个加工厂,其中就有海产品加工厂和冰冻厂,自己还趁一条冷藏船。他周围有一大群人围着他,吃他,捧他,天南海北都有他许多朋友。但是他自称没有碰上一个叫他佩服的人,他却说佩服我,要拉我跟他一块干。他的宗旨是不给这党那派的干,要干就自己干。我是吃皇粮的,哪能像他那么自由。人各有志,他也不会勉强我。但可以向我提供最好的货源。如果我有困难,他向我资助个二三十万元也是不成问题的。

头一年干下来,我的营业额是一百七十万元,还了银行的贷款,还了我靠喝酒打赌从王宝和那里借来的五万元开办费,再除去上缴管理费、冷藏费、汽车费等等花销,还剩下纯利四万元。

海味店里的职工每人每月平均拿到二百元左右,奖金除外,副经理和长毛更多一些。古人讲重重有赏,就是发奖金。这些事由我说了算,然后会计造表,一切都光明正大、公道合理才能服众。当经理什么时候都应该是个坦荡的人,只有生活中的弱者或心里发虚的人才害怕坦率。

对我来说,赚了多少钱并不是最主要的。重要的是大洋海味店站住了,我颜芳站住了,我获得了更多一些的做人的自由,我可以按自己的意志行事。对下,我的气度,我的知识,我的工作精神和领导手法暂且不论,当领导没有威望、没有人缘儿,跟下边人没有感情就不行。但是光靠这个也不行,人家跟着你干得有所收获。我付给你高薪,就是叫你服从我,实际上我花钱买的是当老板的权力。对上,不必再看孙可展、王宝和之流阴沉或卑俗的脸色了,不必再听修缮队那些女干事的闲话了。大洋海味店里我当家!当经理比当泥瓦匠自由多了,在把人划分为等级的社会里,地位就是自由的标志,地位越高自由越大。我能堂堂正正地活在这个世界上。

我可以给爸爸上供了——

（只要血液里有智慧，就总会开花结果的。颜芳像所有的成功者一样，也相信自己的直觉，她的敏感真是不可思议。

在她这样的女人面前没有困难，只有机会。

经理的职务使她这个人生色，她更使经理这个职务增光。眼下经理满街走，像她这样的又有几个呢？）

哑谜难猜

（整整一百年前，本市诞生了一家后来闻名于国内外的海味店。第一任老板周四爷，经营镜子铺，委托上海的一家联号买卖代买一些海味来此出售，获利甚厚。第二代老板王十二爷，放弃镜子事务，专营海味，起字号为"隆昌海味店"。第三代经理董树桐，身手不凡，上任后便到上海考察货源。原来他们买的上海货实际来自香港和日本等地，因为香港的海味品价格很低。当时的印度人不知道鲨鱼翅是宝物，割下来当废料扔掉，侨商则大量收购，运到香港出售。董树桐毅然甩开了上海的中间商，派人直接去香港、日本等地购货，进货成本大幅度下降，利润增加。一九一八年之后隆昌海味店进入全盛时期，有职工二百多人，有堂皇的办公大楼，有东、西、南、北四个货栈和两个大仓库，每年盈利十四万现洋。

董树桐独家开创海外来货，专营厚利商品，自己吃大头儿。把小生意和近处生意则让给本市同业，防止同业也去海外争夺自己的商品阵地，自己牢牢控制着商品市场，想定什么价就是什么价。本市各家同业小买卖都不敢触怒隆昌。

董树桐凭借隆昌海味店的声誉地位，吸收大量社会游资，即"有息存款"。自己掌握雄厚资金，在市场上举足轻重，左右价格。

隆昌对刚入店的学徒，一律先放到仓库工作，首先学习商品产地、商品保管、鉴别货物优劣以及分路划等的多方面知识。然后升格到门市部学习售货的知识。这个过程下来一般需要五六年。对有能力、业务知识掌握得好又忠诚勤劳的人则进一步培养,派到上海、香港、日本等地做采购推销工作,并经常加以安抚鼓励,以防止离店单独去干。因此,职员大都勤勤恳恳、兢兢业业。有数十人都得到人力股,使职员把自己的命运和前途跟隆昌连在一起。因此隆昌海味店垄断本市海味市场长达二十余年,货品行销华北、东北、西北各大省、市,买卖兴旺发达。

一九三〇年,隆昌海味店的骨干王印章,脱离隆昌店自己开设了源丰永海味店,打破了董树桐一统海味市场的局面。董树桐对王印章采取了毁灭性打击,决心要把他挤垮。源丰永去日本与隆昌同时都采购一大批海带,但装船速度快,估计要比隆昌的船先回来三天。董树桐接到驻日人员的电报后立即派人到各交往商家预售低价期货,即一星期内货。很快将货全部售出。等到源丰永的海带再运来,各拆货家和外地商人已全部吃饱,即使王印章再压低售价也无法脱手,甘认大赔。如此等等,董树桐的手段多得很!

隆昌海味店还凭借自己雄厚的实力与日本大商人也展开激烈的争夺。如三菱、三井等大洋行对隆昌眼红,也做海味生意。董树桐打听到日本人想买什么货,他就出大价叫日本人洋行买不成。即使日本强买,货到中国也赚不了钱。等日本人不敢买了,他再压价进货。日本洋行对董树桐的大价买小价卖又奇怪又害怕,轻易不敢进货,只能躲着隆昌走。

"七七事变"之后,中国各大沿海城市相继沦陷,随后香港及东南亚各国也都被日军占领,货源断绝,隆昌的业务陷于瘫痪。不久董树桐病故,隆昌海味店江河日下。熬到一九五〇年,不得不宣布解散。从此,本市再无海味店,直到出了一个颜芳……)

第二年我的买卖更好,每人平均上缴利税在新市区大小几百家食品商店中名列第二,这就算能过得去。我心里当然不满足,人无远虑必有近忧,我想把买卖做得更大。我什么都想到了,就是没想到在中国做买卖非要懂得掌握政治形势不可。新年前夕,中央似乎也特别心疼我们这些人,三令五申不许请客送礼,不要拜年,不准用公款大讲排场……反正有好几个"不",对哪一个"不"我都举双手拥护。苦命人心实,我真的信了中央的话,没有挨家挨户地去给头头们拜年,没有大包小包、明的暗的去给头头们送东西。我对天起誓,我不是心疼东西,不是舍不得花钱,我懂得吃小亏占大便宜的道理,逢年过节给头头们烧香上供能够保佑我平安无事。我实在是怕给头头们惹麻烦,倘若我去烧香正赶上头头们掉屁股岂不弄巧成拙!

(我笑了,这真是智者千虑终有一失,像颜芳这么聪明的人也有糊涂的时候,哪一年的年底我们中央不站出来吆喝几句,紧缩开支呀,反对铺张呀,冻结呀,卡住呀。既然中央抓起这些小事来可见它已不是小事。他吆喝他的,你干你的,他有政策,你有对策,你有千条妙计,他有一定之规,其结果是冻不住也卡不住。颜芳借机冻结了给头头们的礼物,头头们恐怕就要冻结她的职务。当然事情不会像我说的这样简单明白。如果我猜得不错她下面就该讲怎样挨整了,无非是先造谣言,那是舆论准备。说她既有经济问题又有作风问题,发了洋财,忘了老领导,翅膀硬了,六亲不认等等,不一而足。甚至还可以造得更邪乎一些,说她被抓起来了,蹲了班房。然后就可以派调查组,查她的账目,冻结她的资金,干扰她的生意。最终的目的当然还是要在她身上打主意,最好是把她的经理职务拿掉。不过这要费点事,因为她这个经理不是上级任命,是她毛遂自荐开了这个海味店,经理的头衔也是她自封的。现代社会就是这个德性,撑死胆大的,饿死胆小的,占山为王,旗号众多。如果撤不掉她就要把她吊起来用小火慢慢地熬着烤着,叫她买卖做不成,心里不痛快,想死死不了,想活活不成。颜芳自然不是省油的灯,她会怎么应付呢?

她见我怔怔地发笑,就停住话头问我笑什么?我把刚才突然想到的对她讲了一遍。她感到诧异:"您是怎么知道的?"

我说:"我会算卦。"

她说:"您开玩笑。您一定是对大洋海味店的情况有所了解。"

"实不相瞒,我一年半载不准进一次商店。在认识您之前还不知道新市区有个大洋海味店,对您颜经理就更不了解。但我多少了解一点我们的党,我们的制度,还知道一些类似您这样的人物的大同小异的遭遇,所以才敢瞎猜。"

她沉默了,神情落寞,脸庞像白色的细陶瓷,透出少有的感伤和疲乏的情状。也许是我的话惹得不快,引起她对今后生活的忧虑。

与其说她是个勇者,不如说她是个智者。我可不能用唱喜歌的办法哄她安慰她。

"你说过一句很有味道的话,给职员发高薪,买的是自己当老板的权力。在中国,老板只有一个,那就是组织。所以你连董树桐那样的规模也达不到,尽管你的聪明才智也许比董树桐还要更胜一筹。我们目前的制度是不突出个人,不会出现大的商业家、企业家的,一够了刀恐怕就要宰!还是讲讲你是怎么对付调查组的,目前的处境如何,今后做何打算?")

我的上级机关——修缮队劳动服务公司打来一个电话,叫我回公司一趟。我正忙得不可开交,问他们有什么事情,不能在电话里说吗,干吗非要罚我跑腿儿?给我打电话的是服务公司的三号人物刘德,为什么说他是三号人物呢?刘德原来是王宝和的小兄弟,王宝和想把他提到服务公司当副经理,原来两人的关系又闹崩了,刘德上不来也下不去,就吊在那个没有正式任命的副经理的位子上。他自己不嫌尴尬,在电话里还跟我打官腔:"叫你来你就来,这是大事,在电话里怎么能讲呢!"

这帮白吃饱儿能有什么大事呢?我放下手头的工作赶到服务公司,气氛还真有点跟往常不一样,经理王宝和、党支部书记老李、没有号的副经理刘德,三个人正等着我呢。一副如临大敌、严阵以待的样子。

我问:"什么事呀?"

王宝和推老李:"你说。"

老李推刘德:"你说。"

刘德又推王宝和:"当然得经理谈。"

他们推来推去。老实说都有点怵我。

最后还是党支部书记老李责无旁贷地开了腔:

"领导决定,从今天起你回到服务公司来上班。"

"那大洋海味店呢?"

"你就别管了。"

"我不管不行,我要对大洋海味店负全部法律责任。且不论你们有没有权力撤换我,即使你们真想这样做,也要跟我说出正当的理由,找出一个接替我的人,等我办完了全部交接手续才能离开海味店。"

老李张口结舌,只好耍横的:"叫你回来你就回来,别说这么多废话。"

"告诉你,凭你们这几个人空口说白话,我是不会离开大洋海味店的。"

每到这种时候,我感到自己身上那点比他们优越的东西就从心里流露到脸上来了。越是生气,脸上越笑,气色越好看,神情越镇定。

他们下不了台啦。王宝和只好开口:

"老李,你怎么能这样做工作,三句话能解决思想问题吗? 小颜这是想得开,要是想不开出门一头撞死怎么办?"

我说:"哪能呢,撞死我谁给你送礼呀?"

王宝和翻翻白眼儿。

"你在自己家里装了一部电话?"

"不错。"

"请示谁了?"他好像终于抓到了能炸死我的手榴弹,声狠气暴,那张脸涨得像茄子一样难看,钢牙闪着灰色的光斑。

我用手指指着自己的鼻子尖:

"我是经理,装电话是工作需要,只要请示自己就够了。"

"就你需要,我们都不需要? 连队长、主任的家里还没有电话哪!"

卑鄙和平庸把他毁了,完全失去了控制,如同一个醉鬼一旦骂起街来就收不住了,"我看修缮队快搁不下你了,当了个绿豆芝麻粒儿大的经理就烧得不知天高地厚了。我们要给你派查账组!"

"欢迎。"

"什么时候去?"

"最好现在就去,别给我留出做准备的时间,就这么光明磊落!"

他们果真派来一个由工程处、修缮队、服务公司三级会计组成的查账组。最可笑的是,我倒不怎么着急,着急的是工程处的头头们。党委书记吴国基派人到我家里摸底儿,他在我店里拿的那些东西会不会被查出来?

我不是党员,真不理解你们党内这到底是怎么一回事?吴书记是全系统的第一把手,他害怕查我的账,可又同意向我派出一个查账组。他如果站出来反对,我想王宝和没有那么大的胆子敢这样折腾我。

我若告诉吴书记,请他放宽心,我的账面上干干净净,不会查出任何问题,不会损害他吴大书记的崇高威望——我又不甘心,真想让他着点急,害点怕。不能让他早早地就把心里那块石头落地!

如果光图一时痛快讲出这些头头们吃我拿我的事情,让他们出出丑,对我又有什么好处呢?伤不了他们几根毫毛,他们最终还是头头,倒霉的只能是我。上下一起来对付我,我岂不更难受。

您看我多难呀!他们吃我拿我还要查我,我把他们吃的拿的都赚出来,还得替他们瞒着、闷着,不能让他们派出的查账组查出来。他们还会得便宜卖乖,跟我打哑谜。我要当个演员也错不了,把这些心计用到演戏上保准能成为明星。

查账组查了五天,连钱带物翻了个底儿朝天也没有查出什么名堂。最后居然把我的全部账本抱着一走了之。太不讲理了,大概是回修缮队用放大镜一个数字一个数字地去核对。

王宝和不能闲着,一计不成又生一计,他要把刘德派给我当副经理。一方面能甩出刘德这个臭包袱,另一面又可以慢慢夺走我的买卖。我的回答是:"没有门儿! 等查完账再说,有问题我愿自动下台,没有问题你们要给我说清楚。"同时我也当面嘲笑刘德,绝了这个没人要的无赖的痴心妄想:

"刘德,你到我那儿公干什么呢? 食品城里讲究营业额,你一人卖不了三千块钱我是一分不给的!"

王宝和也不像以前那么蠢了,大概是手里的权力使他变毒了。他说:

"别以为就是你有能耐,我最近刚研究完《慈禧前传》。慈禧有什么能耐? 还不是在皇上跟前会来那一套,以后生了个儿子就渐渐露峥嵘。告诉你,钩心斗角、争权夺势的这一套我懂。你既然不要刘德当副经理,我就叫他当调查组的组长,从今天起进驻大洋海味店!"

就这水平,他还以为自己很高明。

我的铺面本来就不宽敞,经理办公室更狭窄,两张办公桌加一条长沙发就把房子塞得满满的,突然又增加了调查组的这么三条汉子,您说够多堵心! 他们什么事也不干,往沙发上一坐,抽烟、喝茶、盯着我,我到哪儿去他们都得记下来往上汇报。我得接受调查,不能再出去看货买货。这买卖还怎么做下去呀? 一开始我千方百计地想激他发火,一天要打扫两次卫生,叫他们到外面去待着,来了谈生意的人就叫他们让出沙发到马路上去站着,干脆一句话——不拿他们当人。他们自以为调查组是来整人的,摆出一副了不起的架势,没想到我这个挨整的不吃他们那一套,刘德心里当然非常恼火。他们一发火我就火上浇油,批评他们是游手好闲的寄生虫,吃社会主义,坑社会主义。还把店里一个女孩子写的打油诗念给他们听:"干的干,看的看,看的给干的提意见。 提了意见还不算,变着心眼儿搞诬陷。"真是要反了,刘德外号叫"刘哈喇子",一着急口水就流出来了,说话也结巴了,气得直跳脚。我更是成心激火,偏要往他眼前凑,假装疯魔地大嚷大叫:"你还想打人吗? 敢,吓死你,你打,你打!"我就希望他动下,那样就把事情闹大了,我就可以找新市区的派出所,找食品城管委会,官司打出修缮队就有了说理的地方。可惜,刘德到底是个大屎包,一动真的就尿了,哪还敢动手。我的武器本来是笑,看来用这种怒的办法不灵。最后只好采取冷淡的态度,就像他们不存在一样,全店的人都不搭理他们,看不见他们,躲着他们。三个月来也真够他们受的,他们自己也知道像狗屎一样讨人嫌。可他们不敢回去,不敢造反,没有自己的人格,没有自己的主见,这也叫男人?

(侯玉屏神经兮兮地说:"我该怎么办哪?活着太难受了,我老想到死。就这样死了又觉得自己这一辈子活得太冤了!

"我天天盼振元的消息,等着他给我来信,只要他打个招呼,不论他在哪儿我都可以去看他。我以前不知道什么是爱,自从跟他久别重逢之后我懂了,只有在他身上才有那种我所需要的极其宝贵的爱。我给他写信,一封又一封,接不到回信就拍电报,一次又一次。不知要隔一年还是半载,才能见到他一封信。

"我们又见过两次面。在见面前我把想说的话写出提纲,见了面仍然忘个精光,一句话也说不出。他的话更少,连为什么不给我写信也不作一句解释。但是一看见我就发疯,那激动的样子不可忍受,周围一没有人了就不放过我。《亚玛》那本书里的妓女说得对,一个女人一生只爱一回,永久不变。而男人的爱却像一条公狗……

"我有一年多不让老邢碰我的身子。我嫌他脏,我恶心。但我不能提出离婚,我有三个好孩子。即使我提出离婚老邢不同意也是白搭!我离了婚鲁振元不离婚又有什么用?谁知道他是什么心思?

"我每天照样为邢起福炒菜、烫酒,每当发工资的日子他把一百多块钱如数交到我的手里,我是很感动的。我仍然尊敬他,他在工厂受了气我就去找他的头头替他说理。他的顶头上司对我很客气,凡我提的要求没有不答应的。背地里他在训老邢的时候就说:'就凭你这份德性,怎么搞了个那么好的老婆?'工人们说这个头头很坏,一想见我了就故意给老邢气受,比如抓住一点毛病就扣他的奖金,等我到厂里一说情又发给了他。老邢多可怜!我给他做时髦的衣服,每天上班前替他梳梳头上那几根毛,想把他打扮得漂亮点儿、年轻点儿。不是为了他,而是为了我,让我们俩表面上的差距小一点儿。像他那副德性如果不勤打扮着点儿,就像个捡破烂儿的小老头儿,别人就会骂我,说我有外心,不收拾自己的爷们儿。也会有人同情我,说一朵鲜花插在牛粪上。不论骂我还是同情我,我都受不了!

"我白天黑夜想的是鲁振元,伺候的却是邢起福。你说我还算人吗?你知道我的日子多苦,活着真苦呀!你说我该怎么办?"

她应该去看精神病医生。但我说不出口。

她说:"你是我的老同学,我不怕寒碜把什么都讲给你听了,求你把它写出来。我得了厌食症,什么东西也不想吃,全身浮肿,还睡不好觉,我知道自己的寿命不会太长的。我这一辈子活得太窝囊了,你实事求是地把我的生活写出来,登出去,我死也瞑目了!要不怎么办呢?不能上法院,不能跟别人讲,我快要憋疯了……"

我说:"我要真的写出来,老邢饶得了你吗?"

她说:"我不在乎,女人急了眼是什么也不怕的。我正是要叫他知道他是怎样害了我一生!"

这怎么能全怪他呢!)

不管怎么说,调查组是抱着不哭的孩子。他们可以无限期地耗下去,我的买卖可拖不起呀!云南有个朋友在瑞丽为我联系好了一批缅甸的海米,价格比咱这边要便宜三分之一,邀我去看货。我不能动身,买卖只好告吹。还有好几宗非常有利的大买卖,都是因为我出不去只好放弃。也有些老关系单位已经把货发来了,我在时刻接受调查的情况下,已经没有精力再东跑西颠地去推销大宗货物,只好把原货给人家退回去。这要得罪朋友的,同时也影响我店的信誉。可是有什么办法?

我不怕他们把我撤职。最好是把我开除公职,那我就可以自己重新开一个海味店。我真想自己干,做梦都想。我实在受够了这份窝囊气。我凭什么非要在一群歪才、庸才、蠢材、奴才的压抑下干活儿?外

271

地的朋友知道我在挨整，纷纷劝我离开这里。青岛的朋友还是老主意，想跟我合伙儿干或者由我挑头另开一摊子，资金雄厚且有外汇，干得好可以打开国外市场，确实能成就一番大事业，这对我不是全无诱惑力。长岛县想请我去当副县长，专门负责海产品的经销工作。他们那里有好东西却不会好卖……树挪死，人挪活，我到哪儿去都比在这儿强。

问题是我现在走不了也干不成，蔫蔫萝卜辣死人！我希望来个痛快的，决定甩开调查组直接去找王宝和。我从来没把王宝和当成一棵葱，他派出去的调查组算什么玩意儿？

晚上调查组的人都回家了，我骑上自行车找到王宝和的家里。他住着两间房，王宝和正在外边那间屋子的沙发上歪躺着，屋子里就像他这个人一样又脏又乱。以往我到他家来从未空着手过，王宝和爱贪小便宜，就连他身上穿的这身西服还是我搞服装加工站的时候白送给他的。这一次来我手里却只拎着自己的小提包，他撩撩眼皮，硬是没吭声，没抬屁股，照旧哩溜歪斜地躺在沙发里。他是什么变的我还不知道吗，他越是装腔作势地摆出一副了不起的派头就越是可笑，以在人前逞能来掩盖他的无能。

我也不说话，坐在他对面的椅子上望着他。

他冲着另一间屋喊了一声：

"小二，给我拿烟来。"

小二是他的孩子。

我轻轻地答了一声：

"不用了，我这里有。"

他抬起了眼皮。我慢条斯理地打开自己的小提包，像变魔术一样从里面拿出一条大中华香烟。别看提包很小，正好能放下一条香烟。我埋伏下这点东西就是要见机行事，对付像王宝和这样的人不用花太多的钱就行。我把那条烟放在他面前的茶几上，像有根绳子拉着一样，他慢慢地从沙发上坐了起来，毫不客气地打开包装纸，抽出一支香烟点着……

我们面对面了。相互打量着,实际是在心里较量着,谁都非常清楚地知道对方是怎么一回事,任何虚伪都毫无意义。

他离开骂人不说话:

"你这个老娘儿们还真够难缠的,把我们派去的调查组给晾起来啦。"

我当然也要回敬他:

"你这个老爷们儿里边的老娘儿们也真够差劲的,我姓颜的哪点对不起你,你凭什么整我?"

"完了,你是聪明一世糊涂一时,我王宝和整得了你吗?我有那么大的胆子、那么大的道行吗?"

"不是你还有谁?"

我故意激他往下说。

"实话对你说,这是孙头儿布置的。"

"孙可展?我哪儿得罪他了?"

"孙头儿一向对你不错,很赏识你,可你瞧不起他,就是不尿他那一壶儿!别以为队里有苏锐支持你,上边有曾主任给你撑腰,你就可以无法无天了。"

我对孙可展向来都是客客气气,从未当面顶撞过他,怎么说我瞧不起他?我可没有把他看简单了,他跟王宝和不一样,这些领导的心思真难捉摸。

王宝和见我闭了口,以为把我唬住了,神气活现地愈发得意了:

"说良心话,孙头儿早就该提上去当副主任了,等曾主任一到岁数,将来工程处主任的位子就是他的。可现在连个队长都不给他。苏锐懂个屁?刚从部队下来也压他一头,还不就是曾孟达在上边不说他的好话,就怕孙头儿上去顶了他。这回行了,一抓大洋海味店就把他们一勺烩了!"

"这是什么话?你们头头之间争权夺势,为什么要拿我开刀?"

"别装傻了,这两年你把他们都喂肥了。现在整党开始了,不拿你大洋海味店当突破口还拿谁开刀?"

我影影绰绰地感觉到了一点,但没有王宝和说得这么赤裸裸、这么杀气腾腾。

我笑了:

"这才叫恶人先告状哪。吃我最多、拿我最多的首推你王宝和,孙可展也不是两袖清风,哪次吃饭漏下过他?"

"你别唬弄小孩子,你对我们跟对苏锐、曾主任不一样,这谁不知道? 再说我吃多少也是官的,我不想往上爬,顶大这个副科级不要了。他们那些当头儿的要是被人抓住手腕子可就要栽大跟头……"

王宝和连比画带说,把他知道的那点内幕,连同他自作聪明猜测到的一些东西全抖落出来了。我这一条中华烟送得值得!

我心里说不清是一种什么滋味,是着急,是酸楚,是幸灾乐祸,是愤愤不平……我可怜这些头头们。他们也是凡人,胃口跟普通人的没有什么两样,都想吃点山珍海味。现在为了谁多吃了一点、谁少吃了一点就叫得这么凶! 他们就没有更重要的事情可干了吗? 如果他们光是吃我,不来搅和我,我会很高兴的,我那几笔好买卖就不会放弃,早把他们连吃带拿的那部分赚出来了。我相信能够养得起他们,可他们连吃带搅和就讨厌了……

我想开了,头头们管着我,但他们不如我。如果说我的大洋海味店还比不过七十年前的隆昌海味店,只能说现在不是做大买卖的时代,老板们会吃不会赚。

我看透了,决定展开"穿梭外交",看看头头们现在的嘴脸。先找孙可展,一见面就单刀直入:

"孙队长,王经理告诉我是您指示他们整我的。我到底有什么问题请您当面说个清楚吧。"

他立刻现出满脸的气愤:

"这是从何说起,他们对大洋海味店干的这些事我一概不知道,都是服务公司搞的!"他拿出一本红格纸摊在我面前,"你把王宝和怎么说的都写出来,我要追查这件事。"

"写就写!"

我才不在乎哪,我是施主,他们是要饭的,叫他们狗咬狗去吧!

服务公司的党支部书记老李,像蛇一样从门口溜进来,夺走了我面前的红格纸:

"得了,姑奶奶,你面不改色心不跳地就把宝和给卖了!"

"王宝和又不是海味品,卖他能值几个钱?"

"得了,我算认识你啦!往后跟你说话还真得留神,不知什么时候就被你卖了。"

"那你该说的说,不该说的别说。想买好就别怕别人卖!"

孙可展换上了一副笑脸儿:

"小颜,不要听别人挑拨,我一向都非常赏识你,这你心里还不明白吗?"

他示意老李出去:"我跟小颜要好好谈谈。"

他从抽屉里拿出几封信,用一种仗义的口吻说:

"这都是告你黑状的匿名信,既然不敢署真名儿就是有鬼。我们当领导的不能受这些别有用心的人的左右,打击一个有才能的同志。"

他说着把匿名信撕得粉碎投进废纸篓。

我真是被闹糊涂了,他们为什么既要整我,又要讨好我呢?相比之下王宝和倒还算是老实的,嘴里有时还能够吐出几句实话。

我去找吴书记。老爷子一副阿弥陀佛的神气,亲自为我沏茶:

"小颜,这可不是招待茶,是我自己的茶叶。"

看来我很荣幸,能够喝上党委书记自己的茶叶。

"要冷静,要冷静……"

他一口气说了好几个冷静,大概知道查账没有查出任何问题,他可真的冷静下来了。

"对新事物有不同看法是正常的,谁也不能整人,大家的动机都是为了工作,查查账也有好处,回顾一下,总结一下,有利于今后提高嘛……"

275

我的老天哪,他都说了些什么?我快睡着了,应付了几句客气话赶紧逃了出来。

他真是活菩萨,让所有的人都过得去。他在官场里修炼得可算超凡入圣、炉火纯青了。我替他包着兜着,他手里有权,看着我挨整就不站出来说句痛快话、公道话!

我看他只有见到大对虾的时候,眼睛里才会流露出一点活人的生动真实的意识和感情。

我又算认识了一个人。过了两天再去找曾孟达——

我以前很少跟这位曾主任直接打交道,他笑眯眯地盯着我问了好多闲事,然后站起来在他的大屋子里边走边说:

"好,这才是你颜芳的风度,挨整不带样儿,告诉你,人家表面上是整你,实际上刀尖是对着我来的。说好听的叫年轻、没有经验;说难听的叫迫不及待地想抢班夺权。我看他们怎么收场!"

呀,我可没想到堂堂的工程处主任说话这么直截了当。于是我把自己"穿梭外交"得到的信息也讲了一些。他鼻腔里吭吭了两声:

"我在整党会上都讲了,你请我吃过饭,我也拉你陪过席。去年春节你给我拜年的时候带了礼物,我收下了。我承认自己不是谦谦君子,但也不认为是同事间请客送礼把我们党风搞坏的。你沉住气,现在下不了台的是那些想整人的人。"

"话是这么说,他们毕竟是吃凉不管酸,我可赔不起时间,赔不起精力,将来怎么了结?"

"你放心,我都安排好了,这件事情一了结就把你的海味店划归工程处的多种经营办公室领导。大洋海味店在全市有一定的影响,一个修缮队的服务公司领导不了。现在我担心的倒是你们的买卖不景气,最近我到店里去看了两次,冷冷清清,像友谊商店一样没有多少顾客。"

我心里一惊,我买卖兴旺的时候他没露过面儿,在这种倒霉的时候主任大人亲临大洋海味店视察,令人感动。

"我怎么没看见您?"

"你在办公室里光顾跟调查组的人穷嚼了。"

"你放心,正常的业务并没有耽误。别看没人买,一有人买就是大头儿。昨天上午海城饭店一笔就买了一千多元,下午北京的建国、长城饭店又来买走二千多元的货,差点连我橱窗里的样品都买走。"

"唉,好好!"

我的"穿梭外交"开始见成效,几乎每天晚上都出去,根据不同的对象送不同的礼物。为了弥补春节没送礼的过失,现在的礼物要加倍。大家练得胆子大了,心也野了,你敢送,人家就敢接,越是高级的东西越受欢迎。只要他们敢接我的礼物,就算我没白跑一趟,就是我的胜利。我花钱买个笑脸也值得。

别看我是个正在挨整的人物,私下里我仍然是个很受欢迎的人。我到谁的家里去谁都非常高兴,安慰我,鼓励我,讲一些他们各自所知道的内幕情况,真诚热烈地表白他们的心迹,没有一个不想帮助我,甚至给我出了各种各样的主意。当然我都不是空着手去的。我已经跟我们老谢说了,现在是花钱的时候而不是赚钱的时候,要准备扔它个千儿八百的。

谢雨田绝对尊重我的意志。

只有一个人,我还没有来得及去看他,他倒带着夫人来看我了,而且大包小包地给我的孩子买了许多东西。这是自我挨整以来唯一的一个向我送礼的人。我给人家送了那么多礼,眼皮不眨,不动一点感情,受了别人一次礼却感动得眼睛发潮。不凑巧的是那一天正赶上我们家发大水……

说起来令人哭笑不得。星期天,谢雨田好心好意地要替我洗衣服,这不是好事吗!我就高高兴兴地上街买菜去了。老谢干活儿还是很利索的,大学生嘛,脑瓜灵。干净不干净且不说,三下五除二就把那堆衣服都放在洗衣机里滚了一遍。下面就该放清水把衣服涮干净,他老先生打开往洗衣机里灌水的开关,以为这水要灌上半小时,自己便躺到床上看报纸、听音乐去了,把洗衣服的事忘了。

自从大洋海味店进了调查组,谢雨田比我这个经理还着急。想起来就吃不下饭睡不着觉,有时无缘无故地就冲着孩子喊叫一阵。好在不管他发多大脾气我也不怕他,也不还嘴。我知道他心烦,老实人心烦更难受,一个男子汉看着老婆挨整而无计可施心里能好受吗?等他那阵邪火发过去就好了。

夜里该他睡觉的时候他睡不着,放水洗衣服的时候不该睡觉他却睡觉了。等我买菜回来家里已经水漫金山。我不能着急,不能生气,关了水龙头,关了收录机,给他盖上被子。然后用土簸箕一下一下地把水淘到盆里,盆满了再倒进地沟。这时候万不能惊动他,更不能叫他帮忙,他越是自己惹了祸,脾气也就越大。你要是叫他帮着干,他准会摔盆砸碗,把那一肚子邪火往东西上撒!

我干到一半的时候他醒了,不等他把尴尬、惭愧变成火气,我赶紧笑着说:

"这外间屋我早就想彻底清扫一遍,老也腾不出工夫下不了狠心。你老先生今天办了件好事,将我一军,我是不能不干了!"

他还能说什么呢?

我把外屋的东西一件一件地挪开,清洗,擦干。忙了小半天,整个屋子看上去焕然一新。苏锐两口子进来了,他对夫人说:

"瞧,我说的不错吧,颜同志心宽体胖,别看社会上闹腾得挺厉害,人家根本不往心里去。你看,还有心思扫房哪!"

我直起腰:

"知道二位今天要光临寒舍,急忙扫洒庭除。"

丈夫似乎也抓住了能够报复我一下的机会:

"我们这位,没有治了! 累不垮,难不倒,吃得饱,睡得着。"

苏锐也许故意打趣逗笑,创造一种欢快的气氛,让我放松一下精神。他像说相声一样接着谢雨田的话音说:

"新市区谁不知道,颜经理是玩儿着干买卖,轻松愉快,不影响吃,不影响喝,不影响照顾家,不影响照顾丈夫、孩子,会享受,会工作,会娱乐……"

好几个月来我没有这么开心过了。把苏锐夫妇让进里屋：

"今天晚上别走了，看我给你们亮亮炒菜的手艺。"

（历史上许多有大德大智的人物，如富兰克林、林肯、诸葛亮、戴高乐等，从家庭生活中得到的是对事业的促进力量，而不是拖累。真正获得了成功和幸福。

想不到颜芳把跟丈夫的关系，跟苏锐的关系处理得这般美妙。

她说话毫不拖泥带水，声调清脆悦耳，表情率真而明朗。我心里涌动着一股奇特的热情，像对待自己的事情一样关心她的故事。可是随着她的故事渐近尾声，我心里的不安也加剧了，她向我讲述这一切的目的何在？我能帮上她什么忙呢？）

我的悲哀

她停住了话头儿。

我望着她，等待她说出这场会面最后的也是最关键的话。

她说：

"我不希望您把我的事情写进小说，您的大笔一兜老底儿，得罪了人就毁了，我的买卖也无法干了。"

我说：

"实不相瞒，我真想把您的故事写成小说，很可能还写不好。但我也只有这点本事。"

"不，"她的眼皮似乎含有一种命令的意味，"我真想听听您有什么好主意，您见多识广，了解不少当代开拓者的命运，您看我今后该怎么干呢？我总觉得这样干下去没有多大意思。即使这场风波过去了，以后他们还会抓住别的茬儿整我。"

她神态平静，冷峻的双眸却透露出她心底回旋的风暴。

我说：

"您现在需要的不是主意，要主意您自己脑子里就有的是。您需要的是更大的自由和得以充分施展自己才能的大时代。这两样东西不是哪一个人能拿得出来的。"

"我给市里领导写了一封信,您能不能替我转上去?"

我非常惭愧,但只能实话相告:

"可以试试看。第一,我见市里领导跟您一样困难。第二,以我的感觉,在领导同志的眼里我们文人的形象远不如你们实业家的形象可爱,信通过我的手转上去是起正作用还是反作用,实在没有把握。"

她宽容地笑了,让人感到温暖。

"那就不麻烦了。"

她起身告辞,我送她到楼下。

就这样让人家走了? 我深深感到自己的无能。世上最没有用的就是文人,脑子丢在了稿纸上,除去想入非非有多少实际能力?

一个推自行车的人靠近我:

"老师傅,换鸡蛋吗?"

"换,啊,不!"

"粗粮票三十斤换一斤,细粮票二十八斤换一斤!"

"不换!"

我反身往楼上跑。心想:像我这种人只配吃"零蛋"!

1986年7月15日于天津芥园里

退化的男人

一

蒋仲达好像不经意地公事公办地看着他,他就受不了啦。医生的眼光是心灵的手术刀。他——

面白,微胖。勤勉本分的干部气质。架副黑框眼镜,想往文静儒雅上靠。身架粗壮。看第二眼就会发现他骨子里的俗。

这不是一张生面孔,却敢肯定他是第一次来就诊的新病人。

这不是那种仅仅是点头之交可记可不记的人。一定在特殊的场合见过他或者自己拼命想记住他,可还是把他忘了。曾让他自豪的从不欺骗他的记忆力近来却常常跟他开玩笑。

"蒋大夫,您好。"

谦卑,窘困,企盼。每个病人从神态到语调都差不多。他只注意病态,不在意虚情。

"你好。姓名?"

"郭守成。"

他把"郭守成"三个字登记在病历卡里。这个名字十分陌生。

"年龄?"

"四十八。"

"哪里不好?"

郭守成窘迫。双唇嚅动却出不来声音。所有到他这里来看病的人很少有大大方方、痛痛快快地主动介绍自己病情的。

"你怎么不好？"

望、闻、问、切。他又重复一遍，对郭守成构成更大的压力，白脸已经变红。眼睛瞟瞟身后，瞟瞟四周。

众多病了的男人们到这里来第一次正视自己假男人的现实时，都是这么假模假式。没有丈夫气。

郭守成还在磨蹭。

四周的人在瞪着他。所有的人对这种病都有一种好奇心。凡是到这儿来的都是一种病：男不男女不女。同病相怜，看到有这么多做伴的人，又是不幸中之大幸。都希望别人的病比自己更严重，想知道别人是怎么病的，怎么治疗。互通有无，交流痛苦。

这本来就是一种说不出口的病。这里偏偏又毫无遮拦。一座地处市中心但又非常安静的老式楼房，这本是中医大学的中药研究所，把楼下最大的两间屋子腾出来做了临时的男科诊室。屋里屋外挤满了人。看病、交款、取药全在这两间大屋里。方便倒是方便，无奈大城市里的假男人或假女人何其多，天不亮就有排队的，天黑了还关不上门。最清静的地方变成了最热闹的地方。原是老市区最高级的地段，只住有钱的人和外国人，如今却聚集着一大群社会各阶层的五花八门的男人和陪同他们来的女人。

蒋大夫积德行善，又震惊杏林。

不管什么人踏进了这间屋子便无秘密可言。越假装圣洁君子或愚昧好人，越难堪。唯一聪明的选择就是赶快老实坦白，脱下裤子验明病根儿。

尽管如此，声音还是要放轻。轻得只让大夫一个人听得到。

"隔得时间长了心里想，那个东西不给使唤，即使凑合着能进入，支持不了几下又自动龟缩。决无快乐可言。"

"多长时间了？"

"半年多了。"

气色无大碍。脉象稍嫌沉细也没有大问题。

他拉上布帘,叫郭守成脱了裤子,露出那东西。他既不嫌脏不恶心,当然也谈不上喜欢。面无表情,像拿一块砖头一根劈柴一样,翻看了两下。说话的语调既不冷淡也无热情:

"行啦,提上裤子。"

他到水池边用肥皂洗了手。

"明天带你的夫人一块来。"

多一个字也不肯说。他一天要接待多少病人,要说多少话,必须节省自己的唾液。不对,他这个医生既看生理又看心理,看心理就靠话。说话多是不可避免的,他不能过分爱惜自己的唾沫。说不清是为什么,只对郭守成提不起热情。

郭守成:"今天不给点药吗?"

"用不着。"

"您看我有事吗?"——即有没有大问题。

"没有什么大事。等你的夫人来了一块说。"

他开始问下一个病人的姓名。心里仍在想:郭守成是谁?一定在哪里见过他。

二

蒋家不知从第几辈祖宗起就悬壶济世。他还没有出生,命运就为他安排好了必须终生行医的一切条件。祖传秘方,名牌医科大学的证书,几十年临床积累起来的经验。他还是他父亲——老中医大学校长的研究生。不论是教学还是搞研究,始终不放弃临床治病。这是他们蒋家的传统。以后当了中医大学研究所的所长也依然如此。所长当得好好的,突然经费紧张。他早有一个大胆的想法,碍于社会上和医学界传统思想的压力不敢妄动。借开放的大潮,以给大学创造经济效益为由,在这两间大房子里,办起全市(也许是全国)第一家专门治疗男科病的诊所来了。

男科病是一种世纪病,人们对它的了解还不如对月球知道的多。

君子耻于言性。谁都知道这男科病很厉害,很重要。但,治男科病却被认为是缺德,是丢人,是下三烂,非正经大夫高级医生所为。太不体面。容易让人想起春药、大力丸之类的东西。眼下还可以再加上一顶帽子——跟计划生育唱对台戏。

蒋仲达有着锦绣前程,冒会丢掉祖祖辈辈称誉杏林维护下来的好名声,写出了大大方方厚厚实实的一本《实用男科学》,从此奠定了中医男科学的基础。这是个冷门。全球性的极热的大冷门。因为人类正在萎缩。

他秃顶重眉。两轮厚大的扇风耳。眼睛看人三分笑。湿润而好看的娃娃嘴。很像一尊欢喜佛,可亲可近可信赖。当今的医生有这样一副面孔太难得了。这是那种有求必应的面孔。

不知为什么,郭守成倒让他不安。

几年来他治好了六千个男科病人。自己的处方,自己制药,自成系列。他发明了十几种药,倘自己有个制药厂,将更能成为大气候。仅出口一项就可发大财。男科病是世界性疾病,外国人对没有副作用的中药尤其感兴趣。最初他也耽误了几个人。

他有一段到部队下放实习的经历。部队在远郊,首长们的家在市里,每到星期六下午他就忙了。首长们回家前要叫他给打一针激素(甲基睾丸素)。

师长丘永吉,五大三粗,爱喝酒,爱骂人。看上去阳刚气十足,却患严重阳痿病。跟农村的老婆离了婚,在天津找了个比他年轻十几岁的大学生。

每到星期六就紧张。回家见了年轻的夫人更紧张。愈紧张他那个男人的物件愈不管用。每次回家都要打架。架愈打愈勤,愈打愈大。起初打一针激素还能抵挡一阵。以后要打两针。两针不管用了打三针。丘永吉恨不得让蒋大夫带着针藏在门外,什么时候顶不住了就打上一针。

他觉得这不是好办法,掰开揉碎了向他讲解打激素是饮鸩止渴。偶尔为之可以救急。长期求助于它必将彻底毁灭自己。

丘永吉不信,后来果真成了"废物"。老婆就公开叫他"废物"。

"'废物'回来了,你回来干什么?"

威风八面的一师之长,在自己的老婆面前却不是人。比死还难受。比在战场上打了败仗还丢人。

干脆不回家。孤苦伶仃,关死门一个人喝闷酒。

老婆跟一个踢足球的搞上了,他装不知道。搞大了肚子,他也只能吃个哑巴亏,硬是自己把这口恶气咽下。

老家的人骂他是罪有应得,现世现报。谁叫他休妻缺德呢! 前妻生的大儿子当着乡亲们、当着战士们就敢骂他是老王八、大混蛋。

他脾气再大也只能装听不见。被踢到病根子上,想发怒都没有底气。

老婆跟那个足球运动员第二次又怀孕了。

他不能再装糊涂了,把手枪扔给老婆。

那女人满不在乎,把枪口对准了自己的太阳穴:

"跟着你守活寡还不如死了好!"

这句话也把他给枪毙了。

蒋仲达想:丘永吉块头那么大,身体的其他部分也没有什么大毛病,为什么变成了假男人?

他开始研究各色各样的假男人。寻求一种没有副作用的中医治疗办法,拯救装腔作势的银样镴枪头的男人们。

丘永吉青春如火的年代,战争打得正艰苦。今天不知明天还能不能活着。染上了打炮(手淫)的习惯。两只手成了他的狐狸精。欢愉后有痛悔,自慰后有自责。他跟臆想中的女人搏斗了许多年。待面对真实的女人时他已不再是真正的男人了。

部队晚点名的时候他会突然出现在队列面前,对干部战士们训几句:

"熄灯号一吹都给我老老实实地钻被窝睡觉,不许打炮! 你们看不见我一个眼已经瞎了吗? 就是打炮打的。我的前老婆走了,后老婆散了也是打炮打的!"

在当时这就算是最真诚、最实际的性教育了。进行这样简单的性教育也需要很大的勇气和胆量。

战士们想笑都不敢笑。

三

曲敬时,三十岁上下,服饰华贵,气质不俗,挤在病人群里也格外引人注目。

粗俗的拥挤者也许感到欣慰,甚至幸灾乐祸:高贵的上层人里也有"废物"。

曲敬时并不高傲,极有耐性地让过一批又一批。差不多到快关门的时候才轮到他。

屋子里清静了,他也许会有勇气说出自己的病情。

"蒋所长,我是在《光明日报》上看到介绍您的文章,从北京赶来的。"

他的患者来自全国各地。北京算是近的。

曲敬时是北京某部的副局长。他轻声细语地如实地讲述自己的病情:

"我结婚四年多了,从未享受过正常的夫妻生活。"

"讲得具体点,比如说是早泄、阳痿,还是根本就不能勃起?"

"不能勃起。"

"从来也没有? 一次也没有?"

"没有。不……新婚之夜我很激动,自觉跟其他男人没有什么两样,表现得也确实像个真正的男人,做了别的男人在那种情况下应该做的事情。但是,我刚进入她的体内她就痛苦不堪,绝没有小说里描写的那种男欢女悦。她一挣扎逃避,我立刻退缩了。从此就再不是男人了。"

他心里有数了。拉上布帘,让曲敬时褪下裤子。

他为曲敬时做了仔细检查。

"你爱人来了吗?"

"在外面的车里。"

"为什么不请她进来?"

"麻烦您,我在阜宫饭店订了间房,能不能请你跟我们一起吃晚饭?"

他当然明白曲敬时的意思,不肯让自己娇贵的夫人在这样的场合展览。他又必须让他们知道,正是这个嘈杂拥挤的场合教会人们怎样做男人,怎样做女人。这里有助于破除男女间的神秘和愚昧。说:

"谢谢你们的盛情,我晚上还有事。这样吧,你再等一会儿,我把后面的几个病人处理完,最后再跟你们谈。还要开药,到宾馆里不方便。"

无知。简直是"性盲"。

可惜啊,社会上只抨击"文盲"、"法盲",不愿承认还有大量的"性盲"存在。这类人往往还是知识分子、优秀人物。那些最普通的体力劳动者,甚至连最低级的动物都知道怎样传宗接代。某些知识多的人在这方面恰恰最没有知识。

他还用一句话治好了这样一对夫妇——

两人都是大学老师。结婚数年没有孩子。男的想出国,妻子及双方的家里人都不同意。理由很简单又很复杂:因为他们没有孩子。

他出国以后还能不能回来?很难说。不留下一条根怎么行?

没有孩子怎么证明他出去就是为了拿学位成名成家,而不是由于婚姻不幸,想逃避家庭逃避责任甩掉妻子?

作为男人他心里有愧。双方的老人多次劝他们夫妻一块儿到医院里彻底检查,他一次次搪塞敷衍。他很清楚妻子是无辜的,责任全在自己。从来没有撒过种,当然不会开花结果。不撒种也无法证实种子是坏的烂的或土地有什么毛病。

他不是没有种子。苦于不知道该怎样耕耘播种。在生理上他是正常的,也有正常男人对女人的欲望。只是由于上学太多,知识太专,在自己的专业里是天才,在专业以外是蠢材,束缚了自己的本性。当身上的男性激素积存过多,渴望发泄时,能够正常地和妻子交合。但交合以后他就不知该怎么办了。压在妻子的身上已经够不像话的了,从来不敢想象还要有其他作为。那太难看,太下作。自己有失尊重,也会让妻子看不起。只能等待激情慢慢熄灭,让带电的肉体自己冷却。他像一块没有生命的石头,压上去,再搬下来。仅此而已。

现在还有这么愚笨的人吗?

他就是来看这种病的。

他的妻子从三岁开始练琴,童年、青年都是在钢琴旁度过的。别的儿童所有的欢乐她没有,连跳猴皮筋、做游戏、猜谜语等最普通的欢乐她也无权享受。一般青年人懂的她闻所未闻。她父亲是音乐学院的教授,相信最严格最持久的教育能把女儿培养成钢琴家。然而在成千上万的学琴的儿童中许多年才出现一两个出人头地的钢琴家。这种幸运的人除去刻苦还要有灵气和机遇。后面这两样她都没有,由于不得法和疲劳过度反而把手练坏了,只能留校当了名普通教师。

一对纯洁可爱的书呆子。还有点可悲。

他犹豫再三,研究了报纸上发表的蒋仲达的经历,与其说他是叫病逼的不如说是被蒋仲达令人羡慕的学历和家族的声誉吸引来的。

其实他的病任何一个成熟的男人或女人都能治。

蒋仲达给他开的药方是在处方笺上用圆珠笔写了个大大的"动"字。

要活动。动就有生命。就是这么简单。

他那一身聪慧的书卷气,也许可以背得出《辞海》《康熙字典》里关于"动"字的全部解释,却不知道蒋大夫写下的这个"动"字是什么意思。

"你看小说吗?"

"从前看过。"

"看电影、电视吗?"

"很少看。"

也就是说,关于男女间怎样繁衍后代的事情他一无所知。

见多识广的蒋大夫也不得不惊叹这种天才的"纯洁"。只能从头教起：

"当你和妻子做爱的时候,对她最大的尊重、最大的爱就是蹂躏、征服、要行动起来，这时是你自尊自信的表现。"

"怎样行动?"对方疑惑地问。

这是最基本问题。

蒋大夫不得不用两只手为他做了个示范。

他恍然大悟。脸突然红了。

任何美丽的词采也不如最简单的动作来得直截和一目了然。高雅的蒋大夫被逼到墙角上,只能出此下策,实在有辱斯文。一通百通。再辅以药物,保他成功。

四

当最后一个病人走出诊所,曲敬时扶着妻子进来了。他一脸愧疚,用无可奈何的矜持掩饰自卑。全是自己无能,拖累妻子出乖露丑。

他妻子果然漂亮,难怪他不肯轻易示人。丰姿绰约,看上去一尘不染,似通体晶莹。神色略显不安,但不失庄重大方。

蒋仲达拉上布帘,让一女医生为她进行检查。果不出他所料,处女膜完好无损,只比一般的姑娘略厚一点点。

他征求曲敬时的意见：

"攻破妻子的处女膜是做丈夫的责任和权利。你是愿意自己来完成呢,还是让女医生借助医疗器械为你代劳?"

曲敬时对自己信心不足,却又不愿放弃做丈夫的权利。问：

"要给她做手术吗?"

"很容易,几乎没有多少痛苦。等你能履行丈夫的责任时就会顺利得多。"

妻子望着曲敬时,有求助也有鼓励。

这温顺的目光却让他无地自容。自己有病害得她挨一刀,一辈子都会陷入自惭自责之中,即使病好了也没有勇气做伟丈夫。

"蒋大夫,您说该怎么办?"

"现在放弃你的责任,将来你会后悔的。"

"您真的有把握能治好我的病?"

"只要你们配合,我想不会有问题。"

退一步想,即使他的性功能不能恢复,也无法拖累妻子一辈子。当她要往前迈一步的时候,带着完好无损的处女膜就还是真正的姑娘,身价跟没有处女膜可大不一样。曲敬时很爱自己的妻子,替对方想的比替自己想的多。正因为如此,他才在新婚之夜怯懦无所作为。

他下了决心:

"好吧,我的责任我负,不要难为她了。"

蒋仲达为他扎上针灸。利用行针的时间开导这一对从外表看来很让人羡慕的夫妻。

"中国成年男子患各种各样的男科疾病的占百分之三十,这是个保守的数字。因为许多人认为这种病不光彩,得了病还要瞒着别人。"

"这么多?"

曲敬时似乎轻松多了。

"具体数字是全世界一亿五千万,中国占四千万。你这种病百分之八十五是精神原因,而不是生理上的问题。你的身体本没有太大的病。"

曲敬时神色开始活跃。

他的妻子轻舒一口气,露出急切的企盼的神情。蒋大夫顺势先教导女的,递给她一张表格:

"家里有体温计吗?"

"有的。"

"按表上的要求每天早晚各填写一次。有的姑娘在工作的时候运动的时候不知不觉的处女膜就破了。对女性来说这算不上有多么痛苦。你丈夫的病就在于对你温柔体贴得过头了,失去了男人应有的阳刚之气。当然也就不能享受你的阴柔之美,他反而被吓住了。"

女人脸颊泛红，眼光移开了。

蒋仲达也很吃力。这本来是很简单的事情，用大实话三言两语就能说明白。然而，他不能，牵扯到这种事情有些字眼儿很难说出口，对雅人不能说粗话。他只能咬文嚼字，绕着圈子表达自己的意思。

"男欢女爱的事情可以由男的主动，也可以女的主动。鉴于你爱人的情况你就应该主动点，使出恩爱夫妻的浑身解数，刺激他，鼓励他，配合他。他第一次成功了就会恢复自信，增加勇气。"

她低下头。

他为曲敬时起下针灸，开了三包回春壮阳灵，再嘱咐说：

"回到宾馆就可以吃药，晚上有了性欲望也不要接触。明天按时吃药，放松精神，愿意到哪里去玩儿都可以。下午来扎针灸。夜里仍然不许接触，不管欲望多么强烈。后天仍旧吃药，再扎一次针灸，你就自由了。"

"我不着急。我准备在这儿待一个星期。"

"你也要相信我，我保证你会成功。精神上不能紧张，如果老想那件事，忘不了过去失败的阴影，担心会有新的失败，那就不要碰。最好到忘我的境界，一种自然的势在必行的结合，那才是完美和谐的。妻子需要丈夫来塑造，男人也需要女人来造就。温柔体贴是爱，有时强壮、激烈是更不可少的爱。这方面的道理还用我多说吗？"

按理说这些道理在他们结婚前他们的家长就应该告诉他们，或者社会在后来也应该告诉他们。

愚昧无知使男人们萎缩、退化，一代不如一代。男性的退化又意味着人种、民族的软弱无力。

第四天，曲敬时夫妇来向蒋仲达告别，掩饰不住满面春风，对他千恩万谢。

他嘱咐曲敬时按时吃药，并送给他一段《素问·上古天真论》里的话：

"丈夫八岁，肾气实，发长齿更；二八，肾气盛，天癸至，精气溢泻，阴阳和，故能有子；三八，肾气平均，筋骨劲强，故真牙生而长极；四八，筋骨隆盛,肌肉满壮;五八,肾气衰,发堕齿槁;六八,阳气衰竭于上,面焦,发须斑白;七八,肝气衰,筋不能动,天癸竭,精少,肾脏衰,形体皆极;八八,则齿发去。"

<h1 style="text-align:center">五</h1>

星期四上午没有人能找得到他。

一个星期里只有这半天属于他的男科学的未来。他躲在郊区的一片工地上,催问进度,检查质量,解决应该由他负责或不该他负责的问题。现在要办成一件小事都不容易,何况是大兴土木的建筑工程。他正在盖一所五十年内不会落后的中医大学附属男科医院。大学没出一分钱,资金全是他筹措来的。这是他后半生的一件大事,一来到工地上他精神高度集中。什么男人、生殖器、性,全都忘得一干二净。

由于全国性的财政紧张,蒋仲达必须拼命督促快点把男科医院的主楼盖好。如今办事一拖就容易黄了。幸好他是个有点名气的教授和医生,他的男科诊室日子也还好过。如今各单位对医药费卡得死紧,这个不给报销,那个不许给钱,看病的少了。尤其是私人诊所,纷纷关门。一般情况下找个体医生看病是不能报销医药费的。

到他的男科诊室来看病的人百分之八十是自费。这种病自费也得看。那百分之二十是高级干部、名人、各种头头脑脑和有权有势的人物。有的自己不露面,让公务员、司机来转述病情,把药拿走。每周他要看病三天,另外三天处理研究所的事务。外加一三五的晚上从六点到九点还要顶门诊。男科病人多对一个民族来说是坏事,对他来说则不一定是坏事。

不论是他还是国外的医学专家,都断言下个世纪,男科病是人类的主要疾病。他的事业、他未来的男科医院都是前途无量,功德无量。愚笨的有病的男人们,可以带着老婆到他的医院里来治疗。医院里有一流的设施和装备,有优秀的心理学和男科学医生。帮助男人了解自己,驾驭自己,掌握爱的诀窍,建立和巩固男女间的快乐和幸福。

帮助女人找回丢失的男子汉,拯救无数个不幸的家庭和心灵。

他从容地面对人类自己造成的悲剧。

同行们盯着他的成果,当然也盯着他的钱。经济效益就是钱。中药研究所的效益哪里是嫌他们分钱多。认为他发了财了,要求到他的研究所来跟他一块干。他没有能力再接纳新的合作者,只能等到医院落成。多亏大家的眼睛只盯着钱,忽视了他对传统医学观念和社会守旧势力的冲击。他给大学赚了钱,便减少了尊敬的同事们对他的不务正业、走邪门歪道的攻击和蔑视。许多不理解、不怀好意的人也做出理解的样子:"为了钱嘛!"他背着"为了钱"的坏名声,却可以偷偷地建立中国的男科学。得大于失。一切向钱看掩护了他。

他还准备建一个制药厂。自己的药自己制,肥水不流外人田。

只有陷入具体的施工矛盾中才不胡思乱想。

他懂什么基建?但施工部门对他尊重而有耐心。教会他还得在他的指挥下,像徒弟教师傅。

什么人敢不尊重他呢?

说不定什么时候就得求他。男人们谁都不愿意公开承认自己是阳痿。可治阳痿的药谁都想要。

抓基建,盖医院,不像开始想象的那么难。凡是人能认识的就都能掌握。火车、舰船、航天飞机,还有一切最先进的现代科学技术,都能驾驭。唯一驾驭不了的是人类自己。人对自身认识最少。谁敢吹牛能随心所欲地完全自如地驾驭自己的生命、自己的性器官?

六

他完全不记得郭守成了。

郭守成来打过一个照面之后,又隔了一个多月,大概是熬不过去了,才按着他的吩咐带着老婆来正式求医。

一个精神委顿、满脸皱巴巴的黑黄褶子的老太婆。气质粗鄙,浑身上下给人以不干净的感觉。其实身上头上并没有挂着明显的污垢。

像郭守成的大姐或者是母亲。

郭守成是为了她来看阳痿吗？

对五十多岁以下的阳痿患者,他是全力诊治,从心里愿意把男子汉的力量、尊严和自信还给他们和他们的妻子。对六七十岁的人来看阳痿,只是给点药,尽一个医生的责任而已。

郭守成整天守着这个黄脸婆,阳痿是正常的还是病？他们两个是谁更在乎他的阳痿？

女人坐在唯一的应该是病人坐的凳子上。真正的阳痿病患者郭守成站在旁边。从两人的神态上也可以断定,这个家庭是"母系社会"。当仁不让地跟医生对话的也是女的：

"蒋大夫,你不认识我了？"

他并不吃惊。别人认识他,他不认识人家的事经常有。人家既然这么叫板,他就得抬起头认真看她一眼。

"啊……"仔细打量,他真的吃惊了。

"你是袁科长？"

没有错。就是那个曾让他恨得牙根疼的房管局调配科科长袁培春。两年不见她完全走形了,仿佛突然衰老了。怪不得他第一次见到郭守成的时候感到似曾相识,却叫不出他的名字。他从来不知道郭守成的名字,只知道有个"袁科长的爱人"。别人在说起他时也从没有提过他的名字,袁培春在向外人介绍他时只说："这是我爱人。"

蒋仲达一次次送礼,只认为是给袁培春送礼,从来也没想过是给郭家送礼。袁培春在,当然是她收礼。她不在,郭守成收礼。郭守成不在,他们家的任何一个孩子都能把礼物收下。从来没有人拒绝过他的礼物,他也不记得袁家的人对他说过什么客气话。所以除去袁培春他对其他袁家的成员印象都不深。送礼多在晚上,他不敢看人家的脸色。人家感兴趣的也不是他,而是他带来的礼物。

这真是应了一句俗话："人生何处不相逢！"

从前,蒋家住着一幢小楼。"文化大革命"中被扫地出门。小楼分给部队上的高级领导干部居住。"文化大革命"以后要落实政策,全市著名的老医学权威已经故去，小蒋尚不足以称权威，小楼不可能退还给他。市里领导批示，让房管局另外给他调配四间房。批件转来转去，最后恰到桌晴在的抽屉里。别看她只是个科长，其实权和实惠大过局长，区长度不是副市长。全市一部分最好的房子掌握在她手里，许多头面人物要想住好房子，调换房子（当然是以少换多，以次换好），为儿女搞房子都得找她。因此，她在高级领导层里兜得转，在区局一级的领导干部中也兜得转，在下层更兜得转。

像蒋仲达这样的角色，不过是送上嘴的肥肉。

蒋家有根基，造反时期的大字报上，曾说老蒋大夫是蒋介石的干兄弟。一笔写不出两个"蒋"字，凡姓蒋的就难说彼此没有联系。他们的老家底儿，好东西，值钱的老货一定少不了。

别看市里头头有批示要给蒋家落实房屋政策，他们能不能拿到房子关键却在她而不在领导。她想给就有房，不想给就说没有房。县官不如现管。国家主席批准的也没有用。这是说大话，国家主席批的条子她还没见过。

当然，她知道什么人能顶，什么人不能顶。能够管她的人她巴结还来不及呢。所以经常有人告她的状，她却从来没有被告倒过。

医生也不是毫无门路的人，每个被他治好的病人就是一条门路。所有求他治病的人也都可以成为某种门路。他为了给袁培春送礼，请了两个曾在房管局工作过的人当顾问，给他出谋划策。袁培春家里有什么？还缺少什么？别人给她送礼送得最多的是什么？她喜欢什么？他送什么东西她才会动心，才会记得住他的事，才会感动得她给他房子？

低档的有排骨、对虾、螃蟹、高级烟酒。高档的有工艺品、进口石英钟、毛毯。每逢节假日必送。非年非节，相隔一两个月也要送。不能让她忘了，全靠扔东西牵着这根线。

东西送得多了，互相都不见外了。袁培春就开始要自己喜欢的东西了。

电冰箱刚开始时兴。袁培春收下他两条三五牌香烟、两瓶茅台酒

（这个女人能抽能喝，嘴馋心贪，口宽债紧）之后说：

"蒋大夫，你有门路给我买台电冰箱吗？要日本的。"

"我去想想办法。"

他心里一点把握没有，却不敢说买不到。为一台冰箱得罪了她，房子还能拿得到吗？

"你带着钱吧？"

袁培春的嘴是不会有漏洞的。叫他带着钱却没有把钱拿出来。

"等买来再说。"他则实实在在。

电冰箱买来了。袁培春又提出要给钱。

他看她仍然只是嘴上说说，并不真的把钱拿出来。他心里想要钱，这冰箱太贵了，自己家里还没舍得买呢。当然，他有了新房子要配备全套的家用电器。嘴里也没有勇气说出非要袁培春把钱掏出来的话，他好面子，不知这种话该怎样说，只好先客气一句再说：

"算了吧。"

算了就算了。

袁培春合适就憨厚，不再跟他客气。

他后悔。他恨自己虚伪。谁叫你口是心非，心里舍不得又不敢大大方方地要钱。

见了她自觉就矮一头。脸不是脸，嘴不是嘴。他鄙视自己没有格儿了，不再是有尊严的人。

金银首饰开始走俏。袁培春又开口了！

"蒋大夫，你路子广，给我买个金戒指怎么样？"

"行啊。"

"我可只有二百块钱。"

二百就二百。他不敢再客气，把钱接过来，不接白不接。自己再添上三百多元，给她买了个戒指。看着袁培春把金灿灿的戒指戴到粗糙的手指上，他心里一阵悲哀。有了房子也要为自己的妻子买一个。

他就这样像鱼一般被钓了三年多。

袁培春应付要房的人太有经验了。他们没有拿到房子的时候她是奶奶。一天拿不到房子就一天巴结她,给她烧香磕头。一旦人家拿到了房子,就视她为臭狗屎,不再认识她,不再搭理她,甚至还会骂她。所以她也看透了,凡是自己求不着用不着的人,她是不会真心帮忙的。不管你给她送多少东西,她该怎么办还是怎么办,能多拖一时就多拿一点东西。

每当蒋仲达问起他的房子,她总是说:

"放心吧,我能让你吃亏吗?"

有时还亲热地称他为"大兄弟",夸他是"大名鼎鼎的好医生"。好像跟他很随便,很亲近。有一次过年还回赠他一兜红枣,几瓶罐头,很让他感动了一阵子。

当他一问起具体的:什么样的房子?在什么地点?什么时候能给他?

她从来不说一句痛快话。开始抱怨自己的难处。说她的抽屉里全是领导批的条子,有中央的领导批的,有市里的领导批的,还有局里的领导批的。中国的领导又多,一个人批一个条子就是多少?哪个头头都比她大,谁的批示她也不敢违抗。她的嘴很会说,说起自己的难处来,好像她干的是世界上最倒霉的工作。在她的抱怨面前,他很不好意思,感到自己的自私和无聊。

他不是傻瓜,更不是没有火性,几次想不再拿好东西往黑窟窿里填了。

一是不敢用很有希望到手的房子赌气,二是已经送了许多东西,袁培春吃他也吃习惯了,一旦不送了,势必会惹恼她。以前送的那些东西岂不也白送了?他心疼自己已经花了的那些钱,不能犯行百里半九十的错误。

他不再只跪在一个坟头哭,加紧催促上面的头头,对袁培春也继续上供。

上供上到第四个年头,在一幢紧挨大街十分吵闹的楼房最高层给了他两个偏单元。他即便什么礼不送,也不会分到比这个更差的房子了。在分房了的那段日子里,袁培春像从这个城市里消失了。他提着东西也无法找到她。

他知道自己被这个女人耍了。

那阵她得势的时候也很俗,但有股妖劲儿。眼珠乱转,颐指气使。穿新潮衣,尽力把自己往年轻里打扮。为什么只一两年的工夫整个人就塌架了?

七

"你还在房管局工作吗?"

"退休了,没人理了。"

后一句也许是真的。她语调凄然,神采暗淡。

"你怎么会退休呢?"

他把体温表递给她,看一眼站在她身后的郭守成。他们两个至少相差五岁。

"你没有用了,还不一脚把你踢开!现在的人有几个是有良心的,求你的时候天天围着你转;用不着你的时候,你求他他都不认识你。"

"你管了几十年的房子,求过你的人上至有头有脸的大人物下到草民百姓。如果连你都抱怨人心不古,世道不公,那别人还能活吗?"

"别人都比我活得好。我给多少人解决了房子?轮到我有事了谁来管?远的不说,就说我的老头儿,看我倒了霉,没有油水了,也嫌我老,嫌我丑,十天半月地不理我,还假装有病。我就不信!为什么以前没有病?都是他上赶着我。三天两头,不光晚上缠你,馋上来大白天的也死皮赖脸。为什么我一退休他的病也来了?"

她的话很多,控制不住自己,什么都说。她丈夫站在旁边一声不吭。不管她说什么都不阻拦,不更正。

这样的男人不阳痿才怪哪。

不是丈夫太弱就是妻子太强。以前他也曾纳闷过,为什么像袁培春这样一个俗不可耐的半老徐娘,竟然稳稳当当地当了十几年肥得流油的房屋调配科的科长?送礼三年多,研究她也研究了三年多,关于她的故事也听了三年多。现在她自己要续上最近发生的故事……

她原本是农村姑娘,不仅长得风骚,心也大,决不甘心在农村待上一辈子。何况离着市里那么近。一个天上,一个地上,为什么就该她生死在那里?

有一次专员下乡视察工作,她在野外拦住了专员的吉普车:

"我想跟你转一转,你敢不敢让我上车?"

"这有什么不敢的,上车吧。"

专员感到新鲜,这无疑是一次奇遇。他欣赏她的胆量。她本来不丑,又正是十八九岁的好年纪,俗话说,鬼在这个年龄都是美的。

转了几天,明铺夜盖,理所当然地就跟专员好上了。

以后专区撤销,靠城的几个县划归市里管辖。专员调到城里当粮食局副局长。一年后,袁培春也在市里找到了工作。

对男人,她很大方,不遮遮掩掩,甚至把不正当的关系进行得光明正大。在她的这种气魄面前,都是男人们表现得自私、怯懦、没有骨气。因此,凡是跟她有关系的男人,不论他是哪一级的头头都有点怕她。

她并不赖着哪一个男人,也不为哪一个男人承担保持忠诚的义务。男人们玩儿她,她更是玩儿男人们。

她离过两次婚,最后相中了身体强壮、性格木讷又小她几岁的退伍大兵郭守成。几乎用不着她费什么劲,又穷又没有房子,从来没有尝过女人是什么滋味的郭守成很快就离不开她了。他老实,听话。经过调理,在床上也能伺候得她非常满意。

她支撑着整个的家。他只负责把她伺候好了就行。

在各个方面他都不吃亏。袁培春给了他别的女人无法给予的欢乐,也给了他上等的住房、上等的生活条件和为孩子准备下的丰厚的积蓄。

直到半年前他家失盗,一切都变了。

给袁培春祝寿,全家高高兴兴地到外面吃西餐。吃完饭又看了场电影。回到家来,门窗都好好的,他俩的床上却被人屙了一摊屎。彩电、录像机、高级音响等凡是值钱的东西能搬走的都搬走了。电冰箱搬不动,电器部分被砸坏了。进口的组合家具也用刀砍坏了。不仅现金存折被洗劫一空,更要命的是,三根金条、五千多美元也被偷走了。这些东西来路不正,他们不能报案。

小偷不仅仅是来偷东西,还是来报复、发泄的,故意把她的家毁了。好像也知道她不敢报案。

砸冰箱,剁家具,在床上屙屎尿尿,这举动也太大太从容太气人了。尽管他们住的是独门独户的小楼,邻居们也不可能听不到一点异常的响动。听到了也不会管。邻居们平时就对她这一家人侧目而视。气人有笑人无,也是人之常情。但袁培春的这口气可怎么出?

挣了多半辈子,白挣了!

如果从来就过穷日子,倒也无所谓。见过财富是什么样子,积累了二十多年,突然化为乌有,谁受得了?袁培春已不再是房屋调配科科长,她什么都不是了,只是个拿退休金的老婆子。对任何人都构不成威慑,也不再有价值。她不会再有外快。光靠工资那点死钱能够供她一个人的消费就不错了,今后该怎么活?他们的生命已经习惯了过富裕日子,积攒的那些东西成了他们生命的一部分,是精神的寄托,一旦丢失,他们的精神就垮了。

几天的工夫袁培春老了一圈儿。抽缩了,干瘪了。

人原来这么脆弱。她曾经以为自己很强大,在这个城市里没有人敢把她怎么样、能把她怎么样。即使有一天不当科长了也没关系,她早把后半辈子全安排好了。怎么想到会遭此横祸,她把每间屋子里都装上了三保险的锁啊!

后半辈子一下子缩短了。她感到自己真的老了。她也知道害怕了,害怕别人。

她一钱不值了,害怕丈夫也被偷走。本已闭经,性欲倒愈发狂烈。每天都不想放过郭守成。只有紧紧抓住他的时候,她才感到安全和牢靠。

平时什么心都不操的郭守成,很不适应扮演家庭的顶梁柱的角色。他还不老,离退休还很远,要撑起巨大的打击和耻辱下的比穷得精光更惨的家庭,他不知该怎么办。老实人犯愁更可怕。他第一个变化是忽然发现自己非常满意甚至引为自豪的老婆竟是个丑陋的老妈妈。

老婆不再有威有势有力量,因此也失去了自信。不再指挥他,不再打扮得又新鲜又刺激,不再像小媳妇一样跟他耍笑挑逗,不再有征服他也渴望他去征服的魅力。只剩下哭丧着脸缠他,甚至是求他,只剩下永不满足的空洞的情欲。她在床上那一套令他疯狂的技巧和她的满脸黄褶子极不相称,让他恶心。任她苦缠赖缠,他常常无动于衷。或许她越是苦缠赖缠,他越是无动于衷。

他们的生活毁了。只因为一次失盗。或许他们原来的基础就是一种不牢固的虚幻。

表面上郭守成仍然是唯老婆命是从。只有袁培春最清楚,他变了。他很冷淡,没有一点热情。越是这样她就更不会放过他,骂他没有良心。连他这个最忠实的丈夫也对她变心了。

……

医生的好奇心和同情心,压过了蒋仲达的幸灾乐祸。郭守成的阳痿来自深刻的精神和感情的危机,不是药物所能奏效的。

袁培春正相反,精神受了刺激,人也进入了老年,性欲反而突然强烈起来。是正常的,还是变态的?

他为她做了检查,详细询问了她的身体状况,给了她一点降低性欲的药。

她很多疑。问:

"这是什么药?"

"调节精神,调理身体。"

也给了郭守成一些壮阳的药:

"先吃点药试试,一时半会儿治不好。过一段时间等你们的精神完全平复下来,才能治病。"

他们点点头。这两口子在他面前从来没有这样谦卑和自惭形秽。一种恻隐之心促使他又真心实意地再一次提醒他们:

"你们知道有个叫吴稚晖的人吧？光绪年间的举人，以后当了蒋介石的中央监察委员和国民政府委员。这个人不怎么样。但对男女间的事很有兴趣，写过一首很有名的顺口溜："血气方刚，切忌连连。二十四五，不宜天天。三十以上，要像数钱。四十出头，教堂会面。五十以后，如进佛殿。六十在望，像付房钿。六十以上，好比拜年。七十左右，解甲归田。"

袁培春问：

"这能治病？"

他泄气了。自己是对牛弹琴，他们根本听不懂，更不理会他的好意，只好硬着头皮说：

"当然能治病。以前数钱不都是一五、一十、十五、二十，隔五才数。所以三十岁以上，同房要像数钱。四十出头教堂会面，每礼拜去一次教堂。五十以后如进佛殿，初一、十五拜佛，也就是说半月一次。六十在望像付房钿，房钱不是每个月交一次吗。懂了吧？"

郭守成点点头。

袁培春撇撇嘴。

八

每周二、四、六的晚上是他的写作时间。一本《性功能障碍的治疗》已经写出了十七万字，出版社催稿甚急。他真想停业一周，把书稿突击完。

不行。诊室是他的，病人是他的，男科学的声誉是他的。他不敢有丝毫的懈怠。只能自己赶累自己，放下这个，拾起那个，面面俱到，哪个都不能丢下。忙不过来就得多熬夜，多加班。

"辨证施治是中医诊治疾病的基本原则。理、法、方、药具体用于临床，治法是其中的一个重要环节。男科病的治法须明确病因、病性、病位，定出治疗法则。男科病较多，病因复杂，又涉及许多脏腑。古人称：阳痿不用，阴器不用，阴缩，纵挺不收，阴器纽痛，阴挺长，阴'暴痒'，阴中乃疮,梦接内,白淫,淋闭癃,不育等。基本就是现在男科病中的遗精、早泄、阳痿、阳强、不射精、缩阳、房室茎痛、阴痛、子痛、不育症、淋病、白浊、丁疮、绣球风、臁疮、毒淋等,常用治法有·交通心肾,补肾泄阴,固肾涩精,培土滋源,疏肝理气……"

几千个病例变成几千个眉目清楚的活人,在他眼前集结。他有充足的选择余地,可挑选那些最典型的病例入书。有说服力地证明自己的理论和治疗方法。

刘腾。不,应该写刘×。技工学校毕业后与他的好朋友孙玉峰一起分配到金属制品厂。不久两个人都迷上了漂亮的团支部书记。

刘×老实听话,性格内向,采取的是拼命干、当先进的办法。姑娘谁不喜欢品质正派、有上进心有前途的小伙子?他任劳任怨,吃亏是福,渐渐成了全厂年轻人的模范。

孙玉峰采取了完全相反的办法。他对刘×说:"哥们儿,我知道你爱上了她。老实说我也喜欢她,看在哥们儿的分儿上,我让给你。"

他变坏了。

除去杀人放火、偷盗强奸的大罪不犯,小错不断。旷工、怠工,打架骂街,顶撞领导,在车间大跳迪斯科,满嘴黑话黑歌,天神不敢管地神不敢拿。谁敢管他,一句话就能把人家噎死,成了全厂年轻人的坏典型。

刘×非常感动。孙玉峰完全是为了他才故意糟蹋自己的形象,惹得她反感,让她专门注意刘×。他于心不忍,劝孙玉峰:

"你这是何苦呢?我宁肯不结婚也不能让你这样。"

"你别管,各人有各人的道。"

"你的道是什么?"

"我想辞职不干了。"

"那你去干什么?"

"去当个体户。现在最神气的就是个体户。"

孙玉峰大声地唱起《个体户之歌》:

秀外国蜜(跟外国姑娘谈恋爱),

打奔驰的(坐奔驰牌轿车)。

吸鬼子烟,

喝威士忌。

穿新潮装,

哼流行曲。

得艾滋病,

洗桑拿浴。

炒美钞切港币,

骑着铃木背着你。

跟着感觉干革命,

英特纳雄耐尔就一定要实现。

　　他一唱就围过来一大帮人。大家都喜欢看他耍活宝,听他像说相声一样胡侃乱侃。连漂亮的女支书也会被他逗得哈哈笑。谁也不能否认孙玉峰极端聪明,要是走正道准是个人才。

　　现代人都是这么看问题的——调皮捣蛋的流里流气的都是有灵气的,也都有一技之长。只要他们心气儿顺,他们就会成为改革家、发明家、画家、歌唱家、舞蹈家、有特殊贡献的人——电影里、电视上、小说里就是这么说的。

　　团支部书记开始做孙玉峰的思想工作。孙玉峰也真给面子,她给他做一次思想工作,他就变好一点。两人经常谈心,上班一块来,下班一块走,一块听音乐会,一块上舞厅。没有人感到奇怪。这是工作需要,是交流思想进行时髦的"感情投资"所不可缺少的。

　　一年以后孙玉峰成了后进变先进的典型。他并没有付出特别的辛苦,只是像一般职工一样不再违反劳动纪律,不再专门跟头头过不去,恰到好处地表演了那么几下子,却成了全厂最突出的人物,比几年来埋头傻干的刘×名气要大过好几倍。没有人再注意刘×,风水全转到孙玉峰的身上。好事也叫孙玉峰一个人占了——漂亮的团支部书记因帮助他由坏变好成了会做思想工作的标兵,提拔为工厂团总支副书记。"感情投资"真的投出了感情,她爱上了他,两人结婚了。

刘×单方面苦恋她多年,在参加好朋友的婚礼的时候,看到人家那么亲近,他抑制不住儿始滑精。以后每碰足她就自流,发展严重了看见别的漂亮姑娘也滑精。两年多来多方求医,服药近三百剂,病势有增无减。常把自己关在屋里不见任何女人。然而晚上多梦,有梦必遗精,每晚必泄一到三次。白天入寐也常遗精。刘×痛苦不堪,情志抑郁,面黄肌瘦。精神萎靡,胸闷呆讷,四肢沉重,脘痞便溏,嗜睡少语。好端端一个小伙子,眼看着变成了人干儿。

这是蒋仲达得意的一个病例。他可怜刘×白喝了三百剂苦药汤,庸医误人。他诊断此病是由于感怀伤心,心肾不交。湿热羁留,郁闭气机。阻碍三焦,湿热下流,扰动精室,致使精关不固而滑精。若不辨病情,囿于以涩治滑,必犯"实实"之戒,致病有增无减。

他溯本清源,竟投三仁汤以疏利气机,宣畅三焦,清除湿热。再固肾涩精,疏利而不伤正,收涩而不恋邪。另外佐以饮食疗法,用猪心肾,取其以脏补脏;海参补肾益精,养血润燥;牛奶生津补虚损;糯米熟食,滋阴清热。

仅用药九剂,使刘×的两年沉疴霍然而愈。

九

崔××,二十七岁。

住在拥挤古老的旧市区。这个区的风化最成问题。解放前是明妓暗娼的集结地。现在的计划生育办公室在这个区也有个调查,十六岁以下的小姑娘不是处女大有人在。令世人瞠目,令家长焦虑。

崔家住一间九平方米小屋。不是住不下,而是父母嫌不方便,用木头在屋里又搭了个小阁楼。崔××刚懂事就被赶到阁楼上去睡。比他小两岁的妹妹上小学一年级的时候也被父母赶到阁楼上来了。其父是瓦工,半文盲。其母是家庭妇女,全文盲。他们从未想过兄妹渐渐懂事了,在阁楼上睡一个被窝会发生什么事情。他们自己又性欲

305

旺盛,不仅晚上干,歇班的日子白天也干。好像这是他们的头等大事,除此再也没有别的快乐好寻了。且全不避讳,淫言浪语,哼呀嗨哟,任凭儿女看见、听见,全不在乎,照样狂荡。

崔××的妹妹很小的时候出于好奇,喜欢看父母假打架。母亲居然说:"小浪货,你也馋了?"

如此这般,久而久之,在哥妹十二三岁的时候也开始仿效他们的父母,做他们的父母喜欢做的事情。

崔××十七岁的时候,其父因工伤暴死,他被叫下来陪着母亲睡,只把妹妹一个人扔在阁楼上。几乎没费什么劲儿母亲就叫他取代了父亲的位置和工作。

某日,妹妹气不过,从阁楼上跳下,身体砸到他身上,一条腿摔到床铺沿儿上,小腿骨折。受此惊吓,崔××得了不射精症。

开始,其母很得意,认为儿子本事大长,持续几个小时阳强不倒。崔××却感到不妙,心烦意乱,倦怠疲闷,小腹胀坠疼痛,浑身汗出如洗。求其母想尽一切办法帮他导出精液,才会好受一点儿。

一晃几年,崔母十分受用,自己满意了再用老办法帮助儿子射精。

崔××渐渐地成了活鬼,面色晦暗,腰膝酸软,性情急躁,失眠多梦,头昏,心悸。

他妹妹有主意,相中一个人诱他发生了关系,然后赖上他结婚,早早地躲开了这个家。崔××也想找个对象搬出去单过,无奈其母不答应。他谈一个女朋友老娘就给他搅散一个。但他毕竟是愈来年纪愈大,主意愈正。其母也看出来想永远霸占他已不可能,就对他提出了一个条件:想结婚也行,结婚后每周只能跟媳妇在一起待两天,其余的时间要服侍老娘。他本人及家庭条件毫无降人之处,再加上这种奇怪的条件,哪个姑娘愿意找他呢?

直到他性欲大退,再也无力支持跟母亲的特殊关系。他老娘才感到不射精不是好病。世上原本就没有好病。

他豁出去了,知道要想活命就只有跟大夫说实话。

蒋仲达已经见怪不怪,不会因他病重病脏而厌弃。他对崔××

说：

"你是身体阳虚，禀赋不足，又戕伐太过，耗损过多，以致肾阳衰微。但，你的身病好治，心病不好医——你爱你母亲吗？"

崔××沉默了好一阵，才回答：

"她是我亲娘。"

"这么说你还是爱她的。她多大年纪？"

"四十七岁。"

正是如狼似虎的年纪。

蒋仲达仿佛真的看到一群淫逸的雌老虎正威逼着委顿的男子汉们。

"你母亲为什么不再嫁，找一个合法的性伙伴？"

"她从来没有提过这种事。"

"她如果再嫁你同意吗？"

崔××又不说话了。

"你心里显然不愿意她再嫁人。仔细分析一下自己的这种感情，是站在儿子的立场上不愿她给自己找个继父呢，还是以情人的感情不想让她属于别的男人？还是两者都有？"

"不，不！"

崔××有点受不了，蒋仲达说得太狠了。

大夫像法官，面无表情，仍不肯放过他：

"你不能回避我提出的问题，这是事实。你们是这样干的，我不过说出了你们干的事，你觉得肮脏，觉得邪恶，受不了，是吗？我是医生，能治你的病，但需要你母亲和你的配合。先得救出你们两人的灵魂，才能救你的生命。叫你母亲来一趟吧。"

崔××吓了一跳。

"不行，求求您别跟她谈这个。别跟她讲我把什么都告诉您了。她会撒泼，会骂您，会跟您拼命。我宁肯不治病了。"

"不跟你母亲谈你能做到这样两条吗：一、在病没有全好之前，不许有性行为，更不能手淫；二、保持心情舒畅，清心寡欲，切忌郁怒。"

"行,我住到公司的单身宿舍里去。"

崔××的不射精病是治好了。跟其他病人相反,病一好他就再也不露面了。医生不需要病人的感谢,但他想知道,崔××是彻底变好了,还是旧病复发继续乱伦。

他治得了具体人的具体的病,治不了社会的病,治不了人类灵魂里根深蒂固的宿疾。

一〇

男科病里唯一让患者感到不是十分丢人,还可以公开对人讲出来的就是不育症。

陈福、陈寿,亲哥俩,农民。一个结婚七年,一个结婚五年,都没有孩子。老大结婚的头两年,埋怨女人是不生蛋的鸡,动辄打骂。直到老二结婚两年后媳妇的肚子里仍没有任何动静,哥俩才知道是他们陈家的问题,不是外姓女人的问题。哥俩耷拉了脑袋。是祖上缺了德还是今世作了孽?

四处求神问卜。各种偏方也吃了不少。折腾了几年仍毫无收获,他们嘴上不愿说心里也不得不承认陈家要断后了!

有病耳朵长,听到了有关蒋仲达的消息,找到男科诊室想再碰碰运气。他们一碰就碰着了。陈寿先生了个女儿。陈福的老婆怀孕晚,到了八九个月的时候肚子大得邪乎。陈福又嘀咕了,害怕老婆肚子里不是孩子而是别的什么东西。三天两头地往蒋大夫这里跑。快生产的时候又托蒋大夫的关系住进了最高级最保险的第一妇产科医院。三十岁的女人生头胎,叫他们不紧张是不可能的。

陈福的老婆要临产,蒋仲达被折腾得晕头转向。不管他多忙,不管他身后排着多少病人,更不管他是回家正在吃饭还是已经关灯睡觉了,陈福慌慌张张地跑来,他就得慌慌张张地跟着往妇产科医院跑。

两年来他们的关系很熟很深了。陈家兄弟是有心人又为人厚道,老婆怀了孕就算大功告成,他们却没断了经常到蒋大夫家里走动。他们不像蒋仲达贿赂袁培春那样隆重、那样拘谨、那样不情愿、那样厌恶、那样破费,但陈家兄弟真诚地对他千恩万谢,像神一样供着他。无非是捎带些一些农产品,红薯、红枣、绿豆、黄米、香油等等。瓜子不饱是人心。他们在城里没有亲戚,有了人事不找他找谁?

他不能光负责让人家怀孕,还应该负责让孩子平安落地。母子真的有点什么差错,他算帮了人家呢,还是害了人家?

帮人帮到底。蒋仲达的脾气不错。有时架子很大,不管病人是谁,他一律不买账,有时该有架子了他倒没架子。医生的心很难测度,该软的时候硬,该硬的时候又软。

产科病房内外又是一番景象。

人类挤着要到这个世界上来。报到的时刻再也不神圣、不美好、不欢乐,也不像陈福想象的那么严重,那么了不起。

像候车室,像自由市场,像柬埔寨的难民营。

两个产妇睡一张床。躺好了就不能再动弹。一是下身疼痛无力,不敢动弹;二是床小人大不能动弹,稍不慎就会摔下床去。有了屎尿也得憋着,等到下午五点钟允许探视时让家里人给拿尿盆。

吵架骂街是在所难免的。

都是女人,都是流过血的,什么都不在乎,无所顾忌。生了儿子的狂傲得就像当了皇后、买彩票中了大奖、选美比赛拿了第一,哪里都搁不下她,怎能容忍和另一个女人合睡一张单人床。生了女儿的受家里人的白眼就不能再叫病友欺负,反正就是绝户了,还有什么好怕的。连活着都不怕还怕打架骂街吗?

她们的对话,她们的咒骂,肮脏下流得无以复加,句子造得奇谲,想象力怪诞。

每个人至少都挨了一剪子。每个人都有发不完的火气。

左边那间大屋子里住的是剖腹产、怪胎、死胎,令人毛骨悚然。

右边的屋子里是大出血的产妇。

只有中间的屋子里是顺产。

等在产房外面的家属们不比里面的人更好受。楼道里挤得插不下脚。躺的,坐的,站的,睡着了的,醒着的,哭的,笑的,愁的,介绍经验的,交流心得体会的。

护士不一会儿就出来一趟,站在门口高声叫喊:

"11床,姓唐的。"

只要有人答声,手里那团产妇脱下来的衣服就朝应声的地方砍过去。不管砍到什么地方,不管对方接不接得住,没有第二句话,扔完了东西拨头进屋。

"6床,姓王的。"

"有。"

"拿三块钱。"

"什么钱。"

"买盖肚脐的布。"

医生护士一会儿一敛钱。赶上生小子的,家属高兴,要什么给什么;赶上生闺女的就难免要矫情几句。

"32床,交一块八。"

"怎么又要钱?"

"讲经济效益。"

"这是什么钱?"

"纱布钱。"

"医院里难道还不给纱布吗?"

"少废话,你交钱不交? 不交钱你大人孩子身上的血我们不管。"

"真倒霉!"

嘴里喊着倒霉还得把钱递过去。

陈福在楼道里等了十天了。这十天里他吸收了各种各样的生孩子的经验教训,自己也快成了产科大夫了。起初他盼着自己的老婆能进中间那间产房,后来又愿意老婆进左边那间屋子。人家告诉他,剖腹产最好。剖腹产的女人身体不变形,阴户不走形,永远像大姑娘。他想得多美!

医生要给他老婆引产,他死活不同意,要求剖腹产。医院不给做,他搬来了蒋大夫给他打通门子。

他坐在楼道里黑白熬。有一次打盹儿做了一个梦。

他自己成了产科医生，屁股后面跟着一帮人，都是要求做剖腹产的。他的眼前一片白花花的女人的肉体，带着娃儿，像屠宰厂的冻猪肉。他根着售货员的肉案子，心不在焉地把一个女人的肚子就割开了，从里面把肠子肚子全掏出来了。

那孕妇见自己的肠子流出来了，大惊失色。抱起肠子就跑，到外面把肠子扔到她丈夫的脸上，大哭大叫：

"人家做剖腹产都和大夫有关系，走了门子送了礼。就你是个大笨蛋，谁也不认识。这个倒霉的大夫把孩子没掏出来，倒把肠子全掏出来了！"

……

护士又开门高叫：

"102床，姓胡的。"

那个倒霉丈夫抱着老婆的肠子不知如何是好。他也吓坏了，知道自己闯了祸……

"102床，姓胡的，有吗？"

陈福突然睁开眼：

"哎，哎，叫胡什么？"

蒋仲达也走出来：

"就是你爱人，生啦。"

"生的什么？"

楼道里一阵哄笑："生了一堆迷糊蛋！"

护士郑重地告诉他：

"你老婆生了一对双胞胎，一儿一女……"

他美得差点没昏过去："是吗？"

周围也投来妒忌的眼光，想不到这个乡下佬倒有福气。

"你儿子没问题。你女儿不太好，要急救。你得输血。"

他有点蒙，只想着胖儿子。

311

"我只要儿子就行了。你们保证我儿子平安无事就大恩大德。"

"你女儿就不要了？"

"救得好吗？别留下残疾，这一辈子更不好过……"

蒋仲达在一旁火了：

"陈福，你说的这是什么话？快进来输血！"

陈家的大恩人还从来没有对他发过这么大的脾气。他害怕了，乖乖跟护士走了。

他是没睡醒还是乐疯了？

只要从产房里传出生小子的消息，哪怕只有三斤、四斤，家属也喜笑颜开。老太太们念念有词："有小不愁大，有小不愁大！"

蒋仲达也悻悻地离开了妇产科医院。

尽管女子科学已形成了专门的学科，并且正在向微观发展。而男科学还是被忽视的落后的角落。可是，这里并不比他的男科诊所好多少。他将来的男科医院则肯定要比这一流的妇产科医院要好得多，不论是设施还是管理。

理应如此。他雄心勃勃。一六六五年荷兰生物学家发明了显微镜，观察到了精子，成为轰动一时的大事。连至尊至圣的英王也兴致勃勃地去观察人类精子的活动。精子的发现比卵子的发现整整早了一百年。

男科学理应赶上去。可怜的男人们。生个男的大家这么高兴，人们都说任何社会都是重男轻女，是男人占据着举足轻重的地位。难道男人的重要性就体现在重视对女人的研究而忽略自身的疾病吗？

也许女人掌权反而会大力发展男科学。

此话倒也合乎情理。女为男生，男为女生。

因为男不像男，女才不像女。中国女人已经失去了应有的温柔、贤惠、含蓄和善良。你到大街上，或者随便走进任何一个商店，都会碰到雄化的一脑门官司的凶恶、粗俗的女人。连她们自己大概也不会明白，为什么会有那么大的火气，会有那么多仇恨。实在苦了她们。她们没有调节，不知道什么是真正的征服和被征服。却天天想报复别人。男人的罪过,人种退化的结果。

——

思想汹涌泛滥。笔不停挥仍然跟不上脑子。意象杂乱纷呈,无法控制。

夜深人静,他进入一片不可知的荒原。

人类认识自己不容易,完全认识又更不可能。认识"性"就更难。现在仍处于一种似懂非懂半明半暗的状态。

性本能异常、反常的性要求、同性恋、恋童癖、性暴力、色情梦等,既是人的问题,又是与一个民族的道德观念、宗教信仰、文化传统、政治制度密切相关的社会性问题。

一张白纸布告处决了一个六十二岁的淫魔。他专门吸吮少女的阴部和童男的精液。这岂是一颗子弹所能了结的?从科学角度说,应该先送他到精神病院和男科诊所做彻底检查,然后再制裁。

　　聋子学校聋子多
　　哑巴学校哑巴多
　　男科诊所里假男人多

一些勇敢的女子自己闯进了男科诊所。

"蒋大夫,我有神经官能症。别担心,这会儿是明白的。我丈夫是正常的男人,我就是正常的女人。他不顶用,我就犯病。丈夫把我当成孩子一样关怀爱护,我要的是丈夫不是保姆。以前我不懂,现在看了许多电影、电视、小说,人家女人都有满足感,有高潮。我急得半夜哭,打他,咬他,骂他,都没有用。压抑得得了病。但又舍不得离婚,他对我太好了,像照顾女儿一样爱我。我需要的是有力量的强壮的男人,不是老父亲!"

其实对方并不老。

天下有多少遭此不幸或勉强维持也是不死不活不阴不阳的夫妻？

病了的男人们也感到委屈：

"女人要什么就给她什么，她想干什么就让她去干，练气功，学跳舞，上学，听歌。可她什么都不要，专要我的短处。"

"你有力量，她伺候你也高兴。你没有力量，你伺候她她也不高兴。"

男人的魅力在于男性——多简单的道理！

真正懂得这个道理，拥有并善于使用男性力量的人有多少？太少了。

漂亮的女主治医生跟烧锅炉的工人私通。研究员的夫人跟开汽车的跑了。原因是对方有办法给她以男人们的力量。

物资站一位五十六岁的干部，老伴儿死后续了一位小他八岁的女人。长得精神，身体结实，他吃了几次败仗之后便有点怕她，见了她的影子就紧张。不敢经常回家，平时多住在站里。老婆则说他有外遇，不安好心。

他找到蒋仲达治了半个月。夜里小便时噔噔的，感到自己是个男人了。看电视一有男女亲近的镜头也受不了，蠢蠢欲动。索性不敢看电视不敢看一切鲜活的东西。像和尚一样又养了一个星期，决定回家"报仇"。

蒋仲达嘱咐他：

"回去后她说你什么也别理她，绝对不能生气。给她买一点她喜欢的好东西，千方百计地让她高兴。"

像先生教学生一样又给他讲解一段《玉房指要》里的话：

"凡御女之道，务欲先徐徐嬉戏，使神和意感，良久乃可交接……交接之道，无复他奇，但当从容安徐，以和为贵，玩其丹田，求其口实，深按小摇，以致其气。"

那老兄仍做孙子状回到家里。

老婆感到奇怪："今天是刮哪阵风？我以为你跟着哪个妖精跑了呢！"

他牢记大夫的教导,只赔笑脸,努力讨好。

当夜就把"老废品"的帽子摘了。

第二天,女人给他包饺子吃,陪他逛商店,给他买衣服,买酒买烟。连续尽了正常男人的需化。

自以为真正恢复了男人的尊严,便不再吃药。支持了一个月,又不行了。

药,药,还是药!

他真的能靠药物拯救所有的男人吗?他自己就能阻挡男性的退化、恢复黄色人种磅礴的阳刚之气?

中医是讲究"溯本清源"的。他是否真的抓住了男科病的"本"?感到了惶惑。

一二

"蒋所长,您是男科学专家,自己一定是个真正的男子汉了?"

一群男性有缺陷的男人围着他。有好奇有疑问也有钦羡。

他说:

"是不是真正的男子汉很难说,反正在心理上和体质上没有什么病。"

"您想必很会干那种事,现身说法,给我们表演一下,做个样板怎么样?"

当众表演自然是笑谈,可是夜里他果真和妻子开始实践了。

他告诫自己要稳住情绪,一着急险些忘了章法。心气、肝气、肾气未到怎么可仓促行事!

他强迫自己动情。然而上边动,下边不动;心动身不动。动情不深刻就找不到往日那种控制不住的情绪洋溢的感觉。

他默念烂熟于心的古训:定气,安心,和志,三气皆至,神明统归,不寒不热,不饥不饱,亭身定体,性必舒达……

头、口、身、手、脚,意志能够支配的器官全部行动起来,以刺激情绪。

然而,这一切都无济于事。

他似乎听到病人们在窗外窃窃私语:

"原来你自己也是废物!"

"你连自己都治不好,还能给我们治病吗?"

妻子推开了他,满脸怒色。

……

"仲达,你怎么又趴在桌子上睡着了?"

他被妻子摇醒,原来是南柯一梦。

台灯亮着,外面漆黑。时间刚凌晨两点钟。

脱衣上床,静静地回味刚才的梦境。幸好是梦。成天跟男科病打交道,被假男人包围着,自己可别发生异化。

他立刻给自己找到了台阶,白天看病,晚上著书,精力损耗太大,哪有心思想别的事。再说妻子也有三忌:睡得迷迷糊糊的时候、早晨和白天,不喜欢他纠缠。

男人,什么是男人?

每个男人似乎都要想一想,自己是不是一个真正的男人?

1989年4月21日

九大行星的流光

跟踪骆驼队

屈蓉睁开眼丈夫已不在身边。她轻轻叹了口气，从床上抬起身子拉开窗帘，见丈夫樊勘中穿一身绸子练功衣正在舞剑。他腰腿矫捷，剑法纯熟，剑锋闪出的熠熠寒光像无数条银蛇在他身边缠绕。屈蓉心里一动，勘中虽然身躯瘦小，面孔也不漂亮，但身上有一股武气，心宽志大。这一点只有这位内务总长的小姐自己知道，家里的别人并不理解。他从塘沽来到北京，想和妻子在一起好好休息几天。可是她的家里人都瞧不起他，嫌他不务正业，放着财政部的肥官不做，却跑到海边上去办什么制盐厂，能有甚出息？而且他相貌又太平常，没有一点福相，天生一副受穷受罪的样子。屈蓉刻薄的小妹妹屈华背地里管他叫"武大郎"，说她姐姐是一朵鲜花插在了牛粪上。说得屈蓉又羞又恼，也不好意思陪着丈夫去看朋友、逛大街了，她似乎也觉着樊勘中在人前确实有点摆不出去。全家人都不拿正眼看这位二姑爷。樊勘中每天早就出去，很晚才回来，他不恼怒也不卑下，一切都装做看不出来，也许是根本不把老丈人这一家子当官的看在眼里。屈蓉心里觉得对不住丈夫，她看见勘中在练剑的时候也眉头微皱，一副心事重重的样子。她穿衣下床来到院子里，看丈夫舞剑。樊勘中的剑越舞越快，一团团的白光上下翻飞，晨曦中三尺银剑光芒闪烁。屈蓉的眼前突然出现了一片白雪……

那是五年前了,屈蓉在日本京都女子师范大学上学。每到冬天她喜欢看雪景,喜欢在雪地上散步或跑一跑。有一天夜里下了一场大雪,清晨她在雪地里散步,忽然看见一个身材矮小的西装少年赤脚在雪地上奔跑,她以为碰见了一个疯子,就停住脚步看。一会儿,在少年的后边追来一个身体魁梧的日本大汉,大汉的手里还提着一双翻毛皮暖靴,他一边追那少年一边喊:"勖中君,我是和你开玩笑,这样要把脚冻坏的!"

少年没有搭腔,也没有停步,一直向郊外跑去。他也许是和那个大汉打什么赌吧。

"勖中?"屈蓉似乎在什么地方听人说起过这个名字,现在猛然一下子倒想不起来了。

以后每逢下雪她都看见那个少年赤脚在雪地里跑步,屈蓉感到奇怪:他不会老是打这种赌,拿自己的双脚开玩笑吧?!她开始留心这个少年。两个人经常在雪地上见面,他在前面跑,她在后面跟。不过总跟他保持一段距离,不让看清自己。因此两个人始终没有说过一句话。有一次,少年在前边跑着跑着突然被什么绊倒了,摔在雪坑里起不来,还"哎哟哎哟"地一个劲儿喊叫。屈蓉吓了一跳,赶紧跑上去搀扶:"先生,摔坏了没有?"

少年很利索地翻身跃起,一点也不像受伤的样子,朝屈蓉鞠了一躬,用中国话说:"小姐,谢谢您。"

屈蓉知道自己上当了,可是她很高兴,因为对方也是个中国人。她不好意思地抬头看了少年一眼,少年那对锋锐的目光也正瞧着她。她不知为什么脸色突然红了,心里也怦怦乱跳。少年的眉心有一块浅浅的伤疤,不难看,倒像是第三只眼睛,反而给他增加了几分勇武。屈蓉忽然认出眼前这个少年是什么人了,他就是京都帝国大学化学系中国留学生樊勖中,去年夏天他一个人跑到千叶海滨研究炸药,制造炸弹,被东京警察当局拘留了七天,轰动了全日本,报纸登出了他的照片。眉心的那块伤疤大概就是那次爆炸事故的纪念。细心的屈蓉为了不使对方感到难堪,装做没有认出来,客客气气地鞠躬相问:"先生贵姓?"

"聪明的小姐,您不是已经认出来了我就是那个私自制造炸弹的中国留学生樊勖中吗?"

屈蓉反倒觉得很不好意思了,她只好说:"樊先生,您为什么要那样做?"

"我是学化工的,制造炸弹是我的本行。再说我们的祖国也太需要炸弹了。"

"您是救国会的?"

"不,我不认为救国会的那一套办法,真能救得了祖国。"

屈蓉突然看见樊勖中站在雪地里的一双赤脚,脚趾一个个冻得像红萝卜。她禁不住俏皮地说:"赤脚在雪地上跑也是你们学化工的一种基本功吗?"

"啊,不,我的脚上长了冻疮,刀根告诉我赤脚在雪地上跑步能治冻疮,我想试试看。"

"这样不是使冻疮更严重了吗?"

"不,我觉得冻疮大见好转。"

"还会有这样的事?"屈蓉不相信地又盯住了樊勖中一双红得发紫的赤脚,她心里突然冒出一股奇怪的念头,想摸摸这双冻脚,想替樊勖中暖一暖这双脚。想到这儿连她自己都觉得心里臊得慌,脸又微微泛红了。

她遮掩地说:"樊先生,刀根是不是那天提着皮靴在后边追赶您的那个日本人?"

"对,我在被警察当局拘留的时候认识他的,我自小身体不好,为了锻炼身体加入了东京武术研究会,跟刀根学习柔道、击剑和马术。"

"刀根先生不是向您道歉,承认是他跟您开玩笑吗?"

"不,没那么容易,他说出的话就甭想再收回!我要叫他知道我是个说到做到的人。"

屈蓉在心里突然掀起一股对樊勖中的敬意,躬身道了声"再见",转身要走。樊勖中叫住了她:"小姐,请问您的大名?"

"京都女子师范大学的学生,屈蓉。"

从此,他们就常见面了,两人不相约,可比相约还准时。下雪的时候,樊勋中赤脚在雪上跑步,屈蓉提着皮靴在后面跟着,等他跑完了,她用带着自己体温的热乎乎的毛巾替他把双脚擦干,穿上暖烘烘的皮靴。冬季过去,春暖花开了,两个人仍然准时见面,一起跑步谈心。在异国他乡两颗年轻的心相互吸引得更快,他们相爱了。

"蓉,你在想什么?"樊勋中已经并拢双腿收住剑势。

屈蓉冲他嫣然一笑:"看你练剑,想起了在日本的时候,你赤脚在雪地上跑步的情形。"她从丈夫手里接过剑插进剑鞘里,掏出手绢想替他擦擦汗。可是樊勋中头上没有汗,气不发喘,他的功夫一直没有丢下过。

"勋中,今天你还要出去会朋友吗?"

樊勋中看看妻子,没有吭声。自从两年前他辞去财政部的职务,脱离官场去办实业,就得罪了岳父一家人,被他们瞧不起。但他还猜不透妻子是不是也对自己变了心。

"你一走就是两年,好不容易回京一趟,难道还不应该多陪我一会儿?"

"我怕待在家里使你们心烦。"

"不要说这种话!"屈蓉挽住丈夫的胳膊,向屋里走去,"你总应该相信你我之间的感情吧,你要是嫌在家里憋闷得慌,我们就一起出去散散心。"

"到哪儿去?"

"随你的便。"

"那好,吃过早饭我们到西山去玩一玩。"

夫妻俩洗漱完毕,换好衣服,临时又变了主意,不在家里用早点,决定到街上去买一点吃的。久别胜新婚,何况他们的新婚之后也没有认真快乐几天就分手了,一别就是两年。这次见面两人心里都有点嘀咕,又都觉得欠对方的情,内在的热情被表面上的客客气气包裹着,一旦捅破这层窗户纸,两个人的感情会比在日本初恋的时候更热。他们打算像度蜜月一样着实快乐几天。

两个人走出屈家公馆,屈蓉要拉丈夫进"四海居饭庄",樊勖中的眼睛却盯住了从西安门方向走来的一队骆驼,屈蓉拉拉他的胳膊,他的眼睛仍然不离开骆驼队·"等一等,这个骆驼队不同寻常!"

"哎呀,你难道还没见过拉骆驼的吗?"

"不,骆驼上驮的很可能是碱,对,一定是土碱。他们从哪儿弄来的呢?"

妻子不耐烦了:"你是制盐的,碱和你有什么关系?"

"你不知道,关系大得很! 由于德国、奥匈帝国和协约国大战的爆发,交通阻塞,洋碱运不进来,现在纯碱的价格比黄金还贵……"

骆驼队走近了,共有二十多匹,每匹骆驼上都驮着两个小山般的大包袱,有棱角的地方包皮被磨破,露出了红泥一样的东西。樊勖中心里起疑:碱应该是白色的,为什么成了红的?

一群市民看见骆驼队哄哄嚷嚷地围上来,他们追在骆驼的后面,这个上前抠一把,那个伸手掰一块,驼架上白粗布包皮被撕破一个大口子,红色的细粉像水一样流出来,撒到大街上。妇女们跟在后面用扫帚把碱面扫起来放进口袋里。拉骆驼的人驱赶着抢碱的人群,可是顾了这边,顾不了那边。他们一个个蓬头垢面、睡眼惺忪,好像几天几夜没有睡觉,显出一副极度疲劳的样子。而市民们好久没有买到过碱面了,见了碱眼睛都红了,发疯一样拥上来,几个拉骆驼的人怎么管得了!

樊勖中皱起眉头,眼里闪出一道若有所思的神采。妻子催促他:"快走吧,一会儿出了太阳天就热了。"

樊勖中抱歉地说:"蓉,对不起你,我得跟着他们看个究竟,明天再陪你去西山。"

突然远处响起两声清脆的马鞭子抽地的响声,有人喊了一声:"白眼狼来了!"

抢碱的人群呼啦一下子全散了,钻胡同的,钻门洞的,一会儿工夫大街上没有人了。骆驼队大摇大摆地向城里走去,樊勖中却毫不犹豫地跟了上去。

屈蓉一惊,气得一句话也说不出来。

软硬不吃的怪物

屈蓉一直望着樊勖中跟着骆驼队拐过了城角,她又气又恨,反身折回家里,躲进自己的屋子,回手锁上门,趴倒床上无声地哭了。

她该怎么办呢? 现在闹得她夹在中间两头做难,家里人埋怨她,不理解她,丈夫也不体贴她。和他一刀两断吧,她又于心不忍,想起两人在日本相恋的情景,在感情上她对他依然十分眷恋。不断吧,老是这样别别扭扭,将来怎么办? 她的家里人瞧不起勖中,勖中更瞧不起她的家庭。自从两年前他辞官不做跑到塘沽去办盐厂,就一直不登她家的门,两人只得保持书信联系。他叫她去塘沽,她的家里不同意;家里叫她离婚,她也不答应。她这次是趁父亲跟袁世凯离京南巡没有在家,对母亲死说活劝才使老人动了心,托樊勖中的好朋友金城银行总裁贺嘉运给写信,才把他叫了来。他来到她们家还是老样子,不卑不亢,软硬不吃。湖南是个出怪杰的地方,樊勖中还称不上豪杰,但也是一个怪物。他个头矮小,站在人前没有一点大丈夫的气概。她的家里人所以不喜欢他,这也是一个原因,说人无奇貌必无奇才,姿陋而心不正,不像个男子汉。只有屈蓉知道,不管什么人,刚一见面也许会瞧不起樊勖中,只要交谈上几句话,就不敢再小瞧他。他外软内硬,含而不露,心机默运,感情深沉。他不吵不闹,大主意极正,两年前他弃官经商,不仅是看准了眼前的路,好像把他一生的路都选定了。屈蓉喜欢他这种气质,可是不理解他,怨他,恨他,又替他害怕。

她爱他,并做了他的妻子。但是,不是知己的爱人感情是不牢靠的,两人同生死,共事业,相互了解得深,爱得才会深。在樊勖中的生命中还有一种比妻子更重要的东西,她如果不懂得这种东西,就当不好他的妻子。看来当一个她为自己设计的那种好妻子,光有爱是不够的。他不惜得罪有权势的岳父,自愿放弃一个唾手可得的光明前程,在这军阀混战的乱世却去经营实业,能有什么出路?他是不是另有所图?这两年来他的事业到底顺利不顺利?几天来他在屈公馆里绝口不提自己的工厂,可能是不愿引起岳父家里人的嘲笑。为什么背地里也不对她讲?他小看了她!人妻两个很见面,屈怡曾讥她二姐是"守活寡",屈蓉心里忍受了多大委屈!别的都可以不管,樊勘中不抽不喝,不嫖不赌,只这一点她就可以在兄弟姐妹中间引为骄傲。她的姐姐妹妹嫁的那些官场要人,风流子弟,哪个在外边不拈花惹草,常常把纠纷闹到娘家来。屈蓉多么希望自己的丈夫当着她的家里人对她亲亲热热,让兄弟姐妹看一看,他是个好丈夫,对妻子的感情忠诚而专一。樊勘中恰恰做不到这一点,尽管在夜里只有他们两个人的时候,他老老实实承认两年来是如何想念她,非常希望她能跟他走同一条路,可是当着她的家里人,他却像个最尊贵的姑爷,一言一笑,举手投足都不失身份。他一点也不理解妻子的心,更不体谅妻子为他所受的委屈。

怪物,一个软硬不吃的怪物!屈蓉越哭越伤心。

屈蓉从日本留学回京以后向父母讲了她和樊勘中的关系。父亲屈宗濂是袁世凯的内务总长,当然不愿意让一个农民的儿子做自己的女婿,门不当户不对。而且樊勘中上中学的时候还参加过学潮,说他从小就思想激进,信奉康梁变法那一套。他考上了官费留学,本来是好事,在日本却私制炸弹差点惹了大祸。屈宗濂怎么会同意女儿嫁给这样一个不稳当的人,况且又仪表平常,不像日后能有出息的样子。他以为女儿一个人在异国他乡求学,形影孤单,碰上一个中国学生自然会觉得感情亲近,逢场作戏,发生暧昧关系也不足怪,回国后会渐渐把他忘了。何况根据屈宗濂的权势,要想给女儿找一个什么样的女婿都不用犯愁。但是屈蓉非樊勘中不嫁,闹死闹活。以后屈宗濂知道了樊勘中在日本得到了化学博士的头衔,会过几面,又发现樊勘中谈吐不凡。人不可貌相,连袁世凯也想起用新派人物,屈宗濂也就答应了这桩婚姻,并且把樊勘中保荐到财政部,当了个不大不小的官。樊勘中雄心勃勃,想干一番事业,在财政部升得很快。一九一二年袁世凯命他到西欧考察币制。考察回来后,人们预料到樊勘中还会再升两级。那天,他到总统府去报告考察结果,家里摆好筵席,准备替他贺喜。

比起屈宗濂那豪华排场的大客厅,樊勘中的小客厅就显得朴素而淡雅,没有过分的装饰和摆设,墙上没有挂一幅时髦的、足以表示主人是留洋回来的博士身份的洋画,桌上也没有一盆陶冶性情的花草,却有一股淡淡的奇香,这奇香不知从何处飘来,沁人心脾。对这个普通的小客厅最好的装饰,就是眼下正聚集在这里的十几位客人:有赫赫声名的《大公报》的主笔郑翙,有财大腰粗的金城银行的总裁贺嘉运,有像教育部长范静尘这样的当今袁世凯政府里锐意兴革的有识之士,还有像曹信这样的年轻而又怀才不遇的大学毕业生。这些名流,屁股坐到什么地方,就会使那个地方生辉,普通的客厅显得不普通,简单的房子显得不简单了。还有本来十分瞧不起樊勘中,现在却对他不得不刮目相看的内兄内弟、妻姐妻妹,大家谈笑风生,等着樊勘中回来,而且相信他一定会带好消息回来。因为他在财政部的官吏中年纪最轻,有真才实学,根底很厚,况且身后还有一个权重势大的老岳父做靠山,这次能出国考察就证明政府对他的器重,也是他要荣升的一个预兆。大家名义上是来为他从国外归来接风,实际上是为他即将荣升贺喜。

樊勘中新婚不久的夫人屈蓉,热情而周到地招待着客人。她在这种场合总是显得纤细恬静,温柔庄重,是典型的中国式的大家闺秀,又兼学了一身日本妇女的谦恭和顺,使她足可以成为一切夫人的楷模。她心里是十分得意的,自己没有看错人,勘中给她也争了一口气,争了脸。但她的心里也有几分不安。这两天勘中情绪并不好,从国外回来后就没黑没白地赶写呈报书,还不知总统和她父亲对勘中的报告是否满意。屈蓉抑制住了自己的喜色,眉宇间倒常有一片淡淡的愁云,时隐时现。这反而增加了她的矜持,更显得妩媚动人。

风流倜傥的曹信,眼睛始终不愿离开屈蓉。他在心里嫉羡樊勘中,金钱、地位、美女,都叫他占全了。而且屈蓉又是怎样的一种美女,男人待在她的身边就觉得整个世界不存在了,只感到从她身上散发出来的一种温润的、绵软的、甜蜜的爱和温暖。当屈蓉为曹信沏茶的时候，他又盯住屈蓉那双细长而白嫩的手，窄窄的手掌，细削的手指，她周身上下都有一种古雅的美。曹信轻而无声地吸吸鼻子，他从屈蓉身上闻到了一股醉人的清香，禁不住以小兄弟的很随便的口气说："嫂夫人，进了你的家最突出的感受，就是到处有香味，而且各个房间的香味不一样，每个人身上的香味不一样，莫非您买了几十种香水，因人、因时、因地而经常变换使用吗？"

屈蓉只淡淡一笑，没有作答。她有心计而很少说话，特别是在客人面前，更难得逗她开口。她是留洋回来的女才子，与众不同的是不洋气，不傲慢，不在人前卖弄自己的见识，保持着中国女子的羞涩和温顺，这更使她显得高雅不俗。

深知樊勖中脾性的贺嘉运接过来说："这些香水都是勖中自己配制的。他常讲，学过化工的人要是吃不上饭，就活该他饿肚子。他好像把世上随便什么东西，都能变成有价值的东西。"

郑翃深有同感地赞许："勖中是个优秀的化学家，对科学技术有着特殊的兴趣，随手就能弄成一些莫名其妙的玩意儿。我并不认为他在财政部供职能得其所长。"

屈蓉突然急步向客厅的门口走去，躬下身子。樊勖中回来了。身着西装，梳着分头，鼻梁上架着一副椭圆的黑框眼镜。从哪个角度看都使人觉得他相貌一般。他扫了一眼客厅，向大家拱拱手："实在抱歉，让诸位久等了！"

客人都站起身，注意观察他的神色。樊勖中的脸上很平静，看不出喜，也看不出忧。贺嘉运知道他是个城府很深、喜怒不形于色的人，便代表大家试探地说："知道你从国外回来了，这次出国考察收益一定不小，特来迎候，想听你谈谈对欧洲的印象如何。"

樊勖中飞快地、不被人觉察地皱了一下眉头："我们是民穷国弱，滥发钞票，才造成币制混乱，这是不用考察也人人尽知的，谈何收益。我此番真正想考察的是英国的卜内门公司和德国的察氨法制碱厂，而这两家公司却拒绝让我参观。"

"噢,这是为什么?"曹信不甘冷落,故作惊讶地问。

"他们不知从哪里摸到了我的底细,知道我是学化工的,对我存有戒心。欧洲诸国你抢我夺,发展极快,只想让中国做他们的市场,唯恐我们的工业振兴起来,夺了他们的买卖。卜内门甚至想用高薪把我留下。"

沉不住气的曹信想借恭维樊勋中讨好屈蓉,颇有言过其实地说:"勋中兄不为外国的金钱所动,真是难得。这次回来政府是不是想让老兄补财政部少卿的缺?"

樊勋中:"曹兄过奖了。我考察回来后给政府写了个呈文,略陈:中国地大物博,资源丰富,有辽阔的海域,漫长的海岸,沿海能制海盐,内地有井盐、湖盐。如果就地取材,因地制宜,先发展盐碱业,投资既少,收效又快。以此为本,建立起雄壮的中国化学工业,而后养育其他工业的发展……"

银行家贺嘉运摸着自己的小胡子点点头:"好一番有见识的议论,不知政府持何态度。"

樊勋中冷冷一笑:"政府拒不采纳,我已辞职了。"

"辞职了?!"众人一惊。

他的内弟屈楠站起身:"爸爸可知道此事?"

樊勋中点点头。

"他老人家还不气个半死!"亲戚朋友们发出一片埋怨声。

屈蓉始终不插一言,默默地在旁边侍候着大家,她似乎丝毫不为丈夫的话所动。但是听到兄弟姐妹的责怪和嘲笑,她手里的茶杯啪的一声掉在地板上摔碎了。为了掩饰自己的失态,她急忙走出了客厅,客人们看见她在转身的时候,眼里闪着泪光。

"哼,狗肉上不了托盘!"屈家浑横不讲理的老儿子屈楠骂了一声,带领兄弟姐妹们走出了客厅。

客人们大为扫兴,也很尴尬,觉得再在这个简陋的小客厅里待下去毫无意思了,纷纷告辞。小客厅里立刻显得安静了。樊勋中的挚友贺嘉运和郑翊没有走,他们不说话,默默地吸着烟。

曹信也没有立刻告辞。他早就垂涎屈蓉,甚至他把自己的前程也拴在了这位总长大人的小姐身上,只是由于没有考取官费留学,想自费出国留学,家里又拿不出钱,这才毁了他的好事。他自信除去缺少一个洋博士的头衔儿,哪一点也不比樊勖中差。他对借助老丈人的权势在财政部谋了个官做的樊勖中怀有深深的妒意,但他隐藏住了这种妒意,反而千方百计地结交上樊勖中。他借此可以维持和屈蓉的关系,不得罪屈宗濂,同时一有机会还可以求樊勖中在屈宗濂面前替他说几句好话,举荐他有个得以施展才能的职位。今天,樊勖中突然辞掉了财政部的职务,曹信又惊又喜,心里涌出一股幸灾乐祸的快感。从刚才屈蓉家里人对待樊勖中的态度,他估计樊勖中辞官不做之后,很有可能被赶出屈家大门。屈宗濂不会要一个白丁、一个得罪了政府的人做自己的女婿。这个"武大郎"不识时务,他在北京待不住了。曹信觉得自己的机会来了,也许正好乘虚而入。他压住心里的高兴,装出一副十分惋惜的样子,用无限同情的口吻想进一步摸摸底:

"勖中兄,屈老先生总不会同意你辞职的吧?"

"袁世凯当面批准的,他心里虽然恼怒,可也无济于事了。"樊勖中谈得很轻松,使曹信简直难以理解他的态度。

"难道局面就不能挽回了?"

樊勖中含笑摇摇头。

"老兄今后做何打算呢?"

"想去干老本行。"

"化工?噢,好,干实业,勖中兄真是清高得很。"曹信没有必要再和这个落魄的书呆子纠缠下去了。他需要知道屈蓉对这件事的态度,他应该趁热打她的主意。好在他是屈家的常客,和少爷、小姐都比较熟,不避内外,便冲着樊勖中和贺、郑二人点点头,"你们三位先谈着,我到里边去看看那几位少爷。"

客厅里只剩下三个好朋友了。贺嘉运已五十多岁,郑翃刚四十岁出头,这两个人是樊勖中在财政部这一年多交下的朋友。贺嘉运从沙发上抬起屁股,把脸靠近樊勖中,小声问:"你真的想去干实业?"

樊勘中口气坚决："先从制盐下手。"

郑翊大为不解："甩开政府单枪匹马地干？"

樊勘中凄然一笑："我留学回来之所以同意到财政部当个小官，就是想鼓动政府，借助政府的力量励精图治，发展中国的民族工业。现在看来是我太幼稚了，政府是口浑水缸，腐败蜕化，指靠政府是没有一点儿希望的。袁世凯朝思暮想的是复辟帝制，自己称帝，正忙着筹备活动经费，秘密地向五国银行团借款。那些各系的军阀、内阁的阁僚们只为自己争权夺势，对国计民生不懂，也没有兴趣管。要救中国必须同他们分道扬镳。我到西欧一看，列强在经济上急剧膨胀，大有鲸吞我国的趋势，我们更不该苟安啊。"

贺嘉运过早长出的长寿眉下，一双锋利的目光盯住樊勘中："你是不是想走英、德、美、日发展工业的道路？"

郑翊点点头："这未始不可以试一试。就以美国而论，它们是以摩根、洛克菲勒、芝加哥、杜邦等八大财阀统治着全国，制约着政府，使政府的官员们在财阀们的手掌心上耍把戏，他们的争权夺势不得损害国家的经济利益，否则就得倒台。财阀的财大势大，美国就强大，而且能控制国势平稳地向前发展。不像我们，经济脆弱，官僚势大，他们一打架，全国都遭殃。"

樊勘中看看若有所思的贺嘉运："我们情况和日、美他们还不一样，必须有一批人沉下心来，不趁热，不惮烦，不为当世功名富贵所惑，至心皈命，为中国创造新的科学技术，振兴实业，否则中国就不会产生出新的生命。"

《大公报》的主笔激动起来，他掐灭烟头，善意地挖苦说："我真猜不透，你这样单薄的躯干，何以承担得起偌大一个雄心？"

贺嘉运突然哈哈大笑："翊兄，不必为勘中焦虑。舌端常有警语，胸中定具雄心。勘中，你说吧，我们能给你帮什么忙？"

樊勘中眼里闪出一道晶亮的神采："中国对盐的认识很浅，更不懂得制造工业用盐；几万万农民吃的都是土盐，极不卫生，盐质也不好。如果先制出食用精盐，很快就会打开销路，有了资本就用滚雪球的办法再图进取。我明天就去海边,五天后带回精盐样品,请两位兄长鉴定,然后替我筹措办厂经费。"

文人气很重的郑翃站起来抓住樊勖中的手:"祝你成功! 希望五天后你能带回足以强壮民族肋骨的国产良盐。我立刻在报纸上登广告,招募股东。"

白聚奎入股

樊勖中跟着骆驼队一直来到灵镜胡同的马车店里,车店老板满脸赔笑地迎出来,招呼拉骆驼的人:"几位辛苦! 白爷怕有人抢碱,出城迎你们去啦,见到没有?"

拉骆驼的人懒得说话,把骆驼牵到院子里,顺手一丢缰绳,往墙根儿底下一躺,一个个就都睡着了。从屋子里走出几个大汉开始卸驮架。樊勖中正要上前打问一下这些碱是从哪儿弄来的,后背突然被一个硬邦邦的东西顶住了,耳边响起一个沙哑而粗野的声音:"你小子想干什么? 老子早就瞄上你了,想找便宜,还是想砸盘子,快说痛快话?"

樊勖中没有慌张,慢慢转过身,眼前站着一个上下一般粗的车轴汉子,顶端竖着一个根毛不长的大光头,筋骨暴露的宽额像一块锃光的玻璃瓦倒扣在脑袋上,再往下一点是一双阴气扑人的眼睛,最底部是个骇人的四方大下巴,这副相貌走在僻静处真能把胆小的人吓掉魂儿。他手里捏着一杆马鞭,刚才顶住樊勖中腰眼儿的正是鞭杆头,并不是枪口。樊勖中机敏的智力帮了他记忆的忙,他微微一笑:

"老白,不认识我了?"

车轴汉子一咧嘴角,露出厌恶的神情,丝毫不为樊勖中摆出一副老朋友似的腔调所动心,他不喜欢别人对他套近乎。认识他的人很多,樊勖中一下子喊出他的姓,他并不感到奇怪,照旧冷冰冰地说:"别来这一套,有话快说,有屁快放。"

樊勖中的脸立刻沉了下来:"白聚奎,你可真是贵人多忘事。听说你当上了京津一带青帮的总头领,外号人称'白眼狼',一跺脚北京四

329

个城角都发颤,这就值得把在海滩上比过剑的老朋友都忘了!"

白聚奎一愣神儿:"你是樊……"

"樊勖中,哈哈哈!"

"樊先生,失敬,失敬。您还真的办起了制盐公司,听说很来钱。"

"久大精盐公司。到现在我还给你留着一个位子。"

"够义气!哈哈哈……"白聚奎一拱手,"樊先生,屋里坐。"

说起樊勖中和白聚奎的相识还有一段故事。

两年前的秋天,樊勖中辞去财政部的官职,和岳父一家人闹翻,单身来到塘沽北面一个只有三户人家的小渔村住下来。这个小村上的人还没有见过像他这样的怪客,西装革履,鼻梁上架着眼镜,肩上背着一个大帆布口袋,渔民们怎么也猜不透他是干什么的。樊勖中租了一间紧靠着海边的小土屋,土屋里只有一个破旧的八仙桌,海上走私犯们有时在这儿喝酒打牌。白天,樊勖中在八仙桌上摆满五光十色的瓶瓶罐罐,舀来海水又煮又蒸,引得这个小渔村的大人孩子们围在他的小土屋外面看新鲜,把他当成炼仙丹的洋道士了。到了晚上,他把瓶瓶罐罐收拾起来,帆布口袋往八仙桌上一铺,躺在上面睡觉。第四天的晚上,一小袋比雪花还白、比白糖还细的精盐制成了。樊勖中兴奋异常,真想庆贺一番,可惜亲人和朋友都不在身边,没有人分享他的快乐。前几天他忙于试验,并不感到寂寞和孤独,现在试验成功了,却觉得分外孤单,恨不得立即离开这荒凉的海滩,回到亲人的身边去。他心里爆发了一股冲动,是一种对妻子的不可抑制的思念。他需要她的温情和体贴,就像礁石需要大海的爱抚和拥抱一样。他不论是在生活中还是在事业上,都不能没有她的爱和她的支持。他们是在国外相识并相爱的,他一不是为了高攀她的门第,二不是像中国传统的有本事的丈夫那样把女人只当做衣服,随时可以替换,旧了可以扔掉。屈蓉应该是了解他为什么决定脱离官场,真正干一点于国家于民族都有益的事情,但她又何以会和她的父母兄弟站在一块反对他呢?想到这里,烦恼立刻冲淡了他制盐成功的喜悦。

樊勖中走出小上屋，他强令自己摆脱儿女情长和家庭苦恼的纠缠，站在沙滩上一动不动地望着眼前神秘莫测的大海。海风送凉，涛声阵阵，中秋满月的银辉洒在海面上，又被一层层波浪击碎，泛着青粼粼的光点，闪闪烁烁，如流霞飞舞。樊勖中被这慑人的夜景吸引，他的思想也渐渐像大海一样激荡起来。海量无极，海藏至宏，取之不尽，用之不竭。三山六水一分田，人类只注重从一分田上获取财富，却忽略了占地球十分之六的水利资源。即使有人看重大海，也只是想从海水中取盐。岂知海水中还溶化着许多种金属矿物质，开发海洋资源前途无量。应该把开发海洋的思想普及于全民。樊勖中在心里筹划着自己将来的计划：人类所以重视陆地，忽略大海，是因为大海神秘无常，难以驾驭，从海中取宝更难，须以科学研究为基础才有前程，有朝一日要办一个海洋研究社。他的事业要以大海为基础，气魄也学大海，永不停顿，永远进取。

樊勖中透过浓重的夜色，似乎看见了大海对岸的日本。他在日本留学四年，深深地感到了上升中的日本在精神上和经济上对中国的压力。日本国小人少，但有一股可怕的进取精神，他们什么都要成第一流的，成为最大和最好最多的。自一八六八年明治时期开始革新，虽然也有周折，但革新毕竟坚持下来了。他们向西方开放，借助西方技术实现日本精神。日本人这股争强好胜、团结勤劳的精神是他们强大的动力。连欧洲人也开始注意这种日本精神了，称他们是"远东的台风"。当今的世界上传说着这样一个神话：在地球上任何一个地方飞行的每一架飞机里至少会有两名日本人，即使这两名日本人以前互相不认识，碰了面也要想方设法坐到一起去。这里面隐藏着一个被证明是非常成功的哲学道理：一个日本人无足轻重，两个日本人就是一股力量，要是所有的日本人拧成一个团就了不得。而自己的祖国呢？你争我夺，四分五裂，有多少军阀就有多少派系，什么北洋系、直系、皖系、奉系、晋系等等。通过前段时间在财政部供职，樊勖中对政治更加失望了，中国一次又一次的政治改革全失败了，要想富国强兵只有先从经济上下手。就如同一个人，身体强壮才好做事情，体弱多病、头重脚轻,怎么能抗得住灾难的袭击! 樊勘中越来越感到西欧列强和日渐强大的日本对中国的威胁。但不能怨恨别人的强大,只能怪自己民族还不觉悟,政府腐败,闭关自守。就像在运动场上,不能责怪竞技状态优良、起跑快、最后通过冲刺而获得第一名的运动员,倒应该批评缺少训练、起跑太慢、自甘落后的人。

樊勘中在京都帝国大学毕业后要回国的前一天早晨,在海边练习骑马,碰上了教他击剑的老师刀根。刀根问他:"听说你明天就要回国了?"

樊勘中在马上点点头。

刀根又问:"你回国后打算干些什么?"

樊勘中答:"振兴工业,拯救同胞于苦难。"

刀根突然仰面大笑:"你还要办实业,太幼稚了! 等不到你的实业办好,你们就要亡国了,哈哈哈……"

樊勘中猛地扬起马鞭,略一犹豫,没有对准刀根的脑袋抽下去。刀根已经勃然变色,两人怒目而视。然后樊勘中把鞭子抽在马的屁股上,一提马缰,那马带着一阵疾风,长啸而去。刀根的话代表了一部分日本人的思想,他们的国势蒸蒸日上,对中国却不怀好意,觊觎已久。中国广土众民,却处处受气,就因为太穷太弱,其病根就在于工业落后,民族工业几乎是零,经济不发达,在这个你争我夺、弱肉强食的世界上,就只有挨打的份儿,到处吃亏。

樊勘中在海滩上站得久了,感到有点疲倦,却又不想回屋睡觉,他舒展一下筋骨就在沙滩上躺下了。枕着大海的涛声,望着灿烂的星空,一钩弯月挂在中天,四野幽静。樊勘中的心里突然一动,为自己将来的精盐公司想出了一个得意的名称——"久大精盐公司"。

中华民族就是太阳,将来他要建立九个大型化工企业,像九颗行星一样围着中国运行。取其谐音把"九大"改为"久大"。"久大精盐公司"是其中的一颗行星,将来再建立另外的八个行星工厂。精盐的商标就叫"海王牌"。

樊勘中非常得意,他想起身进屋,突然眼前闪过一道白光,一把长刀贴着他的左脸的耳边扎进沙堆里。他猛吃一惊,想把脸往右躲一躲翻身站起来,还没容他动作,右边也飞来一道寒光,又一把长刀贴着他的右脸扎下来,这时旁边响起一个粗野的男人的狂笑。

樊勖中将右臂一扇抓住刀把,用力拔起一把长刀,然后借势向右一侧身灵巧地从沙滩上跳起来。双脚一站稳,立刻拉开了迎敌的架势。他借着月光看见眼前站着一个粗壮的汉子,那汉子背对着月亮,看不清面目,只看见他眼睛里闪出两道可怖的青森森的光。

大汉以为有这两把飞刀一逼,把这个深夜躺在沙滩上赏月的怪客吓不死也得吓瘫,没提防他还有这两下子,竟然抢刀站起来准备动手,大汉反而赤手空拳处于劣势,他不免心里一惊,笑声也立刻止住了。樊勖中左手从沙滩上拔出另一把刀扔给大汉。那汉子仿佛受了侮辱,抢起长刀朝着樊勖中扑过来。大汉善使飞刀却不善于舞刀,他只凭力气,胡拼乱砍;樊勖中会击剑,凭的是路数,而且步法多变,身子灵巧,一会儿工夫就把大汉逼得只能退不能攻了。逗得大汉性起,樊勖中却故意后退,待对方一进招,他反手一用力,使刀背一下子把大汉的刀打飞了。

大汉急了,往沙滩上一站不动了,吼道:"兔崽子,有种你就动手吧,你爷爷要眨巴一下眼皮就不姓白!"

樊勖中笑了:"你刚才不伤我,我现在怎么能伤你哪。你是干什么的?"

大汉从鼻子里哼:"嘿嘿,跟你干一个行当。"

"跟我一样?"樊勖中笑着反问,"你说我是干什么的?"

"杀人放火,走私贩毒,抢码头,霸妓女,凡是缺德的事你都干。不过我佩服你这身功夫和演戏的本领。"大汉说着又晃动膀子逼近了,"快说痛快话吧,我的人和船都在那边的弯子里,我吹一声口哨就全过来了。你今儿个一定要和我争个高低上下,还是跟我合伙儿一块干?要想合伙儿我决不亏待你。"

樊勖中心里明白了,眼前站着的这个姓白的,很可能就是称霸天津、北京的大流氓头子白聚奎。这种人不能得罪,以后说不定还用得着他,就非常客气地说:"请问,阁下是不是白聚奎白先生?"

这种称呼,这种腔调骤使白聚奎手足无措,恼也不是,喜也不是,急忙一抱拳:"不错,我就是白聚奎。你是谁?"

"我是久大精盐公司的经理樊瑞,字勘中。"

"久大精盐公司?我怎没听说过?"

"今天刚成立的。白先生,我久闻你的大名,佩服你的胆量和手段。干你们这一行,十有八九是被逼无奈才走这条路的,虽然眼前痛快,毕竟不是久远之计,要想个终身的依靠才是。出家人还讲皈依正果,升天成佛。你闯荡了半辈子,最后也应该归入正果,留条后路,替子孙后代想想。"

"你劝我洗手不干了?"

"我劝你跟我干。"

"跟你?"

"不会亏待你,而且光明正大,你往后就用不着担惊受怕。"樊勘中把刀还给了白聚奎,"来,到屋里去看看我们公司的产品。"

"你的公司在哪儿?"

"就在这间小屋里。"

"哈哈,你还是想抢我的地盘。你这个江湖骗子,就不摸摸自己的后脑勺,看脑袋长得结实不结实,我白聚奎是好欺侮的吗?"

"哈哈哈,你误会了,你的地盘白给我也不要。"

……

白聚奎把樊勘中让进店房里,招呼店掌柜的端酒上菜。樊勘中知道这种人的脾气,没有多做客套就坐下了,他不喝酒,只是象征性地用舌头沾了沾。他急于想知道白聚奎是从哪儿弄来了这些土碱,又怕对方多心,就绕了一个圈子,用十分诚恳的语气说:"老白,我有事情求你,一直找不到你,今天好不容易碰见了,不知你肯不肯帮兄弟的忙?"

白聚奎是红脸汉子,他知道樊勘中是有身份的人,手里有买卖,政府里有靠山,竟然跟自己称兄道弟,丝毫没有瞧不起他的意思,这太抬举他了。他痛痛快快地答应说:"樊先生,有话只管说,只要有用着兄弟的地方,兄弟决不推辞。"

"好,我知道你是讲朋友的。"樊勘中给白聚奎的杯里斟酒,"目前我公司经营的制盐业很兴旺,买卖越做越大,海王牌精盐畅销全国。你也知道制盐就是需要海水和阳光,成本很低,说不上一本万利,也可以算一本十利,将来公司的规模还会更大。但是我有 个难处,货物的运输常出事故,走水路有时无缘无故被截,走铁路有一处头通不好也同样被卡住,甚至殴打我的经销伙计。这都是各地的地头蛇干的,他们无非是敲我竹杠,捞点钱。说实话我倒不计较这几个钱,是怕误我大事……"

不等樊勘中说完,白聚奎一摆手:"这是小事一桩,我的徒弟遍布全国,哪个码头都有咱的人,我发个话,让铁路线都给你'久大'的货物让路。再有捣蛋的,我亲自跟着你们的盐包跑两趟,保你万无一失。"

樊勘中一拱手:"痛快,真是快人快语,那咱们一言为定,从今天起你就是久大精盐公司董事会的董事。我不要你花一分钱买股票,你入人股,每月按公司职员里最高的薪金给你开薪。买卖赔了钱不找你,买卖赚了钱分红有你一份儿。平时你愿意干什么悉听尊便,只要公司有难处需要你露面的时候你插一下手就行。"

樊勘中这样仗义反而使白聚奎这个大流氓头子感到不大好意思了。他摆动着大光头,哈哈一笑:"樊先生,我白某是为朋友两肋插刀,可不是图钱。"

樊勘中一脸正经:"你肯接受我的聘请,就是有朋友义气,但聘金的事理应公事公办。我明后天就回天津, 到公司立刻就派人把聘金送到你府上去。"

"那就愧领了!"白聚奎一抱拳,"不知樊先生这次到北京来干什么? 为什么紧跟着我的骆驼队不放?"

"我想开办一个制碱厂。"

"制碱?"白聚奎一激灵,挑起了眉毛。

"是制造纯碱,不是贩卖你这种土碱。"樊勘中赶紧打消白聚奎的疑虑,"土碱杂质太多,没有什么用处,民食极不卫生,又不能供工业之需。即使是土碱也应该是白色的,为什么你运来的碱都变红了?"

"从碱湖里刚挖出来的时候也是白的,一路上风吹日晒,不知为什么就变红了。"

"从哪儿的碱湖里取来的?"

"张家口外的,快到蒙古地界了。"白聚奎十分得意,"樊先生嫌土碱成分不纯,就这个还都抢不上哩,朱砂没有,红土为贵,如果樊先生想做这笔买卖,我可以帮忙,想办法把土碱运进来,掺水做成块碱,眼下正赶上千载难逢的好销路,市场上抢碱抢红了眼睛,真是一本万利,可以赚大钱。"

樊勋中笑着摇摇头:"单是为了发财,走这条门路是可以的。但也只能解眼前一时之渴,战争一结束,外国的纯碱免不了大量打进咱中国市场,那时谁还买你的土碱?"

"想那么远干什么,先顾眼前再说。"

樊勋中考虑跟白聚奎讲多了他也不懂,可是话已经提到这儿,不讲明白也不行,一来对方会疑心抢他的买卖,二来已经接受白聚奎入了人股,关于"久大"的想法也不能不告诉他一些。就说:"老白,制碱是化工的基本大业,当初我筹资制盐就想到了今天要制碱。制碱技术很艰深,成本也较高,必须以盐养碱。制出纯碱既可以供应工业和民用的需要,也有利于国家民族的长远利益。你以为如何?"

"我想不了那么远,大道理我不懂,你说吧,哪儿用得着我白聚奎?"

"我想买点土碱回去化验一下,看看它的成分,将来能不能从这里面直接提取纯碱。"

"干吗要说买,送给你一包。"

"用不了那么多,有五斤就足够了。"

白聚奎大声朝门外喊了一声:"老五,用干净布给樊先生包十斤好碱!"

屈蓉弄巧成拙

"……小姐一大清早和姑爷一块出门去逛西山,不知为什么刚出去一会儿,小姐就一个人回来了,姑爷到哪儿去了不知道。小姐躲进自己的房里插上门不出来,连早饭也没吃,我们当下人的叫不开门。"屈府用人的回报惊动了太太和在家的几位少爷小姐,一家人全都发火了。他们对樊勘中这次回到北京又惹人惯怕地住在屈府,本来就一肚子不高兴,碍着屈蓉的面子又不好把他轰走。屈蓉对他的旧情不忘,两年来不管别人怎样劝,她始终下不了和他离婚的决心。这下可好,樊勘中重登屈府不仅没有认错悔改的意思,反而端起了架子,以为屈府的小姐离不得他。他当了制盐公司的经理,不过是芝麻绿豆般大的职务,还不如屈府的一个管家,却自以为了不得了。他不仁就不能怪屈府的人不义。这一回连屈蓉自己也伤心了,正好让她下决心和这个"武大郎"一刀两断。屈府的闺女儿子簇拥着老太太来叫屈蓉的门,他们怕屈蓉一时想不开出了意外。屈蓉的兄弟屈楠,一边打门一边喊叫:"三姐,咱娘亲自来了,你再不开门我们就把门砸碎了!"

屈蓉最怕把自己和丈夫的事闹得满城风雨。她是个外表极其温顺,但自尊心又很强的女子。她心里还爱着樊勘中,也不愿意让别人看他俩的笑话。另外看见樊勘中越是两年不登她家的门,不对她的家庭折腰,她的心里就越是看重丈夫。男子汉做人就应该有一根傲骨,不依附别人,干自己想干的事业。她急忙洗了脸,还特意擦了点香粉,故意装得像没事人一样开门迎接老太太和兄弟姐妹们。笑脸她可以装出来,两只哭得通红的眼睛却无法掩饰。她兄弟屈楠愤愤地说:"算了吧,这是在自己家里,又不是在婆婆家,谁看你这强装出来的笑脸。"

屈蓉脸一沉:"你别这样没大没小的,我的事不用你管。"

舌尖嘴快的小妹妹屈华抢过来说:"眼看着你受那个'武大郎'的气,我们当然要管。"

屈楠更长了气势:"姓樊的干什么去了? 他为什么说陪你又把你给丢下了?"

屈蓉气得脸色煞白,一句话也说不出来。

老太太赶紧拉着她的手,瞪一眼儿子,又用手指点点小女儿,对屈蓉说:"走吧,跟大伙儿去散散心。"

不早不晚，就在这时曹信来了。他是屈府的常客，和用人们混得很熟，屈家上上下下的人都知道他对屈蓉有意，缠了她两年也没有缠上手。他一不做官，二不做事，大学毕业后就游手好闲，家里又不是大户人家，因此屈府的人对他并不太敬重，只是由于他人样子长得好，和屈蓉正好是天造地设的一对，能讨老太太和其他小姐的欢喜。曹信听说樊勖中进京，夫妻和好，心里很不是滋味，就想来看个究竟。一进门就听用人说姑爷又和小姐闹翻了，心里十分得意，就直奔屈宗濂住处的大客厅，看见老太太小姐们正在劝慰屈蓉。他上前先向老太太问了好，然后对屈蓉说："我听说勖中兄进京来了，今天天气很好，特请勖中兄和你同游西山，不知你们二位可有兴致？"

屈蓉勉强一笑："谢谢你一片好意，这几天我身体不舒适，勖中也不在家，辜负了你的盛情，实在抱歉。"

屈华接过来："他不在更好，我们大家去玩儿，省得扫了曹先生的兴。"

屈蓉不再说话，生气地把头扭到一边。

曹信赔着笑说："不知勖中兄到哪儿去了，两年不见我十分想念他，很想和他畅叙一番。"

屈楠不屑地把嘴一撇："他能有什么好事，除去盐就是碱，不过做小买卖罢了。"

"勖中兄精明过人，将来一定会成为富翁。"曹信知道屈家人的眼里只瞧得起当官的，瞧不上经商的，他这样夸赞樊勖中会做买卖会发财是明褒暗贬，更会激起屈家对樊勖中的不满。同时也刺中屈蓉的痛处，使这个志向清高的女才子有苦说不出来，不敢再以丈夫干实业为荣。屈家的少爷小姐一个个都是心傲气盛，肚子里本来就对樊勖中窝着火，被曹信拿话一挑，就你一句我一句地数落起樊勖中来了，称他的公司是干腌咸菜、泡黄瓜的事业。

曹信的目的达到了，他不再说话，用笑眯眯的眼光不断打量屈蓉。两年来他在她身上花了多少心思，他不敢赤裸裸地向她进攻，不敢当着她的面说樊勖中的坏话，以免被她瞧不起。他想扮演一个心地高尚的美男子,对屈蓉怀有一腔痴情,为了不使她伤心,并不表白自己的爱情,默默地吞咽自己的痛苦,愿意为她牺牲一切,以长时间持之以恒的忠诚和热情感化她。他故意装成能包住自己的感情,深沉文静,含而不露。其实他处处都表露出自己的感情,甚至表现得过火了。女人都是很敏感的,屈蓉早就发现了他的热情背后的虚伪。他如果获得了屈蓉,也就取得了官职和地位,因为屈宗濂一定会在政府里为他的女婿想办法,就像当初曾经为樊勖中想过办法一样。两年来他所以对屈蓉的努力没有进展,有个重要的原因就是屈宗濂和他的儿女们对曹信的态度不冷不热,在他们眼里曹信不过是个浪荡公子,而且是个穷公子,在这一点上还不如樊勖中。如果他在政府里有个一官半职,屈宗濂就会主动逼迫女儿和樊勖中离婚,改嫁于他。反过来说,如果曹信有一官半职,也就不需要这么追求屈蓉了。因此,他尽量躲避屈宗濂,利用自己的小白脸去博取屈家太太和小姐的欢心。

屈蓉受不住了,她心里对丈夫也有不满,也曾暗地期望过勖中若像曹信那样风流多情,自己也可以得到些安慰,也会使别人少说些闲话。但她不能容忍别人议论和嘲笑她的丈夫,特别是像曹信这样的浅薄子弟,连他也瞧不起勖中,这比直接挖苦她本人更叫她忍受不了。她心里怒气升腾,表面上仍不失温文尔雅,对曹信说:"对不起,曹先生,请你多坐一会儿,我失陪了。"

"那……我们什么时候去西山?"曹信尴尬地站起来想留住屈蓉。他是来找屈蓉的,屈蓉不陪他岂不是等于轰他走。他求救似的看看屈华,屈华拉住了三姐:

"曹先生请你来逛西山,你怎好拒绝?樊勖中不在我们去。"

屈蓉淡淡地说:"我身体不舒适,没有兴致。"

"这更应该出去散散心。"曹信转对老太太求援,"老夫人,看来只有请您发话了。"

老太太心痛女儿,害怕屈蓉真的憋闷出病来,就高兴地说:"好,我们都去散散心,叫他们快备车。"

屈蓉知道母亲的心思,不敢再违抗。

屈楠吩咐用人备好马车,他扶着母亲和姐姐妹妹上了车,对曹信说:"曹兄,我有事去不了,请你多照应。"

曹信正求之不得,心里非常高兴,却故意掩饰说:"哎呀,你老弟不去就不热闹了。"

屈楠挤挤眼:"得啦得啦,少来这一套,你一开始就没有请我,巴不得我不跟你去才好。"

曹信脸一红,赶紧扭头去追马车。

屈楠一直望着马车走远了才转身回家,一进门口吩咐用人把大门插好。他径直来到屈蓉和樊勘中的房间,翻箱倒柜,把凡是樊勘中的衣物全装在一个手提皮箱里。这个皮箱是樊勘中的,前两天他就是提着这个箱子走进老岳父的家门的。屈楠把姐姐的房子翻了个乱七八糟,直到他认为凡是樊勘中的东西无一遗漏全装进了皮箱才住手。他提着这个皮箱来到大门口,打开门闩,把皮箱扔在大门外面,对门房的用人说:"你搬个凳子坐在门口外面,看着这个箱子,一见姓樊的回来就赶紧关门,把大门插好,不管他怎么叫喊也不许给他开门。他提走箱子以后你们到上房给我报个信。"

用人看看这位小祖宗,不知他又要玩儿什么花样,十七八的人了,不读书,不做事,成天就是胡闹,因为在老爷太太跟前得宠,谁也不敢惹他。可是什么事都依着他,惹了祸用人还得倒霉,所以不能不问个清楚,就说:"姓樊的是不是就是姑爷?"

"什么姑爷不姑爷,就是樊瑞樊勘中。"屈楠得意地晃着脑袋走了。

门房的用人心里有底了,老爷、少爷、太太、小姐全不喜欢这位姓樊的姑爷,这是要撵他走,干这件事不会惹出麻烦。用人果然搬出个凳子,坐在手提箱旁边,眼睛盯着远处的街口。

这下可苦了用人。等到下午两点多钟,樊勘中才提着十斤土碱兴冲冲地回来了。离屈府的门口还有老远,他看见门房的用人慌忙躲进门里,随手关上了大门。他觉得奇怪,以为出了什么事情,就紧走几步来到门前,见自己的手提箱被扔在大门外边,他心里一惊,上前打开箱子一看,里面果然都是自己的衣物,胡乱塞了一箱子,皮鞋底子上的土把衬衣都弄脏了。他站起身子推了一下门,没有推开,门已上了闩。他愣了一会儿,一股巨大的耻辱感压得他透不过气来。他本来想好好跟妻子解释一下上午为什么没有陪她上西山,甚至向她赔礼道歉都没有关系,今天他的心里很高兴,接受了白聚堂人股对公司很有好处,往后不怕有人敲竹杠、砸明火了,也不用再为运输犯愁了。他的事业在一步步扩大,进展是顺利的,第一颗行星正沿着轨道正常地运转。他要好好陪妻子在北京玩儿几天,然后劝说她跟他一起回天津,准备建造第二颗行星。他原以为她是能够理解自己的,会帮助他的,却不料等着他的是这样一场羞辱。他心里还想再见一见屈蓉,两人把话说开,就是非分手不可,也应该好离好散。其实他在心里还依恋着她,他总不相信他们两个会分手,他一直期待着她对他的感情总有一天会胜过她对官宦家庭的留恋,跑到他的身边,永远不再离开他。可是眼前他处于被污辱的境地,丈夫的尊严,男人的血性使他克制住了自己的感情,没有再敲门,更没有喊一声,他嘴角泛起冷笑,提起皮箱转身要走,忽然脑子里闪出一个新的念头:"老婆都没有了,还在乎这一个皮箱?她想羞辱我,我不应该接受这样的羞辱!"

樊勖中把手里的皮箱重重地往屈家门前一丢,头也不回地大步离开了。

民间神话吓住了屈宗濂

门房的用人等了好人一会儿,不见樊勖中敲门,也听不到他喊门,心里纳闷,就拉开一条门缝向外瞧,姑爷已经不在了,皮箱还在地上扔着。用人打开大门把皮箱拿进门房,心里总是有点嘀咕,姑爷为什么不把皮箱拿走呢?这到底是谁的箱子?还不知屈楠这个小爷在箱子里装了什么玩意儿。他办完缺德的事就扔到脖子后头去了。用人心里好奇也不敢打开看,反正姑爷没有把皮箱提走,也用不着向屈楠禀报,等他来问的时候再说。春天人发困,为了看守这只皮箱,用人把晌午觉都耽误了,这工夫坐在门房打起盹儿来。

天傍黑的时候,逛西山的老太太、小姐们都回来了。屈老太太要留曹信吃晚饭,曹信很高兴地答应了。屈蓉借口要洗洗脸,需要休息一会儿解解疲乏,就先回到了自己的房间,其实她是想看看丈夫回来了没有。一进门看见屋里一片凌乱,她打个怔儿,以为失盗了,就赶紧查找东西。自己的东西一件也没有丢失,而丈夫的衣物全都不见了,连鞋袜也没有丢下。她心里闪过一个可怕的念头:是他自己拿走了?这意味着什么呢?

屈蓉遭了猛烈的一击,头晕目眩,浑身瘫软地坐到床上,夫妻一场难道就这样完了?

等她稍微冷静了一下,又觉得这件事来得太蹊跷,勔中有什么理由要这样干呢?难道是他听说自己的妻子没有等他而跟着曹信去游西山发了脾气?屈蓉摇摇头,勔中不是气量狭窄的人,他自己不能陪伴妻子,有人陪着她去游玩,能使她愉快,他只会高兴而不会嫉妒。何况他不是个鲁莽从事的人,办什么事情都是想好了再干,而不是干起来再想,他即便是想抛弃妻子也不会采用这种不光明正大的办法。何况做妻子的对丈夫身上的变化总是很敏感的,屈蓉心里很清楚,勔中对她怀有的感情没有因两年的分居而被冲淡,甚至更强烈了,他决不会断然下此狠心。这也不是,那也不是,到底发生了什么事情呢?

今天屈楠在家,他也许会知道些情况,屈蓉走出屋子想去问问兄弟。但走了几步又停住了。屈楠不通事理,嘴里没有正经话,又最瞧不起姐夫,去问他也是自找气生。屈蓉想了想,找到屈府专管收拾房子的女用人崔嫂,小声问:"崔嫂,今天樊先生是什么时候回来的?"

"噢,是问姑爷啊,他从早晨出去还没有回来呀!"

"那……谁到我的屋子里去了?"

"哟,这可不知道,您总是不让我们下人打扫屋子,所以没事我们也不敢到您的屋里去。丢了什么东西没有?"

"没有,什么也没丢,你也不要到处乱讲。"屈蓉感到奇怪了。既然丈夫没有回来,他的衣物怎么会不翼而飞了呢?她又来到了门房,还没有发问,一眼就看见了丈夫的黑手提皮箱,她打开一看里面装的全是丈夫的东西,胡乱卷成一团塞到里面,根本不是丈夫的习惯。她问:"樊先生的皮箱怎么放到这儿?"

用人一五一十全讲了。屈蓉又恼又恨,自己强忍住没有让眼泪掉下来,吩咐门房把丈夫的皮箱掌到自己房里去。她出门叫了一辆洋车,直奔永定门火车站,在候车室里转了两圈,哪还有樊勖中的人影。屈蓉心里一阵难受,觉得对不起勖中,她一味地迁就自己的父母兄弟,却苦了丈夫。她原想既不离开自己的家,又不丢掉勖中,现在看来必须丢掉一头了。如果她在车站找到了勖中,她可以不回家就直接跟着他走。他也许已经走了,也许还没有走。如果他还没有走会住到哪儿去呢?

屈蓉又坐车到珠市口找到贺嘉运的家,贺嘉运一看她的神色吃了一惊:"出了什么事?"

屈蓉镇定住自己:"没出什么事,勖中在这儿吗?"

"没有哇。"贺嘉运知道樊勖中和屈家父子的关系,不便向屈蓉多问,就十分客气地说,"请里边坐吧。"

"不,我要回去了。这两天勖中老不在家,我有些不放心。"屈蓉掩饰地说。

"唔,他昨天在我这儿待了一天,筹划办碱厂的事。你放心吧,勖中的全部心思都沉在他的事业里,不会出什么事的。你先回家吧,我到几个朋友家去看看,如果见到他,一定叫他立刻回家。"

"多谢您,贺先生。"

屈蓉回到家里,刚一进门老门房就慌慌张张地说:"哎呀,三小姐您可回来了,家里找您都找翻天了,老爷也回来了,正在上堂等您哪。"

屈蓉心头一震:爹爹为什么这样快就回来了,莫不是政府又出了什么大事?

她来到上堂见气氛果然不同往常,不让一个人进来侍候,也没有一个外人在座,是全家人商量大事的样子。屈宗濂坐在正中间的高腿太师椅上,穿着黑缎子夹袍,一把白须垂在胸前,看上去已六十岁出头,一副古板而又老谋深算的样子。屈蓉上前打了一声招呼:"爹爹,您回来了。"

屈宗濂也对她表示了从未有过的亲切："蓉儿,刚才你到哪儿去了?"

"我到车站去为勘中送行。"屈蓉心里有气,她扫了一眼兄弟,屈楠嘻嘻一笑。

屈宗濂感到惊异："怎么,勘中进京来了?"

家里人都知道他厌恶这个三姑爷,关于樊勘中的事谁也没有告诉他。屈蓉一肚子委屈,她什么也不顾了,气呼呼地说："来了,来好几天了,今天趁我和母亲去游西山,屈楠把勘中的东西扔到门外,还吩咐门房不给他开门,把他气走了。"

屈楠毫不在乎,得意洋洋地冲着姐姐摇头晃脑。

屈宗濂胡子一抖,脸色突然大变,指着屈楠骂道："畜生,不争气的东西。明天你到天津去向你姐夫赔罪!"

全家人都吃了一惊,不知道老太爷为什么对女婿的态度来了个一百八十度的大转变。

屈楠以为是老头子说走嘴了,脑袋一扭不服气地问："我给他赔个屁罪?"

"混账!"屈宗濂真的发火了,"屈家怎么会出了你这样一个孽种,不学无术,游手好闲,将来如何得了!"

老爷子不知从哪儿装来的一肚子火气,全倾泻到平时最宠爱的老儿子头上,全家人都不敢吭声了。沉了一会儿,他和颜悦色地问屈蓉："你在车站见到勘中了?"

"没有。"

"他真的回天津了吗?"

"我估计他已经走了,我到贺嘉运家里也没有找到他。"

屈宗濂今天对樊勘中的态度使全家人迷惑不解,对三女儿屈蓉也表现出格外的喜爱,他温和地说："蓉儿,你去吃饭吧,等会儿我要和你商量件事情。"

屈蓉心里一跳："能是什么事情呢? 反正和勘中有关,是和解还是离散？根据今天爹爹反常的态度看,而且突然从跟随袁世凯南巡的路上折回北京,不会有什么好事情。"

她说:"我不饿,晚饭不想吃了。"

"不吃饭怎么成,还是去吃一点儿。"屈宗濂难得对儿女们有这样的关切,屈蓉不敢过分违背爹爹的好心,就走出了上堂去饭堂吃晚饭。

屈宗濂转身问小女儿:"华儿,你们今天游西山,听到老百姓有什么传说没有?"

伶牙俐齿的屈华可轮到了说话的机会:"传说可多了,陪我们游玩的老和尚向我们讲了多半天。西山一带的老百姓没有人不知道'西山十戾'的故事,连城里的许多人也听说了。"

"'西山十戾'是个什么故事?"

"西山有十个修炼成精的妖怪:熊、獾、鸮鸟、狼、驴、猪、蟒蛇、猴子、玉面狐、癞蛤蟆,投胎人世,做了从清朝开国以来一直到现在的政府里当权人物……"

屈宗濂心里一颤,闭上眼睛装做很有兴味的样子听下去。屈华见经常板着脸的老爹爹今天兴致这么好,她更长了精神,故意模仿说书艺人的语气,把故事讲得有声有色。

"……它们托生的人身是:多尔衮、洪承畴、吴三桂、和珅、海兰察、年羹尧、曾国藩、张之洞、西太后、袁世凯。您看吴三桂不是像鸮鸟一样残忍悖逆;和珅不是如同狼一样贪婪狠毒;曾国藩为什么会长皮肤病,一年四季身上经常褪皮脱屑,像蟒蛇蜕皮一样? 就因为他是蟒蛇变的,是个可恶的令人毛骨悚然的冷血动物,危害着国家和老百姓;形体瘦小的张之洞,每天睡觉很少,经常坐着假寐以待天明,所以他是变化多端的猴子变的;西太后是玉面狐转生,一点不会错;至于颈粗腿短、走路'八'字脚的袁世凯,是癞蛤蟆托生,而且他还想坐金銮殿当皇上,更证明他是癞蛤蟆想吃天鹅肉。"

屈宗濂睁开眼睛:"怎么,总统想复辟帝制的事情下边也都知道啦?"

"这谁不知道呀,大家都在传着袁世凯午睡现原形的故事……"

屈宗濂又闭上了眼睛,他知道屈华下面要讲什么,这个故事是冯国璋传出来的。问题的严重性不在故事本身,而在冯国璋为什么要在下边讲这个故事,并且一讲就在民间流传开来,这是个什么兆头呢?

袁世凯每天中午有个贪睡的习惯,一睡就是两个小时,醒来后还一定要喝一杯茶。他有一个雕刻精致的玉杯,十分心爱,每天午睡后就由书童端着这个玉杯给他献茶。这一天,书童进房献茶时,忽然眼睛一花,看见床上躺的不是袁世凯,而是一个巨大的癞蛤蟆,心里吃了一惊,手一松,把玉杯掉在地上摔碎了。幸而袁世凯鼾睡未醒,书童蹑脚退出来,跑去求一个老仆人救他。老仆人告诉他:这般如此,可以逃脱这场大祸。

书童换了一个杯子盛茶,又来到袁世凯的房间,袁世凯正好醒来要喝茶,一看杯子不对就问:"玉杯哪里去了?"

书童老老实实地说:"摔碎了。"

袁世凯厉声地叫起来:"什么,摔碎了吗?"

书童不慌不忙地说:"刚才我走进屋里发现一件怪事,心里一慌,失手把杯子打碎了。"

"什么怪事?你说,快说!"袁世凯眼睛睁得很大,满脸怒容,露出了杀机。

伶俐的书童并不害怕,指手画脚地说起来:"我端茶进来的时候,一眼看见床上躺的不是大总统……"

"是什么?混账东西!"

"我不敢往下说。"

"你不说也好,我就砍了你的脑袋!"

"我说,我说,是……是一条五爪大金龙。"

"胡说!哈哈哈,你摔了我的杯子还编瞎话骗我。"

"我若是说瞎话天打五雷轰!"

"好啦,以后在外边不许胡说。"袁世凯怒气顿消,脸色也变了,从抽屉里拿出一百元钞票赏给了书童……

屈宗濂一想到这些传说,身上总有一种不寒而栗的感觉,他像一条狗一样跟了袁世凯大半辈子,这次袁世凯秘密策划恢复帝制,却把他排斥在外,这说明并不信任他。袁世凯狡诈多变,阴险狠毒,他侍候这样人不能不给自己留条后路。他主意已定,睁开眼:"蓉儿还没有吃完吗?"

屈蓉就坐在他跟前:"我在这儿,父亲。"

"听说勖中的精盐公司办得十分得法,赚钱很多。他又在筹措资金,准备开办制碱业,连英国卜内门公司的驻华经理都十分重视他的计划,谈起勖中颇有几分佩服的神情,当然也害怕勖中将来夺了他们的生意。但是他们没有办法,欧洲正打仗,他们顾不过来。趁这个机会,勖中也许真的能在办实业上打开一条道路。"

屈楠抽抽鼻子:"我就看不出干他那一行能有什么出息,过去您不也是说他……"

屈宗濂厉声打断了儿子的话:"你懂得什么!勖中在你们兄弟姐妹中间也许是最有出息的了,有大才略,必有大规模。这年头在政府当官混事是很不稳当的,尤其像你这样什么也不懂的浑小子,在官场中是混不好的,明天或后天跟你姐姐一同去天津,叫你姐夫在他的公司里给你找一个事儿干,磨炼几年再说。"

"这……我不去。"

"嗯?"屈宗濂抬起眼睛,有两道寒光逼到儿子身上。

母亲、姐姐全朝屈楠使眼色,他也知道违抗不得,不去是不行的,只好嘟嘟囔囔地答应下来。

屈宗濂又说:"楠儿,明天你去通知曹信曹先生,他不是求我在政府里给他荐个职吗,我的意见是请他跟你一块儿去找勖中,让勖中给他个差事干吧。"

屈楠答应了一声。

屈宗濂又转向了女儿:"蓉儿,我过去对勖中没有看准,请他看在翁婿的情分上忘记过去不愉快的事情吧,你们夫妻应该团聚。同时你转告他,他开办制碱厂不要再另外招募股份了,我出钱,他出力,由我们自家人干这番事业,也好成全他的雄心。"

屈蓉又惊又喜:"父亲,我替勘中谢谢您……"

夫妻游庐山

"蓉,我们找个地方去消夏吧,好不好?"樊勘中一只手扳住妻子的肩头,用高昂的口气说。

屈蓉心里一惊,温柔而恬静的目光盯住了丈夫。他一定心里有什么烦恼,事业上遇到了什么障碍,或者又设想出新的计划,要对她诉说,从她这儿得到安慰和支持。其实,她虽然来到丈夫身边好几个月了,看到精盐公司的买卖越干越兴旺,但她对丈夫的事业一点也不懂,从不给丈夫出主意,甚至对公司的任何事情都决不进言。但她的心灵,她的身体,她的一切都是属于丈夫的,她是以丈夫的事业为自己的事业,以丈夫的兴趣为自己的兴趣,丈夫的喜怒哀乐也就是她的喜怒哀乐。当樊勘中顾不得照顾她,或者很少回家的时候,她虽然感到孤独,觉得寂寞,心里却很坦然,很放心,这证明丈夫的事业一切都很顺利。樊勘中在受到了挫折,甚至走到了绝境时,也在任何人面前都能不动声色,照旧从容镇定,似乎没有他吞不下的痛苦和困难。但这种时候他就非常需要妻子,急不可耐地回到屈蓉的身边,尽管他比她大好几岁,却像小孩儿一样把头扎到妻子的怀里,向她诉说一切,诉说自己的苦恼和怨恨,也诉说自己的软弱和错误。他并不期望妻子开导他,或者给他一种能渡过难关的神机妙算。他似乎只需要她的温暖,她的抚摸,她的心贴心的同情和魂魄相依的支持。事实上她也不能给丈夫提出任何一条有价值的建议。她所能做的就是把丈夫的头放在自己的怀里,抚摸着他,吻他,吻遍他头上的每一个部位。每逢这种时候,她就像母亲,像天神,像丈夫的保护人。樊勘中在她的怀里睡上一觉,恢复了精神,重新产生出突破困难的勇气和最大的忍耐力。这时屈蓉在心里猜测:他又遇到了什么不顺心的事呢?

樊勘中躲开了妻子的目光:"没什么,这几年我被公司的事务缠住手脚,没有陪你出去散过心,太苦你了。眼下公司已经走上了轨道,我们应该出去乐一乐。"

屈蓉很高兴,甚至受宠若惊。丈夫难得有这样的兴致。她简单地收拾了一下行装,便同丈夫起程了。

几天后两个人来到了庐山,仿佛一下子从盛夏步入了深秋,果然名不虚传,是绝好的避暑胜地。在山上避暑休养的人很多,大多是外国人和中国一些有头有脸的人物。一连几天,樊勖中寸步不离妻子,带着她游玩了小天池、天桥、仙人洞、含鄱口、乌龙潭等胜处。起初屈蓉心里还有些惴惴不安,老是注意观察樊勖中的脸色。樊勖中却好像什么心事也没有,就是专门陪着妻子来玩儿的。他兴致极高,临来时在天津还买了画板、画笔,在山上画了几幅山水画。屈蓉见丈夫这么高兴,心里也感到无比幸福,两个人真如一对度蜜月的新人,情意缠绵,快乐异常。

这天吃完晚饭,樊勖中身背画板,拉着妻子来到舍身崖看落日。这儿是那些想成佛变仙的人舍身升天的地方。在接近山顶的地方,横伸出一块巨石,巨石下是万丈断崖,深不见底,白云紫雾在脚下飘来荡去,扑朔迷离。人站在舍身崖上,真有一种置身云外、天在脚下的感觉,难怪那些想飞升的人,一站到这儿就毫不犹豫地往下跳。

屈蓉胆小心慌,不敢上崖,樊勖中揽紧她的腰,半推半抱地扶妻子走上舍身崖,笑着说:"这是升天的仙境,岂可不看。"

屈蓉战战兢兢,闭住眼不敢往崖下瞧。樊勖中不得不用右臂把她抱得更紧了,在她耳边小声说:"快睁眼,我们两个已置身天外了。"屈蓉慢慢睁开眼,落日的余晖把云雾染得五彩缤纷,绮丽无比,忽而似祥云朵朵在身边缭绕,忽而又像紫气蒸腾直冲天界。在眼前的彩色雾气中突然出现了两个模模糊糊的人像,正是头靠得很近的樊勖中和屈蓉。屈蓉大惊,以为是幻觉,揉揉眼再看,头像还在,而且看得更清楚了,她非常害怕。樊勖中赶忙解释:"这是晚霞的光在捣鬼。我们真有眼福,据说这种机会很难碰到,落日的角度,天气情况,我们站的位置都碰巧了,才能见到这种影像。"

樊勖中说着话左手悄悄地从后面把画板举起来,于是在两人的头像后面出现了一片鳞次栉比的高大厂房,樊勘中故作惊奇:"噢,这是什么?很像是制碱的工厂。哦,这是上苍启示我,现在应该建造一个制碱厂,已经到了把第二颗行星送入轨道的时候了。这又是什么?谁在海边上盖起了这样一座漂亮的楼?这要作为一个科学研究机关有多好,我给它起名叫黄海科学研究社……"

屈蓉不胜惊异,扭头一看,她什么都明白了。樊勘中哈哈大笑,把妻子抱得更紧了。他下一步要搞他的第二颗行星、第三颗行星了,趁这个间歇的时间带妻子出来尽兴地散散心。她不觉更紧地依偎着丈夫的身体,两个人退下舍身崖,在一块大青石上坐下来。山上风高,太阳坠下山以后就更冷了,樊勘中脱下自己的外衣披在妻子身上。屈蓉把身子靠近丈夫,她好像不认识丈夫似的,认真打量着他。他上中学的时候酷爱画画,而且天分不浅,高中毕业时大哥劝他报考中央美术大学,他却坚持学工业。在日本留学的时候,他爱击剑、爱骑马,现在把这些兴趣也丢掉了。现在他不能说没有地位,也不能说没有钱,可是当前社会上那些有身份的男人的嗜好,他一样也没有。不抽烟,不喝酒,不嫖,不赌。一想到这一点,屈蓉对自己的丈夫就不仅是爱得如醉如痴,还感激他,敬佩他,愿意把自己的一切都献给他,都可以为他而牺牲。但是对他来说事业才是一切,只有事业才是生活的核心。在任何时候,甚至是在和妻子情意切切的时候,他的事业总是占第一位,掌握着他的喜怒哀乐,牵动着他和别人的关系。她爱的正是他这种真正男人的意志和雄心!现在叫她担心和感到不安的,也正是丈夫这种坚强如钢的意志,和永不满足的雄心。"久大"已经打开了局面,制精盐成本低,利润大,海水取不尽,公司就关不了门。去年爆发了世界大战,洋盐运不来了,"久大"的买卖一下子又增加了将近一倍。生活刚刚稳定下来,她的心绪刚刚松弛下来,他又要往前进取……

樊勘中含笑望着妻子。她把什么都藏在心里不肯说出来,可是她的眼睛又把她内心的秘密全泄露出来了。他轻声地向妻子倾吐着自己的打算:"由于世界大战,交通梗阻,中国多少年来用惯了洋货,突然被卡断货源,市场一片混乱。就化工行业来说,颜料、纯碱的价格涨到比黄金还贵。以碱在我国称雄道霸的卜内门公司,手里还有一点存货,却不肯放出来,站在旱岸看热闹。上海、天津、广州等一些工商业大城市,因为买不到碱,惶惶不可终日,许多工厂倒闭,已经十分可怜的中国工业,又处于风雨飘摇之中。这种关头,我必须搞碱。还是……"

屈蓉想起了几个月前丈夫抛下她去追赶骆驼队的情景,温柔地点点头:"有这一条还不够吗?"

"不,还有第二。欧战止酣,欧美列强无暇东顾,这是个绝好的机会,中国应该趁机发展壮大自己的民族工业。许多欧美国家,有的是发战争财壮大起来的,有的则是钻战争的空子发展起来的,机不可失!"

屈蓉见丈夫一谈起这些事情脸上就放出一种光彩,显得英俊和年轻了。立身无傲骨,胸中必无大才,男人想建树自己的事业要眼界大,只有眼界大见识才不一般。樊勣中貌不惊人,主意极正,有才而性缓,有智而气和,当初也正是凭着这一点才战胜了不少美男子和风流少年,而征服了她的心。虽然几经曲折,现在事实证明她的选择是对的,丈夫所干的事业也是对的。她双手攥住丈夫的右手,并把这只手拉到自己的怀里,这就是她的全部语言,表明她赞同丈夫的计划。世上的强者是既有意志,又能等待时机,自己的丈夫就是这样的一个强者。她愿意从今天起跟他共同分担新的忧烦,新的欢乐。胜利了,他是属于她的;失败了,他就更是属于她的了。他除去爱她,还爱自己的事业;她由于爱他,也必须爱他的事业。樊勣中对妻子的态度很感激。她若嫁给别的权贵,可以终生享尽清福,而嫁给他,却要一生心里都不得清闲了。他抱住妻子的肩头,用带着歉意的口吻说:"蓉,后两天你在旅馆休息一下,或是在近处转一转,我要在山上访几个人。制碱不同于制盐,需要一大批专门的技术人才。古今中外兴盛和衰亡的历史都证明,人才是事业的基础和保证。"

"哈哈,你们二位谈情可真会找地方。害我们找得好苦,还以为你们在舍身崖双双升天了哪……"樊勣中一回头,见曹信扶着贺嘉运一步步从山腰走上来。他很感意外,拉着妻子站起来,下崖迎上去,冲着贺嘉运说:"年兄怎么找到山上来了,莫非筹款的事出了差错?"

贺嘉运摇摇头:"筹款的确十分困难,手握巨款的人,对欧战的前途估计不透,不肯轻易出血。我正在作难,突然来了一位财神爷主动找上门,我们都认为是件大喜事,是老弟的好兆头。但事情紧急,我们决定不了,不得不星夜上山和你商量……"

樊勘中打断了他的话:"这儿不是谈话的地方,回到住处再说。"然后又向曹信打过招呼。曹信赶忙解释:"我是护送贺总裁上山,顺便也有一点小事要麻烦勘中兄。"

"好吧,咱们回到旅馆再详谈。"樊勘中说完挽起了贺嘉运的胳膊,走在前边。

曹信落后,想挎住屈蓉的胳膊,屈蓉冲他淡淡一笑:"谢谢!"然后紧走两步,追上樊勘中,挽住了丈夫的手臂。曹信感到无趣。自从樊勘中辞去了财政部的职务,曹信就没有再见到他,以后屈蓉也随他到塘沽去了,想不到樊勘中办起个精盐公司,是个好买卖,曹信非常后悔没有参加进去。这回打听到樊勘中又要办制碱厂,他无论如何也要钻进来。他急走两步大声说:"勘中兄,我也给你带来一个好消息。"

"哦?"樊勘中注意地看了一眼曹信,"我的夫人总以为事业就是我们两个人的舍身崖,想不到诸兄纷纷来报喜。"

曹信神情却十分神秘地说:"前天我在北京西城大街上,见到一行骆驼队,驮的全是从口外的碱湖里挖来的土碱,如果我们买它几十车,做好篷布,把土碱运进来,掺上水制成块碱,真是一本万利,一定可以赚大钱。"曹信十分得意,他自信是给樊勘中找到了一条发财的门路。

樊勘中微微一笑,抬眼问贺嘉运:"年兄以为如何?"

贺嘉运两眼炯炯有神,却笑而不答。这件事他早从樊勘中那里知道了,可笑曹信一路上还瞒着他,想在樊勘中跟前立一功,无非是给自己找一条进身之路。樊勘中感到被屈蓉挽着的胳膊,又紧紧被夹了一下,他明白妻子的意思了。她平时讨厌曹信的轻浮和华而不实,不愿丈夫和这样的人共事。樊勖中笑着对曹信说："几个月前,我就得到了这方面的情报,那个贩运土碱的总头领白聚奎已经加入了我的精盐公司。""噢?"曹信心里十分沮丧。"但我不想赚这种钱。"

樊勖中看出了曹信失望的神色,也猜到了曹信上山的目的,迅速在心里掂量了一下:人才用之如虎,不用如鼠,曹信心术不纯,但头脑聪明而灵活,就看他加入一个什么样的团体,湿柴放到一堆大火里也会烧起来的。如果他愿意合作制碱,就不应拒绝他。几个人回到了住处,招待员沏上茶水,屈蓉退进了内室。

樊勖中见曹信在一旁低头不语,一副灰心丧气的样子,就把那天对白聚奎讲过的道理又对他重说一遍:"单为了发财,老弟这条门路是可以走的,但也只能顾及眼前,解一时之渴,不能做长远之计。制碱是国家基本大业,也可说是工业中的工业,技术艰深,以盐做原料,制得纯碱,既可以供应工业和民食的需要,也有利于国家民族的长远利益。土碱怎么能赶走卜内门?"

贺嘉运点头称许:"勖中深谋远虑,这不仅在中国是破天荒的宏图,在东亚也是一大壮举。"

曹信变颜变色,装出无限信服的样子,随即提出自己的要求,希望在久大公司谋个职位,并当场请贺嘉运替他说话。樊勖中走过去拍拍他的肩:"我衷心地希望你参加我们的久大团体。"曹信心里一动,点头答应了。

樊勖中把脸转向贺嘉运:"你带来了什么喜讯?"

贺嘉运正色道:"你的岳父——当今权倾一时的屈总长,他愿意给你提供全部办厂资金。据说几个月前他曾派你的内弟屈楠带信给你,你收留了屈楠却拒绝了屈宗濂的好意。前天他派曹老弟把我请到府上,让我劝说你不要记恨前仇,他出钱,你出人,翁婿一家,岂不是天作之合!"樊勖中连考虑也不考虑,就断然拒绝:"这绝对不行!"贺、曹二人都吃了一惊,曹信简直觉得樊勖中不可理解,他宁肯接受像自己这样一个一文不名的小人物,却拒绝屈宗濂这样一个有官有势的大亨,许多人想找一个这样的后台还攀不上呢,现在给他送上门来了,却不接受。

贺嘉运:"这是为什么? 莫非你还在记恨过去的事情?"

樊勖中摇摇头:"翁婿之间不愉快的事情我从来没有记恨过,我这样做是为了自己的事业。

"在我国,任何有政府官僚参加的工矿,从来没有好结果,名为官商合办,实际上商家根本无权,而这些官僚又把官场中的种种恶习带进工厂,造成企业的不治之症。嘉运兄,请你设身处地想一想,倘若用屈家的钱开办这个工厂,将来就得按屈家的意志办事,我岳父会根据自己在官场上的起落来选择对工厂的态度,使碱厂变为官僚的附属品,碱厂的前途势必要拴在他的政治前途上。他是想给自己找第二条路,想打个赌,冒险试一下。我办碱厂可不是打赌,决不能指靠这些达官贵人。"

贺嘉运佩服樊勖中在对人对事上有一种特殊尖锐的判断力,入木三分。但他在金融界混了多年,老于世故,不无疑虑地说:"你的话自然不错,可是这样拒绝了他,他必然刁难,恐日后不好收拾。"

樊勖中这个文质彬彬的矮个子,上来这股执拗劲,却异常果断:"在自己的奋斗中要有自己的理想和信念,既打算前进,就不能瞻前顾后。"

"可资金实在不好筹措呀!"

"我去想办法。"

"又去化缘?"

"这是没有办法的办法。"樊勖中爽朗地笑了,"不过,以后凡有和政界人物谈判、打交道的事,就请年兄多出头。您老谋深算,善于应付。"

贺嘉运仰面哈哈大笑。

第一次失败

樊勖中依靠久大精盐公司的资金做基础,又动员了所有的亲朋好友,为制碱厂做宣传,四处游说,找到了二百多家股东,多的投资千万元,少的只拿出几十元,他真像和尚化缘一样凑足了创办碱厂的资金。

一九一八年,又是秋天,永利制碱公司成立,樊勉中自任总经理,在塘沽购地二百余亩,以中国工业界从来没有过的气势破土动工了。

当天,樊勉中把曹信请到自己家里。两人进门看见酒菜已经摆好了,曹信受宠若惊,心里又觉得不安。为"永利"成立的庆祝会昨天在天津饭店已经开过了,今天为什么又单单把他请到家里来?

樊勉中举起酒杯,神色庄重,态度诚恳:"你我同是'永利'的创始人,'永利'的成败关系到我们的身家性命。有一重任,非得你亲身辛苦一趟不可。"

曹信一惊,眼睛盯住了总经理。

"到美国去购买制碱设备……"

"去美国?"曹信兴奋得差一点叫出来,这是他向往了多少年而总也不能实现的一桩大心愿。

樊勉中善于知人的一双眼睛盯住曹信,语气十分恳切:"化学工业,要凭借有形的机械的力量,驾驭无形的化学变化,工艺过程极其微妙,因此机器设备更加复杂,更要精细。工程设计是否得法,机器设备是否先进而优良,这是制碱成败的关键,搞得好我们就能后来居上,压倒卜内门,称雄于世界化工行业。搞不好就将永远呻吟于落后的不利地位。你在大学里也是专攻化学的,这些道理自然很清楚。我把这些事情托付给你,就是把'永利'整个都放到了你的肩上,千万珍重。"

曹信异常感激樊勉中给了他赴美的机会,又对他如此信任,他仰起头把酒一饮而尽:"我决不辜负总经理的信赖。"

樊勉中点点头:"第二件事,在美国物色人才,招聘专家。只要是有真才实学,有一技之长,就想方设法拉他到我们公司里来。我知道哥伦比亚大学研究院有个化学工程博士,叫何蕴畅,你一定要把他请来。这是我给他的信,还有这几封信在你购买机器设备的时候也会用得着。"

曹信接过来好几封信,心中暗暗佩服,樊勉中什么都替他想好了,连到美国以后先找谁,遇到困难怎么办,都为他安排得很周到。

樊勖中的话还没有说完,等曹信把信装好,又继续说:"第三件事,按公司的规定,每购买一吨设备,节省的钱百分之五归你私人。你可以在美国边采购,边学习,希望你一举双得,深造成为公司的技术栋梁。"

曹信感动得真想给樊勖中下跪,真想说几句义气深重的话,如"虽肝脑涂地也不能图报万一"等等,可话到嘴边又觉得太俗,终于一句话没说,眼角含着泪花告辞了。樊勖中一直把他送出很远。

实际上从永利制碱公司成立的那天起,招聘技术人才的工作就已经开始了,而且是樊勖中亲自抓。不到一年的工夫,永利制碱公司会集了一百七十多位博士、硕士、在国外留过学和至少是大学毕业的专门技术人才。像寿星老儿一样天庭异常开阔的何蕴畅,当了"永利"的总技师长;曾参加过美国第一艘航空母舰设计工作的伍正寅博士,当了"永利"的制造部部长。樊勖中根据自己"发展化工必须以科学研究为先导"的思想,在永利制碱公司下面不仅建立一个大型的碱厂,还设立了一个黄海科学研究社。按照技术人才的特长做了分派,适合搞技术的都到厂里去,愿意搞研究的都到"黄海社"去。英国开办的开滦矿务局的总化验师傅铁珂博士,号称"东方圣人",在开滦矿务局的高级职员中是唯一的一位中国人,他放弃了月薪三百两白银的高俸,跟着樊勖中来到黄海科学研究社当上了社长。

樊勖中的永利团体,招来了灿若群星的济济人才,英风浩浩,呵气成云,真正是一派干大事业的气象。樊勖中和而不诣,廉而不骄,善于知人,也善于用人。懂得在团体内创造一种干事业的气氛,建立信任,建立共同的目标和感情,使那些本事比他小的人服他,有些本事比他大的人也服他。在他面前,任何人都禁不住想变得好一点。一个作风正大的人是不难找到为他服务的人的。塘沽俨然成了中国的第一个化工基地,围绕着"久大"、"永利"、"黄海",又建起了职工宿舍、学校、医院、幼儿园、俱乐部……闹得渤海湾都沸腾了。资本主义列强正用战争手段疯狂地争夺,中国的民族工业却悄悄地萌发了蓬勃的生机。

一九三四年八月,当渤海湾边的贵宿红吐出新穗,到处是一片艳红的时候,塔罐林立、管线纵横的永利公司的碱厂开工试车了。"永利"的大小股东,关心"永利"的各界人士,都集聚在碱厂的下碱台前,期待着从下碱台流出白花花的碱面。他们就像赌场上的赌徒一样,赌注下了五六年了,就盼着这一刻,白花花的碱面就是白花花的洋钱啊!

樊勖中来了,身后跟着何蕴畅和傅铁珂。人群一阵骚动,许多人都向樊勖中投去祝贺的目光。樊勖中态度镇定,眼光不看众人,只盯住皮带机。何、傅二人神色却有些紧张,他们刚才陪着总经理检查了每一道工序,没有发现什么漏洞,可心里总觉没有十分的把握。皮带机上开始出现一堆一片的粉末,何蕴畅首先心里一缩,人群中却已经有人开始轻声地欢呼:"出碱了,出碱了!"

粉末越来越多,也越来越红,人们一下子惊呆了。碱是白的,怎么变红了? 何蕴畅哪里还沉得住气,伸手从滚动的皮带上抓起了一把。啊,湿漉漉的,像锅锈一样! 何蕴畅刚要转身去检查干燥锅,值班技师脸色吓得煞白地跑来报告:"技师长,干燥锅烧坏了!"

何蕴畅几乎要昏倒在下碱台上。旁边的樊勖中挽住了他的胳膊,小声在他耳边说:"下令停车。"何蕴畅大喊了一声:"停车!"

制碱失败了。二百多位股东眼巴巴地盼了五六年,眼看比投下的资本多几倍、几十倍的钱就捞回来了,谁知一下子又跌进了绝望的深渊,不仅赚不了钱,连本钱都要赔掉。当股东们意识到这一点,他们发疯地冲上下碱台,要揪住樊勖中,跟他算账,叫他赔钱! 可是樊勖中已经不在了。有个工人告诉股东们,樊总经理召集董事们到办公室开紧急会议去了。股东们又冲进碱厂的办公大楼,拥进樊勖中的办公室。樊勖中仍然不在,一个职员模样的人告诉他们,因为事关重大,樊总经理和董事们已经回天津,商议下一步怎么办。有几个股东怒不可遏,把樊勖中的办公室砸了。然后又一窝蜂似的奔到火车站,乘火车赶回天津。等他们来到永利制碱公司办事处的小白楼,已经是晚上了,除去值班的人员,没有一个董事,更不要说樊总经理了。丢钱如同丢命一样红了眼的股东们,用拐杖、砖头又把永利的办事处砸了个稀里哗啦,连窗户上的玻璃也没有剩一块。但他们并不解气,最重要的不是砸东西,而是要钱,找不到樊勖中,就没有着落。

这时候,一个鹰鼻子鹞眼的外国人突然出现在这帮疯狂的股东们面前,他脸上带着一种嘲讽的、幸灾乐祸的微笑,用一口流利的中国话大声说:"先生们,请息怒,我很同情大家,你们被樊勖中的好高骛远给欺骗了。老实说,碱为何物,化学有何奥妙,你们知道吗?世界上真正能制出碱来的方法,唯有'苏尔维制碱法',而这个专利在我们手里。你们国家确实非常需要纯碱,但你们办碱厂至少早了三十年。"

"你是谁?"有个股东高声问。

"卜内门公司中国经销部经理约尔迪。我愿意帮大家的忙,买下'永利'这个烂摊子,诸位的钱一文不会少给。"

股东们在绝望的深渊里,像突然抓住了一根绳子,又吵又嚷:"怎么办手续?"

约尔迪:"这得需要樊勖中点头,由他跟我们签订正式手续。"

股东们有了新的希望:"走,我们去找樊勖中。"

"他躲起来了。"

"跑了和尚跑不了庙,到他家里去找。"

"对,到他家里去!"

樊勖中被绑架

何蕴畅躲到自己的家里,从里面把门反锁上了。他没有吃晚饭,也不愿意见任何人,他心里充满了愧疚和不安。他是总技师长,实际上就是代理厂长,樊勖中把用十几年心血创下的事业,全都交付于他,这需要怎样的胆识和气度啊!他是一个胸有大志的穷学者,樊勖中正是他梦寐以求的能够与之合作的事业家。因为樊勖中的眼睛不是全盯在钱上,在当今这样的乱世上,难能可贵的是他独有志士胆、民族魂!他知人善任,他能唤起人们内在的最优秀的东西。何蕴畅极为钦佩樊勖中。使他倾倒的不是樊勖中总经理的地位和权势,而是他的品格和精神。樊勖中在全公司的威望正是建立在对人信任和深厚感情的基础上,才能使上下几千人,挥汗如雨,兢兢业业,呈现一派齐心合力干事业的阵势。现在却因为自己的无能使开工失败,人心顿散,士气低落,使"永利"陷入了进退维谷的境地,也把樊勖中逼上了绝境。他面对股东财团的强烈逼迫,要钱没钱,要碱没碱,国外的企业亲临到这种情况,只有一条出路:自杀! 工厂倒闭,卖拆骨肉,股东们瓜分工厂的设备抵债。更严重的是,垮掉了"永利",整死了樊勖中,就等于给中国的民族工业当头一棒,以后谁还敢再谈制碱,再谈化学工业? 他何蕴畅岂不成了中华民族的罪人!

想到这儿,何蕴畅心如油煎,在屋里再也待不住了。他打开房门,身不由己地来到了碱厂门口。夜已经深了,碱厂那两幢十层大楼,被裹在浓重的夜色里,显得那样清冷,那样孤独。何蕴畅的心里突然涌起一股凄凉的味道。这一片厂房的每一根管道,每一颗螺丝都是在他的指挥下安装起来的。它明天将是什么样的命运呢? 大家都在焦心。"永利"牵着很多人的心,关系着许多人的生活啊! 他看大门没有上锁,门房里还亮着灯,就推门进去。看门的老人问了一声:"谁?"

"我。"何蕴畅实在不愿意说出自己的姓名。

"噢,是何先生。"老人听出来了,"深更半夜也到厂里来了!"

何蕴畅没有搭腔,他进厂来并没有什么目的,他只想再看看碱厂,再摸摸留下自己汗水和心血的机器设备。月亮被一块浓重的阴云遮住了,厂房管道变得模糊不清了。工厂太静了,静得不像工厂,倒像一片坟地! 这样的安静,使何蕴畅的心里更加沉重,一种强烈的孤独感袭上来,他身上发冷。他多希望能碰见一个人,说上两句话,就是在这黑夜里相对默默地流上几滴泪,心里也会好受些。他脚步蹒跚地朝干燥锅的房子走去,快走近的时候,突然发现房子里有灯光,他快步跑过去,推开房门,惊呆了。水泥地板上铺满图纸,股东们到处找不到的樊勖中总经理却躲在这里,左手举着一盏油灯,右手拿着一个放大镜,一张一张地核对图纸。灯光中他瘦削的双颊显得更加阴郁、晦暗了。何蕴畅的心仿佛被猛刺了一下,眼睛禁不住湿了。他用一种负罪的感情轻声喊了一声:"总经理!"

　　樊勘中机警地站起身子,一见是何蕴畅,放下油灯和放大镜,迎上两步,扳住了何蕴畅的肩头:"何先生。"他的眼光里没有一丝责备和埋怨,仍然像以往一样充满着信赖和友善。两个人这样默默地站了许久,感情甚至血液都交流了。何蕴畅心里热浪滚滚,越发无地自容,不敢碰总经理的目光。还是樊勘中先开口:"我几乎核对了所有图纸,没有发现问题。"

　　何蕴畅终于艰难地说:"樊先生,我没有把事情办好,对不住您!"

　　樊勘中轻轻一笑:"你深知责任所在,拼命为之,有什么对我不起? 小小挫折就垂头丧气,大可不必。"

　　"开工失利,制碱濒临绝境,给您招来许多无法摆脱的麻烦……"

　　樊勘中没有答话,拉何蕴畅走出工房,向厂外走去。"你讲的也是实情,但我们没有退路,唯一摆脱绝境和麻烦的办法就是自强不息,抱定宗旨,宁肯不做,既做就做成,就做好! 办任何一个事业,困难和麻烦,挫折和失败是少不了的,不能一遭打击便感到绝望,身心枯萎。"

　　何蕴畅精神一振,他惊异地看看樊勘中,夜色朦胧,看不清对方的神色。他努力揣摸这位总经理此时的心境。他以前自以为和樊勘中共事五六年,了解他,今天才感到并没有全部了解他。他有时高不可攀,有时又极为平易近人;有时城府深不可测,有时又无比坦率。简直使人摸不透这个身材并不高大的人,胸怀到底有多宽阔。两个人走出厂门,总经理嘱咐看门老人给大门上了锁。樊勘中送何蕴畅回他的住处,夜深人静,两个人在大街上慢慢地走着。何蕴畅的心情不像刚才从家里出来时那么颓丧了,樊勘中的镇定给了他温暖,他心里感到充实多了。正如西方的一句谚语所说:有人做伴,就是灾难也能渡过。

　　樊勘中见何蕴畅情绪稍稍开朗了一点,居然还有心思娓娓动听地给对方又讲起了一个古代的故事:"某朝有个国王,因战败逃进一座山里,躺在大树底下,灰心丧气,一筹莫展,想在这棵树上吊死。忽见树枝上有个蜘蛛在结网,屡结屡被风吹坏,但蜘蛛始终不灰心,最后到底把网结成,安然地坐在网上,捕食飞虫。国王看到这儿,一跃而起,重整旗鼓,终于打退敌人,转败为胜。"

不知什么时候,月亮摆脱了乌云的纠缠,露出了恬恬的圆脸,把一捧清辉洒在马路上。樊勖中转身盯住了何蕴畅:"事业的将来,我们团体的将来,是操在我们自己手里的。何先生,你是'永利'的技术首脑,困难当头不可一蹶不振,陷进私人感情的漩涡里,应该多想想失败的原因在哪里,下一步怎么办。"

"下一步?"

"对,下一步需要你重返美国学习,一定要找出我们失败的原因,找到曹信,跟他一起到鸡梯公司去查询他们卖给我们的设备是不是有问题。我怀疑干燥锅的质量不合格。有消息随时通知我,我等候你的佳音。"樊勖中说完从口袋里掏出一张去美国的船票,递给何蕴畅,"明天上午,呵,已过午夜,应该是今天上午十点开船,我大概不能送行,你也要悄悄离去,多多保重。"

何蕴畅接过船票,双手颤抖,紧紧握住樊勖中的手:"总经理,您怎么办?"

樊勖中:"为了节省开支,把辅助工人减掉,技术工人和专业人才一个不能散,队伍不解散,团体不解散,等待你的消息。"

何蕴畅嗓子眼儿有些呜咽:"我一定用最快的速度查明原因,返'永利',和您同舟共济。"

樊勖中一直把何蕴畅送到他的住处,临分手时,樊勖中也不免口气沉重起来:"何先生,我倘有不测,你就是'永利'的总经理。"

何蕴畅大惊:"您?……"

樊勖中摆摆手没让他说下去:"你要当仁不让,否则就不是对不住我樊勖中,而是负罪于国家和民族。"

"樊先生,您不要太丧气。"

"我不丧气,但不能不防。兴办科学技术,并想用以挽救民族,振兴国家,是一种很神圣的工作。干这种事业的人,首先要摆脱世俗羁绊,置个人的荣辱得失于不顾。要把事业当做自己的身家性命,爱护它,安排它,拼命去开拓出一条坦途。"说完他朝何蕴畅拱拱手,两人道了"再见"。

等何蕴畅进了屋,樊勖中转身还没走出几步,突然从墙角的黑影里蹿出三个人,猛地扭住他的胳膊,堵住他的嘴,把他扔进早就停在路旁的一辆汽车里。

汽车开走了。

夜,仍然是那么宁静。

白聚奎又起杀心

樊勖中的家被愤怒的股东们砸了个一塌糊涂。股东们推举出十名代表,坐在樊勖中的家里等他回来。他们限屈蓉三天内找回樊勖中做出答复,否则股东们就要到法院控告,请律师来看着抄家封门,由股东们拍卖樊勖中的全部财产。

屈蓉吓得抱着小女儿缩到墙角里,被股东的代表监视着,两天两夜没敢动地方。第三天也眼看就要过去了,还不见樊勖中的影子,代表们沉不住气了。一个手持拐杖的大胖子,使劲用拐杖戳着地板,声狠气暴地对屈蓉说:"快说,你丈夫到底藏到哪儿去了?"

屈蓉搂紧了孩子,低头不语。她也确实不知道樊勖中这时候在哪儿。她不相信丈夫会躲起来,这种事是躲不过的,他也不是那种只顾自己、连家庭和事业都不顾的人。他到底出了什么事呢?她比股东们更着急。她托贺嘉运和郑翙四处打听,两天来毫无结果,只好给已经无职无权,在家养病的老父亲送信。今天一上午又过去了,仍不见任何消息。这位貌似柔弱的女子,心里却有一股刚劲,两天来不吃不喝,硬是挺过来了。

股东中一位肥胖的绅士见从屈蓉的嘴里问不出什么来,心情烦躁,火气无处发泄。他扫视着屋子,寻找发泄对象。他把茶壶、茶杯、玻璃镜子等,能砸的都给砸了。屋里实在没有什么可砸的了。他忽然发现北墙上还挂着一幅樊勖中亲自画的碱厂规划图。大胖子的火气一下子又蹿上来了,当初也正是这幅画骗得他买了三万元的"永利"股票。他双手举起拐杖就朝那幅画砸去,突然从他背后嗖地飞来一把尖刀,贴着他的左腕扎到墙上。他大惊失色,刚想回头,又一把尖刀飞来,贴着他的右腕扎到墙上。胖绅士尖叫一声,身子发抖,就要瘫倒下去,只觉得屁股被一只大脚掌顶住,他的身子随即也被顶得贴在了墙壁上。

股东代表们全都吓了一跳。像刚从天上掉下来一样,在他们面前站着一个令人望而生畏的大汉,左手叉腰,右脚踹着胖绅士的屁股。他长着一副狰狞可怖的面孔;一说话,胸音浓重:"你们这帮舍命不舍财的钱串子脑袋,还想控告樊老总,要是樊夫人和他的小姐有个三长两短,就是叫你们逼死的,人命关天,你们这群王八蛋一个也跑不了!"

这样一群有头有脸的人物,被一个不知哪儿来的野汉劈头盖脸一顿臭骂,脸上挂不住劲了,一个个怒冲冲地问:"你是谁?这样粗野无理!"

"嘿!他妈的,你们是二小穿马褂——假充圣人,满嘴仁义道德,一肚子男盗女娼。你们砸了樊老总的办公室,砸了'永利'办事处,又砸樊老总的家,我还没有跟你们算账哪!告诉你们吧,我把'永利'买下了,你们的钱由我给,一年后找我要。砸坏的这些东西由你们十个人包赔损失,每人扣除五千元。有不乐意的,打官司上告请便,老子奉陪到底!"大汉说完,右脚一使劲,胖绅士号叫一声,尿都被挤出来了。大汉又一撤脚,胖绅士啪的一声摔到地上。

代表们赶紧过来搀扶,又一次问大汉:"你到底是谁?"

大汉又嘿嘿一笑,令人毛骨悚然。"你爷爷就是青洪帮的总头领白聚奎,怎么样?"

股东们都傻眼了,跟这样的人能有什么办法,既讲不得理,也得罪不得,他什么事都会干得出来。代表们你看看我,我看看你,相继蔫溜溜地离开了樊家。他们也只好先撤退,有什么事情以后再说。

一见股东们全走了,白聚奎走到屈蓉跟前,小声说:"樊夫人,您可以吃饭了,我已经打听到了樊老总的下落。"

屈蓉着急地抬起头:"他在哪儿?"

"被绑票了……"

"啊!"屈蓉肚里没食,身体极虚弱,被这个消息一惊吓,立时昏过去了。她的三岁的小女儿大哭起来。白聚奎慌了手脚,他不敢碰樊夫人,忙抱起孩子,从外面招呼来两个女人把屈蓉扶起来,给她喂了一点汤,才渐渐醒过来。

白聚奎赶紧弯下身子安慰她:"樊夫人请放心,我很快就能把总经理救出来。"

屈蓉睁开眼,感激地冲着白聚奎点点头。往常她不敢正眼看白聚奎,今天却觉得他的长相并不可怕,倒像很和善。他为"久大"和"永利"的确出了不少力。一开始,"久大"、"永利"的货物,在水路运被劫,在铁路运被卡,被敲诈勒索的事经常发生。白聚奎的徒弟遍布全国,他一出头或者亮出他的牌子,到处都可以通行无阻。现在不论水路,还是铁路,一见"久大"、"永利"的字号就一律开绿灯。樊勖中当然也给了白聚奎许多好处,他从不把白聚奎当流氓头子看,他不要保镖,更不用白聚奎当他的保镖。他尊重白聚奎的人格像尊重何蕴畅的人格一样,决不揭短,不提旧恶。白聚奎外表刚强,内里却唯恐人家瞧不起他。在樊勖中这个上层人物组成的团体里,他感到自由、平等,十分感动。特别是樊勖中又亲自推举白聚奎的四个孩子都上了学,并由永利公司供给学习费用。使他后代能够改换门庭,走上了一条可以成为上等人的道路,这使白聚奎动了真感情,对樊勖中感恩戴德,愿意为他两肋插刀。此刻,屈蓉也破例敢和白聚奎说起话来。白聚奎掏出樊勖中写的字条正要交给屈蓉,恰巧这时候贺嘉运来了,他抢先从白聚奎手里接过字条。字条上没有写抬头,也没有署名,但贺嘉运一眼看出的确是樊勖中的笔迹:

> 此事是英商卜内门公司串通巡捕房的几个坏人所为,意在夺走"永利",这就更证明"永利"大有前途,成功在望。万不可答应他们的任何条件。如退让就将断送"永利",且给中国的民族工业酿成大患。切切不可以我为念。

贺嘉运把字条看完又递给屈蓉,屈蓉看完后大哭起来。贺嘉运安慰她说:"你不必担心,打听出勋中的下落就好办,我立刻去找郑翊,叫他在报纸上揭露这种事,给卜内门公司施加压力。我再到巡捕房当面向他们提出抗议,估计他们会把人放出来的。"

白聚奎插嘴说:"要是他们狗急跳墙,对樊老总下了黑手怎么办?"

屈蓉一惊,贺嘉运也不无顾虑。白聚奎又说:"这是巡捕房的坏头子李景林干的,即使他们肯放人,也会把樊老总交到法院,告他坑骗股东,麻烦少不了,还得花一大笔钱。"

贺嘉运急切地说:"聚奎,你说怎么办?"

"对付流氓还得用流氓手段。我昨天晚上掏他的老窝去了,偏巧李景林这小子不在,把他老婆掏走了。刚才我去找他,要求拿他老婆和樊老总交换。他不干,他说老婆不值钱,死了这个还可以再找个新的,樊总经理可是只有一个。我和他好说歹说,他提出再加上五万元钱方可以交换。"

"五万元?"贺嘉运做了难,要有这五万元就好了,现在缺的就是钱,开工失败,谁还肯再借给钱。他是"永利"的发起人之一,又是公司的董事,为了"永利",他的金城银行都快拖垮了。他正迟疑不决,屈蓉到内室把自己的珠宝首饰和陪嫁的衣物全拿出来放在白聚奎的面前,哀求说:"白先生,托您把这些东西变卖了,看够不够五万,不够再想办法,救人要紧。"

"这……不行,我不能拿您的东西!"白聚奎额头的青筋暴突。这个曾杀人放火、无恶不做的汉子,一度灵魂里善的一面压倒了恶的一面。现在恶念又抬头了。樊勋中当了十几年总经理,光是开办久大精盐公司就应该发大财,他不仅没发财,没盖一所房子,现在倒需要拿老婆的嫁妆去赎命。他两袖清风,全公司的人谁不看得明明白白,这样的好人在这个世界上却吃不开!他好像自己应该主持公道,除暴安良。一转念,他杀心又起,从墙壁上拔下他的飞刀:"请樊夫人放心,今天夜里我要不把樊老总给抢出来,誓不为人!"说完转身就走。

"等等!"贺嘉运拦住了他,"那样就把事情闹大了。我去想办法弄

365

钱来,你跟我走。"

樊勖中带病赴美

樊勖中被从李景林的手里救出来以后,身体极度虚弱,病倒了。他和屈蓉带着孩子住进了碱厂。这里周围都是自己手下的人,比较安全;同时也向股东们、军阀、外国人表示了他同永利制碱公司共存亡的决心。但是拖了一个多月,樊勖中的病情还是不见好转,全公司上下惶惶不安,再这样无声无息地拖下去,"永利"真的要垮了!

樊勖中让傅铁珂带领专家们从头到尾把制碱工艺过程检查了一遍,没有发现任何问题,而且用同样的办法在试验室里制出了高质量的纯碱。为什么碱厂的大规模生产就失败了呢?樊勖中已断定问题必然出在制碱的机械设备上。可何蕴畅为什么还没有消息呢?

樊勖中把全部希望都寄托在何蕴畅身上了。他天天盼望从美国来的消息,真是度日如年。又等了一个星期仍无消息。樊勖中突然醒悟了,何蕴畅是个书生,搞技术、搞学术研究是个难得的人才,让他东跑西颠,查原因办交涉实在很难胜任。樊勖中有心再派别的人去,但都不大放心,即便查出是机器的毛病,恐怕也不能相机行事,还得向他请示,往返周折,耗费时间。只有他亲自前去,方可随机应变,实在不行就重新买一套制碱设备运回。但他拖着这样一个病恹恹的身体,妻子必定不同意他出国。

晚上,两个人都躺在床上了,樊勖中猛然想起一个主意,他坐起来对妻子说:"蓉,我的病拖得很久了,总不见好转,我想去美国把病彻底治一治,顺便好好休息一下。"

屈蓉一惊,也坐了起来:"什么?"

一见妻子这副如大难临头的慌张样子,樊勖中心软了,气也泄了不少,硬着头皮说:"我想去美国治病。"

屈蓉抱住丈夫哭了:"你不用骗我了,我知道你去美国干什么。你的身体这样坏,我决不放你走!"

妻子的心里像水一样的清,樊勖中用不着躲躲闪闪了,说:"我有什么病? 还不是郁闷成疾加上生气,'永利'不开工我的病好不了,一开工我的病立刻就好。"

这是实情,对这点谁也没有屈蓉了解得更清楚。她也只好下了决心:"好吧,既然你已打定主意,我劝也无用。我跟你一块去,对你也好有个照顾。"

樊勖中动心了,他感激地望着妻子,替她擦干脸上的泪,柔声地说:"你的身体也很单薄,一路上是你照顾我,还是我照顾你? 你一片好意,却更增加了我的负担。再说,还有我们的孩子,没有你在她身边,我是不放心的。"

屈蓉这一刻真恨自己是个女流。樊勖中继续宽慰她说:"别担心,我的病自己心里有底。况且我身上有功夫,不会出事的。"

屈蓉没有说话,她在心里考虑找一个信得过的、能代替她照顾丈夫的人。白聚奎,不行,粗心鲁莽,他到国外吃不开;贺嘉运,年纪太大,而且樊勖中一走公司这一摊子需要他支应;郑翊,嘴上说得好,心里不大靠得住。最后她想到了"东方圣人"——傅铁珂,颇通医道,能言善辩,做人有君子之风,足以肝胆相照。樊勖中十分敬重他的为人,两人私交甚厚,可以相托。想到这儿,屈蓉穿衣下床,叫丈夫照看孩子,她拿出自己积攒多年的私房和首饰珠宝走出房门。樊勖中从后面叫她,问她干什么去,她也不应,头也不回。想不到这个柔弱的女子,跟着丈夫受了这许多的磨难,性情变得刚强而又有主见了,连樊勖中都感到十分惊异。

黄海科学研究社离碱厂很近,傅铁珂单身住在研究社里,他心烦就用毛笔写大字,练习书法,每天都睡得很晚。听到敲门声,猛然一愣:勖中近来身体生病,会有谁深夜来访呢? 他开了门一见是屈蓉,怀里还抱着一包东西,吓了一跳,以为樊勖中又出了什么事。急问:"夫人,这是怎么啦?"

屈蓉还没有说话,禁不住眼泪先下来了,扑通一声跪在了地上。傅铁珂更吓坏了,慌忙搀扶。他一向能言善辩,这一刻却不知说什么好了:"夫人,出了什么事?快……快起来说!"

屈蓉并不起来,说:"傅先生,为公司的事勖中要带病去美国,我恳请您和他一同去,并拜托您多多照顾他。"

"啊?他的身体那样虚弱,怎么经得起出国的劳顿?"

"他把身家性命都拴在了'永利'的事业上,主意已定,劝不回头了。"

"那好,您请起,我保他平安而去,平安而回。"傅铁珂又去搀扶屈蓉。

"您把这些东西收下,我就起来。"屈蓉把怀里的包袱举给他。

"这是什么?"

"勖中所以决定只身赴美,因为公司里没有钱。这是我私人的钱,给您做路费,就算是我个人请您陪他去的。"

"这怎么可以,我有钱……"

"您要不收下,我就不起来。"

傅铁珂无奈,只好接过包袱:"好,我收下。您快请起。"

计赚美国人

樊勖中和傅铁珂来到纽约,先找到曹信的住处,不料他一个多月以前就搬走了,去向不明,这使樊勖中感到意外。一个多月以前正是"永利"开工失败以后,曹信不会不知道这种时候公司多么需要他。他到哪儿去了呢?为什么不跟公司打招呼?何蕴畅见到了他没有?

樊勖中感到情势不妙,带着满腹狐疑奔到青年会(何蕴畅为了省钱在青年会租了一间只有九平方米的小屋)。门上挂着锁,何蕴畅也不在。没有办法,樊勖中和傅铁珂只好直接去鸡梯公司,一方面打听何蕴畅和曹信的下落,一方面交涉他们卖给"永利"的制碱设备的质量问题。鸡梯公司是美国唯一生产纯碱和制碱设备的企业。樊勖中远远就看见在鸡梯碱厂门口有一个人来回走动,身形很像何蕴畅。他们紧走几步,到近前一看,果然是何博士。只有一个多月没见,他容貌大变了,眼睛通红,面色发青,两颊塌陷,衣衫陈旧而不整齐,一副落魄的样子。他一见樊勖中先是一惊,随即扑过来,抱住樊勖中,像见了亲人一样哭了。

樊勖中心里也很难过,他在家里的时候非常着急,甚至埋怨何缊畅误事。现在见了何缊畅这副样子,不用问就知道他受尽了千辛万苦。樊勖中不仅没有埋怨他,反而劝慰起他来。

何缊畅把两个人拉到僻静处说:"我们都叫曹信骗了,他利用给公司采购设备,捞了一大笔钱。不回国,在这儿上学,专攻化学,娶了一个英国女人做妻子。听到我们开工失败、总经理派我到纽约来找他的消息,就躲起来了。"

傅铁珂愤愤地说:"真是科技界的败类!"

樊勖中却只埋怨自己:"这都怪我看人不准,用人不当。"

何缊畅继续说:"我只好自己到'鸡梯'去交涉,他们不认账,拿出了合同书,拿出了干燥锅和其他设备的质量检验合格单,上面都有曹信代表我们公司的签字。我又找不到曹信,毫无办法。知道您在家里着急,我也心急如焚……"

樊勖中挎住何缊畅的胳膊:"这里不是说话的地方,到你的住处去细谈吧。"

三个人又回到了青年会,何缊畅打开他小屋的门。樊勖中和傅铁珂看到的是一间小试验室,而不是宿舍。瓶子、罐子、试验器具,挤满了屋子,床铺拆了做了试验台。房间里只有一把椅子,三个人勉强能够站得下。何缊畅让总经理坐下,他和傅铁珂肩贴肩挤着站在一块。樊勖中十分惊讶:"何先生,你在这儿搞起研究来了?"

何缊畅苦笑一下:"我知道您在国内日子也不好过,我在这儿也身陷绝境。找不到曹信,和鸡梯公司谈判不成,找不出制碱失败的原因,我怎么向您交代?怎么有脸回去?于是我想寻求一种新的制碱方法。"

傅铁珂急不可耐地问:"找到了?"

"可以说很有眉目了,数据全出来了。按照这个方法,简单而可

369

靠,把我们的设备改造一下就行。根据这个方法我设计出了新的干燥锅。"何蕴畅小心翼翼地把一大沓技术资料交到樊勖中手里。樊勖中托着这一沓沉甸甸的技术资料,感慨万端,这是何蕴畅的心血,也是他做人的精神啊。

傅铁珂禁不住又问:"刚才你在鸡梯碱厂的大门口转悠什么?"

何蕴畅说:"鸡梯公司也和英国的卜内门公司一样,技术上封锁得很严密,技术资料不外泄,碱厂坚决拒绝别人参观。也许这是他们两个公司串通好了,因为他们都是买的苏尔维制碱法,想由他们两家统治世界的制碱业。我是夜里搞研究、做试验,白天除去办交涉就在碱厂周围转,根据他们的工厂规模,厂房多少,根据他们烟囱、塔罐和所有我能隔着围墙看到的东西,推断他们的生产规模和工艺流程,对我的设计有参考价值。"

樊勖中深深地被感动了:"在这间屋子里,连张床都没有,你怎么睡觉?"

"还提什么睡觉,没有心,也没有时间。实在太累了,就坐在椅子上打个盹儿。"

"你哪有多余的钱购买这些试验用品?"

"我每天早晨一杯牛奶,晚上一杯牛奶,其余的用水充饥,每隔两三天吃一顿饱饭。反正我得保证自己的生命不能垮掉。省出来的钱就都用在试验上了。"

"意志比金钱更多地主宰着事业。"樊勖中说着从口袋里掏出一包钱交给何蕴畅,"去洗澡理发,然后买身衣服,饱饱地吃上一顿饭。下午五点钟我们在碱厂门口等你。"

何蕴畅推辞不受。

樊勖中诚恳地说:"这个社会到处都是势利眼,以服饰取人,你这身打扮谁也不会拿你当博士看待,什么事情也办不成。我们晚上还要办一件重要的事情,你别推辞了,快去吧。我和傅先生去访几个朋友,如果需要买新设备,还得筹集一点资金。"

傅铁珂摇摇头:"你化缘办事业,从国内化到国外来了。"

樊勘中一笑,两个人离开了青年会。

何蕴畅没有买衣服,也没有下馆子。樊总经理一来他身上的担子减轻了,美美地睡了一觉,起来后刮了脸,买了两个面包吞下去,就匆匆地赶到碱厂大门口,樊勘中和傅铁珂已经在那儿等他了。

樊勘中小声对他说:"等会儿碱厂就要下班了,我和傅先生想办法和他们的工人谈一谈,你假装不认识我们,在旁边把我们的谈话都记下来。"

何蕴畅摇摇头:"总经理,别费时间了,我试过,不行。他们有制度,工人们都守口如瓶。"

傅铁珂诡秘地一笑:"再试一次。"

不一会儿,碱厂的大门打开了,下班的工人从厂里走出来。每个人头上都戴着一顶蓝色的硬壳工作帽,帽檐儿的上面缀着一个美国国徽,国徽的中间镶着本人的照片。这些人很像中国的警察,神气十足地向四处走去。

碱厂对过有个酒店,有些人出了厂门又进了酒店的门。碱厂一下班,酒店的生意立刻兴隆起来。樊勘中在临近窗户而又比较安静的桌位要了许多酒菜,专等客人的到来。何蕴畅背对着他占了临近的一张桌子,要了一瓶酒一盘菜,好半天不见他喝酒,也不见他吃菜,手里捧着一本砖头般厚的书,看得很专心,还不时地在一张纸上记点什么。

傅铁珂站在酒店门口,盯住从碱厂里拥出来的人流。他能说一口流利的英语,对英美等国的工厂里的情况知道得也很多。他那双精明的眼睛在人流中寻找捕捉的目标。他不想找个一般的工人,工人知道的情况不多,最好是找个工头或工程师之类的人物。他一直没有发现这样的人。从厂内往外走的人越来越少了,最后变得稀稀拉拉,大门关住,改走小门了。酒店里外的三个人都焦急起来。突然,傅铁珂眼睛一亮,看见从工厂的小门里又走出两个人。年轻的是职员,趾高气扬;和他同行的是个四十多岁工人模样的人,两个人说说笑笑,一路打骂逗趣。他们的工厂里等级森严,职员高人一等,和职员一块下班、说说笑笑的人决不会是普通工人。走到酒店门口,乐声伴着酒香从屋子里飘出来,上点年纪的两腿好像灌了铅,走不动了。年轻的职员却大步走过酒店的门前,回过头来笑着说:"吉斯工长,又走不动了?再喝醉了小心你老婆不让你上床。"

"说这话的人才真正怕老婆哪!"吉斯眼睛望着酒店里的酒和菜,右手摸摸口袋,突然像下了狠心似的又往前移动了脚步。

傅铁珂装出一副醉意朦胧的样子,过去钩住了吉斯的肩膀:"朋友,我今天交了好运,陪我喝两杯,我请客。一个人喝酒真没意思。"

吉斯半推半就地来到了桌前。一杯酒下肚之后就不客气了,不请自喝,十分爽快,大杯大杯地灌起来,把酒菜猛划拉一顿。肚子里有底了,话也开始多起来了。问傅铁珂:"你们是日本人?"

"不,我们是中国人。"傅铁珂说着又给他斟满了一大杯。

吉斯又一饮而尽,挑起了大拇指:"中国有伟大的文化,精美的烹调,动人的魅力。你们中国人严肃正直,勤奋,谦恭爽快,这是我们美国人最推崇的美德。日本人不行,疑心太重,不堪信任。"

樊勖中也用英语问:"你去过中国吗?"

吉斯摇摇头。

樊勖中举杯:"为了你对中国人的这番美好的感情,干杯!"

"干杯!"吉斯舌头发硬,已有八分醉意了。樊勖中看看傅铁珂,傅铁珂会意,把谈话引向了正题。

"吉斯先生,你是干什么职业的?"

吉斯一努嘴:"喏,碱厂。"

"噢,制碱,这很简单吧?"

"简单?"吉斯要表示他很在行,摇头晃脑地把制碱的程序和几个关键的、十分困难的地方大概说了一遍。

傅铁珂又劝了一杯酒:"制碱还要有干燥锅?"

"那当然啦。"

"我只见过木器厂的干燥窑,没见过干燥锅是什么样的。"

"圆的,旋转……"吉斯把干燥锅的形状和用途描绘了一番。其实他不用解释,他只要说出个轮廓,坐在旁边的何蕴畅就全明白了,在这方面他能够举一反三,触类旁通。

樊勘中问:"我见过一个碱厂的干燥锅是平的,它不旋转,只能上下活动,一烧就翘尾巴,制出的碱是红的。"

吉斯笑了:"哈哈,那一定是买我们公司的,那是过时的、报废的干燥锅。"

傅铁珂一听立刻怒形于色。樊勘中却能压住怒气,又问:"吉斯先生月薪是多少?"

"一百一十美元。"

"你愿不愿意到我们那里去干,给你双倍甚至三倍的工资,愿意把家人都带去也行,不愿意带家眷每年可以回国探亲,路费由我们承担。"

吉斯很意外:"你是谁?"

"中国永利制碱公司总经理樊勘中。"

吉斯的酒立刻醒了:"你们是来者不善,善者不来呀!"

"鸡梯公司欺骗了我们,我们要交涉这件事,要你们公司赔损失。"

"你们可不能出卖我啊!"吉斯抱住了脑袋,后悔不迭,"我上了你们的当,把碱厂的技术秘密都告诉了你们,我的职业算断送了。"

"吉斯先生,你是我们的朋友,我们中国人是讲信义的。如果鸡梯公司为难你,我非常欢迎你到中国去,我们会让你有个更好的前程。"

"我如果决定了怎么找你们?"

"五天内到青年会165号房间找何蕴畅博士。五天以后我们可能就要回国了。"樊勘中握住吉斯的手,送他走出酒店,一直望着他那垂头丧气的背影消失在夜色里,樊勘中才又返回酒店。何蕴畅把他们和吉斯谈话的英文记录递给樊勘中。他扫了一眼记录,高兴地说:"很好,我们现在有了两张王牌,也可以说有了两套方案。第一,何先生发明了自己的制碱法,立刻按你的设计在美国制造一个干燥锅,不怕花钱,速度要快,质量要好。回国后先按自己的方法试生产。第二,明天我拿着这份记录去找鸡梯公司谈判,他们肯认头给我们一个新的干燥锅就算了,否则就在国际上控告他们,叫他们包赔全部损失。我们再带一个'鸡梯'的干燥锅回去,万一第一方案失败了,就按第二方案,可确保无失了。"

何蕴畅和傅铁珂听了这番话非常振奋,二人一同举杯,傅铁珂说:"樊先生,你是中国人干事业的楷模,是人生道路上的路标。为我们遇上了你这样一位好经理,干杯!"

"不,过奖了。何先生才是搞研究、做学问的楷模。"樊勖中是不喝酒的,刚才和吉斯碰杯后把酒全倒在了手绢上。这一杯却不能不喝了,他十分真诚地说:"人类所有的力量,只是耐心加上时间的混合。我唯一的体会就是身临绝境不绝望。"

刚才为了灌吉斯,三个人都没有认真地吃、认真地喝,现在痛痛快快地吃了一顿。樊勖中精神愉快,身上的病似乎全好了。何蕴畅这位有着第一流的头脑的博士,平时知识分子气很重,理性掩盖了一切激情,今天也大嚼大咽,吃得痛快淋漓。直至晚上十点钟,他们才走出酒店。樊勖中对傅铁珂说:"给家里拍个电报,免得他们惦记。"

"电文怎么写?"

"成功在握,即将回国。"

"红三角"牌纯碱的诞生

永利公司生产的"红三角"牌纯碱,以意想不到的速度和质量震动了世界。当年在美国费城举办的万国博览会上就获得了金质奖章,何蕴畅发明的制碱法突破了世界纪录,是世界制碱工业一百多年来的一次重大改革。当时对于搞科技的人,最高的荣誉待遇莫过于被吸收加入英国皇家学会,外国会员在全世界只有七十三人,中国除了李四光又增加了一个何蕴畅。

永利公司在碱厂召开了盛大的庆祝会。在会上人们要求何蕴畅讲话,何蕴畅不讲,他推脱说:"这个荣誉给我一个人是不公平的,这里面有公司的功劳,有樊总经理的功劳。"他一定要让樊勖中先讲,大家拼命鼓掌。樊勖中高举酒杯,说:"在这盛大的荣誉面前,何先生当之无愧。他始终是书生本色，自强自立，求仁者得仁。他不仅为中国创立了联合制碱的方法，而且为中国造出了一种做人的风气。中国必须有一大批这样的人把风气转过来，才能真正得救。有知识才有真正的权力，人类只应受知识的统治。我提议将联合制碱法命名为'何氏制碱法'，以作永久的纪念。"

当庆祝会进行到高潮的时候，跳舞开始了。樊勖中趁人不注意悄然回到楼上的办公室。何蕴畅、傅铁珂也相继来了。他们并没有什么事情要找总经理，也没有什么话要说，就愿意这样默默地跟他在一块儿坐一会儿。他们谁也不说话，但并不感到寂寞，却觉得很充实，仿佛这沉默融化了他们十几年来所尝受的辛酸苦辣。在沉默中他们的思想和感情得到了交流。友情更深厚了。搞科学的都是怪人，他们为别人创造欢乐，却不愿享受这欢乐。用他们喜欢的、特殊的方式对待成功。

不一会儿，贺嘉运走进来打破了这难得的宁静，他脸上挂着幸灾乐祸的微笑："勖中，你的好朋友曹信来了。"

"他来了？"几个人都感到很意外。

贺嘉运说："他从我们身上捞了一大笔钱，在我们最困难的时候离开我们，在上海开办了一个永华油漆厂。现在办厂遇到了困难，以给我们贺喜为名，想借点钱。"

何蕴畅厌恶地用鼻子哼了一声。

樊勖中问："他在哪儿？"

"他不好意思见众人，在楼下的小客厅里。我说你不在，他一定要等你回来，也许还要向你哭天抹泪，说上几句道歉的话。"

樊勖中用商量的口气对几位博士说："曹信是办了对不起我们的事，但他没有留在美国，回来办实业，可见他对自己的民族还有感情。他办油漆厂，这正是个热门，说明他很精明。他给自己的工厂起名'永华'，还用了我们一个'永'字，证明他没有忘记'永利'。我们要帮助他，要钱给钱，要技术给技术。不能让他靠在外国人的怀里去，逼急了，他是会那么干的。你们说哪？"

大家还有什么说的！感情上扭不过来，但是樊勖中说得在理。像他这样正派的人,也不见得就不厌恶曹信,只是他胸怀博大,能用理智排除自己感情的偏见。总经理做出了榜样,大家都点点头。樊勖中对贺嘉运说:"您叫他等一会儿,我马上就去。"

樊勖中又从口袋里掏出两张精致的聘书,递给何蕴畅。这是印度和澳大利亚的政府寄来的,聘请何蕴畅做他们的顾问,年俸一个是四万美金,一个是五万美金。何博士十分惊异:"这是寄给我的,我拒绝了,叫人把它退回去。"

樊勖中:"我又把它留下了,应该答应。我们不学'卜内门'、'鸡梯'那一套。我们要以新的姿态、新的作风赢得世界。每年你出去一个月,做一番巡视指导,平时把你的助手轮流派出去,指导他们工作,有问题向你请示。这既可以锻炼助手的才干,也便于我们掌握各国技术的发展情况。"

何蕴畅答应了,但固执地强调,外国给的俸金他不要,归公司所有。

樊勖中又和他们商量了公司今后的方针,决定兵分三路。第一路,派出若干推销组到黄河以北的农村去,选高头大马,披红挂彩,驮着"红三角"牌纯碱,带着发面盆,当场宣传,当场表演。樊勖中心里有把握,自己产品比"卜内门"的产品质量好,成本低,价格便宜,不出半年就可在中国的市场上赶走"卜内门"。第二路,倾销日本。日本工业兴起,工业用碱量很大,中国和它只一海之隔,运输方便,价格便宜,樊勖中在日本三菱公司董事会里又有个朋友,利用这些条件一定会打开销路,占领日本市场。第三路,樊勖中和何蕴畅亲自挂帅,到南方开发新的基地,再扩建化肥、纤维等五个化工厂。

"永利"成了世界第一流的制碱公司之一,要人有人,要技术有技术,要钱有钱。樊勖中雄心勃勃,想以此为基础,建设起中国的化学工业来。

尾　声

樊勖中的事业越办越大,设在南京的"东亚化肥厂"诞生了。他又在西南打出了石油,真是如虎添翼,离实现"九大行星"的愿望已经不远了! 就在这时候,卢沟桥事变发生了。他接到了碱厂发来的告急电报,他命令把所有的油井都填死,留下何蕴畅看摊儿,只身北上。顶着烽火穿过北京、天津,满眼都是硝烟、焦土。赶到塘沽,四周的房屋被炸成了一片瓦砾,碱厂却毫无未损,他心暗自庆幸,来迎接他的不是公司的同人们,却是身穿日本军服、曾在日本教过他击剑的老师刀根。刀根满脸笑容,老远就伸出手来:"樊勖先生,祝贺你实现了自己的誓言,在中国办起了第一流的化学工业。"

樊勖中没有说话,也没有和刀根握手,用一种愤怒的目光盯住他。

刀根依然笑嘻嘻的。他得到了国内的指示,要尽量保住永利碱厂,为日本人生产,只有到万不得已的时候再炸毁它。可是傅铁珂等人按樊勖中电报的指示,塘沽一沦陷,碱厂就停工了。碱厂规模宏大,技术艰深,日本人一时还掌握不了。刀根拿出一张碱厂复工的协议书,叫樊勖中签字。"樊先生,要想保全碱厂就得为我们干活儿,否则我就下令炸毁它!"

樊勖中看也不看就把协议书扔到地上:"世界上哪有强盗抢了东西,还要物主签字之理!"

刀根又捡起了那张纸:"樊勖中,这个碱厂可是你多年的心血啊,你就不心疼?"

樊勖中推开他要进厂,从旁边冲上来好几个日本兵,用刺刀把他拦住了。刀根一挥手,大炮响了。在炮声中樊勖中眼见碱厂的主楼倒塌了,起火了,管线折了,烟囱倒了,碱厂陷入一片火海之中。他大叫一声:"强盗! 强盗!"口吐鲜血,倒在地上。

碱厂一遭到炮击,工人们都冲出大门,把樊勖中也抬走了。樊勖中已奄奄一息,叫工人们找来傅铁珂。他抓住傅铁珂的手,断断续续地说:"队伍不能散,把技术人才都带到西南去,他们是中国民族工业的栋梁,到西南去重新开拓一个化工中心……日本人在中国是待不长的,这刻骨之恨,永世不忘……"

樊勖中死了。科技界人士在重庆七星岩为他举行了追悼会。中国共产党的代表周恩来带来了中央委员会主席毛泽东亲笔写的大匾：
"工业先导,功在国家"。

追悼会开到一半,傅铁珂突然忍不住放声大哭,扑到樊勋中的灵前,哭天抢地地大叫:"基督说过,一粒麦子不落在地里就死了,仍旧是一粒。若是落在地里死了,就会结出许多籽粒来。勋中,你是一颗丰满硕实的麦粒,可是你落在了地里,还是落进了火里？中国这么广大,难道就没有一块沃土？为什么迟迟长不出民族工业的壮苗,开不出经济繁荣的花朵？我们受气要受到哪一天?"

他对着樊勋中的灵位磕了三个头,疯疯癫癫,扬长而去。

1989年11月

寻父大流水

一

好累。这才叫累！相比之下，以前大半生的辛苦劳累只是一种轻松。他抬过钢锭，劈过铁块，挖过河泥，别人干不了或不愿干的累活儿他全干过，与这种逃跑相比却都不叫累，像闹着玩儿。两腿灌铅，牢牢铸在地里。每往前挪动一点都要使尽最后的一丝力气，浑身酸疼得要死过去。他知道自己不能死，还要往前跑。

沉重的累，沉重的酸疼，将他的意志和体力都快要耗尽了，他渴求死得轻松，渴求有一把利器将双腿剁掉，用两臂往前爬也许更容易些。他的肢体成了他的追求的负担。

土很松软，像铁水一样，脚陷进去立刻就被粘住了。野地起伏不平，像网一样包裹着他拖累着他。他想走想跑想滚想爬，其实他能做到的只是摆动身子，动不了窝儿。

人们不是说恶狗追不上怕狗吗？他很怕，很紧张，为什么还跑不动呢？

他好像从一生下来就这么跑，这么逃。实在是没有劲儿了。他从哪儿跑来？要逃向哪里？连自己也不十分明白，也来不及细想，反正得跑。只要还剩下一口气就得往前跑。前面是生，后面是死。

他不敢往后看，可还是摔倒了，心里一激灵：完了，这回可能再也爬不起来了！

他悚然睁开眼睛,天已大亮,灼热的烟雾辣他的眼,一团黄森森的东西挡在他的眼前。这是他妻子的脸,如一张废弃的地图。皮肤粗糙而褶皱,锈迹斑斑,严重地被生活蛀蚀了。正脸贴脸眼对眼地盯着他,带着动物般的冷漠和古怪。他觉得她这样足足盯了他一辈子啦!

他被吓了一跳,急忙挪开自己的脑袋,下意识地躲避着妻子的逼视。不知是被噩梦吓醒了,还是又跌入另一场噩梦。他变声变色地喊了一嗓子:

"你要干什么?"

妻子没有回答他,右手拿着烟放到嘴边狠狠地吸了一大口,然后把烟灰磕在左手掌心里,挪动一下身子,又把脸凑过来,她非要贴近了端详他。看上去又不像是出于爱,一脸诡谲的迷惑,目光带着疯子般的透射力。

他心里继续涌动着一种苍凉而麻木的恐惧。他不知道她会干出什么事。他无法影响她、控制她。她有自己强大的碉堡,构筑成自己的精神宇宙,任何人也打不进攻不破。她却可以随时找他的麻烦,对他构成威胁。

他恨恨地开骂:

"神经病!"

"你知道什么叫神经病?印度语叫歇斯底里,拉丁语叫子宫游离……"

妻子说话了。她一开口可就没有他插嘴的份儿了。才气纵横的滔滔不绝的深奥的废话。

"人在歇斯底里的时候才是最真实的,由精神主宰一切,精神真正是肉体存在的庙宇。没有精神的人只是行尸走肉。这就叫智者能愚,愚者必不能智,仁者有勇,勇者不必有仁。"

她一开始讲演,他反而放心了。这说明她一切正常。每天早晨一睁眼,她必须讲一个故事、一个童话或一段警句格言。他可以听也可以不听,只要不顶撞她,不惹翻她就行。

他也为自己点上一支烟,把左臂垫在头下,重新想想夜里的梦,想想一切自己愿意回忆的事情。早晨从醒来到起床前的这段时间应该是最宁静最甜蜜的。他喜欢闭着眼醒着,或者睁着眼睡着。

志了却要霸占他的思路:

"夜里我梦见自己照镜子,反复好几次。你知道这说明什么吗?"

他没有好气:

"说明你臭美。"

她突然无法克制地大笑起来。这种笑却像哭一样,使她浑身抖动,让人感到她内心充满了痛楚。他心里也撕撕拉拉地疼,生出一种爱怜。

她又突然止住了大笑:

"女人梦见照镜子说明自己的男人有外遇!"

她的脸又逼上来,眼睛里闪着阴郁的光。他怫然作色:

"胡说,刚才我还梦见被追赶,被抓住了呢!"

"这就对了,说明我们两个人的梦是一码事。互相验证,我的梦是开场,你的梦是结局。"

她那怪异的脸上露出严厉的气概,连笑也庄严了。

要坏事,他又紧张起来,赶紧解释:

"梦哪有真的。万事万物在梦里都会变样,睡着的灵魂就是死灵魂。"

"梦是人的影子,是脱去伪装出了窍的灵魂。梦比真人还要真。"

她仿佛听到了盈耳的幻声,看到了一幢幢心造的影像。整个生命都是一种虚幻的存在,唯眼睛深处藏着责问。

她用朗诵的语调说:

"如果你是一棵树,不管你长得多么挺拔昂然,我也要化作雷电,将你摧毁;如果你是一朵花儿,我要将你连根铲除,和你一同湮没于尘埃之中;我们不能同时生存,便应同时毁灭。"

"这又是哈姆雷特的台词?"

"不,这是我写的台词。"

"你做什么梦我管不了,但以后不许像今天早晨这样压到我脸上来看我。"

"地狱有两种,一种是人间地狱,另一种是阴间地狱。男人一般的都愿意尽情地享受阳世,既然非下地狱不可,就选择死后的阴间地狱。但你不一样,一生下来就坠入了人间地狱。"

"我相信很快就能离开这人间地狱,过另一种生活。"

他真想说:"你就是我的地狱,跟着你不论在阳世还是在阴间都不会有好结果。"

他不敢刺激她,也不忍。

她是他无所不在的宿命。她自己好像也是这么认为:

"只有我能救你。乐天知命,过老实日子,别再想入非非……"她流露出对安闲生活的向往。

他打断了她:

"你是不是该去买点儿早点了?别耽误了大象上学。"

"你还想吃早点?家里一共还有七块三角钱,你算算离发工资还有多少天?"

"还有十来天哪!这个月的钱为什么花得这么快?"

"别问我,问你自己,挣那么一口醋钱还不够你自己折腾的哪!"

吵归吵,她终于开始起床下地。

他早晨赖床的宁静和甜蜜被彻底破坏了。他们俩刚才的对话如果被外人听到,还以为时间倒退了三四十年。现在天津市八百万人,不会再有第二家数着指头计算发工资的日子。离着发薪的日子还远着哪,家里就没钱了,两口子一睁眼为买早点花的那点儿钱吵嘴。眼下"万元户"早已过时,家存几万元几十万元不足为奇。倒是没有存款的人家变得稀少了,像他们这样盼着发工资买米下锅的人家也许是绝无仅有。

他也没想到自己会落到这步田地。

他为之奋争了五十年的那件大事更要抓紧干下去——也只有这一条出路了。

妻披上一件外套,端着铝锅出去了。屋子里安静下来,时间、空间、思想又都属于他了。

二

他又点上一支烟,香烟是他最牢靠的朋友。两口子好像比着吸,每天不得少于四包,好坏不计。烟雾的亲切、温暖、辛辣,能改变人的素质,有助于他聚合和保护自己无所附着的惶惑的灵魂。

他像一只有耐性的被追来赶去的狗,早就学会了正确地对待失望。这在他是必不可少的,否则就活不到今天。他必须生活在希望和回忆中。他相信将来自己会打赢,也许会有钱,而且是很多的钱,他就这样支撑自己,安慰自己,并千百遍地宣传这种信仰,用以换取别人对他的信赖和支持。回忆则使他相信自己的优越,证明自己也曾有过正常人的欢乐和骄傲。想入非非几乎成了他唯一的精神享受。他只能在一人独处的时候才有权让自己深入一种用想象构造的浓重而强烈的性感之中。在经历了生活的坎坎坷坷之后,年过半百了,他渴望享受女人的温柔,渴望得到女人的爱。渴望得到的东西正是他所缺少的东西。没有成为他妻子的女人正是他平时想念最多的。他后悔自己还没有赶上时髦就老了。

他有过好几个姑娘,但是有过真正的初恋吗?

结婚的时候不懂得爱,连第一次跟女人接吻都觉得毫无味道。懂得爱了又晚了,爱已经失去。

应该说在他年轻的时候有不少奇遇,但没有一次奇遇演变成奇缘,使他成为奇人,享受奇福。那个波兰姑娘他连姓名都没有记住,也许他是费了好大的劲儿故意忘记的。他觉得记住那姑娘的名字是一种负担、一种罪过,万一在哪次运动中经不住诱惑交代出了姑娘的名字,岂不亵渎了那姑娘的一片真情美意。他至今仍然感到那双浅绿色眸子的灼灼深意,盯上他就不想移开;即便不得已移开了,余光也笼罩着他。她身上散发出一种少见的清新冶媚的气息。

他们是在一次外国音乐会上认识的。她愈看他愈像亚瑟·勃尔顿

——当然是电影《牛虻》里的那个亚瑟。长得像,气质也像,疯狂地迷上了他。他却不敢有任何表示,他知道他们两个无论怎样相互吸引都不会有好结果的。他有一个找不到的美国人的爸爸就够麻烦的了,怎么还敢设想再找一个波兰老婆?他退却了,那时也实在不懂事。应该先交往一段时间再说。一起轧轧马路,听听音乐。那姑娘大胆,热情奔放,不用他主动要求什么,她会主动地给予他所有男人都想要的一切。太出格的事他不敢想。跟一个热辣辣的外国姑娘拥抱接吻是什么滋味?

他的意识如潮水般漫溢激荡,走火入魔的想象使他沉醉。他的回忆却又苦又涩。

一种慢慢袭来的恍惚吞没了他。

如果真的跟波兰姑娘结了婚又能怎样?说不定早就出去了,在波兰,或者在美国。那样就更容易找到自己的父亲。

好几年以后那个波兰姑娘还托朋友打听他,说明她还在想着他……

他只能在北京站里过夜。

那时的北京站和北京的另外九大建筑刚刚落成,整个地改变了北京的面貌和格局。使它成为当时世界级的大城市,是中国人的骄傲和最向往的地方。车站内宏伟明亮,人很少。即便是这很少的人也都对迎面的四部自动电梯感兴趣,左右两个宽敞洁净的楼梯几乎无人经过。这正是他过夜的好地方。他选择了右边的楼梯,在离灯光最近的地方停下来,从包里拿出两本杂志,一本垫在屁股底下,一本准备夜读。这是他见过的最富丽堂皇的房子,在这里过夜还不要钱。这次进京赶考既碰上了倒霉的事,又有便宜的事。他舒舒服服地长吐一口气,翻开杂志,上面有转译的惠特曼的《自我之歌》。凡是跟美国有关的东西他都格外感兴趣,甚至是偏爱。

冲动,冲动,冲动,
永远是天地再生的冲动。

　　　　自晦暗之中,旗鼓相当的事物向前推移,永远是物质与增加,
　　永远是性。

　　"永远是性?!"他以为是看错了,或许是翻译错了。没有错,惠特曼
就是这么写的。

　　他只有十九岁。是干干净净、挤挤压压的十九岁。自以为在青年
中是很优秀的。其实也是一种优秀的单纯。

　　　　　永远是编结在一起的自我意识,永远与众不同,永远是一族
　　生命。
　　　　……

　　有人走到他身边,停了下来,一双象牙般的小腿。来人在打量他,
这不是一般的旅客。

　　他仰起头。她正默默地看着他,目光热烈而大胆。她身披五彩光
波,灼他的眼睛。他不敢正视。她短衫短裙,一派学生风度。但他不
敢断定她是不是学生,似乎有一种旗人的味道。

　　她紧挨着他坐下来,脸上漾出灿烂的笑容,并把这笑容直送到他
的胸前。

　　"你在看什么?"一嘴地道的北京土话。

　　"惠特曼的诗。"

　　"诗歌没意思,太空洞,太做作。我有小说,你看不看?"

　　"小说我也有,这时候我想读诗。"

　　"你喜欢谁的诗?"

　　"惠特曼、莎士比亚。"

　　"都是外国人?"

　　"也喜欢屈原的胸襟。还有闻捷、光未然。郭小川的《望星空》也
不错,把长安街描写得多棒,有召唤力。"

　　"你是哪儿的人?"

"天津。你哪?"

"本市的。"

"为什么不回家?"

"送人晚了。没有公共汽车了,明早再回去。你叫什么名字?"

"鲁杨。"

"长得像外国人,名字也带洋味儿。"

她又笑起来,且笑得绚丽生辉。他感到眩晕,胆怯,不自在。稍稍挪开一点身子。她立刻又贴上来。

"你叫什么名字?"

"万英花。"

"你来北京出差?"

"报考青年艺术剧院。"

"考完了吗?"

"第一轮考完了,还要复试。"

"考得怎么样?"

"自己感觉还不错。"

"你一定会考上的。"她伸出右臂抱住了他,嘴凑到他耳边轻轻说,"你长得真帅!"

如灼热的雷鸣,五彩光波腾跃而起,把他紧紧裹住。他是第一次被姑娘拥抱,心里生出一股潮水般的激情,沉醉般的热度。正像诗里说的,温柔的雾幔环抱着渴望的山岩。同时他又是紧张的、清醒的。刚一见面就敢对男人这样,她是不是好人? 她搂他是这么自然,这么大方,又是这么充满信心。这是他的福气,还是预示他又要倒霉?

他吃力地想摆脱万英花那灼热的气息:

"天挺热的,你别搂着我。"

"想当演员还这么封建?"

她的眼睛在追逐他的灵魂。他躲闪着。

"我太困了,先借你当枕头睡一会儿。后半夜让你枕着我睡。"

她真的把头放进他的怀里,身子舒舒服服地躺下去。眼睛睁得大大的,嘲弄地瞪着他。她坦诚无伪,他却只有僵笑。不敢动,不敢看她,也没有心思继续跟惠特曼交流。

他知道自己长得漂亮,深目直鼻,轮廓清俊。这优势在他很小的时候就显露出来了,很得女孩子们喜欢。同时造成这优势的原因又限制了他,使他不敢正视并发挥自己的优势,甚至把它当成了自己的劣势。他生活的这个国家太古老了,使他有一种心理上的惰性。

这次进京考试是找同学借的白衬衣,母亲用自己的蓝色旧雨衣为他改了一条裤子,找邻居借了一辆自行车。自行车随人托运很便宜,到北京后东跑西颠,则可以省下不少乘公共汽车的钱。谁料自行车放在青年艺术剧院门口不翼而飞了!回去怎么向人家交代,怎么向母亲交代?要赔人家一辆新车又赔不起……

有美女躺在怀里却尽想倒霉的事。不是柳下惠式的"坐怀不乱",而是乱得不对头,不是地方。他想节省自己,却正在失去自己。

万英花倒真的睡着了。她又放心又舒坦,睡得很香甜。他又想叫醒她,又怕弄醒她。仍旧举着杂志做认真阅读的样子,心里却在盘算:车站里有没有警察?有没有巡夜的?看到他俩这副样子一定会感到奇怪,会盘问。他该怎样回答?如实地说肯定不行。说是同学?男女同学不该这般亲热!说是姐弟?不妥,姐姐应该照顾弟弟,而不是自己先躺在弟弟怀里睡大觉。就说是兄妹——他心里突然如激浪漩流,又开始鼓荡起来……

他的欲望逐渐膨胀起来,清楚地感到从体内升起的近乎癫狂的热度,烧得全身战栗。他渴望有所动作,必须行动才能缓解疯狂。却又决不能有所行动。只能强行消散体内自发的热度。他的力量不够只能求助惠特曼,认真地认出每一个字,轻轻地读出声,这样才能让自己集中精神。

是解释我自己的时候了——咱们站起来吧。

他不敢看她那张沉睡的香甜的脸,只能偷偷地吸吮那耀人的美质,尽享芳泽。她的沉静如同她的活泼一样都能散发出一种早熟的诱惑,这诱惑如一张网罩住了他。他不想再反抗,愿凝聚欲望凑过去。感到眼前星光旋转,陷入一种沉醉的疯狂,大汗淋漓。

一切的力量都曾经不断地用来成全我,取悦我,
而今在此地,
我和我的坚强的灵魂并立!

万英花一觉醒来天就大亮了。在大白天她为自己昨晚的举动有一点不好意思。到洗脸间洗了脸,要请他吃早饭。还相互留下地址,万英花表示一定要到天津去看他。他当场就坚决拒绝了。因为他的家又穷又脏又小,无法待客。他心里一直有个疑问:"她是不是好人?"以后回她的信也是干巴巴的。通过几封信后,万英花见无望,便放弃任何努力了。由于政审不合格,他当演员的梦也破灭了。

当时自己多笨哪!她是好人就应该对她更亲热一点。如果她不是好人,对她亲热一点,有点出格的举动又有何不可?

每次艳遇都以遗憾告终,倒给以后留下无穷无尽的回味。

在自己的生活里有多少个女人?睡不着的时候或每天早晨醒来不愿起床的时候,把这些女人数一遍,回味一番,想象一番,美妙如酒一般醇厚浓烈。每次都会糅合进一些新的想象,获得新的享受。可谓常想常新。

三

事情的发生很单纯,像婴儿的诞生一样自然合理,却又像世界一样古老,像第二次世界大战本身一样错综复杂。

一个在中国工作了十八年的美国人艾特姆斯·麦德,真的对中国有了感情。他在中国已经没有作客的感觉了。生命中最好的时光是在这里度过的,他的事业、他人生的发展在这里。他是世界烟草公司

驻华经营部部长,他的公司不光经营烟草,还有化工、机械、医药、运输、车辆、电镀、日用品、文化用品。他几乎走遍中国,出版了两大本关于中国的书。可以说世界烟草公司连同教会和美孚石油改变了中国。中国也改变了他,他喜欢收藏中国的古董和字画,喜欢中国女人的温柔顺和和强盛的生育能力。他的美国妻子正因为不能生育七年前便离婚了。他不能让自己的肉体不留下亲骨肉,这是人类文明中最神秘最伟大的创造。他绝不放弃这种创造的权利和欢乐。不能容忍有朝一日自己的死亡便是麦德家族的永远消失。"绝户"——是中国最狠毒的一句骂人的话。

一九三八年秋天,世界烟草公司驻华经营部的中国雇员项中涛,把自己十八岁的小姨子鲁静怡介绍给四十二岁的艾特姆斯·麦德。一见之下便决定了在上海轰动一时的一桩婚姻。一种勇敢的近乎草率的结合。一个美丽而不幸的历史的错误,或许是历史佳话。

鲁静怡,来自西施的家乡的美女。清雅,鲜亮,散发着青春的芳香。凝娇绽翠,绰约羞怯,有着纯正的灵魂和完美的天真。她美得闲适,美得纯粹。既是美妻,又将是良母,娶个这样的姑娘将来生出的孩子也必定是一流的。见多识广的老麦德自然不会反对得到一块宝贝。

在鲁静怡眼里,艾特姆斯·麦德是一个神秘的世界,他跑遍了全世界,懂得太多了。跟英国人说英语,跟俄国人说俄语,跟中国人说中国话。说中国的官话比她说得还利索。性情深沉坚毅,待人处事有一股威势,一言一行、穿着打扮有一种毫不含糊的讲究和优雅。开心的时候又敢像小孩子一样在人前大笑不止,干得起也笑得起,有真正男人的人格和快乐。年龄大她一倍还多,但脸上没有一点皱纹,皮肤白润光滑。鹰钩鼻子,鹰的眼光,不断摄出她的好奇。

鲁静怡在乡下没有机会上学,跟着在县里当师爷的父亲认了不少字。以后父亲到上海开了个康乐酱园,才把她从乡下接出来。她单纯得还没有社会性,父亲和姐夫为她作出的选择就是她的命运,她可以信赖地靠上去。甚至连那许许多多的闲话也用不着她去操心——一个这么好的大姑娘为什么要嫁给外国人?还是个半老头子。准是图人家的钱！不错,艾特姆斯·麦德有钱,还有头有脸,光是礼金就收得不计其数。鲁静怡的照片在报纸上占了半个版,珠宝的光泽,锦缎的绮丽,更增添了她的妩媚。一切都那么新奇,像做梦一样突然由一个乡下姑娘进入另一个世界。不,她做梦也梦不到自己现在的这种生活。婚姻本身已经退居成次要的了……

她学会了简单的英语。陪着丈夫进出外国人的交际圈子和中国的上层社交界。走南跑北,知道的世界愈来愈大。同时她也给麦德带来了好运,结婚一年后,麦德成了世界烟草公司的董事兼中国分公司的经理。为了开发烟草公司在中国北方的业务,他把总部设在青岛。在湛山大道有了一座属于自己的别墅——德国人造的古色古香的小楼,还有一个幽静的树木参天的大院子。两个月后正像麦德希望的那样,他有了自己的儿子。在为孩子过周岁的时候,对这桩婚姻最满意、十分欣赏艾特姆斯·麦德的鲁天增,为外孙子取名为鲁杨·麦德。

一个奇怪的名字,不中不洋,亦中亦洋。中国女人当妻子做母亲都是无师自通。但做外国人的妻子和母亲就是另一回事了。老麦德娶了个年轻的妻子他也变得年轻了,生了个儿子他也变成了孩子。不许任何人对儿子有任何妨碍他性格发展的约束,任他自由自在地成长。要玩儿泥,可以把自己搞成泥猴,不论糟蹋了多么新多么好的衣服也没人敢限制他。要玩儿水,就把自己和仆人搞成落汤鸡。要进攻大树可以痛快淋漓地弄得自己头破血流,老麦德还会对儿子的勇敢大加赞扬。只要他有空就在院子里跟儿子一块奔跑、滚打,爹是儿子的大玩具,儿子是爹的小玩具。奇怪的美国教育方法。鲁静怡不断受到提醒,不许按中国的管教方法把儿子培养成绵羊。美国人希望自己的孩子成为老虎。难怪他们能经常想出一些新花样刺激世界的神经。原来美国人的勇气是从小培养的。鲁静怡有时觉得这个家庭乱套了,没大没小,她有一老一小两个儿子。有时又觉得在自己的家里非常轻松自由,充满欢乐。儿子并没有学坏,聪明,胆大,不怕生人,敢于讲话,晚上自己睡一间屋。吃饭的时候往餐桌前一坐,一副小洋绅士的派头。没有什么可让她操心的,老麦德精力无穷,博学多识,没有传统的偏见,是家庭的强大支柱,是她的新生活的太阳。

这无忧无虑的日子维持到一九四一年过完春节,艾特姆斯·麦德要回国述职——由于欧洲战事紧张,世界烟草公司的总部不得不由伦敦临时迁到纽约。麦德跟妻子商量,他很想带她和儿子回美国家乡看看,向妻儿炫耀一下美国,向美国炫耀一下自己的娇妻爱子。又担心好几个月的海上行程太辛苦,小麦德毕竟太小,倘若吃不消在船上病了怎么办?况且又是战争年月,什么事情都有可能发生,谁敢保证航行会绝对安全!

鲁静怡照例是夫唱妇随,麦德不管说什么都很有道理,很令她信服。最后麦德决定自己先回国,速去速回。静怡母子今后还怕没有机会回美国吗?

谁知道呢?

至少此后半个世纪鲁静怡母子跟美国无缘了。

在分手的时候麦德紧紧拥抱着娇妻爱子。他希望永远不要松开自己的手臂,否则也许会永远失去这种权利、这种幸福。他把这种不安和不祥的预感当做了亲人分别时的正常感觉,以为是第二次世界大战加给自己心里的阴影在作怪。

沉雄的汽笛把胆大的小麦德也吓了一跳,他紧紧抱住了母亲的大腿。

巨大的轮船把渺小的艾特姆斯·麦德载走了。鲁静怡第一次感到丈夫是渺小的,是被动无能的。有一种更神秘强大的力量支配着人类。

四

艾特姆斯·麦德离开中国三个月,爆发了珍珠港事件,美日宣战,他与鲁静怡母子的联系便断了。

鲁静怡天真未泯就当了母亲,就担起了这沉重的责任。楼里空了,坏消息不断传来,愈了解现实的严峻,愈感到自己的无能为力。

她整个人仿佛失去了属于自己的码头。

她想念丈夫,她需要他。她已经习惯了丈夫身上的气味,他的习惯,他的强劲有力。

丈夫走了以后她突然感到儿子的重要。白天要守着儿子,晚上要搂着儿子睡觉——她不再顾及那该死的美国教育方法。从儿子一落生就分床分房睡觉。她需要随时能亲吻到儿子,尤其在夜里孤独害怕的时候。

她不再有家庭,只有儿子。儿子证明她曾经有过家,有过丈夫。许多灿烂的希望和各种彩色的梦幻都要靠儿子去实现了。

整个中国都在燃烧,生活变成焦灼。

日本人在潍县建立了集中营,开始突袭性地抓人。防不胜防,人心惶惶。项中涛派人送信给鲁静怡,叫她赶紧带着小麦德躲起来,她倒不要紧,日本人盯的是艾特姆斯的孩子。

在三江(浙江、江苏、江西)同乡会的安排下,先让小麦德跟着拉脏土的车离开。鲁静怡随后坐送菜的车赶到四方机车车辆厂。青岛成了一座死城,家家门口都钉上厚厚的木板。日本兵随便乱抓人。小麦德哭闹不止。越不让他哭,他哭得就越凶。家里有事,孩子就哭。孩子大哭就是要出事的先兆。

小麦德从一出世就由着性子长。美国人认为最好的管教孩子的方法就是不管束孩子。现在突然被不认识的人严加看管起来,一会儿被塞进黑咕隆咚的小车厢,一会儿又藏进又脏又破的小屋。不许喊叫,不许跑动,他怎么受得了?撒了大泼地哭闹厮打!

鲁静怡母子离开后不久,日本人占领了世界烟草公司。除去老麦德,公司的其他高级职员都被抓进了集中营。日本人掌管了公司,开始生产供侵华的日军吸的日本烟和为日本人赚钱的烟。

恐怖仍在加剧,不断有人失踪。

四方机车车辆厂并非安全岛,不可久留。鲁静怡只有一个地方可去,就是回老家。同乡会的人不赞成,认为日本人想要抓到小麦德会追到鲁静怡的老家去。不如往北跑,先到天津躲一阵子再说。

鲁静怡心里犯难,她缺乏逃难的经验,离家的时候太匆忙,只拿了一个小包袱,里面有几件洗换的衣服和一点零钱。大量的财产和值钱的金银首饰全没带出来,母弱子幼到了天津以何为生？事已至此,只好走一步说一步了。

鲁静怡带着儿子坐火车来到天津。天津不像青岛那么乱。她先投奔到三江同乡会会馆,吃了几天救济饭,而后被介绍到大华贸易公司,给公司经理杨华当秘书。负责打扫卫生,接待应酬,抄抄写写。有吃有住,还可以带孩子。

生活安定下来,时间过得就快了。

一晃日本投降了。青岛来了英国人接收世界烟草公司,但没有艾特姆斯的消息。还有人说他在欧洲战死了。

什么消息都有,但没有一条是准确的。

刚刚二十多岁的鲁静怡不能长时间地生活在一种没有希望的等待里。合情合理地跟杨华有了暧昧关系。两人偷偷摸摸嫌小麦德碍眼,把他送进了教会办的圣宫小学住校。把名字的后两个字去掉,在学生花名册上只写"鲁杨"。教会学校里管得严,老师个个都很厉害。

杨华有家有老婆,鲁静怡只能做外宅。

其父鲁天增闻讯大怒,认为自己的女儿太丢脸面。无论怎样也应该等待艾特姆斯·麦德有了准确的消息再说,不能这头没离婚又做另一个人的小姿！

大难不死之后改了行的项中涛从中解劝,他是大媒,又喝过洋墨水,说话有分量:

"按美国法律,分居三年就等于离婚。再说当初静怡带着孩子逃到天津,生活没有着落,姓杨的收留了她们母子,总算帮过忙,也算是静怡的一个依靠。即便将来麦德知道了也会理解。"

一九四八年夏天,同乡会送来消息,说麦德到了台湾。如果鲁静怡想带着孩子去台湾寻夫,他们可以帮着凑钱。

鲁静怡倒不一定非得当麦德的妻子不可。但必须把孩子亲手交给麦德——既然他已经有了下落。她在父亲的激烈反对下,不清不白地做了杨华的二房,心里总觉得有点对不住老麦德。他的孩子一定要还给他。于是加紧了去台湾的准备。

天津的大沽口没有去台湾的船,只能到上海去坐船。到台湾的船票很贵,需两条金子。同乡会连一条金子也没有凑出来,鲁静怡想找杨华借。杨家爆发了一场大纠纷,把杨华围了三天。不许他给鲁静怡一分钱,丈夫没有下落的时候,吃你花你靠你,丈夫一有了下落人家就要带着孩子去找自己的丈夫,还要由你出路费,你怎么能当这种冤大头?!也不许他护送鲁静怡母子去上海。

鲁静怡只好求大姐鲁静立,姐妹俩到处求人告借,总算凑足了两条金子。她一个妇道人家,当时不光是别人瞧不起她,她自己也不敢太瞧得起自己,带着两条金子只身去上海,兵灾战乱,还要打听去台湾的路线,办手续,买船票,能行吗?别人不放心,她自己没信心。

同乡会一个姓叶的正巧要到南方去,愿意为鲁静怡代买船票,打听好去台湾的路线,把一切手续都办好后给她来电报。她千恩万谢把那两条金子交给了那位姓叶的热心人。

但他一走就再无音信,不知是拐钱而逃,还是出了别的意外。

希望又一次落空。

鲁静怡好赖还算有半个丈夫。鲁杨可惨了,不仅星期天要继续待在学校里,即便放了寒暑假也没人接他回家,仍然一个人住在学校里。本来嘛,哪里是他的家呢?

他寂寞难挨,站在自己二楼宿舍的窗台上,举着一把桐油纸伞,学习伞兵自天而降。在他飞身跃下的一刹那,纸伞向上倒卷,等他落地的时候手里只剩下一根竹棍儿,被摔得昏迷了一天。三天以后当人们确信他平安无事了,又挨了一顿苦揍——身为教导主任的修女惩罚学生最凶狠。

一九四九年,天津解放的前夕,大街上像过蝗虫一样拥挤着国民党兵。

鲁杨的运气好,在学校门口碰上了一个当官的。

鲁杨已经十岁,开始显露出生理上的优势,高鼻梁,深眼睛,额头挺俊,清秀怡人。那个南逃的国民党军官不知是个特别需要孩子的绝

户,还是真心爱孩子,抑或是别有所图,一见之下就非常喜欢鲁杨:

"你爸爸是什么人?"

"我爸是美国人。"

"在哪儿?"

"在台湾。"

"怎么不去找你爸?"

"我爸不让走。"

"怎么还有一个爸?"

"后爸。"

"你认识你亲爸?"

"认识,有照片。"

"想不想去找你亲爸?"

"当然想!"

"听着,小家伙,我可以带你去找到你亲爸。"

"你等我一会儿行吗? 我去拿一张我爸的照片就跟你走。"

他知道爸爸的照片放在那个地球牌铅笔盒里,但是,当他突然闯进妈妈和杨华的住室的时候,被妈妈发现了:

"你不好好上学回来干什么?"

"拿我爸的照片。"

"干什么?"

"有人想看看。"

他这样说也不能算撒谎。

妈妈突然来了火气,坚决制止住他:

"不行!"

"不给照片我也走。"

"干什么去?"

"去找我爸。"

已经晚了,杨华堵住了门口。

任他怎样喊叫推搡也无法摆脱两个大人的拉扯。

此后许多天他不搭理母亲。母亲到学校看他,要接他回家过星期天,他都摇头,连一句话也不愿意说。

鲁静怡明白儿子长大了,要找到父亲的心情可比她所能理解的更为急迫和坚定。这心情让她不安。

大华贸易公司的一个职员给她领来一个据说心眼儿非常好的土耳其人。这个土耳其人在英国亚细亚石油公司供职,不久将公差南美,顺便把朋友的两个孩子带到美国去。如果她放心,土耳其人也可以把鲁杨送到美国缅因州老麦德的家乡。他们谈妥了价钱。可等那个土耳其人来领人的时候,鲁杨偏偏跟同学们外出了。土耳其人等不及就带着另外两个孩子先走了。后来得知那两个孩子都被卖到了巴西。其中一个在六十年代还衣锦还乡过一次。

五

鲁杨命该如此。

全国解放了,他再也没有寻找父亲的机会了。很快中美关系变恶,朝鲜战争爆发,他和母亲几乎放弃了寻找父亲的念头。

别人却不会放过他。他愈长大愈像老麦德——一个标准的白种人。外国样儿说中国话,谁见到他都会有一大堆疑问,别人的怀疑就是他的麻烦。

"你是混血儿?"

"你爸爸和你妈妈要是亲哥俩或亲姐俩你就不可能有说出'混血儿'这个词的智力。可见你也是混血儿!"

他可以逞一时的口舌之快。但"混血儿"三个字仍然成了他无法改变的带侮辱性的名字。

有了倒霉的差事:"叫那个混血儿去!"

有好的活动:"不许混血儿参加!"

唱"雄赳赳,气昂昂,跨过鸭绿江"的时候对着他唱。呼喊"抗美援朝"的口号的时候对着他喊。

街道代表找鲁静怡谈话,叫她谈对抗美援朝的看法。无论如何大家也不理解一个正派的中国姑娘怎么会先嫁给美国人,再嫁给一个地主兼资本家。是南蛮子押宝式的奇想怪行,还是别有深意? 她把跟艾特姆斯·麦德结婚的过程说了一遍又一遍。第十遍跟第九遍有一句话对不上,或把某个细节说得前后次序不一样,街道代表和街道积极分子便追问个没完没了。兴趣高涨,总想有重大的收获,既满足自己的好奇心,又挖出个大特务。

"你想当中国的吉普女郎,还是拿了美国人的钱?"

"那个美国佬把儿子留在中国是不是为将来颠覆红色政权做内应?"

谈话、广播、游行、演戏、唱歌,抗美援朝运动铺天盖地,时时处处在逼压着她们。她们嘴上不承认自己是美帝国主义的家属,但一看到群众敌视的目光,听到群众呼喊反美的口号就多心,就心惊肉跳。时间一长,心理上真的把自己当成了美帝国主义的帮凶。

鲁杨年轻,精神上的承受能力强。

鲁静怡随着一个又一个政治运动,真的被改造成了另外一个人。从骨子里痛恨美帝国主义,痛恨前夫艾特姆斯·麦德,甚至不能听别人谈起这几个字。一听到有人提起麦德,就紧张,就厌恶,手脚发冷,全身抽搐。当然更不许鲁杨提一句寻找父亲的话。

她昔日的风韵丝毫无存,脸色病恹恹的,不再会真诚地爽朗地笑。脸上却经常挂着小心讨好的破碎的笑容。那细微的几乎听不到的笑声永远停留在那遥远的虚无中。

鲁杨十七岁高中毕业后进工厂当了工人。好厂大厂他进不去,好的工作也轮不上他。在机械铸造厂当了一名又脏又累的铸工。

这个选择是明智的。他懂得并开始正视自己命运的真实。

但他要在社会上确立自己正当的法律处境的愿望,更强烈更坚实了,只是不再说出来,不再跟别人打嘴架。他学哲学,学法律,学中国共产党党史和中国革命史,学国际法。越学胆子越小,越学越谨慎。明白了只能通过正规途径用正当手续寻找父亲。他逐渐地武装起自己,具备了寻找父亲的资格和知识能力。

父亲既然是世界烟草公司的那么大的头头,又在中国工作多年,一定会有据可查。而且要自己干,要根据国家政治开放的进程逐步解决。

不托任何人偷偷地向国外带消息。

有人要带他偷渡出去,他不加考虑就一口回绝。

有人劝他去北京上访,他认为那既愚蠢又可笑。

……

每个人都有权利知道自己是谁,有在地球上生存的权利,寻找自己的父亲是天经地义的,但必须做得机敏缜密。生活教会了他许多东西,他正在慢慢聚合已经支离破碎的尊严。因此他的灵魂谢绝一般人的探访,这反而使他显得稳重而神秘。他的顽韧,他的明朗的智慧,在那个年代的青年人身上是不多见的。因而使他出众,吸引了许多女孩子的注意。

她像一团火,见了你恨不得立刻扑上来,那才叫一见钟情。她具备对自己喜欢的人一见钟情的一切优势:惊世骇俗的娇美,公主式的支配一切享受一切的性格,还拥有大量与之相匹配的钱物。

这个世界仿佛是专为她准备的。她生来就有权享用这个世界。

"鲁杨,你真漂亮,还挺庄重。让人觉得厚实,有内容。周围那些小伙子,恨不得天天跟着我转,我一个也不喜欢。"

她眼里有一汪泼辣辣的热泉,流动着清澈的激情和天真。晶莹欲滴的小嘴唇几乎要凑到你的鼻子底下来。

从一开始你就感觉出了两个人之间的差异:她什么都有,你什么都没有,包括生身父亲。

"我得告诉你,我的父亲是美国人……"

"是吗?怪不得你长得这么有味儿。我第一眼就看出你很像《牛虻》里的亚瑟。"

你又一次沾了这个人见人爱的亚瑟的光。不知这是你的骄傲,还是你的悲哀?

当她听说你的父亲是美国人,丝毫不觉得有什么复杂和严重的东西,也没有丝毫的不安,只觉得好玩儿。这是个在蜜罐里长大的女孩子,不知人间为何物。

"你要知道,我不光是有一个美国人的父亲,而且在我很小的时候他就离开了我们,找了他二十年都没有结果。人生最大的不幸就是不知道自己是谁。生活中的一切都不属于我,可以说我没有自己的生活,没有人真正需要我,我只是一粒在社会上飘浮的尘埃。"

"你的词儿真多,文学修养够棒的!"

一嘴学生腔。你跟她谈正事,很沉重的大事,她却只注意你的遣词造句,嘻嘻哈哈。

"你知道我是谁吗?"

"你不是叫曹昕吗?"

"曹锟是我的爷爷。"

"啊——你是大总统的孙女?难怪呢……"

"难怪什么?"

"难怪你这么与众不同。"

"你真会说。我的家在国外有许多亲戚朋友,可以帮助打听你父亲的下落。"

她的声音充溢着一种热情,一种希望,好像世界上没有她办不成的事。

那时谈恋爱不怕累,陪她遛马路一走就是几个小时。有时早晨下了夜班一直跟着她逛到中午。一个机械铸造厂的苦大力,跟冷铁热钢玩儿了一夜的命,粗帆布的工作服被汗水湿透再叫炉火烤干,烤干了再被汗水浸湿。下了班整个人都变形了,如同一具熬尽了油水的人干儿,又困又累。见了她就像马又挨了一鞭子,立刻打起了精神。

她喜欢推着一辆漂亮的英国凤头自行车,因为你没有自行车,她只能推着,分手以后可以骑上车回家。那个年代一辆凤头自行车比现在一辆超豪华汽车更珍贵更能体现人的优越身份。她在车把上拴一个鲜艳的红气球,活泼好玩儿如一个大孩子。雪白的短袖衬衣,海蓝色的尼龙裙子——当时尼龙很少见,是昂贵的时髦货。几乎使大街上所有看见她的人都向她行注目礼。她身上仿佛有无数个钩子伸出去,把人们的脸都拉向她。她却习以为常,能够做到旁若无人。

你则不能。你只有一个穷光蛋的耐心和坚韧。不想丢弃骄傲,否则只有陷于绝望。同时跟她在一起你又无法掩饰那种深刻的自卑,这自卑刹那间就能消磨你的自尊。你需要她,却又不敢碰她。如果你当时有勇气得到她,生米煮成熟饭,她的家庭完全有能力把你送出国,也可以帮助你找到父亲,至少能打听到他的下落。你的生活也许早就是另一种样子了。

但是你没有。你血管里父亲的血早被生活中的阴影过滤尽了,你唯一拥有的力量是明智而不是勇气。愈是自卑愈要学会自尊,而且只能靠自己尊重自己活着。因此她常常是主动的,你反而处处被动,只会空谈一些浮泛的毫无价值的人生和爱情的大道理。那些道理用来唬住女孩子进行初级阶段的交往还可以,面对真实的爱情却一筹莫展,毫无作为。

她考上了北京的中央戏剧学院。也要把你带离天津。

"你甩掉家庭包袱吧,我也不要家庭,一块去北京。你愿意上学也行,想工作也行。我有办法,也有钱,一切不用你犯愁。"

她是豁出去了。

你却犹豫:

"我得挣钱养家,母亲这多半辈子不容易……"

"你一个月挣多少钱,我给出!"

她是女丈夫。

你不过是怯懦的小男人。但你自己也不知道害怕什么。是她的美让你信不过?她的性格,她对生活的态度使你老处于守势,处于劣势,你自惭形秽对未来没有信心?

她走了,失望而又伤心。只埋怨你脑子太死。她心里仍然眷恋着你——你对此倒是深信不疑。

"文化大革命"初期她来看你,被郁清聪骂得哭着跑了。

你这个老婆不动脑筋就能大骂。但骂得正常,骂得尖刻而狠毒。没有一个正常的人能经得住她的骂。

你辜负了多少女人?包括自己的老婆。只在爱情的田园里捡了一片枯败的落叶。

你有多少机会都错过了,却被郁清聪把你给抓住了……

六

每年春末夏初进入招生考试的关键阶段,天津艺术学院的大院子里便成了全市知识青年的艺术沙龙。学生、工人、演员、教师及各色文艺爱好者都聚集在这里,参加考试的人临阵磨枪,不参加考试的人为考生出谋划策。相互交流文艺信息,每个人都可以高谈阔论,充分表现自己。敢说敢唱乐于表现自己的人过瘾,听的看的人也过瘾,大家都能享受到一种在家里和在单位里都无法得到的快乐。鲁杨和曹昕就是在这里认识的。郁清聪则是一九六一年这个艺术沙龙里的新明星。人样子不算很漂亮,但气派大方,谈吐更是不同凡俗,热情活跃,对每一个考生都给以认真的辅导。

艺术沙龙的人很快就都知道了她的来历:大导演焦菊隐的学生,在北京艺术学院导演系上了三年,因为学院解散才回到天津。难怪她的水平和风度都不一般,大家都更高看她一眼。

"打住!着急,发怒,甚至表现人物发疯,都不能忘记节奏感。没有节奏就是豆腐一碗,一碗豆腐。把握节奏就是要会停顿,停顿是现实生活中不可少的最真实的节奏。在舞台上则是'此时无声胜有声',是最深沉有力的东西。它既能表现刚刚经历过的一种内心纷扰的完结,又表现一种正要降临的情绪的爆发,抑或是一种内心的期待。同时,好演员又借助停顿来表现内心活动最激昂、澎湃、热烈、紧张的一刹那,是丰富的内心活动中最复杂、最紧张的状态所必然产生的现象。停顿不是沉默,不是空白,不是死了的心情,是最响亮的无声的台词,是往菜里放盐。"

她讲得非常精彩，没有人不服气。

她是考生的总导演，边说边做。她发现鲁杨沉静持重，风情独具，便叫他帮助她一块辅导学生。当她淋漓尽致地在众多的考生和观众面前表现自己的导演才能的时候，别人是很难插上嘴的。鲁杨成了她的活道具，或者是一个颇能体会她这个导演的意图的演员。

"停！太过火了。你既然喜欢哈姆雷特，就不会忘记莎士比亚通过哈姆雷特的嘴告诫演员不能越过自然的常道，任何过分的表演都和演戏的原意相反。自有戏剧以来它的目的始终是反映自然，显示善恶的本来面目，给它的时代看一看它自己演变发展的模型。应该这样……第一句是什么词儿？"

鲁杨提醒了她：

"生存还是毁灭，这是一个值得考虑的问题……"

"好，接下去。"

"默然忍受命运的暴虐的毒箭，或是挺身反抗人世的无涯的苦难，哪一种更高贵？死了，睡着了，什么都完了……"

"不错，像鲁杨这样就行，把华丽深奥的莎士比亚表演得真实动人。鲁杨，想不到你能张口就背出哈姆雷特的大段道白！最精彩的是下半段，还能一气呵成吗？"

鲁杨当然不愿意舍弃这样一个显露自己才能的机会：

"谁愿意忍受人世的鞭挞和讥嘲、压迫者的凌辱、傲慢者的冷眼、被轻蔑的爱情的惨痛、法律的迁延、官吏的横暴和费尽辛勤所换来的小人的鄙视？要是他只要用一柄小小的刀子，就可以清算他自己的一生，谁愿意负着这样的重担，在烦劳的生命的压迫下呻吟流汗？倘不是因为惧怕不可知的死结，惧怕那从来不曾有一个旅人回来过的神秘王国，是它迷惑了我们的意志，使我们宁愿忍受目前的折磨，不敢向我们所不知道的痛苦飞去？这样，重重的顾虑使我们全变成了懦夫，决心的赤热的光彩，被审慎的思维盖上了一层灰色，伟大的事业在这一种考虑之下，也会逆流而退，失去了行动的意义。"

他动了真情，把自己也感动了。

周围的青年男女使劲儿为他鼓掌。喜欢滔滔不绝的导演倒半天没吭声，眼睛里激情四溢，闪着亮光。当别人问到她的意见时，她才开口：

"他理解了莎士比亚，理解了哈姆雷特。读懂了生活，才能读懂艺术。"

那人的傍晚下起了小雨，鲁杨没有带伞。郁清聪支起自己的伞，先送他回家。

他每跟一个姑娘刚接触，总是处于被保护、被支配的地位。他无意又无奈。

两人在一把伞底下，不是朋友也是朋友了。两人的距离一下子近了，生疏感消失了。

她问：

"你喜欢艺术又有一定的表演才能，为什么不考大学或想办法进剧团当演员？"

"上大学家里的经济状况不允许，我必须挣钱养家。也曾动过当演员的念头，如果演外国戏，我有得天独厚的条件。但考过两次，都是到最后一关政治审查的时候给刷下来了。"

"为什么？"

"我的生身父亲是美国人，继父是地主兼资本家。"

"哦……"

"我还喜欢文学，发表过几篇文章和七八首短诗。但是最近我写的最好的一首诗被退稿了，前天的'晚报'上头版头条的通讯是用我的四句诗开头，却不提我的名字。现在发表作品也要对作者进行政治审查，我在文学上也不可能再有发展了。因此，今后只能专心搞收藏。我也很喜欢收藏。"

"是吗？我父亲也算是个古董收藏家。你有时间可以到我们家去看看。"

"那太好了。"

"你的兴趣很广泛，为什么不在自己的本职工作上争取有所作为，当个工程师?"

"我的工作只需要力气,不需要脑子。"

他可以忍受现状,但并不满足现状。有着太多的幻想和希望,总想找到一种关于自己的生命的新含义。在郁清聪面前他感到没有必要装假以维护可怜的自尊,可以倾诉自己的忧郁和理想。她的知识、她的旷达、她在众人面前表现出来的指挥调度能力,让他感到能够信赖。

他们聊得很痛快。她一直送他到胡同口。她认识了他的家,他想瞒也瞒不住了。她经常去找他。只要她站在胡同口一喊,他马上就出来迎住她。两个人见了面不需要任何寒暄和准备就可一下子进入文学艺术。谈欧美文学,谈对世界名画的分析,谈贝多芬。可以自由自在地沉迷在自己喜欢的艺术乐园里。他们都认为这就叫有共同语言,能够相互容纳对方。

七

鲁杨没有勇气让郁清聪进自己的家,见自己的母亲和继父。郁清聪却迫不及待地领鲁杨到家里见自己的父亲。

郁清聪有个令人羡慕的父亲。老先生清雅可亲,头顶青亮,四周长了一圈茂密的灰发,自然而又潇洒地向后弯曲。面色滋润,眼含笑意,一看就是个有知识有经验的人。既洞彻人世又不失宽厚。丝毫不因鲁杨是个工人而对他有所怠慢。相反倒主动多说话,多提问,打消鲁杨的拘束。

"听说你也喜欢收藏?"

"刚开始……"

他看看老先生收藏的满屋子的他见所未见、闻所未闻的古玩,不好意思承认自己也在搞收藏。

"你是碰到什么收藏什么,还是有自己的偏爱?有重点地收藏?"

"我主要的想收藏古今中外的烟具。"

"哦?"

见老先生颇感意外,他只得多解释几句:

"我父亲是世界烟草公司的董事兼中国分公司经理,这就注定我也跟烟结下了不解之缘。"

他是以收藏表达对父亲的怀念和崇敬?抑或是表达对命运对现实的反抗?

老先生神情变得庄重起来:

"你是麦德先生的儿子?"

"你认识我父亲?"

"岂止认识,我们后来还成了朋友。"

老先生讲了一段往事——

日本投降后把强占的世界烟草公司又交给了英国人。公司董事会定了一条政策,对在战争中受难的本公司职员给以经济赔偿。天津卷烟厂以前是为世界烟草公司生产香烟,日本占领工厂以后很多工人被裁减。没有被裁减的其实是被强制劳动,人身受迫害,收入降低。工人们也要求世界烟草公司给予一定的经济赔偿。因为日本人赔偿了世界烟草公司在战争中的损失,这赔偿中有属于工人的那一部分损失。起初世界烟草公司不答应,跟工人发生了纠纷。

天津卷烟厂工会请出了郁行健,替工人跟世界烟草公司打官司。因为他精通英语,在美孚石油公司当工程师,有跟洋人打交道的经验。交涉的结果郁行健赢了,世界烟草公司派艾特姆斯·麦德到天津来处理善后,给工人赔钱。

"当时我还开着一个宝塔商行,买卖古玩。你父亲常来我的商行看货、聊天。不打不成交,我们成了朋友。他托我替他打听夫人和儿子的下落,他听说你们跑到北方来了,也有人说就在天津。天津这么大,我又没见过你们母子,真如大海捞针,使你们父子失之交臂。也还算有缘,十几年后我终于找到了你,或者说是我女儿碰上了你。可你父亲又不知身在何方?这真是一部书。"

鲁杨跟郁行健的关系一下子亲近了许多。找不到父亲,找到了父亲的朋友,也是一种很大的欣慰。

老先生很有钱,随便卖一件古玩就够吃几个月的。由于解放前的几次颇为轰动的爱国行为,市政府对他特别关照,财产几乎没有受到太大的损失。除了最小的女儿郁清聪之外,其他儿女都已大学毕业,有了自己的家庭和事业。他想得开,有气度,对小女儿的事也不愿多管,大事由她自己做主。

鲁杨和郁清聪确实在谈恋爱。别人这么认为,他们两个也无法否认。一对青年男女经常见面,见了面还有许多话说,不是谈恋爱又是干什么呢?

但他们确实弄不清什么是恋爱,什么是激情?一切都平平静静地进行着。像那个时代的许多青年男女一样,不冷不热,规规矩矩地千篇一律地发展着两个人的关系。一点点置办的结婚用品和鲁杨的收藏品都存放在郁清聪的家里。

郁清聪分析戏剧中的爱情头头是道。面对真实的男人,她和普通姑娘毫无区别,没有什么特别的才华。还不如在挑选工作的时候更挑剔和更有个性。天津市评剧团请她去当导演,她不干:

"我是学话剧导演的,也只有话剧,导演才是中心,才是灵魂。戏曲用不着导演,谁是名角谁就是戏的中心。"

言下之意还有点瞧不上评剧团。

有个中学愿意招她为老师。

"我是搞艺术的,不能成天去吃粉笔末儿。"

她只好待在家里,成天耽迷于自己的艺术魔宫里。

一个家庭姑娘倒正好和鲁杨这个工人相般配。

八

鲁杨在工厂里有两怕:一怕填表,二怕组织找他谈心。

而中国人需要填的表格又特别多。上夜大,参加各种社会活动,领工作证、游泳证、粮本、煤本、油票、肉票,有运动,有好事,有坏事,有变化,有调动,有事没事都得填表。"家庭出身"、"社会关系"、"直系亲属"等栏目最让他头疼。

组织谈心就更像剥他一层皮：

"是中国养育了你，你还老想去找你父亲。这就是忘恩负义，是不道德，是对中国的侮辱，是洋奴思想！"

给他扣上什么帽子都正合适。

他不知道该拿自己怎么办。脑袋抬起来说你趾高气扬要反攻倒算，脑袋埋下去说你鬼鬼祟祟在打坏主意，脑袋不高不低说你装傻充愣摆肉头阵。怎么着都没有好。脑袋没处放，眼睛不知该往哪儿看。

"文化大革命"一开始，郁行健首先被抄家，收藏了一辈子的古玩和鲁杨的新收藏品以及他零零散散积攒起来的结婚用品全被抄走了。

看来他们是无法结婚了，几年的积蓄化为乌有怎么安家呢？郁家的五间房被革命群众占据了三间最好的最大的，给他们剩下两间小屋，八个空荡荡的墙角，郁老先生郁闷成疾。郁清聪觉得对不住鲁杨。

鲁杨的邻居包括他的继父都幸灾乐祸：

"看这个穷小子还怎么娶媳妇？"

"他想得倒美，一个外国杂种谁愿意跟他！"

邻居们说什么都可以理解，杨华为什么也恨他不死呢？鲁杨猜测是出于妒忌，生气。他跟大老婆生了五个儿女，个个吃喝玩乐，没有一个像样儿的。鲁杨不仅长得一表人才，要武能老老实实挣钱养家，要文能在报纸上写诗作文，在邻居们眼里也算是个秀才，小有名气。

鲁杨和郁清聪商量，两个人应该马上就结婚。两个孤单的人凑在一起也许就不孤单了。两个苦命人一办喜事也许就不苦了。更重要的是鲁杨可以得到一种心理上的满足，证明他当初跟郁清聪谈恋爱不是看中了郁家的钱，此时结婚正说明他是大丈夫，可以养活正处于困难中的郁清聪。证明这个世界上毕竟还有人需要他，要依靠他。他需要这种尊重。这让他增强自信，支撑自己的生活。

他们置办了简单的生活用具，简简单单地就把喜事办了。没有享受过温柔和爱情。只是有一点新鲜，一点兴奋，还有一种别扭，一种不适应。精神高度紧张，不懂得也没有享受闲情。等到他懂得渴望温柔时,又没有温柔了,人事全非了。

结婚十二天,他被工厂保卫科抓起来了,关在一间废仓库里,不许回家,也不许家属探望。

原因是他的继父检举他有叛逃的思想。他的母亲也承认他想去寻找美国老子的心一直不死。查他三代,新生的革命政权认为如果他不是美国特务,那中国就没有特务了。

刚抓起来的那几天,没黑没白,一天不知要审讯他多少次。一会儿威吓,一会儿攻心。但没有提出新问题,还是老一套。先讲帝国主义对中国的压迫,再讲伟大的白求恩,人家是外国人抛弃了家庭来帮助中国。再看看你,自己本是中国人,母亲也是中国人,你们的一切都在中国,却偏要去认个美国人做老子,又吃亏,又丢人,又反动!

"我不找父亲你们又能对我怎么样?我学习得再好,技术再过硬,能力再强,也没有人器重我,没有我的用武之地。我也结婚了,将来还会有孩子,我决不能让我的孩子跟我一样不知道自己是谁,在社会上没有正当的法律地位。我寻找自己的父亲是正大光明的,合理合法的。"

"别以为你父亲是正派人,那样一个美国人不可能对中国姑娘产生真正的感情。不然为什么他回国的时候不带你们一块走?这么多年只是你找他,而他不找你?"

"你们怎么知道他没有找过我?"

"这么说你们联系过?在什么时候?什么地方?要老实交代!"

"中美断交,我们怎么联系?"

他很不适应被关押的生活,时空错乱,世界远离他而去,加上杨华和母亲的背叛,一种沉重的怒气在他的内心跃动。他尽力控制着,不让怒气控制了自己,冲破最薄弱的地方释放出来。对方在盼着他失态,看他的笑话,抓他的把柄,找出他的弱点。他不可暴露自己的伤口。

用坚韧对付艰难。他逐渐学会不再让自己的脸和嘴泄露内在的感情。反正自己不是特务,撒手闭眼,看他们怎么办吧。

他想到了新婚妻子郁清聪。幸好她很聪明,性格坚强好胜。他并不太为她担心。

恰恰相反,表面很要强的人心里往往有最弱的地方。家庭是属于女人的,一个刚刚建立起来的属于自己的小家庭,突然就到了末日。她蒙了,全部灾难完全由她一个人承担,周围全是阴影,看不到希望,没有任何一种力量能帮助她抵御漫长的痛苦和焦虑。她独自品味空虚的味道,深沉的阴郁在心里堆积起来,常常在床上一坐就是一天,不吃不喝不动弹。夜里不敢合眼,陷于痛苦的激动中。倘闭上眼便感到灵魂在身体之外徘徊。她清清楚楚地看到在黑暗中有一种莫名其妙的东西,逐渐膨胀起来,发着蓝绿色的光,不停地晃动,不停地膨胀,好像要塞满所有的空间,一点点地挤压着她的灵魂。她的灵魂想回回不来,想动动不了。那个东西不像动物,不是妖魔鬼怪。稀奇古怪,但确有生命。她只有大叫一声,睁开眼,那个东西才会消失。

睁开眼她的心里又生出一个巨大的空虚。再也没有什么东西能填补这种空虚。使她的存在变成一种痛苦,一种荒诞。她的心灵正在物化为喧嚣,生命也在不知不觉地发生变化。

当半年后鲁杨被放出来了,郁清聪整个人瘦得小了一圈儿。他吃了一惊,对着她默默无语。

她无语默默。

一九七〇年清理阶级队伍,外国语学院清查出一个里通外国、收听敌台广播的大案件。鲁杨的内兄郁清泉被牵连进去。顺蔓摸瓜自然会怀疑到他,于是又被公安局抓进收审站关押了一年。在这次打击中岳父郁行健病逝了。

他放出来之后在工厂被监督劳动,继续接受审查。他除去学会了吸烟,从表面看本人并无太大的变化。郁清聪在家里的变化却比他大,同样也学会了吸烟,而且一吸就要连续好几根,盯着自己喷出的烟雾愣神儿。性情变得有点阴郁乖戾。

一九七六年"四人帮"倒台,他的案子还不算了结,要继续接受审查。但没有人理他,不知谁在审,谁在查。

一九七九年三月,中美正式建交,仍与他无关。他还是被监督的对象。长级调工资没有他的份儿,奖金福利没有他的份儿。

就在这时关时放被审查监督的十几年中,郁清聪为他生了三个儿子。为了孩子们不再受欺侮,也为了给自己壮胆,他给三个儿子分别起了一个勇猛强大的名字。老大叫老虎,老二叫狮子,老三叫大象。

一九七九年十一月,工厂保卫科的干部找到他,给他的问题画了句号:

"你的问题你也有认识了,你的问题就是总想找你爸爸。你在这儿过的不是挺好吗? 别找了,这事就算完了。这些年你也得到锻炼了,'四人帮'也粉碎好几年了,行啦。"

"这就算完啦? 我是怎么认识的? 为什么我自己不知道?"

"不完你还想怎么样?"

保卫科的干部又瞪起了眼珠子。本来嘛,完不完又不取决于他。

九

第二天,他就给美国驻华大使馆写信,正式实施经过长时间的考虑和准备好的寻父方案。

既然艾特姆斯·麦德几乎毁了他的生活和他的心,他就更要找到他。

他活了四十多年,一个灾难接着一个灾难。唯一的运气就是没有被痛苦的命运击倒。现在可以自己选择行动了。找到父亲的狂热愿望吞噬了一切,只要不顾一切地追求这一个目标,他有可能仍是幸运的。他已经再也没有什么东西害怕丢失,也没有什么顾虑,将来也不会后悔,更不该再听任命运的愚弄了!

后半生只有这一大挣扎:让这个世界承认自己!

过了一个多月,美国驻华大使馆给鲁杨回了一封信,问他想通过什么途径寻找艾特姆斯·麦德? 这个人在美国的什么部门供职? 军界、政界、商界……

麦德为英国人做事,算哪一界?

鲁杨明白必须找到一个组织来帮助自己,这种寻父的活动才是合法的。公对公,国家对国家。——这就是美国驻华大使馆所说的"途径"。

中国政府?公安局?外交部?他根本进不去,进去了也只能在信访接待室被当做上访者打发走。

他进北京找到了中国红十字会,又是运气好,接待他的是国际联络部的童达权,早年毕业于燕京大学法律系,经验丰富且富有同情心。听完他的故事立刻就告诉他可以立案,尽力帮助他查找父亲以及弄清与此有关的各种事宜。当即以中国红十字会的名义直接给世界烟草公司伦敦总部写了一封信。

一个多月之后世界烟草公司回信,反问为什么要查寻艾特姆斯·麦德。

童达权又写信简要地讲了鲁杨的故事。

世界烟草公司回信的大意是:

"艾特姆斯·麦德先生过去曾在我公司任职,已经很长时间没有联系了。他不属于拿抚恤金的雇员。对他的近况我们一无所知。"

鲁杨感到恼怒,感到沮丧。外国人更狡猾更无赖。他只想寻找父亲并未提钱的事,英国人却先想到他是为了要抚恤金,因此拿这套官话堵他。他征求了童达权的同意,直接给世界烟草公司的董事长写信。不知道董事长的姓名,就在信封上写:"世界烟草公司董事长收"。

隔了两个月,董事长哈克·洛克非特还真的回信了:

"经过查询,你的父亲于一九七三年病逝于美国缅因州。遗体捐献做医学解剖,因此没有墓地。你询问有否家属,无从查找。"

找来找去,找来一个噩耗。鲁杨忽然悲从中来,眼眶发热,泪水盈盈。他也没想到父子相隔着一个地球,近半个世纪不通音讯,他居然对父亲还怀着这么深厚的感情。毕竟是生身之父!杨华死的时候,他想看在母亲的分儿上装出一点难过的样子都办不到。

他也许是哭自己。心里五味杂陈。天下熙熙皆为生来。独他不知所来,不知所去。父亲是隧道尽头的光亮在诱惑着他,现在这光亮熄灭了,他该怎么办?他真想万欲尽释地痛痛快快地大哭一场。哭过之后又能怎么办?他只能偷偷地掉几滴泪就行了。

还得活下去。他还有三个可爱的儿子,他是父亲不是祖宗,找到了他们的爷爷,还要得到官方的确认。不能让孩子再重复自己的悲剧。

经历的苦难太多反倒成就了他坚韧的自我意向。很快便稳住了自己的情绪,既然已经抓住了命运那坚硬宽厚的躯壳,岂能再轻易松手让它跑掉?

他复印了世界烟草公司董事长给他的信,连同自己新写的信一并寄给了美国驻华大使馆,要求知道因父亲死亡引发的各种问题。他作为艾特姆斯·麦德的儿子有权过问和处理这些问题。

隔了一年,他几乎不抱希望了却突然接到美国大使馆寄来的B2项表格。这种表格是赴美探亲的签证申请。中国公民要出国应该先有护照,他没有护照就可以申请出国签证,说明美国政府初步认定他是艾特姆斯·麦德的儿子,没有把他当中国人对待,认为他可以赴美。

鲁杨填好表格向公安局提出出境申请,公安局却没遇到过这种事:

"你父亲已经死了,到美国去找谁呢?没有亲属,就是说无亲可探。而且又无担保人,不符合出境条例。"

他只有求助于公证处。而且他很快成为天津市公证处受理的一桩最大的公证案。

一〇

先到派出所查户口册子。户口册上都是最新内容,没有历史内容。老户口册在地震的时候被水泡了。

无法证明鲁杨是从青岛或别的什么地方来的。

到他所在的工厂去查,他两次被关押,前后审查他十三年,却没有一段文字能说明他的身世。

到档案馆查阅外国人在华的档案材料。

到青岛查找有关艾特姆斯·麦德的材料。

到上海、云南、广州等所有艾特姆斯·麦德去过和业界烟草公司活动过的地方，查找有关材料。

时间一个月一个月地过去了。老麦德仍然藏在旧纸堆里。

人是世界上最多最容易辨认的动物。有时你要想确认某个这种两条腿的家伙，又是何等困难！简直像痴人说梦。

老麦德还清楚地留在人们的记忆里，他有儿子，有孙子。要想证实他确确实实是个曾经存在过的人，不仅需要向外国人取证，获得他们的确认，还要在国内收集大量证明材料。用死的证明活的。用物体证明生命。

光靠公证处的人不行。作为工作他们不论多么积极热情也不可能像鲁杨那样急迫，那样认真，那样不顾一切。有些关键的人物都是从旧社会过来的，历次政治运动中的重点对象，早已是惊弓之鸟，老奸巨猾，对拿着公函的人心里戒备森严，闭眼摇头，一问三不知。

鲁杨只得自己出马。他三下青岛两下上海，有时自己在工厂请不下假来，就叫郁清聪代替他去调查。他发现女人出面容易激起别人的同情，比他更容易有收获。重要的线索就夫妻同行。他们在所有艾特姆斯·麦德住过的地方一户一户地打听，一个人一个人地询问完全是撞大运。撞上一个，引出另一个，另一个又推荐出一个……滚雪球，愈来线索愈多，终于把能证明他身世的关键人物都找到了。为了让对方说出有价值的实情，他们哀告，请求，晓之以理，动之以情。实在不行也动恶的，摆出同归于尽的架势，神鬼怕恶。

他们七拐八绕终于在上海找到了曾经给艾特姆斯·麦德当过助手的黄承良。当年他很得老麦德重用，后来提拔到烟叶部负责销售。日本投降后老麦德给了他一笔钱，托他寻找鲁静怡母子。他拿了老麦德的钱却没有为人家办事。何况老麦德还有恩于他。他面对鲁杨和

郁清聪感到内疚,承认鲁杨的确是艾特姆斯·麦德的儿子:

"看你的皮肤,眼睛的颜色,动作神态,跟五十岁时的艾特姆斯·麦德先生极其相似。你父母结婚的时候我负责操办宴席,你小的时候我还抱过你,你大概不记得了……"

他说得挺好,叫他写成材料他不干:

"我在'文化大革命'中没有交代这件事,现在如果说出这件事,再有运动岂不等于隐瞒了一个问题!"

鲁杨磨破了嘴皮子也不行。公证处去人也不行。郁清聪急了:

"您落实政策了,住的这么好,活的这么舒服。我们还处于战争状态,只有我们一家人承受着第二次世界大战的苦难。我们也是人,也要过人的生活,也需要落实政策,我们生也在于您一句话,死也在于您一句话。您如果执意不肯为我们出证明,我回去死不如省掉路费在这儿死。反正我在'文革'中精神也受过刺激,难过正常人的日子,不如从现在起就在您家门口绝食。我不怕难看,见一个人就把您曾经对我们说过的话以及您和我公公的关系说一遍。您不让我活,我也不让您活得自在,我变成鬼也要埋怨您!"

她目光狰厉,充溢着深刻的责问。但仍然在努力控制自己,起初语调还算平和,只是越说越快,含义如暴风骤雨般尖锐凶狠。

她说得到就做得到,头也不回地走出黄承良的家,在他家的大门外面一屁股坐下了。

黄承良赶紧叫家人把她扶进来,一个劲儿地向鲁杨夫妇说着对不起之类的客气话。很容易地为他们写了证明材料并签字画押。——他干这个活儿是行家。

所有鲁杨自己找过的人,公证处的人要重新找过,验证真伪,防止证人翻车。鲁杨拿到的证明材料,公证处要重新认定,才有法律价值。

奋斗了五年,到一九八五年二月,终于搞齐了能证明艾特姆斯·麦德和鲁杨是父子关系的全部具有法律价值的材料。公安局发给鲁杨一本护照,同意他赴美。

— —

他平生从未接触过高级政府部门，连局一级的机关都没有进去过。第一次走进美国大使馆真有点摸不着门相路。

右边的窗口为持有中国护照的人办理签证手续。左边的窗口是美国公民办事处。鲁杨拿着中国护照，填的是美国人才应该填的表格，右边把他支到左边，左边又把他支到右边。支来支去惊动了负责签证的领事。

他只得简明扼要地再重复一遍自己的故事。

从始至终，领事的脸上没有表情。既不冷漠也不亲近，不肯定也不否定，一张文雅的空白。静静地极有教养地听完他的叙述，才发问：

"你既然认为你父亲是美国人，你也应该算是美国人，为什么持有中国护照？"

"我没有护照怎么进得了大使馆？"

"这不足以说明问题，我们要看证件。你有没有美国的证件能证明你父亲和你的母亲以及你的法律关系？如果没有，你即使有一百个中国证件也不行。只有美国证件才能证明美国公民的身份，而不是其他国家的证件。"

"我应该拿什么证件才可以呢？"

"我不能做出解释。"

美国人太损了。你的证件他说不行。什么样的证件才行他又不说。鲁杨开始饥不择食地学习美国法律：《继承法》、《美国历史概论》、《民法通则》。向一切真懂的半懂的装懂的人打听、求教。

在中国取得全部证件用了五年多的时间。获得美国方面的证件又得需要多长时间呢？

这很像由他一个人在打一场世界大战。

第二次世界大战才打了六年，中国漫长的抗日战争也只是八年，他证实自己的身份用了近半个世纪，仍未奏效。

任何一个地区发生了扣留人质的事件,都会引起全世界的关注。他当了快五十年的人质,没人理他,更不会有人想主动救援他。

日本是第二次世界大战的战败国,美国和中国是同盟国。天津市敲锣打鼓送走了四百个日本人留下的孤儿回日本,包括日本兵和中国姑娘留下的孩子。对一个美国人留下的孩子却百般阻碍,中国不给方便,美国更是如此。

电视里放映过一个节目,一个人拿出一件海魂衫就证明其父是日本人。海魂衫有什么法律价值?为什么事情轮到他,就这么难!

中国人宁愿同情被法西斯践踏的欧洲,却不愿痛恨日本侵华所造成的危害。对日本人就是恨不起来。跟美国佬是格格不入。

难道自己开始用美国人或者说是美国人的儿子的眼光在看待这些问题了?

许多亲戚朋友都确切地知道他是老麦德的儿子,因此愿意支持他的寻找父亲的行动,借钱给他。这些年来,凡是他和郁清聪认识的人,都找人家借过钱了,一百二百不嫌多,一块两块不嫌少,有借无还,十几年下来想帮助他的人都坚持不住了。特别是遭到美国大使馆的拒绝以后,再也没有人相信他能找到自己的父亲。

连红十字会和公证处曾经给过他很大帮助的这方面的专家也绝望了。

他真的要被自己的信念所毁灭吗?

如果他就此认输,后半生还有什么意思?

是欲望和决心创造了生命世界,并继续推动着这个世界。他内心有一种神经质的钢铁般的东西又在闪闪发光了,他就是凭这种近乎神经质般的勇气和直感,在关键的时刻做出决断。他给美国缅因州州长写了一封情意恳切的长信,请在外语学院当教授的内兄译成英文,用航空挂号寄走。信封上贴满了邮票,他买的都是纪念邮票,希望能让州长高兴。反正是瞎碰呗。他已经碰出了经验。求中国红十字会的再次帮助,索要老麦德的死亡证件等等。

他懂得只有愿望是消极的,失败者也可以有愿望。靠意志才是积极的,成功靠的是意志,是行动。想得过多就会变成一种负担,心里压力太大就会只见乌云,不见彩虹,影响行动。

他没有丢失生命中那种使他强硬的活力。也许是造化赐予的禀赋。

郁清聪可真正碰到了麻烦。

她变成了地道的烟鬼,可以一整天只抽烟不吃饭。命运不公,使她的灵魂,她的人格,她的智慧和风度都萎缩了。她的灵魂经常生活在自己臆造的肮脏的王国里,这个王国里没有干净的好人。用想象代替真实,代替判断。人间属于物质,她更适宜属于神质的虚无世界。

对她来说,生活就像城里到处跑的垃圾车,走着肮脏,到了目的地更肮脏。所以死亡不但不可怕,相反倒是一件很轻松的小事。因为这件事只有自己承担,不需牵累他人。田中角荣说过,人死不值得大惊小怪,每天睡觉就是死。她越来越阴郁,她的阴郁也越来越散发出一种沉重的包围感。

任何时候她都不许丈夫碰她的身子。

鲁杨理解,他自己也很少有那种自然动物的情绪了。早就变得不男不女了。

现实的每一块空间都滞留着厌恶。这厌恶又紧紧地抓住了郁清聪。她已经找不到一个可以借钱给她的人了。有时一连好几天她口袋里一分钱都没有。

于是就发生了这部小说开场的那一幕……

一二

郁清聪走到大街上,虽是清晨,空气却并不清新。似雾非雾,似灰非灰,似气非气。心里一片混沌,外面一片混沌。似阴非阴,似晴非晴。她习惯性地深吸一口气,感到辣嗓子。刚进秋天就有人生煤炉子啦?其实这烟气是一年四季都有的。早点铺里炸果子、煮豆浆,机关、学校、工厂的锅炉无时无刻不在烧煤,不在排放烟尘。边道上居然站满了晨练的人,路数五花八门,动作千奇百怪,每个人都认为自己练的那一套对健康长寿有用。他们就不想想,大口地吸进这肮脏有毒的空气,对身体何益之有! 她又点上一支烟,这香烟的烟雾说不定比大街上的烟雾更好些。香烟可以过滤烟尘,至少也可以以毒攻毒。

有几个小伙子正从一位邻居的屋里往外搬东西,马路边上已经堆了一大片破烂儿。搬家没有好东西,中国人的物件讲究实用,放在屋里看上去还像个家——家有三六九等,一挪到光天化日之下全是破烂儿。破家也值万贯。如果她要搬家,光是鲁杨·麦德收藏的那几百件烟具就够折腾的。她不可能搬家,这是她们家的私产房。连楼下别人现在住的那三间也是她的,自己不如父辈,没有守住先人留下的产业。非是自己不肖……不是自己不肖又是什么? 无能也是不肖。明明自己有房,一家五口却只能挤在两间高低不平的小屋里,一如这狭隘拥挤的人世间。

搬家是喜事,早晨出门看见别人搬家如同抬头见喜,是吉利事,不该妒忌生气。

“鲁婶,买早点去?”

这还用问吗? 早晨拿着盆奔早点铺,不买早点又能干什么? 她问的则是应该问必须问的:

“你们要往哪儿搬?”

“尖山小区。是他爸的单位给买的房子,有双气儿(煤气、暖气),三室一厅,光是厅就有十二平米多……”

邻居大妈抑制不住满心的喜悦和痛快,问一答十,恨不得天下的人都向她提出这个问题,让天下的人都知道她们就要搬到好房子里去了。

“不论多好的房子,盖好以后第一个搬进去的你知道是什么吗? 房子快倒了第一个搬走的你知道是谁吗?”

“谁?”

“老鼠!”

“你……”邻居气得脸白了,却又无法答对。

帮忙搬家的小伙子们愈琢磨这话愈有意思,三琢磨两琢磨都笑了起来:

"对,说得太对了,就是那么回事!"

郁清聪对别人的反感和称赞全无反应,眼睛空虚,脸如荒漠的村落。她迈步不一定在走,看着不一定看见,说着话自己不一定听得见。她的世界仿佛有自己的秘密编码,别人无法破译。

"神经病,大早晨碰见她真不顺气。"

邻居在她身后恨恨地诅咒。

"疯话不疯,她一点也不神经。是你叫她鲁婶她不高兴。"

邻居的男主人反而心细。

"那怎么叫她?"

"她是知识分子,应该叫她郁老师。她就会跟你讲许多文艺界的新鲜事。"

"谁有闲工夫听她磨牙?"

你们也配听我讲话?——她听到了,抑或她不听也知道别人在她身后会议论什么。你们怎么配议论疯子,敢于追求疯狂的自由或自由的疯狂都是一种天才。而天才是教不出来的,也是学不来的,要么你有,要么你没有。曹雪芹、海明威、梵高、贝多芬,哪个不是疯疯癫癫?没有疯疯癫癫怎么能在一个世俗的社会里成就自己的伟大业绩。当今这个世界之所以枯燥乏味,就因为缺少一些疯狂的天才,没有巨人文化。

她走着,看着,说着。主要是跟自己对话。路过卖豆浆的铺子也没有进去。成天就是豆浆果子,果子豆浆。豆浆稀得如自来水,根本没有豆浆味儿。卖果子的窗口排着长龙。天津人离不开果子,炸果子要用矾,矾又是炼铝的原料,果子吃得多了等于慢性铝中毒,人会变傻。天津人宁愿傻也要吃!她想换换口味,买一盆羊杂碎汤,让全家人都兴奋一下。不就是一个穷吗?穷不穷不在乎这几碗羊杂碎汤,喝也穷,不喝也穷。莫如穷得大方,穷得自在,穷得有口福。

卖羊杂碎汤的小摊儿前也有人排队。摊儿前的两条长板凳上都坐满了人,还有人端着碗蹲在道边上,吸溜吸溜喝得有滋有味儿。有人干脆把烧饼泡在羊杂碎汤里,站着狼吞虎咽,周围弥漫着热气和羊肉的香味。

郁清聪被吊起了胃口,也想马上蹲在道边先喝上一大碗。在附近她也算是个名人,连小孩子都认识她。大人们见了她或者出于怕惹是非躲得远远的,或者出于好奇愿意跟她打招呼,套她说话,从她嘴里听到一些在一般人那里听不到的东西。

"郁老师,您也爱吃羊杂碎?"

摊主也表示欢迎:

"郁老师是我的老主顾。"

其实她一个月也来不了两回。

"您要忙就到前边来先买。"

人们对她的尊重和恭维使她高兴起来:

"到这儿来都是为了吃,忙不忙都要有个先来后到,不能抢嘴吃。"

"郁老师学问大,说出的话味道就是不一样。"

"老鲁的美国护照拿到手了吗?一成为美国公民立刻就抖起来了。郁老师,我到你们家给看大门,跑跑腿儿怎么样?往后这买羊杂碎汤的事就交给我……"

郁清聪突然发出尖厉的笑声,笑声里藏着阴冷的恶意。

机灵的老板赶紧打圆场:

"郁老师,您见的多经的广,博古通今,您说说,我这羊杂碎汤味道怎么样?"

"对,叫郁老师评评,这儿的羊汤是不是全市第一?"

郁清聪可以突然大笑,也可以突然大骂。笑过之后骂过之后还可以突然露出一种无所不知无所不懂的神色,讲古论今,像什么事都没有发生过一样。认识她的人,怕她笑,怕她骂,希望能碰到她的第三种状态。

她问老板:

"你贵姓?"

"您连我姓什么都忘了？真是贵人多忘事。我免贵姓王。"

"这就对了，从前王家的羊肉粥绝对是天津卫的头一份儿，没人能比得过。掌柜的叫王六，他靠的是为人忠厚，选料考究，精工细做。他都是选羊的胸里、羊肚儿、羊蝎了，剔成 小大有的小块儿，洗净后放进锅里煮炖，加的作料是葱、姜、蒜、八角等。一开锅先把表面的沫了撤去，再投入小麦。小麦都是挑选优质的，去皮儿，捡出里面的草棍、麦皮等一切杂物，先用清水淘洗干净。麦子进锅后先用急火，后用慢火，晚上把火焖好，第二天天不亮起锅。来人买粥的时候，把羊骨小麦粥盛到碗里，点上几滴香油，一进口骨酥，麦嫩，粥稠，味道无比鲜美，满嘴喷香。王六还在熬粥的大锅旁边炖了一小锅大块羊肉，谁愿多花几个钱还可以在碗里加一小勺炖羊肉，味道就更没有比了。喝羊肉粥就芝麻烧饼、豆皮、果篦儿，那才叫早点。一天不再吃饭，营养也够用的。"

"郁老师，您说得我都流哈喇子了。"

"真绝了，您讲得这么热闹就好像当初您跟王六一块熬过粥一样。"

"郁老师，咱们联合开个羊肉粥馆吧……"

郁清聪忽然间又变了脸：

"嘿，我这不成了替你们王家做广告吗？本奶奶不干！"

恶形恶状，一触即发。

众人大眼瞪小眼，谁也不再说话。

该轮到她买汤了，排了半天队，又讲了一大篇关于羊肉粥的故事，却只买三碗。

五口人为什么只买三碗？王老板给她的盆里盛了至少有五碗的。顺便问她：

"要烧饼吗？"

"不要，家里有馒头。"

讲了半天羊肉粥应该泡芝麻烧饼，她还是回家去泡剩馒头。不管她真疯假疯，过日子还挺会算计。——这意思谁也没敢说出来。

得等她走远了再说。她是这一带大人孩子永远谈不完的话题。

一三

一九八九年二月，美国驻华大使馆总领事约鲁杨面试，问完了所有该问的问题之后，表达了大使馆的态度：

"按照美国法律，你不能成为美国公民。很长时间没有回到美国就丧失了美国国籍。七岁、二十三岁、三十七岁几个阶段都不在美国也等于丧失了美国国籍。但是有一种情况可以例外，就是你这种情况——战争遗留问题。我认为你应该是美国公民。但我们没有批准权。我们正式向国务院报告，等待六十天，给你答复。"

他终于听到了负责任的明确严肃的谈话，这谈话具有权威意义。使他五十年的努力不再是渺远的期望和金色的梦幻。他可以切实地企盼，充满信心地等待。

他在总领事面前却表现得冷静自重，很有分寸地说了感谢的话，也表达出一种自信——成为美国公民是他的权利，不达目的誓不罢休。他突然不自觉地表现出美国人的思维方式和教养。这只是他自己这样想，他对自己满意。他毕竟是中国式的半个美国人。

虽迭遭颠踬，几十年来没有赞扬和鼓励，他居然没有丧失自信，没有丧失承受打击和欢乐的人格力量。

见过总领事之后的第五十七天，鲁杨接到大使馆的公函：

"祝贺你成为美国公民。"

他立刻进京领到了自己的美国护照，恢复了自己原来的名字：

"鲁杨·麦德"。

碰上任何一个他所认识的人，总要寻找话题掏出美国护照让对方看。没有人的时候他自己也要经常地摸一摸，看一看那本护照。护照是真的，也没有丢失。即使丢了还可以补发。他这个美国公民的身份也是铁定了的……不知为什么他老是一遍又一遍地验证这一切。看到摸到心里才踏实。

中国十几家报纸发表了他成为美国公民的消息。一夜之间他成了新闻人物,告别了寂然无闻的日子,他家的门从早到晚关不上了。已经疏远了他的亲戚朋友重又围上来,许多他认识的或不认识的人也围上来。几个好事的年轻朋友成立了"鲁杨·麦德办公室"。他没有反对。为什么要反对?他一个人的确应酬不过来,头绪太多,事情太多。不断有研究生、大学生主动找来要当他的秘书。

所有这些围着他转、愿意为他做事的人,都不提钱的事,好像都愿意白为他出力。但大家心照不宣,都相信自己不会白干。他有钱,现在没有将来也会有,而且是大钱。眼下最重要的是能跟上他,攥住他。

各种迫切的无穷的欲望如电流般突然击中了他。成天被人簇拥着,周围全是好奇的、妒忌的、献媚套近乎的眼光。他由最下等,一跃变为最上等,扬眉吐气,饱尝当美国人的美妙。连内心深处的一道道伤口也敷上了一层厚厚的热膏药。

正因为他长时间地被社会所抛弃,恰恰成了这个社会的镜子。他简直是个奇迹,没有萎缩自我以屈服生存环境,现在许多生活得很好的体面人却人格萎缩地来攀附他。特别是那些想钓金龟的女郎,有知识,性格开放,以惊人的坦率接近他,纠缠他。虽然他知道这些人是逢场作戏,无非是想把他这个金龟钓到手。他还是很愉快。他很清楚自己,将来能不能成为金龟还很难说,反正眼下不是。她们想利用他,他为什么不可以享受她们呢?哪怕只是用眼睛,用心来享受一下这些花枝招展的女人也好。

那瓷实且富于弹性的身段,高跟鞋踏出的嘟嘟的令人心跳的女性音乐,矫情的媚笑,野媚的温柔,她们争相用柔情,用粉红色的烟雾包围他。女人的魅力像溪水,环绕着他,慢慢地滋润着他。他感到自己又是一个人了,生机勃勃,在一种不太牢靠的光晕中迷狂。可以做出微醺的迷醉。但他没有一次是真醉,不敢失了法度。郁清聪很快就使他清醒了……

在门庭若市、喜气洋洋的欢乐日子里,郁清聪的精神突然崩溃了。任何女人,包括她的朋友,鲁杨的朋友的妻子,一踏进她的家门她就会猛然爆炸,骂个昏天黑地。她骂起人来,文雅的话,尖刻的话,粗话,脏话,甚至大五荤的话一块儿往外端,全无遮拦,如滔天洪水滚滚而下。刹那间便把对方淹死,冲跑。如果有的人被骂傻了,一时无地自容,手足无措,没有立刻抱头鼠窜,她还会拉上人家去派出所。

她赶跑了所有的女人并不等于想独霸丈夫的爱。她仍然不许鲁杨碰她。他们只是保留着一种名分,一种习惯,一种惰性,一种合法的但不和谐的关系。

她经常向鲁杨告孩子的状。当鲁杨管教孩子的时候,她又跟鲁杨大吵大闹,一直到把鲁杨的祖宗三代骂个痛快淋漓才肯休息。把以前别人对鲁杨的所有咒骂加在一块儿也没有她骂得狠毒。她心里有个恶毒的主宰,仿佛是在接受魔鬼的控制。

鲁杨忍无可忍,只有拳脚相加。

她就会哭喊着到派出所去告状。

她为了帮助丈夫成为美国人,付出了惨重的代价。现在却极端仇视美国和一切外国人,不能容忍任何人在她面前提起鲁杨是美国人的事。鲁杨第一次动手打她,就因为她要撕碎鲁杨的美国护照。打过第一次之后,她一犯病,他就想动手……

他却制不服她。

她倒是把他给制服了!"问世间情为何物?便是一物克一物。"

鲁杨请来精神病专家给她诊治。她大谈艺术。叙述当年投考北京艺术学院的时候自己怎样出类拔萃,考了七天,古今中外大凡人类文化艺术方面的重要知识都考到了。可谓筛了又筛,选了又选。二百个人里挑一个,全国才招收二十三个。她能大段背诵莎士比亚的台词,大讲莫奈、梵高,喜欢布莱希特。甚至讲解深奥的《易经》,分析天下大势。能把专家都给讲傻了。她自信有见微知著的能力。

当她浸入知识和艺术的回想与表达的时候,眼睛里光芒闪烁,整个人都显得充满生气,非常正常。所有的人都看不出她有什么病。

她的正常不是装的。有的时候疯狂也不是装的。

就像中国许多数不清古老而神秘的谜一样,郁清聪也是一个谜。没有人能理解她。因此她孤独,她愤怒,她显得苍老而忧伤……

一四

工厂厂长把鲁杨·麦德找去谈话:

"老鲁,恭喜你成了美国人。从明天起就不要来上班了,算你自动离职。"

"为什么?"

"你是美国人了,我们这个小厂又不是合资企业,没法要你。"

"我没有提出离职,是你们想开除我,或者说是强迫我离职。我想知道你们真正的理由是什么?"

"你是美国人,这不明摆着吗?"

"我如果不同意呢?"

"这是上边的规定,我们也没有办法。"

"上边是谁?"

"局里。"

"既然你们知道我是美国人,你们这样做可是牵涉到两国关系。美国大使馆要跟你们上边交涉怎么办?"

"你们美国不是时兴炒鱿鱼吗?"

"问题是我没有犯错误,你们没有理由炒我鱿鱼。我当了三十多年的中国工人,你们要叫我退职就应该按规定办,发给我退职金,不能用一句话'你明天别来了',就把我打发走了!"

"咳,你还在乎那点钱吗?"

他很在乎,一家五口就靠这份工资维持生计,但不能说出来。

厂长的口吻像个无赖,再跟他理论下去也没有用。这变故是意料不到的。他口袋里的美国护照并不能生出钱来,美国人也需要吃饭,更不是个个都是大富翁。问题是人们认为他已经一步登天了,今后光有好事不会有犯愁的事了。

社会上已经在盛传老麦德给他留下了一大笔遗产,他实际上已经是个亿万富翁了。政府派人来看他,希望他投资。一些区、县、局的领导来找他,愿意跟他合作搞点项目,其实也是看中了他的钱袋。——假如说他真有这么个大钱袋的话。

他莫测高深,对这些领导人的要求不答应也不拒绝。

这些头头脑脑肯屈尊来拜他,其实是来拜美国,拜外汇。他的困难他们看得清清楚楚:拥挤简陋的住房,卫生间里还留着"文化大革命"中打砸抢的痕迹,墙上斑痕累累,地上坑坑洼洼,马桶只剩下一个窟窿眼儿。院子里积水没脚,来人只能踩着一溜砖头才能登上楼梯……却没有一个人想到要为他落实政策,为他解决点实际困难。一听说他成了美国人就纷纷登门要钱。

这倒给他一个启发,如果善于经营自己、推销自己,美国护照说不定真能招来财富。

可以暂时不去美国。香港则非去不可,跟世界烟草公司的这一仗早晚得打,晚打不如早打。打赢了这一仗,他岂止是亿万富翁!

去香港也需要钱,以美国人的身份再借钱就容易了。谁都想把钱借给一个未来的亿万富翁。在他困难的时候雪里送炭,他是不会忘记的,将来不会有亏吃……

一五

车厢里温暖而清洁,舒适安静。一种上流的氛围,教养有素,彬彬有礼。

胜过国内所谓的软席车厢。

这里是国外吗?

他应该习惯于把中国叫做"大陆"。

大陆火车上的肮脏、混乱、拥挤、粗鄙,全留在深圳以北了。这是天堂列车,驶向天堂的列车。他有一种轻捷的飞升感。

当然,这只是一瞬间的事情。

售货小姐有变戏法儿似的手段、身段和笑容,每隔几分钟便推着一辆载满不同货物的小车在车厢里穿过。应有尽有,不应有的也有。

果然是在向物质发达的世界进发。人们注重享受也有能力享受这充裕的物质世界。

他什么也不买,什么也不吃,只想吸烟。但车厢内不准吸烟。他又不想离开自己的座位,寒酸地站到两个车厢的连接处,缩肩弓背,像个没有意志的吸毒者。不,几十年来在恶劣环境的压制下,他找到了一种不花一分钱的兴味无穷的高级营养品,可做正餐,可做小吃,这便是自尊。

他只需要闻,需要感受,能用眼睛吞吃一切想吃的东西就足够了。

对面坐着两个姑娘,一看就是自由世界的宠物。这个世界上的一切好吃好看好用的东西仿佛都应该属于她们。买这买那,不肯放过一辆售货车。不停地吃各种零食,不停地轻声叽咕,不停地娇笑。尽管忙得很,但不会忘记经常打开小镜子,整理一下头发,描眉涂红。其中一个冶媚妖艳,沁人肌骨。他不能不看,又不敢傻看。

两个姑娘从不抬起眼皮扫他一下。

她们肯定看过他一眼,才能永远不再看他。否则怎么知道他不值得看第二眼呢?是谁说过,女人的生活就是装腔作势的艺术。

她们把我当成了什么人?不错,我的穿戴有点拘谨,像个地道的大陆人。我这张美国人的脸呢?我优越的气质呢?我就真的这么引不起香港人的兴趣?

他还从来没有被女人忽视过。

我得到的女人的"重视"又是什么呢?谈过恋爱不知恋爱是什么滋味,结了婚不知何为女人的爱和女人的温柔。

他心里骤然发现一种巨大的不满足。他的骄傲,他的家庭,倏忽间漏进黑洞消失了。

他看到了自己生活里的重大缺憾。他渴望重新活过,渴望爱和温柔。——他得到的不幸和冷酷太多了。也许他正好有幸运获得了这种机会,前五十年是中国人,五十一岁时变成了美国人,可以一切从头开始。

这不是已经开始了吗?

他试着用一个有钱人的眼光看待这个用钱构成的世界。他不敢相信自己具备这种眼光。

这就是香港？

就是跟他所熟悉的社会主义大陆截然不同的另一个世界？

乘客们都站起身，拿着自己的东西向外走。

他的脸也只好离开车窗。没有看到天堂，也没有看到地狱。没有惊呆他的奇景，也没有足以把他吓死的怪物。

香港也是人间。天在上，地在下。建筑物有高有矮，有新有旧。街道有宽有窄，有好有坏。他说不上是有些失望哪，还是松了一口气，缓解了内心的紧张。

颇似依恋不舍地离开座位，悄悄伸直自己的脊梁。提起那个简单而又轻巧的尼龙包，随着大流走下火车。

几个小时前他困难地通过了拦水大坝似的中国海关。想不到香港的海关是都江堰的分水工程，简捷便当。精明藏威的检查员在归还护照的时候居然还对他谦恭一笑，说了一句英语。

他听不懂。但能猜得出那不过是一句例行公事的客气话。欢迎您到香港来。请吧，先生。

为什么独对他这般客气？

美国护照真管用。当然还有他这张脸——在中国人眼里当个美国人最倒霉的时候，他被视为美国特务、黄白杂种。现在美国人吃香了，这个发达世界又把他看成是倒霉的中国人。

他尽量像个美国人那样点点头代替答话，随着人流走出车站。第一眼看到的是广场上站着一个装备威严的警察。好！这里很正规。突然心里有了莫名的安全感，意外地对警察生出一种恍惚的亲近。

他不着急，要定定神，适应一下环境。就要迈开作为一个美国人征服命运的第一步，他要征服的也许是一个强大的世界，而且是他从小就向往就妒羡的世界。

这里会接纳他吗？

他本应该是属于这个世界的。可这个世界曾经冷酷地抛弃了他。作为一个自然人他已经年过半百，作为这个世界的合法公民才只有七个多月。他能适应香港吗？

他生在中国活在中国,五十年来就从来不曾真正地适应中国。中国也不适应他。如果这里也不能令他舒适和自由,那可真完了！他一辈子没有找着一块属于自己的地方。

何况他是来征服这个地方的。无异于一个人要跟一个世界较量一番。也许只有把这场纯粹属于他个人的世界大战打赢了,他才真正有资格成为这个世界的一员,身上的美国护照才有实际意义。否则,他不过是个更不幸地持有美国人的身份证,实际上仍然是中国最底层的没有职业的穷光蛋。

这里是自由的世界,他手里也握有通向自由的通行证。只要有钱就可以从这里飞到他一心向往的美国和地球上的任何一个角落。

但他没有自由的轻松感。

奇怪的是也没有恐惧,甚至不那么激动,不那么紧张,不馊头也不敢大意。

向哪个方向走？最简单最具体的问题:住在哪里？

他突然羡慕起大陆上那些公费出差和成群结队旅游的人。上车有人送,下车有人接,遇事有人商量,吃住不用愁,花钱不心疼。他就从来没有一次享受过这种公费外出的快乐。一个小小铸造厂的三班倒的基层工人会有什么公派外出的机会呢？何况他还是个出身不明来历不清受到重点怀疑特别监督的等外工人！任何好事都不会轮上他,倒霉的事他想躲也躲不开。抬脚动步都得自己掏腰包——这在中国是极少有的。

他想买个打火机,急需点上一支烟。又不能不盘算,身上装着的这借来的一万元港币能支持多久,他是来办大事的,很可能要打一场大官司。打起官司来谁知会拖多久？个人每天的用费最好不要超过一百五十港币。不知一百五十港币在香港能买点什么玩意儿？

这里是全世界公认的花花世界。他却既没有娱乐的要求,也没有购物的欲望。

先住下来再说吧。旅馆里肯定会备有火柴。

一六

"鲁杨·麦德,缅因州人……"经多见广的顺达旅馆的服务员也喜欢研究他。服务员是凭着职业的敏感发现这个美国人身上有一种不对劲的东西,这种东西跟美国跟香港不协调。"先生,您从哪里来?"

"中国。"

"路过此地,还是来香港办事?"

"来香港办事。"

"打算在敝店住多少天?"

"现在还说不准,如果我觉得合适至少要先住半个月。"

"您在哪里供职?"

"怎么,你是单单出于对我的好奇,还是在你这儿住店都要盘查得这么仔细?"

服务员笑了。南瓜似的大脑袋,沟沟坎坎,整体很不平整,但皮肤光滑冒油,头发稀疏,向后梳得很板正。这样一副尊容笑起来居然很甜,很亲近。

"我叫孙其昌,是这儿的老板。一九五三年从大陆出来的,家在大连。我看您是第一次到香港来,也不像是一般的美国人。如果需要帮助我尽力为您效劳。"

"谢谢,请带我去看看房间。"

这是一家很不起眼的小旅馆,但安静整洁,房间里有电话,更重要的是房价便宜,对他正合适。

"麦德先生,您还满意吗?"

"很好。"

孙其昌是干什么的,凡到他这儿来住店的人虽不敢说他一眼就能看到骨子里去,对其来龙去脉那是一准儿能猜个八九不离十。唯独对这个鲁杨·麦德的底细一时还看不透:他到底是个高超的骗子呢,还是一个不走运的沦落在中国的美国穷光蛋?

孙老板先收了他一周的房钱。带着异乎寻常的热情介绍香港的胜景妙处,黑道白道。一个初来香港的人怎样才能吃得痛快、玩儿得痛快、干得痛快。在绘声绘色的讲解中套近了两个人的感情,观察麦德对什么感兴趣,他初来乍到一定也会主动地打听什么。

很快,孙老板便摸着了麦德的大概脉络,这个老江湖突然变得严肃了。他收起了职业性的热情和微笑反而显得真诚了。

"麦德先生,您先休息一会儿。今天晚上我和我的太太请您吃饭,给您接风洗尘。"

旅馆老板主动请房客吃饭,这个举动非比寻常,至少对我是如此。这说明我在见怪不怪的香港也一样能引起人们的关注和同情,也许还会引起一场轰动,那就更好办了。没有理由自惭形秽,不必怯场,有在中国生活的经验等于在人与人之间的关系这所大学里的所有系科都毕了业,相信到地球的任何一个地方都能应付。

孙老板意外地给了他自信。他拨通了世界烟草公司香港总部的电话,他想跟总经理通话,却被一个柔美的声音挡住了:

"我是总经理的秘书,能对您做些什么?"

"让我直接和总经理说话。"

"不可以,请问您是谁? 有什么事情先跟我讲。"

听筒里渗出一种柔和而坚定的冷漠。

跟她费话没有用,不跟她费话更没有用。

"我是鲁杨·麦德,专程来香港跟贵公司交涉在第二次世界大战中对受害职员的赔偿问题。我希望在明天能见到总经理或者董事会成员。"

"我请示之后怎样通知您?"

"过半小时我再打电话来。"

他不想让世界烟草公司知道他的住处,不能不多加防备。

半小时后他又拨通了电话,还是那位秘书小姐:

"麦德先生,我们准备派出以总监为首的调查小组跟您会面。我们的律师外出办事还没回来,要等几天才行。"

"我认为没有必要,如果一接触就请律师,那就是说一开始就是法律接触,我也应该请律师参加。"

"您的意见呢?"

"明天下午两点半,我到你们总部去。"

"您稍等,"秘书又去请示了一番才正式答复他,"就按您的意见办。您住在哪里? 我们要派车去接您吗?"

"不必了,谢谢!"

初到香港,印象还不错。对自己也没有什么不满意,到位就接火,不能让他们拖! 拖延下去自己无论如何也耗不过庞大的实力雄厚的世界烟草公司。不被他们拖死,而是死死地咬住他们。明天就上阵了,先摸摸他们的底再说。反正我已经没有什么再怕丢失的了……

一七

香叶大道果然弥漫着淡淡的香气。

世界烟草公司坐落在此,可谓占尽了风水。

麦德表现出将自己的出路全部押在这唯一行动上的果敢,准时踏进了烟草王国堂皇的大楼。闻到的仍然是香叶树散发出的幽香,决无烟草气味。

进到大楼的深处,自然的香气终于被豪华的办公楼的味道所取代。全世界的现代化办公大楼全是一个味道。

穿过一个黄绿色的大厅,如同穿过烟草的历史。让人震惊并产生玄想的雕塑,文物般古老的器械,绘画和奇异动物的标本,优雅和艺术成了炫耀财富的装饰品。

他被引进一间会客室。

又等了一会儿,才从另一个门里走出三个人来,两男一女。

麦德有点不高兴,故意看看表。

总监、公关部经理、总经理第一秘书。他们各自做了自我介绍。最大的也不过四十岁,他是什么总监? 是总公司的总监,还是香港子公司的总监？都是黄种人，却长得细皮白肉，滋润而漂亮。个个服饰考究，有一种自然的冷漠和居高临下的客气。相比之下，他这个白人倒显得又黑又瘦，头发灰白，一个名副其实的战争受难者。

公关部经理告诉开始了例行公事的寒暄，大德先生住在什么地方啦，条件好不好啦，等等。

麦德只说了声"谢谢"。不作具体回答。因为他不想实告，也不想说谎。公关就是演戏，即便在实质上不是如此，在实践中也是这样的。他眼下缺少陪着别人演戏的闲情逸致。

总监开始用流利的英语讲话，脸上挂着做作的庄重和微笑。这叫下马威，给麦德一个难堪。

麦德打断了他：

"对不起，请用中国普通话讲。我从小生活在中国，对这段历史你们不是了解得很清楚吗？"

我不会说英语，没有受到良好的教育，我很穷，很寒酸，不是我的耻辱，全都应该由你们负责。如此认识问题他心里才有底气。把窗纸捅破，大家都自然了。

"可以告诉麦德先生，这件事情很大，总经理很关心，先派我们接触一下。我普通话讲不好，也听不太好，是不是可以录音？"

"我一个人，你们三个人，还用得着录音吗？如果你们非要录音也没有关系。不过，我不认为这是正式接触。"

他们想耍什么花招？凡事都讲个对等，自己没带录音机来也不能让他们录音。

"好吧，大家就都不要录音了。"总监神情一转，摆出了办事员接待来访者的派头，"我在报纸上看到了关于您的消息，您能不能再叙述一下？"

"消息发出来了？昨天深夜突然闯进我房间进行采访的记者还真有两下子，说话算数。这也证实了我的新闻价值。看来世界烟草公司也很注意舆论界对我的态度。但这个小子毫无解决问题的诚意，装傻充愣，难道要我给三个娃娃从头讲故事？"

　　谈判就是用最快的速度判断对方谈的是真,是假,善意,恶意。多往坏处想,多做准备。把他们想得太好则容易吃亏上当。

　　麦德在任何情况下都能集中自己的注意力:

　　"有关我的全部法律证据都报给了你们。是通过你们世界烟草公司上海办事处和广州办事处转递的,我这里有这两个办事处接到材料给我写的证据。他们讲早就报到香港总部来了。"

　　总监:"我没有见到一页关于您的材料。"

　　也许是不敢往上报,给上司送坏消息是要被炒鱿鱼的。

　　"由于你们下面的工作懈怠,给你们造成这种尴尬,我表示理解。我熟读世界烟草公司在华工作汇编四大册,从来没有出过这样的漏洞。"

　　公关部经理为了替上司解围,抢话发难:

　　"您父亲的确是在世界烟草公司工作过吗?"

　　"您要看工作证吗? 你们的工作证不是发给本人吗? 本人已于一九七三年在美国病故。您不知道吗?"麦德拿出护照,"您知道我是谁吗?"

　　公关部经理:"我知道您是美国公民。"

　　"您知道取得美国公民资格要经过什么审核手续吗?"

　　公关部经理:"对不起,这个问题完了。"

　　总监:"麦德先生,您能再陈述一下您的要求吗?"

　　"第一,一九四六年,世界烟草公司董事会做出决议,对在第二次世界大战中受难的本公司职员家属发放慰藉金,英国籍职员每人三万英镑,美国籍职员每人两万多美元。我要求得到属于我们母子的慰藉金。第二,一九四一年日本人占领了设在青岛的世界烟草公司办事处,我和母亲逃出性命,公寓和全部财产被日本人侵占。战后日本人将这笔财产归还了世界烟草公司。我想知道贵公司是怎样接收的,数目是多少,必须如数归还给我们。第三,一九八二年,世界烟草公司伦敦总部知道了我们母子还活着,这么长时间你们拖延不解决问题,作为美国公民我有权要求精神赔偿。"

总监:"关于一九四六年董事会的决议我相信是有的。我是三十几岁的人,怎么可能知道过去的事呢? 能不能把文件给我们看看?"

麦德笑了,是一种开心的放松的笑。眼前这小子很嫩,未必是什么总监。

"你们知道我今天的身份吗? 我是战争受难人,你们应该千方百计为我解决困难,而不是找我要这要那。我是不是得一边充当历史教员一边跟你们谈判? 不管你们多大年纪,我只知道你们是世界烟草公司的代表。"

麦德逞口舌之快。

对方虽年轻但修养极好,不火不恼,白净清雅的团脸上仍旧挂着敷衍的微笑。似乎不管麦德怎么说,怎么闹,有理也罢,无理也罢,主动权和优势始终在他们一边。在谈判桌上图嘴皮子痛快是愚蠢的。世界上最大的烟草王国难道会在乎某个私人的讹诈吗? 更不要说是一个形同乞丐的战争孤儿的强词夺理。

总监的强大还表现在他能随意岔开话题,掌握着谈判的节奏:

"麦德先生准备在香港逗留多长时间?"

"我很方便,在港逗留多久都不成问题。这要看你们处理问题的速度而定。"

"董事会、总经理都十分重视这件事。我们要报告总经理,还要报告伦敦公司总部,我相信会找到解决的办法。"

"愿意报告谁是你们的事情。我知道这件事就是香港子公司的事,世界烟草公司驻华办事处归香港子公司领导。从一九〇三年到一九五二年的账目、文件都在上海,为什么要到伦敦去找文件? 你们有权按自己的方式办,但为此造成延误,你们香港子公司可要负责。我什么时候能得到你们的答复?"

"我们大约需要两三天完成关于这件事情的报告。您是否等待?"

"我当然等待,这是我来港的主要目的。我有很多事情要做,要熟悉香港社会,香港也要熟悉我。香港社会对我的支持,也是对你们公司的支持,办好这件事能提高你们的信誉。我想这件事情解决是肯定

435

的。今天我到这里来只想知道是否有磋商的可能。"

麦德在私下里反复操练,工夫没有白下。论口才论知识他的确略胜一筹。

但麦德离开了世界烟草公司香港总部的大楼之后,总觉得有点不对劲儿。

什么地方不对劲儿呢?

自己说得多,他们说得少。表面上看在道义上在话茬子上自己占了上风。堂堂的世界烟草公司为什么会派出这么三个狗屁不懂的年轻人来打头阵?看得出,他们根本没有认真做准备,只是一味地搪塞,绕弯子老问我什么时候离开香港。

我一离开他们就没事了。他们断定我没有钱能在香港老待下去。对了,他们没有想到我居然会到香港来,为私事敢跟一个大公司打官司。他们也知道,按惯例中国公安局是不会放这种人出境的。

我来了,打他们一个措手不及。于是他们就派出一些生瓜蛋子,想三言两语把我打发走。他们骨子里带着对我的蔑视,没有一丝诚意,以为是一个穷中国人来找他们讹钱。

一下午说了那么多话,对我来说还是零点零。

我不能再自欺欺人,做最坏的准备,不行就进入法律程序——告他娘的!

一八

喂,麦德,你对自己还满意吧?这是香港的第三十七家报纸登你的照片报道你的故事。你一下子成了名人。连出租汽车的司机都认识你。据说在台湾机场的出口处挂着你的巨幅照片,达到了伟人的规格或者是广告的规格。神秘奢华的香港向我开了门。前五十年光输了,输的太多就不输了,这回也许该我赢了。实际上我已经没有什么可丧失的了。人活一世只要能辉煌一下子就是幸运。中国有多少人终身都没有开花——我只能跟中国人比,我不了解美国。因祸得福,

我算轰轰烈烈地开花了。倘若不结果便是谎化。拿不到赔偿金,热闹
一阵还是穷光蛋一个。有多少钱就有多少做人的尊严,就有多少做人
的自由。

老东伙,你还能拿得住,这很不错。报纸上的照片没有一张是带
笑容的。其实你笑起来很有魅力,只是牙齿不够美观,又黄又锈,颇不
清洁,被烟酒腐蚀得太厉害了。所以在外人面前你很少张嘴大笑,尽
量不暴露自己的缺陷。这实在是成全了你,让全世界看到了一个深
刻、冷静、沉稳的战争受难人。没有一个人会对自己的照片不欣赏不
喜欢,特别是自己的照片登上了报纸。严峻、落寞,不加修饰的优雅,
很容易获得别人的同情和好感,更讨女性的喜欢——他对此深信不
疑。不然不会在这么短的时间里就结识了一大批朋友,不仅有新闻界
的人,还有在商界和金融界颇具实力的人物。很多人请他吃饭。一家
报社还想请他去做副刊编辑,约他写稿,这就是说他如果想在香港找
职业谋生是不会太困难的。有人还暗示可以帮他搞募捐。有人要带
他去桑拿浴、夜总会等娱乐场所开开心。他只接受吃饭的邀请,因为
他每天必须吃饭,不吃别人的饭也得自己花钱买饭。至于其他好意暂
时一概谢绝。他很清醒,一定要保持受难人良好的简朴的形象。又怎
知世界烟草公司不是时时刻刻地用各种手段在算计你!

包括对周太太那火辣辣的情意,他不吃舍不得,想吃又怕烫着。
她甩开丈夫独自把他接到一个非常幽静的小饭店。粉红色的氛围,包
厢式的双人雅座,能把人带入一种享受境界的似有若无的音乐,还有
从美丽丰腴的周太太身上散发出来的那种撩人的气息,都使他感到偷
偷摸摸的刺激和魅力。沉寂太久的心湖被搅动了,又担心是自己的心
太脏。要掩饰男人的脏心烂肺,要想表现得落拓、大方,举止反而愈加
拘谨,神情愈加僵硬,语言愈加迟钝。周太太,让你这么破费真不好意
思。俗浅、虚假,遮掩自己的穷酸,难道怕人家让你付账?这种场合一
个男人应该表现得像个有教养的绅士,哪有让女人付钱的。香港的绅
士很多。正因为她对那些过于成熟的傲慢的现代男人感到厌烦了,才
对他这个笨拙的土里土气的现代野人感兴趣。她是善于修理男人的

那种女人。用手拍着他的手背,发出一种开朗而优越的轻笑。别一口一个周太太,干什么老把周拉进来。我叫崔亮珠,你就叫我亮珠好了。他必须借着酒意才敢叫得出口。手上的戒指耀眼生光,颈项上的珠链光彩流丽,耳垂上的金坠儿,胸襟上的翠花,他很想摸摸这些珠光宝气的首饰。这才是女人。女人必须佩戴珍奇的首饰,才能构成完美的诱惑力,足以压迫男人,让男人气短心跳,感到自己粗陋渺小。

他被崔亮珠驾驭着又讲起了自己的故事。不幸也可以过五关斩六将,失败也可以是英雄。而且比成功的英雄更令女人垂怜。一个男人向一个女人倾诉自己的身世是加深两人关系的最快的途径。他陷入自己的历史,就有了打扮和炫示自己的机会,整个人也渐渐变得自然和流畅起来。他性格中优秀的部分被凸现出来。一个接一个无法想象的事件,无法逆料的结果,使她惊诧,使她满足,使她更亲昵。很显然她喜欢他身上那种神秘的耐力,喜欢他坚韧而阴鸷的气质,喜欢他奇特的经历,全世界决不会再找出第二个这样的人物。她只顾给他斟酒,让他吃菜,自己的脸上却现出一种饥饿,眼里的火焰在烧灼着他。使他觉得自己有力量,真真切切地感受到生命的意义,产生了对生活的勇气。她眼睑下的阴影流露出会意和渴望。他也心智痒痒,突然而来的冲动,急切地渴望接触,化解自己的全部痛苦、忧虑和愤怒。但他的感觉和现实之间有块空地,老也不能合拢。他的灵魂仍然像一团惰性物质,似乎丧失了敢于滑入深渊的勇气。她感到了来自他身内的压力,这压力正在折磨他。她说,我给你再安排一个住处,只有我们两个人知道,你应该放松,你应该享受香港。她眉目传情,有绵绵不尽的意味。他却不敢贸然接受。你放心,我先生不知道。我自己有钱,我们俩可以合作,到其他国家去搞公司做生意……她说得愈多,他就愈清醒。愈清醒,胆子就愈小。

他伸出手臂,身边什么也没有,只有厚重的黑暗在挤压着他。周围很静,想不到香港也有这么安静的时候。他临睡前喜欢想女人,想高兴的事,想自己曾经有过的胜利。就是为了睡得快,睡得踏实,驱逐心里的黑暗给他带来的恐怖和幻觉。一闭上眼,他就不再是他,就控制不了自己的意识。

解救的办法就是睁开眼,打开灯,点上一支烟。房间里什么东西也没有,睡意也没了。由兴奋突然跌入阴郁的胡思乱想,空虚感代替了轻松感。他仍然只有一个人——一个孤立无援的被世界所抛弃的人。他抱着希望而来,在夜深人静的时候独自听着自己希望的呻吟,宁静地享受自己的绝望。这绝望感是他不可思议的禀赋,有时能给他以清虚和透彻,躲在里边清醒地品味自己。他常常绝望又惧怕绝望,忧郁又掩饰忧郁,想快乐却更加感伤。那么多人采访他,对他感兴趣,只是出于好奇,把他当成了最倒霉的怪物。他需要利用这些人,不敢得罪他们,心里又对所有的人都怀疑,不敢轻易信任。重重疑虑如满头雾水。他常常需要自我振奋,自我激励,才有耐性有激情一遍又一遍地重复自己的故事。这是非常困难的。香港人被发达的物质文明娇惯坏了,不知中国式的灾难和不幸为何物。现代社会最容易培养历史的健忘症,跟他们讲话很费劲,先要从第二次世界大战的历史讲起。历史的风尘一次次在他的心里聚拢、扩散,有时把自己掩埋起来,有时又把他裸露出来。自己的故事太陈旧了,讲来讲去自己也变成了一粒灰尘。按理说懂得历史才懂得世界。香港人不关心历史却赢得了世界。

连自己也烦了,对自己所讲的感到索然无味。自己莫非在扮演一个可笑的讲故事的角色?世界烟草公司一拖再拖,一会儿说总公司的总裁要从伦敦来港,一会儿又说总部开了几次会,还在查找资料。既不给他一个明确的答复,又拒绝再跟他接触,等于把他晾了起来。

一种沁骨入髓的焦灼,使他躺不住也坐不住。没有人能帮助他。他必须一个人预测变化,应付一切。

1990年11月

冬绮之奇

一

她回到了家,把疲劳和风尘留在外面,带着巨大的欢乐和渴望,投进一个属于自己的欢乐窝。闻到了自己最熟悉、最喜欢的味道。一种特殊的、是她和家人长期营造出来的氛围,立刻包围了她,沁入她的心脾,感到舒适、愉快、安全。她突然明白一个道理:任何外出都是为了回来。不论去什么地方,再好的外出也无法跟回到家的快乐相比。

左边有儿子提包,右边有女儿簇拥,一个幸福的女人回家,不亚于一个将军凯旋。丈夫迎接她,满脸都是笑意,从她一进门他的眼睛就再也没有离开过她,目光里透出一股温情,一种小别胜新婚的欣喜,嘴上却说了一句最平淡无味的话:

"回来啦?"

没头没尾,谁回来啦?人都进家了还问什么回来啦——正是这一句最简单的废话,也最有味道,内容最丰富。

她痛痛快快地无拘无束地喘了口大气:"回来啦!"

丈夫帮她脱去外衣,在她洗手洗脸的时候女儿为她端上来大米绿豆粥、两小碟咸菜。

"嘿,我就馋稀粥、咸菜。"

女儿在旁边笑了:

"爸爸早就想到了,从昨天就嘱咐我,你妈妈明天回来,别忘了提前熬好稀饭。"

她要吃,还要说,这半个多月她肚子里存的话太多了。

"向东,这段时间你的胃怎么样?"

"没事。"

"你知道我这次日本之行的最大收获是什么?"

"远红外线……"

"日本也在研究,好像已经有了点进展,我必须加劲了……"

丈夫举起食指在嘴边一吹:

"嘘,古人教导,吃饭的时候不许说话。"

"不说话就这么傻看着?"

"看也是吃,你吃饭,我们吃你。也可以我们说,你边吃边听,有许多事情你肯定也急于想知道,就听我从实向你汇报:家里的情况你可想而知,由于户主不在,我们爷儿仨可以自由散漫一些,但吃喝拉撒睡有点乱套,没有味道,没有意思,等你回来给我们做几顿好吃的。噢,还得告诉你,咱们家出了位明星。上个星期,区里有个联谊活动,我带小梅去了,一下子把其他姑娘都给镇住了。一派明星风度,光彩照人,别人都羡慕我有个这么好的女儿。还有你那个宝贝工厂,我也去看过了,基本无战事,你的部下勤勤恳恳、谨慎小心地按你的指令运作……"

他这一招还真灵,用自己的谈锋冲淡了她的谈兴,抑制住她的话头。

叫一个女人的舌头休息是很困难的。特别是她——

她的第一次婚姻是失败的,跟那个丈夫生活了十年,说的话加在一起还没有现在一天说得多。后七八年基本上跟丈夫不通话了,有话只能跟孩子说,跟孩子又能说多少呢?她跟张向东结婚也有十年了,天天有说不完的话,说了十年越说话越多。婚姻的魅力,家庭的魅力,不就在说话上吗?天地君亲师、金木水火土、酸甜苦辣咸,享受一种无话不可说的快乐,是一种心的相通,深的理解和默契,只有夫妻间才有的亲情的交流。她的生命有两条根,其中一条就是家庭。而张向东是这个家庭欢乐和谐的总指挥。他是个真正的男人,因为他有足够的慈爱和亲切。也许是因为他太爱她，所以也爱她的儿女，不是亲生，胜似亲生。或者说因为他获得了她的儿女的喜欢，她更爱他。她身上有无穷的活力，而启动活力的开关似乎掌握在他手里，他能调动她身上的活力。他当然也懂得怎样爱护这种活力……

她吃饱了，而且吃得很舒服。下面照例要进行出国回来最精彩的节目：打开箱子，展览她给孩子和丈夫带回来的礼物，大讲在外国的见闻、经历和收获。

丈夫拦住了她：

"冬绮，今天太晚了，你在外边紧张了半个多月，也太累了。先睡觉，有什么事情明天再说，而且明天你的事情绝对少不了。"

她顺从了，她乐不得顺从他，心里洋溢着女人的幸福感。回到家她有一种舒适、依恋的安全感，完全放松了，如同在他的怀里。向东是个深沉、成熟的男人，他的魅力在顾盼之间像溪水，慢慢滋润着她，呵护着她。

他看着妻子去睡了，两个孩子收拾好碗筷也去睡了。他才皱起眉头，他的胃又开始扭曲打结。他服了药，点上一支烟，一个人又静静地坐了一会儿，他还沉浸在妻子回来的兴奋中。女人就是一种味道，一种气氛，她一回来家里的味道和氛围就大不一样了。

等他走进卧室的时候，冬绮已经睡熟了，睡得很香很沉，脸上带着宁静柔和的微笑，流露出一种高贵的气质，炫目，清丽。令他不能不去爱抚她——拥着她，两个人都会睡得香甜。

二

张向东大变样了，从头到脚一身进口货，皮尔·卡丹的西装，金利来的衬衣和领带，意大利的皮鞋，日本的金表……李冬绮目前对国内的男人包装行业没有信心，她曾请号称一流的裁缝师为丈夫量过体，做过西装，不是小里小气，这儿紧那儿皱，就是松松垮垮，前后可以放得下两个西瓜。而国外的名牌西装，只要是按向东的身材尺码买回来,就非常合体,像专门按照他的体形制作的一样。他身高一米八,体重一百八十斤,微胖但不臃肿,用名牌产品装备起来,嘿,气度立刻就不一样了——变成了当今时代的上流人物。人们可以把他当成政治家,也可以当成实业家或学者,反正不会把他视为等闲之辈。

张向东自己却没有这样的感觉,浑身不自在,不自然。这套贵重行头赶走了他往日的从容自信,潇洒自如。从脸上的神态到手和脚,都不知该怎样动作才和身上的这套装备相称。有一个好女人投入全部真情和特殊的审美情趣,细致、耐心、不惜一切代价地打扮你,是男人的一种幸福。他若适应这种幸福却要有个过程。

但女人要热情过了头,不问你的意志,不容违抗,也是一件尴尬的事。李冬绮看到丈夫这份局促不安、哭笑不得的样子,开心地大笑了:

"看,多气派,这是什么风度! 佛要金装,人要衣装,一点不假。"

儿子和女儿也在旁边叫好。

张向东这个五十多岁的汉子,倒像个第一次穿新衣服的孩子:

"我这个区委书记穿着这身衣服去上班,多不好意思,不是叫人家拿我当怪物看吗?"

"这都是你自己少见多怪,现在是开放搞活,你这个当书记的对自己的穿着都不敢改革、开放,不敢穿名牌,你那个区里的工业还能创名牌产品吗? 快走吧!"

她连推带送把丈夫塞进了轿车。

眼里含着满意和笑意望着丈夫的汽车走远了。她回头问女儿:

"你爸的脸色不好看,我不在家的这些日子是不是又犯病了?"

"上个星期二下基层现场办公,错过了吃饭时间,回到机关食堂吃了碗凉面条,就开始胃疼。晚上回来吐了很多血!"

"吐血了?"

她心里一紧,像被人揪了一把。

"不行,一定要拉他到医院里彻底检查一下……"

三

李冬绮的车无法开进工厂的院子,她在厂门外下了车。院子里停着一辆带拖斗的卡车,车上载着包装保温瓶的纸箱子,几个青年工人正在卸车,然后把纸箱子拉进库房,码成垛——这是再简单不过的活儿了。这些去年刚高中毕业便幸运地成了开发区企业的工人,竟然不会干,纸箱子码了很高,晃晃悠悠地又倒了下来。

李冬绮笑不得气不得,放下手里的包,不顾自己身上还穿着漂亮的出国服装,走过去给工人们示范:

"没吃过猪肉还没见过猪走吗? 你们见过哪栋楼房的砖缝从下到上是一条通线? 都是砖压缝,缝连砖,像一排人互相摽着膀子,才会连成一体,不会坍塌。"

她边说边做,手快眼快,腿活腰活,纸箱子整整齐齐、稳稳当当地被码起了垛。

嘉泰保温瓶有限公司厂区并不大,总共只有八十名员工。听说总经理回来了,大家都有点兴奋,或者说有点紧张,有点新奇——不知李总这次出去又给公司带来什么好处? 但工人们只能偷偷瞄她一眼,谁也不敢离开自己的岗位,停下手里的活计。只有总经理助理闻讯从办公室跑出来,从卸纸箱的地方追到冲床前,才追上李冬绮。

只能用这个"追"字来形容她的助理的神态和节奏。

他的上司看上去漂亮优雅,风度迷人,走起路来却飞快。而且看不见她有多大的动作,迈多大的步子,完全是无意识的,不失其女性的优雅,不知不觉就飘到了前面,把别人落下一大截。一般男人如果不紧追,不小跑,跟不上她。除非她意识到要就合一下别人,故意压住自己的脚步。做她的助理是很苦的,她思维的速度和行动的速度都比常人快得多。她在冲床前发现了问题,提出了解决的办法,助手还没全记下来,甚至还没有完全弄明白,一抬头,不知她什么时候又已经到了十几米外的冲床前,又在那儿下达什么指令或亲自示范。害得助手们老跟老也跟不上。保温瓶生产的全过程,从设计、工艺、设备、技术到生产的每一道工序,都是她一手规划建立起来的,操作工人可以说是她把着手教出来的。她对全公司的每一个环节都熟得不能再熟了。

经济技术开发区刚建立了一年半,李冬绮的公司是开发区的第一批企业。去年她刚来的时候,这里还是一片盐碱地,自己带来了米、油、盐、酱,一边规划未来,一边还要自己埋锅造饭。当时她是天津市保温瓶公司的总工程师,工作驾轻就熟,饭碗是铁打的。人们对开发区和合资企业之类的新东西还充满疑虑。新加坡的一位巨富,两次参观保温瓶公司,对李冬绮的知识之广博以及她对世界保温瓶行业的现状了解之多之透,感到惊讶,一下子就看中了李冬绮。提出如果由她出任总经理,这位巨富就投资在开发区办个厂。周围的朋友都劝她不可冒险,已经四十多岁了,守在总工程师的位子上不是很好吗?既轻松,又安全牢靠。

她最后还是选择了挑战,幸好张向东支持了她。

事业是她生命的又一条根。人工作才像人,好不容易有了机会,有了舞台,再不登台,再不亮相,不要说别的,连自己都对不起。

人只要胆大就有可能是幸运的。

——她到底是幸运者还是倒霉蛋?现在还很难说。

李冬绮来到装瓶工人跟前,问一个小伙子:

"现在你一天能装多少啦?"

"一百六十多个。"

"有点长进,和国营企业的水平差不多了。我们是合资企业,效率还要更高,生产线调试好以后,每个人每天最少要装二百个。"

她在心里对自己的工人还是满意的,这才几个月的工夫,达到这个水平就很不容易了,他们在父母面前还是孩子……正因为他们还是大孩子,她这个管家婆对他们要求就更严。他们还处在"三天不打就敢上房揭瓦"的年龄。从表面上看,工人们很怕她,可私下里有几个小伙子以她的风度作为找女朋友的标杆。她听了仰头一笑:

"这是还没有摆脱恋母情结。"

她看到地上的模具,脸上现出不悦:

"怎么,这个模具他们还没拉走?"

助理说:"我打电话催了几次,还亲自去了一趟机床厂,他们不给修,说模具没问题。"

"没问题压出来的都是废品?"

"我看他们是修不了。"

"修不了就应该退款,影响了我们的生产,耽误了我们的市场,他们得包赔损失。"

"我看很难。"

"什么事都很容易还要我们干什么?"

"除非打官司?"

"你以为我不会?我不敢?人被逼急了什么事都做得出来!"

她一阵风似的回到了自己的办公室。助理也随后跟了进来。助理忠心耿耿,办事扎实,否则就经不住她几问。

"刚才我在车间里看见瓶胆的破损率仍然很高。"

"还是百分之七。"

"我跟他们快把嘴皮子磨破了,看来只有最后一招了,惹不起我们躲得起,停止买他们的货,改用上海瓶胆,上海胆的破损率只有百分之三。"

"李总……"助理话到嘴边又犹豫了。

"你说——"

"这儿的瓶胆虽然破损率高,我们却不能不用,人家是我们公司的最大的一家投资单位,是我们的婆婆。您这总经理也是人家任命的,得罪了他们怎么行!"

"是啊……"李冬绮心里也没底。

她可知道什么叫婆婆。

她大学毕业后的第二年就当了人家的媳妇,婆婆喜欢吐痰,她怎么也想不通,人肚子里怎么会有那么多肮脏的吐之不尽的东西。婆婆很轻巧地把嘴一张,啪的一口黄糊糊的黏痰就吐到了地上。倘嘴边还挂着一部分,或嘴里还留着一部分,就用手一抹,然后顺便又抹在炕沿儿上。她早晨起来第一件事就是打扫婆婆夜里吐的痰,新的用纸擦,陈的用煤铲刮,以后没有那么多废纸就用煤灰渣子。晚上她下班回来,要打扫婆婆白天吐在地上的痰。有痰桶尿盆不用,就要这股随心所欲的婆婆劲儿。她一天要做三顿饭,洗三次锅盆碗筷。她做在前边,吃在后边,而且轮到她吃的时候都是残汤剩菜了。她领了工资如数交给婆婆,所有票证也都把在婆婆手里,包括鸡蛋票。因此她生了小孩就吃不上鸡蛋——中国的女人在坐月子期间还吃不上鸡蛋的能有几个?订了半斤牛奶,也是由婆婆喝。她实在馋坏了,肚子里一点油水都没有,给孩子喂奶都吃力,奶里除去水也没有别的。她求丈夫给买点儿点心吃,当时是一九六四年,中国已渡过了三年自然灾害,点心不要票。丈夫却只给她买回四块核桃酥,仅够塞牙缝的。一出满月,她继续当"祥林嫂"。她最怕星期天,最怕冬天。一到星期天,婆婆有下不完的指示,她有干不完的家务活儿。而齐齐哈尔的冬天又格外长,每到星期天她要洗全家的衣服,还不许烧热水,婆婆说那太费煤。两只手在扎骨头的冷水里揉搓硬邦邦的脏衣服,决不亚于往十个手指甲里钉竹签或者伸手到滚烫油锅里捞铁球等刑法,接受那些刑法是没有办法的,被人强制,被人捆绑住。而她是自由的,是自愿的。再残酷的刑法是一阵子就过去的,而她受的刑法是缓慢的、长期的。她的手被无数冰针刺烂了,十指连心,心也被冰水扎疼了。实在忍不住了就把手拿出来,举在胸前,放在嘴边,疼得跳脚,却不能说,不能叫,只能暗暗地流泪……

"如果怕得罪婆婆,我们的公司也就完了。公司干不好,婆婆们分不到钱,甚至收不回投资,最终还是要得罪婆婆。那就不如现在得罪,将来让他们得好处。"

总经理决定了的事,助理还能说什么。

当李冬绮既不发威,又不发笑,突然间心无旁骛,她看着你,又没看见你的时候,她的灵气像星星一样闪烁不定。然后就会表现出一种站在自信是正确的立场上决不妥协的强硬态度。

她又问:"销售情况怎么样?"

"不好,外方老板那儿最多能销百分之十。"助理回答得很老实,报忧不报喜,因为无喜可报。

李冬绮不想多跟助手说什么,自己对这个公司的前途的设计必须下决心了。

当初建这个公司的时候,外方投资老板为了自己获得销售的利润,曾经提出来包销全部产品,叫李冬绮只管生产。如今生产已进入正轨,产品却销不出去,如果自找销路势必会得罪外方老板,而外方的婆婆更加得罪不起!

然而世界上任何为了获利的交易都不可能神圣地进行。

她像是对助手,也像是对自己说:

"既然董事会把这个公司交给我,我就得采取对公司、对职工、对董事会负责的态度。从现在起,我们必须自己掌握自己的命运。你赶快准备一下去参加广交会,宣传我们的产品,能订出去多少算多少……"

时间太快了,她觉得还没做什么事,一上午就过去了——这种感觉可不好,年纪越大才会感到时间过得越快。她突然一阵焦躁,一种无名的压力和紧迫感向她袭来……

四

嘉泰保温瓶公司每天中午免费为职工提供一顿午餐:俩菜一汤。

这一天厨房做了红烧肉,被先去的人一抢而光,等到李冬绮和几个管理人员走进餐厅的时候,只剩下一个素菜了。

李冬绮笑了,她太理解馋肉的感觉了。指示厨房去买一头猪,一头不够就两头。红烧肉一定要管够。

当她看到洗碗池旁边的垃圾桶时,就再也笑不出来了。垃圾桶里装满了,里面有米饭,有馒头,有青菜,还有红烧肉……她把餐厅的负责人叫来指着垃圾桶问:

"这是怎么回事?"

"咳,这些年轻人太没教养,眼大肚子小,恨不得中午这一顿不花钱的饭吃得能饱一天。您看,哪个人的盘子里不堆得像小山一样,最后吃不下只有倒掉。我们就不应该招收这种郊区的工人……"

"这跟郊区市区没有关系,他们都是高中毕业生,这是我们管理教育的问题。从今天起,你每天向我提供一份倒掉饭菜者的名单,每倒一次饭菜罚二十元,一直到没有人倒饭菜了为止。"

李冬绮感到心累,整个公司就她一个总经理,还兼着党支部书记,大事小事都由她一个人说了算。出了问题,不论大小,也只能由她自己负责——这就是合资企业的管理办法,完全采纳了外商的建议。

她喜欢这种办法,也喜欢董事会对她的信任。有时却感到对人的管理太麻烦了,她不仅要教会他们技术,还要一点点地提高他们的素质。否则她就不可能搞出世界一流的产品……

她在心里给自己鼓励:一切都会走上正轨的,这比刚建厂的那会儿要好多了。

上班铃已经响过一会儿了,她在回办公室的路上看到一个干部坐在门口,沐浴在暖融融的阳光里,抽着烟,看着报纸。她刚才就强压制着的火气蹿了出来,压不住了:

"先生,哪来的报纸?"

那干部有点紧张,仍强装硬货:

"从家里带来的。"

"在家里没有时间看报,在公司里倒可以轻闲地读报纸吗?"

"我这也是关心国家大事!"

"可惜我们这里不是国家大事研究所,是生产保温瓶的。你的八小时是我花钱买的,上班就必须全力以赴地工作。要关心国家大事,回家去看报。全公司只有我一个人可以在工作时间看报,因为我要掌握外汇牌价、市场信息、国家政策。您不掌握这些不算失职。这是公司的规定,您学习过了,进公司的时候您也表示过要遵守这些规定的,现在有什么变化吗?"

"没有。"

449

"那么是明知故犯了？请您通知会计,这个月从您的工资里扣除四十元。"

阳光在她的眼内闪动。

眼下正是春暖花开,谁不喜欢阳光呢?

在花园里,在草地上,在山坡上,懒洋洋地晒晒太阳,也许是很惬意,也许是很无奈。

她深吸了两口阳光的香气,钻进自己的办公室。

占据办公室中心位置的大办公桌上,摊放着各种文字的技术资料——关于这一点她敢大言不惭地向世界宣布:在保温瓶行业她占有的资料是最多的,没有人敢跟她比。因此,她的产品才有可能成为世界上最好的。

她要根据对日本市场考察的结果设计新的品种。还有那个更让她着迷的、攻了几年尚搞不出眉目的远红外线……如果这个国际性课题有所突破,还会带动她的保温瓶行业。

这才是最重要的,才是她应该干的,也是她喜欢干的。

这种事业里有她的梦想,能释放她无限的激情。当她进入痴迷的技术创造境界,满身都会散发出一种智慧的芳香。

她这时候的样子也是最动人的……

五

张向东腋下夹着皮包,脸上带着一个男人最舒心满意的神情,打开楼道的门照例喊一嗓子:

"我回来啦!"

他每天下班回来都如此。好像回到家来是很值得向家人大声通报一声的高兴事,不这样"报门而入"就不够劲儿,显不出这个家对他的重要性或者说他对这个家的重要性。

进了屋见到戴着围裙的李冬绮,还有一句:

"有什么好吃的?"

他一回到自己的家就有食欲。他们结婚的时候,他的体重一百三十多斤,十年来,他的体重增加了五十多斤。胃是最有人性的东西。一位爱吃的哲人说,女人是通过胃达到男人的心的。

她做,他吃。他只不过善于表达自己的满意和赞赏,她就得到了极大的满足。

她在公司里是以总经理的身份在忙,忙得她自己也常常不知道自己是女人还是男人,别人看她首先是总经理,其次才是女人。有时甚至也会忘记她还是个女人。因此她回到家,就渴望做女人,渴望温情。

而张向东正好是一汪感情的大海,他很会当男人,君子动口不动手,他顶多再加上动眼,欣赏她,品尝她,把她指使得团团转,她还美得不得了。

李冬绮为丈夫端上一碗糨糊糊的西红柿面汤,里面卧了两个鸡蛋。桌上摆着四碟热菜,全是用青菜和豆制品炒的,另外还有几碟精致的小菜。张向东问:"不等李开了?""他不回来吃啦,不像话!""有什么不像话,孩子大了,应该多给他们一些自由,别管得太多。"

张向东先喝了一口汤:

"好鲜!这里边你放了多少海米?也把卖香油的给打死了……"

一家人吃饭不可无话。他就是靠说话调节家庭的气氛。妻子今天有点异常,心里可能有什么事,也可能出国太累还没休息过来。他不着急,拿话一套就能套出来。

"今天是什么口子,怎么是全素席?"

"我跟医院联系好了,明天上午对你进行一次全面的检查。今天晚上你最好只喝面汤,如果实在不解饿,就少吃一点银丝卷,不能吃油腻的。"

"还有商量的余地吗?"

"没有!你总是大大咧咧地满不在乎,不能再拖了。"

"好,好,我不争论。你也别紧张,瞧你把我喂得这个样子,大腹便便,满面红光,没人敢说我像病人。特别是胃,更不会有大毛病。胃有毛病的人会有这么旺盛的食欲?会吃得这么壮?"

"这倒也是。"李冬绮脸上的笑意和温情浓厚起来。

"吃饭别谈病,这么好的菜谈病影响消化。"

他的吃相实在叫女人喜欢。一嘴好牙,颌骨宽大有力,饭菜送进嘴嚼得脆生香甜。

"你别以为炒素菜就能让我少吃,好吃不如爱吃。我才不管它明天检查不检查,胃长在我身上,我心里有数。"

他说是说,实际还是控制了食量。

"今天开着会的时候我脑子突然开小差想到你正在研究的那个问题,宇宙间还有其他的光,如可见光、宇宙射线、紫外线等,人体能不能吸收?"

"不能。生物体平时就靠从太阳光中得到的百分之二十的远红外线维持生命。生物的生长,人类的生存绝对离不开远红外线,而太阳光中的大部分远红外线由于被折射、散射或被其他物质如大气层吸收而损失掉了。"

"损失的部分能够回收吗?"

"不可能,目前地球上的人类还无法独霸太阳。远红外线是一种光波,它的波长零点七六至一千微米,它除了具有光的一切性质之外,还有其独特功能,比如它有很强的渗透力,也叫深达力。而人体只吸收八至十五微米的远红外线……"

"哎,打住,先吃口菜。你能不能讲得通俗点儿,我可是西北风大学毕业的。"

"见过糖炒栗子吧?栗子肉并不接触沙子,却被炒熟了。沙子就是远红外线辐射体,实际是远红外线穿透栗子壳炒熟了栗子。但沙子必须加热到二百度以上才能射远红外线;再比如,人在冬天晒太阳会感到暖烘烘的,这是人体从太阳光吸收了远红外线产生了温热效应。室内人越多感到越暖和,因为每个人都是远红外线的辐射体,相互辐射,相互吸收。我的课题就是寻找一种天然的无机矿物原料,经过合成调配,使它能在常温下辐射人体能够吸收的远红外线。"

"美国、日本领先一步了?"

"目前在对远红外线的研究上是这样。我一旦在研究上有进展，投入应用也许比他们快……"

"好,雄心万丈!"

张向东放下碗筷打了个嗝。

"瞧你这出息。"

"有你的远红外线就菜吃,敢不吃饱点吗?"

他欣赏妻子那坚如黄金的才能。正是这种永不满足感使她保持活力和警醒。也许是他没有受过系统的教育,对她的学识和才华格外看重,以她为荣,她简直就是他的全部梦想。

十几年前,他是一轻局办公室主任,她是一轻局硅酸盐研究所的技术标兵,在一次劳动模范座谈会上,他第一次见到她,感到眼前发亮,心里一阵紧张。她穿着朴素,仪表简洁,但人是那么出众,皮肤细润得仿佛风能吹得破,眼睛黑而亮,流盼生辉,自然大方,却又含有一种脉脉的善意。美得清纯、恬静,美得使他不敢正面看着她。发言的时候智慧外溢,资本雄厚,刚毕业没有几年就攻下了国防科工委的两大难题:飞机涂料和火箭炮筒的涂层。聂荣臻元帅专程到所里来看了她的研究成果,接见她,表扬她,国家发给她科研奖状。

也许就在他们见第一面的时候他已经爱上她,只是他自己不知道,即便意识到了也不敢承认。当时他已经结婚了,是从小定下的娃娃亲。

以后他们又打过交道,一轻局成立修海河突击队,他是连长,她是战士……

十几年以后再见面时,她一个人艰难地抚养着两个孩子。他的妻子也已经去世。他突然明白了,她是他等待的爱,他爱她,从十几年前,从上一辈子就爱上她了。命中注定她该属于他,他可以拥有这只美丽的天鹅,不能再放她走了!

他展开了攻势。

她却不敢接受。因为张向东有六个孩子,自己有两个,她担心自己扮演不了这种亲娘后母的角色。

　　是他的六个孩子联名给她写信,请求她嫁给他们的父亲,最后才成全了他们。

　　他从结婚那天起,对她就看不够,就喜欢不够,十年来他们没有红过一次脸。有时两人好得太沉闷,不让感情被巨大的客气僵住,就斗斗嘴。那是为了逗趣。

　　他们都不是青年人了,也都经历过一次婚姻的磨练,知道怎样珍惜婚姻,不允许自己因情痴而失去睿智。智慧则爱,爱更智慧。

　　——这使他们的结合,虽然是半路的却更美满了。

　　李冬绮帮着丈夫收拾好碗筷菜碟,擦净饭桌,从自己的小皮包里拿出一包药放在桌上:

　　"向东,桌上有一包洗胃的药,睡觉前吃,别忘了。"

　　她走进卧室。

　　卧室是一间二十五平方米的大房子,临窗摆着一张大办公桌——这是她的桌子,上面堆放着书籍、资料、矿石、陶瓷粉末和染料。她坐在写字台前很快便进入自己创造的技术王国,她一进去便不容易出来,暂时把其他事情都忘了。搞研究,她在家里往往比在公司里效率更高,因为家里安静,没人打搅。

　　她是一个工作狂。

　　因为她具备当一个工作狂的条件,她是幸运的。她喜欢自己的家,这里是她的停靠站,是她的城堡。在家里能让她得到生活和工作的勇气与力量。她必须工作,必须创造,每一项新的课题里都寄托着她的一个梦……

　　水开了,张向东为她沏上一杯热茶,放在她的写字台上。

　　堂堂的区委书记在家里自愿退居二线,做些服务性的工作。他的办公桌放在外面的书房兼客厅里。如没有紧急文件要处理,他晚上就看电视、读报纸或看杂书。

　　九点多钟,他穿上外衣,拿上手电筒,下楼蹬上自行车去接女儿。李梅在一个星级饭店的商务中心工作,晚上十点钟下中班。自从被一个流氓骚扰过一次之后,他就不敢再大意了,女儿上夜班他送,女儿下中班他接。

夜晚的马路很清静,父女俩并排骑着自行车,似有说不完的话。他要打听饭店里又发生了什么新鲜事。李梅在饭店的商务中心负责申传和英文打字,八小时里动手多,动嘴少,见了继父话也格外多。她常常觉得在继父身上得到的是母爱,在她还小的时候,继父定期给她零钱,早晨买好早点再喊醒她,吃了早饭催她去上学。晚上她外出,总是继父接送她或为她守门。而妈妈一忙就顾不上她,对她要求也太严,还说是培养她的自立能力,让她常常感到母亲是父亲。

他们回到家,李开还没有回来。

张向东开始干预妻子的工作:

"收摊儿,收摊儿!我要实行灯火管制了。"

李冬绮顺从地走出卧室,坐在厅里吃水果。她吃水果跟张向东吃饭一样,吃得快,吃得让人眼馋,一会儿工夫四个橘子被吞下去了。

张向东看得嘴馋,因为怕凉不敢吃。不免愤愤:

"看你这个吃劲儿,哪像个有学问的女人。"

"像什么?"

"像看橘子园的,拿橘子当饭吃。"

"这就叫福气,人不吃水果不行。"

"太不公平,让女人什么都能吃,男人倒需要忌口。"

李梅洗漱完先回自己的房间去了。

李冬绮问丈夫:

"李开还没有回来?"

"没有。"

"你就不要为他等门了,明天还要去医院,今天早点休息。"

"去医院比上班轻松。你先去睡吧,我还要吃药。"

她确实太累了,洗漱完躺到床上等向东,不知不觉却睡着了。

李开到十一点多钟才回来,一听到楼梯上有脚步声,张向东就轻轻打开了门。

"这么晚才回来?"

李开机敏,开朗:

"今晚是战友聚会,您想能早得了吗?"

"你妈出国刚回来,当然想跟你们亲近亲近,全家在一起吃团圆饭。好啦,洗洗快去睡吧。"

"哎!"李开答应得很干脆,他还保留着战友聚会时的兴奋。

张向东吃了药也去睡了。

六

张向东自己感到是在往肚里吞咽一条活蛇。这条蛇刁钻有力,不停地扭曲摆动,一点点向他的腹腔深处游动。他想不咽也不行,想把它吐出来更办不到。

他是个喜欢美味佳肴的男人,没想到有一天会被人逼着吃胃镜。

极端地恶心,却又吐不出来。胃镜在肚子里乱咬乱撞,每个部位它都要看到碰到,胃镜管塞满了食道,撕撕拉拉地疼,难以忍受,又不能不忍受。他宁愿来一次大疼,来一次灾难的高潮,让他痛痛快快地疼死过去。医生们却有耐性地摆弄着手里的电蛇,慢条斯理地在他肚子里翻江倒海!

他觉得已经过去了很长时间,医生们却毫无结束的意思,没完没了地非要在他的胃里找出点什么东西不可。他不能喊叫,不能说话,口腔里被个什么东西顶住了,只能无法控制地顺着嘴角往外流白沫……

站在旁边的李冬绮并不比他好受。她承受着另一种痛苦的折磨,且非常紧张,不敢错过两位主治医生的每一句话、每一个眼神。

而医生都是故弄玄虚、守口如瓶的高手,在检查的过程中不说一句有味道的话。顶多就是:

"你看这儿——"

"还有这儿——"

有时干脆不吭声,只是交换一下目光。

李冬绮似乎闻到了一种灾难的味道,感到了一阵紧似一阵的恐惧。

她看看丈夫,向东闭上了眼,嘴角也不再吐白沫,他的沉寂散发出无边无际的镇静作用。

一个医生问:

"李总,张书记的胃病闹了多少年了?"

"年头不算少了,但以前很轻。前些年犯了几次病,我给他熬了一年的中药,基本算好了,不再犯病,吃得也多,身体开始发胖。从去年开始,调到塘沽区当书记,住办公室,吃食堂,冷一顿,热一顿,饥一顿,饱一顿,又把胃搞坏了。这次发病是因为下基层吃了碗凉面条……"

"噢……除去胃,其他方面还都挺好。"

"您看他的胃不会有大问题吧?"

"嗯……我们要取一块组织化验一下,会更牢靠。"

张向东感到胃部被毒蛇实实在在地咬了一口,他身子抖动了一下。好在有护士摁着他的胳膊。汗水却无法控制,从额头,从前胸后背,从四肢冒了出来。

医生慢慢拔出了胃镜。

李冬绮扶他坐起来。他脸色发青,整个人仿佛瘦了一圈儿。

他长舒一口气,向医生点点头:

"谢谢。"

"您回家好好休息,多吃点好消化、营养丰富的东西。"

医生们笑得亲切,阳光灿烂。能够享受医生这种笑容的人,按理说不会有什么大病。

"什么时候能知道化验结果?"李冬绮问。

"三天以后。"

李冬绮叫张向东的司机送他回家休息。她对丈夫说:

"我到厂里打个晃,很快就回来。"

"进了厂就很快不了啦,反正上午小梅在家,能够为我做流食。下午我也许还要到区里去一趟,你跑回来有什么用?"

"你就休息一天吧,别再往区里去了!"

"好好好,我们不争论,大家自便。"

张向东的车走了,她又回到胃镜室,两个医生还在谈论张向东的病。她插进去说:

"张向东的胃到底有没有大问题?你们得告诉我实话,我好有个准备。"

两个为张向东做检查的医生是托关系特别请来的权威人物,他们通过胃镜看到的一般不会错,化验只不过是一种程序,对他们的诊断加以确认。

他们相互看看,面色沉重下来。

李冬绮的胸部也立刻凝成一团冰雪。

"主任说吧。"

"李总,您应该,也有权知道真相,张书记已经是胃癌晚期。当然,最后的结论还要等三天后化验结果出来……"

她神情错愕,一时间傻了!

"李总,您怎么样?"

"我没事,还有没有办法救张向东?"

"等化验结果出来再说。"

李冬绮不再问什么,再问下去已经没有什么意义了。她走出医院,坐上自己的车,指示司机到公司去。

不去公司又能去哪里?

她现在不能回家,如果见了张向东她会瞒不住,装不像,会忍不住扑到他的怀里。她真想抱住他,抱住生活,抱住希望!

自己命为什么这么苦?

张向东没有了,自己纵有泼天的成就又有什么用!

生活的曾经圆满和不再圆满,突然对她都失去了意义。她被一种深刻的绝望、愤怒、恐慌死死抓住,转而又化做汹涌的悲哀——她哭了。

越哭,悲哀来得越猛烈,她用手捂着脸,双肩抖动,由抽泣变成了号啕大哭。

她的控制力突然丧失净尽,是那么孤立无助,那么脆弱可怜。

司机感到害怕,放慢了车速。

七

她回到公司便把自己关进办公室。

然而她的办公室的门是关不上的。有许多事情要报告她,请示她,等待她的指令。还有一些人要会见她,国内外一些重要的电话要她接。更不要说她给自己还安排了许多永远干不完的事情……

但是今天,看上去她像往常一样忙忙碌碌,而且忙得有章法,有效率。只有她自己知道什么都没干,因为她没脑子,脑子里一片空白。她像个机器人,只是处理了一些不需要动脑子就能干的事。

好在合资企业的人都很忙,各忙各的,每个人的精力都盯在自己那一摊子事情上,没有更多的闲暇去观察别人的脸色。离她比较近的办公室的几个人,看出总经理的神色有点不对头,也不敢打问,只是工作更加谨慎小心罢了。

倒是公司聘请的兼职律师来跟她商量就模具问题向机床厂索赔的事,突然跑题问了一句:

"李总,您没事吧?"

"我有什么事?"

"看您的气色不太好。"

"如果好说好道机床厂还不退赔,就打官司。一切都拜托您了。"她起身送客。

她对企业还负有责任,可是谁对她负责? 自己的个人生活为什么总是和不幸连在一起?

是张向东使她喜欢这个世界,喜欢周围的生活。她怕他像大树那样猝然倒下,遽离人间,留下自己一个人回忆着痛苦的人生……

真正的强人是不存在的。在感情上每个人都是弱者。

中午她没有吃饭,对所有关心她的人一律回答是胃不好受。

她把头靠在皮转椅的高靠背上,闭上了眼睛。这样在这半小时的休息时间就不会有人来打搅了。

——而这一切就显得更为反常,她的部下从来没听她说过胃有什么毛病,更未见她睡过午觉……

……

在一个工地上他们意外地相遇了,却感到并不突然。他们甚至从来没有想过今生不会再相遇了,彼此似乎在等待着这一次相遇。

相遇之后再要不相见就难了。

第一次相遇是天意,是缘分,以后的相见就是人意,是情意。发大水、闹海啸、大地震,在她需要的时候,他给了她们娘儿仨以关照。

可是当他提出结婚的时候,她却感到太突然了。

"突然? 你还说突然? 十多年前第一眼看到你的时候就吸引了我,你的影子就一直在我心里存着。要说突然也不是现在,十多年前就已经突然了,能够使人结合的感情都是突然的,往往第一眼就决定了。来得不突然就不叫……爱——当然,到了四十六岁这个年纪再说出这个字不容易,也有点不自然。可是人间最强烈的这种感情,不用这个字又用什么来表达呢? 平时认为很俗的,被年轻人用滥了的字眼儿,到关键的时候最管用,最准确,最新鲜。"

当官的就是会说。把一件最难说出口的事,说得理直气壮,有理有据,还玩字眼儿。在他这些机智俏皮的温存话后面,却有着沉着自信的意志,如同水下面的礁石。

他是个可以信赖、可以依靠的男人。

十几年来,他是丈夫,也是兄长、朋友。

……

快下班的时候,李冬绮的助理从广州打电话来,他带去的样品在同类产品中最有个性,虽然由于去晚了没有好的展台,仍然接触了一些客户。其中有个黎巴嫩客商,想要一种罗密欧式的保温瓶。因为没带翻译,他对客商的要求听不大明白,对自己公司的技术和生产水平能不能满足客商的要求也没有把握,如果不把这笔订货争取到手又有点可惜……总之他希望总经理能去一趟。

她问:"什么叫罗密欧式的保温瓶?"

"我也不知道。"

"你看那个黎巴嫩人是不是真有诚意？"

"好像有。他们有三个人,对咱们的瓶都很有兴趣。"

"他们能听懂英语吗？"

"能。"

"好吧,你告诉他们,我明天上午乘七点钟的航班到广州,下午三点钟见他们。"

反正在今后的二天里要等待最后的宣判。她留在家里也不会有什么作为,无论是愁眉苦脸还是强颜欢笑,都无济于事。莫如去会会这个黎巴嫩的罗密欧……

他是希望把罗密欧和朱丽叶的故事绘制在保温瓶的外套上,还是要求把保温瓶做成罗密欧的样子？罗密欧是什么样子？按电影里的造型,还是按舞台上的造型？

她通知办公室的人去买往返机票,然后把机票送到她的家。

她今天也要按时回去。

下班后去淋浴间洗了澡,让自己放松一下,冲去晦气,清清爽爽地去见向东。多少年来她头一次有点怕回家……

八

李冬绮穿一身驼色羊绒套装,质地柔软又平整舒展,胸前别着一枚镶金的珠花,脖子上系着雪白的真丝围巾,头发梳向脑后,挽成一个时兴的凤头,显得那样成熟、端庄、柔和。她走进谈判间,其魅力立刻像一种气体充塞了整个空间。

三个黎巴嫩人不由自主地站了起来,向她问好,为她拉椅子。她表示了谢意,请对方也坐下。

她先用汉语问：

"三位先生会说中国话吗？"

黎巴嫩人愣了一会儿,其中一个年长的能说几句生硬的日常用

语,他听懂了"中国"两个字,便连猜带蒙地答:

"中国……很好!"

李冬绮笑了,她的第一外语是俄语,便用俄语再试探一次:

"我们可以用俄语交谈吗?"

对方听不懂,又摇头,又耸肩。

李冬绮只好使用自己掌握得还不纯熟的英语。黎巴嫩人笑了,立刻恭维她:

"李老板不仅人长得漂亮,而且是语言天才,能说许多国家的话。"

"谢谢!"李冬绮从包里拿出自己的产品样本,"听说三位先生对我们的产品有兴趣?"

她开始介绍自己的公司,自己的产品:

"我们的公司是中国和新加坡的合资企业,投资总额八十五万美元,生产设备全是由国外进口的当今世界一流产品。保温瓶主要功能是保温。我们的产品在保温时间和使用寿命上都是一流的,这是我们产品的检测数据。等一会儿我要送给你们每人一套带茶具的保温瓶,你们自己就可以做试验,看它能保温多长时间,还可以和宾馆的保温瓶比一比。我之所以敢这样说,是因为保温瓶的保温性能和寿命取决于瓶胆,制作瓶胆的关键程序是镀银,非搪法薄层镀银工艺技术是我发明的,目前是最先进的……"

黎巴嫩客商露出惊讶:

"你不仅是老板,还是发明家?"

"不论在大学里还是在读研究生的时候,我始终学的是这一行。我的产品在注重保温的同时,另一个最大特色是讲究外形美观,它摆在房间里是工艺品,房间豪华它更豪华,房间高雅它也高雅。有的色泽柔和淡雅,有的色彩热烈饱满,根据各个地区各个民族的不同喜好和风格,我们设计了一升、一点四升等几十个品种和花色。你们看这一套,保温瓶上印的是拿破仑翻越阿尔卑斯山,当时正是拿破仑不可一世的时候,而许多法国人都有拿破仑情结。他们非常喜欢这个产品。这是我在参观卢浮宫时受启发设计的,它本身就是一幅赏心悦目的油画,人物脸上的表情非常细致传神,衣着又浓墨重彩。再看这一套,一个大保温瓶带一个糖罐,一个茶叶罐,六个茶杯。图案全是各种各样的动物,形象生动、活泼,逗人喜爱。而且每个茶杯上的动物都不一样。这套产品是向非洲出口的,非洲不实行计划生育,孩子多,每个孩子只要记住自己的动物,就不会拿错杯。"

黎巴嫩人笑了,笑得声音很大,很痛快。

李冬绮的产品本来不错,经她这一说,再看她的保温瓶,就更美了。

"李老板,你能不能为我们设计一套罗密欧与朱丽叶的保温瓶?"

"当然可以。不过罗密欧与朱丽叶的故事很丰富,是个悲剧,最后一对恋人在凯普莱特家的墓地双双死去,极其悲壮!你们是喜欢这最后的高潮场面呢,还是喜欢他们第一次相见、谈情说爱的场面?抑或是在教堂秘密结婚的场面?"

三个黎巴嫩人商量了一下,为首的说:

"还是他们在教堂结婚的场面好。"

"好!"

李冬绮从自己的小皮包里拿出几张白纸,一盒彩笔,略微想了一会儿,勾绘出两张草图。一张是正面的,罗密欧牵着朱丽叶的手,充满着对幸福的憧憬向圣坛走来。另一张是侧面的,两个人相对,似刚举行完结婚仪式,张开怀抱,要把对方揽进来,或者要把自己投过去。

李冬绮解释说:

"这只是草图,真正印制出来要比这细致得多,生动得多。这里面有我的想象,因为在莎士比亚的戏里没有表现罗密欧和朱丽叶结婚的场面,想征求一下你们的意见。"

黎巴嫩人选择了第一个方案。

他们立即签合同,黎巴嫩人一次就购买了价值十万美元的保温瓶。李冬绮保证在半年内把货供齐。

九

李冬绮在广交会上耽搁了一天多,还接触了另外一些客商,又签了两笔订货合同,第二天晚上赶回了天津。

她按医院规定的时间顶着门找到了为张向东做检查的主任医生,见到了化验报告,向东的胃癌晚期得到了最后的确认。她虽然有所准备,仍无法接受这个现实,或者不敢、不愿接受这个现实。

她坐在医生对面的凳子上,一下子没了主意,甚至没了力气,身子像僵了一样。跟昨天在广交会上那个才华逼人、应付自如的李冬绮判若两人。

女人其实都是心灵脆弱的。

医生不忍,劝慰她:

"现在也不用忌口了,他想吃什么给他做点什么,他还有什么心愿未了,比如想去什么地方看看,趁他近期还有力气,就让他去散散心。"

李冬绮大惊:

"您这是什么意思?您是说不能治了,就等着⋯⋯啦!"

她说不出那个"死"字。

"李总,我理解您的感情。但是,目前人类的医学水平,对癌症还无能为力,更不要说已经到了晚期。可以吃药,可以化疗,主要是对病人及家属的精神安慰,于病无大补,更不可能创造起死回生的奇迹。"

"我不需要精神安慰,我要求对向东进行切实有利的治疗,花多少钱都行!"

医生只是摇头:

"回天无术。"

"手术切除呢?"

"已经晚了,搞不好腹腔打开以后就合不上了,还有可能会活着下不了手术台。即便勉强撑住了手术,也会元气大伤,身体大伤,不仅不能起死回生,说不定会加速他垮下去。"

"如果不做手术他还能撑多长时间？"

"癌细胞扩散的面积太大了，少则半年，长则一年。"

"什么？ 他才只有五十五岁，身体还是那么强壮，就只能活一年了？"

"我也不愿意相信这是真的。"

"谢谢！"

李冬绮起身走了，她不能再跟这样的医生多费口舌了，他太冷酷无情，毫无同情心，心平气和，温文尔雅地就宣判了一个人的死刑。没有一点要挽救一个有价值的生命的热情。

李冬绮急了。

一个能干的女人被逼急了就会不要命，一个不要命的女人就没有干不成的事。

最后，肿瘤医院收留了张向东，并按李冬绮的口径告诉他是胃里长了个良性瘤子，要手术切除。肿瘤科主任王德元亲自主刀，负责对他的全面治疗。

王德元是这方面的权威，年龄又不是很大，正处在技术的巅峰时期，可以说是最好的。能由他操刀是张向东的幸运，因为他有个发了疯的一定要把他的性命保住的妻子。

她舍得了自己的命，舍得了一切，上天入地，能感动鬼神，还有什么她想办的事会办不成呢？

住进最权威的医院，请最好的医生，尽了最大的努力，剩下的就看她和张向东以及儿女们的运气了……

运气——她即使相信它，也不敢依靠它。张向东被推进了手术室，她一下子瘫在了手术室外面的长椅子上。浑身发冷，脸上却一阵阵出虚汗，手脚抖个不停。

只有她才知道自己是多么脆弱。

而且她没有权利表现自己的脆弱，她甚至不能哭，不能愁眉苦脸。必须每天装笑脸，逗向东开心。她还必须强大，必须干别人干不成的事。

她对痛苦的反应超过了痛苦本身。

现在她可以哭了,情不自禁地泪如雨下。她低下头,用双手捂住脸。自己的一双儿女,一左一右扶着她,撑住她的身体。向东和前妻生的儿女以及塘沽区委的领导,都想劝慰她。

这时候没有一个人能劝慰她。

她不相信医生说的那种最坏的情况会发生——向东下不了手术台或打开肚子后见肿瘤已无法切除再原样缝上。越是不相信,越是害怕,就越是禁不住老去想它。

一阵阵冰冷从心底往上冒。

对亲人深爱的感情是世间万物中最残忍的。

她经历得太多,很想爱一个人,有幸真的碰上了一个值得爱的人。他同时也开发了她,让她重新获得了一种生命,她便用自己的整个生命去爱。他几乎成了她唯一的寄托,唯一生存的希望。如果他不在了,她不知自己怎么办。

八个小时比八年还要漫长,还要难熬。

给她水她不喝,给她饭她不吃,送她回家更不可能。她已经站不起来了,更没有力气自己走路。

王德元终于走出了手术室。

李冬绮和儿女们的心抽紧了,为什么医生出来了,病人还没有被推出来? 莫非……

王德元脸上冒着热气,后背都湿透了,他走到李冬绮跟前:

"手术还算顺利,我承担了最大的风险,一个医生所能尽的力量我都尽了。只是发现得太晚了,扩散得太厉害了,大网膜上都是。如果不发生意外情况,再活一两年是可能的。"

"谢谢,您辛苦了!"

"下一关是控制炎症,我估计手术后病人将会持续高烧,那是很危险的。去年我在美国发现他们研制出一种新的消炎药亚硫氨霉素,对重病人手术后的退烧非常有效,副作用也很小。国内没有这种药,不知您有没有海外朋友能帮忙?"

李冬绮立刻从椅子上站了起来,她身上又有了力气:

"有,请您把药名写下来,连同它的英文名字以及需要多少……"

张向东被护士推出了手术室,他的儿女们拥上去。

其他病人的家属感到羡慕:

瞧人家这一群儿女,个个像模像样。这个病人好福气,好威风。

张向东脸色青白,双目紧闭,鼻子里插着管子,胳膊上插着管子……

一〇

李冬绮给香港的朋友打电话,请她不论花多少钱也要想办法买到亚硫氨霉素。

香港的朋友买到药以后送到深圳,她同时坐飞机到广州,然后转乘火车去深圳取药。

不出医生所料,张向东的体温持续在三十九至四十度之间,医院里最好的消炎药都用上了,仍高烧不退。李冬绮拿来亚硫氨霉素,总算没有误事,使张向东渡过了手术后的第一道难关。

王德元又告诉她,目前治疗胃癌最好的药是日本生产的香菇多糖。她如有办法可直接从日本购买,就是太麻烦了,也未必能保证及时供应。还有一个办法,北京肿瘤医院的张家庆教授,是王德元的大师兄,非常受日本人的尊崇。因此日本每年向张家庆提供可供十个胃癌病人服用的香菇多糖,做临床试验。如果张向东能成为张家庆的十个病人中的一个,服用香菇多糖自然就不成问题了。

李冬绮立刻给张教授写信,理智和经验告诉她这封信要写得简短、扼要、恳切,如果写得太长会惹人厌烦,说不定人家就不看了。此信的主要目的就是让张家庆知道有这么一回事,四天后她要去登门拜望,想说的话等见了面再说。当她铺开信纸写开了头以后,话就止不住了。病人及病人的家属面对一个可信赖的医生,如同面对能救命的菩萨,是没有什么好隐瞒的,无话不说。她介绍了自己的经历,又介绍

467

了张向东的为人及两个人的感情,她一边写一边哭,最后写满了五页纸。她无法冷静地在一页纸上说清楚自己的请求,只好用特快专递把这五页纸的长信都寄去了。

第四天,她按自己信中约定的时间到了北京,找到张家庆教授的家。她拿定主意,不见到张家庆就不离开北京,在他家门外死等。她相信求中国人会比求日本人容易。

张教授的门一敲就开了,而且待她很热情。又听她口述了一遍她的要求,详细打问了张向东的病情及手术后的情况。最后答应把外地仅有的一个名额给张向东,并不定期地来天津参与为张向东会诊。

李冬绮还有本事把天津市医学界的各门科的专家分别请到张向东的病房为他会诊。

张向东是个躺在特护病房的胃癌晚期的病人,却惹得其他病人和家属,甚至包括医院的人都羡慕他、妒忌他。只有非常幸运的人才有福气摊得上这样的老婆。不是所有的女人都有李冬绮这样的心,即便有她这样的心,也没有她这样的力。如果没有她这一番折腾,张向东真不知会怎样……

他的病势渐渐稳定了,由特护病房搬进了单间的高级干部病房。在特护病房里一天二十四小时由护士护理,搬出特护病房家属就得上阵了。张向东的儿女多,不愁没人照顾,甚至都抢着在医院里值班。

李冬绮认为儿女们愿意尽自己的责任是好事,但谁也不能代替她。她搬来一张行军床,除去上班就把张向东的病房当做家了。

——一

跟机床厂的官司开庭了。

李冬绮对打赢这场官司本来有十分把握,真的走进法庭却突然产生了一种莫名的紧张感,觉得不舒服。

"祸不单行"——这句老话据说是百灵百验的。向东得了大病自然是第一祸,伴随而来的其他祸事又是什么呢?

她说话做事必须格外小心了。

她摆出一堆数据和事实,说明机床厂的模具是不合格的。

机床厂的代表也拿出一堆资料,证明自己的模具是合格的。

这种技术官司枯燥乏味,没有戏剧情节。而且公对公,不论谁输谁赢与打官司的本人无太大的关系。

审判员也是女的,从神色看对李冬绮却并无多少同情心。不知是她听明白了,还是根本没有听进去,干脆利索地宣判李冬绮败诉,判定机床厂的模具是合格的。

李冬绮吃了一惊,她没想到法庭断案会这样草率,这样不负责任,立刻表示不服:

"你们没做任何调查,甚至还没见到模具,怎么就断定它是合格的?"

女审判员更是振振有词:

"你不把模具拿来我怎么看?"

"我把模具运来很容易,你法院里有吊车吗?"

"模具有多重?"

"不重,只有五百公斤。你对模具一窍不通,根据什么断案?"

法院是不怕争吵的。她吵得越凶似乎对她越没有好处。

她找到庭长,也是个女的,对她说:

"对技术官司我们也很头疼,许多技术问题搞不清楚,你不服就上诉吧。"

"技术问题可不像思想问题、道德问题,它是有硬指标的,最容易搞清楚!"

她当然要上诉。

上诉还得要找那个女审判员,她竟然向李冬绮要四千元上诉费。

她一下子被气疯了,一个为了救丈夫可以不要命的女人,为工作也可以不要命。心里再没有任何惧怕和顾虑,在法院的楼道里就大喊大叫起来:

"这叫什么法院? 你们快把共产党的牌子摘下来,这里不是共产党的法院！你们是糊涂,还是收了对方的好处？断案不公,人家要上诉,找人家要四千块钱的上诉费,还有王法吗？穷疯啦？……"

李冬绮的叫喊声惊动了一个不知什么人物,打开自己的办公室把她请进去。简单地问了一下情况,只收了她九百元就为她办好了一切上诉手续。

从法院出来已是中午。她很想回医院看看丈夫,喂他一点东西,然后再去上班。

但她知道自己现在的脸色一定很难看,肚子里憋着太多的火气和委屈。若是过去,她会迫不及待地向丈夫和盘倒出来,叫也好,骂也好,怨也好,向东都有办法化解。或笑,或劝,或深析,或浅说,总能让她平静下来,让她心里舒畅。现在不行了,她每天只能以笑脸对他,只能说些轻松愉快的能逗他发笑的事情。他不再是她强大的精神支柱,她需独立支撑一切困难和烦恼。

她感到从未有过的孤单和软弱。

她告诉司机回公司。将头靠在座位的后背上,闭上眼睛想休息一会儿。

一闭上眼就七想八想,越想越烦,越想越苦。她索性挺直身子,睁开眼,深吸几口气,打开车窗。

汽车已驶上津塘公路,路两边的树全都绿了,飞絮飘飘摇摇,不知不觉天已经暖和了。这是过的什么日子？连季节的变化都视而不见。不管谁有多少烦恼,多大的灾难,这暖洋洋的空气照样带着令人妒忌的蓬勃生机,万物正在复苏。

为什么春天要抛弃她？抑或是她抛弃了春天？

她回到公司,职工们自然要打听官司打得如何？她本来没有好气,却不敢带着气回答。原来她回到公司跟回到家一样,都要装着一股劲儿。

"输了。但是我不服,又上诉了。"

"我们怎么会输？……"部下们还有许多问题,但是不能再多问了。

助理为她端来一份儿饭菜。

她明明不想吃,还非要逼着自己吃一点不行。否则,总经理打输了官司连饭都不吃了——这样的闲话一传出去,既丢人,又影响职工情绪。

她拿起筷子,第一口菜还没送到嘴里,一个青年工人气呼呼地冲进她的办公室:

"总经理,为什么扣我二十块钱?"

她放下筷子,翻翻管理员送来的记录本:

"你在上个月二十七日中午,把没有吃完的多半碟菜和半个馒头倒进了垃圾桶,有没有这回事?"

小伙子不说话了,但脑袋还梗梗着。

"对你来说中午这顿饭菜白吃,对公司来说却不是白捡来的,它摊入生产的成本。你把饭菜倒掉,跟生产一个废品所造成的浪费在性质上是一样的。因此跟在工作上出过失一样要受罚,这是公司的章程。你刚来的时候明确表示要遵守这些章程。听懂了吗?"

"懂了。"

小伙子的脑袋低了下来,转身想走。李冬绮又叫住了他:

"等等,你来找我,说明对自己的错误还没有认识,你去告诉会计,加罚二十元。"

小伙子一愣,却没敢再说别的,答应一声走了。

今天发工资,有十几个人因倒掉饭菜和其他过失被罚了款,也许还会有人来找她。正好,用不着再强迫自己吃饭了,她吃气已经吃饱了,胃里胀鼓鼓的。

她排遣烦恼的最好办法就是不顾一切地投入工作。这时候的她,变成一架高效的精密的工作机器。面色沉静,眼光格外敏锐,任何一个环节哪怕是极细小的疏漏也难以逃过她的眼睛。她说话少了,而且把声音压得很轻。指挥别人少了,主要是指挥自己,行动的节奏更快更准确。熟悉她的人都知道,这时候的总经理是最厉害的,千万不要招惹她,不要被她抓住什么毛病。

整个公司的运转速度似乎都加快了,气氛变得紧张了。车间里几乎听不到有人说话,大家操作得更用心、更仔细了。

任何一个岗位上的人都感觉到了她的存在、她的神色、她的目光。

她希望从工作中得到快乐、得到满足,暂时忘记其他忧烦和痛苦。今天却不行,当她看到印制不合格的保温瓶外壳时,脸都气白了,甚至一阵眩晕险些没有栽倒。

保温瓶的外壳如同人的脸面。她设计的样式和图案,不敢说"人见人爱",至少十个人里有九个爱。她追求的就是一流的设计,一流的产品,一流的包装。外方老板希望她"肥水不流外人田",把印制保温瓶外壳的活儿交给他在中国的另一个合资企业,谁知道印成了这副样子,像橘子皮一般。这笔损失怎么讨回?

好说好道肯定不行,闹不好又是一场官司。她可不想再打官司了,因为她不信任法庭。

她拟出电传稿,把情况通报给外方老板,同时通知那家公司停止印制,追回尚未被弄坏的马口铁。自己到车间率领工人为生产线换上香港印制的马口铁,并告诉助理,以后继续到香港印制。

一下午,那些因扔饭菜被罚了款的人再也没有找她的麻烦。下班后她刚回到办公室,就听见外边吵了起来。一个被罚了款的工人,不敢找总经理,却疑心是工长使坏,找碴儿和工长吵了起来,手里提着一块三角铁,张牙舞爪要打人。两人拉拉扯扯,吵吵嚷嚷来到李冬绮的办公室。

另有几个干部冲进来挡在李冬绮前面,想把那个手持铁器的工人赶出去。

李冬绮出奇地平静:

"让他留下,你们都出去。"

她的声音显得文弱、疲惫,甚至还有几分心不在焉。她的助理却很不放心:

"李总,您……"

"你们都出去吧,难道听不懂我的话吗?"

干部们都退出去了，她盯着年轻工人的眼睛，缓缓地说：

"太可惜了，家在塘沽，算天津的郊区，高中毕业没有考上大学，却有幸在经济开发区的合资企业里找到了一份工作。家里高兴，别人羡慕，你今天却想行凶打人。小铁为凶，我一个电话就能叫公安局把你抓起来，叫你年轻轻的前程从此葬送。你如果真敢打死工长，打死我这个五十多岁的老太太，我们就是烈士，你就是杀人犯，将死无葬身之地！何况你未必打得死我们，自己就先进了监狱……"

"总经理……"那年轻人突然扔掉了角铁，想为自己辩解，却又不知该如何辩解。

"行啦，我没有时间跟你多说，你如果还想留在嘉泰公司就去向工长赔礼道歉，他要还留你，你明天就继续来上班。他若不要你了，你就算被开除了，请另谋高就吧。"

等她收拾好东西离开了办公室，看见那个工人正痛哭流涕地哀求着自己的工长。

这是过的什么日子？

真是祸不单行！

一二

张向东的身体还十分虚弱，能整天闭眼，也很少说话。只要李冬绮一来就不一样了，眼睁开了，精气神来了，话也多了，脸上有了笑容。

连护士都知道了这个规律：

"张书记对李总真好，李总一来病就好了一大半。"

"应该说是李总对张书记好……"

结婚十几年，仍然琴瑟和鸣。一方得了不治之症，可说是他们的大不幸，其关系还令别人艳羡，实属难得。

李冬绮一进门就看见向东的病床对面多了一个大鱼缸，里面吹着氧气泡，有十来条色彩斑斓的日本金鲤在里面摇头摆尾，慢慢悠悠地游动，甚是逍遥自在。她猜到了这是谁弄来的，禁不住还是问了一句：

"这是谁送的？真漂亮！"

"李开。"张向东更为得意，"他怕我被关在病房里闷得慌，他说观赏金鲤鱼不仅能解闷儿，还能怡情养性。鱼缸又能调节病房的空气，增加湿度。平时看他大大咧咧，心还挺细。"

"爸，这叫孝心。有了孝心，粗也能细。"李梅见父亲高兴，也在旁边凑趣。

"不错，还是我们小梅深刻。连鱼带缸少说也要五百元，让我高兴的代价可真不低。这鱼实在珍贵，在病房里看鱼的游动，会增加一种情趣，感到一种生机，活着是美好的。"

张向东恢复了以往的随和和诙谐，使一家人又恢复了昔日的快乐和和谐。谁能看得出他是李冬绮这一双儿女的继父呢？

他尽管躺在病床上，仍然是李冬绮最好的停靠站。

李冬绮打开饭盒，稻米粥还冒着热气，里面有莲子、枸杞、红枣，熬得稀烂。一小碟切得很碎的咸菜，喷香。病房里堆满国内国外各种高级补品，李冬绮坚持每天三顿饭让张向东吃点粮食，吃点蔬菜，能不断提高他的食欲，也更容易消化吸收。

张向东果然眼睛放光：

"好香，我还真有点饿了。"

"中午喝了多少面汤？"

"我本来想喝一大碗，小梅不给，只让我喝了多半碗。"

"瞧您这出息，不是我不给，是大夫不让您多吃。"

"馋东西吃是好事，明天想吃什么？"

"我想吃的东西多了，螃蟹、大虾、玉米面窝头、烤红薯、大葱蘸虾酱、小葱拌豆腐……"

李梅咯咯笑了：

"您快点把身体养好，出院后咱们天天下饭馆，把天津市的饭馆都吃遍了。"

"一言为定。噢，掌柜的还没发话哪。"

李冬绮也笑了，这是一天来她第一次由衷地笑。

张向东的胃只留下了五分之一，自从医生允许他吃流食以来，李冬绮每天亲自为他制定食谱，每天都不重样。除去三顿正餐，上午十点，下午三点半，晚上九点半，吃补品。每天多吃几次，每次不要吃得太多。

"好，我明天买螃蟹，买大虾，用蟹肉、虾肉、黄瓜、鸡蛋，自己擀点面条，做得糨糨糊糊的，怎么样？"

"很好，叫你这一说我现在就想吃。"

他试着不用妻子喂，自己坐起身子，一手端碗，一手拿勺，慢慢地往嘴里送。

李梅要回家了，向他打了招呼。趁他低头喝粥，又向母亲使了个眼色，冬绮便跟了出来，嘱咐女儿：

"晚上就不要外出了，吃过饭早点休息……"

她像一个操不够心的母亲，絮絮叨叨一直送女儿到楼梯口。

"白天院长查房的时候说什么了？"

"没说什么，爸的伤口长得不错，能恢复得这么快院长说不多见。倒是他自己想得太多，好像已经知道他得的是什么病了。别看他见了你又说又笑，白天可沉闷了。中午我扶他起来吃饭，对我说：'病长在我身上，我自己当然最清楚，你妈瞒着我也是为我好。等着吧，什么时候你妈告诉我实情，咱什么时候就不打哑谜了。'你可要多留神。"

"你怎么说的？"

"我说您别尽瞎想，应该睁开眼看。不相信我还不相信我妈，叫她知道了多伤心！"

"好闺女，答得好。你爸那是探你的口风。他是什么人物，这么大的手术，这么大的阵势，他能不多想吗？猜测总归是猜测，我的铁嘴钢牙，不让他证实自己的猜测，他就永远会抱着希望。"

等她回到病房，张向东调侃她：

"你们娘儿俩交换情报可真够神秘的。快吃吧，一会儿就凉了。"

另一个饭盒里有一角从粮店买的大饼和鸡蛋炒黄瓜，张向东还剩下一碗稻米粥，她也有滋有味地吃了顿晚饭。

　　饭后,洗,收拾,扶向东躺好。然后她把凳子拉到向东的床边,双手伸进被子,握住向东的左手。他的手依然很大,非常柔软。

　　对她来说,他仍然像一块巨大的磁铁,构成了以他为核心的感情磁场。靠在他身边,心里很踏实,感到了疲乏,真想好好睡一觉。

　　他那硕大的沉寂的身子像影子一样覆盖着她。灯光却在她的眼睛里投下许多闪烁不定的光点。

　　张向东定定地看着她。

　　"冬绮,你瘦了。"

　　"瘦点精神,现在我走道更快了,没人能跟得上。"

　　"是啊,你也不见老,还是这么漂亮。"

　　"你希望我老得快点?"

　　"我不希望让别人看上去我们太不般配。"

　　"别拿你老伴儿开心了,一个女人只有有人疼,才会是漂亮的美丽的。所以你必须快点把身体养好!"

　　"这些日子把你熬坏了,是不是公司里也出了麻烦?"

　　"谁说的,没有的事。你少说话,听我给你汇报。去年秋天我不是从北美拿到了一批保温瓶套具的订货吗？价值三十万美元。两个月前我们就把货配齐了,却不让出关。按文件规定,我们的经营范围里没有这一项,就死活不让出口。外经外贸委的主任、市长批的条子都不顶用。上个星期我找到了海关的杨关长,我说,我们的政策卡得太死,而且是中国人卡中国人,人家美国、加拿大要我的产品,我又有货,现成的三十万美元为什么不赚呢？我走投无路了,只有来求你杨关长,你不给我解决,我可跟你没完,就算赖上你了。关长真不错,一个星期就给我们办好了,昨天已经把货发走了。"

　　向东笑了:"难怪有人说你是女强人。"

　　"你别说话,闭上眼,听我一段一段给你说,权当休息。我从台湾买了两台冲床,我有经验,凡是从海外进货,货到了海关先不要拆包,请海关和商检共同检查,出具证明。否则,商检不出证明,有问题也没有索赔的证据了。问题是懂行的负责人,有没有这份责任心,肯不肯下这份辛苦。我们的进口设备和加工件全是我亲自验货,我发现一台冲床的曲轴有裂纹,立刻叫海关出了商检报告,台湾又寄来一根新曲轴。那根有裂纹的还能用,等于多了一根备件。海关的人都知道,李冬绮索赔最多,老找外国人要钱……"

张向东没有睡着,她自己却趴在他身边睡着了。向东没有惊动她。

他太知道她了。她这时候越是跟他大讲自己怎样过五关斩六将,就越是说明她的工作遇到了麻烦。他现在已经帮不了她。

一个有才华的女人会有许多敌人,包括一些愚蠢的男人们——真是不假!

十点钟的时候,张向东叫醒了她。

她为他热了参汤,又侍候他解完手,漱了嘴,为他用热水擦了脸,擦了脚,擦了身子。

他睡了,她却来了精神。

她本来就睡鸡觉。有刚才那一觉,她再干到凌晨三四点钟不会有问题了。

她拿出白布在行军床上摊开,又从兜里倒出含有远红外线的陶瓷粉——一边搞自己的试验,一边照顾丈夫。

一块硬纸板挡住了台灯射向丈夫的光亮,病房里很静。

一三

李梅结婚了。

婚事办得很简朴,没办法,李冬绮也觉得对不住女儿。

自从张向东一住院,她除去上班就守在医院里,家可以不顾,女儿大了却让她不放心。更主要的是那个小伙子是女儿自己相中的。他们是同学,毕业后分配在同一个单位工作。小伙子叫罗志斌,是个会计,为人很厚道。向东在生病前就对他做了调查了解,明确表示满意。莫如及早成全他们,也好让他承担起照顾李梅的责任。实际上,向东住院后,李梅再下中班就由小罗护送。

姑娘太漂亮了也是个麻烦事。

何不借女儿的喜事冲掉向东生病的晦气呢?按老说法这叫"冲喜"。据说是很灵的。

张向东果然奇迹般地一天比一天好起来。专家们还经常为他会诊,也为他恢复得这样快感到惊奇。

连他自己也不再怀疑,从胃里切掉的瘤子是良性的。

李冬绮也相信手术获得了极大的成功,把癌瘤彻底切除了。

高级法院委托轻工业学院,由模具专业和模具教研室的几位教授组成了调查组,到嘉泰保温瓶公司检验机床厂的模具是否合格。

最后,高级法院根据调查组的结论,裁定李冬绮胜诉,由机床厂赔偿她的公司一万元。

她对法院一下子又有了好感。又起诉了把她的马口铁印坏的那家合资企业。

结果她又胜了。法官亲自到那家合资企业执法,把尚未印花的马口铁运回嘉泰公司。另外还罚那家企业又赔偿了十四吨马口铁。

李冬绮相信,大难已过,"祸不单行"的警报也解除了。国外还有许多生意要做,趁着向东在医院里有人照顾,她先去了英国。

伯明翰有一个保温瓶展销会,邀请她去的是比尔兄弟。这兄弟俩专做保温瓶生意,已发了大财。去年他们就相中了李冬绮的保温瓶,订了一大笔货。由于价格压得太低,销售部长做不了主,最后请示李冬绮,她不同意发货,打电传通知了比尔兄弟。这兄弟俩却对此事耿耿于怀。尤其是弟弟,留着大胡子,把李冬绮刚从机场接到宾馆就发作了,拍着桌子责怪李冬绮,说中国人不守信誉,破坏了他的生意。

李冬绮勃然变色,整整红色披肩,身子坐得更直了,透露出凛然,却不失优雅:

"世人都说英国绅士温文尔雅,看来是误传,想不到还有你这种毫无礼貌的英国人!那笔生意从一开始双方就未达成协议,最后没有成交不存在信誉问题,更与中国人我的广大同胞无关。做生意要先交朋友,用我们中国的老话说叫和气生财,互利互惠。你不能只想着把别人口袋里的钱都装进自己的腰包。我认为那笔生意不划算,当然有权不做。这有什么好奇怪的呢?你是在对谁拍桌子发脾气呢?先生们,谢谢你们到机场接我,如果没有其他的事情想谈我要休息了。"

那个当哥哥的慌了,赶紧站起来向李冬绮赔罪:

"请您一定要原谅他,别看他胡子长得很长,才只有二十四岁,用中国话说是个不懂事的小青年。"

李冬绮见人家已赔礼道歉,面色也缓和了:

"这我就理解了,他比我的儿子还小。我的儿子都二十九岁了,如果他敢对远道请来的客人这样放肆、这样没教养,我就会抽他大耳刮子!"

小比尔拼命挤出笑容,揪住自己的胡子,把脸凑上来:

"如果您抽我大耳刮子就能消气,那就狠狠地抽吧!"

这个英国人真难理解,如果刚才她低三下四地解释,请他原谅,也许会是另一种结局。

李冬绮也会发脾气,但她更会利用脾气,是自己脾气的主人,而不受脾气的控制。她被逗笑了:

"好吧,这笔账先记下来,下次重犯,加倍惩罚!"

经过这番较量,比尔兄弟不仅变得礼貌周全,也更好打交道了。当晚他们请她到当地的中国餐馆为她接风。在展销会期间,光是这两兄弟的公司就向她订购了价值九万美元的保温瓶。

李冬绮又马不停蹄,一个人闯到了意大利的米兰市。她不懂意大利语,而在意大利谈生意又必须使用当地语言。她叫接她的客户把她安排在一家中国餐馆旁边的旅馆里。中国餐馆的老板娘是广东潮州人,她每天让老板娘教她二十个意大利语单词,她记在本子上,旁边注上汉语拼音。前几天里她除去吃饭要出门,其余的时间就把自己关在房子里背单词。

她就是用这临时学会的一百多个单词,再加上手势,硬是谈成了十几万美元的生意,满载而归。

苏联寒冷地带多,保温瓶的使用率很高,想请她去办厂。她带着两个人又出发了……

一四

张向东又上班了。

红光满面,风度依旧,没有人会相信他是晚期胃癌病人。他对自己的气质和能力似乎也充满自信。主持各种会议,作大报告,到基层检查工作,亲自领导在泥滩上建设一个沙滩海滨浴场的浩大工程,等等。

区委在塘沽分给他一套房子,离开发区又近,李冬绮不必每天都往市里跑,他也不必再住单身宿舍。

生命仿佛获得了一次新的机会,开始了一种新的生活。

他也更渴求李冬绮的眷爱。

他愿意相信别人对他的错觉,希望别人有这样的错觉:以为他和以前和其他人一样健康、正常。他在区委尽量保持原来的工作作风。事必躬亲,连重要的报告都要带回家自己写。

带回家是真的,他亲自动手写却未必。

吃过晚饭,李冬绮叫他往床上一躺,将他自己想通过这个报告要说的话叙述一遍,然后就休息,看电视,由李冬绮代笔。她的文字功力还达不到一挥而就的程度,先写出草稿,然后再誊清。有时干到凌晨三四点钟,有时则一直干到天亮。到了上班的时间,张向东带着夫人起草的报告直接上会场,绝对合他的心意。

李冬绮毕竟是研究生毕业,堪称才女,况且对他的思想了解得太透了,为他起草讲话稿并不难,只是太辛苦了! 然而这辛苦又有许多乐趣和甜美。

平时他回到家,李冬绮也不会让他干什么事情,他想看书,李冬绮代读。他想看报,李冬绮代念。对他的身体的实际状况,李冬绮似乎比他本人更清楚——她可不敢把希望押在一种错觉上。

她在他身上创造了奇迹,又不敢完全依赖这奇迹。

他在工作时间努力撑持着,回到家却再也没有精力逞强了。听任李冬绮的照顾,享受她那无边无际的温情。每天等他睡着以后,她才干自己的事情。

一个才气逼人、个性很强的女人,十几年来没有对他表现出一次不耐烦或者提高嗓门说话,这是为什么?

恐怕只有一个解释:她对他好得没有自己了。

有时他心有不忍:

“冬绮,你别把我当成泥捏的。”

“你当然不是泥捏的,有个电影明星说,丈夫就像火,不好好照顾就会熄灭。我永远不会忘记这句话。”

“能碰上你算我好福气,你是个最理想的妻子!”

“这人家也早有定论了,所谓理想的妻子就是一个拥有理想丈夫的女人。”

“你说我是理想的丈夫?”

“那还用说! 你是不是感到很得意?”

“受宠若惊,可我能给予你什么呢? 只能牵累你,我欠你的太多了……”

“夫妻间还能说谁欠谁的?”

他们想的不是一回事。

他想的是:他们结婚的时候,他前妻留下的六个孩子中只有老大结婚了,后面的几个孩子的婚事就都不能没有她的操持。前几年她利用业余时间到处讲课、进行技术服务,以增加家庭的收入。最困难的时候她亲手为他的孩子缝制结婚的新被褥,然后还要亲自送到新房里。多少年来她都坚持不要向东的工资,让他有能力按自己的心愿去资助前妻的儿女,在那些儿女面前他有资格说自己仍然是个好父亲。

当个后娘不容易,特别是六个孩子的后娘! 俗话说“有后娘必有后爹”——她就是不想担这个名声,仍然还给他前妻的儿女们一个亲爹。

在金钱上,在生活琐事上她不计较,她不在乎。

她看重的是向东给予她的这份感情——这是他唯一最富有的东西,一个男人有这些就足够了。

她和向东拥有了一个女人同一个男人彼此间能够感受到的一切,这才是最重要的。

一五

一个调查组突然进驻嘉泰保温瓶公司,查封了所有账目,当然是冲着李冬绮来的。

"告状——调查——撤换",这是整人的"老三篇"了。虽百试百灵,却妇孺皆知,作者不愿意写,读者不愿意看。但,既然发生在李冬绮身上,就无法回避。

而且像她这样的人物,如果不挨整,岂非不真实和缺少"中国特色"?

像她这样的第一批到开发区来的元老型经理,已经没留下多少了。

她只是不明白,自己在什么地方,什么时候,得罪了何方神圣?

她首先想到的是外方老板。她不止一次地得罪过他。但那是为了公司的利益,与私人友谊无关。

老板曾叫她到自己设在印尼的工厂去为保温瓶印花,每个瓶却要她四十二美分。但她在香港印,每个瓶只需二十七美分,而且质量也更好些。她不甘心当这种冤大头,据理力争,最后外方老板只好叫设在新加坡的集团总部赔偿了她五千美元。

为马口铁印花的事她起诉了外方老板在中国的另一家合资企业,而且官司打赢了,老板也向她抱怨过:"你怎么可以用我的左手告我的右手?"

她却说:"亲兄弟,明算账,如果我吃了亏上了当,还不索赔,就是大笨蛋,不称职,你就该炒我的鱿鱼!"

外方老板还叫"嘉泰"从他印尼的工厂进口二十万个保温瓶的胶

口,这胶口是已经被淘汰的过时产品,用塑料和橡胶合成的,毫无弹性,放在保温瓶上漏水。李冬绮不要,老板非叫她收下不可。没办法,李冬绮只好在一次董事会上提出这个问题。

外方老板以他在董事会里特殊重要的地位,摇头否认:

"小会的啦,我们印尼都用这种胶口,从不漏水的嘛。一定是你的瓶胆不合格。"

李冬绮争辩:"不对,你们印尼的保温瓶也不再用这种胶口。"

"怎么可能呢? 我常在印尼还不清楚吗?"

李冬绮立刻跑回办公室,拿来外方老板送给她的印尼保温瓶,当场拆开,拿出胶口用手一拉老长,是纯橡胶制品,跟老板提供的过时胶口显然大不一样。

这一招太厉害了,使外方老板没有台阶可下了,他带来的助手和一名会计师都惊呆了,不敢吭声。中方的董事们也很紧张,这个老板是开发区的投资大户,倘若他一怒之下拂袖而去,抽回投资,这局面如何收拾? 如何向市里交代?

在这位老板庞大的集团公司里没有人敢这样顶撞他,让他如此难堪。相反他对部下的训斥却毫不留情面。唯独没有训斥过李冬绮,反倒一次又一次地被她逼得下不来台。

场面极为难堪,没有人知道该怎样打破这僵局。

外方老板突然将身子向沙发上一靠,哈哈大笑起来:

"李总,你是机关枪,我投降,我投降。"

人家不愧是见过世面的大老板,这一笑太有学问,太有水平了,不做作,不尴尬,爽朗地缓解了紧张空气,给自己找了个台阶下来。

连李冬绮都被外方老板的气度感动了。她也笑了:

"老板,你那胶口我就不给钱了。"

外方老板故做无奈地把双手一摊:

"你太厉害了,跟你一沾边儿就得吃亏。"

"当初你叫我出来的时候说,给我五十万元让我玩玩,到算账的时候你可是一分钱也不让。"

"好,君子不言利。"

不言利还办公司干什么？李冬绮没有再吭声。杀人不过头点地,他们的谈话都写进了董事会记录,她为公司省下了四万美元。

但事后,她请一位书法家写了五句话,挂在自己办公室的正面墙上:

"恭喜发财,五路进财,有道得财,和气生财,造福赐财。"

办企业就要旗帜鲜明地光明正大地赚钱。

按中国人的观念,应该说她得罪了外方老板。可是开发区主任曾对她说过,外方老板在背后却非常赞赏她,说她是难得的人才。有人可能精通技术,是发明家,却不一定精通企业的经营管理。有人可能精于管理,却不一定懂技术。李冬绮既是技术奇才,又精通管理,做生意太精明了,这样的人才难找。外方老板还提出要为她增加工资,免费请她去老板设在印尼、新加坡的企业考察……

这样的人似乎不会在背后向她捅刀子,更不会用"查账"这种典型的中国手段来整她。

李冬绮被逼无奈,继续反省还得罪过什么人——

保温瓶需要一些茶壶茶碗等配套的瓷器。一业务员利用到唐山订货的权力,不找正规的信誉好的大瓷器厂订货,专找一些个体小厂,质次价高,且不能按时供货,但能给他很多的回扣。事情败露后原可以把他送进监狱蹲两年,由于她心软,只让他下车间干活儿就算没事了。

她认为没事了,人家会不会记恨在心,暗地使坏,到处告黑状？

她还开除过两个人,都是手段极其恶劣地索要贿赂,或借给公司办事之名,趁机倒卖,从中渔利,她最恨这种吃里爬外的人……

俗话说:"宁得罪君子不得罪小人。"这些小人,干事不行,其破坏力、杀伤力却不能低估。

不错,确实有人告她的黑状。

但是光下边有人告还不行,上边还要有人信才能派得出调查组来。

上边的人更喜欢问中午那顿白吃的是什么标准？都有什么菜呀？每月工资多少？这询问里有关心,更多的是羡慕和好奇。合资企业嘛,人们关注的是它的福利待遇和收入。

总经理办公室的墙上公然贴着招财进宝的大标语,一个知识分了完全钻到钱眼儿里,能不叫人担心？

董事会决定,每年给李冬绮的工资标准是两万美元。但是按中国的合资企业法规定,她实际却不能拿这么多,每月真正能领到手的只有五百元人民币,其余的钱留作职工福利。有的合资企业的经理就用这笔钱给自己买房——按理说这也不为过。经理也是职工,买房也算福利。上边也怀疑到李冬绮身上了,她经常出国,花钱又大手大脚,是不是挪用了董事会给她的工资？

按中国习俗,调查组进驻哪一个单位,就是表明那个单位将有一场灾难要降临,差不多等于公开宣布总经理被停职审查了。不仅使"嘉泰"的人惶惶然,闹得整个开发区都知道了。可谓"坏事传千里"。

李冬绮跟董事会打了声招呼,便不再上班了,实际她也无法工作了。调查组无论把"嘉泰"弄成什么样子也与她无关了。

这一手当然有意气用事的成分。

她回到家还越想越气,无法使自己平静下来。想好好休息一下,却躺不住,睡不着。因为她如同一个沸腾的汤锅,一刻也不能闲着,倘闲下来便无法放置自己的激情。她想看书,却老走神儿,看不进去。她的远红外线的研究已接近尾声,正好利用这段闲暇成就大功,却无法集中精力……

她想瞒住张向东已经不可能了,张向东在区委都听说了,又做了点小小的调查研究,便提前下班回来了。

一进门就笑。李冬绮越是气得不行,他越是笑,让她气上加气。

他为她沏上一杯她喜欢喝的花茶,在她身边坐下来,双臂抱住她的双肩,把她的身体揽进自己的怀里。说的仍然是玩笑话:

"看来今天的午饭、晚饭都得由我来做了,你什么也别干,只管好好生气。"

她将自己的头靠在丈夫胸前：

"我在外边受气,回到家你还要气我。"

"这叫以毒攻毒,想不到我的李总也有不理智、不够精明的时候。"

"你是说我不该扔下'嘉泰'不管了?"

"别想什么该不该,凡你做过的事都是应该的。你已经说出暂时不再管'嘉泰'的事了,就不再管了,他们天塌下来也不管。我也是共产党的区委书记,在某种范围,某种场合,也可以代表党说几句公道话,在经理一级的人物中,恐怕没有谁比你更经得住调查了,无论怎样查也查不倒你。因此我断定,要不了多久,人家还会请你回去。到那个时候不可再意气用事,给台阶就下。因为'嘉泰'是你一手创建起来的,搞成今天这个样子不容易,八十个人,年产值搞到一千多万元,每年出口一百多万美元。如果被搞垮了,别人不心疼你心疼,因为那都是你的心血。不能让别人把'嘉泰'搞垮,谁都不行!"

这一番话让李冬绮头脑冷静下来,心里却很舒服。她把自己所受的委屈,对"嘉泰"的功劳,一件一件全倒了出来。

张向东不打断她,鼓励她说下去,直到她说得心里的火气小了,觉得把该说的都说出来了,他才给她做结论:

"当名人就注定要被误解、被中伤。因为理解有才能的人需要勇气,这个社会哪会有那么多有勇气的人?"

"特别是你们这些当官的,更不理解知识分子了。"

"不错,但我是例外。我都有勇气要你,还不敢理解你吗?反过来说,人活一辈子,肯定要起起落落,如果生活像死水一般平静,又有什么意思?有人叫你奇才,是因为你的生活中有太多的坎坷、不幸和机会。你抓住了机会,将坎坷和不幸变成了成功和幸运,所以你就奇了。平淡的生活造就不了奇人。"

"我可不想当什么奇人,只愿当个平平静静、无忧无虑的女人。"

"不能让女人平平静静、无忧无虑,是男人的过错。有时我真羡慕国外的那些夫妻旅游团,什么时候我们俩也能一块出去散散心,西安、苏杭、黄山、桂林……"

"我连颐和园、十三陵、长城还没去过哪！你这个领导干部是怎么关心知识分子的？"

"罪过,罪过,所以应该接受审查的本应是我!"

一八

李冬绮对远红外线的研究取得了突破性成功。由于她是实用型的科学家,立刻把自己的研究成果用于生产——她研制出远红外线陶瓷粉,又利用这种陶瓷粉制成了一系列医疗保健用品。

共获得了十四项国家专利,其中发明专利九项,新型实用专利五项。通过了科委和医药学会的鉴定,拿到了可以大批投入生产的批号。

张向东强打精神,要为妻子的成功庆贺一番：

"冬绮,这个成果非同一般,应用范围非常广泛,可多方面地直接造福于人,你得请客。"

"没问题,说吧,你想吃什么？"

"河螃蟹。"

"这好办。"李冬绮通知了孩子们都回家吃饭,然后提着菜篮子上街了。河螃蟹四十元一斤,她买了五斤,另外又买了一些青菜、豆制品、酱制品、鸡、鱼、猪肉等等。

张向东闹腾得很热闹,却只吃了一个河蟹,喝了一点汤。

趁着大家都在兴头上,李冬绮从提包里拿出一摞专利证书和一些远红外线制品,一样样地向丈夫和孩子们介绍它们的功能。

"这是保鲜盒,怎么样？很高级吧！在塑料中加入了一定比例的远红外线,能使食物中的水分子活化,保鲜,保味。米放在里面,长期不生虫子。把酒放在这个盒里二十分钟,可提高酒的档次,使味道变醇变香变柔和,相当于放在窖内十年的老熟效果。不信你们马上就可以试……存放蔬菜、水果、鸡鸭鱼肉,效果就更好了。"

不分任何场合、任何时候,她一讲起自己的成果就有一种陶醉感。越说越神,但神而不怪,不玄,令人信服。

"很快我将搞出多功能杯,多功能壶,如果将我的专利投入'嘉泰',谁能跟它竞争?"

她又拿出一条宽宽的白布腰带,中间一段缀满红色小疙瘩,虽是疙瘩,但摸上去很柔滑,暖暖的。

"这就是远红外线陶瓷粉,这叫腰腹带。可局部保暖,促进血液循环,消炎止痛,加速伤口愈合。适用于腰痛、胃痛、胃寒、消除手术后的瘢痕。向东,我给你系上。我先设计出这个腰腹带就是为了你。然后陆续推出背心、衬衣、护膝、胸罩、床单、枕套、内裤、鞋、袜等二十几种产品。前途非常乐观,眼下还没有投产,想订货的人已经找上门来了。"

张向东没有叫妻子给他系腰腹带,他的腹部又长了一个疙瘩,用手都触摸得出来了。这次他不再怀疑自己胃里的肿瘤是恶性的了,否则手术做得那么好,有那么多专家为他会诊,对他的治疗可以说精致得无与伦比,为什么这么快又复发了?冬绮,太晚了,你要早十年研究出这种腰腹带,也许还能救我。现在,无论它多么神奇,恐怕也回天无力了。

但他还是到房间里把腰腹带系上了。

全家人,特别是李冬绮,今天格外高兴。他不能扫大家的兴,又坐回饭桌上。

李冬绮又为他捡了一只河蟹:

"今天难得这么高兴,再吃一只。"

"不行,这河蟹太肥,好吃不可多吃,肚子要紧。"

他说得很轻松。男人的力量就来自对巨大痛苦的克制。

"向东,还有一件事你看该怎么办?珠海一家公司看见了我的论文,想出三百万元,把我的专利全部买走。你认为能卖吗?"

"三百万!"孩子们都停住了筷子,停住了嘴,眼睛望着当家人作决定。

张向东想了一会儿才慢慢开口:

"珠海这家公司很有眼光,他们如果真能花三百万买去,搞得好一年就可以赚回三千万。可三百万对你来说有什么实际意义呢?它只不过是一堆钱,可以买好多东西,可以惹好多麻烦。而这些专利对你来说就不一样了,它是你的心血,目前你正喜欢它们,如同你的孩子。我相信不论给你多少钱,你也不会卖孩了。"

李冬绮轻舒一口气,笑了:

"跟我想得差不多。就是用人民币把我埋起来又有什么用?我要是光想发财,早就发了。我要利用自己的技术,自己干工厂,有个外国朋友愿意借钱给我,成立一家独资企业,名字我都想好了,叫新旺达远红外线制品有限公司。就看调查组对我的态度了,如果能还给我一个公道,我就继续在'嘉泰'干,把'新旺达'交给小罗,他也从财经学院毕业了。如果调查组不能还给我一个公道,我就辞职去干'新旺达',两年就成气候。你认为怎么样?"

张向东还能说什么?别人还能说什么?

她已经考虑得相当成熟了。

她是个活得自然、我行我素的完整的女人,有一股利用自己的智慧从生活中攫取一切的顽强精神,并且很会选择,知道自己真正需要的是什么。

张向东说:"你这个计划好是好,就是没安排咱们老两口子什么时候出去旅游一番,你自己什么时候能够轻松一下。弓拉得太满了,老是创业,'嘉泰'刚打出天下,又要创建'新旺达'。研究的时候没黑没白,研究成功了我以为会休整一段时间,没想到立刻又要干一个新企业。孩子们要有你这种精神的一半儿就好了……"

"别这么伤感,我命该如此,闲下来会生病的。"

一七

张向东又住院了。

还要做一次手术,当然不会像上次的手术那么大了。

正赶上李冬绮心绪不好,接到调查组的通知,请她回公司,调查组要撤走。

想走?没那么容易。

调查组的性质决定了,他们查出问题来好走,查不出问题来则不好交代。查出的问题越大,他们的功劳越大,杀气腾腾而来,威风凛凛而去。有些人甚至会留下来顶替被撤换的头头。

一般地说,总能查出点问题。查不出大毛病也能找出一些小漏洞。

没想到"嘉泰"成了例外。

不知李冬绮是太精了,还是太傻了?!

董事会每年给她的两万美元工资,除去她每月领走五百元人民币以外,其余的几万美元一分不少地在账上趴着。最不可理解的是,她带人去独联体,组织上发给她们一千多美元的生活费,这钱就归她们所有了,如果吃饭用不完可以买东西——实际这笔钱作为她们出国期间的生活费,是决不会富余的。她们回国后却原封未动地退回外汇管理处,使管理处的人也大感意外,出国的人很多,这钱是没有人往回退的。等于吃进去的美元又吐了出来。

这也属反常。调查组的人找跟李冬绮一块出国的人了解情况,原来她们在独联体成了香饽饽,当地人争相请她们吃饭,想跟她合作,因此她们的生活费就省下了。

"你们就没有买点纪念品?"

"买了。"

"哪来的钱?"

"我们自己都有钱,你放心,一不贪污,二没受贿。"

"我不是这个意思。那钱是发给你们的,为什么还要上缴呢?"

"李总这个人,对钱不太在乎。既然是国家给的钱,没用就缴回去,图个心里干净。上次如果没把那钱缴上去,这回不是让你们找上病了?"

调查组的人想来想去,找到一个解释:李冬绮海外关系多,不愁没钱用。所以她有能力不沾公家的钱,还能大手大脚地花钱。她见过钱,所以才不在钱上栽跟头。

一个调查组如果对调查对象评功摆好,也是一件很尴尬的事。最好的办法是跟李冬绮打个照面,宣布调查结束,及早抽身。

李冬绮却不认为这场戏结束了。

她提出了让这场戏结束的三个条件:

1.利用中午吃饭的时间,调查组在餐厅向全体职工宣布调查结果;

2.由"嘉泰"的会计宣布调查组在"嘉泰"的这段时间里给"嘉泰"造成的损失;

3.李冬绮为调查组送行,有记录员在场,并请调查组将她的话转达给派他们来的人。

调查组不能不答应这些条件。因为李冬绮不仅要为中方负责,还要对外方老板负责,倘若她真的为此辞职,局面就不好收拾了。

前两项进行完毕,她把调查组全体成员请进自己的办公室。

她会讲些什么呢?

调查组的人怀着一种窘迫,一种好奇,在观察她,在等待着。

她穿了一件宽松的蓝外套,里面是黑色羊毛衫,胸前绣着一个金色的图案。线条很简单,却显得大方、自然。她是漂亮人,但她有比漂亮更深刻的气质魅力。这种气质的魅力随着她年龄的增长不仅没有消失,反而更强烈了。

李冬绮沉思了一会儿,似乎是有意地让自己冷静一下才开腔:

"我这个人受累行,受气不行,你们这样干太叫人寒心。我不想从你们这里得到什么,也不指望能被你们理解,人际关系被物化以后就更复杂了。正像去年我在法国做成了一大笔生意,法国人想送给我五千法郎,我拒绝了,叫他订货时在价格上多让五千法郎。那个法国人也大为不解,你怎么可以是这样的逻辑呢。我的逻辑就是这样。我若不是为了'嘉泰'这一摊子事业,为了下边绝大多数相当不错的员工,真不想干了。我若是为了钱,自己去干个企业,不是早就发了?眼下这片天地是我一手打出来的,当年买这块地只花了七十万元,现在值二百多万。每年每人给国家交税一万三千多元。国营大型保温瓶厂，五十个人一条生产线日产瓶两千个，我这里二十个人一条生产线，日产瓶五千个。每一道工序，每一种产品都是我亲手设计的。国外的市场是我开辟的，订户大多是我的朋友，这个台子是我搭起来的，被你们逼急了，我也能把这个台子拆了！信不信？"

她越说越气，只好停顿一下，喝口水，让自己镇定一下。

调查组的人居然都一言不发。查了她个底儿掉，最后却要被她训一顿，而且只能听着。她发了脾气，却又使人对她无法发火。

她说的是实话，喜欢付出，也敢于回绝，个性鲜明，正是她的力量所在。因此她有魅力，是个连反对她的人都无法抗拒的女人。

难怪嘉泰公司的员工那么不愿意她辞职，保住了她就等于保住了大家的饭碗。这个年头有个很不错的饭碗可是一种幸运。哪个企业的员工不希望自己的头头是个能创造奇迹、有办法有威望的人呢？

李冬绮在员工心目中就是这样一个人。再加上天时、地利，难怪调查组来得容易，想走就难了。

一八

张向东从检查出患了晚期胃癌并做了大手术之后，已经熬过了五个年头。这五年里有四个春节是李冬绮陪着他在医院里度过的。他又做了四次小手术，他的身体一天比一天差，由一个一百八十斤的大汉变成了一副不足百斤的瘦弱骨架。每次都担心手术后伤口难以愈合，每次都神奇地愈合了。似乎是有意试验他的夫人发明的远红外线腰腹带的功效，给她的发明物一个大出风头的机会。

给他治过病的医生都把他作为一个特殊的病例在研究，都把他这五年当做一个奇迹看待。

不能不令人对生命产生了一种敬畏感。

在这期间，李冬绮却真正体验到何谓"祸不单行"——女儿李梅结婚后不久，卵巢发现了囊肿，跟张向东同时住院。李冬绮要两边跑，照顾两头。囊肿切除后必然伤及卵巢,连医生都说生孩子的可能性极小了。一个女人没有孩子将是多大的不幸!上了年纪之后会感到寂寞、凄凉。

她抱着女儿哭了一场又一场,悲叹娘儿俩的命一样苦。

她在事业上取得了一个又一个成功,而且全是自己干出来的,不靠侥幸,不靠偶然。世上原本就没有偶然的成功,是成功就不是偶然。

为什么她的个人生活里却会有这么多的不幸?

她和大弟弟同时开始上学。因为她是女孩,在那个年代就被认为上不上学都没有关系。因此她只能用弟弟用过的铅笔头,拿弟弟的旧作业本的反面写自己的作业。她有四个弟弟三个妹妹,常常是后边背着一个前边抱着一个复习功课。她上对父母,下对弟妹都负有责任。打夹子、搓麻绳、纳底子做鞋、裁剪衣服,凡一个中国女人能够做的事她都会做,而且做得精。二十年前父亲病重的时候,是她在父亲病床前守候了两个月。当母亲来和父亲诀别的时候,突然中风,一直瘫痪至今……

生命充满了意外,好像人就应该在缺陷中生存。

李梅又意外地怀孕了,似乎在印证老天有眼,好人有好报。在张向东做最后一次手术时,她在同一个医院里生下了一个女儿,李冬绮为外孙女取名罗般若。

这给了她极大安慰的喜事,却并没有冲走渐渐逼近丈夫的死神。

张向东的生命一点一点地被熬干了,他的精神又吸干了她。他们都预感到了大限将近,却无法说清,心里越来越沉重……

他变得忧郁易怒,无法控制那莫名的暴躁。但他又没有力气发作了,其痛苦只有李冬绮理解,也只有她在身边,才能使他平静。仿佛只有柔风才能抚平海浪一样——她看着他,他就安静了。

他的灵魂,他的残存的精气神全凝入她的眸子里!

他身上散发出那种沉寂的准备迎接死亡的力量震慑了她。

夜凉如冰,西风悲旋,拍打着窗户,发出一阵阵呼喊。

他眉头越皱越紧,身体在轻轻扭动。他如果还有力气就把自己掐死！要走就快走,带着屎尿走又有什么关系,干干净净带着一份自尊离开亲人岂不更好？何必到最后了再糟蹋一番自己,再折腾一通冬绮!

李冬绮把悲愁暂时放到一边,掀开张向东的被子,一只胳膊抱着他的身子,另一只手脱去他装了屎尿的裤子。然后用卫生纸轻轻擦掉他身上的屎,再端来一盆热水,用毛巾蘸水把他的身体洗净。连换三盆热水,把张向东的身体从上到下洗了个干干净净,最后用新毛巾擦干,换上干爽的衣服和床单。

她愿意不停地照顾他,有事可做。

她害怕静坐,那会胡思乱想,愁深痛剧无法排遣!

她更不愿意无能为力地眼看着他一个人忍受痛苦,走向死亡。

他则认为自己的存在成了她的陷阱。他本来不适应失败,以往他对自己和自己的生活是满意的,是这不治之症使他不得不忍受这巨大的失败。

他哭了。

他挣扎着想抱住妻子,却没有那个力气。李冬绮抱住他,把脸贴到他的脸上,并用手轻轻为他擦着泪水,却让自己的泪水随意流下来。

他的声音已极其微弱:

"冬绮,上一辈子是我欠了你的,还是你欠了我的？为什么害你吃这么多苦？下一辈子我肯定要像你对我这样来报答你。"

"我们有缘,我们是夫妻,谁也不欠谁的。"

"我真不想死,我还可以干很多事,我跟你还没有过够,不愿离开你……"

"你不会的,你也不应该扔下我自己走。"

"没有你我早就死了。但我最不放心的就是你,你是个工作狂,照顾了许多人,就是不会照顾自己,挣了很多钱,自己却没享过福。"

"别说了……"

李冬绮已泣不成声,感到了一种深沉的无望。

"不说了,我说得太多了。"

他闭上了眼睛,不再诉说自己那男性的灵魂。

他走了,走得一点都不平静、不甘心,是怀着对妻子深深地依恋和热爱离去的。

她仍沐浴在他那幽暗、痛楚、留恋的眼光里。

他走了,如同 棵大树倒下了,她的生活里失去了成功的支撑物。

她的意志突然丧失净尽,感到疲劳极了,真想躺在丈夫身边好好歇一歇。也许一躺下便永远不会再起来了,那就永久地平静地休息,去找他吧。

他说不定正在一个什么地方等着她。

一九

张向东作为一个男人活得是成功的。他离开人世一年多了,他的家人仍活在他的阴影里,他在家里还占据着一个别人无法替代的位置。

李冬绮跟人谈话,只要不是谈工作,不消三分钟便会谈到张向东。她多次找到塘沽火化场,请求将张向东的骨灰盒由摆满各种骨灰盒的大房子里摆到一间闲置无用的空屋里去。她的要求不算过分,那间屋子确实空着没有用,张向东毕竟曾是塘沽区的最高领导,干了不少好事,口碑不错,让他的亡灵安静一点不算过分。

李冬绮带领儿女把那间屋子打扫干净,骨灰盒的上方挂着张向东的大幅照片。骨灰盒前面摆了一张供桌,上面放着花、张向东生前喜欢喝的酒以及其他供品。李冬绮每隔一段时间就要到这里来单独跟张向东在一起待一会儿,赶上她心情不好或突然思念张向东又无法排遣,来得就更勤。或对着张向东的遗像说一阵话,或默默地流一阵泪,或换上新供品,给花浇水。

火化场的人见过各种各样的死者家属,眼泪也见得太多了,哭声也听得太多了,仍然被李冬绮这份感情感动了,愿意为她提供帮助。

感情本身是很奇妙的,把一切都美化了。

女儿李梅在平时还经常提到"我爸这样"、"我爸那样",好像张向东还活着。

她心里却对由于继父去世给家庭生活造成的巨大空洞感到忧虑。她失去的仿佛不只是父爱,还有很大一部分母爱。因为李冬绮除去工作之外,似乎再也没有其他的需要和其他的爱好了。以前她的身体一点毛病没有,精气神更是好得无人可比。张向东一死,她的精神突然垮了,身体也尽是毛病了。在公司里生龙活虎风风火火,一回到家不是这儿疼,就是那儿难受,或者不吃东西,或者躺下就不想动弹了。

多亏李梅的女儿般若越来越好玩儿,越来越可爱了。李冬绮一回到家,必须穿她拿的拖鞋,必须叫她去拿茶杯,她垄断了对姥姥的服务。

李冬绮一见了外孙女就哪儿也不疼了,什么病也没有了。祖孙俩逛自由市场是她最大的乐趣,般若见什么要什么,她要什么李冬绮就给买什么。要土簸箕买土簸箕,要煤铲买煤铲,害得自由市场上的小贩拼命向一个不足两岁的小姑娘讨好,举着自己的货叫嚷着,希望能引起般若的兴趣。直到祖孙两个拿不了了为止。家里不知有多少土簸箕,多少煤铲。

李开在成都办了一个企业。有一天夜里他做了一个梦:

他推门走进一个水汽蒙蒙,类似浴池一样的地方,见继父张向东正在洗澡,赤身裸体,甚是魁梧,好像是生病前的样子,示意他快点把门关上……

他感到这个梦很奇怪。

他从来没有梦到过自己的生身父亲。他跟继父的关系很好,曾用自己当兵三年积攒下来的津贴为张向东做了一身华达呢中山装。把自己都舍不得用的八百元一个的飞利浦剃须刀,四百多元一条的意大利皮带,都送给了继父。按理说在继父去世后梦到他不足为奇。

但继父是在天津去世,为什么千里迢迢追到成都来进入他的梦境?

他从未见过继父洗澡,为什么在梦中会那么清楚地看见了继父赤裸的身体？

他请一个据说算卦非常灵验的人圆梦。

那人说："梦见死去的人赤条条，说明你父亲在阴间已经一文不名，叫你给送钱去。"

"天津也有亲人，为什么要跑这么远给我托梦？"

"你在你父亲身上花钱很大方。"

李开一下子信服了，这个人说得太准了，嘴上却说：

"我们家的人对我爸都很大方，我妹妹从一参加工作，每月都给爸爸三十元零花钱，不管他是否需要，月月不落。当然最大方的还是我妈。我爸为什么不就近给她们托梦呢？"

"这样的梦是不会托给你妹妹的，那会吓着她。更不能托给你妈妈，那会让她伤心。只能由你来办这件事。"

李开在成都买了一大皮包冥币，回到天津后陪着母亲、妹妹来到火化场张向东的灵堂前，把冥币一张张地在铁盆里焚化。他口中还念念有词：

"爸爸，我们给您送钱来了，您花钱的时候可要看清了，这是大票，一亿元一张的，这里有一千亿。这是一千元一张的，这是五百元一张的。为了让您花着方便，我们也送来一些小票子，这是一百元的，这是五十元的，还有十元一张的……爸爸，我们知道您爱妈妈。但是自从您走了以后妈妈精神很坏，每天靠玩儿命工作排遣心里的忧郁，更不会照顾自己了。所以我请您不要再来找妈妈，让她慢慢地平静下来，愈合心里的创伤。这样才是您真心对妈妈好，我求您啦……"

李冬绮母女禁不住又哭了起来。

二〇

李冬绮只是付出，她付出的太多了。

到头来她并没有变成穷光蛋，反而变得更富有了。并不是有一个英雄就非有一出悲剧不可……

每个人的生活都不完美,谁也不能相信自己是命运的宠儿,命运变化无常。李冬绮却有力量永远将生活置于自己的控制之下。

她曾经拥有过的东西,永远不会丢失。

一个男人,能像她对待张向东那样对待一个自己爱的女人吗?

面对她,人们很自然地想起一位哲人的话:

妇女——是最好的男子汉。

她是奇人吗?

她自己不承认,一个女人有了爱就会无奇不有。

她有勇气按照自己的风格生活,敢于忠实于自己。

她正从失去丈夫的悲痛中恢复过来,但仍然拥有自己的生活,利用自己的专利技术同时和三家单位合作办厂……

她是智慧型的女人,尽管年纪不轻,却有无穷的活力,心智敏捷,富有魅力。

她的同事,她的朋友,她周围的人,熟悉她的人,都毫不怀疑,她还会有不同凡响的作为。

1993年4月2日

磁　力

排　队

换号啦,换号啦!

几声叫喊引起一阵骚动。林永宁睁开眼,被后面的人拥挤着站起来。脚底下是砖头、报纸、书包、罐头盒,这都是占位子用的。如今它们所代表的人都到齐了,都瞪大了眼睛,它们便被人的脚踩来踩去。林永宁的前胸贴在前面一个人的后背上,他的后背被后面一个人热乎乎的前胸贴住。他用力撑住自己的身体,却不敢大口喘气,浓烈的腥臭气能把人噎死! 口臭、狐臭、烟气、酒气,打嗝的,放屁的,抠脚的……售票大厅如同一座难民营,站着的,坐着的,躺着的,横的,竖的,醒的,睡的,拼命拥挤的,闲得难受的,窗台上,墙根儿下,到处都是人,闷了一夜,人肉似乎都发酸了,散发出难闻的气味。

他烦躁不安,想吵架,想骂人! 他相信这个大厅里的人,包括那些还闭着眼的,都是肚子硬鼓鼓的炮仗,点火就着、就炸,先不论炸坏自己还是炸伤别人,把满肚子的怒气、晦气输送出去才是最主要的。然而最有资格爆炸的应该是他,他好歹也是拥有六百多名员工的磁性材料总厂的副厂长。别看这个大厅里拥挤不堪,像他这样的人物不会有第二个。而且他并不是为自己买票,为自己才不下这么大的辛苦哪! 在车站上蹲一夜跟到火车上站一夜有什么不同? 他每次外出都由销售科买票,买上卧铺就躺着,买上硬座就坐着,买上没号的票就站着。

这次可不一样,南方一家关系户要回去,人家曾经帮过磁性材料总厂的忙,厂里又太穷,无法回报人家,如果连两张卧铺票都买不到,也太叫人家瞧不起了。他只好大包大揽地说自己有办法买车票。其实他跟火车站毫无关系,他的办法就是昨天晚上十点多钟就来到售票厅排队。他排了第二号,夜里换了几次号,他被几个神头鬼脸的家伙挤到了第五位。你说冤不冤?他又何必充这样的大头?得罪了关系户,即便厂子黄了,也没有他的责任,还有厂长顶着哪!

心装在自己肚子里,脑袋长在自己肩膀头上,怎么想都可以,别人看不到。要说出来、做出来就是另外一回事了,他什么也没说,什么也没做,快要开始售票了,拥挤加剧,他无论如何不能被挤出队伍。

也许被挤出去更好,他可以不顾一切地推掉工厂里许多本来不应该由他管的杂事,到医院里守护自己的爷爷——对了,今天夜里之所以觉得格外难熬,心绪不宁,站着不得劲,蹲着不得劲,找了块砖头坐下还是不得劲;睁着眼不好受,闭着眼胡思乱想,都是因为爷爷到了人生的最后关头。他总感到老人家也许到了人生的最后关头。他总感到老人家也许过不去今天,也许在病床上折腾了一夜,等着跟他见最后一面。他有这种预感,也相信自己的预感。他知道爷爷喜欢他,对他寄以厚望,他自小就崇拜爷爷,后来有相当长的时间把崇拜变成了憎恨,近十年来他又恢复了对爷爷的尊敬,而且真正知道了老人家的价值。所以他们祖孙俩是有感应的,他的心灵能够接受爷爷发出的信息……老人家是何等的孤单!

他也很孤单。别看大家紧紧地拥贴在一起,谁也不认识谁,每个人的心里都恨不得其他人立刻都走开或死掉,售票口前只剩下他一个人最好。人就是个体,单独的个体,单独地生下来,单独地寻找活着的意义,承受各种打击和苦难,最后单独地死去。如同这个乱哄哄的大厅,每个人一旦买到他们想要的车票,立刻就会风云流散,各奔东西。作为个体的中国人却无法不排队,每个人几乎都是排着队长大的,领出生证排队,上医院排队,进幼儿园排队,找工作排队,长工资排队,最后进火化场还要排队!为什么会有这么多人想坐火车?他们的外出真的有意义吗？也许都像他一样，是多管闲事，是错位、越位。生活就是一连串的错位。爷爷才高八斗，会五种外国语，现在正是吃香的时候，却要死了。他本应待在爷爷身边，却待在这肮脏的大厅里，每个人每时每刻都身不由己地干着自己并不真正想干的事情，若想逃避，想不被生活颠来倒去地开错位置，是很难的。

售票窗口终于打开了。

一股强大的力量从身后压过来，伴随着呼喊和叫骂。林永宁抖擞精神，借着身边的推力，向窗口前挤过去。

1987年　爷爷

林永宁走进医院，突然想起一件事，掏出钱夹从里面翻出三十元钱。太少了，但钱夹里只有这三十元了。他叫爷爷为工厂翻译了一批日文的和英文的技术资料，他老说要给翻译费，但是老忘了到财务科领出来。他深知老人虽然嘴上说只希望能干点事情，不要报酬，但心里非常在乎自己的劳动是否真有价值。工厂里一分钱不给，怎么证明现代社会承认他的翻译有价值？好像是孙子为了哄他高兴，没事找事地弄来一堆费解的资料让他打发时间。老人要走了，应该让他相信，那批资料无论对工厂，还是对林永宁本人，都是非常重要的。

林永宁看到全家人都围在病房门口，心里咯噔一下，脚有点沉，腿有点软，生出一种遗憾，生平第一次害怕面对全家人。奶奶、妈妈坐在椅子上闭着眼，自己刚上学的女儿林楠躺在长椅子上，头扎到曾祖母的怀里睡着了。父亲、弟弟、妹妹和妻子无处可坐，各自低着头闷闷不语。是在等他，还是准备给爷爷送行？

"爷爷怎么样？"尽管他心里很紧张，仍然把声音压得很低。奶奶和母亲还是睁开了眼。

即便在这样的情况下，奶奶见到他仍然抑制不住满心的喜爱和关切：

"宁子，你可来了，看你这个样儿又是一宿没睡吧？放心吧，你爷爷不见你一面是不会走的。"

"您这么大岁数怎么也来了？"

"半夜里把我们娘儿几个接来说是见最后一面。大夫挽救了一宿，都说不行了，最后就是等着了，到天亮他倒没事了，睡得可稳哪。"

昨天夜里应该由他来病房守护爷爷。全家人没有一个人责怪他为什么没有来，似乎都相信他一定有比守护病危的爷爷更紧急更重要的事情。

父亲说："大夫叫出院，说住在这儿白花钱，他们也没有招了，与其在这儿等着不如回家等，家属还跟着少受罪。"

林永宁隔着门上的窗户，望望病房内睡得很安稳的爷爷，拿定了主意：

"不能出院，回到家就真的只能等着了！在这里还有希望，到时候他们总不会见死不救吧？有一点希望就不要放弃，等一会儿我再去跟医生说说。爸爸，你陪奶奶她们都回去吧，白天由会访在这儿顶着，晚上我来替她。白天有事可以往厂子里打电话找我。"

母亲心疼："你忙了一夜，白天还要上班？"

"厂里一大堆事，还有外地的客户在等着。"

奶奶不知是抱怨，还是替孙子感到骄傲："一大堆事还有一大堆人，怎么就累我宁子一个人！"

"奶奶，厂里正处在困难时期。"

"你们又要度荒？"

"你老就别打岔了。"母亲喊了孙女、弟弟、妹妹把奶奶扶起来。

林永宁轻轻地走进了病房，坐在爷爷林凤春病床前的小凳子上。

老人家睡容安详，看不出有丝毫痛苦，一如睡着了的婴儿般恬静。莫非这就是回光返照？皮肤细而薄，贴在塌陷了的脸颊上，脑门儿没有萎缩，依然挺得老高，而且往日的皱纹也消失了，被皮肤包得紧紧的，一本法文书掉在了床底下，林永宁捡起来用毛巾把封底封面擦干净。不禁生出一股对生命的敬畏感——眼前这个正在干瘦下去的躯体里到底蕴蓄着多少能量？老人已经七十多岁了，原来就精通日文、英文、德文、西班牙文,在生病期间又开始自学法语。学会了又有什么用? 还来得及用吗? 他不理解老人却又不敢提出这样的问题。他活到三十岁,最大的懊悔就是没有学好一门外语,而且身边守着一个语言天才! 在他很小的时候爷爷就严厉督促他一定要学好外语。可是没有过多久,爷爷就成了历史反革命,家里被抄了个乱七八糟,只剩下一堆破烂儿。而且牵累奶奶和父亲跟他一块登上了批判台,弯腰曲膝脖子上挂牌子。林永宁也由少先队的大队长变成了狗崽子。在此之前他一直以为爷爷是大学问家,是他们的大人物,曾当过天津市图书馆的馆长和天津中心区的区长。原来他还开过煤厂,地道的资本家,又是国民党的军统和中统双料特务。懂那么多外语完全是为了搞特务活动,真叫他占全了! 他恨爷爷和他的学问,毁了全家,也毁了他的前途……等到他知道外语没有罪过,而且有大用处,是近几年的事,后悔已经有点晚了。他把书放在老人的枕头边上。林凤春睁开了眼,好像从来没有睡着过,眼里没有睡意,也不浑浊,还有神采。

"爷爷,您好点吗?"

老人动动头,把一只手伸出被子,林永宁抓住了这只手。

"您早晨想吃点什么?"

"什么也不想吃,也不该再吃什么东西了。"

老人声音虽弱,但能听清楚,仍在咬文嚼字。林永宁放心了,这样的状态,一时半会儿是不会出事的。他问:

"精神这么好,为什么不吃东西?"

"让肠胃干干净净的,走的时候自己方便,别人也方便。"

林永宁突然想哭。

老人的身体正在枯萎,但头脑很清醒,甚至像往常一样灵敏。一个这么明白的人怎么会死呢?

"您别尽想着走,您哪儿也去不了。我们舍不得您,正是需要您的时候!"林永宁从口袋里掏出那三十元钱,放到老人手里,"这是工厂付给您的翻译费,只是太少了一点。"

老人微微摇头:"我越来离天越近,离地越远,要这钱有什么用?

你忘了钱这东西是生不带来死不带走的。我就是想干点事,不是为了挣钱。"

林永宁紧紧攥住老人的手。

"往后想请您干的事很多,现在像您这样的人是社会的宝贝！您不是说一定要教会我英语吗？"

"世界上的事是永远干不完的,该我干的我都干了。人在病中就可以冷静地检讨自己的一生了,客观地观察这个世界的变化。我给国民党干过事,也给共产党干过事,无论给谁干事都忠于自己的职守。所以虽然挨过整,但并未往死里整我。只是连累你们吃了很多苦,受了很多罪,有失也有得。当初我给你取名的时候,是希望你这一辈子能够过一种安宁快乐的生活,但很快就发现你不是那种能安安静静过小日子的人,很小就有一种领头的意识和能力。当孩子的时候是孩子头,上学后是学生头,咱们家经常挤满了一群一帮的你的伙伴,有比你小的,也有比你大的,你能把他们团住,这是一种天生的本事。现在成熟了,有足够的忠诚,忠诚于自己的品格,忠诚于自己的工作,忠诚于工厂。业大毕业后知识面扩大了,智慧也够用的,如果还感到自己知识欠缺,就多幻想,增强想象力,别让脑袋闲着。最重要的是要记住,这个世界上怕危险的人比不怕危险的人要多得多,怯懦的比勇壮的要多得多,因此勇壮敢冒风险的人就稀少可贵,就沾光,就容易成功。哪怕是忍受了一次又一次的失望,也不要放弃希望……"

张会访提着两个大饭盒走进来:

"永宁,别让爷爷说话太多。刚好一点,别累着。"

"是我自己想说,这是最后一次了,人老了就是话多,不说完心里不踏实。"林凤春因说话兴奋,脸上有了血色,与夜里判若两人。

"我用鲜虾仁西红柿鸡蛋做的面汤,还有蛋糕和小菜,趁热吃吧。"张会访抓住这点空儿回家做了早饭拿来,既为爷爷,又为丈夫,真是心细。

老人止住她:

"等一等。会访,你是个懂事的好孙子媳妇,咱们家四世同堂,你上有爷爷、奶奶、公公、婆婆,下有小叔、小姑,自己还带个孩子,真难为你了。永宁找了你是福气,你嫁了永宁也是福气。你奶奶老了,你婆婆身体不好,这个家就靠你了。永宁也得靠你照顾。现在你们吃饭吧,我看着你们吃,永宁吃完去上班,会访吃完回家睡一觉再来。"

会访打开饭盒,满屋香气:"爷爷,您吃点。"

"我说不吃就不吃。"

会访求助地看看丈夫,永宁满脸都是泪。

生命和机会

林永宁进了工厂再想离开就难了。

有人告诉他家里来电话,他爷爷死了,叫他立刻回去。

回去? 是啊,家里死了人是大事,可是厂里这六百多人发不出工资也不是小事! 每个月到发钱的时候总是一拖再拖,这个月拖过了初一,下个月又拖过了十五,什么时候有钱也不知道。加上家属就是两三千人,如果饿死几个怎么办? 他也想马上回家,但被人缠住难以立即脱身。

工厂被一种不祥的绝望情绪死死抓住了。

生产已经停顿,仓库里堆满了卖不出去的产品,再开动机器只会造成更大的浪费。一个不生产的工厂在等什么呢? 等待爆发点什么事情或等待死亡? 会发生什么事情谁也说不准,但大家都很清楚,再这样不死不活地耗下去,工厂就只能耗死。其实像现在这样活不起来就已经死了。

人们要么不说话,要说话就没有好气儿。

大部分工人却只有等待。有的放长假回家去等着,只能拿百分之六十的工资。有的提前退休,有的留在厂里等待。不等待又能怎样? 等着工厂的头头想出什么高招救活工厂,或弄来钱先发工资;等着上级从外边调个新的厂长来,按照中国的惯例,企业一亏损就会换头头;等着……等着!

干部们则躲躲闪闪，躲避碰撞，人人都顶着一脑门子官司，这种时候少惹麻烦为佳。躲避被领导看重，在这时候提个一官半职，也不是好事。一个经济效益好的企业，人人都盼着高升。一个亏损企业，如洪水猛兽，人人躲之唯恐不及，只有倒霉鬼才愿意在这样的厂子里当头头。生活就是一种逃避，逃避贫穷，逃避困难，逃避灾祸，逃避责任，逃避死亡……

林永宁逃不了，也不想逃。无论坐在办公室里还是下车间，总有一群一伙的人围着、跟着，被各种各样的责骂、惊惧、疑虑纠缠着：

"这还算不算共产党的天下？还是不是国营企业？从打解放的那一天起领导就告诉我们，工人阶级当家做主了，生老病死不用犯愁了，我们为国家干了多半辈子，到现在说一声工厂不景气就不管我们的死活了？不发工资，不给报销医药费，有病不敢去医院，国家就真的见死不救？"

"我们没有别的要求，就是要活儿干，要一碗饭吃！"

"林副厂长，我们不能就这样等死啊！你们当头儿的得想办法，得向上边反映！"

"林副厂长，我们两口子都在咱们厂，这个月一分钱没有，上有老下有小，这日子怎么过？"

一开始林永宁还耐着性子向围攻者解释，共产党的天下没有变，我们还是国营企业也不假，正因为是国营企业才落到这步田地。人家老外的企业，产品呼呼地往市场上进，乡镇企业的产品也哗哗地卖。国家开始实行市场经济，我们搞的却还是计划内的产品，几十年一贯制就生产天线棒、吸铁石，按计划给别的厂配套，现在计划不灵了，人家主机厂一感冒我们就发烧，人家有点波动，我们的饭碗就砸了。我们与市场不搭界，没有自己的市场，总靠国家恐怕靠不住了，国家不是计划经济的国家了，国家也好，企业也好，都被推上了市场，我们只能自己救自己……

后来他发觉说得越多就越说不清楚，越说越泄气。他走到哪儿，解释到哪儿，说得口干舌燥，什么事情也解决不了。他越解释得多，找他的人越多,问题越多,渐渐地矛盾都集中到他的身上来了。

厂子搞成这样是体制的原因,并不是哪一个人的责任。但他不能说自己没有责任,他当了六年副厂长,主管销售,让职工抱怨几句还不应该?好在他问心无愧,改了策略,尽量少说,该怎么干还怎么干,求爷爷告奶奶,东挪西借,也得把职工的工资发下去。他有苦说不出,一个亏损企业的头头到哪里去都引起人家的戒备,一张张挺喜兴的脸见到他立刻就变成了屁股。他只好多用电话向熟悉的人求助……

熟悉的人说话坦率,声音也高,震得电话听筒像扩音器一样。大概找人借钱的人总希望小声点,而借钱给人的人总是高腔大嗓。林永宁担心围在他身边的人也听到了:

"林老弟,你借十万块钱是小意思,我明天就叫会计给你打过去。但你借了这个月,下个月怎么办?总不能月月借、年年借吧?我们认识好几年了,我看你是个大将之才,到我这里来吧,你可以好好施展一番。房子、车子、票子都不用愁,至少比你现在要强得多……"

对许多人来说这是个求之不得的好机会。而林永宁一向又认为人有两样东西最宝贵:生命和机会。生命是爹娘给的,每个人一生下来就有了。而机会很少,很少,要靠自己去寻找,去创造,去把握,抓不住机会就是浪费生命,抓住好的机会,生命的价值就不一样了。有的时候对有的人来说,机会比生命更重要,千万不能断送机会。林永宁考虑再三还是谢绝了朋友的美意,放弃了这次机会。他总觉得自己要等待要寻找的并不是个人发财致富的机会。到今天为止他还没有赚过大钱,不知为什么他从来不怀疑,自己要想赚大钱并不很难。他不相信自己的这个工厂就没有机会了……更主要的是他对这个工厂有感情——

林永宁十七岁来到这个工厂,背着沉重的家庭出身是"资本家兼历史反革命"的包袱。在中学里,他曾拼命干,想以入团来甩掉这个包袱,最后失败了。他也曾强烈地想参军,用一身军装证明自己的清白,到最后一关,政治审查未获通过,又遭受了一次打击。来到工厂决心从头干起,用行动证明自己。在同来的新工人中数他身材瘦小,却抢着干别人不愿意干的最脏最累的活儿。厂里不同于学校和部队,有更大的包容性,接受了他的表现,派他参加市里的重点工程6801的施工。那是国防工事,市里要求各单位必须选派政治可靠的人参加会战,其实这是一种苦差,真正吃香的人物,生产上离不开的骨干,是不会被送上工地的。于是,林永宁便成了可靠的一员。也许,命运该转折了,当时他体重只有一百斤,真是拼了小命,石头捡最大的搬,挑土用最大的筐,几次力气用尽还要强干,致使食道破裂大吐血。最后得到全团的嘉奖。当他登上领奖台的时候,感到自己终于能堂堂正正地做一次人了……

眼下在工厂想活不活、要死不死的情况下如果拍拍屁股去攀高枝,林永宁不忍心,不甘心。

厂里人心惶惶,议论纷纷,渐渐地林永宁却成了议论的中心。在非常时期敢于把各式各样的矛盾以及群众各式各样的意见和要求吸引到自己的身上来的人,往往又是群众最信任的人。人家敢跟你说实话,骂大街,就是看得起你,认为你有能力力挽狂澜!

就这样,只有三十六岁的林永宁如果他本人同意就可以被推到天津磁性材料总厂厂长的位子上。眼下这并不是个令人羡慕的位子,所以谁也说不准他干,还是不干。

扫院子的艺术

林永宁难得地按时下班回到家里,放下手提包向老人们打了招呼,就拿起扫帚来到院子里。这是个大杂院,住着近二十户人家,林永宁从最里面的墙角开始扫起。刷,刷,压住笤帚,既扫得干净彻底,又不让灰尘飞扬起来。一下挨一下,不急不躁,扫得十分仔细,有瓜子壳、纸屑之类的东西塞进砖缝,也都用笤帚尖别出来。扫到各家的门口,就更加小心,笤帚决不能碰上人家的东西,还得把地上的灰土扫走。他的神色认真而又落落大方,仿佛扫院子天经地义就是他的任务,是一件既有意义,做起来又很快乐的事情。大院里凡是年龄比他小的一

律称他为"大哥",年龄比他大的男人们和嫂子们直呼他"永宁",
老太太们则指着孩子也喊他"大哥"。他扫这一遍院子几乎和每家每
户的人都打个照面,说上一两句话,回答一些根本用不着回答的问
题。也出于礼貌向人家问一些根本用不着问的问题。

"大哥,今天怎么回来这么早?"

"啊,啊。"

"永宁,厂里怎么样?"

"凑合吧。您那儿怎么样?"

"不怎么样,听说全市有不少国营企业都亏损。"

"买菜去了,大娘。"

"是啊,这鸡蛋涨到两块五一斤啦!"

林永宁无论跟谁打招呼脸上都荡着笑意,说话轻声慢语,普通话
里略带一点天津口音,给人以谦和、温厚的感觉。他身材虽然不高,但
骨架发起来了,粗挺健硕,大头阔脸,穿戴整洁,特别是那份从容自信,
尽管他拿着笤帚在扫院子,任何人也不会把他误会成一个身份卑微的
人。但也没有人对像他这样一个人扫院子感到奇怪,想阻拦他或接替
他。似乎这是本院里一件很正常的事情……

"文化大革命"初期,林凤春被揪了出来,街道罚他每天要扫大院、
扫街道。由于他身体不好,天天挨批挨斗,这一清扫任务常常由老伴儿
代为完成。有一天林永宁突然懂事了,看到年迈的奶奶天天扫院
子,心里极不自在,自己在外边什么活儿都干,回到家充什么革命派!
扫院子是狗崽子,不扫院子也是狗崽子。他从奶奶手里接过了笤帚,
一扫就五六年。"文革"结束以后也没有扔掉笤帚。邻居们劝阻过,不
知他是怎么想的,仍然坚持扫院子,而且做得自自然然,不像是被惩
罚,更像是一种习惯,一种职责。他当了副厂长以后常常下班很晚,每
个星期也要挤时间扫两三次院子,若挤不出时间就用歇班的日子补
上。院子一脏,院里的人们就会想起他,念叨他,而且谁扫也没有他扫
得干净,让人看着舒心。

他扫完了大院,把脏土铲到院子外面的垃圾箱里,听到奶奶喊他

进屋,叫他洗手洗脸,准备吃饭。

刚才林永宁下班回来的时候,张会访还在忙着做饭,就那么眼前一闪,她突然觉得丈夫心里有事,还是大事。她说不出为什么会有这样的感觉。但非常相信自己的直觉,几乎百验百灵,很少欺骗她。也许女人天生就具备异乎寻常的第六感觉。和亲人灵犀相通,心气相知,磁脉相贯,感应如神。也许她是从小锻炼出来的,为了不挨继母的训斥,必须能准确地揣度别人的心事,把事情做在前面,而且做得无可挑剔,让大人说不出话来。久而久之,也便成了习惯,知情达理,勤谨少语,要说话先笑,一张本来就很漂亮的脸总是甜甜的。她手脚麻利地把菜和肉洗净,切好,各种调料都准备到手底下,老公公林泽来到炉子跟前。他当了一辈子会计,第一业余爱好却是烹饪,儿媳妇给他打下手,很快四菜一汤就端上了桌子。

四代人吃得热热闹闹。一天中只有吃晚饭的时候全家人才能聚在一起,边吃边说,有各自的单位发生的事情,有听来的各种社会新闻……奶奶和已经退休的母亲更想多听林永宁讲点外边的事。林永宁挑挑拣拣,只讲有趣的能帮助大家下菜下饭的事情,至于自己厂里那些让人忧烦的事情却只字不提。吃完饭张会访和小姑子把锅碗碟筷洗净擦干,屋子收拾利索,在一个老式的铜把大茶壶里沏上新茶。如果老人们和林永宁的话说得差不多了,他们三口便回自己小屋,骑自行车还要二十分钟哪。

张会访驮着女儿沉甸甸的书包,女儿则坐在她爸爸的后车架上。只有这时候林永宁才有时间过问女儿的学习情况,可是女儿已有点困意了。

"楠楠,今天作业写完了吗?"

"写完了。"

"检查过了吗?"

"没有。"

"我讲过多少遍了,写完作业要认真检查一遍。这两天考试没有?"

"考的算术。"

"得了多少分？"

"七十八分。"

"怎么才得这么点分？"林永宁的嗓门提高了,他的微笑,他的彬彬有礼的风度全不见了。还好,他控制住了自己的脾气没有继续发作,这是在马路上,天气又冷,如果他再说重一点,女儿就会哭。迎风流泪,脸又会被冻坏。女儿学习不太好,怎么能只怪她？

她每天放学后要回到奶奶家里写作业,人多,空间小,只有人宠她逗她没有人辅导她、督促她。她母亲下班后要为一大家子人做饭,也顾不了她。林永宁更没有时间管她,他们每天到自己的小屋差不多都是晚上九点钟以后了,孩子又该休息了。天天这样折腾,孩子放学后有多少时间想学习的事呢？

每当林永宁批评孩子的时候,张会访从不护着孩子。她认为那样会激怒丈夫,事情越闹越大。再说父母一个唱红脸,一个唱白脸,让孩子无所适从,也没有好处。她或者温言细语帮着丈夫说几句,既给丈夫消气,也用讲道理的办法让女儿认识到自己的父亲批评的对。或者寻找适当的时机把话题巧妙地岔开,缓解林永宁的情绪,把他的思想转移到别的事情上。张会访也急于想知道林永宁在厂里碰上了什么事,她对女儿说:"楠楠,脸别冲着风,趴到爸爸背上。"

女儿的这个动作使林永宁火气顿消。

张会访趁机问:"永宁,你的厂又出事了？"

"没有,我的工作可能要发生点变化,只是说不准是好事,还是坏事。"

"你要当厂长了？"

"你怎么知道？"林永宁奇怪地从车上扭过脸来,妻子裹在纱巾里的脸又白又细,俏眼含笑,灯光下格外动人。

"你不知道我有第六感觉吗！"

"你说我该干,还是不该干？"

"我想你会干的。刚才你为什么不跟爸爸妈妈商量一下？"

"我还没有拿定主意,何必给他们添心思呢。整个下午我老想爷爷常说的一句话:福祸同门,利害相生。当厂长有利有害。你为什么认为我一定会干呢?"

"你叫我说我说不清楚,反正我觉得你不会放弃这次机会。一心想干事的男人就会老面临抉择,你从小到现在关键的几步都是自己拿的主意,现在看都走对了。你有决定自己前途的艮劲儿。"

这几句话长了林永宁的精神,很投他的心意。

他们回到自己的家,这是一间九平方米的小平房,清冷,阴凉。张会访先捅开蜂窝煤炉子,炉子上铁壶里的水是热的,让女儿漱口,洗脸,烫脚。然后又插上电热毯,从暖瓶里给丈夫倒了一杯热水。林永宁双手捧着那杯热水,热杯子暖手,热气暖脸,他的心思并未回到自己的小屋里来。

"会访,在你眼里我是谨慎的人,还是个敢冒险的人?"

"你……是个谨慎的人。知道当初我为什么同意嫁给你吗?就是看你懂事,会疼人。"

"对,我的家庭出身,我的经历,注定我必须处处谨慎小心。但谨慎只能保护自己,不能创造自己,对我来说此时敢冒风险胜于谨小慎微!"

他有一股强烈的自我完成的愿望。上上下下希望他出来当厂长的人看中了他的能力和责任感,把企业交给他也许能维持下去,一时半会儿不会垮掉。谁能想得到他并不想守老摊儿,拉旧车呢,选中他就是冒了一次大险。眼下他只知道不能像以前那样干了,应该怎样干,他也没有把握。

冬天的脸色

入冬了,风硬空寒。

北京城陷入一片阴沉沉的枯黄之中,大街上有扫不净的落叶,空气中弥漫着太多的沙尘。林永宁从早晨八点钟下了火车,东撞一头,西打听一番,转悠了五个多小时,才找到了最后想找的门口。但时间已近中午,想到人家可能正准备吃午饭或已经在吃着,此时闯进去会让人家讨嫌,自己也尴尬。但这时候不敲门,人家吃完午饭还要睡午觉,自己要站在门外等多久呢?

他犹豫再三,还是没有敲门。既来求人,就要多替人家考虑。求人不易,爷爷曾经对他说过:"记住,当你张口求人的时候要想到连同自己的父母也给人跪下了!"他旋而又宽慰自己,好在此行并不是为了个人,如果说是下跪,也是为了给六百名职工讨口饭吃。

林永宁满头满脸都是灰土,灰土通过衣领、袖口钻进去,吸附在皮肤上,吸干了他身上的水分。他感到浑身干燥、起皱、发痒,胃又开始痉挛、扭疼。他到路边的小摊上买了个面包,因胃疼不敢喝冷的饮料,只好坐到门口的石阶上啃干面包。希望中午有人能进出这扇门,必然对他生奇,他就可以搭上话了……直到下午两点半钟,大门仍死死地关着,他只好自己敲门,料想老先生午睡也该醒来了。开门的是一个年轻姑娘:

"你找谁?"

"陈先生在家吧?"

"你有什么事?"

"我是天津磁性材料总厂的厂长,特意来向陈先生请教几个问题。"

"什么问题?"

"有关磁保健的知识。"

"请稍候。"

姑娘转身又进去了。林永宁松了一口气,谢天谢地,老先生在家里。他在门外等了一会儿,姑娘就出来了:

"你贵姓?"

"免贵姓林,林永宁。"

"谁推荐你来的?"

"没人推荐,我读过一篇介绍陈先生的文章,打听到地址就冒昧地闯来了。"

"有证明信吗?"

"哎呀……我是临时决定来拜访陈先生,没有带介绍信。"

姑娘略微沉吟了一下:

"对不起,老人家很忙,工作时间更不喜欢有人打搅。何况你无法证明自己,我又怎么相信呢?"

姑娘说完就要关门,林永宁拦住了她:

"等等,请你告诉陈先生,我们厂穷得叮当响,没有钱,没带礼品,也没有过硬的关系给我写推荐信。但我确实想发展中国的磁保健事业。请陈老给出点主意,并没有别的意思。你难道看我像个坏人,像个骗子?"

"我并没有这样说。"姑娘还是关上了门。

林永宁想继续敲门,觉得没有意思。想转身离去,又不甘心。他只好在门外死等,只等到天黑透了,虽然几次有人进出陈先生门口,包括那位姑娘,却没有见到陈先生本人,也费了不少口舌,仍未能进得门去。他感到大家看他的眼神有点古怪,或许还有几分感动,至少没把他当坏人,否则早就报告派出所了。陈先生架子这么大,想必是有真本事,一不做,二不休,给他来个不见不散。林永宁找个小旅馆住了一夜,第二天吃完早饭又来敲门,开门的仍是那姑娘,告诉他陈先生出去了,仍未忘记向他表示歉意。

他不大相信姑娘的话,不相信又有什么办法?但愿陈先生真的出去了,只要出去了就有回来的时候,只要守在这里就能堵上他,只要面对面地堵上他就好办了。接近中午,一辆黑色轿车停在陈宅门前,从车上下来一位老者,衣着整洁,面色红润,腰不弯,背不驼,一看就知道活得好,保养得好。脸上一团和气,不像是拒人于门外的人,可昨天把他挡在门外的决不会是那姑娘。林永宁迎上去,用背挡住了门口,他断定这就是自己要找的人:

"陈先生,您好!"

老人也在冲着他笑:

"你就是'天磁'的厂长？"

"我是林永宁，这是身份证。"

"不用不用，我又不是宾馆的服务员。"老先生仔细打量着林永宁，似乎被林永宁的笃实耐苦、纯朴顽韧所感动，"以前你认识我？"

"我见过您的照片。"

"实在对不起，让你三番两次地吃闭门羹。你可知道，国人对磁保健知识几近于零，你要推出这方面的产品是一个系统工程，风险很大！"

"风险和机遇同在，有风险也会有成功。我别无选择，不能让工厂平安地垮掉，要选择成功就不能逃避风险。"

林永宁充满求助的热望和焦虑。

"好，好，至少你的思路是有前途的。我们就这样站在这里谈，还是到家里去谈？"

"如果您不嫌打搅，我当然希望多听听您的意见。"

"那就请你让开路，我打开门咱们进屋里谈。"

还得开会

不开个职工大会不行了！

——林永宁自己这样想，周围的人也这样劝他。他实在没有时间、没有精力打嘴仗，请专家，说服科技人员已属不容易，单凭一张嘴怎么再去说服六百人？他想先把新产品搞出来再说，让事实说话，群众会更服气。

想不到群众的情绪如洪水暴涨，开始是几股细流，很快泛滥成一片凶猛的浑水，泥沙俱下，树倒石崩。随大流的多，以讹传讹推波助澜的多，逃避或看热闹的多，如果不赶快想办法，连林永宁本人也可能被洪水吞没。最省事最有效的办法就是开大会，社会主义几十年的习惯，国营企业行之有效的老传统——就是遇到问题开大会。这叫宣传群众，武装群众，你不运动群众，群众就会运动你。上任不开个大会还叫上任吗？群众几十年的当家做主，也养成了主人的脾气。客气一点的在背后骂他，又让他能听得到："林永宁这小子看着怪老实的，一当厂长就换了一个人，真是一朝权在手，便把令来行！"不客气的找到办公室拍桌子摔板凳："这么大一个磁性材料总厂就生产小磁化杯，简直不务正业！你林永宁是不是想拿全厂六百号人的饭碗当儿戏？"他走到哪里都有人嘀嘀咕咕、指指戳戳……大家是被逼急了，还是穷怕了？

既然是非开会不可了，那就快开。权当一次新闻发布会。林永宁准时走进礼堂，那脸色如同一团带着雷电的云彩。呀，有好多年没见过开职工大会，人们会来得这么早、这么齐。当盛行开会的时候，人们千方百计地逃会，现在很少开会了，人们又想开会。职工关心自己的和工厂的命运，想听听林永宁这个新厂长怎么说。

林永宁登上了前台。礼堂里非常安静。

他用不着准备，一肚子酸甜苦辣，而且火烧眉毛，就得实话实说。用不着客套，用不着别人为他开场。

"有人说我疯了，骂我得志便张狂。我疯也好，狂也好，不是为自己捞，不是疯狂得多贪多占，不是有权不为自己使用过期作废。相反是疯狂得不顾家了，我母亲得了肺癌，我有半个月没有回家去看她老人家了，后天我还要带着咱们的新产品去外地参加一个展销会。我以前没向任何人讲过一句我家里的困难，我也是人生父母养的，我想给老娘找个好医院，请个好医生，可是我顾不过来，咱们厂正处于关键时刻，我是为厂子疯狂。求你们大家不要到我家去，不要让我母亲知道她病的真情。摆在我面前的有两条路，一条是延续咱们厂的老路子，对我个人来说既稳妥，又保险，干好了能使厂子维持几年，舒舒服服当我的厂长。干砸了，属于以前投资选项有问题，责任在前任，与我无关。你们让我当厂长，难道就看中我老实可欺，能低三下四地到处求爷爷告奶奶，借钱给大家发工资？还有一条路，就是打破现有的生产格局，开发新型磁保健系列产品，闯市场，大闹一番。这条路，风险难以估计，没有资金，没有先例，一切都靠自己闯，一旦闯出去，工厂就会大发展。咱们的天磁厂就会扬眉吐气！这不是我一个人拍脑门子拍出来的,去年我在广场的一个地摊上看到了一种所谓磁疗按摩器,就是把吸铁石包上布,安上把儿,买的人很多,我们生产的正规磁性材料卖不出去,人家用我们的边角余料稍加改造就能发财。这给我的刺激太深了,企业没有一成不变的经营,只有市场是唯一的取向。现在中国人有点钱了,生活水准提高了,都想活得好一点,活得长一点,保健产品必然大有前途。我们是搞磁的,中国自古就有磁能健身的理论,《本草纲目》上写得清清楚楚,磁有药性。古人用磁石煎药,疗效大增。把天然磁石放在井水中,使全村人都长寿少病,不能怀孕的妇女喝了这样的井水就能生孩子。用磁石按摩伤口周围,就能使伤口愈合得快……我为此请了二十几名专家做咱们厂的顾问。咱们厂穷,暂时不能给专家们发劳务费、咨询费,你们知道我是怎么干的? 我到专家家里干活儿,什么活儿都干,能插上手就干,用真诚、用感情、用劳动,换取人家的信任,人家的知识,人家的智慧……"

林永宁脸在燃烧,红光闪亮。他显然是豁出去了,宁肯让人不理解,也不能毁了企业,毁了自己的希望。

台下的大多数人,即便对他的治厂方略还存有怀疑,也开始信任他的灵魂和人格。当他高声邀请有意见的人上台来讲,如果大家都认为别人的意见比他的办法更高明,他立刻下台,把厂长的权力让给更有把握拯救天磁厂的人。等了半天没人说话,更没有人上台,在难熬的冷寂中,突然有人鼓掌,于是大家也都鼓起掌来。职工大会就算在掌声中结束了。

初征西安

林永宁和三个销售人员,分别抬着两大箱磁化杯,来到国际电子工业产品展销会的大厅外面,被一个胸前挂着红布条的人拦住了,红布条上写着"负责人"三个字。不知是哪个部门、哪个行当的负责人;不知是负责安全保卫的,还是负责检查卫生的。或者是负责收费的?

"负责人"面色冷峻:"你们要干什么?"

他的眼光让人感到林永宁的箱子里是炸弹。到这里来的人不是卖货的就是买货的,还能干什么?"负责人"口气不善,林永宁可不敢有火气,放下箱子,满脸谦恭:

"我们想参加展销会。"

"你们是哪里的?"

"天津磁性材料总厂。"

"箱子里是什么?"

"磁化杯。"林永宁打开箱子,拿出一个红色的带把儿的杯子,递过去。

"负责人"却没有接,一脸鄙视:

"你们是电子行业的工厂,却生产这种玩意儿,给行业丢脸,不能让你们参展。"

"为什么?"

"你们这玩意儿不算电子行业的产品。"

"既然磁性材料算电子行业,为什么磁性保健产品反而不算了呢?"

有人围上来注意林永宁手里的杯子,为它的新颖造型所吸引。林永宁仍然笑容可掬:"您贵姓?"

"我姓徐。"

"您看,"林永宁打开杯盖,从里面拿出说明书和一个钢勺,右手指一松,钢勺当一声被吸进杯子。"大家都知道地球有两极,有磁场,每个人都生活在一定的磁场中。国内外磁保健学和医学研究成果证实,现代工业和现代生活,不可避免地导致一定程度的磁屏蔽。而磁场强度缺乏,能诱发人体疾病。磁化杯正是应运而生,磁化水同常态水比较有两个变化,一是增强了溶解固态物质的能力,可溶解泌尿系统的结石、血管壁的沉淀物,促进消化功能,对结石症、动脉硬化、高血压、便秘等慢性病会有始料不及的效果。二是磁化水提高了溶解氧的能力,增加水中的含氧量,促进人体细胞的新陈代谢。"

林永宁四周围了一大群人,有人问:"多少钱一个?"

"十六块五毛。"

"我来一个。"

"也给我来一个。"

"徐负责人"高叫一声：

"你如果在这儿卖东西我要全部没收！"

林永宁手下的一名销售人员也忍无可忍：

"我们要进去参展你不让，在大门外边卖货你不允许，你还给人留条活路吗？你到底是什么负责人？"

"我专门负责给参展厂家分配摊位，现在已经没有位子了，你们闹也没用。"

在人墙的后面有人喊："'天磁'的同志，到我的摊位上来，我给你们让出块地方。不就是那两个箱子吗？"

林永宁赶紧高声答谢。

"别客气，大家都是搞销售的，不容易。来，跟我走。"

林永宁和销售员抬着箱子跟在那个热心人的后面进入展厅，他们的后面跟着几个想买磁化杯的人。"徐负责人"愤愤地盯着他们，却又无可奈何。

热心人是山东一家无线电厂的销售科长。林永宁对人家千恩万谢，他也真的占不了多大地方。怕夺人家买卖也不敢扯旗挂彩，只是临时写了块招牌，把大箱子架起来，摆出磁化杯，买卖就算开张了。主要是靠林永宁的一张嘴，一见有人走过来他就大讲特讲，从磁化杯的原理一直讲到人体保健。他一讲就有人听，他的摊位前老是围着一群人，那家无线电厂也跟着他沾光了。

他像中了魔一样，不停地讲了三天，嗓子喊哑了，眼睛红红的，已经有两家大商场签了协议要大量订货，带来的两大箱杯子也快卖光了，这是他们第一个创业产品，终于被消费者认可了。他亲自卖货，知道了市场的滋味，这更为重要。快闭馆的时候，来了一个客户，不仅想把剩下的杯子全买走，而且仔细打听天磁厂的情况，想进一步合作。林永宁又画图又讲解：

"我们有近四十年生产磁性材料的历史和制造经验,拥有全国知名的磁学专家和从日本引进的先进设备,有国营企业良好的信誉,天磁牌磁化杯选用了号称磁王的国际先进磁材——第三代永磁合金和高性能锶铁氧体瓦型磁体……"一个销售员急匆匆几乎是跑着从外面进来,凑到林永宁耳边说了几句话。林永宁脸色陡变,眼泪突然流下来了,他掏出手绢擦了一下,越擦泪越多,只好不去管它,把刚才说了一半的话继续讲完,"可靠的材料,先进技术和设计,能产生强度高而且稳定持久的磁场。也就是说,我们的磁化杯具有稳定而持久的保健功效。"

客户和参观者无比惊异,甚至不忍看他那张扭曲的泪流满面的脸。

林永宁讲完后坐下来,双手捂住脸趴在双膝上,别人听不到他的哭声,却只见他双肩抽动。

客户问那个销售员:"出了什么事?"

"刚得到消息,我们厂长的母亲去世了。"

周围立刻安静下来。

许多参观的人都没有想到这个喋喋不休的推销员还是厂长。那客户默默地买走了杯子,签了一张数目可观的合同……

1989年　母亲

林永宁进门就跪倒了。母亲的遗体停在屋子中央,脚对着门口,上面罩着白布单。

林永宁给母亲磕头,磕着磕着开始用头狠命地撞地,咚咚咚!弟弟和妹妹赶紧把他拉起来。他掀开布罩,看到了母亲的脸,刚喊了一声"妈",便趴在母亲胸前大放悲声。

他终于能够痛痛快快地哭出来了。

边哭边叫:"妈,您为什么不等我回来?我不孝顺哪,我对不起您老人家!是我害了您呀,如果我在家里好好给您治病,您不会走这么快呀!"

他这一闹,全家人又陪着哭起来。

父亲在旁边说:

"你母亲临终前还说,别急着叫永宁回来,他忙。"

林永宁听了这话越发不可控制:"我忙,我忙的是什么?把自己的爷爷、自己的亲娘都搭上了,我值得吗?我为谁忙?"

谁劝也不行,越劝他,他哭得越凶。也没有人能把他从母亲身边拉开。

会访把别人都劝开了:"让他哭吧,哭出来就会好受点。妈活着的时候他陪的少,现在就让他多陪一会儿吧。"

家里死了人,所有活人都得围着死人转,人出人进,乱乱哄哄,直到死人"入土为安"。不把死者送走,活着的人不会安生。林永宁回来了就该商量火化的事情,可他的精神好像完全垮了。

他趴在母亲身上哭了很久,哭着哭着竟睡着了,而且睡得很安稳。

已经有许多天了他睡不好觉,身上很累,仿佛被抽了筋,但一闭上眼精神就亢奋,脑子格外活跃,有用的没用的全想起来了。然而一回到母亲身边,哪怕母亲已经变成了一具僵硬的尸体,他也感到安全、亲近,可以完全放松自己。

莫非母亲的灵魂还在等他,他急于入梦是要和母亲相会?

他和母亲会说些什么?没有人能知道。

天已经黑了,屋里很凉,当会访把一条毛毯盖到林永宁身上的时候,他醒了。情绪已经平稳,不再大哭,不再喊叫。他叫所有人都去休息,自己要陪母亲过这最后一个夜晚。

会访给丈夫煮了一碗热腾腾的鸡蛋挂面汤。林永宁虽然肚子空空,却没有食欲。虽无食欲,吃妻子做的面汤又很香。一大碗面汤下肚后身上暖和多了,脸上也有了血色。刚才他那疯魔颠倒的样子把会访吓坏了,人在这种时候最容易出事,一口气憋住就会死过去。她是不会让丈夫一个人守灵的:

"永宁,我在这儿守一会儿,你先去睡一觉。"

"睡觉着什么急,将来还愁没觉睡吗? 像咱娘这样,光剩下睡觉了。"

"你又说疯话!"

"这是实话,咱娘才活了六十岁,你说冤不冤? 受了一辈子惊吓,受了一辈子劳累。老的在台上挨斗,小的在学校受气,担心老的,操心小的。我在外边无论吃了多大的屈辱,回家看到母亲的眼睛,把脸扎在她的怀里靠一会儿,就什么都过去了。决不会向母亲诉苦,回家撒气。是母亲培养我成为一个男人,心里存得住事,肩上担得起责任。我却没有把她照顾好。手术本来做得不错,如果我不是经常外出,让她在我们那个小屋里多住些日子,拣好东西给她做着吃,她是不会这么快就走的!"

"别跟自己过不去了,这种病的结果你还不知道吗? 何况咱娘的病一发现就是晚期!"

"她又不吸烟,为什么会得肺癌?"

"大概跟在粮店里工作有关系,卖米卖面粉尘大。"

林永宁摇摇头,眼睛始终盯着母亲那张罩着白布的脸,额头、鼻尖把白布顶起,塑出了脸的轮廓。他总感到母亲还在呼吸,等一会儿也许会把布罩吹起来。他真想拿掉这块惨白的布单,是这块布把他和母亲隔成了两个世界。死就是这么简单,而且无公平可言! 母亲就在自己家门口的粮店里干了一辈子,这说明她的领导和附近的群众多么信任她。粮店里来了好米好面,自己家的人总是最后从邻居的嘴里知道消息。有了发霉的米面,她的家里倒是非买不可。即便是在惜粮如命的度荒年代,自己家里人去买粮,她也没有多给过一粒米,多找回过一两粮票。她太普通了,普通得别人不注意她,连她自己也常常忽视自己,无论在家里还是在外面,很少说话,总是默默地听着别人讲,陪着别人笑或是忧。她活得普普通通,又一丝不苟,她给儿女们的影响和教育则决不普通。林永宁曾多次立过志,等母亲老了以后让她好好享几天福。六十岁算老吗? 中国女人的平均寿命是七十多岁! 然而,当林永宁知道母亲得了绝症,他又做了些什么呢?

"连自己的亲儿子都指望不上,还能指望命运吗？我没有资格抱怨命运对母亲不公,只应该憎恶自己!"

林永宁握紧双拳突然向自己的两个太阳穴猛击。

会访抓住了他的手:"你又怎么了?"

"会访,你说实话,恨不恨我?"

"别神经病,我要恨你干吗还嫁给你!"

"我成功心切,光顾事业不顾家……"

"家里人都喜欢这一点,连咱娘也恨不得你快点干成自己的大事。"

"也许我的事业和我的亲人相克……"

会访真的生气了:"别胡思乱想,你守着咱刚死去的娘不能胡说八道。守灵发丧有一套老规矩,你既然迷信你那套相生相克的命运,就该遵守这些守灵的老规矩,如果惹出什么麻烦可真的对不起死去的娘了!"

林永宁突然感到妻子比自己强大得多。

壮　行

会议室里挤满了人,烟雾腾腾。

每个人都感到热,每个人都想说话,都正在说话。但每个人都知道无论自己和别人说出来的全是废话,是一些轻松的、不着边际的嘻嘻哈哈,正如大战前军人不谈战争,大赛前运动员不谈赛事一样。

他们用表面的轻松来掩饰一种庄重,一种兴奋,或者是一种冲动,一种虽无把握但想试一试的急迫。此时最好的动作和表情就是让烟、接烟、点烟、抽烟。

林永宁好像要发动一场战争!

他托着一堆花花绿绿的材料走进来,被浓烟噎了一口,只好先闭住气,慢慢适应屋子里的火辣。这帮烟鬼,我们的工作是创造健康,他们却一有时间就制造污染! 总有一天我要在厂区内禁烟。他忽然觉得"创造健康"这句话不错,让自己记了下来,将来会有用的。

"打开窗户透透气吧,这屋里的火药味儿太浓了。"

浓烟像云一样向窗外流去,冷空气吹进来,大家的表情变得严肃了,会议室里安静下来。

林永宁开始了,现在的他已经相当的自信了:

"市场就是战场,这句话说得真好。哪里没有我们的市场,我们就在哪里打一场销售大战,不拿下市场决不罢休。今天,我们的天磁军团就要大举出征,先拿下十个省市,然后逐渐扩大战果。你们就是这十个方面军的军长,天津、北京、山东、河北,在我们的家门口,条件好,用最快的速度拿下这些市场,建成我们的根据地。西北已有基础,问题也不大。东北要从头开始。我押着货去广东,南方市场很广阔,大有前途,南方人喜欢进补,注重保健。我每个月至少到你们每个点上去一次,有问题还可随时跟我联系,我也随时都可以去。销售奖励办法你们都讨论过了,也都同意了,我总觉得你们的好运来了,'天磁'的好运也来了。跟去年不一样,经过这几个月的临床试验和试销,我的心里有底了。陆军总医院、北京军区总医院、天津医学院附属医院、天津中医医院的临床报告都来了,天磁杯对有的病有显著疗效,对有些病有辅助疗效。办公室已接到了一大箱子用户来信,四川、广东、天津的有些用户说治好了他们的偏头疼。至于对结石、动脉硬化、高血压、大便干燥等有明显疗效的例子就数不过来了。这证明,我们的设计、我们科学研究得出的结论和实际效果是一致的。天磁军团兵是精兵,将是强将,怎么会打不出一片我们的天下!"

此后不久,天磁军团果然捷报频传。小小的磁化杯对市场进行了地毯式的轰炸。

中央电视台在新闻联播节目之前,荧屏上像炮弹一样推出两个大字:"天磁"。然后是一个男人清朗的声音:"天磁杯,创造健康!"

请看各种报纸上的题目:

"中国魔杯风靡市场"

"天磁成功揭秘"

"磁王——林永宁"

"天磁性格"

"林永宁效应"

"……"

各大商场的大磁杯经常脱销,柜台前立着人牌了:"天磁杯售完"——不知是真的还是故意制造这种气氛。天磁厂等着拉货的卡车排队,车间里生产出一箱立刻就被拉走。天磁杯成了一种时髦的玩意儿,解决了重情面的中国人的一大难题:朋友间送礼送天磁杯,又大方又便宜又好拿出手,对男女老幼都适用,如同给人家送去健康。

中国到处都在发奖,各种各样的发奖会上奖励天磁杯。

"五一"国际劳动节各机关企业发天磁杯。

亲戚、朋友、邻居找张会访要磁化杯,而且声明花钱买也行。张会访不敢找厂里,又抓不着林永宁,只好自己到商店排队买了十几个杯子送出去了。但找她要杯子的人越来越多,她的私人钱包可经不住这样的开销。丈夫的工厂发了大财,自己的钱包却被掏空了,这到哪里去说理?

奶奶却非常高兴,塞给她五十块钱:

"这磁化杯是宁子造的,人家找咱要是看得起咱!"

会访也笑了,这五十块钱只能买三个,送给谁呀?

不速之客

林永宁回到家是晚上十点多钟,女儿已经睡觉。他站在床边看不够,爱不够,用手摸摸女儿的脸,低下头又去亲一亲。

妻子在旁边偷笑,女儿如果不是睡着了,他就会板着一张脸问这问那:作业写完了没有?考试了没有?女儿一句答得令他不满意,就会劈头盖脸地说半天,搞得大人孩子都不高兴。回家来倘是见到一个熟睡中的女儿,他就什么也不问,只是亲,只是爱。男人真是怪……

然而要让女儿在她父亲回来之前睡觉也很不容易,她见到父亲的时候太少了,想父亲。打也好,骂也好,毕竟亲父女。如果不是因为白天有体育课,实在太累了,熬不住,她一定要见到父亲回来才会睡。

会访到厨房给丈夫热饭,雷打不动的西红柿鸡蛋面汤,两碟小菜一个馒头。

林永宁刚想脱掉上衣,洗洗脸擦擦身子,有人敲门,这么晚回来还有人来找……没有办法,他吃过求人的苦,知道吃闭门羹的滋味,多晚来了人也得开门。

来人精明外露,见面熟,一嘴东北口音:

"哎呀,林厂长,见你太不容易了,我在你门口蹲了三个晚上啦,前两个晚上你都是十一点钟以后回来的,我若再进来打搅一定惹你讨厌,会影响咱们的合作……"

林永宁见他一进门就自顾自地说个没完,便打断他:

"您有什么事?"

"你现在是大名人,找你自然是好事啦。"来人打量着他的屋子,一个劲儿地摇头,"哎呀,你这么大名气的一个厂长,以前又当过好几年副厂长,就住这样的地方?有十平方米吗?真是一间屋子半间炕。"

林永宁有点不耐烦:"同志,您到底有什么事?"

"好吧,咱们谈正事,"他见屋里只有一把折叠椅,这间小屋里也只能放下一把椅一张桌,"林厂长,你坐下咱们谈。"

"您坐吧,我坐在床上。"他希望快点结束这次谈话,更不希望来人的高嗓门吵醒女儿。

"咱长话短说,真人面前不讲俗话,你们卖的这个磁化杯我们早就搞出来了,而且取得了国家专利。我来的目的就是请你们厂买我们的专利,名为买,但这笔钱我们不要,你花一百万我返给你私人一百万,你花五十万我返给你五十万,你可以先买套好房子,让夫人孩子过得舒服点。"

他从皮包里拿出专利证书和准备卖技术的协议书草稿,请林永宁签字。

林永宁只草草地看了一眼对方的专利证书,记住了他是哪个单位

的,对其他都不感兴趣,甚至懒得打问来者姓甚名谁。他只想尽快地结束这场愚蠢的谈话:

"你们想用我的钱,买走我的市场、我的产品商标,还有我本人,不觉得这个主意太便宜、太荒唐了吗? 如果我是你们估计的那种人,又怎么可能搞出现在的大磁杯? 我们有自己的专利技术,而且我对自己的专利技术充满信心,不客气地说它是这个行业最好的,不想再买别人的技术。对不起,我没有上当,请吧。"

来人只好收起皮包往外走,但不甘心:

"等等,林厂长,你可以再考虑考虑,我在天津再等你三天。"

"没有必要,如果我想买技术也会到市场上去谈判,不会在家里进行交易,更不会借助别人的手把国家的钱放进自己的口袋。"

他关上了房门。

会访问他:"现在吃,还是等一会儿?"

"现在吃。"

"有气没气? 带着气可不能吃饭,容易做下病。"

"要想生气早就气死了,这种事串皮不入内。"

会访摆上饭菜,他先朝那一大碗糨糊糊的面汤下筷子。会访看看他,一股柔柔的暖暖的感觉在身上扩散,对她来说这是一天中最美的时候。他外出太多,在家的时候太少,她常常在等待中感到孤单,七想八想为他担着一份心:行车是否安全,吃的是否舒服,胃病有没有发作……人家说小别胜新婚,他们经常小别,在一起的时候可比新婚强多了。新婚的时候懂得太少,想得太少。他什么时候睡,她就陪他到什么时候,她想跟他说话,也想听他说话。

她说:"我还真有点紧张,那个人竟敢出那么大的价钱收买你。"

"放心吧,我在这方面是科班出身,不会上当的。父亲当了一辈子会计,从未在钱上出过差错。母亲一辈子管钱管粮,更是板上钉钉。我从小就接受清正廉洁的教育,上中学的时候当过全校的文体委员,一买电影票几百张,要经手百八十块钱,只有一次不知怎么少了五块钱,从家里拿钱给垫上。干大事不能贪小便宜。"

"我知道你从小就野心勃勃,想干大事。"

"成功了就叫有雄心大志,只有失败了,比如贪污受贿跌了跟头,才叫贼子野心。"

"我看穷有穷的难处,富了也有富的危险。"

"有好几家外地的乡镇企业向我暗示,只要我向他们透露一点天磁杯的关键技术,就立刻让我成为一个富翁。开发区一家合资企业愿意以月薪一万元聘我去当总经理。他们也太小瞧我了。我要重新创造一个'天磁',整个事业是自己的,我又何必把大我的钱装进小我的口袋? 有些人就是认为工厂的钱不装进自己的腰包就不叫钱,工厂多富也跟自己没关系。这一点还不如国外的一些大企业家,他们认为企业家就不应该拿国家的钱,只能给国家缴钱。有些超级富翁追求的主要并不是钱,是一种事业成功的满足,是证明自己,创造自己的满足,是有足够的智慧接受大挑战的快感……"

在老婆面前欣赏自己是很愉快的。

会访却不想让他沿着这个思路再继续谈下去了。他谈起工作,谈起他的理论可以到十二点也不困,而且兴奋起来躺到床上会睡不着。会访更希望两个人到床上谈点别的。她端来一盆热水,林永宁脱掉衣服,只穿着短裤,妻子用热毛巾,亲手为他擦背……

林永宁却想给外地的几个销售点儿打电话问问情况。天磁杯已经站住脚跟,但他不能只靠这个杯子,必须有新的举动。想得远,才能做得远;看得远,才能走得远。

妻子正好在他腋窝里捅了一下:

"又愣神儿,想什么哪?"

他转过脸,一把抱住妻子,悄悄地说:

"想你。"

从北京到韩国

中午的休息时间,林永宁端着自己的茶杯来到销售科的大房子里。这里最热闹,是全厂的"信息发布中心"。这是多年来养成的习惯,各科室的活跃人物,一到休息时间就愿意到这里来打扑克、下棋、聊天,能听到各种各样的新闻。现在不能下棋、打扑克了,聊大天还是可以的。

林永宁一来聊大自然就以他为中心了,别人说话就得稍微谨慎一点。虽然有点拘谨,但谁也不愿意离开,想从林头儿嘴里得到点消息,有人猜测厂部的机构可能要调整,不会再养这么多干部了,到底谁走谁留,人人都很关心。传说工厂的名称也要改,老名字已经不适应现在经营范围,哪里还是单纯地只生产磁性材料?

工厂的日子好过了,大家都很高兴。这些精明的干部们却摸不透林永宁的心思。

"厂长,按现在的势头,到年底我们可以销售一千五百万只杯子。"

不等林永宁开口,别人抢过了话头:

"你别太乐观,市场上已出现了假天磁杯,是人不是人的都在生产磁化杯,以假乱真。"

"在天津、北京、河北、山东、陕西、广东,我们销量绝对第一!"

林永宁突然把话题扯到即将开幕的亚洲运动会上:

"你们说,在亚运会赛场,哪个地方最引人注目? 做广告效果最好?"

"人们第一关心的当然是比赛的输赢,看谁得了多少金牌……"

"你甭说了,金牌上不做广告。"

"得了金牌要升国旗,旗杆上最醒目。"

"国旗和旗杆上也不做广告。"

大家七嘴八舌,还有人说最醒目的是点火台,也有人说最保险的是赛场四周……

林永宁出乎意料地又问:

"话筒上怎么样?"

"话筒?"

"主席台上的话筒,使用频率最高,当重要人物讲话时必然要给特写镜头,实际上就是给话筒以特写镜头。我们花钱在话筒下面挂上两个大字:天磁,你们认为怎么样?"

"这等于买断话筒,广告做在亚运会的喉舌上,得要多少钱?"

"十万元,这价格是我定的,因为他们没想到话筒上可以做广告,不知该要多少钱。在点火台上做一个广告要五百万元,在赛场上立一个广告牌要三百万元……"

大家觉得花十万元在话筒上做广告很合算。

亚洲运动会在中国举行也算是一件盛事,天磁厂不应该放弃这个宣传自己的机会。

林永宁叫广告科的负责人立刻去办这件事。

几天后亚运会开幕,在电视机上看到实况转播的天磁人,笑逐颜开,他们感到整个开幕式,主席台上的达官贵人们就是抱着"天磁"在说"天磁",吹"天磁"。

"天磁"设在北京的销售站,借亚运会的风水搞了个销售大赛,请林永宁进京和各商场卖天磁杯的售货员见个面。林永宁借机请一个记者帮忙来到亚运村,想看看各国运动员的训练和生活情况,不知能不能给天磁杯派上用场。

他发现一件怪事:韩国运动员对旁边摆着的各种各样的饮料,哪怕是免费提供的高级饮品,也不屑一顾,他们只喝自己带来的矿泉壶里的水。

他站在那儿不动了,双脚仿佛被钉住了一般,脑子里则如电闪雷鸣,劈开了以前堵塞着的一种什么东西,照亮了一种东西,这种东西是什么?

矿泉壶就是韩国人裴庆锡发明的,也是解决水的问题。"水"加"磁"——前途无限,市场无限……

当记者把他喊醒的时候,他哪里也不想看了,连夜赶回天津。

几天后他不声不响地飞往韩国,考察了矿泉壶及其市场。回国后成立了以高级工程师邢凤翘为首的矿泉壶研制小组。

当人们纷纷仿效天磁杯的时候,天磁矿泉壶又问世了,并很快获得了国家专利。

1991年春　北京西单商场

林永宁西装笔挺，系着红格领带，显得容光焕发，风度从容。

柜台上方悬挂着一条黄色横标，上贴红色大字：天磁矿泉壶——开创饮水新时代。

柜台前拥挤着一大群人。

林永宁侃侃而谈："贾宝玉说，男人是泥做的，女人是水做的，其实男人和女人都是水做的，每个人的身体百分之七十是水。人可以一个月不吃食物，不能一周不喝水。但是，自茶叶问世以后，中国人喜欢开水沏茶，以致形成了喝开水的习惯。可是专家测定出：自然水在常温下营养最充分；冰点以下，水中矿物质常常沉淀；烧至沸点，水中的营养成分消失殆尽，而且并不能杀死所有细菌，且水锈、水垢、水中悬浮物依然存在。可见喝开水只是一种习惯，不能补给人体必需的微量元素……"

他讲了亲眼所见的韩国运动员的饮水习惯，讲了西方人喝净化生水的习惯，不能说他们的体质好完全依赖喝生水，也不能说他们的体质之所以好跟饮水习惯没有关系。

林永宁讲得口渴了，就用杯子在柜台上的矿泉壶里接水喝。他不渴也喝，就是要喝给顾客看，肚子已经喝得胀鼓鼓的了。柜台上放着一摞一次性水杯，许多顾客也挤过来接水品尝。

有人问："喝了生水肚子不舒服怎么办？"

林永宁说："这完全是个习惯问题，我食道出过血，有慢性胃炎，胃酸过多，自去年研制矿泉壶以来，只喝矿泉水，没有任何不舒服。每天晚上很少能在十二点半以前睡觉，早晨必须六点多钟起床，经常在外边东跑西颠，去年一年光在外边就有二百多天，你们觉得我的气色如何？返璞归真，回归自然，对中国人来说是一场饮水革命。现代人有权喝更好的水，提倡一种新的饮水时尚，这就是接受矿泉磁化水，既干净又富于营养、富于活性。"

他又喝下一杯。然后举起一个飞碟形的东西：

"如果有人怕胃寒，我们还提供另一种新产品：热宝。放在腹部就能温暖你的胃。人体确实需要一定的温度，人在饭后为什么会困呢？因为大脑缺血，全身的血液大量集中到胃里，让胃热起来产生一种酶，才能分解食物。胃太凉了则不能产生酶，就会感到胀疼，消化不良。热宝就是从外部给胃加温，让其大量产生酶，人会感到很舒服。"

一周后。

林永宁又来到广东茂名市。此城是南方重要的石油化工基地，污染严重，水中含铅和氯，时间长了会使人的脸色发青。正因为如此，当地人格外重视自身的保健，天磁杯在这儿卖得非常好。

林永宁接受了本地水质专家的建议，仅仅把水磁化是不够的，还要能过滤。这次他就是带着大批加有过滤系统的天磁矿泉壶三下茂名。他觉得不单是来推销自己的产品，还对当地人负有一种责任。这么好的城市，是全国润滑油出口基地，给国家做出重大贡献，从外表看很漂亮，许多人对水质情况却并不很清楚。然而他们有权利喝上质量更高的水。

林永宁说服本地的电视台，花了做一分钟广告的钱做了个五分钟的专题，不要任何花里胡哨的自吹自擂，先由本地的一位水质专家讲水质检测结果，再由他亲自讲解天磁矿泉壶的构造、功效。冷静，客观，不说一句推销产品的话，不带商人习气，也像个学者，只讲水和人的关系。他同时在当地报纸上做广告，那广告也朴素得更像一篇文章，重复了他在电视上讲的话："现代人为什么患病多？跟水的污染有极大的关系。优良的水质是人体细胞新陈代谢中绝不可缺少的物质，它是人体排除毒素与废物的最佳清洁剂。同时水中也含有人体需要的许多元素，如人体中主要元素钙及其他微量元素的主要来源就是水，因为只有在水中，这些元素才呈离子状态，只有离子状态的微量元素才能透过细胞膜的离子通道，被吸收和利用。水中钙离子的含量愈高，则表示水质愈佳。如今水质污染日趋严重，使自来水的加氯量增加，再加上人们又喜欢喝煮开的水，这就使水中的钙离子和其他微量元素遭受破坏。而这些钙离子和其他微量元素正是人体的生命之源。自来水煮开以后还将产生致癌物质，诱发膀胱癌、尿道癌等。现代人实在到了重新认识水的时候，利用现代科学技术，净化水源，培养更科学的饮水习惯，获得一种健康的生活方式。"

又是一年到头

林永宁两头忙：外边忙，家里也忙。

外边变了里边也得变，外边不断变化，里边要适应外边的变化；人们之所以一天到晚地忙，不就是图个变嘛，当然是希望往好里变。

天磁人的工资不知不觉地就涨上来了，直追合资企业员工的收入。

"天磁"装修一新的大餐厅，早晨免费为全体职工提供牛奶、豆浆；中午免费提供一顿像模像样的午餐。林永宁只要没外出，早晨七点半准时到餐厅和职工共进早餐，许多工人希望在餐厅里能见到他，跟他打个招呼，只要看见他来吃早饭，就知道他在家。

不知从什么时候开始，"天磁"的厂区也变了，厂房变新了，厂内的几条大道干干净净，两旁有了树，有了花。上班时间显得空空荡荡，极为安静，难得看见大道上有行人。

对中国人来说还有一项极为关心的大事：房子。凡是老牌国营企业在房子问题上几乎都欠着职工的账。"天磁"有钱了，欠职工的老账新账一块还，买了一批宿舍。按惯例分房子是抢破头的事，林永宁没有成立专门的"分房委员会"，也不搞"三榜定案"，行政科的电脑里储存着每个员工的详细住房情况，很容易就搞出了分配方案。真的就没有人争，没有人闹。人们知道争没有用，闹也无效。想得开的人认为，只要"天磁"这样干下去，不愁没房子住，很可能越到后面房子越好。

林永宁一家也搬进了一个低档住宅区的偏单元，而且是朝向西北的"铁角"，冬天冷，夏天热，一年四季见不着阳光，当然更不会有暖气。厂里本来想给他买一套好房子，"一步到位"。按理说，给他买一套别墅也是应该的,别人也不该有意见。他拒绝了。有人劝他,既然不要好房子就不如仍旧住在九平方米的小平房里,对上级领导和下面的群众构成一种压力,过一段时间顺理成章地搬到好一点的房子里去。林永宁也不同意,认为那样太做作了,让外国人不理解,让竞争对手瞧不起,让自己的职工心里不安,厂长连好房子都住不上,他们还有希望吗?目前天磁人还是住普通单元房的水准,他也不想例外。按规定他已为"天磁"服务二十多年,即便是一名普通工人也该分到一套房子了。由于开始没有考虑他,好的单元房子都分配出去了,算他运气不好,住进了"铁角"。

生活总会有缺憾的。

天磁人第一次拿到意想不到的奖金和第一次免费享受午餐的时候是很高兴的、很激动的。渐渐地就失去了幸运感和满足感,他们一年创造利税一千多万元,成了天津市的利税大户。和周围的企业相比,给国家上缴的太多了。相当多的人怀疑这个年代还有多少人实打实地向国家多交钱呢?

这种心理不平衡最终都变成压力转嫁到林永宁的身上。

磁性材料总厂正式改名为天磁公司,汤也换了,药也换了。在国营公司的下面出现了二十八个不同所有制的实体,有独资、合资、合作、股金合作制、集体所有制等等。林永宁真的搞出了一个"天磁军团",这个军团里有火箭部队、工程部队、装甲师、步兵师、独立师、航空兵、小分队、尖刀连、民兵营……国营企业最难动的就是人事用工制度,林永宁把原来三十个科室变为市场、技术制造、计划财务、质量检查、条例法制、人事保卫、综合等六部和标准化室、秘书室。原有的五十多名中层干部只留下八个,其余的都下去当工人,打破了几十年来壁垒森严的工人和干部的界限。一个刚从社会上招进厂两年的年轻人,因为干得出色当上了广告部副部长。一个毕业不久的大学生的薪金,可能比一个在企业干了二十年的员工的薪金高几倍。还有一些人严重地损害了企业的利益,被解雇了。解雇也就解雇了,有想闹的也没闹出什么名堂。

对一个老牌国营企业来说,动这么大的手术,无异于闹一场八级地震。最终却没有震起来。天磁公司强大了,林永宁强大了,占天时、地利、人和,有足够的抗震力。他还是那个一米六九的个头,不过稍微胖了一点,显得强健自信;仪容还是那么温恭;作风还是那么勤奋深思,人还是经常外出调查市场;可天磁公司发生了这么大的变化,他仍然稳稳当当,从从容容。

到了一年的最后几天,林永宁显得轻松了。先请销售人员的家属来公司参观,然后请销售人员及其家属们吃饭,向他们表示感谢。天磁公司靠他们连接市场、占领市场。他们是天磁军团的尖刀连。

到了全年的最后一天的下午,公司的全体员工聚餐联欢。窗外大雪飘飘,大厅内热气腾腾。这一刻是林永宁一年中最开心的时候,长期紧张之后的放松,享受成功的快感和亲近员工的欢乐,接受大家的敬意,同时又有机会直接向群众表达自己的尊敬和感谢。

在宴会开始他自然要讲几句,简洁地总结一下公司一年的工作,还要公布明年的决策方针:"今年我们在全国设立了二十六个销售部,有一千多家商场卖我们的产品,明年我们将陆续推出生命工程、太空水、绿色食品、无公害电池、高能磁体等一批为人类创造健康的新产品。我们已经做到了生产一种、研制一种、储备一种、构思一种。我认为那种市场需要什么产品就开发什么产品、消费者有什么需求就去满足消费者需求的观念已经过时了,我们要创造市场,引导消费,让市场跟着我们走……"

林永宁讲话富于说服力,没有人再认为他是吹大话。事实证明他是个外表淳厚、内藏机锋的冒险英雄,让群众感到神秘而富有魅力。群众喜欢自己的头头是个能创造奇迹、起死回生的人。林永宁满足了员工的这种愿望,且能让他们不断地感到惊讶,甚至不可思议:林永宁治理企业经常有新招法出台。

员工们都想跟他喝一杯酒,他就一桌桌地敬酒。

对张会访来说,如果过年和平时有什么不同,那就是更忙更累更冷清更难受。她顶着风雪,吃力地蹬着自行车,后面坐着女儿。雪花打得她睁不开眼,自行车摇摇晃晃,就在她要倒未倒之际,女儿还算机灵跳下来,她一个人摔倒了。

女儿拉起她,她又扶起自行车。

却不敢再骑上去了,骑上去跟步行的速度也差不了多少。她推着车,低着头,女儿躲在她身后。她们还有很远一段路才能到家,大街上行人很少。

这样的天气,谁不躲在家里享受温暖?何况又是过年,一家人欢欢乐乐地聚在一起,吃瓜子,看电视。只因为她嫁了个厂长,噢,现在叫总经理了,所以才受这份罪!侍候奶奶、公公吃完了,收拾利索了,沏上茶,又到娘家劝慰了半天因亲儿子被抓哭得死去活来的继母,才回到自己的家。今天晚上全世界的人都放假了,唯独林永宁还在公司里干所谓的专业。

女儿问她:"妈,我爸会不会来接咱们?"

"不会的,他怎么知道咱们在哪儿?"

会访真正想说的是,他应该来接,但是他不会来接。以前他不得志的时候非常懂得人情事理,知道疼人。现在春风得意了哪儿还顾得了老婆孩子?他现在不同三年前了,自己有汽车,碰着天气不好,接趟孩子难道不应该吗?我张会访如果不是为了照顾他的家,只管自己的女儿,什么事也用不着他。他把自己卖给了公司,把两个家都扔给我,说句不好听的话我也算是帮了他们公司的忙。他却不管我们娘儿俩的死活,过年过节心里也没有家……

张会访母女终于到了家,将自行车扛上楼,打开屋门,屋里阴冷,似乎比外面还要冷。她用手摸摸炉子的烟筒,冰凉,挑开炉盖,炉火早就熄灭了。

这么晚她真不想再生炉子了,也让林永宁回来后尝尝清锅冷灶的滋味。看看女儿冻得那个样子,又跺脚,又哈手,她还是掏空了炉膛,拿来劈柴。一会儿,满屋子都是烟,只好又打开窗户。

张会访用厨房的煤气灶烧了一壶热水,灌了一个热水袋,让女儿抱在怀里看电视。

炉子点着了,烟也消退了,她没有心思再干什么事情,也坐在女儿身边看电视。电视的节目又实在没意思,她催女儿睡觉,躺到被窝里暖和。女儿摇动脑袋看得津津有味:

"明天放假,干吗还不让我看电视?"

孩子问得有理,会访不再坚持。

只要电视屏幕上有图像,孩子就会看得入神儿。会访却坐不住——电视节目无聊对人是一种折磨。她想不看电视又无心干别的,她真愿有件什么事占住自己的心,这时候心里就像有许多小虫子在爬,却又无处抓无处挠。

她小的时候经常盼着父亲歇班,父亲一在家就会打开电匣子,人多话多,屋里就特别像个家。由于母亲死得早,她孤单怕了。父亲娶了继母没过几年也去世了。现在则是盼丈夫在家,林永宁说话逗趣,他一在家引得她和女儿的话也多了,屋里有了生机,像一家人在过日子,满屋子都是亲情。逢年过节盼他早点回来的心情就更迫切……今天还不错,刚到十点钟,林永宁就回来了。女儿也不看电视了,迎上去又接包,又搂胳膊,还有说不完的话——吃饭了没有啊? 你们公司会餐都吃的什么呀? 给我带好东西来没有?

还是他们父女亲,女儿成天跟母亲在一起,倒没有这么多话。

会访坐在沙发上绷着脸,不吭声。

林永宁问女儿:"楠楠,今天屋里怎么这么冷?"

楠楠说:"炉子灭了,还能不冷。"

"不是炉子的事,你妈妈开空调了,看她那张脸就往外冒冷气。"

女儿捂嘴偷笑。会访不能不搭腔了,临时抓了个别的茬儿:

"我问你,年终你们公司请销售人员的家属吃饭了?"

"不错,搞销售的太辛苦了,由于他们经常在外边,顾不了家,没有家属的支持是不行的。你问这个是什么意思?"

"你是什么人员? 一年有二百多天在外边跑,你顾得了家吗? 我在家里就不辛苦?"

"所以军功章有我的一半,也有你的一半。"

"军功章在哪里？我那一半在哪儿呢？"

"楠楠，快点给你妈妈发奖，亲她一下。女儿的吻，甜蜜的吻，是世界最高的奖赏。"

林楠要去亲母亲，会访心里已没有气，脸上仍未晴天：

"去，你们爷儿俩合伙气我。"

林永宁只好亲自上阵：

"你看你，脸上又白又细，一生气脑门儿上的宽条格本就出来了，多么损害你的形象。"

会访的额头果然出现了几条细细的皱纹，与她年轻俊秀的容貌很不谐调。但是"宽条格本"四个字让她和女儿都笑了，再想矜持也绷不住了。

她笑着笑着却哭了，连自己也没想到，哭起来再想控制就难了。

林永宁感到事情不简单，他叫女儿去拿一条热毛巾来给会访擦泪，然后坐在她身边，扶着她的肩：

"你怎么啦？出了什么事？"

会访哭得更凶了：

"小二子今天上午被公安局抓走了。"

"为什么？"

"他杀了人。"

"杀了人？"

"前天在舞场为了争一个舞伴他们这一伙和另一伙流氓打起来了，小二子他们占了便宜，人家约了他今天上午在海河边儿见高低，一碰面对方就掏出电机枪，可以打砂弹。小二子手快掏出刀子把对方一个人捅死了，听说要判死刑。你可不能不管，今天晚上如果不是下大雪我妈就来了，他想亲自求你，说你现在不是一般的人，烦烦人，说句话，花点钱，一定能救小二子。"

"你别哭，咱们想办法看。"

林永宁很清楚这件事可麻烦了，决不像他岳母说得那么简单。岳母以为他经常登报纸、上电视，就是名人，就能通天、通神。他如果说办不成,不认为是他的能力有限,而是骂他不想给办,架子大,难求。叫他烦烦人,说得轻巧,他去烦谁呢? 还说花点钱,花多少? 怎么花法? 闹不好会惹出新的麻烦……然而若见死不救,在情理上又说不过去。小二子毕竟是会访的同父异母的兄弟,虽是流氓却很重义气,他们姐弟关系处得挺好。他闹到今天这个结果跟家里也有关系,上初中的时候母亲生病住院,他在医院守了两个月,就被退学了,成天游手好闲,跟流氓混在了一起。岳母曾托林永宁在他的公司给小二子找个工作,林永宁感到为难一直拖着未办,也算欠了一份情。他总是欠别人的。欠家的、欠公司员工的、欠家人的……却没有一个欠他的!

家里的气氛又变了,林永宁不想说话,会访赔着小心想哄他高兴。

刺　客

晚上十一时四十分林永宁下了汽车,楼群里黑乎乎,十分安静。他经过两个单元,最后才是自己的楼洞口,楼洞里更暗,再暗他也影影绰绰看到楼梯前站着一个人,右手端着一把枪,至少是一副端着枪的姿势。他还没有来得及问是谁,更没有想到人家是来找他的,对方已低喝一声:"别动!"

他实实在在被吓了一跳,停住了脚:"你想干什么?"

"你说我想干什么?"

林永宁的眼睛已经适应了黑暗,看见对方手里确实拿着一把枪。是真枪假枪就难以看清了,但要以真枪来对待。他第一次经历这种事,心里紧张,强作镇定,想尽量拖延时间:

"你是谁? 是不是开玩笑?"

"少废话,谁跟你开玩笑!"

"那你是要财,还是想害命?"

"我两样都要。"

对方口气凶狠,却又不动手,林永宁稳住了自己,声音反倒比对方自然了:

"我看你是新手,老手没有两样都要的,更不会选国营企业的经理下手。我的皮箱里除去材料就是合同书,没有一样值钱的东西,你拿去有什么用?我不相信你想要我的命,因为我们不认识,远日无仇近日无冤,人的命不是那么好要的,都得拿命换。你愿意跟我换命吗?"

"你再不住嘴我就不客气啦!"

他是在等下手的机会,还是在等同伙?嘴里说着不客气却仍然没有行动。

林永宁突然提高了声音:

"请你让开路,否则我就不客气了!"

他举起箱子护住自己的胸部和头,准备逃出楼洞。对方骂了一句"你他妈的",就扑了过来,林永宁往旁边一闪,那人竟跑出楼洞,脚步声很快就消失了。

林永宁也快步跑上楼,打开自己的房门后定了定神儿。正准备轻手轻脚地进屋,会访从屋里迎出来了:

"这么晚才回来?"

"把日本人送回宾馆就十点多了,我和市场部的两个人又合计了一下明天的安排。"

"你自己是夜猫子也要想到别的人是不是受得了,就说司机吧,你不休息人家也休息不了。"

"好啦,你快睡吧。"

"还喝点稀的吗?"

"不用啦。"他走到矿泉壶跟前,接了一大杯冷水喝下去,又接了一杯放到小屋的写字台上,然后来到大屋,摸摸熟睡中的女儿的脸。会访发现他的脸色不好,叫他早点睡。他不能讲出刚才在楼洞里发生的一幕,便搪塞说:"今天和日本人的谈判比较艰苦,他们太精了。一会儿我还要等个瑞士的电话,你先睡吧。"

他关了灯,关上小屋的房门,坐在写字台前,想把刚才那件事理出个头绪。那个人太奇怪了,既不要财又不害命,好像只是想吓唬吓唬他。如果是冲着他的"老板箱"来的,就该叫他把箱子交出去,不要他的箱子就证明此人对他知根知底,知道箱子里没有好东西。如果想杀他为什么不搂扳机？或者想杀他临时又缺少胆量,怕杀不了他反给自己惹祸？或者那是支假枪,真动起手来还不如他抢着箱子有威力,只有逃跑？看来这个人了解他、恨他,或者跟恨他的人有关系则是无疑的。那这个人就不是外人……

他得罪了谁？活着有多么难？身上承受着怎样的压力？只有自己才清楚。别人看到的是他的从容不迫,他的笑容,他的一举一动。他只能这样,心中的苦涩酸辣无处可诉,无人可诉,更不能像会访那样趴在他身上哭一场。他已经没有一个可以把脸靠上去大哭一场的胸膛了……他心里突然一激灵,此人第一次没有得手,也许还会有第二次、第三次,明天要给老婆孩子规定几条,既不要吓着她们,又叫她们提高警惕。

他拿起电子笔顺手列出老婆孩子注意事项:

一、立刻装安全门、安全链;

二、每天晚上必须在八点钟以前回到自己的家,如果有事在老人家里耽搁了,就等林永宁去接;

三、任何时候,只要不是非常熟悉的人敲门,不许请其入屋。

桌上的电话铃突然响起来,夜深人静格外刺耳,林永宁赶紧拿起听筒。

"林总,我是邢凤翘,听得清楚吗？"

"听得很清楚,你辛苦啦,评比情况怎么样？"

"相当艰苦,还处在宣传阶段,这次发明展览会,由国际知识产权组织资助,层次很高,是一次权威性的展评,评委都是各国著名的科学家。竞争激烈,目前对我们很不利,瑞士发明协会的主席朗贝尔公开说,他们根本不相信水能磁化。经过两天的测试,日内瓦发明基金会主席基哈尔德又对我说:你们的净化、矿化技术都是很好的,但磁化是不可能的。水不是磁导体,水分子在磁场里不发生变化,怎么会像铁钉一样被磁化呢？"

"这种疑问不难回答,你不是带去了天津大学和南开大学的理化实验报告吗?"

"我已经散发给评委了,而且在发言的时候我没有按原来的讲稿念,节省时间针锋相对地多讲几句我们的磁化理论。我说,所谓磁化是指磁场处理,使滤制的矿泉水经强磁场处理成更富活性的矿泉磁化水。在红外光谱仪上显示,经过磁化的水的物理性能发生了变化,水分子相结合的可溶离子,如钙、镁等从 H 链中脱出,与水中的酸根离子化合成盐类分子,形成微小颗粒悬浮物,随人体新陈代谢排出体外,这就是矿泉磁化水能防治胆结石和某些心血管病的机理。我相信那些科学家们听进去了。"

"外国的科学家也需要讲课,该讲的就得讲。邢工,你是受中国发明协会的委派,并不是只代表'天磁'。不管评奖结果如何,我们都要对自己的发明有足够的信心。我们申报的发明是集矿化、净化、磁化于一体的水处理系统,并不是简单的矿泉壶。家里有事吗?"

"没有。"

"身体怎么样?"

"还行,就是睡觉少。"

"多保重。"

又一次祸不单行

早晨七点钟林永宁准时下楼,他的汽车已经在道边等着他哪,司机还跟会访的大弟弟说话。林永宁心里一惊,内弟这么早跑来一定有急事,莫非岳母不行了? 日子过得叽里咕噜,又有好几天没有去探望了……

内弟先跟他打招呼:"姐夫。"

"姥姥怎么样?"

"不行了,大夫说就是这一两天的事啦。一会儿我得去给小二子收尸,叫姐姐回家顶着点。"

"喔,小二子今天执刑?"林永宁心里一惊。

内弟神色凄怆：

"我刚才正跟王师傅讲哪，按理论流氓打架判不了死刑，那个法官恨小二子，他老是歪着头，好像满不在乎。其实小二子从小头就是歪的，天生就是那个样子。再加上他太浑，别的小流氓把什么事都推到他身上，他还充人头，在法庭上谁也不牵扯，所有罪过都由自己承担下来。不枪毙他还能枪毙谁？真是叫死催的？"

林永宁感到愧疚，不敢正视内弟的眼睛，好像小二子的死跟自己见死不救有关。他确实找法院的人打听过，人家告诉他，即使他上下活动一番，犯人无非也就是由死刑改判死缓或无期徒刑，等到他从监狱出来已经五十多岁了，人很可能发生了变态，还要找工作，安家，一系列的麻烦事，能解决吗？解决不了更会增加他的仇恨，还不知又会做出什么事。林永宁便知难而退了，没有再管这件事。有人是希望他冒点风险，以自己的影响，动用"天磁"的实力，肯花一笔大钱，就能真正救出小二子。他办企业不是冒险家吗？其实那样做他个人也不会有太大的风险，天磁公司仅每年花的广告费就有一千多万元，每笔都经他的手批出，他不要一分钱的回扣。"天磁"在外面有三百多家协作单位，那些单位的头头为了保住职工的饭碗，哪个不想巴结他？逢年过节想给他送礼都找不到他，他内弟的事只要他说句话，别人就会替他办了。他每天要说好多话，却没有为小二子说一句话。他为公司的事求过许多人，却不肯为救内弟一命去求人。世界上还有什么事比救人一命更重要呢？每个人的生命都是一样的，都是至高无上的，并非谁比谁更强、更高贵。他有的时候是完全无私的，不顾自己、不顾家庭，忘我地投入公司的工作。有的时候又是非常自私的，连自己的一根毫毛也不愿意损伤，当初他如果同意把小二子招进天磁公司——对他来说这很容易，近几年公司招收了三百多名新员工，"天磁"已经成了人们向往的大热门，他身为总经理只要不阻拦，小二子就进来了。在"天磁"这样一个严格的环境中，小二子说不定会成为一名好工人，至少不会走到今天这一步。然而他没有那样做，怕影响不好。什么影响？影响谁？还不是怕影响公司员工的情绪，影响他个人的威信……

他曾有个表弟大学毕业后被技术部当做人才招进了天磁公司,那位表弟也确实有本事,因而恃才傲物,自由散漫,迟到了几次,旷工了几次,未等造成什么不好的影响他就亲自炒了表弟的鱿鱼。于是他心里就干净了,可理直气壮地宣布:许多人找关系托门子想进来的天磁公司里,没有一个自己的亲属。他有时也会反问自己,这是不是做得太过分了?这是以大公无私、大义灭亲的形式表现出来的自私和虚伪。可是,在中国当个国营企业的头头不这样干,又怎能站住脚、搞好企业?他就得视自己为法律,条条线线角角落落,都得曝光,不怕别人从意想不到的角度发动突然袭击。所以他决不会用非法的手段去营救自己的内弟……这些七弯八绕,连自己都理不清说不明的心思,又怎能跟重病中的岳母以及内弟讲?老大忠厚,不会怪他。小二子到死可能都不会谅解他这个姐夫,将带着憎恨和鄙视离开这个世界。

林永宁伸手摸钱包,口袋里是空的,今天早晨刚换了一件外衣。说来除去他的司机没有人会相信,像他这样一个大老板,身上经常不带一分钱。家里买东西不用他,公司买东西更不用他,他很少有摸钱的机会。在换衣服的时候如果会访忘记把他的钱包从脱掉的衣服中拿出来,他就身无分文地外出,直到会访再把钱包放进他的口袋,或者他借了人家钱需要还债的时候,也会主动找钱包。他一般是向司机借,这次也一样,找司机借了五十元钱送给内弟:

"给小二子买点纸钱吧。"

内弟不接:"我带着钱了。"

"你带着是你的,用这个钱买。"

"用不了这么多,十块钱就可以买几百个亿。"

"多烧点也没关系。带着吧,我上午有个会,下午去看姥姥。告诉你姐,如果有急事立刻给我打电话。"

他钻进汽车,吩咐司机快一点。

小二子活着不救他,死了给他烧多少纸钱又有什么用?实际是为了让自己心里好过点。内弟是好人,如果是自己,也许会不接这五十块钱。

　　整个上午林永宁常常走神儿,有时还会突然一惊,好像听到了一声枪响,想象小二子临刑前是什么样子,被击毙后又是什么样子……幸好想找他的人太多了,公司里的事情太多了,要等他拿主意,等他点头或签字,即便小二子想来纠缠他,也要等他散了会,也要排队等候。

　　下午四点多钟,会访来电话,告诉他林倩的姥姥已经开始捯气了,大小便失禁,不能说话。别人看着都难受,不如快点闭眼。但老人就是不咽这口气,不让穿装裹衣服,会访猜出是等他,想在死前见上他一面。

　　林永宁料理了一下手边的工作立刻往岳母家奔。

　　有前房留下的大女儿,有亲生的儿子、儿媳在旁边,为什么还闭不上眼,一定要见他呢？大概是出于亲情,是牵挂着什么事情,只能托付给他,认为他能办得到。能让老太太死不瞑目的只有一件事:就是救小二子。这就是说会访和她弟弟没有把今天上午小二子已被枪决的事情告诉她。要等着他去说谎,把老太太骗死！

　　然而这是他最不愿意说的谎话,让他再一次对自己产生怀疑,不得不从一个最不愿意让人知道的角度审视自己,让自己感到极不舒服。他的身上为什么会有这么多负担？大家都愿意信任他、依靠他,岂知人们越是信任他,他的压力就越大,负担也就越重。当个被信任的人很苦、很累,其实不一定比别人更强大。

　　林永宁赶到岳母家,看见老人痛苦的样子,看见妻子和内弟的眼睛都是红红的,不知他们是哭已经死去的弟弟,还是哭正在死去的母亲。林永宁立刻忘记了自己的种种苦恼和疑虑,又充满了责任感,变得强大了。觉得自己有责任有能力帮助他们解除痛苦,办理好两起丧事。

　　他凑到岳母脸前,大声喊:"您还认识我吗？我是永宁,如果我说得对,您就点点头,或者闭一下眼,听明白了吧？"

　　老人眼睛瞪着他,下巴颏似乎动了一下。

　　"您担心小二子是吧？没问题,他的事情已经解决了。"

　　老人似乎不信。林永宁拉过内弟:

　　"他刚去看了小二子。"

　　内弟赶紧帮腔:"没问题,姐夫出的钱。"

老人的眼睛渐渐合了起来。林永宁赶紧托起她的头,继续大声叫喊:"您再坚持一会儿,我们给您擦擦身子穿上衣服!"

大家一拥而上,像一场战斗,没有温情,顾不得悲痛,七手八脚是管穿裤的穿裤,管穿袄的穿袄。因为有一条老规矩,如果在她咽气前不能穿好衣服,她就要赤身裸体地到地府去。那将是儿女的大罪过。给快死的人穿衣服的确是大事,时机要把握得好,穿得早了等于咒盼老人快点死,即便病人还有好转的可能,一穿上阴间的衣服也等于判了死刑,岂不是罪过! 穿得晚了,赶不上趟,更不得了……为了赶时间,先给老人穿上衣服,再用湿毛巾擦身体,万一老人走得急,穿着衣服身上脏一点也不碍事。一切都装裹停当,把老人收拾得舒舒坦坦,老人的手脚已经开始变凉了。他们到这时候也才有心思有时间放声大哭。

会访先哭的,大家立刻都跟上去,哀声动天,互相感染,越哭越悲。

这哭声也算通报了四邻八居,大家都会按老规矩行事。死人不是小事,特别是一天之中连死一老一小两口人,且老的不算老,小的不算小……

咳,张门不幸!

感谢世界

林永宁策划了一场天磁公司在北京的义卖活动:当天的收入全部捐给贫困地区的教育事业,让贫困失学的儿童重回课堂。为了加强慈善效果,义卖的队伍里最好也有小学生助阵。考虑到在街头站一天是很辛苦的,更不知道让孩子参加义卖对其心灵是有益还是无益,林永宁不便让别人的孩子上场,只能带上自己的女儿林楠。林楠打扮整齐,戴着红领巾,斜披着大红缎带,站在天磁公司的旗帜下,果然突出了这次商业活动的主题。正好又是星期天,大街上的人本来就不少,天磁公司摆出了几十个货摊,货摊前人头攒动,场面火爆,五颜六色的广告旗飘飘摆摆,"天磁强力磁化杯,一杯一杯又一杯";"天磁矿泉壶,天赐良源";"天磁爆烤杯,让生活再火爆一把";"颜得福桑拿美容器,润面细无声"……林永宁在新闻界有不少朋友,扛着摄像机、举着照相机在旁边助兴,一下子把义卖活动抬起来了。

这是林永宁的精明之处。一九九二年巴塞罗那奥运会刚结束,一些企业家竞相出巨资重奖立功的运动员。林永宁别出心裁,花十万元奖励为报道此次奥运会立下汗马功劳的新闻记者,并为他们接风洗尘。消息传出,各新闻媒体竞相报道,其影响胜过百万元的广告效益。更重要的是使新闻界熟悉了林永宁,习惯了他,信任了他。

一位中年妇女抱着一台刚买的天磁爆烤杯来到林楠的跟前,问了她一些有关学校和家庭的问题,然后对林永宁说:

"您的女儿很可爱,也很聪明,但您的家庭也有一种贫困,叫时间贫困,你们没有时间管孩子,所以她的学习成绩不理想。如果您愿意,可以把她送到我们学校里来,我们的学生全部住校,毕业时保证英语能过关,能考上重点中学。"

林永宁出于礼貌问了对方的姓名和学校的一些情况,向人家表示了谢意,心里并未把她的建议当做一回事,怎么可能把一个刚十岁的独生女儿送到北京来读书! 他记住的只是"时间贫困"这句话——

其实中国人什么都缺,就是不缺时间,人们有的是时间。他的时间都是叫自己折腾没了,天天不让自己松口气,如同在追赶自己的影子。这影子就是他的公司,他追影子,影子追他。他要不停地想,每天一睁开眼就燃烧,就亢奋,就紧张。下指令,布置工作,检查工作,上蹿下跳,东奔西跑地了解市场,不让市场喘息,市场也不让他喘气,他不停地给市场以铺天盖地的压力,市场也不断地增加对他的压力。前面有外国产品的阻截,后面有乡镇企业的追击,上面有种种戒令,下面有各式各样的要求,前进很难,后退无路。他只有疯狂地投入,每天都是第一天,每一步都是第一步,只有这样才能领先。下边的人觉得他对工作的狂热到了一种神经质的状态,企业扭亏为盈以后大家想歇一歇,没歇成,他连一口大气也没让职工来得及喘。销售收入突破一千万元,大家又想歇一歇,还是不行。收入突破了一个亿、三个亿,大家都是没能歇上一歇。现在干脆不想这回事了,在他的手下你甭想轻轻松松喘口气。他一年开了二十个新闻发布会,平均一个月开一个还有富余,每天晚上十一点钟开始准时和全国各地的销售站通电话,谁受得了?然而这正是由他体现了工业社会的攻击性。

作为一个企业家,林永宁进入了巅峰状态。

有人背地却说他是处于一种"癫疯"状态。

一九九三年四月一日,天磁矿泉壶获第二十一届日内瓦国际发明节最高奖——金质奖。样品被卖出,曾表示怀疑的提出要跟"天磁"合作。林永宁拍板奖给邢凤翘二十万巨金。把千万天津人吓了一跳,新闻界又爆炒了一番天磁公司。大报、小报、电视、广播一齐上,如果拿二十万元做广告,能有这样的效应?

人们尚未缓过气来,"天磁"又爆出新闻:一个工人出身的开发科主任谢伯年,领导着十几个技术人员,一年开发出十种新产品,收入一千多万元,林永宁聘其为高级工程师,重奖高级住宅一套,配备一辆专用轿车。无论是竞争对手、市场消费者,还是社会,都在议论,"天磁"真有钱! 有钱就说明企业办得好,信誉可靠,实力雄厚。这个时代企业家只能用实力和这个世界对话。

更不要说重奖在企业内部造成了怎样的冲击波……

"天磁"选出十八名对公司有突出贡献的标兵,到香港、深圳观光旅游——林永宁创造了"天磁"的神话。天磁公司变得家喻户晓,在社会上形成了自己巨大的磁场。

这就是文化效应,天磁公司正在树立自己的文化形象。林永宁创造了"天磁",也重新创造了自己。富于理想,开启风气,承担起创造者的紧张和负担。紧张是他的朋友,紧紧追随着他。他喜欢全身心投入时的那种兴奋感、紧张感,在紧张中他获得了一种满足,一种对自己的调适,这时他才是正常的。真正能让他疯狂的不是紧张而是清闲,他已经不会应付清闲了,闲上来不知该拿自己怎么办。在紧张中他则思维敏捷,才华横溢……

一九九三年九月二十三日的夜晚,中国人紧张得无法入睡,等待国际奥委会在蒙特卡洛的投票结果。到第二天凌晨人们终于知道北京申办奥运的努力失败了。几乎在同时,中国一家非常重要的报纸

《中华工商时报》,非同寻常地在第一版整版刊出天磁公司的广告,六个拳头般的大字:"我们感谢世界"。

怀着各种心情的中国人,见到这幅广告,心头一震,顿时开通:这句话说得巧,境界高。

林永宁成功了。

1994年　奶奶

期中考试林楠又没有考好,母女俩紧张地等待着林永宁回来,知道一场风暴是躲不过去的。而且不能瞒着他,瞒过初一,瞒不过十五。但林永宁回来看了女儿的成绩单,虽然脸色阴沉,却没有马上发火,他想起了北京那个女教师指责他是时间穷困户的话。沉了一会儿,他做了决定:

"会访,再这样下去会毁了孩子,将来楠楠会埋怨我们,我们自己也会后悔。我想把楠楠送走。"

"送走,送到哪里去?"

"送进北京一所私立学校,毕业时保证能说一口流利的英语,考上重点中学,若考不上重点中学学费全部退还。"

"学费多少?"

"一年八千元,我一年的工资正好够交学费的,别犯愁。"

会访不再说话,她心里舍不得,也不放心,林永宁经常不在家,女儿再一走就剩下她一个人,会更孤单了。为了孩子她又不能阻拦,其实林永宁决定了的事,想阻拦也困难。

林永宁又问女儿愿不愿意。林楠太小,还没有为自己决策的意识,只知道自己没有考好,父亲没发火又想出个好主意,还能不愿意吗?

"那好,你们娘儿俩准备一下,我明天正好有事要去北京,顺便把楠楠送去。"

"这么急?"

"既然决定去了,当然是越快越好。"

这一决定也许改变了林楠的命运。到新学校的第一天老师就告诉她,作为一个人从一出生竞争就开始了,到这个学校里来的人都想当竞争的胜利者,同学间也是一种竞争的关系,失败了就没有前途。至少是没有好的前途。离开了父母,她不得不自立,不得不快点成熟。半个月回家一次。或者父母来看她。儿童的可塑性极大,两个月以后她带着自己从未达到过的好成绩回天津过寒假,家里人很高兴,有好多人来串门,老太太就叫她大声朗读英语课文。真是一分钱一分效率。会访则发现女儿另一种变化,她对她不再像以前那样依恋,不再撒娇胡缠,对老太太那边的热闹和对她的娇惯,不再迷恋,更喜欢一个人躲在屋里写作业。作业留得太多了,她说自己在班里只是中等,其他同学肯定利用假期暗加劲儿,自己不能掉下来……

天哪,她这么小就过上了跟她老子一样的日子!从现在就起早贪黑地竞争,什么时候才能竞争到老?

让会访操心的还不止这些,奶奶又病倒了。由于年纪太大,医院不给认真检查,只说受了风寒,叫回家养着。但越养病情越重。自婆婆死后,公公的精神也不太好了。与老人们的状况正相反,林永宁越干越精神,身上的荣誉也越来越多:劳动模范、优秀党员、市党代表、市人大代表、全国杰出企业家、反腐倡廉标兵……

好了,这些头衔儿要是在五十年代那可值钱了。现在嘛,可难说了,有些朋友劝他:"你还想干什么?见好就收吧!"他知道这都是两肋插刀的话。特别是那个反腐倡廉标兵,有的人叫他当恐怕人家都不要,这头衔如同紧箍咒,戴上它说话办事还方便吗?要个虚衔有何用,还是求实惠更好。大家都那样做,你不做反而让人觉得奇怪,说不定认为你拿得更多。你只有也做一点、拿一点,才让人觉得你有血有肉,好接触,好打交道。最好的归宿就是同流合污,对周围的污泥浊水就不感到奇怪了。林永宁并非天外来客,对这些大实情、大实话怎会不知道!但他还是接受了这些荣誉,表现出一种特立独行的勇气。中国的国营企业目前还都是感情型的,头头贪污腐化,就会毁了职工情绪,损伤群众的积极性。头头敢拿一万,干部就敢拿一千,工人就敢毁掉一百,被激怒的员工在生产上找平,许多企业就是这样完蛋的。

如今敢当英雄就是英雄。

这样对企业有好处,宣传他就是宣传天磁公司,在社会主义的中国,如果不是存有私心,就不该忽视这种舆论的作用。

市里从众多的模范人物中,又选出几名事迹尤为突出者,组成报告团,作半个月的巡回讲演。在集中前林永宁来到老院子,准备陪奶奶过半天。

奶奶静静地躺在床上,显出一种自足的宁静。老人的身体已相当虚弱,看见孙子来了非常高兴,手抖抖瑟瑟想摸他的脸。林永宁把脸贴过去,听到老人微弱的声音:"宁子胖了。"

"喝矿泉水喝的,越忙越长肉。"

"别累着。"

奶奶的眼里现出笑意、欣慰和满足。以前是爷爷,现在是他,成了奶奶宇宙的中心。他说:

"我不会累着,小时候您不常跟我说,使劲长劲,出力长力嘛!"

"楠楠什么时候来?"

"这个星期日我叫会访接她回来看您。"

奶奶为人极善,一生侍候了五辈人:老太爷、老太太、爷爷、父亲、他和他的女儿。

"扫院子了吗?"

林永宁一怔:"还没有,一会儿去扫。"

奶奶点了点头,他松开握着老人的手,带着不解去扫院子,扫得很仔细。老人在屋里听着外面均匀的刷刷声,脸上笑了。邻居们都和永宁打招呼:

"大哥现在是大人物了,经常在电视上看见你!"

"嘿,大哥回来了,我经常鼓励咱院的小青年们扫院子,谁经常扫院子谁将来就有可能当总经理。可没有一个能像你扫得这么干净。"

……

到第十五天的下午,林永宁作最后一场报告,电视台转播实况。会访把电视机摆到奶奶躺着也能看到的地方,同院的两位大娘也过来凑热闹,想哄着奶奶乐。

"看大哥多神气,真能讲,一点不打奔儿。"

"还真卖力气,脸上都流汗了,也不知道拿手绢擦一擦。"

就在别人看着林永宁、议论林永宁的时候,奶奶欣然而逝。

1994年6月

后　记

此生让我付出心血和精力最多的，就是建构了属于自己的"文学家族"。感谢人民文学出版社提供机会，能将这个"家族"召集起来，编成队列。

——这就是整理《蒋子龙文集》。

整理文集确实像召开家族大会。将我亲手创作的各色人物，聚集到一起，大大小小，林林总总，他们的风貌、灵魂、故事（即便是散文随笔中也有人物、事件和思想）……一下子勾起我许多回忆，感慨万端。

有的令我欣慰，有的曾给我惹过大麻烦。如今竟都让我感到了一种"亲情"，不仅不后悔，甚至庆幸当初创造了他们。

将他们收拾停当，排出先后次序，送到人民文学出版社这个"大广场"上，像所有等待检阅的人一样，有兴奋，有期待，还有紧张。

首先将检阅我这个"家族方阵"的是责任编辑包兰英，然后是出版社的老总。他们是我写作上的贵人。而人民文学出版社则是我的文学福地。

"文革"结束后，我头一次住在出版社的招待所里改稿子，就是在人民文学出版社。

我在文学讲习所读书时，导师是人民文学出版社的秦兆阳先生，他看了我的《赤橙黄绿青蓝紫》后，给我写过一封长信，那是我收藏中的珍品。

我的第一部长篇小说《蛇神》在人民文学出版社《当代》杂志上发表；我下功夫最大也是自己最看重的长篇小说《农民帝国》，也是在人民文学出版社出版。

写了大半生，能在人民文学出版社出版文集，我视为是一种"终身成就奖"。

由衷地感谢包兰英先生的举荐，感谢人民文学出版社的厚意。

蒋子龙

2012年12月31日于天津